# Erster Teil

*Die Mädchenschule*

# I.

Zum ersten Mal in ihrem Leben fuhr Rieke mit der Eisenbahn und kam aus dem Staunen kaum heraus. Die kleine Garnisonstadt, in der ihr Vater stationiert war, blieb so schnell hinter dem Zug zurück, dass es ihr wie ein Wunder erschien. Statt der grauen Häuser sah sie nach kurzer Zeit Felder, auf denen Knechte und Mägde arbeiteten, Wiesen mit grasenden Kühen und immer wieder dunkle Wälder. Bei deren Anblick gaukelte ihre Phantasie ihr vor, es könnten Räuber darin hausen.

Mit leuchtenden Augen wandte sie sich an ihren Bruder. »Ich hätte niemals gedacht, dass die Eisenbahn so geschwind fahren würde.«

Emil von Gantzow, der als Sekondeleutnant in demselben Infanterieregiment diente, in dem sein Vater Major war, lächelte über die Begeisterung seiner jüngeren Schwester. »Die Eisenbahn ist nun einmal die schnellste und bequemste Möglichkeit, von einem Ort zum anderen zu gelangen. Da können weder Reiter noch Kutschen mithalten.«

»Wenn Mama und ich im letzten Jahr, als euer Regiment an seinen neuen Standort versetzt worden ist, die Eisenbahn hätten nehmen können, wären wir nicht zwei Wochen lang auf einem Fuhrwerk durchgeschüttelt worden.« Rieke schnaubte leise, denn jene Fahrt war alles andere als bequem gewesen.

»Ich glaube nicht, dass Mama jemals in einen Eisenbahnwaggon einsteigen würde«, gab Emil zu bedenken.

»Ganz gewiss nicht! Deswegen hätte ich die Höhere-Töchter-Schule der Schwestern Schmelling beinahe nicht besuchen dürfen, obwohl Großtante Ophelia die Kosten dafür tragen will. Ich darf nur hinfahren, weil du mich begleitest.« Rieke schenkte ihrem um acht Jahre älteren Bruder ein dankbares Lächeln und sagte sich, wie froh sie sein durfte, dass es ihn gab.

»Vater hat um Urlaub für mich eingegeben, damit ich dich zur Schule bringen kann.«

»Das hat Papa getan? Wie sonderbar! Die meiste Zeit kümmert er sich doch nicht um mich.« Über Riekes Miene huschte ein Schatten, dann aber lachte sie leise auf. »Gewiss wollte er Großtante Ophelia nicht verärgern, denn die wäre sonst gekränkt gewesen. Weißt du, was Vater am letzten Sonntag zu mir gesagt hat? Ich solle auf der Schule fleißig lernen, um einmal die treusorgende Ehefrau eines preußischen Offiziers werden zu können.«

Nun lachte auch Emil. »Da du als Mädchen kein Soldat werden kannst, ist es in seinen Augen das Beste für dich.«

Rieke senkte betrübt den Kopf. Ihr Vater hatte der Mutter nicht verziehen, dass sie statt eines zweiten Sohnes ein Mädchen geboren hatte, und ihr nicht, dass sie eines war. Die Frau eines Offiziers zu werden war jedoch das Letzte, was sie sich ersehnte. Sie hatte tagtäglich die Eltern vor Augen und wusste, dass die Mutter ohne die Erlaubnis des Vaters nicht einmal zu hüsteln wagte. Auch hatte sie trotz ihrer Jugend gelernt, was es hieß, vom Sold eines niederrangigen Offiziers eine Familie ernähren zu müssen. Den Vater kümmerten diese beengten Verhältnisse wenig, denn er aß meist im Offizierskasino und verbrauchte auch sonst viel Geld, so dass für die Mutter, die alte Mulle und sie oft nur Kartoffeln und Kohl zu Mittag geblieben waren.

Auch aus dem Grund war Rieke ihrer Großtante Ophelia von Gentzsch von Herzen dankbar, dass diese es ihr ermöglichte, in den nächsten vier Jahren die Schule für höhere Töchter der Schwestern Schmelling besuchen zu dürfen. Da sie nur die Ferien zu Hause verbringen würde, blieb mehr Geld für ihre Mutter und das alte Dienstmädchen. Sie selbst konnte in dem Internat ebenfalls mit besserer Kost rechnen. Vor allem aber kam sie dem Vater nicht mehr tagtäglich unter die Augen und war vor seiner zynischen Verachtung und seinen Schlägen sicher.

»Vater sagte letztens, er erwarte von Tante Ophelia, dass sie dir nach dem Abschluss deiner Schule eine Mitgift ausschreibt, die hoch genug ist, einen Offizier dazu zu bewegen, dich zu heiraten.«

Emil fand es zwar eigenartig, dieses Thema mit einem Mädchen zu besprechen, das gerade einmal vierzehn Jahre alt war. Andererseits war Rieke für ihr Alter sehr verständig und – der Meinung des Vaters nach – für ihr Geschlecht zu aufsässig. Nicht zuletzt deshalb hatte er oft genug mit ansehen müssen, wie der Ledergürtel des Vaters auf dem Hinterteil seiner Schwester getanzt hatte.

»Wenigstens hast du von nun an die meiste Zeit deine Ruhe vor ihm«, sagte er mitleidig. »Aber vielleicht wird sich Vaters Laune doch bald wieder heben. Noch immer kränkt es ihn, dass er es bisher nur zum Major gebracht hat, während sein Vater und sein Großvater im selben Alter bereits den Rang eines Obersts und sein Urgroßvater den eines Generals unter Friedrich dem Großen eingenommen hatten.«

»Du meinst, Vater wird einen höheren Rang bekommen?« Rieke hoffte, dass es so kam, denn die Enttäuschung, nicht so befördert worden zu sein, wie er es sich ersehnte, hatte ihren Vater noch bitterer werden lassen.

»Vater glaubt, dass es bald Krieg geben wird. Diesen will er nutzen, um zu avancieren.«

»Krieg? Weshalb denn?«, fragte Rieke verwundert.

»Noch ist es nicht beschlossen, doch in Offizierskreisen sehnt man ihn herbei. Der Dänenkönig will nämlich seinen schleswigschen, holsteinischen und lauenburgischen Untertanen eine Verfassung aufzwingen, die sie zu Dänen machen soll.«

»Aber wenn sie zu Dänemark gehören, sind sie es doch!«

»Falsch, Rieke! Die Bewohner Schleswigs und Holsteins sind zum überwiegenden Teil deutschen Blutes. Beide Länder sind mit der dänischen Krone nur durch Personalunion verbunden, und Lauenburg kam erst durch den Wiener Kongress zu Dänemark. Zudem gehören Lauenburg und Holstein zum Deutschen Bund.«

Emil erklärte seiner Schwester die Spannungen, die zwischen den Mitgliedern das Deutschen Bundes und Dänemark herrschten, und schloss mit den Worten, dass der dänische König seine deutschen Untertanen in Schleswig und Holstein sogar zwingen wolle, ihrer Sprache zu entsagen und Dänisch zu sprechen.

»Aber letztens habe ich in einer Zeitung, die Vater zu Hause liegen gelassen hat, gelesen, dass viele Politiker in Berlin verlangen, die in Westpreußen und Posen lebenden Polen müssten in Zukunft die deutsche Sprache benutzen. Selbst der König soll dies begrüßen. Warum also soll dem König von Dänemark verboten werden, was der König von Preußen als sein Recht ansieht?«, fragte Rieke, da sie die eigenartigen Wirren in der Politik nicht verstand.

Emil wusste nicht mehr über diese Angelegenheit als das, was beim Militär darüber gesprochen wurde, betonte aber, dass Schleswig und Holstein das geschriebene Recht besäßen, so zu leben, wie sie wollten, und der dänische König nicht daran rühren dürfe.

»Außerdem«, fuhr er mit erhobenem Zeigefinger fort, »hat ein früherer dänischer König den beiden Ländern das Privileg erteilt, auf ewig ungeteilt zu bleiben. Daran darf auch Friedrich VII. nicht rütteln.«

Rieke sah ihren Bruder nachdenklich an. »Und warum rüttelt dann König Wilhelm am Recht der Polen, so zu leben, wie sie wollen?«

»Anders als für die Schleswiger und Holsteiner gibt es kein geschriebenes Recht für die Polen. Ihr Reich ist untergegangen und gehört nun dem russischen Zaren, dem Kaiser von Österreich und dem König von Preußen.« Emil hoffte, seine Schwester würde sich mit dieser Erklärung zufriedengeben, doch die schüttelte rebellisch den Kopf.

»Ich begreife es trotzdem nicht! Weshalb sollen die Polen oder ein anderes Volk weniger Rechte haben als die Schleswiger und Holsteiner?«

»Ich gebe auf!«, stöhnte Emil. Ihm war nicht entgangen, dass mehrere Mitreisende zu ihnen herschauten. Ihren Mienen nach gefiel ihnen das, was Rieke gesagt hatte, ganz und gar nicht.

»Ich würde der Göre eine Ohrfeige versetzen, damit sie begreift, wer hier das Sagen hat«, meinte ein dicklicher Mann.

»Da hörst du es! Sei also in Zukunft bitte still und sage nie mehr etwas dergleichen«, mahnte Emil seine Schwester.

»Aber ich …«, begann sie, wurde von ihm aber sofort unterbrochen.

»Ich sage es ungern ein zweites Mal!«

»Man sollte den Frauenzimmern verbieten, Zeitungen und Journale zu lesen!«, rief der Dicke empört aus. »Schlimm genug, dass sie Romane lesen, anstatt ihre Zeit sinnvoll mit Nähen, Stricken und Sticken zu verbringen, wie es sich gehört. Aber wenn sie von Politik reden, von der sie nichts verstehen, gebührt ihnen die Rute!«

Rieke begriff, dass sie nicht nur sich, sondern auch ihren Bruder in eine unangenehme Lage gebracht hatte, und empfand nun keine Freude mehr an der Bahnfahrt. Du musst dich beherrschen, auch wenn du mit Emil sprichst, befahl sie sich selbst. Bei ihrem Vater hatte sie es sich doch auch angewöhnt, den Mund zu halten, um ihn nicht zu reizen und noch mehr Schläge zu bekommen.

Zu ihrer Erleichterung verließ der Dicke beim nächsten Halt den Zug. Dafür nahmen neue Passagiere Platz. Zwei junge Frauen sahen verstohlen zu dem schlanken, gutaussehenden Leutnant hin und gönnten dem schmalen Ding an seiner Seite keinen zweiten Blick. Emil beachtete sie jedoch nicht, sondern beugte sich zu Rieke hin und fasste nach ihren Händen.

»Du musst mir versprechen, in der Schule kein Wort über Politik und dergleichen fallenzulassen. Auch wirst du keine Kritik am König, seinen Ministern und deren Handlungen üben! Hast du verstanden?«

Emil klang so streng, dass Rieke ihn erschrocken ansah. Da lächelte er und strich ihr mit der Rechten über die Wange.

»Es geht mir doch nur um dich! Wenn du deine Lehrerinnen und die Inhaberinnen des Instituts mit solchen Äußerungen wie eben verärgerst, kannst du zur Strafe von der Schule verwiesen werden. Dies wäre nicht nur eine Kränkung für Tante Ophelia, der du den Besuch des Instituts verdankst, sondern würde auch Vaters Zorn erwecken. Gegen die Schläge, die er dir dann versetzen würde, sind die, die du bereits erhalten hast, ein Nichts! Das solltest du dir immer vor Augen halten.«

Bei dieser Warnung begann Rieke zu zittern. »Das darf niemals geschehen«, flüsterte sie mit bleichen Lippen.

»Dann bezähme dein vorlautes Mundwerk, Schwesterchen! Es bedarf nur eines unbedachten Wortes, und du musst das vornehme Institut verlassen«, wiederholte Emil.

Rieke nickte. Ein Mädchen, das auf diese Weise Schande über die Familie brachte, würde nicht einmal dazu taugen, die treusorgende Ehefrau eines Offiziers zu werden. Auch wenn es ihr im tiefsten Herzen widerstrebte, gezwungen zu sein, ein Leben wie ihre Mutter zu führen, würde ihr höchstwahrscheinlich nichts anderes übrigbleiben, als einmal dem Leutnant oder Hauptmann, den ihr Vater für sie bestimmen würde, vor den Traualtar zu folgen.

Das Leben ist ungerecht, fand Rieke. Wäre sie ein Junge, würde der Vater sie persönlich zur Kadettenanstalt in Potsdam bringen und stolz auf sie sein. Als Mädchen hätte sie ohne Tante Ophelias Großzügigkeit zu Hause leben und dort lernen müssen, was die treusorgende Ehefrau eines Offiziers können sollte. Sie hasste diesen Ausdruck, der auch ihrer Mutter immer wieder über die Lippen kam. Sklavin des Ehemanns wäre passender, dachte sie, denn etwas anderes war ihre Mutter nicht.

Da die Geschwister ihren Gedanken nachhingen, erstarb das Gespräch und wurde erst wiederaufgenommen, als der Zug sich der Zielstation näherte. Nun blickte Rieke wieder zum Fenster hinaus. Die Gleise führten an einem Fluss entlang, und sie entdeckte ein Stück weiter schäumende Stromschnellen.

»Schau, Emil!«, rief sie.

Ihr Bruder tat ihr den Gefallen und stand für eine Weile ebenso wie sie im Bann des tosenden Wassers, das sich seinen Weg zwischen grau aufragenden Felsen bahnte.

»Diese Stromschnellen sollte man nicht mit einem Kahn befahren«, meinte er. »Dort wird jedes Boot zerschmettert, und selbst der beste Schwimmer wird von diesen Strudeln in die Tiefe gezogen.«

Rieke schauderte es, und sie wechselte rasch das Thema. »Was meinst du? Ob noch andere Schülerinnen der Schwestern Schmelling in diesem Zug mitfahren?«

»Wenn sie es tun, müssen sie gewiss nicht in der zweiten Klasse reisen.« Emil dachte daran, dass ihr Vater sie in der dritten Klasse hatte fahren lassen wollen. Um Rieke zu ersparen, zwischen allem möglichen Volk eingekeilt zu werden, hatte er den Fehlbetrag zu den teureren Fahrkarten aus eigener Tasche bezahlt.

»Du meinst, die benutzen alle die erste Klasse?«, fragte Rieke erstaunt. In ihrer Stimme schwang kein Neid mit, denn ihr war klar, dass ihr Vater, der weder Vermögen besaß noch Aussicht auf ein Erbe hatte, für solche Extras kein Geld ausgab. Sie schob diesen Gedanken rasch beiseite und richtete ihr Augenmerk auf das Städtchen, in das der Zug nun einfuhr.

»Wir sind gleich da! Wir sollten unser Gepäck an uns nehmen«, sagte sie zu Emil.

Dieser lächelte angesichts der Ungeduld seiner Schwester. »Es wird noch ein paar Minuten dauern, bis der Zug hält. Bleib lieber sitzen, sonst reißt dich der Ruck, mit dem er bremst, von den Beinen. Wir haben genug Zeit zum Aussteigen.«

»Und was tun wir dann?«

»Wir besorgen uns eine Droschke und lassen uns zu dem Institut der Schwestern Schmelling bringen. Sobald du dort aufgenommen bist, fahre ich zum *Schwan*. Da heute kein Zug mehr in Richtung Heimat fährt, werde ich dort übernachten und morgen die Rückreise antreten. Vergiss aber nicht, was ich dir vorhin eingeschärft habe!«

Rieke schüttelte den Kopf. »Hab keine Sorge! Ich werde auf das achtgeben, was ich sage.«

»Das wird auch gut sein!« Emil lächelte und stand nun doch auf, um seine Reisetasche und die seiner Schwester an sich zu nehmen. Riekes Gepäckstück war klein und leicht. Eigentlich hätte sie mehr Sachen benötigt, dachte er, doch anders als bei seinem Eintritt in die Kadettenanstalt hatte der Vater sich als knausrig erwiesen.

## 2.

Da die aussteigenden Passagiere der ersten Klasse Vorrang hatten, dauerte es eine gewisse Zeit, bis auch Rieke und Emil den Bahnsteig verlassen konnten. Als sie den Vorplatz erreichten, standen dort nur noch zwei Droschken. Eine Frau mittleren Alters in der strengen Kleidung einer Gouvernante strebte mit einem Mädchen auf die ihnen am nächsten stehende zu. Daher wählte Emil die andere. Der Kutscher sah ihn und Rieke grinsend an.

»Sie bringen wohl das Fräulein Schwester zur Höhere-Töchter-Schule, was?«

»So ist es«, antwortete Emil aufgeräumt. »Wenn das geschehen ist, darfst du mich zum *Schwan* fahren.«

»Mach ich gerne! Hat 'n gutes Bier.« Dem Grinsen des Kutschers nach würde er das Bier nach der Fahrt wohl auch probieren.

Unterdessen verließen drei weitere Personen den Bahnhof. Die ältere Frau schien ihrer Kleidung nach ebenfalls eine Gouvernante zu sein. Bei ihr waren ein etwa sechzehn Jahre altes Mädchen und ein junger Mann im weißen Waffenrock eines österreichischen Offiziers. Dieser sah, dass die zweite Gouvernante gerade den Droschkenkutscher ansprach, und winkte diesem herrisch zu.

»Einen Wagen für Graf und Komtesse Hollenberg!«

Der Kutscher sah die Frau an, dann den jungen Offizier und zuckte bedauernd mit den Schultern. »Es tut mir leid, aber Sie werden warten müssen, bis eine der anderen Droschken zurückkommt«, sagte er zu der Gouvernante, die schon im Einsteigen begriffen war, und lenkte sein Gefährt zu dem Österreicher.

Die Frau sah ihm verdattert nach, während Rieke den Kopf schüttelte. »Ein Kavalier ist der Herr nicht gerade.«

»Weil er ein Graf ist, glaubt er, etwas Besseres zu sein und überall Vorrang zu haben«, antwortete Emil und reichte dem Kutscher die Reisetaschen. Unterdessen stiegen der Offizier, die Komtesse Hollenberg und ihre Gouvernante in die andere Droschke ein und fuhren los.

Rieke sah ihnen kurz nach und wandte sich dann der zurückgelassenen Frau und dem Mädchen zu, die wie verloren auf dem nun leeren Bahnhofsplatz standen. Auf dem Gesicht der Frau las sie Hilflosigkeit, während deren Schützling die Lippen fest zusammenpresste, als müsse sie Worte zurückhalten, die sich nicht ziemten.

»Können wir die beiden nicht mitnehmen?«, fragte Rieke ihren Bruder.

Emil folgte ihrem Blick und nickte. »Warte noch!«, befahl er dem Droschkenkutscher und trat auf die Gouvernante zu. »Gestatten Sie, dass ich mich vorstelle. Emil von Gantzow mein Name. Sind Sie und die junge Dame zur Höhere-Töchter-Schule der Schwestern Schmelling unterwegs?«

Während die Frau ihn aus großen Augen ansah, nickte das Mädchen. »Das sind wir!«

»Dann erlauben Sie mir, dass ich Ihnen einen Platz in meiner Droschke anbiete«, sagte Emil und wies einladend auf das Fahrzeug, in das Rieke eben stieg.

Die Gouvernante knickste erleichtert. »Nehmen Sie unseren besten Dank entgegen, mein Herr! Es wäre mir unlieb gewesen, hier warten zu müssen. Fräulein Gundas Eltern haben mir die Aufgabe übertragen, ihre Tochter ins Internat zu bringen, doch dieser Herr hat mir eben …«

»Das war kein Herr, sondern ein Rüpel«, rief Rieke dazwischen und fing sich dafür einen tadelnden Blick ihres Bruders ein.

»Rieke, ich muss doch bitten! Keine junge Dame wie du bezeichnet einen Offizier Seiner Majestät, Kaiser Franz Joseph, als Rüpel, selbst wenn es der Wahrheit entspricht.«

»Jawohl, Herr Leutnant von Gantzkow!« Rieke tat so, als wollte sie salutieren, und setzte sich dann gegen die Fahrtrichtung.

Als die Gouvernante das sah, wehrte sie erschrocken ab. »Aber nicht doch, gnädiges Fräulein, Fräulein Gunda und ich können sehr wohl diese Sitze einnehmen.«

»Jetzt sitze ich hier!« Rieke lächelte und sah sich Gunda genauer an. Diese war etwas kleiner als sie, hatte ein fein gezeichnetes Gesicht, weißblonde Haare und große blaue Augen. Ihr Kleid war einem Mädchen ihres Alters angemessen, aber aus bestem Tuch und von einer exzellenten Näherin gefertigt.

Im Gegenzug musterte Gunda das Mädchen, das ebenso wie sie eine Schülerin im Institut der Schwestern Schmelling werden würde. Rieke war schlaksig, hatte ein längliches Gesicht mit einer schmalen, leicht gebogenen Nase und grauen Augen unter dunklen Wimpern, welche einen Kontrast zu der blonden Haarsträhne bildeten, die unter dem einfachen Strohhut hervorlugte. Obwohl sie schlicht gekleidet war, sah man ihr die Abkunft aus adeligen Kreisen an. Sie wirkte für ihr Alter erstaunlich ernst, und Gunda fragte sich, ob dieses Mädchen eine Freundin werden könnte. Mit einem Lächeln wandte sie sich an Rieke.

»Du kommst wohl heuer ebenfalls zum ersten Mal hierher?«
Rieke nickte. »So ist es.«
»Bist du auch neugierig darauf, wie es in der Schule sein wird?«, fragte Gunda weiter.

Schlechter als zu Hause bei einem stets missgelaunten Vater gewiss nicht, dachte Rieke und zuckte mit den Schultern. »Man muss es nehmen, wie es kommt. Macht man sich zu viele Gedanken, wird man nur enttäuscht.«

Es klang bitter und ein wenig abweisend, dachte Gunda. Dabei wünschte sie sich dringend eine Freundin in der Schule. Dies war doppelt wichtig, denn sie wusste, dass ihre um zwei Jahre ältere Cousine Bettina ebenfalls als Schülerin im Institut eingeschrieben war. Zwischen ihrer und deren Familie gab es immer wieder Ärger.

Da Gundas Gedanken sich mit ihren Verwandten beschäftigten und Rieke schwieg, versandete das Gespräch, noch bevor es richtig begonnen hatte. Nach einer Weile kamen ihnen die ersten leeren Droschken entgegen, als letzte die, die der österreichische Offizier Gunda und deren Begleiterin vor der Nase weggeschnappt hatte. Die beiden Droschkenkutscher hoben kurz die Peitsche zum Gruß, dann fuhr ihre Droschke auf den Vorplatz der Schule ein.

Die beiden Mädchen erblickten ein großes, mit seinen dunklen Klinkermauern streng wirkendes Gebäude mit winzigen Fenstern. Eine mehrstufige Freitreppe führte zum Eingang hinauf, dessen zweiflügelige Tür weit offen stand. Mehrere Dienstmädchen schafften dort das Gepäck der bereits angekommenen Schülerinnen hinein.

Die Droschke hielt an. »Glaubst du, du kommst allein zurecht?«, fragte Emil, der bereit war, den Kutscher wegzuschicken und zu Fuß zum *Schwan* zu gehen, falls Rieke ihn doch noch benötigen würde.

»Wenn Sie erlauben, werde ich mich um Ihre Schwester kümmern«, bot Gundas Gouvernante an.

»Das wäre sehr freundlich von Ihnen!« Emil lächelte und blickte seine Schwester fragend an.

Diese überlegte kurz und sagte sich dann, dass sie den Rest des Schuljahrs ohne ihn auskommen musste.

»Du solltest nur kurz aussteigen und den Schwestern Schmelling sagen, dass du mich begleitet hast, dann kannst du fahren«, erklärte sie.

»Du wartest, bis ich wiederkomme!«, erklärte Emil dem Kutscher und stieg aus.

Ein Dienstmädchen kam heran, um Riekes Reisetasche und Gundas Koffer zu übernehmen. Sie knickste eifrig und riskierte einen Seitenblick auf den schmucken, jungen Offizier. Emil achtete jedoch nicht auf sie, sondern hob zuerst Rieke und dann Gunda aus der Kutsche. Wenig später stand auch die Gouvernante auf festem Boden, wirkte aber ein wenig besorgt.

»Bedauerlicherweise ist keine Droschke hiergeblieben, mit der ich zu dem Gasthaus fahren könnte, in dem meine Herrschaft ein Zimmer für mich bestellt hat. Könnten Sie so gut sein, mir eine zu schicken, wenn Sie den *Schwan* erreicht haben?«, bat sie Emil. Bevor dieser etwas sagen konnte, mischte sich das Dienstmädchen ein.

»Die Droschken kommen in einer Stunde zurück, um die Begleitung der jungen Damen abzuholen.«

Auf diese Auskunft hin drehte Emil sich zu dem Droschkenkutscher um. »Sag mir, was du für diese Fahrt bekommst. In einer Stunde bist du wieder hier, um mich und diese Dame abzuholen.«

»Das geht doch nicht, Herr Offizier. Ich kann doch nicht mit einem Herrn alleine in einer Droschke fahren«, wandte die Gouvernante ein.

Rieke fand diese Haltung äußerst pedantisch und fragte sich, ob Gunda genauso war. Unterdessen erklärte ihr Bruder lächelnd, dass es sich sehr wohl schicken würde, da sie ja beide einen Schützling hier abgeliefert hätten.

»Der Herr Leutnant hat recht!«, stimmte Gunda ihm zu. »Papa und Mama werden es gewiss gutheißen, wenn er Sie zu Ihrem Quartier begleitet.«

Ein Mädchen, das zur Gouvernante höflich Sie sagte, musste ebenfalls pedantisch sein, sagte Rieke sich und trat mit ihrem Bruder ins Haus. Gunda und deren Gouvernante folgten ihnen auf dem Fuß.

Im Vorraum stand etliches an Gepäck herum, und sie mussten sich den Weg zwischen Koffern und Reisetaschen hindurch bahnen. Es ging durch eine Tür in einen kleinen Saal, der die Schülerinnen und ihre Begleiter kaum zu fassen vermochte. Ein Teil der Mädchen war von Verwandten gebracht worden, andere wie Gunda von ihren Gouvernanten. Rieke zählte außer Gunda und ihr selbst noch etwa dreißig Schülerinnen. Einige, die von ihrem Alter her heuer zum ersten Mal an diesem Ort waren, standen scheu herum, während jene, die älteren Jahrgängen angehörten, einander fröhlich begrüßten und sofort von ihren Erlebnissen in den Ferien berichteten. Da es dabei nicht immer leise zuging, hüstelte die Frau, die hinter einem Katheder saß und die Schülerinnen in die Liste eintrug, immer wieder mahnend.

Eine Gruppe fiel Rieke besonders auf. Sie hatte sich um den österreichischen Offizier von Hollenberg versammelt und bewunderte ihn sichtlich. Die Mädchen mussten mindestens zwei Jahre älter sein als sie und Gunda, die genau in diesem

Moment »Bettina!« flüsterte. Es klang nicht gerade freundlich, und so fragte Rieke sich, wer diese Bettina sein mochte.

Die Frau am Katheder wurde eben mit der zuletzt angekommenen Schülerin fertig und sah den Neuankömmlingen auffordernd entgegen. »Das sind wohl beides neue Schülerinnen?«

Emil wechselte einen kurzen Blick mit Gundas Gouvernante und trat, als diese einen Schritt zurückwich, auf das Katheder zu.

»Guten Tag!«, grüßte er. »Mein Name ist Emil von Gantzow, und ich begleite meine Schwester hierher.«

»Dann bist du Friederike von Gantzow!«, sagte die Frau zu Rieke, die ihrem Bruder gefolgt war.

»Die bin ich«, antwortete Rieke mit einem Knicks.

»Ich bin Fräulein Paschke und für die Schülerinnen des ersten Jahrgangs verantwortlich. Ich werde euch eure Betten zuweisen und euch mit den Regeln unserer Schule vertraut machen.«

Während sie redete, trug Helene Paschke Riekes Namen in die Liste ein und wandte sich dann Gunda und deren Gouvernante zu, die höflich gewartet hatten, bis sie an der Reihe waren.

»Da die übrigen neuen Schülerinnen bereits anwesend sind, musst du Gunda von Hartung aus Berlin sein«, erklärte sie.

Während Gunda bejahte, hörte Rieke, wie eines der Mädchen bei dem österreichischen Offizier abschätzig »Die Tochter eines Webers!« flüsterte.

Ob auch Gunda es gehört hatte, wusste sie nicht. Sie empfand diesen Ausspruch als gemein. Ein einfacher Weber würde niemals das Schulgeld für dieses Institut aufbringen, zumal die Schwestern Schmelling nur Mädchen aus Adelskreisen als Zöglinge aufnahmen. Rieke hielt die Sprecherin daher für Bettina, wurde aber kurz darauf eines Besseren belehrt, da ein anderes

Mädchen sie mit Rodegard anredete. Wie es aussah, würde Gunda von Hartung hier keinen guten Stand haben. Rieke ärgerte sich darüber, denn das Mädchen war ihr sympathisch. Aber auch dann, wenn sie dies nicht gewesen wäre, hielt sie es für widerwärtig, eine neue Schülerin so zu empfangen.

## 3.

Kurz bevor die Stunde zu Ende war, welche die Schwestern Schmelling ihren Schülerinnen für den Abschied zubilligten, erschienen die Damen selbst. Beide waren überdurchschnittlich groß. Während Klothilde schlank war bis zur Magerkeit, wirkte ihre Schwester Jolanthe recht wuchtig. Die Kleidung der beiden war aus gutem, braunem Kattun gefertigt, aber völlig ohne Verzierungen. Auf der Nase der Dünnen saß eine Nickelbrille, und Jolanthe hielt einen Gehstock in der Hand. Die Blicke der beiden Frauen schweiften abschätzend über die Schülerinnen, die mucksmäuschenstill geworden waren.

»Sind alle erschienen, Fräulein Paschke?«, fragte Jolanthe.

Die Frau hinter dem Katheder nickte. »Das sind sie, Frau Schmelling.«

»Sehr gut!«, befand Klothilde und rückte ihre Brille zurecht. »Zweiunddreißig, so wie es bei uns üblich ist, acht in jeder Jahrgangsstufe.«

Es war eine geringe Zahl für ein solches Institut, doch genau dies zeichnete die Schule der Schwestern Schmelling aus. Die Familien der Mädchen nahmen das höhere Schuldgeld in Kauf, weil sie wussten, dass ihren Töchtern hier die bestmögliche Ausbildung zuteilwurde.

Jolanthe Schmelling hielt nun eine Begrüßungsansprache, in der sie erklärte, dass die Zöglinge in ihrem Institut zu verantwortungsvollen Gefährtinnen ihrer Ehemänner und zu sorgsamen Müttern erzogen würden. Rieke fühlte sich an die Ermahnungen ihrer Mutter erinnert und fragte sich, ob sie vom Regen in die Traufe geraten war.

Mehrere ältere Schülerinnen ließen die Rede mit gelangweiltem Spott über sich ergehen, während die neuen Schülerinnen ihr aufmerksam folgten.

Schließlich kam Jolanthe Schmelling zum Ende ihres Vortrags und gesellte sich mit ihrer Schwester zu den Schülerinnen, die von Familienangehörigen begleitet wurden. Um die anderen wie Gunda von Hartung kümmerte sich Helene Paschke. Wie es aussah, schätzten die Besitzerinnen des Institutes es nicht, wenn die Verwandten der Mädchen ihnen nicht die Achtung entgegenbrachten, selbst zu kommen, sondern Gouvernanten oder anderes Dienstpersonal mitschickten.

Rieke war daher froh, dass Emil nicht, wie er eigentlich beabsichtigt hatte, gleich mit der Droschke zum *Schwan* gefahren war. Eben sprach Klothilde Schmelling ihn an und lächelte ihr anschließend zu.

»Willkommen in unserem Institut, Friederike!«

Rieke knickste höflich. »Ich danke Ihnen, gnädige Frau!«

Die Anrede war eigentlich zu hoch gegriffen, doch auf Klothildes Miene trat ein erfreuter Zug.

»Brauchst du mich noch, Rieke?«, fragte Emil.

Das Mädchen schüttelte den Kopf. »Nein! Ich bin hier gewiss in sicherer Hut.«

»Das bist du«, sagte Klothilde Schmelling und nickte nachdrücklich.

»Dann erlauben Sie mir, dass ich mich verabschiede!« Emil verbeugte sich vor der Frau und strich seiner Schwester über die Wange. »Mach's gut und gib auf dich acht!«

»Auf Wiedersehen«, flüsterte Rieke und fühlte sich mit einem Mal so beklommen, dass ihr die Tränen in die Augen stiegen.

Da Jolanthe Schmelling noch immer mit dem österreichischen Leutnant sprach, deutete Emil nur einen Gruß in ihre Richtung an und ging nach draußen, wo seine Droschke bereits auf ihn wartete. Er trat zu der Kutsche, half Gundas Gouvernante hinein und stieg dann selbst in den Wagenkasten.

»Du kannst losfahren!«, sagte er zu dem Droschkenkutscher, während Leutnant Hollenberg, der kurz hinter ihm ins Freie gekommen war, eine Handbewegung machte, als wolle er sie zurückhalten. Doch da schwang der Droschkenkutscher seine Peitsche über die Ohren seiner Pferde und trieb sie damit an.

Rieke winkte ihrem Bruder und Gunda ihrer Gouvernante nach, danach kehrten sie in die Halle zurück, in der Helene Paschke die neu aufgenommenen Schülerinnen um sich versammelte.

»Wie ihr alle gehört habt, bin ich für euch verantwortlich und werde euch als Erstes mit den hier geltenden Regeln vertraut machen.«

Es folgten etliche Punkte, damit beginnend, dass sie höflich zu den Lehrerinnen zu sein und diesen keine Widerrede zu geben hätten, und endend mit dem Gebot, sich gottgefällig und sittsam zu benehmen.

Danach hob Helene Paschke den rechten Zeigefinger und forderte ihre Schützlinge auf, ihr zu folgen. »Ich führe euch jetzt in den Raum, in dem ihr schlafen werdet.«

Der Schlafsaal entpuppte sich als gerade mal groß genug für acht schmale Betten und ebenso viele noch schmälere Schränke.

»Das Institut hat euren Familien mitgeteilt, was sich in eurem Gepäck befinden muss und was ihr zusätzlich bei euch haben dürft. All dies müsst ihr in das untere Fach des euch zugeteilten Schranks legen. In den beiden anderen Fächern stehen für euch in zweifacher Ausfertigung die hier gebräuchliche Schulkleidung, Nachthemden, Strümpfe und ein Hut zur Verfügung.«

Helene Paschke öffnete einen Schrank und wies auf die entsprechenden Kleidungsstücke. Danach musterte sie die Koffer und Reisetaschen der Schülerinnen. Schon auf Anhieb war zu sehen, dass mindestens die Hälfte von ihnen mehr mitgebracht hatte, als in das Schrankfach passte.

»Da ihr später einmal die Arbeit von Zimmermädchen und anderem Dienstpersonal überwachen müsst, werdet ihr lernen, was diese zu tun haben. Öffnet nun eure Taschen und Koffer und breitet das, was ihr mitgebracht habt, auf euren Betten aus. Diese wurden alphabetisch zugeordnet. Erika von Ahlsfeld!«

Das genannte Mädchen trat auf das erste Bett zu und stellte seine Reisetasche darauf. Diese war ziemlich groß, und so wunderte sich niemand, dass nicht alles in den Schrank passte.

Helene Paschke befahl dem Mädchen, das meiste wieder einzupacken. »Deine Reisetasche wird später von dem Dienstmädchen auf den Speicher gebracht und dir bei deiner Abreise in die Ferien wieder übergeben«, erklärte sie der Schülerin. Anschließend rief sie das nächste Mädchen auf.

Kurz darauf kam Rieke an die Reihe. Ihr Gepäck war klein und füllte das untere Fach nicht einmal aus. Da die Lehrerin bisher bei jeder Schülerin etwas bemängelt hatte, wartete Rieke auf das, was sie zu hören bekommen würde.

Doch da wandte sich Helene Paschke bereits Gunda zu und erklärte: »Du bekommst das nächste Bett!«

Gunda nickte und öffnete ihren Koffer. Ihre Sachen waren von ausgezeichneter Qualität und verrieten Rieke, dass Geld in ihrer Familie wohl das geringste Problem darstellte.

Nach Gunda erhielten die übrigen Schülerinnen ihre Betten und Schränke zugeteilt. Helene Paschke erklärte ihnen, dass in einer halben Stunde zum Abendessen gerufen werde und sie sich bis dahin umgezogen haben müssten.

Einige wirkten wie verschreckte Schafe, während sie Hemden, Kleider und Strümpfe aus den Schränken zogen. Ihre Schuhe durften sie behalten, doch auch für deren Beschaffung hatten die Schwestern Schmelling strenge Anweisungen gegeben.

»Wenn ihr so weit seid, wascht ihr euch Gesicht und Hände. Das Badezimmer ist am Ende des Flurs«, wies Helene Paschke die Mädchen noch an, dann verließ sie den Raum.

Rieke sah ihr kopfschüttelnd nach. »Das ist ja noch schlimmer als in einer Kaserne.«

»Es ist ein sehr vornehmes Institut, und sie nehmen weniger als ein Viertel derer, die sich um einen Platz bewerben«, erklärte ihr Erika von Ahlsfeld.

»Woher weißt du das?«, fragte eine Schülerin.

»Meine älteste Schwester hat dieses Institut ebenfalls besucht. Da sie bedauerlicherweise vier Jahre älter ist als ich, ist sie in diesem Sommer abgegangen. Sonst hätte sie mir helfen können, mich zurechtzufinden.«

»Auf jeden Fall heißt es hier: Auf Order parieren!«, meinte Rieke nicht ohne Spott. Gewohnt, den Launen ihres Vaters zu folgen, um keine Schläge zu erhalten, rechnete sie damit, auch hier zurechtzukommen. Einigen war jedoch deutlich anzusehen, dass sie es sich anders vorgestellt hatten, und zu diesen gehörte auch Gunda.

Als Rieke den Speisesaal betrat, war dieser gerade groß genug für vier Tische, an denen alle zweiunddreißig Schülerinnen Platz hatten, sowie für einen weiteren Tisch für die vier Lehrerinnen, die bei den Mahlzeiten die Aufsicht führten. Da die Kleider der Mädchen sich nur durch ihre Größe, nicht aber in Farbe und Schnitt unterschieden, fühlte Rieke sich erneut an eine Kaserne erinnert. Auch Soldaten trugen Uniform, und etwas anderes waren die Einheitskleider, auf denen die Schwestern Schmelling bestanden, ihrer Ansicht nach nicht.

Helene Paschke führte die Neuen an ihren Tisch und zählte ihnen auf, wie sie sich bei den Mahlzeiten verhalten sollten. Vor allem hatten sie den Lehrerinnen und den älteren Schülerinnen zu gehorchen und ihnen keine Widerrede zu geben. Rieke entging nicht, dass mehrere Schülerinnen des dritten Jahrgangs bei diesen Worten erwartungsvoll grinsten. Rodegard zählte dazu, die Österreicherin Hollenberg sowie ein weiteres Mädchen, das sie instinktiv für Bettina hielt. Außerdem vernahm Rieke leise Bemerkungen, die Gunda galten.

»Eine Schande, dass so eine hier sein darf!«, »Webertochter!«, »Geschmeiß!« waren noch die harmloseren Ausdrücke.

Obwohl Fräulein Paschke sie gehört haben musste, schritt diese nicht ein, sondern dozierte weiter, dass die Schülerinnen Disziplin und Entsagung lernen müssten, um einmal ihrem Geschlecht und ihrem Rang Ehre zu erweisen. Disziplin hieß für die Neuen, bei Tisch zu schweigen.

Als Gunda von den Sticheleien am Nebentisch gereizt etwas sagen wollte, fuhr ihr Helene Paschke sogleich über den Mund. »Sei still!«

Verwundert über diese harsche Reaktion sah Rieke die Lehrerin an. Diese warf einen kurzen Blick zu der Gruppe um Rodegard und der Komtesse Hollenberg und lächelte, als die Mädchen zufrieden nickten. Wie es aussah, hatte Fräulein Paschke sich von diesen beeinflussen lassen und würde Gunda auch weiterhin schlecht behandeln. Rieke ahnte längst, worum es den anderen ging. Jedes Mädchen erhielt einen Spitznamen, und so wollten Rodegard, Bettina und Franziska von Hollenberg für Gunda die abschätzige Bezeichnung »Webertochter« durchsetzen.

Da den Mädchen der jüngsten Klasse bei Tisch verboten war, ohne Aufforderung zu sprechen, war Gunda diesen infamen Angriffen hilflos ausgeliefert. Rieke sah, wie dieser die Tränen kamen, und ärgerte sich über die Lehrerin, die genüsslich ihre Suppe schlürfte und den älteren Schülerinnen freie Hand ließ, ihre Schnäbel an Gunda zu wetzen.

## 4.

Die erste Nacht verging für die meisten Mädchen viel zu schnell. Da Rieke gewöhnt war, nicht zu trödeln, wurde sie als Erste fertig und konnte bald mit dem Frühstück beginnen. Zu ihrem Ärger bemerkte sie, dass nun auch einige Schülerinnen des nächstälteren Jahrgangs damit begannen, Gunda »Webertochter« zu nennen. Die Saat, die Bettina und Rodegard gestreut hatten, ging auf.

Bettina von Dobritz bemerkte Riekes ärgerlichen Blick und musterte sie von oben herab. »Und? Wie sollen wir dich nennen?«

»Erika von Ahlsfeld haben wir Heidekraut getauft«, mischte sich Rodegard von Predow ein.

»Und wie heißt du?«, fragte Rieke.

»Das ist eine Frechheit! Weißt du nicht, dass eine Neue einer älteren Schülerin keine Frage stellen darf, es sei denn, sie sagt ›bitte‹?«, erklärte Franziska in ihrem weich gefärbten wienerischen Dialekt, der ihrer Bemerkung trotzdem nicht die Schärfe nahm.

»Also sag bitte!«, drängte Bettina.

»Warum sollte ich?«, antwortete Rieke. »So wichtig sind mir eure Schulnamen nicht, als dass ich darum bitten würde, sie zu erfahren.«

»Du bist frech! Weißt du, was wir hier mit frechen kleinen Mädchen machen«, zischte Rodegard und versetzte Rieke eine Ohrfeige.

Obwohl das Mädchen einen halben Kopf größer war, schlug Rieke zurück. Im ersten Augenblick starrte Rodegard sie verdattert an, dann färbte ihr Gesicht sich puterrot.

»Das hast du nicht umsonst getan!«, schrie sie und holte weit aus.

Rieke duckte sich unter der Ohrfeige weg, so dass Rodegards Schlag ins Leere traf. Bevor sie selbst zuschlagen konnte, griff Fräulein Paschke ein.

»Was soll das?«

»Die Neue hat Rodegard eine freche Antwort gegeben und sie geschlagen!«, erklärte Bettina von Dobritz rasch.

»Sie hat mich zuerst geschlagen!«, stieß Rieke aufgebracht aus.

»So ist es! Ich habe es gesehen!« Gunda trat neben sie und funkelte die größeren Mädchen wütend an.

Bettina von Dobritz musterte sie mit einem höhnischen Blick. »Das Wort einer Webertochter gilt hier gar nichts!«

»Und was bist du Besseres?«, fragte Gunda wütend. »Dein Vater lässt ebenfalls Tuche fertigen wie der meine, und deine Mutter ist die Schwester meines Vaters. Wieso erhebst du dich also über mich, zumal wir Hartungs vor euch Dobritzens nobilitiert worden sind?«

Bettina zuckte wie unter einem Schlag zusammen. »Du bist eine Lügnerin!«, schrie sie und schlug mit aller Kraft zu.

Da Gunda nicht darauf vorbereitet war, traf sie diese voll im Gesicht. Blut trat aus der Nase und vermischte sich mit den Tränen, die Gunda über die Wangen liefen.

»Du hinterhältiges Biest!«, schrie Rieke und wollte sich auf Bettina stürzen.

Doch da hielt Helene Paschke sie fest.

»Seid still jetzt! Und zwar alle! Ich dulde weder Streit noch Prügeleien. Ihr beide«, ihr Zeigefinger deutete auf Rieke und Gunda, »werdet jetzt Fräulein Rodegard und Fräulein Bettina um Verzeihung bitten und dann zusehen, dass die Blutung gestillt wird. In einer halben Stunde habt ihr im Klassenraum zu sein, und zwar ohne Blutflecken auf dem Kleid!«

Rieke empörte es, dass Gunda und sie sich entschuldigen sollten, obwohl die anderen angefangen hatten. Der eisige Blick der Lehrerin zeigte jedoch unmissverständlich, dass es noch schlimmere Konsequenzen nach sich ziehen würde, wenn sie sich weigerten. Da Emil sie davor gewarnt hatte, von der Schule verwiesen zu werden, deutete sie einen Knicks an.

»Ich bitte Rodegard um Verzeihung, dass ich sie geschlagen habe«, sagte sie, wobei sie insgeheim bedauerte, sie nicht härter getroffen zu haben.

Gunda fiel es noch schwerer, sich zu entschuldigen, da sie im Gegensatz zu Rieke nicht die Befriedigung besaß, ihrer Gegnerin zumindest eine Ohrfeige versetzt zu haben. Doch auch sie murmelte etwas, das als Bitte um Verzeihung aufgefasst werden konnte, und ging dann, von Rieke gefolgt, zu den Baderäumen, um ihr blutiges Gesicht abzuwaschen und ihre Nase mit kaltem Wasser zu kühlen.

Als die beiden gegangen waren, wollten Rodegard, Bettina und Franziska sich an den Frühstückstisch setzen.

Ein scharfes Wort der Lehrerin hielt sie jedoch zurück.

»Hiergeblieben! Auch wenn die jüngeren Schülerinnen euch zu gehorchen haben, habt ihr nicht das Recht, sie zu züchtigen. Muss ein Mädchen körperlich bestraft werden, so geschieht das durch eine der Patroninnen. Habt ihr das verstanden?«

Die drei nickten, doch Bettinas und Rodegards Mienen machten wenig Hehl daraus, dass diese Sache noch nicht ausgestanden war.

## 5.

Rieke und Gunda kamen früh genug in den Klassenraum, um Fräulein Paschkes Zorn zu entgehen. Auch wenn Gundas Nase leicht angeschwollen war, blutete sie nicht mehr. Ihre Lippen zuckten jedoch, und Rieke war klar, dass sie Bettina allen Warnungen der Lehrerin zum Trotz am liebsten mit den Fingernägeln durchs Gesicht gefahren wäre.

Waren die beiden tatsächlich Cousinen?, fragte sie sich. Dann musste es eine arg ungute Verwandtschaft sein.

»Die Neuen links aufstellen!«, befahl Fräulein Paschke.

Zusammen mit Erika und den fünf anderen gehorchten Rieke und Gunda. Rieke musterte den Klassenraum. Vorne stand das Katheder der Lehrerin, an der Wand dahinter hing ein Bild von König Wilhelm, während sich auf der anderen Seite drei Reihen mit je vier Bänken befanden, also mehr, als für eine Klasse notwendig waren. Sie waren für jenen Unterricht gedacht, die die Schülerinnen der ersten drei Jahrgangsstufen gemeinsam bekamen. Für getrennte Unterrichtsstunden, so erklärte Fräulein Paschke, standen andere Räumlichkeiten für die fortgeschrittenen Klassen zur Verfügung. Die Schülerinnen der Abschlussklasse wurden stets in einem eigenen Zimmer unterrichtet, da bei ihnen auch Themen angesprochen wurden, für die man die anderen Mädchen noch für zu jung hielt.

Unterdessen nahmen die Schülerinnen der beiden älteren Jahrgänge Platz. Auch wenn Rieke bislang nur einen Teil der

Mädchen kannte, merkte sie rasch, dass die Sitzordnung einer gewissen Hierarchie entsprach. In der vordersten Bank zur Rechten der Lehrerin saßen Franziska von Hollenberg und eine weitere Schülerin aus einem gräflichen Geschlecht. Die Bank dahinter war für Rodegard aus dem freiherrlichen Haus derer von Predow reserviert, zu der sich nun Bettina von Dobritz gesellte. Ihre restlichen Klassenkameradinnen tuschelten und bedachten sie mit scheelen Blicken. In ihren zwei Jahren im Institut hatte Bettina so getan, als entstamme auch sie altem märkischem Adel. Nun aber war Gundas Ausspruch in der Welt, dass Bettinas Vater erst nach deren Vater in den Adelsstand erhoben worden sei und sie selbst damit eigentlich Vorrang vor ihr hätte. Zu protestieren wagte jedoch keine.

Nachdem die Älteren ihre Plätze eingenommen hatten, wies Fräulein Paschke auch den neuen Schülerinnen ihre Bänke zu. Sie tat dies von vorne nach hinten. Für die letzte Bank bestimmte sie Rieke und Gunda. Während Gunda sich ärgerte, weil ihre Cousine bei der Lehrerin um so viel angesehener war als sie, dachte Rieke, dass es der passende Platz für sie war. Als Major der preußischen Armee hätte ihr Vater niemals die Gebühr aufbringen können, die von den Schwestern Schmelling für die Aufnahme in ihrem Institut gefordert wurde. Sie war nur deswegen hier, weil Großtante Ophelia von Gentzsch das Schuldgeld für sie aufbrachte. Nach dem, was sie bislang hier erlebt hatte, wusste Rieke allerdings nicht mehr, ob sie ihr dafür dankbar sein sollte. Das Leben mit einem ständig missgestimmten Vater war nicht leicht, doch der Zusammenstoß mit den älteren Mädchen hatte ihr gezeigt, dass auch die nächsten Jahre kein Zuckerschlecken für sie werden würden.

»Wir Gantzows sind noch nie vor einem Feind zurückgewichen«, murmelte sie und fing sich damit eine Rüge Fräulein Paschkes ein.

»Friederike, unsere Schülerinnen sprechen während der Schulstunden nur, wenn sie gefragt werden! Stehe auf und sage, dass du das verstanden hast!«

»Ich habe es verstanden, Fräulein Paschke!« Rieke beschloss, wenn es notwendig war, sich wie ein Zweig zu biegen. Sie musste die Schule durchstehen, wenn sie nicht den Zorn des Vaters über sich bringen und Frau von Gentzschs Enttäuschung zu spüren bekommen wollte.

Die Lehrerin rief nun die neuen Schülerinnen einzeln auf, um sie vorzustellen. Da dies bankweise geschah, kamen Rieke und Gunda als Letzte an die Reihe und hörten zunächst zu, was die sechs anderen zu berichten hatten. Drei von ihnen, darunter Erika von Ahlsfeld, entstammten alten Adelsgeschlechtern, die drei anderen kamen aus Familien, die erst in diesem Jahrhundert nobilitiert worden waren. Der Stolz, den sie bisher darüber gefühlt haben mochten, verging ihnen angesichts der überheblichen Blicke jener Mädchen, die ihre Ahnen wie Franziska von Hollenberg teilweise bis ins dreizehnte Jahrhundert zurückverfolgen konnten.

Schließlich richtete Helene Paschke ihren Blick auf die letzte Bank. Die beiden Mädchen sahen sich kurz an, dann stand Gunda auf und erklärte, die Tochter des Tuchfabrikanten Friedrich von Hartung zu sein, dessen Vater 1851 im Namen Seiner Majestät, König Friedrich Wilhelm IV., in den Adelsstand erhoben worden war.

Etliche Schülerinnen sahen erneut zu Bettina hin, die den Worten der Neuen nach ebenfalls die Tochter eines vor kurzem erst in den Adelsstand erhobenen Tuchfabrikanten sein sollte. Fräulein Paschke ärgerte sich über Bettinas Vorspiegelung alten Adels und nahm sich vor, diese in Zukunft nicht mehr mit der Nachsicht zu behandeln, die sie bislang geübt hatte.

Bettina saß mit hochrotem Kopf da und wünschte ihre Cousine Gunda zum Mond. Seit sie wusste, dass diese ebenfalls in ihr Internat kommen würde, hatte sie sich ausgemalt, wie sie die Jüngere piesacken konnte. Nun aber hatte eine einzige Bemerkung Gundas genügt, um ihren Stand in der Schule zu erschüttern. Dafür würde ihre Cousine bezahlen, sagte sie sich, und spann erste Rachepläne.

»Und nun du, Friederike«, forderte die Lehrerin.

Rieke stand auf und wusste zunächst nicht, wie sie beginnen sollte.

»Soweit ich erfahren habe, beginnt der Stammbaum deiner Familie mit Joachim von Gantzow, der von Kurfürst Albrecht Achilles die gleichnamige Herrschaft als Lehen erhielt«, erklärte Fräulein Paschke, um zu zeigen, dass sie sich sehr wohl für die Herkunft ihrer Schülerinnen interessierte, auch wenn ihr Bettina von Dobritz' neueres Adelspatent entgangen war.

Rieke hätte beinahe aufgelacht, denn ihre Ahnen hatten das namensgebende Besitztum bereits nach wenigen Generationen wieder verloren. Seitdem suchten die Männer ihr Auskommen als Offiziere in den Heeren der Kurfürsten von Brandenburg und späteren Königen in und von Preußen, während die Mädchen in Offizierskreisen verheiratet wurden. Trotzdem wollte sie diese Aussage nicht so stehen lassen, wie Fräulein Paschke sie in den Raum gestellt hat.

»Für den Namen derer von Gantzow ist dies richtig«, antwortete sie mit beherrschter Stimme. »Joachims Vater Albrecht von Rogendorf war jedoch einer der fränkischen Ritter, die im Auftrag der ersten Hohenzollern in die Mark Brandenburg kamen, um ihre Herrschaft im ihnen von Kaiser Sigismund verliehenen Kurfürstentum zu sichern.«

»Deine Familie ist noch älter, als es uns bekannt war?«, fragte die Lehrerin verwundert.

Rieke nickte. »Albrechts Ahne Rudolf von Rogendorf begleitete Kaiser Friedrich Barbarossa auf dessen Kreuzzug, und der erste nachgewiesene Ahnherr unserer Familie, Lorenz von Rogendorf, war als Paladin bei der Krönung des Kaisers Otto III. zugegen.«

Rieke entnahm den Mienen von Bettina, Rodegard und Franziska von Hollenberg, dass sie ihnen damit endgültig den Fehdehandschuh hingeworfen hatte. Weder die Grafentochter Franziska noch das Freifräulein Rodegard von Predow konnten mit Ahnen aufwarten, die bereits im zehnten Jahrhundert zum Adel des Reiches gezählt hatten.

Unwillkürlich blickte sie zu ihrer Banknachbarin hin und sah diese zufrieden grinsen.

»Denen hast du es gezeigt«, wisperte Gunda.

»Nun, das ist erstaunlich«, fand die Lehrerin, zuckte dann aber zusammen, als Franziska von Hollenberg leise zischte. Bislang hatte diese die längste Ahnenreihe unter allen Schülerinnen besessen und wollte sich nicht einfach zurückstufen lassen.

»Das muss natürlich überprüft werden«, sagte sie daher.

»Es ist Ihnen unbenommen, die Genealogie derer von Gantzow und Rogendorf nachzuforschen. Lorenz von Rogendorfs Teilnahme am Italienzug Ottos III. ist sowohl in den Annalen des Klosters St. Gallen wie auch in denen des Klosters Reichenau verzeichnet. Auch sonst ist der Stammbaum meiner Familie lückenlos aufgelistet«, erklärte Rieke.

Ihre Lehrerin verzog bei dem belehrenden Ton das Gesicht und forderte sie auf, sich wieder zu setzen.

»So eine Angeberin!«, fauchte Rodegard von Predow ungeachtet Fräulein Paschkes Anweisung, dass die Schülerinnen nur reden sollten, wenn sie gefragt wurden.

# 6.

Kaum war der Unterricht zu Ende, zupfte Gunda Rieke am Ärmel. »Du bist diesen arroganten Biestern ordentlich in die Parade gefahren. Aber jetzt müssen wir beide achtgeben, denn sie werden es dir heimzahlen wollen – und mir auch!«

»Nur weil der Adel meiner Familie älter ist als der ihre? Dabei ist der Stammbaum das Einzige, was uns von der damaligen Größe geblieben ist!« Rieke lachte leise und wies auf Bettina, die eben das Klassenzimmer verließ. »Ist sie wirklich deine Base?«

»Bedauerlicherweise, ja. Wir haben keinen Kontakt zu ihrer Familie, obwohl ihre Mutter meine Tante ist. Aber ich habe noch eine weitere Tante, nämlich Tante Gertrud. Die ist ganz anders als Tante Luise.« Gunda machte eine wegwerfende Handbewegung und sah zur offenen Gartentür hinaus. »Bis zum Mittagessen haben wir noch ein bisschen Zeit. Wir sollten sie nützen und uns draußen ein wenig umsehen.«

Riekes Familie hatte in kleineren Wohnungen in Garnisonsstädten gelebt und nie einen Garten besessen. Daher war auch sie gespannt auf das, was sie draußen vorfinden würden. Als sie ins Freie traten, sahen sie, dass ein Teil des Gartens zum Gemüseanbau genutzt wurde. Rieke konnte sich an den Salat- und Kohlrabibeeten kaum sattsehen, denn bei ihr zu Hause hatte es solche Genüsse nur selten gegeben.

»Glaubst du, es fällt auf, wenn wir uns einen Kohlrabi holen und ihn verzehren?«, fragte sie Gunda.

Diese wunderte sich. »Vielleicht haben sie sie abgezählt«, antwortete sie und ging tiefer in den Garten hinein.

Eine große Trauerweide zog sie magisch an. Nun entdeckten sie auch den Fluss, an dessen Ufer sie stand. Hier, gut hundert Schritte vom Internat entfernt, waren sie endlich allein.

»Da ist ein Kahn!«, rief Gunda und kletterte hinein, bevor ihre Begleiterin etwas sagen konnte.

Rieke drehte sich um und stellte fest, dass das mit einer Leine an einem Pfosten festgebundene Boot durch die bis ins Wasser hängenden Zweige der Weide gegen die Sicht vom Haus her geschützt war. Daher folgte sie Gunda.

Wenig später saßen sie in dem leicht schaukelnden Kahn und sahen einander an.

»Ich danke dir, dass du mir gegen Bettina geholfen hast«, sagte Gunda.

»Ich mag so aufgeblasene Leute nicht. Sie macht sich lächerlich, wenn sie versucht, Franziska und Rodegard von Predow nachzuahmen.«

»Wir müssen irgendwie auch mit den Predows verwandt sein, aber wie, das weiß ich nicht.« Gunda seufzte, da sie fand, dass Verwandte einander helfen und sich nicht gegenseitig das Leben schwermachen sollten.

»Wie lange können wir hierbleiben? Wenn wir das Mittagessen versäumen, wird Fräulein Paschke uns tadeln.« Rieke sah auf das ruhig fließende Wasser und dachte daran, dass es wenig mehr als eine Viertelmeile entfernt mit schäumender Wucht durch die Stromschnellen raste. War das jetzt flussaufwärts oder flussabwärts?, fragte sie sich, wusste aber keine Antwort darauf.

»Wir sollten zurückgehen!« Noch während Rieke es sagte, sah sie, wie ein Arm zwischen den dicht belaubten Zweigen des Weidenbaums hindurchgriff und den Knoten löste, mit dem der Kahn am Ufer festgebunden worden war. Einen Augenblick später gab die Hand dem Boot einen Stoß, der es in den Fluss hineintrieb.

»He, was soll das?«, rief Rieke empört und sprang auf. Da schwankte der Kahn, und sie stürzte auf Gunda.

»Was ist los?«, fragte diese, sah dann, wie das Boot vom Fluss erfasst und mitgezogen wurde, und stieß einen erschreckten Ruf aus.

»Bei Gott, der Kahn hat sich gelöst! Was machen wir jetzt?«

»Er hat sich nicht von selbst gelöst! Jemand hat ihn losgebunden. Wir müssen zusehen, dass wir ihn wieder ans Ufer steuern«, rief Rieke und suchte nach den Rudern. Doch die fehlten.

Von den beiden ungesehen, schob Bettina die Zweige der Trauerweide auseinander und sah dem treibenden Kahn hinterher. Sie hatte nicht erwartet, so schnell ihre Revanche zu bekommen. Jetzt saß die verhasste Cousine mit dem anderen Mädchen in dem Boot und würde das Mittagessen und wahrscheinlich auch die nächste Unterrichtsstunde versäumen. Fräulein Paschke würde es nicht bei einem Verweis bewenden lassen, sondern die beiden zu den Schwestern Schmelling bringen. Dies zog eine Strafe nach sich, die die Ältere und Kräftigere der beiden Patroninnen mit der Rute vollziehen würde. Möglicherweise wurden die beiden sogar der Schule verwiesen.

Zufrieden, weil sie Gunda und deren neue Freundin nicht aus den Augen gelassen hatte, kehrte Bettina ins Haus zurück und kam gerade noch rechtzeitig in den Speisesaal, bevor Helene Paschke kontrollierte, ob alle pünktlich bei Tisch erschienen. Riekes und Gundas Plätze blieben leer.

»Weiß eine von euch, wo Friederike und Gunda stecken?«, fragte die Lehrerin streng.

Bettina hielt wohlweislich den Mund, während Rodegard spöttisch rief, dass sie sich wohl im Haus verlaufen hätten. Bei diesen Worten lachten die meisten und waren gleichzeitig froh, dass nicht sie es waren, die Fräulein Paschke erzürnten.

# 7.

Die Strömung zog den Kahn in die Mitte des Flusses hinein, und schon bald blieben Schule und Garten hinter den beiden Mädchen zurück. Während Rieke überlegte, wer so gemein gewesen sein konnte, das Boot loszubinden, sah Gunda voller Angst auf das Wasser.

»Was sollen wir nur tun? Wir haben keine Ruder, und der Fluss fließt rasch.«

Rieke kniff die Augen zusammen und starrte auf das Ufer. Es war weniger als zehn Schritte entfernt, schien aber unerreichbar.

»Vielleicht wird der Kahn bei einer Flussbiegung so weit ans Ufer getrieben, dass wir uns an ins Wasser reichenden Zweigen festhalten und ans Ufer ziehen können«, meinte sie und fragte sich erneut, ob die Stromschnellen nun flussauf- oder flussabwärts lagen.

Das Boot schwamm an ein paar Häusern vorbei, und dann sahen sie nur noch grüne, bewaldete Hügel um sich herum. Als Rieke in der Ferne ein Rauschen hörte, stellten sich ihr die Nackenhaare auf.

»Die Stromschnellen! Wenn wir dort hineingeraten, sind wir verloren!«, stieß sie entsetzt aus.

Gunda hatte vom Zug aus die Stromschnellen ebenfalls gesehen und wurde bleich. »Bei Gott, was sollen wir nur tun?«

»Nicht die Nerven verlieren«, erwiderte Rieke und sah zum Ufer hin. Wie tief der Fluss war, konnte sie nicht sagen, aber sie konnten sicher sein, dass sie sterben würden, wenn es ihnen nicht ganz schnell gelang, festen Boden zu erreichen. Kurz entschlossen versetzte sie Gunda einen Klaps.

»Wir müssen den Kahn verlassen, sonst zieht uns die Strömung in die Stromschnellen!«

»Ich kann nicht schwimmen!«, wehrte Gunda ab.

»Aber ich kann es! Emil hat es mich an einer einsamen Stelle gelehrt. Wir müssen die Kleider ablegen. Behalten wir sie an, saugen sie sich voll Wasser und ziehen uns auf den Grund.«

Während Rieke ihr Kleid abstreifte, zögerte Gunda und starrte ihre Freundin ängstlich an.

»Mach schon!«, befahl Rieke ihr.

Daraufhin gehorchte Gunda. Als deren Kleid neben das Riekes fiel, fasste diese ihre Hand.

»Wir springen gemeinsam ins Wasser! Klammere dich nicht an mich, sonst behinderst du mich! Ich halte dich fest und ziehe dich.«

Rieke stieg auf den Rand des Kahns, fasste nach Gundas Hand und sprang ins Wasser.

Es war kalt und tief, und für einen Augenblick verlor sie die Orientierung. Dann aber kam sie wieder hoch und strebte dem Ufer zu, ohne ihre Freundin loszulassen. Die Strömung zerrte an ihnen und wollte sie mit sich reißen, doch Rieke gab nicht auf. Mit zusammengebissenen Zähnen schwamm sie weiter, bis sie einen Zweig entdeckte, der sich ihr entgegenzustrecken schien. Sie ergriff ihn und zog sich und Gunda auf das Ufer zu.

Während Rieke erleichtert aufatmete, hustete und würgte Gunda Wasser, öffnete dann die Augen und sah Rieke verwundert an. »Wir leben noch?«

»Das tun wir! Und wir sollten schnell das Ufer hochklettern, um aus dem kalten Wasser zu kommen.«

So leicht, wie Rieke es sich vorgestellt hatte, war es jedoch nicht. Das Ufer ragte steil auf, und sie fanden keinen Halt. Bald spürten beide, wie ihre Kräfte nachließen.

Gunda kamen die Tränen, doch als sie alles verloren glaubte, erschienen Leute am Ufer. Arme wurden ihnen entgegengestreckt, und man zog sie hoch. Kurz darauf lagen beide im

Gras, zu erschöpft, um noch den Kopf heben zu können, und sahen ihre Retter dankbar an. Es waren Gutsknechte, die ihren Kahn treiben gesehen hatten und herbeigeeilt waren, um ihnen zu helfen.

Einer der Männer brachte eine Pferdedecke und legte sie über die tropfnassen Mädchen. »Nicht, dass ihr euch noch den Tod holt!«

»Die Gela müsste eigentlich schon beim Gut sein. Sie ist gleich losgerannt, um Bescheid zu sagen. Es wird bald jemand kommen, der euch zur Schule zurückbringen wird«, erklärte ein anderer Knecht.

»Möge Gott es euch vergelten, dass ihr uns aus dem Wasser geholt habt!«, rief Gunda voller Dankbarkeit.

»War ja nicht schwer! Wenn ihr nicht so beherzt gewesen wärt, hätten auch wir nichts tun können. Ins Wasser wäre keiner von uns gegangen. Erst im letzten Jahr ist ein Student aus Berlin in den Stromschnellen ersoffen.«

»Hatte ein wenig gebechert und wollte schwimmen gehen. Hätte länger leben können, wenn er gescheiter gewesen wär!«, setzte ein weiterer Knecht hinzu.

»Die Stromschnellen sehen gefährlich aus«, sagte Rieke.

»Sie sehen nicht nur so aus, sie sind es auch«, erwiderte der Knecht, der ihnen die Decke gebracht hatte.

Nachdem sie den ersten Schrecken überwunden hatten, spürten die Mädchen die Kälte ihrer klammen Hemden auf der Haut. Nun wurde ihnen auch bewusst, wie knapp sie dem Verhängnis entkommen waren. Während Gunda leise ein Dankgebet sprach, dachte Rieke an die Hand, die die Leine gelöst hatte, und spürte einen mit Verachtung gepaarten Hass in sich aufsteigen. Irgendwann, schwor sie sich, würde sie herausfinden, wer es gewesen war, und dann Gnade Gott dieser Person!

Ein leichter Wagen kam heran, und darauf saß ein Mann, der sich durch seine vornehme Kleidung stark von den Knechten unterschied. Er hielt vor den Mädchen an, stieg ab und musterte sie kopfschüttelnd.

»Wie seid ihr zwei nur darauf gekommen, eine Kahnpartie auf dem Fluss zu unternehmen?«, fragte er.

Gunda wollte etwas darauf antworten, doch da fasste Rieke nach ihrer Hand.

»Die Leine, mit der der Kahn am Ufer festgebunden war, hat sich gelöst«, sagte sie ausweichend. Da sie keine Beweise hatte, wollte sie niemanden beschuldigen.

»Man kann nicht genug achtgeben!«, erwiderte der Herr und forderte die Knechte auf, die Mädchen in den Wagen zu haben.

»Ich bringe euch zum Institut der Schmelling-Schwestern. Die beiden werden sicherlich erleichtert sein, euch in Sicherheit zu wissen.« Kaum saßen die Mädchen, in frische Decken gewickelt, hinter ihm, trieb er die Pferde an.

## 8.

Eine gute halbe Stunde später fuhr der Wagen vor der Mädchenschule vor. Obwohl noch Unterricht war, eilten die anderen Mädchen an die Fenster, um zuzusehen, wie Rieke und Gunda jeweils in eine Decke gehüllt vom Wagen stiegen. Der Reitknecht des Herrn klopfte an die Tür, und eines der Dienstmädchen machte auf. Bevor diese etwas sagen konnte, eilte Klothilde Schmelling herbei.

»Gott zum Gruß, Herr Baron! Wie steht das werte Befinden?«

Der Herr hob beschwichtigend die Hand. »Mein Befinden tut jetzt nichts zur Sache, sondern das der beiden jungen Damen. Meine Knechte haben sie kurz vor den Stromschnellen aus dem Fluss gefischt. Sie waren auf einem Kahn, dessen Leine sich gelöst hatte. Sie sollten Ihren Bediensteten beibringen, besser achtzugeben! Beinahe hätten die Stromschnellen zwei weitere Opfer gefordert.«

Klothilde Schmelling zuckte zusammen, funkelte dann aber Rieke und Gunda zornig an. »Wie seid ihr auf diesen Kahn geraten?«

»Wenn ein Boot am Ufer liegt, verlockt es einen, hineinzusteigen. Ihr solltet also weniger den Mädchen die Leviten lesen als vielmehr dem, der den Kahn festgebunden hat. Auch sollten die beiden Mädchen rasch aus ihren nassen Hemden herauskommen, sonst erkälten sie sich noch«, warf der Baron ein und wandte sich zum Gehen.

Klothilde Schmelling musterte Rieke und Gunda dennoch mit zornigen Blicken und scheuchte sie ins Haus. »Wie könnt ihr nur so herumlaufen? Schämt ihr euch nicht?«, schalt sie die beiden.

Rieke schüttelte rebellisch den Kopf. »Nein, Frau Direktor! Dafür freuen wir uns zu sehr, noch am Leben zu sein.«

An dieser Antwort hatte Klothilde Schmelling zu kauen. Sie entgegnete jedoch nichts, sondern forderte das Dienstmädchen auf, die beiden Mädchen in den Baderaum zu bringen und dafür zu sorgen, dass die Wanne mit warmem Wasser gefüllt wurde.

»Nicht, dass sie uns noch krank werden«, brummte sie noch und wandte sich dann ab.

Rieke und Gunda folgten dem Dienstmädchen und steckten kurz darauf bis zu den Hälsen im warmen Wasser. Nach der Kälte im Fluss und dem klammen Hemd war es eine schiere Wohltat. Da sie nun alles überstanden hatten, zwinkerte Rieke Gunda zu. »Das war ein Abenteuer!«

»Ich hätte gerne darauf verzichtet«, erwiderte Gunda mit einem tiefen Seufzer, fasste dann aber nach Riekes Hand. »Wärst du nicht gewesen, wäre ich jetzt tot. Es tut mir leid, dass du meinetwegen in Gefahr geraten bist.«

Gunda hört sich ganz so an, als würde sie ebenfalls nicht glauben, dass sich die Leine des Kahns von selbst gelöst hatte. Es mochte als Streich gedacht gewesen sein, doch er hätte tödliche Folgen haben können. Daher war Rieke nicht bereit, mildernde Umstände gelten zu lassen. Die Mädchen, die sie im Verdacht hatte, gingen schon länger hier in die Schule und mussten daher wissen, dass der Fluss kurz hinter der Stadt die Stromschnellen passierte. Damit hatte diejenige, die die Leine gelöst hatte, Gundas Tod und den ihren billigend in Kauf gekommen.

## 9.

Während Rieke und Gunda in der Badewanne saßen, übergab Fräulein Paschke die Klassenaufsicht an Franziska von Hollenberg und eilte in das Büro der Schwestern Schmelling. »Ich habe eben gesehen, wie Baron von Grünen die Schülerinnen Friederike von Gantzow und Gunda von Hartung gebracht hat. Das Verhalten dieser Mädchen kann nicht geduldet werden. Wir müssen ein Exempel statuieren und die beiden von der Schule verweisen!«

»Dieser Meinung bin ich auch!«, stimmte Klothilde Schmelling ihr zu.

Deren Schwester überlegte kurz und hob abwehrend die Hand. »Es wäre ein großer Fehler, das zu tun«, sagte sie schließlich. »Wir müssten den Eltern der Mädchen deren Verfehlungen erklären und würden uns dadurch selbst in ein schlechtes Licht rücken.«

»Wieso dieses?«, fragte Klothilde Schelling verwundert.

»Sowohl Major von Gantzow wie auch der Fabrikant Hartung würden fragen, weshalb der Kahn so nachlässig festgebunden worden ist, dass sich die Leine lösen konnte. Sie würden uns vorwerfen, die beiden Mädchen durch die Unachtsamkeit unseres Dienstpersonals in Lebensgefahr gebracht zu haben. Wenn sie diese Meinung bei ihren Bekannten verbreiteten, würde sich so manches altadlige Haus und auch neuer Adel mit Geld es sich überlegen, ob sie ihre Töchter nicht besser in die Schweiz oder in ein anderes Internat schicken sollten. Um diese Verluste auszugleichen, müssten wir Mädchen aus einfacheren Verhältnissen aufnehmen, vielleicht sogar aus nichtadeligen Familien.«

»Das habe ich nicht bedacht«, beteuerte Klothilde Schmelling erschrocken.

»Aber wir können diese ungezogenen Bälger nicht straflos davonkommen lassen!«, schäumte Helene Paschke auf. »Sie sind erst seit gestern in unserem Institut, und sie haben sich bereits in einer Weise aufgeführt, dass es Gott erbarmen möge.«

Die Patroninnen der Schule begriffen, dass die Lehrerin die beiden Mädchen nicht straflos davonkommen lassen wollte. Deshalb klopfte Jolanthe Schmelling mit den Fingerknöcheln auf den Tisch. »Die Fahrt mit dem Kahn müssen wir verschweigen, um nicht als unachtsam zu gelten. Es gab kein Verbot, in den Kahn zu steigen.«

»Das schon, aber ...«, begann ihre Schwester.

»Kein Aber! Allerdings haben die beiden Mädchen ihre Kleider in der Öffentlichkeit abgelegt und sich im Hemd gezeigt. Dies erfordert Strafe. Sobald gewiss ist, dass sie durch ihr unfreiwilliges Bad keinen Schaden erlitten haben, wird diese vor versammelter Schule vollzogen.«

Der Blick der älteren Schmelling streichelte den Stock aus spanischem Rohr, der in der Ecke lehnte. Lächelnd wandte sie sich ihrer Schwester und Fräulein Paschke zu. »Wenn die beiden vor allen Klassen Rock und Hemd heben müssen, um ihre zehn Rutenstreiche aufs blanke Gesäß zu erhalten, wird es den anderen Schülerinnen zeigen, was es nach sich zieht, ungehorsam zu sein.«

## 10.

Nach dem Bad erhielten Rieke und Gunda einen scheußlichen Kräutertee zu trinken und wurden ins Bett gesteckt. Trotz des aufregenden Tages schliefen sie rasch ein und wachten nicht einmal auf, als am Abend die anderen sechs Mädchen ihrer Klasse in den Schlafsaal kamen und sich zur Nachtruhe betteten.

Am nächsten Morgen erschien Klothilde Schmelling und musterte die zwei mit strengen Blicken. »Es sieht so aus, als hättet ihr euer Bad gut überstanden«, sagte sie, nachdem sie kurz die Hand auf beider Stirn gelegt hatte. »Damit könnt ihr aufstehen und euch waschen. Frühstück gibt es keines. Ihr findet euch in einer halben Stunde im Klassenraum ein! Nur im Hemd, verstanden?«

»Wieso im Hemd?«, fragte Gunda verwundert.

»Ihr habt gestern gefehlt und werdet dafür bestraft! Keine Widerrede! Sonst müssen wir doch überlegen, dich von der Schule zu weisen.« Klothilde Schmelling hatte bemerkt, dass Rieke protestieren wollte, und wollte dies sofort unterbinden.

Angesichts der Mahnung ihres Bruders hielt Rieke den Mund. Bevor sie in Schande nach Hause zurückgeschickt wurde, war sie bereit, jede Strafe in Kauf zu nehmen. Schlimmer als die Hiebe mit dem Ledergürtel auf den nackten Hintern, die ihr vom Vater drohten, konnte es hier kaum werden, tröstete sie sich. Gunda hingegen war sich keiner Schuld bewusst und entsprechend empört. Doch auch sie begriff, dass ihr nichts anderes übrigbleiben würde, als zu gehorchen.

Nachdem Klothilde Schmelling den Schlafsaal verlassen hatte, gingen die beiden in den Waschraum, putzten die Zähne und wuschen sich mit kaltem Wasser. Anschließend zogen sie ihre Hemden an und blickten auf die große Uhr an der Stirnwand des langen Flurs. Sie hatten nur noch ein paar Minuten, dann mussten sie im Klassenzimmer sein. Die ersten Schülerinnen verließen bereits den Speiseraum und nahmen ihre Plätze ein.

Zu Riekes Verwunderung kamen auch die Schülerinnen des ältesten Jahrgangs, die sonst separat unterrichtet wurden, in den Klassenraum. Sie nahmen die besten Plätze ein, während die jüngsten Schülerinnen stehen mussten. Riekes und Gundas Klassenkameradin Erika von Ahlsfeld und einige andere Mädchen schauten mitleidig auf die beiden, Bettina, Rodegard und deren Freundinnen hingegen bedachten sie mit spöttischen Blicken.

»Irgendwann zahlen wir es ihnen heim«, flüsterte Rieke leise, wusste aber selbst, dass es zum jetzigen Zeitpunkt nur leere Worte waren.

Mit dem Stundenschlag erschienen die beiden Schwestern Schmelling mit Helene Paschke im Schlepptau. Der Stock aus spanischem Rohr, den Jolanthe Schmelling in der Hand trug, verhieß nichts Gutes.

Fräulein Paschke zählte nach, ob alle Schülerinnen anwesend waren, und meldete dies den beiden Patroninnen. Zufrieden klopfte Jolanthe Schmelling mit ihrem Stock auf das Kathederpult.

»Ich bitte mir Ruhe aus! Die beiden Schülerinnen Gunda von Hartung und Friederike von Gantzow sind gestern Nachmittag mutwillig dem Unterricht ferngeblieben und haben zudem die von der Schule zur Verfügung gestellten Kleider aus Übermut verloren. Aus diesem Grund erhalten sie je zehn Hiebe mit dem Rohrstock!«

»Auf den nackten Arsch!«, flüsterte Bettina ihren Freundinnen zu.

Sie hatte diesen derben Ausdruck von einem Diener im Haus ihres Vaters gehört und gab nun damit an. Einen Augenblick dachte sie daran, dass es hätte schlimm ausgehen können, wenn die beiden Mädchen mit dem Boot in die Stromschnellen geraten wären. Zum Glück hatte niemand gesehen, wie sie hinter den Zweigen der Trauerweide versteckt die Leine des Kahns gelöst hatte. Auf jeden Fall gönnte sie der Tochter ihres verhassten Onkels die Schläge, die die Ältere der beiden Patroninnen ihr gleich versetzen würde.

Jolanthe Schmelling wies mit der linken Hand zum Katheder. »Stellt euch davor auf, mit dem Rücken zur Klasse, und legt die Hände auf das Pult!«

Widerwillig gehorchten Rieke und Gunda.

»Bückt euch nun!«, befahl die Patronin weiter.

Die Mädchen taten auch das. Die Demütigung war jedoch noch nicht zu Ende. Als Erste spürte Rieke, wie Jolanthe Schmelling ihr Hemd hochzog und ihren Hintern entblößte. Einige Mädchen kicherten, verstummten aber unter dem drohenden Blick der Patronin. Diese nahm nun Maß und holte aus.

»Zehn Hiebe! Paschke, Sie zählen!«

»Mit Vergnügen!«, rief die Lehrerin.

Der erste Hieb klatschte auf Riekes Hinterteil, und sie musste die Zähne zusammenbeißen, um nicht zu schreien.

»Eins!«, zählte die Lehrerin laut mit. »Zwei! Drei …«

Jedes Mal traf die Rute mit schmerzhafter Wucht Riekes Gesäß. Trotzdem gab das Mädchen keinen Laut von sich. Jolanthe Schmelling kniff überrascht die Lippen zusammen und fragte sich, ob sie zu leicht zuschlug. Die roten Striemen auf dem Po des Mädchens besagten jedoch etwas anderes. Was für ein verstocktes Ding, dachte sie, während sie Rieke die letzten Schläge versetzte.

Es war schmerzhafter, als mit dem Lederriemen geschlagen zu werden. Vor allem schlug ihr Vater sie nicht vor den Augen anderer, wie Jolanthe Schmelling es tat.

Nun war Gunda an der Reihe. Da sie zu Hause als Kind höchstens mal einen leichten Klaps auf den Hintern erhalten hatte, war bereits der erste Schlag für sie wie eine Strafe Gottes. Sie nahm sich ein Beispiel an Riekes Selbstbeherrschung und biss die Zähne zusammen, um ebenfalls nicht zu schreien. Der Schmerz trieb ihr jedoch die Tränen aus den Augen, und sie wünschte sich, ihre Eltern hätten sie in ein anderes Internat geschickt.

Die anderen Mädchen sahen der Bestrafung zu, und manches schwor sich, den Lehrerinnen in allem zu gehorchen, um nicht selbst in einer solch entehrenden Weise vor allen Klassen die Rute fühlen zu müssen.

Kaum war der letzte Hieb gefallen, trat Jolanthe Schmelling zurück, während ihre Schwester Gundas Hemd nach unten zog, damit deren Hintern wieder bedeckt war. Danach wandte sie sich an die Schülerinnen.

»Ihr habt gesehen, was euch blüht, wenn ihr die Regeln unserer Schule missachtet. Richtet euch danach! Ihr beide«, ihr Zeigefinger stach auf Rieke und Gunda zu, »geht jetzt in euren Schlafsaal, zieht eure Kleider an und kommt zurück, um am Unterricht teilzunehmen. Ihr habt fünf Minuten Zeit!«

Sie sagt es in einem Ton, als sollten wir erneut Schläge bekommen, wenn wir auch nur eine Sekunde länger brauchen, fuhr es Rieke durch den Kopf, und sie setzte sich in Bewegung. Bei jedem Schritt schmerzte der Hintern, dennoch verließ sie aufrecht den Klassenraum. Gunda versuchte es ihr nachzutun, war aber von den Tränen halb blind und wäre beinahe gegen den Türrahmen gelaufen.

Gerade noch rechtzeitig fasste Rieke nach ihr und zog sie hinter sich her.

»Verspürst du denn keinen Schmerz?«, fragte Gunda, als sie in ihrem Schlafsaal angekommen waren.

»Doch! Und wie! Meine Wut ist aber noch größer. Ob Bettina, Rodegard oder wer es auch immer war: Sie werden es bereuen, die Leine gelöst zu haben!«, stieß Rieke hervor. »Doch nun müssen wir uns beeilen, damit wir ins Klassenzimmer zurückkommen. Ich traue den Patroninnen zu, uns sonst noch einmal zu schlagen.«

»Ich werde meinen Eltern schreiben, dass sie mich von hier fortholen sollen!«, rief Gunda weinend.

»Wie soll das möglich sein? Wir kommen selbst nicht zur Post, und die Briefe, die wir schreiben, müssen den Lehrerinnen vorgelegt werden.«

Während sie es sagte, streifte Rieke das Kleid über, das noch in ihrem Schrank zu finden war, und half anschließend Gunda, das ihre anzuziehen.

»Nun komm! Die fünf Minuten sind gleich vorbei«, drängte Rieke danach und ging zur Tür.

»Ich würde gerne mein Gesicht waschen. Ich muss doch fürchterlich verheult aussehen«, wandte Gunda ein.

Rieke schaute kurz auf die große Uhr. »So viel Zeit bleibt uns noch«, sagte sie und folgte ihrer Freundin in den Waschraum. Auch sie wusch sich das Gesicht, so dass ihnen, als sie wenig später ins Klassenzimmer zurückkehrten, nichts mehr anzumerken war.

Ungeachtet des Verbots der Lehrerin, ungefragt den Mund aufzumachen, spotteten Bettina und deren Freundinnen über die beiden. Rieke ärgerte sich, dass Fräulein Paschke nicht einschritt. Doch wie es aussah, waren auch hier die einen gleicher als die anderen.

Doch schon bald hatte Rieke an etwas anderes zu denken. Es wurde eine Qual, mit ihrem wund geschlagenen Hinterteil auf der harten Bank zu sitzen. Obwohl sie geglaubt hatte, von zu Hause abgehärtet zu sein, konnte sie die Tränen nun nicht zurückhalten. Die weit behüteter aufgewachsene Gunda hätte am liebsten vor Schmerz geschrien. Bettinas gehässiger Gesichtsausdruck hielt sie jedoch davon ab. Ihre Cousine drehte sich immer wieder zu ihr um, streckte ihr die Zunge heraus und rieb sich die Hände.

»Sie wird dafür bezahlen«, murmelte Gunda und fand sich sofort Fräulein Paschkes strafenden Blicken ausgesetzt.

»Du hast gehört, dass du nur reden darfst, wenn du gefragt wirst!«, schalt die Lehrerin.

»Es wäre angenehm, wenn dies für alle Schülerinnen gelten würde!« Diese Worte drängten sich Rieke über ihre Lippen.

Für einen Augenblick sah es so aus, als wolle die Lehrerin zornig auffahren. Dann aber klatschte Fräulein Paschke mit der flachen Hand auf das Katheder.

»Ab sofort seid ihr alle still! Habt ihr verstanden?«

Es war nur ein kleiner Sieg, doch er stellte Rieke zufrieden. Auch wenn Gunda und sie zu Unrecht bestraft worden waren, so gab es hier Regeln, die zu brechen auch Helene Paschke nicht wagte.

## 11.

Mit Mühe überstanden Rieke und Gunda sowohl den Schultag wie auch das Mittag- und Abendessen. Während die anderen Schülerinnen sich im großen Salon versammelten und die besten von ihnen ihre Künste an Klavier und Flöte zeigen durften, wurden sie in den Schlafsaal geschickt.

Als Rieke ihr Bett aufschlug, entdeckte sie ein Töpfchen Salbe und zwei breite Streifen Leinwand. Im nächsten Moment steckte Trine, eines der Dienstmädchen, den Kopf zur Tür herein. »Dachte mir, dass es besser ist, wenn ihr euren Podex ein wenig salben könnt. Wickelt die Leinwand darum, damit eure Nachthemden nicht fettig werden.«

»Danke schön!«, sagte Rieke und sah das gutmütige Gesicht der Frau aufleuchten. Während Trine wieder verschwand, wandte sie sich an Gunda. »Wir sollten rasch machen, bevor die anderen erscheinen.« Sie wies auf Gundas Bett. »Leg dich hin, damit ich dich einreiben kann. Danach machst du es bei mir.«

Gunda befolgte den Rat und keuchte, als Rieke die Salbe auf ihrem Hintern verrieb. »Oh, Gott, brennt das!«

»Dann heilt es auch«, erwiderte Rieke, die in den Erzählungen ihres Vaters und seiner Kameraden genug über Verletzungen erfahren hatte. Als sie fertig war, legte sie eines der beiden Leintücher auf Gundas Hintern.

»Du musst es vorne verknoten, damit es nicht aufgeht«, sagte sie noch, dann legte sie sich bereit, damit Gunda bei ihr den Samariterdienst leisten konnte.

Wenig später saßen beide nebeneinander auf Gundas Bett. Plötzlich kamen Gunda die Tränen.

»Was ist los?«, fragte Rieke verwundert.

»Wenn es stimmt, dass Bettina oder eine andere den Kahn losgebunden hat, tut es mir doppelt leid, dass du meinetwegen in Gefahr geraten und dann auch noch geschlagen worden bist.«

»Sieh es als Glück an! Oder wärst du allein rechtzeitig vor den Stromschnellen ans Ufer gekommen?«, fragte Rieke.

»Nein, gewiss nicht«, gab Gunda zu. »Darum schmerzt es mich, dass auch du die Rute erhalten hast.«

»Sagen wir, unsere Freundschaft wurde durch die Hiebe der Patronin kräftig eingeweiht. Jetzt, so glaube ich, werden wir uns wohl bis zum Ende der Schulzeit vertragen.«

»Und weit darüber hinaus!«, antwortete Gunda und schloss Rieke in die Arme.

So weit wollte diese nicht vorausdenken, doch fand sie es schön, nach all den Jahren endlich eine Freundin gefunden zu haben.

## Zweiter Teil

## *Gottes Wille*

# 1.

War Riekes und Gundas Einstand in der Höhere-Töchter-Schule der Schwestern Schmelling turbulent gewesen, so folgten danach ruhigere Wochen. Auch wenn Fräulein Paschke die beiden Freundinnen nicht mochte, so benachteiligte sie sie nicht, denn sonst hätte sie die Schwestern Schmelling verärgert. Sowohl Rieke wie auch Gunda waren gute Schülerinnen und lernten eifrig. Gunda tat sich zu Beginn noch etwas leichter, denn Riekes Vater hatte ihrer schulischen Bildung wenig Wert beigemessen. So musste Rieke erst lernen, Noten zu lesen und Klavier zu spielen. Gunda half ihr gerne und konnte dadurch einen Teil der Schuld tilgen, die sie ihrer Freundin gegenüber empfand.

Bald ging es auf Weihnachten zu, und die Mädchen wurden aufgefordert, Geschenke für Eltern und Geschwister anzufertigen. Wie die meisten entschied auch Rieke sich dafür, feine Taschentücher zu besticken, die bei Damen der höheren Stände Mode waren, und arbeitete mit großem Eifer daran. Zwei mit Blumenmuster und Monogramm waren für die Mutter bestimmt, der Vater würde eines erhalten, bei dem zwei Säbel seine Namensanfänge flankierten, und das für Emil verzierte sie neben dem Monogramm mit Rose und Schwert.

Sogar Helene Paschke kam nicht umhin, das Mädchen zu loben. »Das hast du gut gemacht, Friederike«, sagte sie und wies andere Schülerinnen an, sich an dieser ein Beispiel zu nehmen.

Rieke hatte eben nicht Klavierspielen, sondern Sticken gelernt. Sie war darin so gut, dass sie ebenso wie die Mutter heimlich für einen Laden Taschentücher und größere Stoffteile bestickt hatte, um Lebensmittel einkaufen zu können, wenn das Geld wieder knapp wurde.

Bei dieser Erinnerung seufzte Rieke leise und legte das Taschentuch für Emil beiseite. Da drehte Erika von Ahlsfeld sich zu ihr um.

»Kannst du mir helfen?«, wisperte sie so leise, dass Fräulein Paschke es nicht hörte. »Ich habe neben den Taschentüchern für meine Eltern noch welche für sieben Geschwister zu sticken und werde damit bis zu den Ferien niemals fertig.«

»Ich helfe dir gerne«, antwortete Rieke, ließ sich von Erika die Vorlage für eines der Taschentücher geben und machte sich ans Werk.

Während Rieke sorgfältig Fäden durch das feine Tuch zog, sah Gunda ihr voller Bewunderung zu. »Du kannst das weitaus besser als ich. Wäre es dir möglich, die beiden Taschentücher für meinen Bruder Theo zu besticken? Ich kämpfe bereits mit denen für Papa, Mama und Großmama.«

Auch wenn sie sich nun sputen musste, um mit alledem fertig zu werden, wollte Rieke ihrer Freundin diesen Wunsch nicht abschlagen. Sie nickte, denn etwas zu sagen wagte sie nicht, weil Fräulein Paschke eben wieder durch die Reihen ging.

Die Lehrerin sah, dass Rieke weiterarbeitete, obwohl sie mit den eigenen Geschenken bereits fertig war, und beschloss, diesen Eifer für sich auszunützen.

»Du beherrschst die Kunst des Stickens in hohem Maße, Friederike«, lobte sie das Mädchen erneut. »Daher solltest du auch je zwei Taschentücher für unsere Patroninnen verzieren. Ich werde sie dir zur nächsten Handarbeitsstunde mitbringen.«

»Das hat sie jetzt davon!«, spottete Bettina leise.

Sie hasste Sticken und konnte nicht begreifen, wie jemand Gefallen daran finden konnte. Ihre Freundinnen Rodegard und Franziska dachten ebenso wie sie. Ein Mädchen aus ihren Kreisen hatte es nicht nötig, Taschentücher zu besticken. Das war eine Arbeit für die Putzmacherin, die dafür bezahlt wurde. Zu ihrem Bedauern waren die Schwestern Schmelling so altmodisch, diese Fertigkeit von ihren Schülerinnen zu fordern.

»Wir hätten die Gantzow nicht ›Kahnfahrerin‹, sondern ›Stickmädchen‹ taufen sollen«, zischte Rodegard.

»Ich bitte um Ruhe!«, hallte Fräulein Paschkes Stimme durch den Raum und erschreckte ein Mädchen so, dass es sich mit der Nadel in den Finger stach und ihr Taschentuch blutig wurde. Als sie es bemerkte, brach sie in Tränen aus.

Die Lehrerin eilte zu ihr hin, sah das Malheur und wollte das Mädchen bereits schelten. Dann aber wanderte ihr Blick zu Rieke weiter.

»Mit deinem blutenden Finger kannst du keinen Stoff mehr anfassen. Die liebe Friederike ist gewiss so freundlich, ein neues Taschentuch für dich zu besticken«, sagte sie mit einem falschen Lächeln.

Wenn das Mädchen schon bereit war, für andere zu arbeiten, dann sollte es auch genug zu tun bekommen. »Solltest du während der Stunde nicht fertig werden, kannst du heute Abend weitermachen«, setzte sie hinzu und nahm wieder hinter ihrem Katheder Platz.

Bettina und deren Anhang wagten zwar nicht, laut zu werden, gönnten aber Rieke die Mehrarbeit von Herzen. Diese liebte jedoch die Beschäftigung mit der Nadel und freute sich, ihren Schulkameradinnen helfen zu können. Daher legte sie den Stickrahmen erst beiseite, als die Lehrerin die Nähstunde für beendet erklärte und die Mädchen aufforderte, Papier und Feder zur Hand zu nehmen.

»Es wird Zeit für den wöchentlichen Brief an eure Eltern«, erklärte sie und wanderte wieder zwischen den Bankreihen umher, um zu schauen, was ihre Schülerinnen zu Papier brachten.

Der Brief an die Eltern war ein wiederkehrendes Ritual. Es galt, in bester Schönschrift und mit gezierten Worten einen kurzen Ablauf der vergangenen Woche zu verfassen und – wie alle Mädchen rasch gelernt hatten – dabei den Unterricht durch ihre Lehrerinnen in den höchsten Tönen zu loben. Die meisten Mädchen erhielten auch regelmäßig Antwort auf ihre Briefe. Während Gundas Mutter jede Woche schrieb, hatte Rieke bisher erst einen Brief von ihrer Mutter erhalten und drei von ihrem Bruder. Vom Vater hatte sie nichts gehört. Auch Großtante Ophelia hatte noch kein einziges Mal auf die Briefe geantwortet, die Rieke ihr regelmäßig schrieb. Trotzdem wollte das Mädchen auch für seine Gönnerin als Weihnachtsgeschenk zwei Taschentücher verzieren.

Nun galt es erst einmal, den Brief an die Eltern zu verfassen. Rieke schrieb, dass sie durch den ausgezeichneten Unterricht von Fräulein Paschke nicht nur das Klavierspielen lernte, sondern sich auch in der Kunst des Stickens verbessert habe.

Ein zufriedenes Schnauben neben ihr zeigte, dass die Lehrerin mit dem Wust an Übertreibungen, die sie zu Papier brachte, hochzufrieden war. Dabei stellten diese Briefe eine Kriegslist dar, um Fräulein Paschke und vor allem die Schwestern Schmelling zu täuschen. Bei dem ganzen Weihrauch, der hier verbrannt wurde, musste es diesen bereits schwindlig sein.

## 2.

Kurz vor den Feiertagen erhielt Rieke einen Brief ihres Vaters. Verwirrt starrte sie den Umschlag an und fragte sich, welcher Umstand ihn dazu bewegt haben mochte, ihr zu schreiben. Hoffentlich war es nichts Unangenehmes, dachte sie, während sie das Kuvert öffnete und den Brief herausnahm. Er war in der ihr bekannten steilen Schrift verfasst und knapp gehalten.

*Meine Tochter. Auf Beschluss Seiner Majestät, des Königs, wird mein Regiment nach Holstein in Marsch gesetzt, um dort den Dänen entgegenzutreten. Emil ist deswegen nicht in der Lage, dich von der Schule abzuholen. Da deine Mutter nicht reisen kann, wirst du das Weihnachtsfest im Institut der Schwestern Schmelling verbringen. Gezeichnet Egolf von Gantzow, Major der Armee Seiner Majestät, König Wilhelm von Preußen.*

Unsicher hob Rieke die Hand. »Fräulein Paschke, verzeihen Sie bitte, aber ich weiß nicht, was ich tun soll.«

Ihre Lehrerin verteilte die letzten Briefe an die Schülerinnen und kam anschließend zu ihr. »Was gibt es?«

Anstelle einer Antwort reichte Rieke ihr den Brief. Helene Paschke las ihn und sah dann das Mädchen an. »Major von Gantzow hat bereits letzte Woche an die Patroninnen des Instituts geschrieben und sie gebeten, dich über Weihnachten hierzubehalten.«

Das hätten sie mir sagen können, fuhr es Rieke durch den Kopf, während Bettina und einige anderen feixten. Da alle anderen über die Feiertage nach Hause fuhren, würde sie als einzige Schülerin im Institut bleiben, und das nur, weil der König ihren Vater und ihren Bruder nach Holstein schickte und die Mutter es nicht wagte, mit der Eisenbahn zu fahren.

Im ersten Augenblick war Rieke enttäuscht. Dann aber erinnerte sie sich an die letzten Christfeste. Stets hatte es mit dem Singen von Weihnachtsliedern begonnen. Später pflegte der Vater immer mehr zu trinken, und im Rausch hatte er im vergangenen Jahr die Mutter und sie verprügelt. Geschenke hatte es nur selten gegeben, und wenn, dann nur Dinge, die sie ohnehin benötigt hatte, wie neue Handtücher oder ein schlichtes Nachthemd aus Baumwolle. Das einzige echte Weihnachtsgeschenk, an das sie sich erinnern konnte, war die abgelegte Puppe einer Nachbarstochter gewesen. Auch wenn sie das Püppchen heiß und innig geliebt hatte, war dies kein Grund, traurig zu sein, weil man sie dieses Weihnachtsfest hier in der Verbannung verbringen ließ.

Während Rieke sich beruhigte, bedauerte Gunda sie und fasste nach ihrer Hand. »Oh, Gott, tut mir das leid! Wenn ich es früher erfahren hätte, hätte ich Mama und Papa schreiben können und sie fragen, ob du nicht mit zu uns kommen dürftest.«

»Das ist lieb von dir! Aber ich hätte meinen Vater darum bitten müssen, und der hätte niemals zugestimmt«, antwortete Rieke und konnte schon wieder lächeln.

»Morgen werden die Ersten von euch abgeholt«, erklärte Fräulein Paschke.

»Mein Bruder hat versprochen, auf seiner Fahrt nach Holstein hier vorbeizukommen und mich zu besuchen. Abgeholt werde ich von der Gouvernante meiner jüngeren Schwester, die ihn bis hierher begleitet«, berichtete Franziska von Hollenberg und freute sich über das Aufsehen, das sie damit erregte. Der schmucke Leutnant Franz Josef von Hollenberg hatte es vor allem Bettina angetan. Sie ging auf die siebzehn zu und war somit alt genug, um von einer glanzvollen Heirat zu träumen.

»Wenn dein Bruder über Berlin fährt, könnte er meine Mutter und mich dorthin begleiten«, rief sie mit leuchtenden Augen.

»Es wird ihm gewiss eine Ehre sein!« Franziska war zu Beginn des Schuljahrs ein wenig enttäuscht gewesen, weil Bettina doch nicht altem, märkischem Adel entstammte, sondern nur die Tochter eines geadelten Fabrikbesitzers war. Andererseits gefiel ihr die Bewunderung, die Bettina ihr als Komtesse entgegenbrachte.

Während ihre Mitschülerinnen sich über ihre Ferienpläne austauschten, kehrte Rieke in den Schlafsaal zurück und setzte sich an ihren Stickrahmen. Gunda folgte ihr und ließ sich ihr gegenüber auf dem Bett nieder.

»Bist du sehr traurig, weil du hierbleiben musst?«, fragte sie mitleidig.

»Als Tochter eines Offiziers muss man damit rechnen, dass unerwartete Dinge geschehen«, erwiderte Rieke achselzuckend.

»Deine Mutter hätte doch ihr Dienstmädchen schicken können, um dich zu holen.«

Rieke stellte sich die alte Mulle vor, wie diese Zug fahren würde, und musste lachen. »Unser Dienstmädchen fürchtet die Eisenbahn noch mehr, als Mama es tut. Sie würde niemals in so ein Ding steigen, und wenn doch, müsste man sie festbinden, damit sie den Waggon nicht vor Beginn der Fahrt wieder verlässt.«

Nun musste auch Gunda lachen, wurde aber rasch wieder ernst. »Ich frage mich, wer mich abholen wird. Unsere Gouvernante wollte, nachdem sie mich hergebracht hatte, anderswo in Dienst gehen.«

»Vielleicht dein Bruder?«, mutmaßte Rieke.

»Der ist nur fünfzehn Monate älter als ich. Papa hat gewiss nicht die Zeit, und Mama – nun, sie wird wohl eher Dela schicken.«

»Wer ist das?«, fragte Rieke.

»Unsere Mamsell. Eigentlich heißt sie Adele Klamt, aber wir sagen Dela zu ihr. Mir wäre es recht, denn sie hat bestimmt nichts dagegen, mir unterwegs eine Bockwurst zu kaufen.«

Rieke lachte erneut. »Ich wünsche dir eine gute Fahrt, natürlich auch eine Bockwurst oder zwei und ein schönes Weihnachtsfest!«

»Ich dir auch, Rieke! Ach, könnte ich dich doch mitnehmen. Für das nächste Mal frage ich auf jeden Fall zu Hause an, ob ich es darf, falls dich niemand abholt.«

»Zu Ostern bleiben wir hier, und in den großen Ferien müssen alle nach Hause, da die Schwestern Schmelling ihre Schule schließen und ein paar Wochen in die Schweiz fahren«, antwortete Rieke und stickte weiter.

## 3.

Am nächsten Tag wurden die meisten Mädchen abgeholt. Als einer der Ersten erschien Premierleutnant Franz Josef von Hollenberg im Glanz seiner schneeweißen Uniform und deutete vor den Patroninnen der Schule einen militärischen Gruß an. In seiner Begleitung befand sich die Gouvernante seiner jüngeren Geschwister, die sich auf dem Heimweg um Franziska kümmern sollte, sowie ein in Ehren ergrauter Diener, dem die Aufsicht über das Gepäck übertragen worden war.

Rieke und Gunda war der junge Offizier nicht in bester Erinnerung geblieben, aber sie beobachteten, wie sich fast ein Dutzend Mädchen um ihn versammelte, darunter sogar mehrere aus der obersten Klasse, die dem schmucken Österreicher zu gefallen hofften.

»Liebster Franz Josef, darf ich dich bitten, dich auf der Weiterreise meiner lieben Freundin Bettina anzunehmen?«, sagte Franziska, als diese sie leicht am Ärmel zupfte.

Bettina selbst knickste vor dem Leutnant und blickte scheinbar scheu zu ihm auf. Was sie sah, gefiel ihr. Zu Hause sprachen ihre Eltern bereits über mögliche Ehemänner für sie, da sie im Jahr nach ihrer Schulentlassung heiraten sollte. Ihr Vater favorisierte den einen oder anderen Geschäftsfreund, während die Mutter Herren aus altem und möglichst hohem Adel ins Auge fasste. Franz Josef von Hollenberg entstammte sowohl altem wie auch aus hohem Adel und wirkte mit seiner schlanken Gestalt, den angenehmen Gesichtszügen und seinen blauen Augen unter dem dunklen Schopf wie der Traum jedes Mädchens.

Auch der Leutnant betrachtete sein Gegenüber. Bettina war ein hübsches Ding, noch nicht ganz ausgereift und ein wenig zu stämmig gebaut, doch das konnte sich in den nächsten zwei, drei Jahren geben. Ihre Augen waren hell, die Haare zwischen brünett und dunkelblond, und ihre Mitgift sollte, wie er den Briefen seiner Schwester entnommen hatte, einen Edelmann wie ihn entzücken können. Zwar wurde die Familie derer von Hollenberg nicht von pekuniären Sorgen geplagt, aber da er nicht der älteste Sohn war, würde nicht viel für ihn übrig bleiben, und von diesem Rest konnte ein Offizier nicht standesgemäß leben.

Franz Josef erklärte daher, wie entzückt er sei, der jungen Dame diesen Dienst erweisen zu können.

Während Bettina förmlich aufstrahlte, verzog Rieke das Gesicht. »Was für ein entsetzliches Geschwätz!«, raunte sie Gunda zu.

Diese wies auf eine weitere Droschke, die eben vorgefahren war. Eine mittelgroße, stattlich gebaute Frau schälte sich aus den Decken, mit denen sie sich gegen die Kälte gewappnet hatte, und stieg aus.

»Du wartest hier!«, sagte sie mit befehlsgewohnter Stimme zu dem Droschkenkutscher und trat dann auf das Eingangstor der Schule zu.

»Das ist Dela«, erklärte Gunda lächelnd.

Die Frau weiß sich durchzusetzen, dachte Rieke und wünschte sich, ihre Mutter hätte ein wenig von Delas Wesen. Wäre sie etwas energischer, würde sie nicht davor zurückscheuen, mit der Eisenbahn zu fahren.

Gunda eilte auf Dela zu und umarmte sie.

»Was soll das, Wildfang? Du bist doch eine junge Dame«, tadelte Dela sie.

»Webertochter!«, klang es aus dem Hintergrund.

Dela drehte sich kurz um, konnte aber die Sprecherin nicht ausmachen. »War wohl die Dobritz, was?«, meinte sie dann und trat auf Klothilde Schmelling zu.

»Ich bin hier, um Fräulein Gunda abzuholen!«

Gewohnt, sonst weitaus höflicher angesprochen zu werden, musste die Patronin schlucken. Da Dela ihr übelnahm, dass Gunda hier als Webertochter beleidigt wurde, sah sie keinen Grund, zuvorkommend zu sein.

Unterdessen hatte Hollenbergs Diener mit Unterstützung der hiesigen Dienstmädchen Franziskas und Bettinas Gepäck zur Tür gebracht. Da der Leutnant jedoch vergessen hatte, seinem Droschkenkutscher anzuweisen, auf ihn zu warten, stand nur noch Delas Droschke da.

Ohne zu zögern, wies Franz Josef auf diese. »Lade die Koffer ein. Wir wollen gleich aufbrechen!«

Als Dela das hörte, fuhr sie zornig herum. »So geht das nicht, mein Herr! Das ist meine Droschke, und mit der fahren Fräulein Gunda und ich und sonst niemand. Haben Sie das begriffen?«

»Was für eine Plebejerin!«, stieß der Leutnant empört hervor.

Schon schnappte Dela sich Gundas Koffer, winkte dieser, ihr zu folgen, und ging zu der Droschke.

Während der Kutscher den Koffer in den Wagen hievte, umarmte Gunda Rieke noch einmal und wischte sich dann die Tränen ab. »Alles Gute und viel Glück!«

»In zwei Wochen sehen wir uns doch wieder«, tröstete Rieke sie, winkte noch einmal und sah zu, wie Gunda ebenfalls in die Droschke stieg und diese losfuhr. Gunda winkte zurück, bis der Wagen hinter der nächsten Kurve verschwunden war.

»Wie kommen wir jetzt an eine Droschke?«, fragte Franziska Hollenberg verärgert.

»Ich werde eines der Dienstmädchen losschicken und eine holen lassen«, versprach Klothilde Schmelling und winkte Trine, dies zu tun. Diese folgte dem Befehl, dachte dabei aber, dass ein wahrer Herr an Hollenbergs Stelle seinem Droschkenkutscher befohlen hätte zu warten.

## 4.

Als nach Gunda auch Erika und ihre restlichen Klassenkameradinnen die Schule verlassen hatten, kehrte Rieke in den nun leeren Schlafsaal zurück. Es war eigenartig, nach all dieser Zeit ganz alleine zu sein. Um sich zu beschäftigen, nahm sie ihren Stickrahmen zur Hand und arbeitete weiter an dem Taschentuch für Jolanthe Schmelling. Als die Einsamkeit drückend zu werden drohte, sagte sie sich, dass ein Weihnachtsfest ohne die üblichen Prügel von ihrem Vater auf jeden Fall besser war als eines, bei dem sie Schläge bekam.

Unterdessen fuhr Gunda in Delas Begleitung nach Berlin. Bettina von Dobritz, Rodegard von Predow und Franz Josef von Hollenberg saßen ebenfalls im Kurswagen der ersten Klasse, während die beiden Gouvernanten, die losgeschickt worden waren, um die Mädchen abzuholen, sowie Hollenbergs Diener mit einem Wagen der dritten Klasse vorliebnehmen mussten.

Da Bettina und Rodegard immer wieder einige Bosheiten losließen, begriff Dela rasch, dass die ersten Monate im Internat für Gunda kein Honigschlecken gewesen sein konnten. Sie nahm sich vor, mit ihrer Herrin zu sprechen. Ihrer Meinung nach war es ein Fehler gewesen, das Mädchen in dieselbe Schule zu schicken wie ihre Cousine. Bettina geriet ganz nach ihrer Mutter, die ihren Bruder und dessen Familie seit dem großen Zerwürfnis vor fast sechzehn Jahren mit ihrem Hass verfolgte.

Am Bahnhof in Berlin kam es zum ersten Mal seit langem wieder zu einer Begegnung zwischen Friedrich von Hartung und seiner Schwester Luise, verheiratete von Dobritz. Diese sah ihren Bruder und dessen Ehefrau und schob sich mit einem verächtlichen Schnauben an ihnen vorbei, um ihre Tochter zu begrüßen, die als eine der Ersten den Waggon der ersten Klasse verließ.

Angesichts des schmucken österreichischen Leutnants, der Bettina hilfreich die Hand reichte, nahm Luises Gesicht einen zufriedenen Ausdruck an.

Ihre Schwägerin Theresa schüttelte jedoch den Kopf. »Das Mädchen ist noch viel zu jung, um es allein in Herrenbegleitung reisen zu lassen. Zumindest hätte die Gouvernante bei ihr im Abteil bleiben müssen.«

»Richtest du nicht etwas zu streng, Resa?«, fragte Friedrich. »Bettina ist noch ein Kind, zudem waren mehrere andere Schülerinnen und deren Betreuerinnen bei ihr.«

»Das mit dem Kind bezweifle ich«, antwortete Resa, da ihr der Blick nicht entgangen war, mit dem die Halbwüchsige den jungen Österreicher anhimmelte. »Da es nicht unsere Tochter ist, soll es mir gleichgültig sein. Sei erst einmal willkommen, meine Kleine. Ich glaube, du bist sogar ein wenig gewachsen.«

Resa umarmte ihre Tochter und lächelte wegen des Überschwangs, mit dem Gunda die Umarmung erwiderte. »Bist du immer brav gewesen?«, fragte sie dann.

Über Gundas Gesicht huschte ein leichter Schatten.

Dela sah es und sprach ihre Herrin an. »Es war ein Fehler, das Mädchen ins selbe Internat zu schicken wie die Ältere der Dobritz-Töchter. Im neuen Schuljahr sollten Sie das nicht mehr tun, gnädige Frau.«

Resa sah zuerst Dela und dann Gunda erstaunt an. »Ich habe leider zu spät erfahren, dass Bettina von Dobritz ebenfalls die Höhere-Töchter-Schule der Schwestern Schmelling besucht, sonst hätte ich davon abgesehen. Ich werde zusehen, dass Gunda in ein anderes Internat kommt.«

»Nein, Mama, ich will wieder hin!«, rief das Mädchen, da es sich nicht von Rieke trennen lassen wollte.

»Trotz ›Weberstocher‹ und ähnlicher Beleidigungen?«, fragte Dela verwundert.

»Mit Bettina und ihren Claqueurinnen werden wir schon fertig«, versicherte Gunda eilfertig.

Resa hob kurz die rechte Augenbraue. »Wir?«

»Ja, Rieke und ich. Erika ist auch auf unserer Seite, und einige andere ebenso.«

»Du scheinst ja ein paar Freundinnen gefunden zu haben«, warf Friedrich ein und drängte darauf, den kalten Bahnsteig zu verlassen.

Bettina und deren Begleitung waren bereits gegangen. Zu Bettinas Enttäuschung – und auch zu der ihrer Mutter – hatte Franz Josef von Hollenberg ihre Einladung, die Feiertage bei ihnen zu verbringen, nicht annehmen können. Er wurde bereits übermorgen von seinem Vorgesetzten, Oberst Cersky, in Holstein erwartet.

Es war nicht zu übersehen, dass in Berlin laut mit dem Säbel gerasselt wurde. Offiziere unterschiedlichsten Alters suchten ihre Züge, und weiter hinten stiegen mehrere Kompanien einer Berliner Garnison in einen Waggon. Auf dem Weg nach draußen mussten Friedrich und die Seinen immer wieder Militärpersonen ausweichen. Zuletzt ärgerte er sich darüber, mit welcher Selbstverständlichkeit die Offiziere den Vorrang vor Zivilisten einforderten.

»Diese Männer tun den ganzen Tag nichts anderes, als in ihren Offiziersclubs zu sitzen, Zigarren zu rauchen und Wein zu trinken. Gelegentlich sind sie bei einem Manöver, doch sonst kosten sie den Staat eine Menge Geld, ohne selbst etwas zu erwirtschaften. Dafür aber führen sie sich auf, als könnten sie ihren Stammbaum auf den Herrgott persönlich zurückführen.«

»Das hast du nicht gehört!«, mahnte Resa ihre Tochter.

Gunda grinste. »Ich werde es Rieke erzählen. Sie ist die Tochter eines Majors, hat aber das Gleiche gesagt.«

»Dann ist sie arg aus der Art geschlagen«, meinte Resa und musterte ihre Tochter schärfer. »Diese Rieke ist doch die Freundin, von der du eben gesprochen hast?«

»Das ist sie!«, antwortete das Mädchen aufgeregt. »Da ihr Bruder sie nicht abholen konnte, muss sie über Weihnachten im Internat bleiben. Wenn ich es eher erfahren hätte, hätte ich euch geschrieben und gebeten, dass ich sie mitbringen darf.«

Resa wechselte einen kurzen Blick mit ihrem Mann. »Da dieses Mädchen zu den Zöglingen der Schwestern Schmelling gehört, wäre dies möglich gewesen. Allerdings müsste ihre Familie damit einverstanden sein.«

»Ihre Mutter traut sich nicht, Eisenbahn zu fahren, und das Dienstmädchen ebenso wenig. Ihr Vater und ihr Bruder sind jedoch nach Holstein abkommandiert worden und können sich nicht um sie kümmern.«

Aus Gundas leidenschaftlich vorgetragenem Bericht schloss Resa zweierlei. Zum einen schienen die pekuniären Verhältnisse von Riekes Familie nicht berauschend zu sein, wenn sie sich nur ein einziges Dienstmädchen leisten konnten. Zum anderen musste das fremde Mädchen einen tiefen Eindruck auf ihre Tochter gemacht haben. Resa überlegte, ob sie Gunda nicht doch besser in ein anderes Internat schicken sollte, damit sie weder unter ihrer Cousine zu leiden hatte noch zu stark unter den Einfluss einer Mitschülerin geriet.

»Kommt jetzt! Es ist bald Essenszeit, und Theo wird uns bereits vermissen«, sagte sie und schritt voraus.

Gunda eilte an ihre Seite und strahlte sie an. »Rieke hat auf meine Bitte hin zwei Taschentücher für Theo bestickt! Ich hätte es auch selbst getan, aber ich bin bei Handarbeiten nun einmal sehr langsam und wollte die Taschentücher für dich, Papa und Großmama besonders schön machen.«

»Das ist lieb von dir«, sagte ihr Vater und erinnerte sich mit einem leichten Schauder an die ersten Taschentücher, die Gunda für ihn und Resa bestickt hatte.

Vor dem Bahnhof stand der Wagen bereit. Friedrich hob seine Tochter hinein und legte eine Decke um sie. Resa stieg ohne Hilfe ein und zog ihre Tochter an sich, während Friedrich ihr gegenüber Platz nahm und dem Kutscher befahl loszufahren.

»Freust du dich, nach Hause zu kommen, Fratz?«, fragte er lächelnd.

Gunda nickte eifrig. »Allerdings! Lieber wäre es mir jedoch, wenn Rieke bei mir sein könnte. Wir haben in den letzten drei Monaten wirklich alles gemeinsam gemacht.«

»Vielleicht sollten wir diese Rieke doch kennenlernen. Was meinst du, Resa, ob wir Gunda selbst in die Schule zurückbringen können?«, fragte Friedrich.

»Ich könnte es tun – aber leider nicht mit dir! Du musst in Berlin bleiben und weiter mit den Herren von der Armee verhandeln. Da sie so wenig für das neue Uniformtuch bezahlen wollen, wird es dir nicht möglich sein, die Qualität zu liefern, die unsere Kunden von uns gewöhnt sind. Schlage ihnen daher vor, sich an deinen Schwager zu wenden.«

Resas Augen blitzten bei diesen Worten zornig, denn zwischen ihrer Familie und den Dobritzens herrschte seit Jahren Krieg, und sie nahm jede Möglichkeit wahr, ihrer Schwägerin die Gemeinheiten heimzuzahlen, die diese ständig gegen sie aushecke. Sie zügelte sich jedoch rasch wieder. Immerhin stand Weihnachten bevor, das Fest der Liebe und der Besinnlichkeit. Da wollte sie nicht an Luise von Dobritz und deren Mann denken.

Zu Hause angekommen, begleitete sie Gunda in deren Zimmer, wo eines der Dienstmädchen begann, das Gepäck auszuräumen und die Sachen im Schrank zu verstauen.

»Kannst du mir deine Kunstwerke zeigen?«, fragte Resa ihre Tochter mit einem nachsichtigen Lächeln und war bereit, deren Taschentücher durch solche zu ersetzen, die sie selbst bestickt hatte. Als sie jedoch die für sie, Friedrich und ihre Schwiegermutter Charlotte bestimmten Taschentücher sah, kniff sie verblüfft die Augen zusammen. Gunda hatte sich enorm verbessert, und sie würde sich nicht schämen müssen, diese feine Handarbeit ihren Freundinnen zu zeigen.

Nun nahm sie gespannt die Taschentücher in die Hand, die Gundas Freundin für Theo bestickt hatte, und konnte kaum glauben, was sie sah. Selbst die versierteste Stickerin, die sie kannte, hätte nicht besser arbeiten können.

Plötzlich wurde die Tür aufgerissen, und ihr Sohn stürmte herein. »Da bist du ja wieder!«, rief er grinsend Gunda zu und versetzte ihr eine brüderliche Kopfnuss.

»Vorsicht!«, warnte Resa ihn.

»War nicht so schlimm, Mama! Es hat kaum weh getan«, antwortete Gunda und nützte die Gelegenheit, ihren Bruder in den Arm zu zwicken.

»Kaum sind sie wieder zusammen, geht es von vorne los! Dabei dachte ich, die Schwestern Schmelling würden unseren Wildfang in eine junge Dame verwandeln!« Resas Schwiegermutter war Theo gefolgt und sah die beiden tadelnd an.

»Sie haben noch mehr als dreieinhalb Jahre dafür Zeit«, antwortete Gunda und zwinkerte ihrem Bruder zu.

Dann wandte ihre Großmutter sich ebenso vorwurfsvoll an ihre Schwiegertochter. »Ich dachte, du wolltest Gunda selbst abholen, hast aber Adele geschickt.«

Charlotte von Hartung sprach den Namen Gunda mit spitzer Zunge aus, denn bei deren Geburt hatte sie gewünscht, dass das Mädchen nach ihr benannt wurde. Ihr mittlerweile verstorbener Mann hatte jedoch den Namen von Resas Mutter vorgeschlagen und sie damit getröstet, es werde gewiss noch eine Charlotte geben. Die aber war ebenso ausgeblieben wie ein zweiter Sohn.

Resa lächelte etwas gequält. »Ich wäre gerne gefahren, doch mir ist seit ein paar Tagen immer wieder übel, und so habe ich befürchtet, in der Eisenbahn eine jämmerliche Figur abzugeben.«

»Dela hat mich gut nach Hause gebracht!«, lobte Gunda die Mamsell und zeigte ihrer Großmutter dann die Taschentücher, die sie bestickt hatte.

Charlotte war nicht weniger überrascht als Resa. »Etwas hast du in der Schule also doch gelernt!«, meinte sie.

Auch Theo betrachtete die Taschentücher und nickte. »Nicht übel! Wenn die, die du für mich bestickt hast, ebenso hübsch sind, kann ich sie sogar in der Schule benutzen.«

»Die deinen sind noch besser, aber die zeigen wir dir nicht«, beschied ihn seine Mutter.

»Die habe auch nicht ich bestickt, sondern meine Freundin Rieke, und die kann das richtig gut«, berichtete Gunda mit leuchtenden Augen.

Charlotte musterte ihren Enkel mit strengem Blick. »Ich will mir diese Taschentücher ansehen. Da du sie erst am Heiligen Abend zu Gesicht bekommen sollst, hast du gewiss noch etwas zu lernen!«

Mit einem leisen Lachen verließ Theo das Zimmer, während seine Großmutter gebieterisch die Hand ausstreckte. Mit klopfendem Herzen reichte ihr Gunda die beiden Taschentücher, die Rieke für ihren Bruder bestickt hatte. Hoffentlich gefallen sie der Oma, dachte sie. Sie hätte sich jedoch keine Sorgen machen müssen. Charlotte betrachtete die Taschentücher von allen Seiten und reichte sie ihr mit einem anerkennenden Blick zurück.

»Theo sollte sie als Sammelstücke aufbewahren, denn sie sind zu schade für den schnöden Gebrauch.« Als wäre ihr eben etwas eingefallen, legte sie ihrer Enkelin die Rechte auf die Schulter. »Sollte deine Freundin bereit sein, auch zwei Taschentücher für mich zu besticken, würde es mich freuen.«

Das war ein hohes Lob, und Gunda war froh für ihre Freundin.

»Ich werde Rieke darum bitten, Großmama«, sagte sie und wünschte sich noch stärker, die Freundin hätte mit ihr kommen können.

## 5.

Da die Lehrerinnen und nahezu alle Dienstboten das Institut verlassen hatten, blieben außer Rieke nur noch die beiden Patroninnen und das Hausmädchen Trine zurück. Rieke wurde daher die hohe Ehre zuteil, am Tisch der Schwestern Schmelling essen zu dürfen. Am liebsten hielt sie sich in diesen Tagen jedoch bei Trine in der Küche auf. Dort war es nämlich im Gegensatz zu den anderen Räumen einschließlich des Schlafsaals schön warm. Außerdem konnte sie mit Trine reden, wie ihr der Schnabel gewachsen war. Bei Tisch hatte sie brav den Mund zu halten und durfte nur dann etwas sagen, wenn eine der Patroninnen sie ansprach.

Am Heiligen Abend ging sie mit den beiden Schwestern in die Kirche, und anschließend gab es ein Mahl, wie Rieke es bislang nicht aufgetischt bekommen hatte. Als sie sich danach bedanken und in die Küche zurückkehren wollte, forderte Jolanthe Schmelling sie auf, ihr zu folgen.

Verwundert ging Rieke mit und wurde in deren Kontor geführt. Wenn ein Mädchen sonst in dieses Zimmer musste, hatte es meistens etwas ausgefressen und musste sich vor den Patroninnen dafür rechtfertigen. Rieke fragte sich, ob sie aus Unwissenheit einen Fauxpas begangen hatte und dafür bestraft werden sollte. Da reichte Jolanthe Schmelling ihr ein Päckchen.

»Dies hat dir dein Bruder zu Weihnachten geschickt. Das Buch ist für ein Mädchen deines Alters eigentlich noch nicht geeignet, doch du bist eine gute Schülerin und über dein Alter hinaus verständig. Daher darfst du es lesen.«

Jolanthe Schmellings Worte verrieten, dass sie Emils Päckchen geöffnet und es dann erneut verpackt hatte. Das störte Rieke jedoch nicht. Ihr Bruder hatte an sie gedacht, und sie würde Weihnachten nicht ohne ein Geschenk verbringen. Von ihrem Vater hatte sie nichts bekommen, aber das hatte sie nicht anders erwartet. Es tat ihr jedoch weh, dass die Mutter ihr nicht einmal einen Weihnachtsgruß geschickt hatte.

»Ich danke Ihnen, Frau Direktor!« Rieke knickste und durfte das Zimmer verlassen. In der Küche öffnete sie vorsichtig das Päckchen und entdeckte, dass es außer dem genannten Buch auch eine Schachtel Konfekt enthielt.

»Na, da hast du was Gutes bekommen?«, fragte Trine gutmütig.

»Ein Buch mit dem Titel ›Nachsommer‹, geschrieben von Herrn Adalbert Stifter, sowie eingepacktes Konfekt. Magst du ein Stück?«, erwiderte Rieke, während sie die Schachtel öffnete.

»Na ja, eins! Aber nicht mehr, damit dir genug bleibt«, sagte Trine und steckte die Praline, die Rieke ihr reichte, mit einem verzückten Ausdruck in den Mund.

Rieke schlug das Buch auf, und während sie las und gelegentlich ein Pralinchen naschte, fand sie, dass Weihnachten auch alleine recht angenehm sein konnte. Ihre Gedanken galten ihrem Bruder, und sie hoffte, dass auch Emil ein schönes Weihnachtsfest feiern konnte.

## 6.

Emil von Gantzow nahm das Glas Punsch entgegen, das ein Diener ihm reichte, und stieß mit seinen Kameraden an. Es war Weihnachtsabend und die Grenzen vergessen, die einen kommandierenden Offizier von einem Sekondeleutnant trennten. Es herrschte eine fröhliche Stimmung, und bei den ersten Offizieren machte sich der reichlich genossene Punsch bemerkbar.

»Wollen wir hoffen, dass wir hier nicht versauern. Ich sage, wir müssen hinein nach Schleswig und den Dänen aufs Haupt schlagen. Diese Sprache verstehen sie und keine andere!«

Emil hob den Kopf, als er die Stimme seines Vaters vernahm. Seit das Regiment in Holstein eingerückt war, drängte dieser darauf, weiter vorzustoßen. Nur entschied diese Sache nicht er, sondern Feldmarschall Wrangel und zuvorderst der König und dessen erster Minister.

»Was meinen Sie, Maruhn? Sind Sie auch für den Vormarsch?«, fragte ein anderer Offizier.

Dirk von Maruhn war Emils direkter Vorgesetzter und anders als dessen Vater absolut kein Feuerkopf. »Ich habe keine dezidierte Meinung dazu. Wir können in einem Tagesmarsch die Schlei erreichen und die Dänen attackieren. Aber wie es mit der Politik aussieht, davon haben wir keine Ahnung. Weiß der Teufel, ob nicht Lord Palmerston im Auftrag Königin Victorias von England eine Note an Herrn von Bismarck geschickt hat, die uns davor warnt, weiter nach Norden vorzudringen.«

»Wenn die Engländer kommen, hauen wir auch die zusammen! Ist doch alles feiges Gesindel! Wäre denen bei Waterloo nicht unser Blücher zu Hilfe gekommen, müsste sich unser König immer noch vor einem Kaiser der Franzosen verbeugen.«

Egolf vom Gantzow machte aus seiner Verachtung für mögliche Feinde keinen Hehl. Nicht wenige der Offiziere, die hier zusammen Weihnachten feierten, waren seiner Meinung.

Emil hingegen beging nicht den Fehler, den Gegner zu unterschätzen. Griff man die Dänen an, würden diese sich mit Zähnen und Klauen zur Wehr setzen. Dennoch hoffte auch er auf den Krieg, denn in Friedenszeiten war es für junge Offiziere wie ihn schwer, eine Beförderung zu erlangen. Er musste nur seinen Vater ansehen, der es nach so vielen Jahren beim Heer nur zum Major gebracht hatte. Ihr Oberbefehlshaber, Feldmarschall Wrangel, hatte als junger Mann gegen Napoleon Bonaparte gekämpft und zählte nun bereits über achtzig Jahre.

Es war an der Zeit, dass jüngere Offiziere die Verantwortung übernehmen, dachte Emil, Offiziere, die frische Taktiken und Strategien entwickelten und die mit den neuen Waffen, die inzwischen in Gebrauch waren, auch umzugehen wussten.

Das Gespräch bezog mittlerweile auch Oberst Cersky und seinen Adjutanten Leutnant Hollenberg, die beiden Vertreter der österreichischen Armee, mit ein.

»Na, was spricht man in Wien über unsere dänischen Feinde?«, fragte Hauptmann Riedebusch.

»Sie werden zwar bellen, aber kuschen«, antwortete Cersky, und Hollenberg nickte eifrig dazu.

»Das wäre aber arg langweilig!«, rief Oberst Coldnitz, dessen Regiment ebenfalls zu den in Holstein einmarschierten Truppen gehörte. »Ich ziehe einen richtigen Krieg vor, denn der ist ehrlicher als das Geschwafel der Diplomaten. Es gewinnt die Armee mit den besseren Waffen und den größeren Truppen.«

»Auch wenn sie schlecht geführt wird?«, wandte Oberstleutnant Wilhelm von Steben ein.

»Die preußische Armee wird ausgezeichnet geführt!«, fuhr Magnus von Coldnitz auf.

»Das kann bei den Dänen genauso sein«, erwiderte Ferdinand von Riedebusch. »Wenn wir sie angreifen, werden sie uns einige Nüsse zu knacken geben. Ich habe vor ein paar Jahren das Danewerk besichtigt und ebenso die Schanzen von Düppel. Wenn die Dänen sich dort eingraben, wird es blutig.«

»Sie sind ein arger Schwarzseher, Riedebusch!«, tadelte Egolf von Gantzow ihn. »Wir sind Preußen! Ein entschlossener Stoß, und die Dänen laufen bis Kopenhagen.«

»Meine Herren, wir feiern heute Weihnachten. Lasst uns daher friedlich an unsere dänischen Nachbarn denken. Ihnen soll der Schnaps und der Punsch ebenso gut schmecken wie uns«, wandte Oberst Gonzendorff launig ein.

»Auf unsere dänischen Nachbarn! Auf dass ihre Soldaten nicht gleich davonrennen, wenn wir kommen. Wir wollen ja auch was von der Schlacht haben.« Diesen Trinkspruch brachte Franz Josef von Hollenberg aus.

Schallendes Gelächter antwortete ihm, und einer rief: »Dobritz, ein Gedicht!«

Gero von Dobritz, ein junger, groß gewachsener und etwas schwerfällig wirkender Sekondeleutnant, trank sein Glas leer und reichte es einem Diener.

»Nun, wenn ihr mich so bittet«, begann er und versuchte seiner verschmitzten Miene einen Anschein von Ernsthaftigkeit zu geben.

> *»Der König der Dänen,*
> *soll sich nicht wähnen,*
> *er könnt uns besiegen,*
> *denn wir werden ihn kriegen!«*

Ein noch stärkeres Gelächter als vorhin erscholl, und Riedebusch traten Tränen in die Augen. »Dobritz, an Ihnen ist ein Goethe und ein Schiller verlorengegangen«, meinte er, als er sich wieder halbwegs beruhigt hatte.

»Hier kann ich meine Verse wenigstens vortragen. Zu Hause sind mir immer gleich die Kissen um die Ohren geflogen«, antwortete Gero von Dobritz fröhlich.

Da mischte sich erneut Magnus von Coldnitz ein. »Vielleicht waren Ihre Gedichte nicht für die Ohren von Damen geeignet, so in der Art wie:

> *Die schöne Lola,*
> *trägt nur 'ne Stola,*
> *mehr braucht sie nicht,*
> *wenn der Major sie sticht!*«

Auf diese Zeilen hin erscholl der Lachsturm der anwesenden Offiziere bis nach Dänemark.

Oberst Gonzendorff, der den Rest des Abends bei seiner Familie verbringen wollte, hob die Hand. »Meine Herren, ich muss Sie nun verlassen. Vorher aber wollen wir einen Toast auf Seine Majestät, König Wilhelm, und seinen ersten Minister ausbringen.«

»Auf den König, er lebe hoch! Und auf Herrn von Bismarck!«, scholl es aus mehr als einem Dutzend Kehlen.

Aus der Begeisterung heraus begann einer der Offiziere zu singen. »Ich bin ein Preuße, seht ihr meine Farben!«

Sofort fielen die anderen mit ein und schmetterten die Hymne mit vom Punsch entfesselten Stimmen. Oberst Czersky und sein Adjutant Hollenberg standen dabei, doch in ihren Gedanken hörten sie die von Joseph Haydn komponierte Melodie und sangen im Geiste vom Kaiser, den Gott erhalten möge.

## 7.

Bislang hatte sich der Unterricht im Institut der Schwestern Schmelling mit Themen befasst, die für adelige Mädchen wichtig waren. Politik und Geografie hatten nicht dazugezählt. Als Rieke und Gunda nach den Ferien zum ersten Mal das Klassenzimmer betraten, hing an der Wand jedoch eine Landkarte.

»Was mag das für eine Gegend sein?«, fragte Franziska von Hollenberg und blieb vor der Karte stehen.

»Jütland, Schleswig, Holstein, Lauenburg, Hamburg«, las Rieke von der Karte ab.

»Das stimmt!« Fräulein Paschke war eingetreten und nickte Rieke zu. »Diese Karte zeigt den Norden Deutschlands und einen Teil von Dänemark. Im Zentrum steht das Herzogtum Schleswig, das, obwohl auf ewig mit Holstein vereint, vom dänischen König von diesem abgetrennt und Dänemark angegliedert werden soll.«

Einige Mädchen wussten, wovon sie sprach, denn entweder waren Brüder oder Väter beim Militär, oder sie hatten in den Ferien den Unterhaltungen der Erwachsenen gelauscht. Als Erste meldete sich Franziska und erklärte, dass ihr Bruder Franz Josef in Holstein wäre, um die dort lebenden Deutschen gegen die Anmaßung des dänischen Königs zu beschützen.

»Das ist sehr löblich!«, erklärte Fräulein Paschke und deutete auf die noch leeren Bänke. »Ich bitte mir mehr Disziplin aus! Die Stunde hat bereits begonnen.«

Sofort eilten die Mädchen zu ihren Plätzen und setzten sich. Als Bettina an Gunda vorbeihuschte, versetzte sie dieser einen Stoß, der sie gegen Erika prallen ließ. Sofort hob Helene Paschke die Hand.

»Gunda, was soll das?«

»Sie kann nichts dafür!«, verteidigte Erika ihre Klassenkameradin. »Sie ist gestoßen worden.«

Die Lehrerin sah kurz zu Bettina hin, deren Feixen ihr genug verriet. »Ich wünsche, dass so etwas nicht wieder vorkommt! Nun werde ich euch einen Vortrag über Schleswig und die Dänen halten, und anschließend werden wir gemeinsam beraten, wie wir unseren tapferen Soldaten und Offizieren unseren Dank für ihr mutiges Eintreten für die Freiheit der Schleswiger aussprechen können.«

»Gibt es in Schleswig nicht auch Dänen, die zu ihrem König halten und nicht von unseren Soldaten befreit werden wollen?«, fragte Rieke und bereute es im selben Augenblick.

Helene Paschke musterte sie mit einem vernichtenden Blick, während Bettina rief, dass dies eine Beleidigung Seiner Majestät, König Wilhelms, wäre.

»So weit würde ich nicht gehen«, schränkte die Lehrerin ein, »aber es war auf jeden Fall eine ungehörige Bemerkung, die bestraft gehört. Du erhältst dafür zehn Hiebe auf den blanken Hintern, allerdings nicht vor versammelter Klasse, sondern im Bureau der Direktorinnen. Komm mit! Franziska, du sorgst dafür, dass die anderen Schülerinnen während meiner Abwesenheit ein Lobgedicht auf die deutschen Schleswiger ersinnen und es mir nach meiner Rückkehr vortragen!«

»Selbstverständlich, Fräulein Paschke!« Auch wenn sie nicht übermäßig intelligent war, so besaß Komtesse Franziska doch die Autorität, die übrigen Schülerinnen im Zaum zu halten. Die jetzige Aufgabe erfüllte sie mit besonderem Stolz, da ihr Bruder Franz Josef nach Holstein abkommandiert war und an der Befreiung der beiden Länder vom dänischen Joch mitwirken durfte.

Rieke folgte unterdessen Fräulein Paschke ins Zimmer der Schwestern Schmelling. Die beiden Damen saßen nicht hinter ihren Schreibtischen, sondern an einem kleinen Tisch, tranken Kaffee und aßen Kuchen. Als Helene Paschke mit Rieke eintrat, blickten sie ärgerlich auf.

»Was gibt es?«, fragte Jolanthe.

»Die Schülerin Gantzow hat sich despektierlich über Seine Majestät, König Wilhelm, geäußert. Ich habe sie dafür zu zehn Rutenhieben unter Ausschluss der Klasse verurteilt«, antwortete Fräulein Paschke im empörten Tonfall.

»Das stimmt nicht!«, rief Rieke empört. »Ich habe nur gesagt, dass es in Holstein und Schleswig Dänen geben kann, die ihrem König treu bleiben und nicht durch die Truppen Seiner Majestät befreit werden wollen.«

»Ist das wahr?«, fragte Jolanthe Schmelling.

Helene Paschke nickte widerwillig. »So in etwa hat sich die Schülerin Gantzow geäußert, aber in einem Tonfall, der nur als beleidigend für Seine Majestät angesehen werden kann.«

»In diesem Fall ist die Strafe berechtigt. Friederike, du stellst dich jetzt vor mein Pult und hebst deinen Rock!«

Noch während sie es sagte, ging Jolanthe Schmelling in die Ecke, in der ihr Stock stand, und schwang diesen prüfend durch die Luft.

Rieke erstickte fast vor Wut. Da sie jedoch wusste, dass Widerstand ihr nur noch demütigendere Strafen einbringen würde, gehorchte sie und nahm die Hiebe mit zusammengebissenen Zähnen hin. Ihre Lehrerin war jedoch noch immer nicht zufrieden.

»Bis morgen wirst du ein Lobgedicht auf Seine Majestät, den König, und die treuen Schleswiger und Holsteiner entwerfen und überdies zehn Taschentücher mit einem patriotischen Spruch für Offiziere besticken, die die Dänen in ihre Schranken weisen werden!«

Da sie gerne stickte, stellten die Taschentücher keinen Schrecken für Rieke dar. Sie würde sich auch ein Gedicht ausdenken, mit dem Helene Paschke zufrieden sein würde. Wenn diese allerdings glaubte, ihr die Liebe zu König und Vaterland mit dem Rohrstock einbleuen zu können, so hatte sie sich getäuscht.

Für Rieke war König Wilhelm jemand, der seine Offiziere so schlecht behandelte, dass sie so unleidlich wurden wie ihr Vater. Dessen Gürtelriemen hatte sie oft genug auf dem Hintern gespürt und schrieb dem König die Schuld an diesen wie auch an den jetzt erhaltenen Hieben zu.

»Ich hoffe, du bist nun von deiner Renitenz geheilt, Friederike?«, fragte Klothilde Schmelling freundlich, die sich bis jetzt ihrem Kaffee und ihrem Kuchen gewidmet hatte.

»Ich wollte Seine Majestät gewiss nicht beleidigen«, antwortete das Mädchen. Es war nicht einmal gelogen, denn bei ihrer Bemerkung über die dänischen Schleswiger hatte sie nicht an König Wilhelm gedacht.

»Das wissen wir.« Jolanthe Schmelling stellte den Rohrstock zurück und gab Fräulein Paschke ein Zeichen, dass sie und Rieke gehen konnten.

»Komm!«, wies die Lehrerin das Mädchen an und scheuchte es aus dem Bureau der Direktorinnen hinaus.

Als sie kurz darauf wieder das Klassenzimmer betraten, deklamierte Bettina eben eine flammende Ode an den König, während ihre Freundin Franziska von Hollenberg eine kritische Miene aufgesetzt hatte.

»Als Untertanin Preußens sollst du deinen Herrscher loben, aber du darfst nicht Seine Majestät Kaiser Franz Joseph vergessen, der im Rang höher steht als der Preußenkönig.«

»Das tut er nicht!«, widersprach Bettina erregt.

»Ein Kaiser ist mehr als ein König, so wie eine Komtesse viel mehr ist als ein einfaches Fräulein von«, antwortete ihr Franziska von oben herab.

Bevor der Streit eskalieren konnte, griff Fräulein Paschke ein. »Dein Gedicht war vorzüglich, Bettina. Doch Franziska hat recht. Auch Seiner Majestät, dem Kaiser von Österreich, gebührt hohes Lob für sein Eintreten für die unterdrückten Schleswiger. Franziska, würdest du dies bitte tun?«

Die junge Österreicherin erhob sich und begann mit leuchtenden Augen zu sprechen.

> *»Franz Joseph, du Kaiser von Österreich,*
> *Dir kommt kein anderer Herrscher gleich,*
> *Schirmherr bist du im deutschen Land,*
> *Der Dänen Wut hast du gebannt!«*

»Ausgezeichnet!«, lobte Helene Paschke die Schülerin und applaudierte, während einige Mädchen preußischer Herkunft die Köpfe senkten, um ihren Unmut zu verbergen. Die Lehrerin blickte sich unterdessen um. »Gibt es noch ein weiteres Gedicht?«

Erika von Ahlsfeld hob zögernd die Hand. Fräulein Paschke lächelte ihr aufmunternd zu. »Trag es vor!«

Die Schülerin stand auf und atmete tief durch, bevor sie zu sprechen begann.

> *»Schleswig, fürchte nicht das Dänenland,*
> *Denn es schützt dich Borussias Hand.*
> *Frei von den Dänen sollst du werden*
> *Für alle Zeit auf dieser Erden.*
> *König Wilhelm zieht sein Schwert*
> *Und wird in Deutschland sehr verehrt!«*

Die preußischen Schülerinnen klatschten begeistert in die Hände. Rieke hingegen fragte sich, ob sie es wirklich schaffen würde, einen ähnlichen Unsinn zusammenzureimen. Die zehn Taschentücher mit einem Spruch zu versehen würde ihr auf jeden Fall leichter fallen.

## 8.

Es gelang Rieke, ihre Lehrerin mit ein paar schwülstigen Versen über König Wilhelm zu versöhnen. Auch ihre Taschentücher fanden Fräulein Paschkes Zustimmung. Es blieb aber nicht bei diesen zehn, denn sie bestickte auch welche für ihren Bruder, ihren Vater und für einige Offiziere aus der Verwandtschaft ihrer Mitschülerinnen. Selbst Bettina von Dobritz war sich nicht zu fein, Rieke um zwei Taschentücher für ihren Bruder Gero zu bitten. Sie legte sehr viel Wert auf das Familienwappen, obwohl es erst vor einigen Jahren verliehen worden war und die dargestellte Schere darauf hindeutete, dass die Träger aus dem Tuchgewerbe kamen.

Rieke fand das Wappen der Familie von Hartung schöner. Es war von einem polnischen Familienwappen abgeleitet, weil Theresa von Hartung als eine von Dombrowski in den Ehestand getreten war. Da kein Hartung in den dänischen Krieg gezogen war, fragte Gunda, ob Rieke nicht zwei Taschentücher für Major von Steben, einen Freund der Familie, sticken könne.

Dies tat Rieke auch, doch während all der Tage dachte sie immer wieder an Emil und den Vater, die laut den Briefen ihres Bruders bereits gegen die Dänen gekämpft hatten, und sie bat Jesus Christus, beiden beizustehen, damit sie heil aus dem Krieg nach Hause zurückkehrten.

An dem Abend, an dem Rieke ihr letztes Taschentuch bestickte, saß Emil von Gantzow an einem kleinen Ecktisch in dem provisorischen Offizierskasino nahe Düppel und schrieb einen Brief an sie. Dabei klang immer wieder die nörgelnde Stimme seines Vaters auf.

Egolf von Gantzow war noch immer nicht befördert worden und entsprechend verärgert. Immerhin zählte Oberstleutnant Wilhelm von Steben mit siebenunddreißig fast zehn Jahre weniger als er, und es hieß, Hauptmann von Maruhn würde auch bald zum Major avancieren, obwohl er noch jünger war als Steben. Da Gantzow bereits einiges getrunken hatte, legte er seiner Zunge an diesem Tag noch weniger Zügel an als sonst.

»Ich sage euch, es war Schwachsinn, die Fährstation Missunde bei starkem Nebel und ohne die nötige Aufklärung anzugreifen. Wozu haben wir denn die Kavallerie, wenn sie nicht als Vortrab eingesetzt wird? Ebenso dumm war es, bei Sankelmark nicht mit voller Kraft vorzustoßen. Wir hätten die gesamte dänische Armee auf ihrem Rückzug vom Danewerk nach Düppel abfangen und zerschmettern können. Feldmarschall Wrangel ist einfach zu alt für das Oberkommando. Seine Majestät hätte von Anfang an Prinz Friedrich Karl zum Oberkommandierenden ernennen sollen. Unter ihm hätten wir den Sieg bereits errungen.«

Emil hielt es für höchst unklug, dem alten Feldmarschall vor den Ohren der Offizierskameraden die Schuld an den kleinen Fehlschlägen zuzuschreiben, die längst ausgebügelt worden waren. Wie es aussah, wollte sein Vater, dass Friedrich Karl von Hohenzollern von seinen schmeichelnden Worten erfuhr und ihm die gewünschte Beförderung verschaffte. Während Maruhn und Riedebusch seinem Vater zuhörten und gelegentlich ein Wort einwarfen, griff Emil erneut zur Feder, um den Brief an Rieke fertig zu schreiben.

»Geliebte Schwester«, sprach er den Text leise nach. »In wenigen Stunden wird zum Avancieren geblasen. Der Sieg ist uns gewiss! Mach dir keine Sorgen! Vater und mir geht es gut, und, so Gott will, werden wir glücklich und gesund nach Hause kommen.«

Er berichtete Rieke von ihrem bisherigen Vormarsch, der nach leichten Schwierigkeiten erfolgreich verlaufen war, und versicherte ihr, dass er immer für sie da sein werde.

Emil faltete den Brief zusammen, steckte ihn in einen Umschlag und versiegelte diesen mit seinem Ring, nachdem ihm ein Offiziersbursche Siegelwachs gebracht hatte.

Unterdessen verwickelte sich sein Vater in eine erregte Diskussion mit Hauptmann Maruhn, Major von Steben und einigen anderen Offizieren. Dazwischen drang immer wieder der Klang der eigenen Kanonen, die die dänischen Verschanzungen unter Feuer nahmen. Gelegentlich mischte sich das dumpfe Grollen der Geschütze des dänischen Panzerschiffes *Hrolf Kraki* ein, das ebenso verzweifelt wie vergebens versuchte, die eigenen Soldaten durch den Beschuss der preußischen Stellungen zu entlasten. Allerdings musste es aus größtmöglicher Entfernung feuern, um nicht selbst von den schweren preußischen Kanonen unter Feuer genommen zu werden, und erzielte daher keine größeren Erfolge.

»Was meint ihr? Wie wird es morgen werden?«, fragte Leutnant Gero von Dobritz. Seine fröhliche Art, die er Weihnachten noch gezeigt hatte, war einer verbissenen Anspannung gewichen.

Hauptmann Maruhn zog an seiner Zigarre und blies den Rauch in Ringen gegen die Decke. »Es heißt, die Dänen hätten einen Teil ihrer Soldaten in Richtung Sonderburg zurückgezogen, um nicht ihre gesamte Armee dem Beschuss unserer Kanonen auszusetzen. Wenn es uns gelingt, die Schanzen zu stürmen, bevor diese Truppe zurückgeholt werden kann, wird es ein leichter Sieg.«

»Und wenn sie sie zurückholen?«, wollte Dobritz wissen.

»Dann wird es trotzdem ein Sieg, wenn auch nicht ganz so leicht. Wir sind den Dänen an Zahl überlegen, und unsere Laufgräben haben ihre vordersten Schanzen fast erreicht. Zudem sind diese durch unsere Geschütze schon eingeebnet worden. Daher werden wir mit dem Gewehr oder dem Säbel in der Hand stürmen können, ohne die Hände zum Klettern zu benötigen«, erklärte von Riedebusch.

»Ganz so leicht wird es nicht werden«, schränkte Wilhelm von Steben ein. »Für die Dänen geht es um alles! Wenn wir die Schanzen von Düppel stürmen, muss sich ihr Heer auf die Insel Alsen zurückziehen. Damit aber geben sie ganz Jütland auf und haben keine Möglichkeit mehr, uns noch einmal ernsthaft entgegenzutreten.«

»Unsere Truppen sind bereits nach Norden vorgestoßen und werden nicht eher aufgeben, bis sie die Spitze Jütlands erreicht haben!«, mischte Franz Josef von Hollenberg sich in das Gespräch ein. Obwohl er sich schon ein paar Monate bei den preußischen Truppen aufhielt, war er mit diesen Männern nicht warmgeworden. In seinen Augen waren es Großmäuler, die nicht diese feine Lebensart kannten, die in Österreichs Armeen üblich war.

»Ihr Österreicher habt gut reden, denn ihr geht den großen Schlachten aus dem Weg und lasst sie uns schlagen«, spottete Gero von Dobritz.

»Das ist eine bösartige Unterstellung!«, rief Franz Josef von Hollenberg empört. »Jeder Österreicher ist zehnmal so tapfer wie ein Preuße!«

»Das hat man bei Rossbach und Leuthen ja deutlich feststellen können«, erwiderte Riedebusch.

»Das waren andere Zeiten und ein anderer König«, rief Hollenberg im Brustton der Überzeugung. »Jetzt ist Österreich ein Imperium und beherrscht die Mitte Europas!«

»Eher den Südosten mit all den barfuß laufenden Eselstreibern auf dem Balkan!«, antwortete Gero von Dobritz.

Er genoss es, Hollenberg aufzuziehen, denn dieser trat auf, als wäre es nur eine Frage von Tagen, bis Kaiser Franz Joseph ihn mit dem Oberbefehl über die in Schleswig operierenden österreichischen Truppen betrauen würde.

Den anderen Offizieren missfiel die Überheblichkeit des jungen Mannes ebenfalls. Auch wenn Hollenberg einem alten Adelsgeschlecht des Heiligen Römischen Reiches Deutscher Nation entstammte und ihre eigenen Familien oft erst vor wenigen Generationen nobilitiert worden waren, gab ihm dies nicht das Recht, sich über sie zu erheben.

Ferdinand von Riedebusch trat neben ihn und legte ihm die Hand auf die Schulter. »Lassen Sie es gut sein, Hollenberg! Sie können morgen zusehen, wie wir Preußen kämpfen. Bei Missunde waren wir noch nicht warm, doch jetzt sind wir es, und ich fresse Ihre Mütze ohne Salz und Brot, wenn wir die Dänen morgen nicht werfen.«

»Er soll dagegen wetten!«, stichelte Gero von Dobritz, doch darauf ließ Hollenberg sich nicht ein. Er zog sein Zigarrenetui hervor, wählte gemächlich eine Zigarre aus und brannte sie an. »Wir werden schauen, meine Herren, was der morgige Tag bringt. Aber seien Sie versichert, dass wir Österreicher es gewiss besser machen würden.«

»Um das zu sehen, würde ich mir wünschen, Prinz Friedrich Karl würde unsere Truppen zurückziehen und euch Österreicher zum Sturm auf Düppel antreten lassen. Aber wer weiß, vielleicht bekommen wir noch die Gelegenheit, euren Mut zu bewundern!« Gero von Dobritz grinste und winkte einem der Offiziersburschen, die den Ausschank übernommen hatten, zu, ihnen eine neue Runde zu bringen.

## 9.

Ein fahler Morgen zog herauf. Über Nacht hatten die Kanonen noch gefeuert, nun aber verstummten sie, und in der plötzlichen Stille war der Gesang einer Lerche zu hören, die dem kriegerischen Hader der Völker trotzte. Die preußischen Soldaten in ihren schlichten, blauen Waffenröcken und den schirmlosen Mützen nahmen ihr Frühstück ein, ohne richtig zu bemerken, was sie aßen. Fragende, ja ängstliche Blicke trafen ihre Offiziere, die in betonter Gelassenheit ihre Revolver luden und die Säbel blank putzten.

Emil von Gantzow hatte sich zu seinem Zug gesellt und bemühte sich, Zuversicht zu verbreiten. Unweit von ihm riss Gero von Dobritz einen seiner schrägen Witze. Ein paar Männer lachten gedämpft. Doch ihre Gedanken galten dem Feind, der nur wenige hundert Schritte entfernt auf sie wartete.

»Glauben Sie, Herr Leutnant, dass die Dänen ihre Schanzen noch einmal verstärken können?«, fragte ein pommerscher Grenadier.

»Dafür müssten wir ihnen die Zeit lassen. Ich glaube aber nicht, dass Seine Hoheit, Prinz Friedrich Karl, ihnen diese gönnen wird«, antwortete Emil.

Auch jetzt lachten einige.

»Esst! Wir werden bald antreten müssen«, wies Emil seine Männer an. Das Stück kaltes Huhn, das er vorhin zu sich genommen hatte, lag ihm bereits wie Blei im Magen.

So, als hätte der Oberbefehlshaber gemerkt, dass seine Männer Aufmunterung brauchten, ertönte auf einmal Marschmusik.

»Der alte Piefke wird doch nicht uns allen voran zum Angriff antreten wollen?«, rief Dobritz zu Emil herüber.

»Das wohl nicht, aber er will uns wohl ein wenig Feuer unterm Hintern machen, damit wir nicht zu lange zaudern.«

»Ich werde froh sein, wenn das hier hinter mir liegt! Es ist kein angenehmer Gedanke, erschossen werden zu können.« Gero von Dobritz grinste und stand auf. »Ich glaube, es ist so weit. Kommt, Kerle! Oder wollt ihr hier anwachsen?«

Einige Soldaten sahen so aus, als wäre ihnen das am liebsten. Doch sie erhoben sich, legten ihr Essgeschirr beiseite und nahmen ihre Gewehre zur Hand. Die neuen Zündnadelgewehre waren den Vorderladern, wie die Dänen sie verwendeten, an Schussweite und Treffsicherheit unterlegen, boten aber den Vorteil, dass man damit drei- bis fünfmal so schnell schießen konnte wie der Feind.

Auch Emil winkte seinen Männern, ihm zu folgen. Ein paar hundert Schritte legten sie im Schutz der Laufgräben zurück, die auf die dänischen Stellungen zuführten. Offiziere vom Major aufwärts wiesen den einzelnen Kompanien ihre Ausgangsstellung zu, und dann hieß es warten, bis zum Angriff geblasen wurde.

Die Nervosität stieg, und Emil ertappte sich dabei, dass er betete. Unwillkürlich hielt er nach seinem Vater Ausschau, entdeckte ihn aber nicht. Dafür sah er Wilhelm von Steben, einen schlanken, gutaussehenden Mann, der jünger wirkte als die siebenunddreißig Jahre, die er seines Wissens zählen sollte. Gero von Dobritz befand sich nur zehn Schritte entfernt, und ein Stück weiter stand Dirk von Maruhn so unerschütterlich wie ein Fels. Wie die meisten lauschte er den Klängen des Marsches, den der Kapellmeister Johann Gottfried Piefke spielen ließ. Dieser endete abrupt, und die Signalhörner gellten über die preußischen Stellungen.

»Das Ganze avancieren!«, rief Wilhelm von Steben und stieg als Erster aus dem Laufgraben. Eine von dänischer Seite abgeschossene Kugel schwirrte an seinem Ohr vorbei, ohne ihn zu treffen. Hinter ihm sprangen die nächsten Preußen aus ihrer Deckung und stürmten los.

Emil fand sich plötzlich inmitten seiner Männer wieder und fuchtelte mit seinem Säbel. »Vorwärts!«, brüllte er. »Je schneller wir sind, desto weniger können sie auf uns schießen!«

Ein Mann neben ihm fiel. Niemand kümmerte sich um ihn, denn alle rannten auf die dänischen Verschanzungen zu. Hatten diese aus der Entfernung so ausgesehen, als wären sie durch den heftigen Beschuss fast völlig eingeebnet worden, ragten sie aus der Nähe unangenehm in die Höhe. Auf den Schanzen waren die Dänen in ihren dunkelblauen Waffenröcken zu sehen. Selbst die einfachen Soldaten hatten Mützen mit Schirmen, die sie gegen die Morgensonne schützten, während das grelle Licht so manchen preußischen Grenadier dazu zwang, die Augen zusammenzukneifen. Auch wenn die Reichweite der Büchsen auf die Entfernung keine Rolle spielte, so trafen die Dänen gut.

Zornig erwiderten die Preußen das Feuer, blieben kurz stehen, um nachzuladen, und schossen erneut. Die Ersten von ihnen kletterten bereits hoch und setzten die Bajonette ein. Auch Emil befand sich auf einmal auf einer Verschanzung, ohne so recht zu wissen, wie er hinaufgelangt war. Er schoss mit seinem Revolver auf einen dänischen Offizier, sah aber in dem Gewimmel nicht, ob er getroffen hatte. Ein feindlicher Soldat stand ihm im Weg und holte mit dem Gewehr aus, um mit dem Kolben zuzuschlagen. Mit dem Revolver war Emil schneller als dieser und eilte weiter.

Nach einer Weile hatte er das hintere Ende der Verschanzungen erreicht und sah, dass dänische Reservetruppen aus Richtung Sonderburg heraneilten. Doch sie kamen zu spät. Die Preußen hatten die Schanzen eingenommen und nun den Vorteil der besseren Stellung. Vor allem nützten sie die schnellere Schussfolge ihrer Hinterlader aus.

Dennoch stürmten die Dänen weiter, und wenn sie schossen, trafen sie auch. Emil sah, wie unweit von ihm Hauptmann Maruhn wie von einer Axt gefällt zu Boden fiel. Noch während er begriff, dass Maruhn am Bein verletzt worden war, traf es ihn selbst wie ein Schlag. Er stürzte und spürte im nächsten Moment eine Leere in sich, die ihn förmlich verschlang.

Nach Maruhns und Emils Ausfall war es an Gero von Dobritz, die Kompanie zu führen. Erregt befahl er den Männern, sich hinzulegen und aus der Deckung heraus zu feuern. Danach winkte er vier Soldaten zu sich.

»Ihr bringt den Hauptmann und Leutnant Gantzow ins Lazarett, verstanden? Verbindet ihnen vorher die Wunden, damit sie euch nicht unterwegs verbluten!«

»Jawohl, Herr Leutnant!«, antwortete einer der Männer erleichtert, denn er war froh darüber, sich aus dem blutigen Ringen zurückziehen zu können.

»Hoffentlich werdet ihr ohne uns mit den Dänen fertig«, meinte ein anderer, um nicht als Feigling zu gelten.

»Ich glaube schon! Wie es aussieht, ziehen sie sich bereits zurück!« Gero von Dobritz hob den Säbel und befahl dem Rest seiner Truppe, weiter vorzurücken.

Tatsächlich warfen die ersten dänischen Soldaten die Waffen weg und hoben die Hände. Auf einmal sah Wilhelm von Steben die Augen seiner Soldaten auf sich gerichtet.

»Was sollen wir mit den Kerlen machen, Herr Oberstleutnant?«, fragte ein Grenadier.

»Nehmt sie gefangen und führt sie zu unserem Lager. Dobritz, übernehmen Sie das!«, antwortete Steben.

Der Leutnant salutierte und rief einige kräftige Männer zu sich. »Nehmt ihnen die Waffen ab, aber lasst ihnen, was ihnen sonst gehört. Wir sind preußische Soldaten und keine Strauchdiebe!«

Unterdessen sah Wilhelm von Steben sich Riekes Vater gegenüber.

»Wir müssen sofort nachstoßen, dann zerquetschen wir die Dänen zu Mus«, rief Egolf von Gantzow erregt.

»Das ist sinnlos!«, wandte Steben ein. »Sie würden uns die Brücke nach Alsen unter den Füßen wegsprengen. Außerdem gäben wir dem Kraken die Gelegenheit, uns schärfer unter Feuer zu nehmen.«

Beider Blicke wandten sich zum Panzerschiff *Hrolf Kraki*, das ein Stück entfernt nahe der Küste von Alsen lag und noch immer schoss, obwohl seine Granaten mittlerweile eher die eigenen Soldaten bedrohten als die Preußen.

Erst geraume Zeit später begriff der Kapitän der *Hrolf Kraki* die Sinnlosigkeit seines Beschusses, und so machte das Panzerschiff Dampf auf und lief ab, bevor die Preußen ihre Geschütze nach vorne holen und auf es ausrichten konnten. Unterdessen sprengten die Dänen die Brücke nach Alsen und verhinderten so, dass ihnen die Preußen auf die Insel folgten. Die Schlacht um die Düppeler Schanzen war geschlagen, und die nun über dem Befestigungswerk flatternde schwarz-weiße Fahne zeigte den Sieger an.

## 10.

Erst am Abend war Wilhelm von Steben in der Lage, sich um die Verwundeten seines Regiments zu kümmern. Gero von Dobritz begleitete ihn, noch halb betäubt von dem, was er an diesem Tag erlebt hatte. Vor dem Lazarett trafen sie auf ihren Regimentskommandeur Gonzendorff, der zusammen mit Egolf von Gantzow und anderen Offizieren offenbar dasselbe Ziel hatte.

»War eine ausgezeichnete Attacke, Steben!«, rief der Oberst anerkennend. »Haben sich famos schlagen! Wird einen Orden geben. Vielleicht auch die Beförderung zum Oberst. Verdient hätten Sie es!«

»Danke, Herr Oberst«, antwortete Wilhelm von Steben, während Riekes Vater das Gesicht verzog und in Gedanken über die Vetternwirtschaft in der Armee schimpfte. Es war bekannt, dass Gonzendorff und Steben einander kannten, seit Ersterer noch ein schlichter Fähnrich und der andere Sekondeleutnant gewesen war. Um aufzusteigen, brauchte man Verbindungen, und an diesen mangelte es ihm. Der Gedanke, dass Steben womöglich befördert und er selbst wieder übergangen wurde, brachte Egolf von Gantzow fast dazu, sich umzudrehen und in sein Quartier zurückzugehen. Nur der Gedanke an seinen Sohn, der im Lazarett liegen sollte, hielt ihn davon ab.

Er trat besonders forsch ein und verzog angesichts der eng zusammengepferchten Verletzten mit ihren rotfleckigen Verbänden das Gesicht. Die Männer, die von den Militärärzten behandelt und deren Helferinnen gepflegt wurden, lagen dicht an dicht, so dass es nicht einfach war, die eigenen Verwundeten zu finden.

Als Steben Maruhn entdeckte, trat er auf ihn zu. »Guten Abend! Wie geht es Ihnen?«, fragte er besorgt.

Dirk von Maruhn wies auf sein geschientes Bein, dessen Unterschenkel auf eine kleine Kiste gebettet war, und verzog schmerzlich das Gesicht. »Sie sagen, es hätte mir das Schienbein zerschmettert, und wollten mir das Bein schon absägen. Ich konnte es ihnen gerade noch ausreden. Doch auch so werde ich nicht beim Militär bleiben können, sondern wohl meinen Abschied nehmen müssen.«

Maruhn klang bitter, denn sein Vermögen war bescheiden, und so würde er sich als Invalide stark einschränken müssen.

»Ich wünsche Ihnen von Herzen alles Gute!«, erklärte Oberst Gonzendorff. »Sie haben Ihre Kompanie ausgezeichnet geführt, Maruhn. Ein Orden wird daher drinnen sein, und ich werde darauf dringen, dass Sie in einem höheren Rang in den Ruhestand versetzt werden. Dann wird die Pension etwas üppiger.«

»Ich danke Ihnen, Herr Oberst!« Maruhn wusste zwar nicht, wie ernst es Gonzendorff mit seinem Versprechen war, doch wenn es eingehalten wurde, würde es ihm sein restliches Leben ein wenig leichter machen.

»Wo ist eigentlich mein Sohn?«, fragte Egolf von Gantzow, dem das Getue um Maruhn zu viel wurde.

Einer der Militärärzte trat auf ihn zu. »Wie heißt Ihr Sohn, Herr Major?«

»Leutnant Emil von Gantzow«, antwortete Riekes Vater.

Die Miene des Arztes wurde schlagartig ernst. Er atmete tief durch und bat ihn, ihm zu folgen. Zu Egolf von Gantzows Verwunderung verließen sie das Lazarett und traten in ein großes Zelt ein. Dort lagen die gefallenen Offiziere auf schlichten Holzbänken aufgebahrt. Gantzow meinte eine eisige Hand am Herzen zu fühlen, als er Emil steif und starr vor sich liegen sah, die Augen von einer mitleidigen Hand geschlossen.

Steben und die anderen waren ihm gefolgt und salutierten erschüttert vor dem Toten. »Das sind jene Augenblicke, an denen einen der schönste Sieg nicht freut«, sagte Steben mit leiser Stimme.

»Sie sehen etwas zu schwarz, mein lieber Steben«, wandte von Riedebusch ein. »Behalten wir die Gefallenen im ehrenden Gedächtnis und danken Gott dafür, dass er uns überleben ließ.«

»Um den jungen Gantzow ist es wirklich schade, Riedebusch, denn er gab zu großen Hoffnungen Anlass. Doch Gott hat es gefallen, ihn von dieser Welt zu nehmen. Darf ich Sie meiner tiefst empfundenen Anteilnahme versichern, Major von Gantzow?«, sagte Wilhelm von Steben und wandte sich Riekes und Emils Vater zu.

Dieser stand noch wie versteinert vor seinem toten Sohn. Plötzlich brach es wie ein Vulkan aus ihm heraus.

»Gott hat mir meinen Sohn genommen! Das fast tausend Jahre alte Geschlecht derer von Rogendorf-Gantzow wird mit mir erlöschen. Ich verfluche mein Weib, weil sie mir nur diesen einen Sohn geboren hat, und ich verfluche meine Tochter Friederike, weil sie nur ein lumpiges Mädchen ist und nicht der Sohn, den ich mir an ihrer Stelle gewünscht habe. Ich will das nutzlose Ding nie wieder sehen, sonst zerspringt mir vor Schmerz und Zorn das Herz!«

Die Umstehenden sahen Egolf von Gantzow entsetzt an. Auch wenn es bitter sein mochte, der Letzte seines Geschlechts zu sein, so waren seine Worte blasphemisch, denn sie zweifelten den Willen Gottes an, der allein über alle Menschen entschied.

Gero von Dobritz sprach aus, was alle dachten.

»Das arme Mädchen! Möge Gott ihm gnädig sein!«

# Dritter Teil

## *Die Hartungs*

# 1.

Rieke las den Brief ihres Bruders zum wiederholten Mal, als Trine in den Raum trat.

»Fräulein Friederike, Sie sollen sofort zu den Patroninnen kommen!«, meldete sie ganz außer Atem.

Verwundert steckte Rieke den Brief in den Umschlag zurück und legte ihn in ihren Schrank. Sie spürte Gundas fragenden Blick, wusste sich aber selbst keinen Reim auf diese Aufforderung zu machen. Nur selten wurden die Schülerinnen außerhalb der Unterrichtszeiten zu den Schwestern Schmelling gerufen. Meist ging es dabei um schwere Verfehlungen und die Frage, ob sie aus dem Institut verwiesen werden sollten oder man Gnade vor Recht in Form von Rutenhieben ergehen lassen sollte. Da Rieke sich keiner Schuld bewusst war, fragte sie sich, ob vielleicht Bettina von Dobritz und deren Busenfreundinnen wieder etwas angezettelt hatten, um ihr zu schaden.

Als sie wenig später das Bureau betrat, wunderte sie sich noch mehr. Sonst saßen die beiden Direktorinnen an ihren Schreibtischen und wahrten eine strenge Haltung. Nun aber standen beide und wirkten bedrückt.

Rieke knickste und wartete darauf, angesprochen zu werden. Es dauerte jedoch etliche Sekunden, bis Jolanthe Schmelling einen dicht beschriebenen Brief in die Hand nahm und sie durchdringend ansah.

»Friederike, wir haben Post von deiner Mutter erhalten. Zu unserem großen Bedauern müssen wir dir mitteilen, dass dein

Bruder, Sekondeleutnant Emil von Gantzow, bei der Erstürmung der Schanzen von Düppel für König und Vaterland den Heldentod gestorben ist.«

Es traf Rieke wie ein Schlag. »Nein, das darf nicht sein!«, schrie sie auf. Nicht Emil!, hallte es in ihren Gedanken. Nicht mein Bruder!

Vergebens kämpfte sie gegen die Tränen an, die ihr über die Wangen liefen, und vernahm das, was ihr die Ältere der beiden Schwestern sonst noch mitteilte, nur mit halbem Ohr.

»Deine Mutter schreibt zudem, dass dein Vater aus Schmerz, den einzigen Sohn verloren zu haben, dich vorerst nicht mehr sehen will. Sie fordert uns auf, dich auch die großen Ferien über im Institut zu behalten. Bedauerlicherweise ist dies unmöglich. Zum Glück hat jedoch die Familie Hartung ihrer Tochter Gunda gestattet, eine ihrer Schulkameradinnen über die Ferien einzuladen. Daher werden wir in unserem Antwortschreiben an deine Mutter raten, dieses hochherzige Angebot anzunehmen!«

»Emil ist tot!«, sagte Rieke mit zuckenden Lippen. »Was ist mit Vater?«

»Laut dem Schreiben deiner Mutter hat er die Schlacht unversehrt überstanden.«

Einen Augenblick lang haderte Rieke damit, dass der Bruder gefallen war, und wünschte sich, es wäre anders gekommen. Sie schämte sich aber sofort dafür. Üble Laune und selbst Schläge waren kein Grund, einem Menschen den Tod zu wünschen, am wenigsten dem eigenen Vater.

»Sie sagen, Vater will nicht, dass ich in den Ferien nach Hause komme?«, fragte sie in der Hoffnung, sich vielleicht doch verhört zu haben. Denn obwohl es bitteren Spott, verletzende Bemerkungen und wahrscheinlich auch Schläge bedeutet hätte, die Ferien zu Hause zu verbringen, kam Rieke sich vor wie ein Hund, den man vor die Tür gesetzt hat und nun mit Fußtritten davonjagt.

»Zu unserem großen Bedauern ist es so. Zum Glück hast du in Gunda von Hartung eine enge Freundin gefunden, deren Eltern so liebenswürdig waren, dich für die Ferien einzuladen. Wir werden Frau von Hartung mitteilen, dass du diese Einladung mit der gebührenden Dankbarkeit annehmen wirst. Du solltest in den letzten Wochen vor den Ferien mehrere Taschentücher und Schmuckkissenbezüge besticken, um dieser Dankbarkeit Ausdruck verleihen zu können.«

Jolanthe Schmellings Tonfall war zuletzt wieder so kühl geworden, wie Rieke es von ihr gewohnt war. Das Mädchen nickte und fragte dann, ob die Mutter auch ihr geschrieben habe.

»Das hat sie nicht. Du kannst nun gehen und bist für den Rest des Tages von allen Pflichten befreit«, sagte die Direktorin und ließ keinen Zweifel daran, dass sie die Unterredung als beendet ansah.

Mit dem Wunsch im Herzen, selbst sterben zu können, um ihrem Bruder in eine bessere Welt zu folgen, knickste Rieke und verließ das Bureau der Damen.

Als sie in den Schlafsaal zurückkehrte, hatten Bettina von Dobritz und andere Mitschülerinnen ihn in Beschlag genommen. Bettina flegelte sich auf Riekes Bett, hielt Emils Brief in der Hand, den sie aus dem Schrank genommen hatte, und las ihn mit falscher Betonung laut vor. Selbst Riekes Eintreten brachte sie nicht davon ab.

Als Rieke dies sah, flammte der Schmerz über den Tod des Bruders zusammen mit einer irrsinnigen Wut in ihr auf. Sie stürmte auf Bettina zu und wollte sie packen. Im letzten Moment hielten Gunda und Erika sie fest.

»Tu's nicht!«, wisperte Gunda. »Sie lauert nur darauf! Denk daran, sie ist die ältere Schülerin. Wenn du auf sie losgehst, kannst du dispensiert werden.«

Erst Gundas eindringliche Mahnung hielt Rieke auf. Sie durfte nicht von der Schule verwiesen werden, nicht jetzt, da der Vater sie zu Hause nicht sehen wollte. Mühsam beherrscht blieb sie stehen und wies auf den Brief.

»Leg ihn hin!«, sagte sie leise, doch Gunda hätte fast geschworen, dass dabei leichte Rauchwolken aus dem Mund drangen.

»Warum sollte ich das tun?«, fragte Bettina frech.

»Weil es der letzte Brief meines Bruders und ein liebes Andenken ist.«

»Wenn das so ist, kann ich ihn ja zerreißen«, antwortete Bettina lachend und setzte die Worte in die Tat um.

»Mein Bruder Emil ist im Kampf für König und Vaterland gefallen!« Riekes Stimme klang wie zerbrochenes Glas und ließ die anderen zusammenzucken.

Während Bettina den zerrissenen Brief fallen ließ, als wäre er auf einmal glühend gewesen, schüttelte Franziska von Hollenberg den Kopf.

»Das hätt's wirklich nicht gebraucht! Mein Beileid, und ... es tut mir leid!«

Nach diesen Worten verließ die junge Österreicherin den Raum. Zwei Mitschülerinnen folgten ihr sofort, während Bettina und Rodegard noch ein paar Augenblicke blieben, bevor auch sie das Feld räumten.

Kaum hatte sich die Tür hinter ihnen geschlossen, ergriff Gunda Riekes rechte Hand.

»Ist das wahr?«, fragte sie entsetzt.

Sie hatte Emil von Gantzow nur einmal gesehen, ihn aber als freundlichen, hilfsbereiten Menschen im Gedächtnis behalten.

Rieke nickte, und schluchzend nickte sie. »Meine Mutter hat an die Direktorinnen geschrieben. Ich wollte, ich wäre ebenfalls tot.«

»Das darfst du nicht sagen!« Gunda schlang weinend die Arme um Rieke. »Unser Herr Jesus Christus wird deinen Bruder an der Hand nehmen und ihm den Platz an seiner Rechten zuweisen. Er wird vom Himmel herabschauen und die Engel des Herrn bitten, dich zu beschirmen!«

Da hätten sie aber viel zu tun, dachte Rieke und weinte bittere Tränen.

## 2.

Erst in der letzten Woche vor den Ferien erhielt Rieke einen Brief von ihrer Mutter. Er bewies ihr deutlich, dass diese den Verlust ihres Sohnes noch nicht überwunden hatte. Doch auch sonst brachte der Brief traurige Kunde. Major von Gantzow war im Gegensatz zu etlichen anderen Offizieren nach dem Sieg über die Dänen nicht befördert worden. In seinem Groll hatte der Vater der Mutter nun jeden Kontakt zu den Frauen der anderen Offiziere verboten, denn er bezeichnete seine Kameraden als neidische und intrigante Schurken, die ihn bei seinen Vorgesetzten verleumdet und damit um die Beförderung gebracht hätten.

Rieke las den Brief mit unendlicher Traurigkeit. Gerade jetzt würde die Mutter sie brauchen, dachte sie. Doch anstatt ihr beistehen zu können, musste sie in wenigen Tagen mit Gunda zusammen in den Zug steigen und nach Berlin fahren. Zu anderen Zeiten wäre es Grund zur Freude gewesen, doch jetzt hätte sie lieber Menschen um sich gesehen, die ihre Trauer um den Bruder teilten.

Um die Mutter nicht auch noch durch ihre eigenen Gefühle zu belasten, verfasste sie einen Brief, in dem sie ihren Schmerz über den Tod des Bruders ausdrückte, aber alles andere für sich behielt. Sie verschwieg auch, dass ihre Schuhe zu klein wurden und sie dringend neue brauchte. Damit wollte sie warten, bis die Trauer der Eltern sich ein wenig gelegt hatte.

Im Brief der Mutter gab es keine einzige Zeile darüber, wo Rieke die Sommerferien verbringen sollte. Nach kurzem Nachdenken teilte das Mädchen ihr mit, dass sie auf Anweisung der Direktorinnen des Instituts die Einladung der Eltern ihrer Mitschülerin Gunda von Hartung habe annehmen müssen, da die Schule während dieser Zeit geschlossen sei. Sie setzte noch hinzu, wie sehr sie die Mutter liebe und den Vater verehre, und fühlte sich, als sie den Brief verschloss, wie eine Heuchlerin. Die Liebe zur Mutter mochte stimmen, die Achtung vor dem Vater hatte sie unter seinen Schlägen mit dem Gürtelriemen jedoch längst verloren.

Im Gegensatz zu Rieke freute Gunda sich auf die Ferien und überlegte, was sie alles miteinander unternehmen könnten. Da ihre Freundin noch nie in der Hauptstadt gewesen war, erstellte sie eine Liste von Gebäuden und Plätzen, die diese unbedingt sehen musste. Allerdings begriff Gunda, dass Rieke in Trauer war und kaum Freude an Vergnügungen finden würde. »Du kommst in den nächsten Ferien doch auch wieder zu uns?«, fragte Gunda am letzten Abend drängend.

Rieke hob müde den Kopf. »Wer weiß, was dann sein wird.«

»Du kommst mit!«, bestimmte Gunda, als läge es nur an ihr, die Einladung auszusprechen.

»Wir sollten unsere Sachen zusammenpacken, damit wir morgen fertig sind, wenn wir abgeholt werden. Erika und die anderen haben es bereits getan«, sagte Rieke, um das Thema zu wechseln.

Gunda nickte und räumte den Inhalt ihres Schranks auf das Bett. Außer zwei Kleidern, eines für kühleres Wetter, eines für den Sommer, hatte sie nur ein wenig Leibwäsche, ein paar Bücher und einige Kleinigkeiten bei sich. Auf Dinge, die ihr am Herzen lagen, hatte sie verzichtet, nachdem sie gehört hatte, dass ihre Cousine Bettina ebenfalls hier sein würde. Rieke besaß noch weniger als sie. Allerdings waren ihr während des Schuljahrs nicht nur die Schuhe zu klein geworden. Auch das Kleid, mit dem sie im letzten Herbst angereist war, passte ihr nicht mehr.

Als Gunda das bemerkte, schüttelte sie entsetzt den Kopf. »Das kannst du nicht tragen!«

»Ich habe nichts anderes.« Rieke musterte die zu kurz gewordenen Ärmel und den Rocksaum, der nicht mehr züchtig bis zu den Fußknöcheln reichte, sondern bereits eine Handbreit darüber endete. »Ich werde Trine bitten, mir Nähzeug zu bringen«, sagte sie.

»Aber du kannst doch nichts an den Ärmeln und dem Saum annähen«, meinte Gunda verständnislos.

»Mal sehen!« Rieke verließ den Schlafsaal und kehrte kurz darauf mit einem Korb zurück, in dem neben Schere und Nadeln auch verschiedenfarbige Nähgarne und mehrere Stücke Futterstoff lagen.

Während die anderen Schülerinnen ihre Sachen packten und mit den Gedanken bereits in den Ferien waren, setzte Rieke sich hin und trennte mit entschlossener Miene die ersten Nähte auf. In dieser Hinsicht profitierte sie davon, dass sie als Tochter eines vermögenslosen Offiziers geboren worden war und nicht als die eines reichen Fabrikanten, dachte sie, als sie Gundas verwunderte Blicke bemerkte. Zu ihrer Erleichterung hatte die Mutter das Kleid bereits auf Zuwachs nähen lassen, so dass sie die Ärmel und den Saum auslassen konnte.

Während des Abendessens musste Rieke ihre Arbeit unterbrechen, machte danach aber sofort weiter und wurde gerade noch rechtzeitig fertig, als Trine erschien, um die Lampe zu löschen.

»Ihr gnädigen Fräuleins freut euch wohl schon auf zu Hause und auf die Ferien?«, fragte sie lächelnd und trat dann zu

Rieke. »Du hast es geschafft! Wenn du willst, nehme ich das Kleid mit und plätte es noch schnell. Ich habe das Eisen auf dem Herd stehen.«

»Das wäre sehr freundlich von dir«, rief Rieke erleichtert, weil die Spuren ihrer Arbeit damit ausgebügelt würden, und reichte Trine das Kleid.

Diese musterte es und nickte anerkennend. »Eine sehr gute Näharbeit, muss ich sagen. Ich hätt's nicht besser hingekriegt. Ich bringe es morgen früh zurück!«

»Danke schön!« Rieke lächelte dem Dienstmädchen zu und räumte ihre Sachen auf.

## 3.

Am nächsten Morgen brachte Trine das Kleid frisch gebügelt und freute sich über den Groschen, den Rieke ihr gab. Dieser war alles, was sie noch an Geld besaß, denn weder die Mutter noch der Vater hatten ihr während des Schuljahrs etwas zukommen lassen. Ohne die Taler, die Emil ihr damals zugesteckt hatte, wäre sie nicht einmal in der Lage gewesen, den Stoff und das nötige Garn zum Sticken zu besorgen.

»Hätt's auch umsonst getan«, meinte Trine, doch es war offensichtlich, dass sie sich über die Münze freute. Rieke fragte sich, wie viel das Dienstmädchen bei den Schwestern Schmelling verdienen mochte. Viel war es gewiss nicht, wenn ihr bereits bei einem Groschen die Augen leuchteten.

»Ganz lieben Dank, Trine«, sagte Rieke und umarmte die Frau kurz.

Danach zog sie mit einer gewissen Anspannung ihr Kleid an. Gunda musterte sie fassungslos. »Man sieht gar nicht, dass du es ändern musstest. Es passt wie angegossen!«

Ganz so war es nicht, doch Rieke fand, dass sie sich nicht darin schämen musste. Allerdings besaß sie nur dieses eine Kleid und würde bei Hartungs sehr achtgeben müssen, dass es nicht schmutzig wurde oder gar zerriss.

»Was meinst du? Wer wird heute als Erste abgeholt?«, fragte Gunda.

»Wahrscheinlich die Schülerinnen, die hier in der Gegend leben. Adelaide sagte gestern, dass sie das Mittagsmahl bereits am heimatlichen Tisch einnehmen will«, warf Erika von Ahlsfeld ein. Sie lächelte voller Vorfreude, denn ihre Mutter hatte geschrieben, dass sie bereits am Tag zuvor eintreffen und die Nacht im *Schwan* verbringen wolle. Da ihr Onkel sie begleitete, würden sie zu Mittag in einem feudalen Restaurant speisen und danach nach Hause fahren.

Rieke beteiligte sich nicht an diesem Ratespiel, sondern überprüfte noch einmal ihr Gepäck. Da sie kein Ersatzkleid besaß, war die kleine Reisetasche nicht einmal halb gefüllt, während Gunda die ihre hatte stopfen müssen, um sie schließen zu können.

Wie von Erika erhofft, wurde sie als Erste abgeholt. Frau von Ahlsfeld und ihr Bruder erschienen mit dem Wagen des *Schwan*, um sich nicht auf eine Droschke verlassen zu müssen. Obwohl es die Dame schmerzte, dass Erika im ersten Schuljahr nur die Tochter eines neureichen Fabrikanten und die eines besitzlosen Offiziers in mittleren Rängen als gute Freundinnen gewonnen hatte, nickte sie Rieke und Gunda freundlich zu. Ihre Zofe übernahm Erikas Gepäck, während die Mutter noch ein paar Worte mit den Schwestern Schmelling wechselte.

»Wir sehen uns nach den Ferien wieder!«, rief Erika Rieke und Gunda zu, während ihr Onkel auf sie zutrat.

»Na, wen haben wir denn da?«, meinte er lachend. »Im letzten Herbst haben wir ein kleines Mädchen hierhergebracht und erhalten nun eine junge Dame zurück.«

Erika errötete und knickste, um zu zeigen, dass sie wirklich auf dem Weg zu einer jungen Dame war. Inzwischen hatte ihre Mutter ihr Gespräch mit den Direktorinnen des Instituts beendet und trat auf sie zu.

»Komm, mein Kind! Wir verspäten uns sonst.« Damit rauschte sie zur Tür hinaus.

Erika folgte ihr mit einem letzten Winken, während ihr Onkel ihr höflich die Tür aufhielt.

»Die Erste!«, erklärte Gunda grinsend.

Von nun an ging es Schlag auf Schlag. Droschken fuhren vor, Mütter und Großmütter samt männlichen Verwandten oder Gouvernanten stiegen aus, sprachen ein paar Worte mit den Schwestern Schmelling und holten ihre Schützlinge ab.

»Ich bin gespannt, wer von uns kommt«, setzte Gunda das etwas einseitige Gespräch mit Rieke fort. »Mama kann nicht, da sie den Besuch des Klapperstorchs erwartet, und Papa wird wohl zu beschäftigt sein.«

Da fuhren zwei weitere Droschken vor. Aus einer stiegen der schneidige Leutnant Franz Josef von Hollenberg und eine ältere Frau, deren Kleidung ihre dienende Stellung verriet, aus der zweiten eine Dame zwischen vierzig und fünfzig, bei deren Anblick Gunda das Gesicht verzog.

»Das ist Tante Luise, die ältere Schwester meines Vaters. Sie mag uns gar nicht! Komm, wir gehen zur Seite, damit wir ihr nicht begegnen müssen.« Da Rieke nicht reagierte, fasste Gunda sie am Ärmel und zog sie in eine Ecke.

Luise von Dobritz walzte herein, betrachtete stolz ihre Tochter, die mit ihren mittlerweile siebzehn Jahren bereits als heiratsfähig galt, und wandte sich lächelnd an Leutnant Hollenberg. »Es freut uns sehr, dass Sie und Komtesse Franziska unsere Einladung, die Ferien bei uns zu verbringen, angenommen haben«, säuselte sie.

Franz Josef von Hollenberg verbeugte sich voller Eleganz. »Ich danke Ihnen und Ihrem Gemahl auch im Namen meiner Schwester für diese Einladung. Zwar können wir nicht die ganzen Ferien über in Ihrem Hause bleiben, denn wir werden in vier Wochen in Wien erwartet, doch freuen wir uns sehr, Berlin kennenzulernen. Zum Glück ist diese leidige Kampagne in Dänemark zu Ende, so dass ich um Urlaub eingeben konnte.«

Während er sprach, strich er betont über den Orden, der neu an seiner Brust prangte. Obwohl er und Oberst Cersky nur als Beobachter an den Kämpfen der preußischen Armee teilgenommen hatten, waren sie im Namen des Königs hoch dekoriert worden. Er sah, dass der Orden Eindruck machte, und musterte Bettina unauffällig. Bedauerlich, dass sie nicht von altem Adel ist, dachte er. Andererseits galt ihr Vater als reicher Fabrikant und würde ihr eine ordentliche Mitgift zukommen lassen, die gewiss noch größer wurde, wenn die Aussicht auf eine Verbindung mit einem gräflichen Haus bestand.

Gunda beobachtete die Szene und entnahm den Mienen, worauf es hinauslaufen sollte. Zwar hatte Bettina noch ein Schuljahr in diesem Institut vor sich, würde danach aber wohl eine Gräfin Hollenberg werden.

Luise von Dobritz und Leutnant Hollenberg verabschiedeten sich bald von den Schwestern Schmelling und fuhren zusammen mit einer Droschke los, während Luises Zofe und Franziskas Bedienstete ihnen in einer zweiten folgten.

»Langsam könnte jemand für uns kommen«, meinte Gunda. »Es sind nun schon fast alle weg!«

»Ich glaube, da kommt ein Wagen«, antwortete Rieke und wies auf eine Droschke, die in flottem Trab heranfuhr.

»Es ist Dela!« Gunda atmete auf, denn von allen mochte sie die Mamsell am liebsten. Jetzt winkte sie ihr zu und trampelte dabei vor Freude ganz undamenhaft mit den Füßen.

»Contenance, Gunda!«, mahnte Fräulein Paschke, die zu ihnen getreten war.

Gunda verkniff es sich, ihr die Zunge zu zeigen, wie sie es am liebsten getan hätte, und wartete, bis Adele Klamt aus der Droschke stieg und das Gebäude betrat.

»Na, ihr wartet wohl schon wie auf heißen Kohlen?«, meinte sie lächelnd zu den beiden Mädchen und ging dann weiter, um den Schwestern Schmelling ihr Erscheinen zu melden. Da es sich nur um eine Angestellte der Hartungs handelte und um keine Dame von Stand, fertigten diese sie recht kurz ab, und so konnte sie sich bald zu ihren Schützlingen gesellen.

»Ihr habt gewiss noch nicht zu Mittag gegessen. Daher sollten wir rasch zum *Schwan* fahren und dort speisen. Trödeln dürfen wir aber nicht, denn der Zug fährt pünktlich ab.«

»Tante Luise und ihre … äh, Begleitung sind schon vor über einer halben Stunde gefahren. Da sie gewiss denselben Zug nach Berlin nehmen wie wir, werden sie auch im *Schwan* speisen«, wandte Gunda ein.

»Die werden beim Essen gewiss auch mehr schwätzen als wir«, sagte Adele Klamt fröhlich und legte die Hand auf Gundas Schulter. »Ich soll dir von deinem Herrn Papa ausrichten, dass dich zu Hause ein Schwesterchen erwartet, das letzte Woche das Licht der Welt erblickt hat.«

»Papa hätte sicher lieber einen Jungen gehabt!«, rief Gunda lachend.

»Oh, nein! Er ist sehr froh um das kleine Charlottchen, stellt es doch seine Frau Mutter zufrieden. Sie war nicht so angetan davon, dass du nicht nach ihr benannt worden bist, sondern nach deiner anderen Großmutter. Jetzt hat sie ihren Willen. Nun kommt! Sonst fährt der Zug wirklich noch ohne uns ab!«

Mit diesen Worten nahm Adele die beiden Mädchen bei der Hand und führte sie zur Droschke. Das Hausmädchen Trine folgte ihnen mit dem Gepäck und freute sich über das gute Trinkgeld, das sie von Adele erhielt.

## 4.

Zwar mussten sie sich den Kurswagen der ersten Klasse mit Luise von Dobritz' Reisegesellschaft teilen, doch Friedrich von Hartungs Beauftragter hatte dafür gesorgt, dass ihr Abteil am anderen Ende des Waggons lag. Daher bekamen sie die anderen erst zu Gesicht, als der Zug in Berlin in den Bahnhof einfuhr. Heinrich von Dobritz, ein großer, schwer gebauter Mann um die fünfzig, holte die Reisegesellschaft persönlich ab. Während er Hollenberg und dessen Schwester leutselig begrüßte, schafften seine Domestiken das Gepäck der Reisenden aus dem Zug und stießen dabei Gunda beiseite.

»Höflich wie ihre Herrschaft«, fauchte Adele und drohte den Männern mit der Faust.

»Ein wenig manierlicher!«, herrschte ein Eisenbahnbeamter die Kerle an und trat auf Adele zu. »Kann ich etwas für Sie tun?«

»Eigentlich sollten wir abgeholt werden«, erklärte Adele und sah sich suchend um.

»Da ist Papa!«, rief Gunda und winkte Friedrich von Hartung zu, der eilig näher kam.

»Entschuldigt, dass ich zu spät komme, doch unser Wagen musste unterwegs warten, bis ein Fuhrwerk, bei dem ein Rad gebrochen war, beiseitegeräumt worden ist!« Dann wandte Friedrich sich Rieke zu und deutete eine Verbeugung an. »Auch wenn der Tod Ihres Bruders bereits einige Wochen zurückliegt, so will ich Ihnen doch mein tief empfundenes Mitgefühl aussprechen, Fräulein von Gantzow.«

»Du kannst ruhig Rieke und du sagen, Papa«, erklärte Gunda munter. »Ihre Familie ist älter als die der Hollenbergs, aber die tun so, als könnten sie ihre Ahnenreihe direkt auf Adam zurückverfolgen. Dennoch ist Rieke bei weitem nicht so eingebildet wie Franziska.«

»Wir stammen alle von Adam ab, den Gott als ersten Menschen geschaffen hat.« Friedrich versetzte seiner Tochter einen leichten Stups und wies den jungen Diener an, der hinter ihm hergekommen war, sich um das Gepäck der beiden Mädchen zu kümmern.

Wenig später saßen sie in einem bequemen Wagen und rollten die Straße entlang. Trotz der Trauer in ihrem Herzen blickte Rieke sich neugierig um. Sie hätte kaum zu sagen vermocht, wie sie sich Berlin vorgestellt hatte. Eher so wie die grauen Garnisonsstädte, in denen sie bislang gelebt hatten, nur etwas größer. Doch das, was sie zu sehen bekam, versetzte sie in Erstaunen. Die Straßen waren weitaus breiter, als sie es gewohnt war, und das musste auch sein, um die zahlreichen Kutschen, Fuhrwerke und Reiter aufzunehmen, die in alle Richtungen strebten. Die Häuser erschienen ihr riesig und säumten lückenlos aneinandergebaut zu beiden Seiten die Straßen, so dass ihr Wagen durch eine Schlucht zu rollen schien.

Gelegentlich stießen sie auf größere Plätze, auf denen Denkmäler standen. Obwohl Gunda ihr alles erklärte, ahnte Rieke, dass sie Wochen und Monate brauchen würde, bis sie sich das alles merken konnte. Sie war schließlich froh, als der Wagen in eine weniger belebte Straße einbog und schließlich vor einer großen, einzeln stehenden Villa am Rande eines kleinen Parks anhielt.

»Da wären wir!«, rief Gunda und sprang aus dem Wagen.

Ihr Vater folgte ihr kopfschüttelnd und hob Rieke heraus.

»Ich will hoffen, du fühlst dich bei uns wohl. Wenn du etwas benötigst, so wende dich an Frau Klamt.«

»Ich danke Ihnen, Herr von Hartung!« Noch während sie es sagte, nahm Rieke sich vor, so wenig wie möglich zu brauchen. Es war schlimm genug, dass das Schicksal sie zwang, fremden Menschen zur Last zu fallen. Da durfte sie diese nicht auch noch durch eigene Wünsche belästigen.

Inzwischen wurde die Tür geöffnet, und sie konnten eintreten. Ein blonder Junge, der etwa sechzehn Jahre alt sein mochte und eine Schuluniform trug, stand im Vorraum und sah Gunda grinsend entgegen.

»Jetzt bist du nur noch eines von zwei Mädchen im Haus, während ich der einzige Junge bin!«

»Das siehst du falsch, Bruderherz. Charlottchen und ich sind dir jetzt zwei zu eins überlegen!« Gunda funkelte ihren Bruder fröhlich an und zog Rieke zu sich heran.

»Das ist übrigens Theo, Rieke!«

»Theodor Wilhelm von Hartung zu Diensten!«

Theo verbeugte sich steif und musterte dabei die Freundin seiner Schwester. Sie war eine Handbreit größer als Gunda, doch dies hatte in ihrem Alter noch nichts zu sagen. Ihre verschlossene Miene war wohl der Trauer um ihren Bruder geschuldet. Theo bedauerte dessen Ableben, denn er hätte ihn gerne kennengelernt.

Seit die preußischen und österreichischen Truppen in Schleswig und schließlich in Jütland einmarschiert waren, konnte er nicht genug über das Militär erfahren. Am liebsten wäre er dabei gewesen, aber er war noch zu jung, um Soldat zu werden. Auch wenn es so weit war, würde er nur als einjähriger Freiwilliger in die Armee eintreten dürfen. Als einziger Sohn der Familie war es seine Pflicht, das väterliche Unternehmen weiterzuführen. Bei dem Gedanken wünschte Theo sich, seine Mutter hätte statt eines Mädchens einen Knaben geboren. Der hätte dann die Fabrik übernommen, während er selbst die Offizierslaufbahn hätte einschlagen können.

Rieke bemerkte, dass das kurze Interesse des Jungen für sie erloschen war und er an ganz andere Dinge dachte. Daher wandte sie sich an Adele Klamt.

»Verzeihen Sie bitte, doch ich wüsste gerne, wo ich mir die Hände waschen kann.« Nach der Toilette wollte sie nicht fragen, da dies als ungehörig galt.

Adele begriff jedoch auch so, wo Rieke der Schuh drückte, und führte sie zu dem modernen Wasserklosett, das ihre Herrin vor kurzem hatte einrichten lassen. Da sie nicht wusste, ob Rieke damit zurechtkam, erklärte sie ihr, wie sie die Spülung benutzen konnte, und ließ sie dann allein.

## 5.

Als Rieke in die Vorhalle zurückkehrte, war Theo verschwunden. Dessen Interesse an der Schwester und deren Freundin hatte offensichtlich nur wenige Minuten angehalten. Gegen ihren Willen war Rieke von seinem Verhalten enttäuscht. Ihr Bruder wäre zu einem Gast des Hauses höflicher gewesen. Der Gedanke erinnerte sie an ihren Verlust, und sie kämpfte gegen die Tränen an, die ihr aus den Augen quellen wollten.

Ein Hausmädchen, das ein schwarzes Kleid, eine weiße Schürze und ein adrettes Häubchen trug, eilte herbei und knickste. »Die gnädige Frau wünscht die beiden jungen Damen in ihrem Salon zu empfangen.«

»Ist Charlottchen auch dort, Hilde? Ich würde sie so gerne sehen«, fragte Gunda.

Die Bedienstete nickte. »Das ist sie, gnädiges Fräulein!«

»Dann nüscht wie hin!« Gunda fasste Rieke am Arm und zog sie einfach mit sich.

Dela folgte ihr kopfschüttelnd und sorgte dafür, dass die Mädchen nicht einfach ins Zimmer platzten. Sie klopfte an und öffnete die Tür.

Der Salon war allerliebst eingerichtet, fand Rieke, als sie hinter Gunda eintrat. Helles Blau und Weiß verliehen den Wänden einen sanften Hauch und bildeten den harmonischen Hintergrund für die zierlichen Möbel, die von kunstfertiger Hand geschaffen worden waren.

Die Hausherrin hatte sich passend dazu in ein hellblaues Kleid gehüllt und saß in einem bequemen Sessel. Ein leichter Schatten um ihre Augen verriet, dass sie eine anstrengende Niederkunft hinter sich hatte. Ihr Mund vermochte jedoch schon wieder zu lächeln. Neben ihr saß ihre Schwiegermutter Charlotte. Außerdem befand sich eine weitere Person im Raum, bei deren Anblick Gunda begeistert aufquiekte.

»Tante Gertrud! Wie schön, dich zu sehen! Ich wagte nicht zu hoffen, dass du in Berlin sein könntest.«

»Du solltest deiner Zunge etwas mehr Zügel anlegen, mein Kind. Sonst weckst du Charlottchen auf«, tadelte die Großmutter.

Gunda umarmte kurz ihre Tante, dann die Großmutter und zuletzt die Mutter, bevor sie sich der geschnitzten und bemalten Wiege zuwandte, in der ihre kleine Schwester schlief.

»Bei Gott, ist die winzig!«, flüsterte sie ergriffen und wagte es nicht, das Kind zu berühren.

Theresa von Hartung betrachtete unterdessen Rieke, die an der Tür stehen geblieben war. Auch sie hatte den Eindruck, dass das Mädchen eine Maske aufgesetzt hatte, um niemanden in sein Herz schauen zu lassen. Das konnte nicht nur die Trauer um den Bruder sein, dachte sie. Auf jeden Fall war Rieke ganz anders, als sie sich das Mädchen vorgestellt hatte. Sie strahlte eine Ruhe aus, die den Gedanken, sie könne Gunda zu gefährlichen Streichen verleiten, ein für alle Mal aus Resas Überlegungen verbannte.

»Du bist also Friederike von Gantzow. Ich freue mich, dass deine Eltern es dir erlaubt haben, zu uns zu kommen«, sprach sie das Mädchen an.

»Ich bin Ihnen für die Einladung sehr verbunden, gnädige Frau.«

Es klang ein wenig spröde. Resa betrachtete Rieke nun genauer. Wie ihr Gesicht einmal aussehen würde, war noch nicht zu erkennen. Auch war sie viel zu blass und ihre Miene zu starr. Resa stellte sich aber vor, dass sie später als sehr anziehend gelten würde. Eines spürte sie deutlich: Hier stand eine Seele, die nach Liebe dürstete und gleichzeitig daran zweifelte, sie jemals zu erhalten.

»Heuer ist mir deine Anwesenheit doppelt willkommen, da ich mich Klein Charlottes wegen nicht so um Gunda kümmern kann, wie ich es gerne möchte. Sie wird sich daher über eine Freundin an ihrer Seite freuen.«

»Ich werde alles tun, um Ihnen nicht zur Last zu fallen«, sagte Rieke leise.

»Das wirst du auf keinen Fall! Stattdessen wirst du mir die Last von den Schultern nehmen, mich Gunda widmen zu müssen. So gut fühle ich mich noch nicht.« Resa lächelte Rieke zu und streckte ihr die Hand entgegen. »Sei mir willkommen!«

Rieke knickste, ergriff dann ihre Hand und hielt sie einen Augenblick fest. »Sie sind sehr freundlich zu mir, gnädige Frau.«

»Das ist doch eine Selbstverständlichkeit! Doch sollten wir nun eine Kleinigkeit zu uns nehmen. Sonst wird die Zeit bis zum Abendessen zu lang. Wo ist Theo, Hilde?«

Die junge Bedienstete wies mit einem mühsam verkniffenen Grinsen zum Fenster hinaus. »Es ist doch bald Wachwechsel beim Schloss, gnädige Frau. Da muss er unbedingt dabei sein.«

Resa seufzte. »Theo ist in das Soldatentum vernarrt. Dabei weiß unser lieber Gast am besten, welchen Schmerz einem der Krieg zufügen kann. Lass mich dich meiner tief empfundenen Anteilnahme versichern, mein Kind. Wir werden alles tun, damit du hier die Ruhe findest, die du dir wünschst.«

Ruhig in der Villa zu bleiben, war nicht gerade das, was Gunda sich vorstellte. »Aber Mama, Rieke muss doch etwas von Berlin sehen, wenn sie schon einmal da ist.«

»Dagegen ist nichts einzuwenden. Du wirst aber die gebotene Rücksicht walten lassen und lärmende Veranstaltungen und andere Hanswurstereien meiden.«

»Ja, Mama!«, antwortete Gunda und überlegte, was sich von ihren Plänen unter diesen Vorzeichen noch verwirklichen ließ.

Doch noch hatte Resa nicht alles gesagt. »Wir werden nur diese eine Woche in Berlin bleiben«, erklärte sie. »Dein Vater ist der Meinung, dass ich mich in der Stadt nicht so gut erhole wie auf dem Land. Daher hat er beschlossen, dass wir drei mit Charlotte und Theo bereits jetzt nach Steben fahren sollen. Für Fräulein von Hartung ist es dort sicher angenehmer als im lärmenden Berlin.«

»Hier in Ihrer Villa hört man den Lärm der Stadt nicht, gnädige Frau. Draußen auf der Straße aber war er durchaus zu vernehmen.«

Es waren die ersten Worte, die Rieke von sich aus sagte, und sie bewiesen Resa, dass der starre Ausdruck auf ihrem Gesicht nur Fassade war. Dahinter steckte gewiss ein sehr intelligentes Mädchen.

»Hilde, sorge dafür, dass Saft und Kuchen gebracht werden. Ich verspüre ein wenig Hunger, und euch wird es nicht anders ergehen«, sagte Resa zu der Bediensteten, um dann wieder Rieke anzusprechen. »Du kannst sehr schön sticken! Ich habe die Taschentücher bewundert, die du zu Weihnachten für Theo gemacht hast.«

»Ich habe in den letzten Wochen ein paar Kleinigkeiten angefertigt, als Dank für Ihre freundliche Einladung. Wenn gnädige Frau erlauben, werde ich sie holen.«

Rieke senkte den Kopf, denn drei Kissenbezüge und mehrere Taschentücher stellten für sie keinen Gegenwert für die mehr als zweimonatige Gastfreundschaft dar, die Gundas Eltern ihr angedeihen ließen, zumal, da die Schwestern Schmelling ihr mangels eigenem Geld den Stoff und die Fäden zur Verfügung gestellt hatten.

»Tu das, mein Kind! Gunda soll dich in ihr Zimmer führen. Ihr werdet beide dort schlafen. Das Licht wird jedoch von Frau Klamt ausgeschaltet, sonst sitzt ihr noch um Mitternacht zusammen, um euch etwas zu erzählen oder zu lesen.«

Resa wechselte einen kurzen Blick mit ihrer Mamsell und sah diese lächeln. Für sie war Dela nicht nur eine Bedienstete, sondern auch eine Freundin.

»Komm!« Gunda stupste Rieke an und verließ mit ihr den Salon.

Charlotte von Hartung sah den beiden nach und wiegte nachdenklich den Kopf. »Ich hatte mir Friederike von Gantzow anders vorgestellt, umtriebiger und weniger ernst.«

»Sie trauert um ihren Bruder, der bei Düppel gefallen ist. Wie Gunda schon zu Weihnachten erzählte, hing sie sehr an ihm«, antwortete Resa.

Ihre Schwiegermutter hob zweifelnd die Hand. »Da steckt mehr dahinter, sage ich euch. Im ersten Augenblick dachte ich mir, sie sei ein stumpfes Wesen, und habe mich gewundert, weshalb Gunda mit ihr Freundschaft geschlossen hat. Aber jetzt finde ich sie alles andere als beschränkt.«

»Ihre Bewertungen in der Schule sind laut Gunda ausgezeichnet. Dem Mädchen fehlt es weniger an Intelligenz als an Zuneigung. Habt ihr ihr Kleid gesehen?«, fragte Resa.

»Es ist etwas schlicht, aber ihrem Alter angemessen«, antwortete ihre Schwägerin.

»Die Säume sind ausgelassen. Es ist sehr geschickt gemacht, so dass man genau hinsehen muss, um es zu bemerken.«

»Das würde darauf hindeuten, dass die Familie nicht mit weltlichen Gütern gesegnet ist«, schloss Gertrud aus Resas Worten.

»Und doch ist sie auf einem so vornehmen Institut«, warf Charlotte von Hartung verwundert ein.

»Das Schulgeld soll eine Großtante für sie bezahlen. Anscheinend gewährt sie ihr darüber hinaus keinen Zuschuss. Doch sprechen wir jetzt von etwas anderem. Die Mädchen werden gleich zurückkommen.«

Resa hatte es kaum gesagt, da klopfte es auch schon an der Tür.

Mit bangem Herzen trat Rieke ein. Sie hatte sich zwar alle Mühe gegeben, wusste aber nicht, ob eine so feine Dame wie Theresa von Hartung mit ihrer Arbeit zufrieden sein würde. Bevor sie etwas sagen oder tun konnte, nahm Gertrud ihr die Stickereien ab und breitete sie auf dem Tischchen aus.

»Exzellent!«, rief sie begeistert. »Ich wünschte, ich hätte dergleichen in meinen Schränken.«

»Wenn Sie wollen, kann ich etwas für Sie sticken«, bot Rieke an.

»Du bist hier in den Ferien und nicht da, um zu arbeiten«, erklärte Resa und bemerkte die enttäuschte Miene ihrer Schwägerin.

»Wenn es dir Freude macht, kannst du einen Kissenbezug und zwei Taschentücher für meine liebe Gertrud besticken«, setzte sie lächelnd hinzu. »Da du in Trauer bist, wirst du an den Höflichkeitsbesuchen, zu denen wir in Steben gezwungen sind, nicht teilnehmen können. Diese Zeit kannst du nutzen.«

»Ich danke Ihnen, gnädige Frau!« Resa war erleichtert, dass ihre Arbeit Beifall gefunden hatte. Charlotte von Hartung lobte sie ebenfalls und bat das Mädchen, auch für sie zwei Taschentücher zu schmücken.

»Sehr gerne, gnädige Frau!« Je mehr Teile sie für Gundas Familie bestickte, umso leichter würde es ihr werden, deren Gastfreundschaft anzunehmen, dachte Rieke und nahm sich vor, es nicht bei ein paar Taschentüchern und einem oder zwei Kissenbezügen zu belassen, sondern so viele Bezüge und Tischdeckchen zu verzieren, wie es ihr möglich war. Das war sie Gundas Familie schuldig.

Rieke setzte ihren Entschluss mit der ihr eigenen Hartnäckigkeit in die Tat um. Zwar stieg sie zu Gunda in die Kutsche und ließ sich durch Berlin fahren, doch sobald sie wieder in der Villa waren, nahm sie den Stickrahmen zur Hand.

Am dritten Tag wandte Resa sich an ihre Mamsell. »Sie sollten dafür sorgen, dass unser Gast nicht die ganze Zeit die Nadel bewegt. Sonst hat es noch den Anschein, wir hätten Rieke nur eingeladen, damit sie für uns arbeitet.«

Adele Klamt verzog zweifelnd das Gesicht. »Ich weiß nicht, ob das so gut wäre, gnädige Frau. Das Mädchen braucht etwas, an dem es sich festhalten kann. Da ihm das Sticken Freude bereitet, sollten wir es nicht daran hindern. Wir könnten uns in anderer Hinsicht dankbar zeigen.«

»Und wie?«, fragte Resa.

»Friederike hat nur das Kleid bei sich, das sie trägt. Ich hatte mir schon überlegt, ob wir ihr ein oder zwei Kleider von

Gunda zum Ändern geben. Das kann sie nämlich. Sie hat das bei ihrem eigenen Kleid gezeigt. Aber Gunda ist etwas kleiner als sie, und die Säume sind nicht breit genug genäht, um sie so weit auslassen zu können, wie es nötig wäre. Daher habe ich mir überlegt, ob Sie nicht ein Kleid für Rieke nähen könnten. Sie sind sehr geschickt mit Nadel und Faden und würden dann endlich sitzen bleiben und nicht immer wieder aufstehen und herumlaufen. So gut haben Sie sich von Ihrer Niederkunft noch nicht erholt! Sie sollten ein wenig die Ruhe genießen, mit Rieke zusammensitzen und sich mit ihr unterhalten. Sie scheint mir ein sehr verständiges Mädchen zu sein.«

»Aber wie soll ich ihr erklären, dass ich ein Kleid für sie nähe?«

»Sagen Sie Rieke einfach, es macht Ihnen Freude, und Sie wollen sich bei ihr für die schönen Stickereien bedanken. Außerdem ist da noch eine Sache. Riekes Schuhe sind zu klein. Wenn sie nicht rasch neue bekommt, werden ihre Füße Schaden nehmen.«

»Dann sollten wir, wenn wir auf Steben sind, ihr welche anfertigen lassen«, sagte Resa leichthin.

Erneut schüttelte Dela den Kopf. »Sie vergessen den Stolz des Mädchens. Es wird keine Almosen annehmen. Schlagen Sie ihr vor, sie soll im Gegenzug eine neue Tischdecke für Ihren Salon mit den passenden Motiven verzieren.«

»Damit hätte sie fast die ganzen Ferien über zu tun!«, rief Resa empört.

»Da Friederike auf Steben genug anderes zu tun haben wird, glaube ich nicht, dass sie mit der Decke fertig werden kann. Damit aber hätten Sie einen Grund, sie auch für die nächsten Ferien einzuladen. Gunda hat mir einiges über ihre Freundin erzählt. Ich will zwar nicht schwatzen, aber Sie täten ein gutes

Werk, sich ihrer anzunehmen! Doch nun würde ich gerne wieder an meine Arbeit gehen.«

Während Dela das Zimmer verließ, blieb Resa in Gedanken versunken zurück und überlegte, wie sie dem Mädchen helfen konnte, ohne seinen Stolz zu verletzen.

## 6.

Obwohl es Rieke drängte, mit ihren Stickereien weiterzukommen, gefielen ihr die kleinen Ausflüge, die Gunda für sie geplant hatte. Sie sah in dieser Woche viel von Berlin, konnte aber an dem Abend, bevor die ganze Familie nach Steben abreiste, Resas Schwägerin Gertrud zwei Kissenbezüge und vier Taschentücher überreichen.

Gertrud hatte bereits die Stickereien gesehen, die Rieke mitgebracht hatte. Nun aber blieb ihr vor Staunen beinahe die Luft weg. »Das Dekor ist wunderschön! Und so fein ausgeführt!«, rief sie und umarmte das Mädchen spontan.

»Dafür aber darf ich auch etwas für dich tun«, fuhr sie lächelnd fort. »Ich habe für die Nichte meines Mannes ein Kleid machen lassen, doch leider gefällt es dem Mädchen nicht. Da ich es nicht einfach im Schrank liegen lassen will, gebe ich es dir.«

»Gnädige Frau sind sehr freundlich, aber …« Rieke brach ab und konnte ihre Tränen nicht mehr zurückhalten.

Es war beschämend, dass die Mutter nicht daran gedacht hatte, sie könnte in den Ferien ein passendes Kleid brauchen. Nun eines von einer Fremden geschenkt zu erhalten, stellte sie auf die Stufe einer Bettlerin.

»Kein Aber!«, erklärte Resa kategorisch. »Du hast meiner Schwägerin ein sehr schönes Geschenk gemacht, also wirst du ihr erlauben, auch dir ein Geschenk zu machen.«

»Aber ich habe den Stoff und das Garn von Ihnen erhalten«, wandte Rieke ein.

»Und das Tuch mit deiner Kunst veredelt! Daher wirst du die Geschenke, die wir dir machen, auch entgegennehmen, du stolzes Ding. Oder sind wir frisch geadelten Hartungs für ein Fräulein von Gantzow nicht gut genug?«

Resas Stimme klang scharf, doch aus ihren Augen leuchtete der Schalk. Sie mochte das Mädchen, und es gefiel ihr auch, dass Rieke nicht gleich zugriff, wenn man ihr etwas anbot. Zu sehr zieren sollte diese sich jedoch nicht.

»Ich danke Ihnen«, sagte Rieke und knickste vor Gertrud.

»Wenn du magst, kannst du mir noch zwei Kissenbezüge mit deinen lebensecht wirkenden Rosenblüten verzieren«, meinte diese.

»Liebste Gertrud, sollte Friederike dies nicht auf spätere Ferien verschieben? Ich würde mich nämlich freuen, wenn sie mir für diesen Tisch hier eine neue Decke besticken könnte. Dies wird gewiss einige Zeit in Anspruch nehmen!«

Resa lächelte zufrieden, denn so würde Rieke nichts mehr dagegen sagen können, wenn sie auch von ihr ein Kleid erhielt. Jenes, das Gertrud dem Mädchen schenken wollte, war niemals für jemand anderen bestimmt gewesen. Sie hatte mit ihrer Schwägerin diese Ausrede ersonnen, damit Rieke nicht nur mit einem Kleid die Reise nach Steben antrat.

»Damit ist es beschlossen. Wir freuen uns, ein so fleißiges Mädchen bei uns zu haben, und nützen es schamlos aus!« Resa zwinkerte Rieke zu und ließ dann ihre Gedanken in die Ferne schweifen. »Ich stelle mir das wunderschön vor. Wir beide werden auf der Stebener Schlossterrasse unter einem Sonnenschirm sitzen, du wirst sticken, ich nähen, und wir werden uns dabei auf das Netteste unterhalten«, sagte sie seelenvoll.

Da sprang Gunda empört auf. »Du darfst Rieke nicht als deine Handarbeitssklavin in Beschlag nehmen, Mama! Sie ist meine Freundin und ist eingeladen worden, um Ferien zu machen, und nicht, um für dich zu arbeiten.«

Rieke hob begütigend die Hand. »Aber ich mache es doch gerne!«

»Da hörst du es!«, sagte Resa und versetzte ihrer Tochter einen leichten Nasenstüber. »Außerdem tut es auch dir ganz gut, wenn du dich zu uns gesellst und deine Hände rührst. Deine Fertigkeit im Nähen und Sticken könnte durchaus besser werden.«

»Ja, Mama«, antwortete Gunda unglücklich. Da sie die Absicht ihrer Mutter nicht begriff, tat ihr Rieke leid. Auch wenn diese sie nicht zu den Besuchen in der Stadt oder den Nachbarn bei Steben begleiten konnte, so sollte sie diese Stunden nicht über eine Stickerei gebeugt verbringen. Resa hingegen erahnte Riekes Gefühle und wusste, dass sie vorsichtig sein musste, um deren Stolz nicht zu verletzen.

# 7.

Die Reise nach Steben war ausgezeichnet geplant worden, und die Wagen, die die Familie zum Bahnhof bringen sollten, standen rechtzeitig bereit. Friedrich von Hartung würde seine Frau und die Kinder nach Steben begleiten, nach ein paar Tagen aber wieder nach Berlin zurückkehren, um sich noch einen Monat seinen Geschäften zu widmen, bevor er sich für den Rest der Ferien auf das Schloss begab.

Rieke wurde mit Gunda und Theo zusammen in einen Wagen gesetzt, während Resa und Friedrich im zweiten fuhren. Ein dritter nahm das Kindermädchen, die Amme und Charlottchen auf. Die restlichen Bediensteten, die mitkamen, waren samt dem Gepäck bereits vorausgeschickt worden und erwarteten sie am Bahnhof. Auch für die Bahnreise selbst war gut gesorgt worden, sie saßen in einem Abteil erster Klasse, und es wurde sogar ein Imbiss gereicht. Rieke war von der Art, wie reiche Leute reisten, sehr beeindruckt.

Am Zielbahnhof warteten bereits zwei bequeme Landauer und eine geschlossene Kutsche. Während Hilde und ein Diener unter Aufsicht der Zofe das Gepäck auf einen Fuhrwagen verluden, konnten die Familie und Rieke gleich losfahren. Die Stadt war nicht besonders groß, hatte aber ein paar repräsentative Gebäude. Im größten residierte die Bank, und ein nur wenig kleineres war der Sitz des Landrats.

Resa winkte im Vorbeifahren mehreren Frauen zu, lehnte sich dann zurück und schloss die Augen. Jedes Mal, wenn sie hierherkam, glaubte sie, die Schatten der Vergangenheit wahrzunehmen. Hier war sie geboren worden und hatte die ersten sechzehn Jahre ihres Lebens verbracht. Es waren keine leichten Jahre gewesen, denn Rodegard von Steben, die Frau des Gutsbesitzers, hatte sie und ihre Mutter mit ihrem Hass verfolgt. Nach wie vor litt sie gelegentlich noch unter Alpträumen, in denen sie das, was sie in der Zeit hier und später in Berlin erlitten hatte, wieder und wieder erlebte.

Resa war froh, als sie das Dorf erreicht hatten. Anders als in den Jahren ihrer Kindheit waren die Häuser der Bewohner in gutem Zustand, die Leute steckten in einfacher, aber sauberer Kleidung und sahen gut genährt aus.

Wie immer im Sommer arbeiteten sie auf den Wiesen und Feldern, blickten aber kurz auf, als die Wagen auf der Straße dahinrollten. Gerd, der Vorarbeiter, winkte sogar zu ihnen her.

Gerds Frau Martha, die als Köchin auf dem Schloss arbeitete, erwartete sie am Schlosseingang. »Die Herrschaften sind pünktlich wie immer! Da lässt sich gut kochen«, meinte sie fröhlich, nachdem sie Resa mit einem Knicks begrüßt hatte.

»Wir haben Hunger, nicht wahr?«, fragte Resa in die Runde.

»Allerdings!«, antwortete ihr Mann, und auch Theo nickte eifrig. Auf Schloss Steben wurde vielleicht nicht ganz so exquisit aufgetischt wie in Berlin, dafür schmeckte es hier doppelt gut.

Auch Gunda bekannte, Appetit zu haben, und so schickte Resa die drei los, um sich frisch zu machen. Sie selbst schritt mit Friedrich das zum Empfang angetretene Personal ab und musterte jene Bediensteten interessiert, die seit ihrem letzten Besuch eingestellt worden waren.

Wenig später hatte auch sie sich Hände und Gesicht gewaschen und ihr Reisekleid durch ein frisches ersetzt. Trotzdem trat sie als Erste in den Speisesaal und sah, dass alles für das Mahl vorbereitet worden war.

Theo kam als Nächster und setzte sich an seinen gewohnten Platz. »Ich hoffe, wir müssen nicht zu lange auf die Mädchen warten. Als ich eben an ihrem Zimmer vorbeigegangen bin, schnatterte Gunda wie eine Gans!«, sagte er nicht ohne Spott.

»Dir gebe ich gleich eine Gans!«, rief Gunda empört, die ihm unbemerkt gefolgt war.

»Gebt Ruhe!«, wies Friedrich, der ebenfalls in den Raum getreten war, die beiden zurecht.

Gunda war damit nicht einverstanden. »Er hat mich eine Gans genannt.«

»Falsch, Schwesterchen! Ich sagte nicht, dass du eine Gans bist, sondern dass du geschnattert hast wie eine.«

»So oder so war es nicht sehr höflich von dir«, erklärte Resa.

»Ein junger Herr sagt so etwas nicht!«, unterstützte Gunda ihre Mutter.

Theo erhob sich und deutete eine Verbeugung an. »Frau Mama, Sie haben mich gelehrt, immer die Wahrheit zu sagen, und Gunda hat geschnattert wie eine Gans!«

»Du hättest sagen können, deine Schwester wäre in ein intensives Gespräch verwickelt gewesen. Das drückt das Gleiche aus, klingt aber um vieles höflicher«, tadelte nun auch Friedrich seinen Sohn.

»Genug davon! Setzt euch und faltet die Hände zum Tischgebet.« Resas Stimme klang sanft, aber so eindringlich, dass alle gehorchten. Da neben Gunda ein Platz frei war, setzte Rieke sich dorthin und lauschte dem Gebet, das Friedrich von Hartung sprach. Es dauerte nicht lange, und die Diener konnten servieren. Während des Essens herrschte Schweigen.

Als der Tisch wieder abgeräumt worden war, sah Friedrich seine Frau an.

»Wie gedenkst du, den Rest des Tages zu verbringen?«

»Ich werde mich auf die Terrasse setzen und Charlottchen ein bisschen wiegen. Dabei hoffe ich, dass die liebe Friederike mir Gesellschaft leistet.«

»Aber ich wollte ihr doch das Schloss zeigen«, protestierte Gunda.

»Das kannst du morgen tun! Heute sollten wir uns von der Reise erholen.«

»Friederike sollte die Ferien nicht nur auf der Terrasse verbringen«, wandte auch Friedrich ein. »Kannst du reiten?« Die Frage galt ihrem Gast.

Erstaunt schüttelte Rieke den Kopf. »Nein, Herr von Hartung.«

»Dann lernst du es eben! Theo, würdest du so gut sein, es Friederike zu lehren?«

Es war ein als Bitte verbrämter Befehl, den der Junge dem Vater nicht abschlagen konnte. Einem Mädchen das Reiten beizubringen war allerdings das Langweiligste, das er sich vorstellen konnte.

Rieke sah ihm an, wie wenig es ihm behagte, und hob die Hand. »Verzeihen Sie, Herr von Hartung, aber das geht nicht. Ich besitze doch kein Reitkleid.«

»Wir sind hier auf dem Land. Da du nur auf unserem Besitz reiten wirst, kannst du das Kleid, mit dem du aus der Schule gekommen bist, dafür verwenden. Ihr solltet morgen nach dem Frühstück mit dem Unterricht beginnen, damit Friederike sich, wenn sie uns wieder verlässt, im Sattel sicher fühlt«, erklärte Resa.

Sie war ihrem Mann dankbar, dass er ans Reiten gedacht hatte. Da sie selbst erst nach dem Erwerb von Steben gelernt hatte, auf einem Pferd zu sitzen, fühlte sie sich auf dessen Rücken nicht wohl und zog das Wagenpolster dem Sattel vor.

## 8.

Als Rieke am nächsten Vormittag zum Reittraining erschien, fand sie statt des erwarteten Pferdes nur ein Gestell vor, auf dem ein Damensattel festgebunden war. Daneben stand ein kleines, dreistufiges Podest. Noch während sie verwundert darauf starrte, erschien Theo. Er trug dunkle Reithosen und einen blauen Rock. Dazu hielt er eine Reitgerte in der Hand. »Pünktlich bist du ja!«

In Riekes Ohren klang es nicht gerade wie ein Lob. »Was habe ich zu tun?«, fragte sie besorgt.

Theo wies auf das Gestell mit dem Sattel. »Als Erstes wirst du lernen, darauf Platz zu nehmen. Ich habe darauf verzichtet, dich gleich auf ein Pferd zu setzen, da es nur unruhig werden und es dir schwermachen würde, den richtigen Sitz zu finden. Wie es geht, wird Gunda dir zeigen!«

Schon trat Gunda in einem übertriebenen Reitkleid mit Rüschen und einem kecken Dreispitz auf dem Kopf hinzu.

»Wo hast du denn das her?«, fragte Theo verdattert.

»Ich hab es letztes Jahr auf dem Dachboden gefunden und mich vorhin daran erinnert!« Gunda lachte fröhlich, knickste und stieg langsam das kleine Podest hinauf. Oben zupfte sie ihr Kleid zurecht und setzte sich in den Sattel.

»Sieh gut hin!«, forderte Theo Rieke auf. »Gunda wird es dir noch ein paarmal zeigen, dann versuchst du es selbst.«

Hinter seinem Rücken streckte Gunda ihm die Zunge heraus, erhob sich wieder und stieg das Podest herab. Unten zeigte sie Rieke, wie diese das Kleid halten sollte, und erklomm erneut Podest und Sattel. Nachdem sie das mehrfach getan hatte, forderte sie Rieke auf, es ihr nachzutun.

Diese stieg mit Herzklopfen auf das Podest und wusste im Augenblick nicht, wie sie sich setzen sollte.

»Nein, nicht so! Oder willst du statt des Kopfes den Schwanz des Pferdes vor dir sehen«, rief Theo verächtlich.

Gunda fauchte etwas, das Rieke in ihrer Anspannung nicht verstand. Sie drehte sich jetzt anders, raffte den Rock so, wie sie es bei ihrer Freundin gesehen hatte, und stieg in den Sattel.

»Gut so!«, lobte Gunda, während Theo scheinbar verzweifelt den Kopf schüttelte. Er hatte gehofft, sich auf Steben im Reiten verbessern zu können, so dass er später einmal seinen freiwilligen Militärdienst bei den Husaren oder wenigstens bei den Ulanen ableisten konnte. Stattdessen musste er diesem fremden Mädchen beibringen, sich auf ein Pferd zu setzen.

»Jetzt absteigen und erneut versuchen! Und diesmal gleich richtig!«, befahl er und schlug mit seiner Reitgerte durch die Luft.

Gunda zischte wütend, Rieke aber wünschte sich ans andere Ende der Welt. Ihrer Ansicht nach war es sinnlos, reiten zu lernen, denn sie würde es nie mehr brauchen können. Selbst wenn ihr Vater das Geld besäße, ihr ein Pferd zu kaufen, würde er es niemals tun. In seinen Augen hatte eine Frau im Haus zu bleiben und dafür zu sorgen, dass der Mann, wenn er vom Dienst zurückkam, alles behaglich vorfand.

»Also, was ist? Steig auf!«, schnauzte Theo sie an.

Mit unbewegter Miene gehorchte Rieke und wünschte sich dabei, sie könnte ihm ebenso die Zunge herausstrecken, wie Gunda es erneut tat.

Von einem Fenster aus sah Resa den dreien zu und schüttelte den Kopf. »Ich beginne mich unseres Sohnes zu schämen. Friederike muss ihn für einen argen Rüpel halten«, sagte sie zu ihrem Mann.

Friedrich zeigte Verständnis für seinen Sohn. »Das haben junge Burschen in seinem Alter so an sich. Da sind Mädchen das Letzte, mit dem sie sich beschäftigen wollen. In zwei, drei Jahren wird das anders aussehen! Wir sollten daher Theo nicht zurechtweisen, sondern ihn bei seiner Ehre packen, damit er Friederike lehrt, sich auf einem Pferd zu halten.«

»Wollen wir hoffen, dass es dir gelingt, mein Lieber. Ich sehe sonst das Ende der Ferien kommen, und Friederike ist immer noch dabei, den richtigen Sitz auf diesem Gestell zu üben.«

Mit diesen Worten brachte Resa Friedrich zum Lachen. »Keine Sorge. Theo ist ehrgeizig und wird beweisen wollen, was für ein guter Lehrer er ist.«

»Wollen wir es hoffen. Ich möchte nämlich, dass Friederike den Aufenthalt bei uns in guter Erinnerung behält und gerne wiederkommt.«

Resa wechselte das Thema. »Du willst schon morgen nach Berlin zurückfahren?«

»Wollen nicht, aber müssen! Es geht um einen großen Auftrag der Armee. Diesmal will ich ihn nicht meinem Schwager überlassen, denn mit den neuen elektrischen Webstühlen ist es uns möglich, Tuche guter Qualität so günstig herzustellen, dass wir Heinrich Dobritz herausfordern können.«

»Heinrich von Dobritz! Er wäre beleidigt, würde er wie ein ganz normaler Bürgerlicher angesprochen«, warf Resa spöttisch ein.

»Mein Schwager hat in den letzten Jahren etliche selbst verschuldete Fehlschläge hinnehmen müssen. Wenn er diesen Großauftrag verliert, schneidet es ihm ins Fleisch«, fuhr Friedrich fort, ohne auf ihren Einwand zu achten.

»Ich wünsche keinem Menschen etwas Schlechtes, doch Luise hat uns seit unserer Heirat mit ihrem Hass verfolgt und überall verleumdet.«

Resas Gedanken glitten in die Vergangenheit zurück. Zwar wagte Friedrichs älteste Schwester nicht mehr, sie als Hure zu bezeichnen, stellte sie aber ihren Freundinnen gegenüber als eine Person zweifelhafter Herkunft hin. Da Luise sich zudem beim Adel der Hauptstadt eingeschmeichelt hatte, blieben ihnen etliche Türen versperrt, die Luise und ihrem Mann offen standen.

»Ja«, sagte sie leise. »Es wird Zeit, Herrn und Frau von Dobritz zu zeigen, dass es ein Fehler war, sich mit uns Hartungs anzulegen.«

»Dafür werde ich sorgen!«, versprach Friedrich und schloss sie in die Arme. »Ich habe es zwar schon getan, doch ich will dir noch einmal für unsere wunderschöne kleine Tochter danken! Du hast meiner Mutter damit eine große Freude bereitet, und mir nicht minder«, sagte er und küsste sie.

## 9.

Resas Befürchtungen erfüllten sich nicht, denn bereits am nächsten Tag stand eine schon etwas in die Jahre gekommene, gutmütige Stute für Rieke bereit. Sie stieg mittels des Podests in den Sattel und musste sich dann an diesem festhalten, während Theo das Pferd zu Fuß durch den Park führte. Gunda begleitete sie auf ihrer zierlichen Stute, wobei sie zu Rieke aufschauen musste.

»Nun, was sagst du zum Reiten?«, fragte sie vergnügt.

»Ich weiß nicht, ob man das schon Reiten nennen kann«, antwortete Rieke. »Ich sitze zwar auf einem Pferd, aber die Zügel führt ein anderer.«

»Du wirst es schon noch lernen! Hoffe ich wenigstens. Etliche Frauenzimmer führen sich allerdings so auf, als wäre ein Pferd ein Raubtier, das sie fressen will«, erklärte Theo.

Er hoffte, Friederike würde nicht zu diesen gehören, denn er wollte die Aufgabe, die sein Vater ihm aufgetragen hatte, auch zu dessen Zufriedenheit erfüllen. Daher machte er sich ernsthaft daran, sie auszubilden. Der Tonfall aber, mit dem er es tat, schwankte zwischen ärgerlichem Tadel und offener Verachtung und war nicht geeignet, ihre Freundschaft zu gewinnen.

»Wir sollten zusehen, dass wir einen Frosch finden und diesen Theo ins Bett legen, bevor er schlafen geht«, schlug Gunda am Abend des nächsten Tages vor, als er es wieder einmal arg getrieben hatte.

»Besser nicht. Wenn wir das tun, wird er es uns heimzahlen.«

»Das soll er wagen!« Trotz dieser Worte ließ Gunda ihren Worten keine Taten folgen, denn sie ahnte, dass Theo Rieke danach noch ruppiger behandeln würde.

Anders als Theos Reitlektionen gefielen Rieke die Stunden, in denen sie mit der Hausherrin auf der Terrasse sitzen und gemeinsam das Muster für die Tischdecke entwerfen durfte. Sie war eine gute Zeichnerin und konnte Resa schon bald die fertige Vorlage präsentieren. Diese sah das Blatt einige Augenblicke lang an und musterte dann Rieke mit einem anerkennenden Blick. »Ausgezeichnet, meine Liebe! Wenn du das fertigbringen würdest, wäre es ein Kunstwerk höchster Güte.«

»Ich werde mir Mühe geben, Frau von Hartung.« Während Rieke Faden auf Faden durch den Stoff zog und Resa nähte, unterhielten sie sich über dieses und jenes. Resa erzählte von dem benachbarten Schloss Trellnick, das einem reichen, ebenfalls vor einem guten Jahrzehnt geadelten Besitzer einer Metallwarenfabrik gehörte, und von Schloss Schleinitz, dessen Besitzer sich schwertat, Gebäude und Ländereien zu erhalten.

»Natürlich gibt es noch andere Gutsbesitzer im Landkreis sowie einige adelige Herren in der Kreisstadt, wie den Bankier von Hussmann oder den Landrat. Bestimmend waren jedoch immer Steben, Trellnick und Schleinitz. Selbst heute ist das noch so, auch wenn mittlerweile nicht mehr alter Adel, sondern das Geld den Ausschlag gibt«, berichtete Resa.

»Geld gibt auch in anderer Hinsicht den Ausschlag, vor allem, wenn man zu wenig davon hat«, antwortete Rieke leise.

Resa hatte bereits von ihrer Tochter erfahren, dass Riekes Eltern nicht in wohlhabenden Verhältnissen lebten, und brachte das Mädchen mit geschickten Fragen dazu, mehr von sich zu erzählen. Obwohl nur wenig Bitterkeit in Riekes Worten schwang, begriff Resa, wie schlimm es bislang für sie gewesen sein musste. Von ihrem betrunkenen Vater geschlagen zu werden, nur weil sie ein Mädchen und kein Junge war, erschien ihr so unglaublich, dass sie Egolf von Gantzow am liebsten auf der Stelle dafür zur Rechenschaft gezogen hätte.

Auch Riekes Mutter tadelte sie in Gedanken, da diese sich in allen Belangen dem Willen des Mannes untergeordnet und kein einziges Mal versucht hatte, für ihre Tochter einzustehen.

In ihrer Jugend hatte Resa ebenfalls Hass und Verachtung ertragen müssen, doch ihre Mutter hatte sie geliebt und alles getan, um ihr zu helfen. Friederike hingegen musste alle Schicksalsschläge allein bewältigen. Das einzige Gute, das Egolf von Gantzow in Resas Augen getan hatte, war die Aussage, dass er seine Tochter niemals wiedersehen wolle. So hatte das Mädchen wenigstens die Gelegenheit, von nun an ohne Angst vor ihm und seinen Schlägen aufzuwachsen.

Resa überlegte, was sie noch für Rieke tun konnte, ohne ihren Stolz zu verletzen. Das Mindeste war, sie in den Ferien einzuladen und ihr in einem gewissen Rahmen Geschenke zu machen. Was jedoch nach Abschluss der Schule sein würde, konnte sie nicht mehr beeinflussen, doch dann war das Mädchen alt genug, um heiraten zu können. In der Beziehung setzte Resa eine gewisse Hoffnung in die Großtante, die Rieke den Besuch des Instituts erst ermöglicht hatte.

## 10.

Die Zeit auf Steben verging wie im Flug. Rieke konnte schon bald zusammen mit Gunda von einem Reitknecht begleitet ausreiten, während Theo seiner eigenen Wege ging. Einen Tag bevor sie nach Berlin zurückfuhren, wurde auch die Tischdecke fertig.

Theo warf einen kurzen Blick darauf und meinte: »Nicht übel!«

Dafür fing er sich einen zornigen Blick seiner Mutter ein. »Das ist eine herrliche Arbeit! Liebste Friederike, ich kann gar nicht sagen, wie dankbar ich dir bin. Hätte ich diese Tischdecke irgendwo sticken lassen, wäre sie mich sehr teuer gekommen und doch bei weitem nicht so schön geworden wie diese hier.«

Den Hinweis auf das Geld ließ Resa einfließen, damit Rieke nicht das Gefühl bekommen sollte, Almosen anzunehmen, wenn sie ihr etwas schenkte, sondern es als Gegengabe ansah.

Frau von Hartung lobte die Decke ebenfalls, und Gunda starrte ihre Freundin bewundernd an. »Wie toll du das kannst!«

»Ich habe immer gerne gestickt!«, antwortete Rieke. Zu Hause hatte sie sich häufig mit ihrem Rahmen unauffällig in eine Ecke zurückgezogen, um ihren Gedanken bei der Arbeit freien Lauf lassen zu können. Da Bücher zu den Dingen gehörten, die Egolf von Gantzow bis auf einige wenige militärische Anweisungen als überflüssig erachtete, hatte sie nur wenig zu lesen gehabt und stattdessen Abenteuer in ihrer Phantasie erlebt. Mit der Wirklichkeit aber hatten diese nichts zu tun gehabt. Als Kind hatte sie nämlich gehofft, dem Elternhaus entrinnen und als Stickerin ihren Lebensunterhalt verdienen zu können. Inzwischen wusste sie, wie schlecht diese Frauen bezahlt wurden. Von ihrer Hände Arbeit würde sie sich daher niemals ernähren können.

»Sie sind mit der Tischdecke also zufrieden?«, fragte sie.

»Und wie! Sie ist wundervoll! Meine Freundinnen werden mich alle beneiden«, antwortete Resa strahlend. »Aber jetzt solltet ihr zu Bett gehen! Wir müssen morgen früh aus den Federn, wenn wir den Zug nach Berlin erreichen wollen«, erklärte Resa und strich den beiden Mädchen über die Wangen.

Als sie es auch bei Theo tun wollte, wich dieser zurück. »Ich bin doch kein kleiner Junge mehr!«

»Spricht der ehrwürdige Greis«, spottete Resa und stand auf. »Husch in die Betten! Morgen früh wird gnadenlos geweckt.«

»Darf ich einen Eimer Wasser über Theo ausschütten, wenn er verschläft?«, fragte Gunda hoffnungsvoll.

»Eine junge Dame sagt so etwas nicht. Sie denkt es nicht einmal, und du willst doch eine junge Dame sein«, hielt Resa ihrer Tochter vor, musste sich aber das Lachen verkneifen. Im letzten Jahr hatte Theo tatsächlich verschlafen und war von Gunda mit ein paar Spritzern Wasser geweckt worden.

»Gute Nacht, Frau von Hartung! Gute Nacht, Herr Theodor!«, begann Rieke, um sofort von Gunda unterbrochen zu werden.

»Theo reicht!«

»Gute Nacht, mein Kind!« Resas Augen funkelten vor Vergnügen, doch ihr Tonfall ließ es Gunda geraten sein, sich für die Nacht zurechtzumachen.

»Nächste Woche um die Zeit haben wir bereits die ersten beiden Schultage des neuen Schuljahrs hinter uns«, sagte Rieke, als die beiden Mädchen sich hinlegten.

»Erinnere mich nicht daran!«, antwortete Gunda stöhnend. »Wenn ich daran denke, dass wir wieder mit Bettina und den anderen Biestern zusammentreffen, würde ich am liebsten zu Hause bleiben.«

»Wir müssen sie nur noch ein Jahr ertragen, dann sind sie fort. Die letzten beiden Jahre werden angenehmer sein«, erwiderte Rieke und wünschte ihrer Freundin gute Nacht.

»Gute Nacht!«, antwortete Gunda und war bald darauf eingeschlafen.

Rieke hingegen lag noch lange wach und fragte sich, wie ihr Leben weitergehen würde, wenn ihr Vater bei seinem Entschluss bliebe, sie niemals wiedersehen zu wollen.

## 11.

Die Fahrt nach Berlin verlief ohne Zwischenfälle, und in den nächsten beiden Tagen suchten Gunda und Resa die Sachen zusammen, die sie für die Schule brauchten. Rieke wusste nicht, ob sie sich freuen oder schämen sollte. Sowohl Resa wie auch deren Schwägerin Gertrud hatten ihr je ein schönes Kleid geschenkt, dazu kam ein Reisekleid, das ihr altes ersetzen sollte. Außerdem hatte Theresa von Hartung ihr zwei Paar Schuhe anfertigen lassen. Auch an Leibwäsche und anderen Dingen besaß sie nun mehr als jemals zuvor. Die Summen, die die beiden Damen dafür ausgegeben hatten, würden diese gewiss nicht schmerzen, aber ihr brachten diese Geschenke das Desinteresse ihrer Eltern schmerzlich zu Bewusstsein.

Theo sah sie in diesen beiden Tagen nur bei den Mahlzeiten und konnte sich, da er ihre und Gundas Abfahrt schwänzte, auch nicht von ihm verabschieden. Nun bedauerte sie es fast, Gundas Vorschlag nicht gefolgt zu sein, ihm Frösche oder tote Mäuse ins Bett zu legen. Emil war niemals so ruppig gewesen wie Theo. Dann aber schob sie diesen Gedanken beiseite. Es galt, das nächste Schuljahr durchzustehen, und das würde ihr, falls ihre Eltern weiterhin nichts von sich hören ließen, schwer genug fallen. Notfalls musste sie sich Stifte von Gunda leihen, wenn ihr die eigenen ausgingen. Auch wenn ihre Freundin sie ihr ohne weiteres geben würde, so hasste sie es, darum bitten zu müssen.

Friedrich von Hartung brachte sie persönlich zur Bahn, und Adele Klamt würde sie zur Schule begleiten. Es war ähnlich wie vor einem Jahr, dachte Rieke, als ihr Zug die Gleise entlangfuhr. Nur war damals Emil an ihrer Seite gewesen. Auch wenn der Schmerz um seinen Tod ein wenig geringer geworden war, so überkam sie doch tiefe Traurigkeit, wenn sie an ihn dachte. Zum Glück hatten sie ein Abteil für sich, hörten aber weiter vorne Bettina von Dobritz das große Wort schwingen.

»Bescheidener ist sie über den Sommer hinweg nicht geworden«, spottete Gunda und streckte ihrer Cousine in Gedanken die Zunge heraus.

»Die wird einmal genau wie ihre Mutter werden«, prophezeite Adele Klamt. »Das ist ein Biest, sage ich euch! Wie die sich noch zu Lebzeiten des alten Herrn aufgeführt hat, könnt ihr euch nicht vorstellen. Sie hat doch glatt von ihrem Vater verlangt, ihrem Mann die Leitung der Fabrik zu überlassen anstelle von Herrn Friedrich. Aber der alte Herr hat ihr heimgeleuchtet, sage ich euch. Der hatte von ihr und den ganzen Dobritzens die Nase voll.«

»Tante Luise wollte unbedingt, dass Papa ihre Schwägerin heiratet, doch stattdessen hat er Mama geheiratet, und das gefällt mir viel besser. Wenn ich daran denke, dass ich eine Tochter der jetzigen Frau Kommerzienrat Gäbel sein könnte, läuft es mir kalt den Rücken hinab.« Gunda schüttelte sich mit gespieltem Entsetzen und fragte dann Adele, ob der Proviantkorb noch die eine oder andere Leckerei hergeben würde.

»Du entwickelst dich zum Vielfraß, Gunda. Obwohl – wenn ich dich so ansehe, bist du in einem Wachstumsschub. Ich glaube, du hast während der Ferien Rieke überholt.« Adele lächelte, denn sie mochte sowohl die muntere Gunda, die so sehr Tante Gertrud glich, wie auch die stille Rieke. Diese übte einen zügelnden Einfluss auf Gunda aus, und das war gut.

»Also, zwei Pasteten habe ich noch. Die sind auf jeden Fall besser als die, die man unterwegs kaufen kann«, erklärte sie und reichte jedem Mädchen eine.

Rieke schob die ihre wieder zurück. »Aber dann haben Sie doch nichts, Frau Klamt!«

»Du kannst sie ruhig essen! Ich bin nicht hungrig und werde mir zudem heute Abend ein feudales Mahl im *Schwan* auftischen lassen«, antwortete Dela lachend.

Kurz vor ihrem Ziel fuhren sie an den Stromschnellen vorbei, die Rieke und Gunda vor einem Jahr beinahe zum Verhängnis geworden wären. Es war nie aufgekommen, wer die Leine des Bootes gelöst hatte. Beide Mädchen hätten jedoch darauf gewettet, dass Bettina von Dobritz dahintersteckte.

Jetzt galt es erst einmal, am Bahnhof eine Droschke zu bekommen, die sie zur Schule brachte. Adele packte die beiden Reisetaschen der Mädchen, stieg als Erste aus und steuerte auf die vorderste Droschke zu.

Der Fahrer erkannte in ihr die höhere Bedienstete eines adeligen Haushalts und hob sofort die Koffer hinein. Da eilte Franz Josef von Hollenberg herbei und klopfte mit der Hand gegen die Sitzpolsterungen. »Ich brauche diese Droschke!«

»Gerne! Aber erst, wenn sie uns an unser Ziel gebracht hat«, antwortete Rieke und stieg von Gunda gefolgt ein.

»Impertinent!«, rief Hollenberg und sah sich um.

Da er an dieser Stelle Zeit verloren hatte, waren die meisten Droschken besetzt. Bettina von Dobritz winkte ihm und seiner Schwester zu und befahl ihrem Droschkenkutscher, auf die beiden und die Bedienstete, die sie begleiteten, zu warten.

Unterdessen nahm auch Adele Klamt Platz und forderte ihren Droschkenkutscher auf, loszufahren.

»Dem haben wir es gezeigt! Was für eine Ungezogenheit, sich die Droschke unter den Nagel reißen zu wollen«, schimpfte sie.

»Letztes Jahr hat er uns die Droschke weggenommen. Wenn Rieke und ihr Bruder nicht so freundlich gewesen wären, Frau Martens und mich mitzunehmen, hätten wir warten müssen, bis eine Droschke von der Schule zurückgekommen wäre«, berichtete ihr Gunda.

»Dann freut es mich doppelt, dass wir den aufgeblasenen Kerl diesmal in die Schranken weisen konnten. Wenn ich damals mitgekommen wäre, hätte ich ihm etwas erzählt! Aber deine Gouvernante war ein Mäuschen, das bei jedem lauten Ton zusammengezuckt ist«, sagte Dela und schüttelte den Kopf über die Frau, die Gunda mehrere Jahre betreut und ausgebildet hatte. »Gescheit war sie ja!«, setzte sie mit widerwilliger Anerkennung hinzu. »Aber durchsetzen konnte sie sich nie. Wenn nicht die gnädige Frau oder ich manchmal eingegriffen hätten, wäre Gunda vielleicht ein ähnlich freches Ding geworden wie Bettina von Dobritz.«

»Ich? Niemals!«, rief Gunda im Brustton der Überzeugung und blickte dann nach vorne. Sie näherten sich der Schule und waren zu ihrer Zufriedenheit die Ersten, die dort ankamen.

## 12.

Die Patroninnen standen im Empfangssaal und hießen ihre Schülerinnen und deren Begleitung willkommen. Bei Gunda, Rieke und Adele Klamt fiel ihr Gruß etwas kühl aus, denn sie verargten es Gundas Eltern, dass niemand von der Familie mitgekommen war. Umso überschwenglicher begrüßten sie Luise von Dobritz, die mit Bettina und Franziska im Gefolge auf sie zutrat. Leutnant Hollenberg deutete höflich eine Verbeugung vor den Damen an und wandte sich dann an seine Schwester. »Du erlaubst, dass ich dich jetzt verlasse, Franziska.«

»Sie werden doch mit mir zurückfahren! Immerhin logieren wir beide im *Schwan*«, sagte Luise von Dobritz verwundert.

Hollenberg begriff, dass er beinahe einen Fauxpas begangen und ihr die Droschke weggenommen hätte. »Ich werde selbstverständlich auf Sie warten, gnädige Frau!«

»Wir werden doch gewiss heute Abend gemeinsam speisen«, fuhr Luise von Dobritz fort.

Franz Josef von Hollenberg nickte widerwillig. Bei seinem Besuch in Berlin hatte er durch geschickte Fragen herausgefunden, dass Bettina bei weitem nicht die Mitgift erhalten würde, auf die er gehofft hatte, und so wollte er eine zu große Nähe zu der Familie meiden. Er tröstete sich damit, dass es das letzte Schuljahr seiner Schwester war und er es in den Weihnachtsferien seiner Mutter überlassen konnte, Franziska abzuholen.

Rieke und Gunda sahen sich in ihrem zweiten Jahr der Aufsicht von Helene Paschke entzogen. Diese sammelte die acht im Institut aufgenommenen Neulinge um sich und führte sie in deren Schlafraum. Dafür trat Fräulein Berends auf Rieke und ihre Klassenkameradinnen zu und musterte sie mit kaltem Blick. Sie war groß und hager und hatte ein scharf gezeichnetes Gesicht mit schmalen Lippen. Im ersten Schuljahr hatten sie wenig mit ihr zu tun gehabt, aber wussten vom Hörensagen, dass sie sehr streng war.

»Eins, zwei, drei, vier, fünf, sechs, sieben, acht. Ihr seid alle anwesend. Kommt mit!«

Mit einer herrischen Bewegung bedeutete Fräulein Berends der Klasse, ihr zu folgen. Mit dem neuen Schuljahr gab es auch einen Wechsel des Schlafsaals. Der neue war größer, die Betten darin ebenfalls, und die Schränke fassten so viel, dass selbst Gunda alles, was sie mitgebracht hatte, darin verstauen konnte. Es gab neue Schulkleider und Bücher, und die Lehrerin erklärte, während die Mädchen ihre Sachen verstauten, dass nun begonnen würde, junge Damen aus ihnen zu machen.

»Da bin ich aber neugierig«, flüsterte Gunda Rieke zu und fing sich dafür die erste Rüge von Fräulein Berends ein.

# Vierter Teil

*Hinterlist*

# 1.

Friedrich von Hartung saß in seinem Bureau und prüfte noch einmal das Angebot, das er der preußischen Armee machen wollte, als sein Sekretär klopfte und mit einem Ausdruck höchsten Erstaunens eintrat.

»Verzeihen Sie, Herr von Hartung. Herr von Dobritz ist eben vorgefahren und wünscht Sie zu sprechen«, meldete er.

»Mein Schwager?« Friedrich war nicht weniger verblüfft als sein Sekretär. Eher hätte er Schnee im Juli erwartet, als seinen mit ihm verfeindeten Schwager hier zu sehen.

»Führen Sie ihn herein!«, sagte er und atmete tief durch. Angenehm, das wusste er, würde dieses Gespräch nicht werden.

Wenig später walzte Heinrich von Dobritz ins Bureau. Er war etwa so groß wie Friedrich, aber um einiges wuchtiger gebaut und wirkte älter als die zehn Jahre, die er Friedrich vorraushatte.

»Guten Tag, Schwager!«, grüßte er mit verkniffener Miene.

»Ebenfalls einen guten Tag«, antwortete Friedrich und ließ den »Schwager« weg, um von Anfang an klarzustellen, dass er keine Rücksicht auf die Verwandtschaft zu nehmen gedachte.

»Mein Schwiegervater hat eine ansehnliche Fabrik hier draußen errichten lassen«, fuhr Dobritz fort.

»Wenn Sie das Werk besichtigen wollen, soll mein Sekretär Sie führen.« In Friedrichs Worten schwang eine grimmige Genugtuung mit, denn während seine eigene Fabrik mit den modernsten Maschinen ausgestattet war, musste sein Schwager sich teilweise mit denen begnügen, die dessen Vater vor über zwanzig Jahren erstanden hatte. Sowohl in der Qualität wie auch in der Menge der erzeugten Tuche hinkten die Dobritz-Werke mittlerweile weit hinter den seinen her.

»Ich bin gekommen, um mit Ihnen zu reden.« Dobritz trat auf den Schreibtisch zu und stemmte die Fäuste auf die Platte. »Es gibt einiges zu besprechen! Mein Schwiegervater hat hier ein großes Gelände aufgekauft, das nach seinem Tod aus zweifelhaften Gründen nicht in die Erbmasse eingeflossen ist. Luise besitzt ein Anrecht auf ein Drittel dieses Gebiets, und ich werde diese Sache vor Gericht bringen, ebenso dieses Gut und das Schloss, das Ihr Vater gekauft hat. Ich werde nicht eher ruhen, bis die Ansprüche meiner Frau zur Gänze erfüllt sind! Haben Sie verstanden?«

Da seine Schwester bereits mehr erhalten hatte, als ihr eigentlich zustand, schüttelte Friedrich den Kopf. »Ich bedaure, Herr von Dobritz, doch die Auskünfte meines Rechtsbeistandes sind eindeutig. Ihre Frau ist zur Gänze abgefunden worden. Eine andere Antwort werden Sie auch vor Gericht nicht erhalten.«

Eine derart schroffe Absage hatte Dobritz nicht erwartet. Ihm stand jedoch nicht der unsichere, beeinflussbare Jüngling gegenüber, als den Luise ihren Bruder stets beschrieben hatte, sondern ein erfolgreicher und selbstbewusster Fabrikant.

»So lasse ich mich nicht abspeisen, Hartung! Ich weiß, was Luise zusteht! Auch ich habe meine Rechtsanwälte befragt«, rief er wütend.

»Sie können gerne klagen.« Ganz gefiel Friedrich diese Entwicklung nicht, denn ein Rechtsstreit würde Gerede verursachen. Noch weniger aber war er bereit, sich von seinem Schwager ausplündern zu lassen.

»Sie können mir nicht weismachen, dass diese Grundstücke hier alle zum Betriebsvermögen gehören. Ich weiß aus sicherer Quelle, dass Sie einen Teil davon verkaufen wollen. Ein Drittel des erzielten Preises steht Ihrer Schwester zu, und Sie werden es uns überlassen!« Mit jedem Wort hatte Dobritz sich weiter nach vorne gebeugt, bis sein hastig ausgestoßener Atem Friedrichs Gesicht traf.

»Ich werde gar nichts!«, antwortete dieser eisig. »Außerdem vergessen Sie die Kredite in Höhe von fünfzigtausend Talern, die mein Vater Ihnen eingeräumt hat. Ich habe bislang darauf verzichtet, sie einzufordern. Wenn Sie es jedoch darauf anlegen, werde ich dies tun!«

Obwohl er sich vorgenommen hatte, ruhig zu bleiben, wurde Friedrich nun doch zornig. Er fragte sich, welcher Umstand seinen Schwager dazu bewogen hatte, ausgerechnet jetzt Geld zu fordern, obwohl jeder zuverlässige Rechtsanwalt ihm hätte sagen können, dass es sinnlos war.

»Sie haben keine Kredite zurückzufordern! Alles, was ich von meinem Schwiegervater erhalten habe, gehörte zur Mitgift meiner Frau«, schnaubte Dobritz.

»Mein Anwalt wird Sie eines Besseren belehren. Und nun leben Sie wohl!«

Einen Augenblick lang stand Dobritz noch da, dann drehte er sich um und stürmte, wilde Drohungen ausstoßend, zur Tür hinaus.

Friedrich blickte durch das Fenster auf das Gelände. Sein Vater hatte es vor gut sechzehn Jahren gekauft, und nun stand die Fabrik darauf. Er selbst hatte später die Gelegenheit ergriffen, angrenzende Flächen von doppelter Größe zu erwerben, um in der Lage zu sein, sein Werk jederzeit erweitern zu können. Mittlerweile war die Stadt so gewachsen, wie er es erwartet hatte, und mehrere Bankiers hatten angefragt, ob er einen

Teil der Grundstücke verkaufen würde, weil sie Mietshäuser darauf bauen lassen wollten. Der angebotene Preis war verlockend, und auf ein Viertel des Geländes konnte er gut und gerne verzichten. Sein Schwager hatte anscheinend davon erfahren und gehofft, ebenfalls daran verdienen zu können. Doch diesen Zahn, so hoffte Friedrich, hatte er ihm ein für alle Mal gezogen.

## 2.

Heinrich von Dobritz kam mit einer Wut im Bauch nach Hause, die sich auch nicht dadurch vertreiben ließ, dass er den Zylinderhut durch den Raum feuerte und den Mantel auf den Boden warf. Dem Diener, der beides aufheben wollte, verpasste er einen Tritt und stürmte dann in das Boudoir seiner Frau.

»So eine Unverschämtheit!«, brüllte er, um sich Luft zu machen. »Dein elender Bruder hat mir die Tür gewiesen. Der Teufel soll ihn holen!«

Luise begriff von diesen Worten nur so viel, dass der Versuch ihres Mannes, Friedrich Geld abzupressen, misslungen sein musste. »Wenn er nicht freiwillig zahlt, musst du ihn verklagen. Mir steht weit mehr zu als der Bettel, den ich erhalten habe.«

Dieser Bettel hatte aus einer stattlichen Mitgift bestanden. Zudem hatte ihr Vater ihrem Mann zwei hohe Kredite gewährt. Da jedoch unübersehbar war, wie gut die Fabrik ihres Bruders florierte, während die ihres Mannes immer schlechter lief, sah Luise es als ihr Recht an, noch mehr zu fordern. Mit einem Blick, in dem ein Hauch Verachtung lag, betrachtete sie Heinrich. »Du willst doch nicht etwa sagen, dass du dich von meinem jämmerlichen Bruder ins Bockshorn hast jagen lassen? Du hättest ihm mit dem Gericht drohen sollen!«

»Das habe ich doch getan!«, rief Dobritz. »Er meinte bloß, es stände mir frei, diesen Weg zu beschreiten.«

»Dann beschreite ihn!« Luises Stimme klang schrill. Einst hatte sie ihren Mann für einen ausgezeichneten Geschäftsmann gehalten, dessen Fähigkeiten die ihres Bruders weit übertrafen. Doch mittlerweile stand dessen Firma weitaus besser da als die seine.

»Ich habe nur das Wort eines einzigen Anwalts dafür, dass wir Erfolg haben könnten. Drei andere hingegen, darunter der Syndikus unserer Familie, raten mir davon ab. Die Gesetze seien eindeutig, und dein Vater hätte vor seinem Tod alles ganz genau geregelt«, wandte Dobritz, ruhiger geworden, ein.

»Und warum ist Friedrich dann um so viel reicher als du?«, schrie Luise. »Er besitzt ein großes, modernes Werk, ein Rittergut, ein Schloss und wer weiß was noch alles! Friedrichs Weib, diese Hure, muss nicht die Kleider vom letzten Jahr auftragen wie ich, und sie trägt Schmuck, den ich mir nicht leisten kann.«

Dobritz wusste, dass Letzteres nicht stimmte, denn Theresa von Hartung behängte sich bei weitem nicht so üppig mit Rubinen und Saphiren wie seine Frau. Der Gedanke brachte ihn auf eine Idee. »Ich brauche dringend Geld, um einige Maschinen ersetzen zu können. Daher werde ich einen Teil deines Schmucks beleihen.«

»Was?«, kreischte Luise. »Mein Mann lässt sich von meinem Bruder um meine Mitgift betrügen und will stattdessen meinen Schmuck zum Pfandhaus oder gar zum Juden tragen? Wenn du das tust, sind wir geschiedene Leute!«

Ihr Mann wollte sie schon fragen, wohin sie dann gehen wolle, da sie sich den Weg zu ihrer Familie für immer verbaut hatte. Aber er sah einige Gegenstände in Luises Nähe liegen, die sich ausgezeichnet als Wurfgeschosse eigneten, und verkniff sich diese Antwort. Stattdessen hob er in einer verzweifelten Geste die Hände.

»Ich benötigte dringend Geld, sonst kann ich meine Aufträge nicht erfüllen.«

»Es muss einen anderen Weg geben, als meinen Schmuck zu beleihen. Denke nur daran, wie es wirken würde, wenn ich zu dem Empfang der Gräfin Auerbach meine Rubine nicht trage.«

Diesen Aspekt hatte Dobritz bislang nicht berücksichtigt. Seine Frau war für ihre Fülle an Schmuck bekannt. Wenn sie von einem Tag auf den anderen bescheidener auftrat, mochte tatsächlich der eine oder andere an ihrer Solvenz zweifeln.

»Du hast recht«, erwiderte er missmutig. »Es sähe wirklich nicht gut aus. Ich muss schauen, dass ich das Geld auf andere Weise auftreibe.«

»Friedrich muss zahlen!« Luise ließ keinen Zweifel daran, dass sie den Kampf mit ihrem Bruder noch nicht beendet sah. »Ich wollte, er wäre tot! Dann würdest du die Vormundschaft über die Kinder übernehmen, und wir wären am Ziel«, setzte sie giftig hinzu.

Dobritz schüttelte den Kopf. »In diesem Fall würde der Mann deiner Schwester zum Vormund ernannt. So hat dein Vater es im Testament festgelegt. Auch das habe ich von meinem Anwalt erfahren.«

»Ich wünsche Friedrich und seiner Familie alles Schlechte! Außerdem kann und werde ich diese Hure und ihre Kinder nicht als Verwandte ansehen.«

Da es keinen Sinn hatte, seiner Frau mit Vernunftgründen zu kommen, wechselte Dobritz das Thema. »Ich werde den Arbeitern den Lohn kürzen. Außerdem werde ich den Kassier entlassen. Ich habe schon lange den Verdacht, dass er Geld in die eigene Tasche steckt. Heini wird ihn ersetzen. Er ist mit seinem Studium fertig und soll nun gefälligst seinen Beitrag für den Fortbestand der Firma leisten.«

»Das ist ein guter Weg!«, lobte Luise ihn. Zwar wusste sie, dass ihr ältester Sohn nach Beendigung seines Studiums gehofft hatte, ein Jahr durch die Welt reisen zu können, doch dieses Opfer würde er wohl bringen können. Auf jeden Fall war es besser, wenn er seinen Vater in der Fabrik unterstützte, als wenn sie Teile ihres Schmucks versetzen müsste.

»Außerdem werde ich Geros Zuschuss halbieren. Er ist nach der dänischen Kampagne zum Premierleutnant befördert geworden und erhält daher mehr Sold«, fuhr Dobritz fort und nannte danach noch weitere Sparmaßnahmen, die er seiner Frau gegenüber vertreten konnte.

## 3.

Der erste Schultag im neuen Jahrgang begann für Rieke und Gunda mit der Verteilung der Plätze. Beide waren froh, Fräulein Paschke los zu sein, da diese sie häufig ungerecht behandelt hatte. Fräulein Berends war zwar nicht minder streng, suchte sich jedoch keine Lieblinge aus, sondern behandelte alle gleich. Den ersten Tag nutzte sie, um das Wissen der Schülerinnen zu prüfen. Dabei bedachte sie einige Mädchen mit ärgerlichen Blicken, denn diese schienen in den Ferien den gesamten Lehrstoff vergessen zu haben. Danach erklärte sie ihnen, was sie in diesem Schuljahr alles zu lernen hatten. Neben Schönschrift und Übungen in Korrespondenz waren es vor allem künstlerische und haushälterische Fertigkeiten.

»Auch wenn einer Dame aus einem vornehmen Haus die Wirtschafterin oder Mamsell zur Seite steht, so ist es doch wichtig, dass sie alles weiß und kann, was zu der ordentlichen

Führung eines großen Haushalts gehört«, dozierte Fräulein Berends. »Sie muss das Personal überwachen, die Rechnungsbücher prüfen und sich Wissen über gewöhnliche Krankheiten aneignen und sagen können, wie diese zu behandeln sind.«

Gunda rollte die Augen, denn das hörte sich nach einem harten Programm an. Doch noch war Fräulein Berends nicht am Ende ihres Vortrags angelangt.

»Ihr werdet neben Französisch eine weitere Fremdsprache erlernen, und da könnt ihr zwischen Italienisch und Englisch wählen. Darüber hinaus müsst ihr Tanzen lernen und wissen, wie ihr euch in Gesellschaft zu verhalten habt.«

Die Lehrerin verstummte für einen Augenblick und musterte ihre Schützlinge durchdringend. Von ihrer Kollegin Paschke wusste sie, welche der Mädchen leicht lernten und welche sich schwerer taten. Nun galt es, die einen so weit zu zügeln, dass sie in ihrem Wissen nicht zu weit davoneilten, und die anderen anzuspornen, damit sie den besseren Schülerinnen halbwegs folgen konnten.

Hatte Gunda im ersten Jahr gut gelernt, tat sie sich diesmal schwerer und brauchte immer wieder Riekes Hilfe. Dafür lehrte sie diese, so gut Klavier zu spielen, dass Fräulein Berends mit ihr zufrieden war. Die einzige schlechte Zensur, die Rieke im ersten Jahr erhalten hatte, war daher schon bald Vergangenheit. Nach ein paar Wochen wurde Gunda ebenfalls wieder besser, und die beiden waren neben Erika von Ahlsfeld erneut die Besten in der Klasse.

Daran änderte auch der Tanzunterricht wenig. Im zweiten Jahrgang wurde damit begonnen, wenn auch ohne Partner männlichen Geschlechts. Deren Rolle übernahmen die Mädchen der obersten Stufe, und Bettina und deren Freundinnen nutzten dies schamlos aus.

Da es noch immer verboten war, gegen Schülerinnen eines älteren Jahrgangs aufzubegehren und sie mündlich oder gar körperlich zu attackieren, blieb Rieke und Gunda oft nichts anderes übrig, als die Zähne zusammenzubeißen, wenn ihnen eine der Älteren mit Absicht auf die Füße trat.

Obwohl Fräulein Behrends es bemerkte, unternahm sie nichts, sondern sah mit wachsender Zufriedenheit zu, wie die beiden Mädchen immer mehr Geschick entwickelten, solchen Attacken zu entgehen.

Da der Stundenplan voll war, verging die Zeit sehr schnell, und ehe Rieke sichs versah, fiel der erste Schnee und kündete den Winter und damit Weihnachten an. In der Zwischenzeit hatte sie einen Brief von ihrer Mutter erhalten, diesen aber mit einer gewissen Enttäuschung weggeschlossen. Von ihr war in dem Schreiben nicht die Rede gewesen. Stattdessen hatte die Mutter gejammert, wie schwer es sei, nach Emils Tod mit dem Vater auszukommen. Sie klagte auch, dass sie das Haus kaum mehr verlassen könne, da die Frauen der anderen Offiziere sie schnitten und unter der Hand bereits verbreitet wurde, man wolle ihrem Mann vor der Zeit den Abschied geben.

Als Rieke das las, war sie froh, hier im Internat zu sein. Zu Hause hätte der Vater seine ganze Wut an ihr ausgelassen. In ihrem Antwortschreiben berichtete sie der Mutter von ihren Fortschritten in der Schule, aber auch von ihrem Aufenthalt bei Gundas Familie. Mit einer gewissen Beschämung setzte sie hinzu, dass Theresa von Hartung und deren Schwägerin ihr die notwendigen Kleider und sogar Schuhe geschenkt hätten.

Eine Antwort darauf bekam sie nicht. Dabei hatte sie gehofft, das Weihnachtsfest trotz Vaters schlechter Laune bei ihren Eltern verbringen zu können. Zu den Hartungs wollte sie nicht wieder fahren, weil diese ihr gewiss etwas schenken würden, ohne dass sie eine Gegengabe für sie besaß. Inzwischen hatte sie die letzte Münze des Geldes ausgegeben, das Gunda ihr geliehen hatte, und konnte nicht einmal mehr den Stoff und das Stickgarn für Taschentücher kaufen. Da sie Gunda nicht noch einmal um Geld bitten wollte, setzte sie sich hin und verfasste einen Brief an ihre Großtante, in der sie die schwierige Lage, in der sie sich befand, mit vorsichtigen Worten andeutete. Das Porto für den Brief musste sie allerdings doch von Gunda erbitten. Als sie ihn schließlich aufgab, hoffte sie, die Verwandte würde so freundlich sein, ihr ein paar Taler zukommen zu lassen, damit sie der Freundin die Summe zurückzahlen konnte. Auch wünschte sie sich wenigstens so viel, dass sie sich die notwendigsten Dinge für die Schule kaufen konnte.

Anderthalb Wochen geschah nichts. Dann erschien plötzlich Trine im Klassenzimmer und hob die Hand.

»Fräulein Friederike von Gantzow soll sich bei den Direktorinnen melden!«

Aller Augen richteten sich auf Rieke. Hast du etwas ausgefressen?, besagte Gundas Blick.

Als Rieke letztes Mal ins Bureau der Schwestern Schmelling gerufen worden war, hatte sie vom Tod ihres Bruders erfahren. Entsprechend besorgt folgte sie Trine, nachdem Fräulein Berends es ihr erlaubt hatte.

»Es muss mit einem der Briefe zusammenhängen«, erklärte das Dienstmädchen. »Ich habe den Patroninnen vorhin die Post gebracht, und kurz danach haben sie mich gerufen.«

»Hoffentlich ist nichts Schlimmes geschehen«, sagte Rieke und betrat das Bureau der Schwestern Schmelling mit einem mulmigen Gefühl. Beim letzten Mal hatte sie an den Mienen der Direktorinnen erkennen können, dass eine Schreckensnachricht auf sie wartete. An diesem Tag wirkten beide gelassen, auch wenn Jolanthe Schmelling die Stirn runzelte, als sie zu sprechen begann.

»Frau von Gentzsch hat uns eine Summe Geldes angewiesen, die für die Gegenstände ausgegeben werden soll, die für deinen Schulunterricht nötig sind. Außerdem sollen Kleidung und Schuhe für dich gekauft werden, so es nötig ist. Sie schreibt, du sollst es ihr durch eifriges Lernen danken.«

Rieke knickste und versuchte dabei, ihre flatternden Gedanken einzufangen. Auch wenn sie froh war, von ihrer Großtante auf diese Weise unterstützt zu werden, so hätte sie sich über ein paar Taler gefreut, die sie hätte verwenden können, um sich bei Gunda und deren Familie zu bedanken. *Dann mache ich das eben, sobald ich genug eigenes Geld besitze*, dachte sie und hoffte, dass dies irgendwann einmal der Fall sein würde.

»Du wirst dich bei Frau von Gentzsch für ihre Großzügigkeit bedanken«, fuhr Jolanthe Schmelling fort.

»Das werde ich. Es ist nur so, dass ich kein Geld für das Briefporto habe«, bekannte Rieke mit leichter Blässe.

»Schreibe den Brief und übergebe ihn uns. Wir werden ihn weiterleiten! Ach ja, Frau von Gentzsch schreibt, sie habe mit deinen Eltern korrespondiert und sie seien gemeinsam zu der Überzeugung gekommen, dass du für die Weihnachtsferien die Einladung des Fabrikanten von Hartung annehmen sollst. Da du geschickt mit der Sticknadel umzugehen weißt, wird dir ein Kontingent an Taschentüchern, Kissenbezügen und Zierdeckchen ausgehändigt, um dich in die Lage zu versetzen, Herrn und Frau von Hartung deine Dankbarkeit zu beweisen. Frau von Gentzsch wünscht sich ebenfalls vier Taschentücher und zwei Kissenbezüge mit ihrem Wappen.«

Obwohl dies hieß, bis Weihnachten jede freie Minute zum Sticken zu nützen, atmete Rieke auf. Damit konnte sie sowohl ihrer Gönnerin wie auch ihren Gastgebern ihre Dankbarkeit zeigen.

»Darf ich die ersten Taschentücher heute noch bekommen?«, fragte sie, da sie keine Sekunde verlieren wollte.

»Dein Eifer ist lobenswert«, erwiderte Jolanthe Schmelling. »Du wirst jedoch zuerst Zeichnungen von den Motiven anfertigen und uns vorlegen.«

Auch wenn das noch mehr Arbeit bedeutete, versprach Rieke, es zu tun, und nahm sich vor, bereits die Pausen zwischen den Unterrichtsstunden für die ersten Zeichnungen zu verwenden.

Die Direktorinnen nickten zufrieden, und ein Handzeichen der älteren Schmelling zeigte Rieke an, dass sie gehen konnte.

Sie tat es mit dem Gefühl der Erleichterung, denn sie hatte bereits mit Grauen daran gedacht, was sein würde, wenn sie nicht einmal mehr in der Lage war, die nötigen Ausgaben für die Schule zu bestreiten. Daher beschloss sie, sich ganz besonders herzlich bei ihrer Großtante zu bedanken.

Mit diesem Gedanken kehrte sie ins Klassenzimmer zurück. Die anderen Schülerinnen sahen sie an, als hätten sie erwartet, sie in Sack und Asche zu sehen. Riekes leuchtender Blick zeigte ihnen jedoch, dass diese eine gute Nachricht erhalten hatte.

»Gab es einen Brief von deiner Mutter?«, fragte Gunda neugierig, als Rieke wieder neben ihr saß.

»Nein, von meiner Großtante. Sie hat Geld geschickt, damit die Direktorinnen mir Taschentücher, Kissenbezüge und Ähnliches kaufen können, die ich besticken soll. Ein ganz besonderes Taschentuch werde ich für dich besticken, denn ich kann dir das Geld, das du mir vorgestreckt hast, bedauerlicherweise noch nicht zurückgeben.«

»Als wenn es mir auf die paar Groschen ankommen würde!«, antwortete Gunda fröhlich.

»Aber mir kommt es darauf an. Doch jetzt sollten wir dem Unterricht folgen. Fräulein Berends schaut bereits streng«, sagte Rieke und nahm die Feder zur Hand.

## 4.

Heinrich von Dobritz machte nicht die geringsten Anstalten, die Kreditsumme zu begleichen, die seit langem offenstand, dennoch hatte Friedrich von Hartung trotz des Streites verzichtet, seinen Schwager auf Rückgabe der Kredite zu verklagen.

Dobritz war nicht in der Lage dazu, auch nur einen Teil zurückzuzahlen, denn er hatte mit dem Zustand seiner Fabrik zu kämpfen. Mehrere der alten Maschinen waren ausgefallen, und er musste diese teuer ersetzen. Damit geriet er tief in die roten Zahlen, und einige seiner Kreditgeber drückten ihre Besorgnis über seine Zahlungsfähigkeit deutlich aus. An diesem Tag war es Dobritz nur mit Mühe gelungen, die beiden Herren, die ihm am meisten Geld geliehen hatten, zu beruhigen.

»Ich werde wohl doch deinen Schmuck beleihen müssen«, verkündete er an diesem Abend mit düsterer Miene seiner Frau.

Luise starrte ihn erschrocken an. »Aber du sagtest doch, du würdest das Geld auf eine andere Weise besorgen!«

»Das war, bevor zwei der Dampfwebstühle zugrunde gegangen sind. Die neuen sind sehr teuer – und dazu kommt der Produktionsausfall!« Im Allgemeinen sprach Dobritz zu Hause nicht über geschäftliche Dinge, doch diesmal hielt er es für nötig, um seiner Frau vor Augen zu führen, wie schwierig seine Lage geworden war.

»Dann kürze den Arbeitern noch weiter den Lohn. Auch braucht Gero keinen Zuschuss. Er soll mit seinem Leutnantssold auskommen«, fuhr Luise ihn an.

Dobritz lag auf der Zunge, seiner Frau zu sagen, dass er auf diese Weise nur einen Bruchteil der erforderlichen Summe einnehmen würde. Zudem würden die Arbeiter einen weiteren Lohnabschlag nicht mehr hinnehmen, sondern streiken oder gar die restlichen Maschinen zerstören.

»Friedrich hat all diese Schwierigkeiten nicht«, warf Luise ihrem Ehemann vor, der in ihren Augen immer mehr an Wert verlor.

»Der hat auch keine so kostspielige Frau wie ich«, gab ihr Mann erbittert zurück.

»Wo wäre ich kostspielig?«, fuhr Luise ihn an. »Ich habe in diesem Jahr erst vier Kleider erhalten und muss beim Flanieren im Tiergarten bereits meine Kleider vom vorletzten Jahr tragen. Man wird sich bald fragen, ob deine Verhältnisse es nicht mehr zulassen, mich so auszustatten, wie es nötig ist.«

Dobritz wusste selbst, dass Luises Ausgaben nicht allein die Schieflage seiner Vermögenswerte verursacht hatten. Schlimmer hatten ihm die Preise zugesetzt, mit denen er seinen Schwager unterboten hatte. Obwohl die Dampfwebstühle in seiner Fabrik fast rund um die Uhr gelaufen waren, hatten die Einkünfte nicht ausgereicht, um jene Reserve anzusparen, die für den Ersatz ausfallender Maschinen nötig gewesen wäre.

»Friedrich hat es klüger angefangen als ich, denn er hat sich von vorneherein auf Qualitätstuche beschränkt und mich mit den Armeeaufträgen ins Messer laufen lassen«, sagte er mit kaum verhohlener Bitterkeit.

Seine Frau sah ihn mit einem Blick an, als hielte sie ihn für schwachsinnig. »Anderswo werden die Heereslieferanten reich, doch du bist selbst dafür zu dumm.«

Es zwickte Dobritz, ihr dafür einige kräftige Ohrfeigen zu versetzen. Bevor der Streit jedoch eskalieren konnte, klopfte es an der Tür.

»Ja, was ist?«, fragte er ärgerlich.

Ein Diener in Livree trat ein und verbeugte sich. »Ich bitte um Verzeihung, Herr von Dobritz, doch der Werkmeister der

Fabrik und drei weitere Männer stehen im Vorraum. Einer davon soll ein übles Subjekt sein!«

»Was ist denn jetzt schon wieder los?«

Seufzend setzte Dobritz sich in Bewegung. Aus dem Augenwinkel sah er, dass Luise ihm folgte. Es gab Augenblicke wie diese, in denen er sich wünschte, er hätte eine andere Frau geheiratet. Auch wenn er ihr keine direkte Verschwendungssucht vorwerfen konnte, so kam sie ihn doch zu teuer. Zum anderen hatte sie ihn in diesen heftigen Zwist mit seinem Schwager hineingezogen, und das nur, weil irgendjemand behauptet hatte, dessen Frau wäre eine Hure gewesen. Auf jeden Fall konnte Theresa von Hartung besser mit Geld umgehen als Luise, und sie fiel ihrem Mann gewiss auch nicht damit auf die Nerven, dass sie im denkbar ungünstigsten Moment ein neues Kleid haben wollte.

Dobritz trat ins Vorzimmer und sah dort seinen Werkmeister stehen, einen großen, vierschrötigen Mann, den er nicht zuletzt deshalb eingestellt hatte, weil er einen renitenten Arbeiter mit einem einzigen Faustschlag niederstrecken konnte. Zwei Vorarbeiter waren bei ihm und hielten einen gefesselten Mann in schmutziger, nach Moder riechender Kleidung fest.

»Es tut mir leid, dass wir Sie behelligen müssen, Herr von Dobritz, doch der Kerl hier wurde beim Stehlen erwischt«, erklärte der Werkmeister.

Dobritz wippte kurz auf den Sohlen. »So? Beim Stehlen? Was hat er denn gestohlen?«

»Ein Stück Tuch, Herr von Hartung. Eines der besseren Sorte!«

»Ein Stück Tuch also!« Dobritz blieb vor dem Arbeiter stehen, der ihn mit einer Mischung aus Angst und Trotz ansah.

»Warum habt ihr ihn nicht gleich den Gendarmen übergeben?«, fragte Luise.

»Ja, das frage ich mich auch«, sagte ihr Mann ärgerlich.

Der Werkmeister wand sich sichtlich. »Nun, es ist so …«, begann er. »Die Leute sind seit der Lohnkürzung unruhig, und ich muss sie oft mit harten Worten an die Arbeit schicken. Ein paar der Hunde behaupten sogar, dass sie, wenn sie weniger Geld erhalten als früher, auch nicht mehr so viel tun müssten.«

»Was für eine Unverschämtheit!«, rief Dobritz empört. »Aber das beantwortet nicht meine Frage, weshalb ihr den Kerl nicht sofort habt verhaften lassen?«

»Ich fürchte, dass dann die anderen Arbeiter die Arbeit niederlegen werden.« Es fiel dem Werkmeister schwer, dies zuzugeben, denn genau, um das zu verhindern, hatte Dobritz ihn angestellt.

»Sie sind 'n verdammter Blutsauger!«, brach es aus dem Dieb heraus. »Sie hab'n uns schon vorher 'nen Hungerlohn jezahlt, und den hab'n Sie uns ooch noch jekürzt. Wir wiss'n nich mehr, wie wir unsere Familien ernähr'n, jeschweige denn Weihnachten feiern soll'n. Icke wollt det Stücke Stoff Tuch fürn Schultertuch für meine Frau und 'n Kleid für die Tochter, damit sie nich länger in Lumpen in die Schule gehen muss. Von den paar Groschen, die Sie uns zahlen, jibt uns nich einmal mehr der Altkleiderhändler was. Dabei fertigen wir jeden Tag 'n Hauf'n Tuch für Sie.«

Der Mann weinte zuletzt, doch sowohl Dobritz wie auch Luise ahnten, dass es nicht Reue war, sondern Enttäuschung, weil er bei seinem Diebstahl ertappt worden war.

Dobritz befand sich in einer unangenehmen Situation. Natürlich konnte er den Mann verhaften lassen. Doch wenn die anderen Arbeiter deswegen kurz vor Weihnachten die Arbeit niederlegten, war der Schaden kaum abzusehen.

»Das regeln wir unter uns«, erklärte er. »Der Mann wird weiterbeschäftigt, hat aber den Wert des Tuches, das er gestohlen hat, abzuarbeiten – und zwar zum Ladenpreis!«

»Sie sind 'n widerlicher Blutsauger!«, schnaubte der Dieb. »Bekomm icke dann wenigstens det Tuch, wenn ich's schon bezahlen muss?«

»Nein!« Dobritz' Miene verzog sich zu einem spöttischen Grinsen. Er hatte in der letzten Zeit einfach zu viele Nackenschläge hinnehmen müssen und genoss es daher, einen anderen noch mehr in den Dreck treten zu können.

Unterdessen musterte Luise die kräftige Gestalt des Arbeiters und ließ ihre Gedanken wandern. Noch blieb sie im Hintergrund, doch in ihrem Gehirn formte sich ein Plan, bei dem dieser Mann eine Rolle spielen sollte.

»Bedanke dich bei Herrn von Dobritz dafür, dass er Gnade vor Recht ergehen lässt und du nicht ins Zuchthaus musst. Glaube nicht, dass du dort für deine Frau und deine Kinder sorgen könntest!«, forderte der Werkmeister den Dieb auf.

»Mir bei dem Blutsauger bedanken? Nie im Leben nich!«

Der Mann atmete hastig, wusste aber selbst, dass ihm nichts übrigbleiben würde, als nachzugeben. Dabei wurde die Arbeit in Dobritz' Werk so schlecht bezahlt, dass er wirklich nicht wusste, wie er seine Familie satt bekommen sollte. Kohlen, um das Loch, in dem sie hausten, zu heizen, gab es keine, und er konnte nur hoffen, dass keines der Kinder über den Winter krank wurde und vielleicht sogar starb.

»Wie heißt du?« Luises Stimme klang wie ein Peitschenhieb.

»Ede Schweppke«, antwortete der Dieb unwillkürlich.

»Die anderen können gehen. Du wirst noch bleiben! Wollen wir doch sehen, ob du deine Strafe auch anders ableisten kannst!« Luise lächelte, als freue sie sich auf etwas.

Dieses Lächeln trieb Dobritz einen Schauder über den Rücken. Wenn seine Frau so aussah, hatte sie meistens etwas Perfides im Sinn.

Der Werkmeister und die Vorarbeiter sahen ihren Arbeitgeber fragend an.

»Ihr habt richtig gehandelt!«, erklärte dieser. »Jetzt könnt ihr wieder an die Arbeit gehen. Mit diesem Subjekt werde ich wohl allein fertig.«

Dobritz rief einen seiner Diener und befahl ihm, eine schussfertige Pistole zu holen, während die Arbeiter das Haus verließen.

Schweppke blieb verwundert zurück. Zwar konnte er sich nicht vorstellen, was Luise von Dobritz von ihm wollte, hoffte aber, dass die finanziellen Folgen der Strafe geringer ausfallen könnten, als ihr Mann es vorhin verkündet hatte.

»Was soll das Ganze, Luise?«, fragte Dobritz kaum weniger verwirrt als der Dieb.

»Ich will meinem Bruder und seiner Familie das Weihnachtsfest verderben«, antwortete Luise, als auch der Diener den Raum verlassen hatte.

»Auf welche Weise?«

»Der Mann sieht kräftig aus. Mir soll es auf ein paar Taler nicht ankommen, wenn er Friedrich an einer dunklen Stelle auflauert und ihm den Schädel einschlägt!«

In Luises Augen glühte der Hass auf ihren Bruder und dessen Ehefrau. Theresas wegen hatte sie das väterliche Heim verloren, und es war ihr auch nicht gelungen, ihren Heinrich zum Direktor beider Firmen zu machen. Inzwischen war Friedrichs Fabrik größer als die beiden Werke zur Zeit ihres Vaters zusammen, während die ihres Mannes immer mehr an Wert zu verlieren begann.

»Icke schlag niemandem den Schädel ein«, wehrte Schweppke ab.

»Auch keinem Blutsauger, wie du die Fabrikanten zu nennen pflegst?«, fragte Luise spöttisch.

»Bei Ihrem Mann tät ich's jerne!« Der Mann sah Dobritz giftig an, wagte aber angesichts der Pistole in dessen rechter Hand nicht, ihn anzugreifen.

»Dann kannst du es auch bei meinem Bruder tun«, erklärte Luise.

Doch da schüttelte ihr Mann den Kopf. »Wenn einer meiner Arbeiter deinen Bruder erschlägt, heißt es gleich, ich würde dahinterstecken.«

»Wegen Ihnen jehe ich nich ins Zuchthaus«, fauchte Schweppke.

»Aber ich muss Friedrich etwas antun, sonst platze ich vor Wut!« Luise ballte die Fäuste und drohte damit in die Richtung, in der sie die Villa ihres Bruders wusste. Mit einer ruckartigen Bewegung drehte sie sich zu Schweppke um. »Du wirst noch von mir hören.«

»Umbringen tu ich keenen!«

So ganz überzeugt klang der Mann jedoch nicht mehr. Er hasste die reichen Leute, die seinesgleichen für einen Hungerlohn schuften ließen, und war durchaus bereit, einem davon sein elendes Schicksal heimzuzahlen.

Luise ahnte das und nahm sich vor, es bis zum Äußersten auszunutzen.

## 5.

Im Institut der Schwestern Schmelling nahm Fräulein Berends die Gelegenheit wahr, ihren Schülerinnen zu zeigen, wie das Weihnachtsfest in besseren Häusern vorbereitet wurde. Da auch sie es den Mädchen zur Aufgabe machte, kleine Geschenke für ihre Lieben anzufertigen, konnte Rieke teilweise sogar während des Unterrichts an ihren Deckchen und Kissenbezügen arbeiten, nachdem ihre Zeichnungen bei den beiden Direktorinnen Anklang gefunden hatten.

Die anderen Mädchen mühten sich ebenfalls, zu Hause mit schönen Handarbeiten zu glänzen. Selbst Gunda, die Nähen und Sticken wenig abgewinnen konnte, saß, die Zunge leicht vorgestreckt, neben Rieke und arbeitete an einem Taschentuch, das sie dem Vater schenken wollte.

»Ich finde, es sieht ganz ordentlich aus«, meinte sie schließlich. »Aber ob es mir gelingt, auch noch eines für Theo zu machen, weiß ich nicht. Ich brauche für jedes Monogramm dreimal länger als du.«

Obwohl Rieke mehr als genug zu tun hatte, überlegte sie, wie sie der Freundin helfen konnte. »Ich könnte während der Heimfahrt im Zug sticken.«

»Das würdest du für mich tun? Du bist wirklich die liebste Freundin, die ich habe!« Gunda zwinkerte Rieke zu und schaute dann auf den Kalender. »Nur noch zwei Tage, dann werden wir abgeholt. Diesmal will Mama persönlich kommen. Das wird Tante Luise schwer im Magen liegen!«

Gunda wurde jedoch enttäuscht, denn Luise von Dobritz rührte sich auf der Heimfahrt nicht aus ihrem Abteil, sondern schickte ihre Zofe los, wenn sie unterwegs an den Bahnhöfen etwas haben wollte. In diesem Jahr musste sie mit Bettina allein nach Berlin zurückfahren, da Franz Josef von Hollenberg längst wieder in der Heimat stationiert war. Der österreichische Offizier hatte es einer Verwandten überlassen, seine Schwester abzuholen.

Der Gedanke an den gutaussehenden Leutnant schürte Luises Wut. Ihn hätte sie gerne als Schwiegersohn gesehen. Dafür aber hätte ihr Mann Bettina mit einer entsprechenden Mitgift ausstatten müssen, und dazu war er nicht in der Lage. Ihr Bruder hingegen würde Gunda und deren kleiner Schwester

Charlotte einmal genug Geld mitgeben können, um einen Grafen oder zumindest einen Baron für sie zu gewinnen.

Ihr Bruder hatte eindeutig zu viel Erfolg, fand sie, und er war auch viel zu glücklich. Leiden sollte er stattdessen! Da ihr Mann ihm nicht geschäftlich an den Karren fahren konnte, musste sie es eben mit anderen Mitteln tun. Mit diesem Gedanken stieg Luise von Dobritz in Berlin aus dem Zug, ging an Rieke, Gunda und deren Mutter vorbei, ohne sie eines Blickes zu würdigen, und fuhr mit Bettina nach Hause.

Dort begab sie sich in ihr Boudoir und sann weiter nach. Ihre Tochter kam herein und setzte sich neben sie.

»Ist etwas geschehen, weil du so verärgert bist, Mama?«, fragte sie.

Luise von Dobritz fauchte kurz. »Ich bin nicht verärgert, sondern überlege mir, wie ich meinem Bruder ein besonderes Weihnachtsfest bereiten kann.«

Für einen Moment war Bettina verblüfft, begriff dann aber, wie ihre Mutter es meinte, und lachte auf. »Das würde mir gefallen! Dieses Biest Gunda hat mich den größten Teil meines Ansehens im Institut gekostet. Wagte sie es doch, zu erklären, mein Vater wäre erst nach dem ihren nobilitiert worden. Dabei dachten alle, ich würde einem alten märkischen Adelsgeschlecht entstammen.«

Obwohl Bettina zugab, bei ihrer Herkunft geschwindelt zu haben, ärgerte Luise sich nicht über ihre Tochter, sondern über Gunda und deren Frechheiten. »Wenn ich nur wüsste, was wir tun könnten«, sagte sie nachdenklich.

Plötzlich hob sie den Kopf. »Die Gymnasiasten werden doch erst übermorgen in die Ferien entlassen, oder nicht?«

»Ich denke, ja«, antwortete Bettina unsicher.

»Heini war auf demselben Gymnasium wie Friedrichs Sohn Theo, und die Schüler dort haben am letzten Tag vor den

Weihnachtsferien immer eine kleine Feier in einem Lokal am Landwehrkanal abgehalten. Ist es dabei nicht ein paarmal sehr spät geworden?« Luise lächelte, denn nun sah sie eine Möglichkeit, ihren Bruder schmerzhaft zu treffen.

»Was hast du vor, Mama?«, fragte Bettina, die sich keinen Reim auf das Verhalten der Mutter machen konnte.

»Nichts, was eine Neugiersnase wie du wissen muss!«

Luise versetzte ihrer Tochter einen leichten Nasenstüber und sagte sich dann, dass ihr Mann am nächsten Tag unbedingt Schweppke holen musste. Nein, nicht holen, korrigierte sie sich. Es reicht, wenn ich in der Fabrik mit diesem Subjekt spreche. Dann soll er zeigen, ob er sich das Geld, das ihm sonst abgezogen wird, verdienen will.

## 6.

Theresa von Hartung kam mit Rieke und Gunda gut zu Hause an und eilte sofort zu Klein Charlotte, die zwei Tage auf die Mutter hatte verzichten müssen. Die beiden Mädchen folgten ihr und betrachteten staunend das Kind.

»Mein Gott, sie ist aber groß geworden!«, rief Gunda, obwohl sie die Kleine gerade mal ein Vierteljahr nicht gesehen hatte.

Rieke betrachtete das in seinem Korb liegende Kind ebenfalls. Die blauen Augen der Kleinen musterten sie, und sie streckte die Hände nach ihr aus.

»Charlottchen mag dich«, schloss Gunda daraus.

»Darf man sie anfassen?«, fragte Rieke.

Theresa nickte lächelnd und forderte Charlottes Amme auf, ihr das Kind zu reichen. Nachdem sie es ein paar Augenblicke in den Armen gehalten hatte, gab sie die Kleine an Rieke weiter.

»Du musst sie festhalten, darfst sie aber nicht erdrücken«, sagte sie lächelnd und hielt sich bereit, um notfalls eingreifen zu können.

Es war jedoch nicht nötig, denn Rieke ging äußerst behutsam mit dem Kind um. Sie nahm die Kleine auf den Schoß und wiegte sie sanft. Charlottchen gluckste und lächelte sie fröhlich an. Während Rieke das Lächeln erwiderte, überlegte sie, dass sie dem Kind ein Lätzchen besticken sollte. Darüber würde ihre Gastgeberin sich sicher freuen.

Wenig später reichte sie das Kind wieder zurück und nahm ihren Rahmen mit einem Vorlegedeckchen zur Hand.

Als Gunda es sah, schüttelte sie den Kopf. »Warum stickst du schon wieder? Wir haben doch Ferien!«

»Ich will noch ein paar Weihnachtsgeschenke anfertigen. Außerdem bin ich nicht gewohnt, die Hände in den Schoß zu legen.«

»Nimm dir ein Beispiel an deiner Freundin«, riet Resa ihrer Tochter. »Du bist arg bequem geworden! Wenn du im Institut ebenso bist, werden deine Lehrerinnen wenig Freude an dir haben.«

Dieser Tadel ging jedoch an Gunda vorbei. »Ich bin die Drittbeste von acht, das genügt mir«, meinte sie und hob Klein Charlotte aus dem Korb, um sie erneut zu herzen.

Da das Wetter am nächsten Tag schlecht war, benötigte Rieke keine Ausrede, um im Haus bleiben und weiterarbeiten zu können. Das meiste, was sie sich vorgenommen hatte, war bereits fertig, und sie machte sich daran, noch das Schmucktaschentuch für Gunda und das Lätzchen für Charlotte zu besticken. Dabei gab sie sich ganz besondere Mühe.

Resa und Gunda setzten sich mit ihren Handarbeiten zu ihr und sorgten dafür, dass nicht nur gestickt und genäht, sondern auch viel geredet und gelacht wurde. Am Nachmittag sah Theo, nachdem er aus dem Gymnasium kam, zu ihnen herein und verschwand dann mit einem verächtlichen Schnauben in seinem Zimmer. Er konnte nicht verstehen, dass Mädchen und Frauen an diesen öden Betätigungen so viel Gefallen finden konnten.

Als sich die Familie zum Abendessen versammelte, sah Theresa ihren Sohn fragend an. »Hast du nicht morgen den letzten Unterrichtstag vor den Ferien?«

»Unterricht gibt es da wohl nicht mehr«, spottete Friedrich. »Ich war ebenfalls auf diesem Gymnasium und weiß, dass am letzten Tag vor den Weihnachtsferien die Lehrer beschert werden und diese die jungen Leute zu einem kleinen Umtrunk einladen. Keine Sorge! In Theos Alter gibt es nicht mehr als einen Krug Bier. Nur die Schüler der letzten Klasse können sich mehr als eines bestellen – und dazu noch einen Schnaps.«

»Mir gefällt es nicht, wenn Knaben zum Trinken verleitet werden«, antwortete Resa in tadelndem Ton.

Ihr Sohn verzog das Gesicht, denn er sah sich längst nicht mehr als Knabe an, sondern bereits als jungen Mann. Als solcher hatte er das Recht, einen Krug Bier zu trinken. Oder auch zwei, dachte er, denn der Kellner in dem Lokal hatte nichts dagegen, den Schülern noch einmal nachzuschenken. Allerdings mussten sie das zusätzliche Bier selbst bezahlen, damit es nicht auf der Rechnung der Lehrer erschien.

»Diesmal kommst du aber eher nach Hause als beim letzten Mal!«

Diese Forderung Resas kam bei ihrem Sohn ebenfalls nicht gut an. Zwar wurde für jede Klasse eine Zeit vorgegeben, zu der die Schüler nach Hause gehen sollten, doch meist schafften sie es, diese zu überziehen. Jemand, der vorher ging, wurde als Memme angesehen.

»Ich kann nicht eher gehen als meine Klassenkameraden«, erwiderte Theo daher.

Friedrich hob begütigend die Hand. »Lass den Jungen, Resa! Er muss seine eigenen Erfahrungen machen. Ich jedenfalls habe diese kleinen Feiern in guter Erinnerung.«

»Ich erinnere mich noch genau, wie du beim ersten Mal vollkommen schmutzig und, wie ich bedauerlicherweise zugeben muss, vollständig betrunken nach Hause gekommen bist«, warf Großmutter Charlotte lächelnd ein.

»Die Schüler der älteren Jahrgänge hatten uns Neue zum Trinken verführt und sich köstlich amüsiert, weil uns fürchterlich schlecht geworden war«, gab Friedrich lächelnd zu. »Aber es war mir eine Lehre! Seitdem habe ich mich beim Trinken zurückgehalten. Oder hast du mich schon einmal berauscht gesehen?«

Die Frage galt Resa, die prompt den Kopf schüttelte. »Etwas angeheitert vielleicht, aber richtig betrunken nicht.«

Unterdessen wandte Theo sich seinem Vater zu. »Darf ich dich um etwas bitten?«

»Um etwas bitten darfst du mich jederzeit, nur, ob du es bekommst, steht auf einem anderen Blatt«, antwortete Friedrich gut gelaunt.

»Ich habe mich beim Kauf der Weihnachtsgeschenke verrechnet und nun kein Geld mehr, die letzten Dinge zu besorgen. Wenn du so lieb wärst, mir einem Vorschuss auf das Taschengeld für den Januar zu gewähren …«

Theo sah zu Boden, denn er schämte sich, seinen Vater anbetteln zu müssen. Dabei gab dieser ihm ein Taschengeld, das seine Bedürfnisse nicht nur abdeckte, sondern ihm sogar Gelegenheit bot, eine ausreichende Summe für Geschenke anzusparen.

Da Friedrich dies wusste, wunderte er sich über die Bitte seines Sohnes. »Wir reden nach dem Essen darüber«, antwortete er und wies die Bediensteten an, den nächsten Gang aufzutragen. Danach richtete er sein Augenmerk auf seine Frau und die beiden Mädchen.

»Und was macht ihr nach dem Essen?«

»Rieke wird gewiss wieder in Stoff und Fäden versinken! Ich glaube, sie ist mit Nadel und Stickrahmen in der Hand zur Welt gekommen«, platzte Gunda heraus.

»Das wäre eine sehr schmerzhafte Geburt geworden«, erwiderte Friedrich mit Spott in der Stimme.

»Eine Geburt ist immer schmerzhaft«, meinte Resa trocken und wies mit dem Kinn auf die beiden Mädchen. »Wir sollten besser von etwas anderem reden.«

»Oder weiteressen, sonst sitzen wir in einer Stunde noch hier.« Friedrich zwinkerte seiner Frau zu und griff zum Besteck.

Als nach dem Essen die Dienerschaft den Tisch abräumte, begab sich Resa mit den beiden Mädchen in ihren Salon. Friedrich winkte seinem Sohn, ihm ins Raucherzimmer zu folgen. Während er sich eine Zigarre anbrannte, musterte er Theo durchdringend.

»Ich glaube, du bist mir eine Erklärung schuldig, mein Junge. Du erhältst wahrlich genug Taschengeld für dein Alter. Auch war dein Zuschuss für Weihnachten heuer um ein gutes Stück höher als letztes Jahr.«

Theo blickte zu Boden und rang mit sich, ob er die Wahrheit bekennen sollte.

Unterdessen sprach sein Vater weiter: »Es muss einen Grund geben, weshalb du ausgerechnet ein paar Tage vor dem Christfest Geld von mir verlangst. Da ich nicht annehme, dass du in deinem Alter bereits der Trunksucht oder anderen Leidenschaften anheimgefallen bist, nehme ich an, dass du dir bei einem Altwarenhändler einen gebrauchten Säbel oder eine andere Waffe zu einem überhöhten Preis hast andrehen lassen.«

Tief durchatmend hob Theo den Kopf. »Das ist es nicht, Papa. Selbst wenn ich gewollt hätte, hätte ich mir keinen alten Säbel kaufen können. Ich weiß nicht, wie ich es erklären soll, denn ich will ja nicht petzen.«

»Es geht um Geld, mein Sohn, und bei Geld sind Fakten wichtig, nicht Gefühle. Sage mir, weshalb du kein Geld mehr hast, damit ich entscheiden kann, ob ich dir welches geben soll.« Friedrich klang streng, denn er wollte von Anfang an verhindern, dass Heimlichkeiten zwischen ihm und seinem Sohn standen.

Dies wollte auch Theo nicht. »Ich habe einem Schulkameraden Geld geliehen, Papa. Er kam im letzten Sommer in unsere Klasse. Zuerst war es nicht schlimm, denn da fehlte ihm nur der eine oder andere Groschen auf die Summe, für die er sich etwas kaufen wollte.«

Friedrich sah seinen Sohn verwundert an. »Er hat dich also angepumpt. Ein paar Groschen sind jedoch keine Summe, wegen der du in Geldverlegenheiten kommen solltest!«

»Es blieb nicht bei den paar Groschen«, antwortete Theo bedrückt. »Vor ein paar Wochen fehlten ihm mehrere Taler, um Bücher zu kaufen, und letztens hatte er seine Börse vergessen, wollte aber seiner Mutter unbedingt noch ein Geschenk besorgen.«

»Und du Schaf hast ihm das Geld treulich gegeben! Ich dachte, es wäre etwas mehr Verstand in dir …« Friedrich ärgerte sich über die Gutmütigkeit seines Sohnes, der sich auf eine solche Weise hatte ausnützen lassen, und wollte ihm schon eine Standpauke halten, als Theo weitersprach.

»Markolf von Tiedern ist der Sohn des neuen Rektors, Papa! Neulich hat er einen Klassenkameraden, der ihm nichts mehr gegeben hat, bei den Lehrern schlechtgemacht. Seitdem bekommt Dietmar keine guten Noten mehr, obwohl er sie verdient hätte.«

»So ist das also! Dieses Bürschlein nutzt seine Stellung als Sohn des Rektors aus, um seine Mitschüler um Geld anzupumpen, ohne es wieder zurückzugeben. Oder irre ich mich?«

»Du irrst dich nicht, Papa. Markolf hat mir bis heute noch keinen Groschen zurückerstattet, sondern fordert nur immer mehr Geld. Wir haben schon überlegt, ihm einmal aufzulauern und ihm eine Abreibung zu verpassen.«

»Vergiss diesen Gedanken!«, fuhr Friedrich seinen Sohn an. »Es würde auf euch zurückfallen. Im schlimmsten Fall müsste ich dich vom Gymnasium nehmen und nach Steben schicken, damit du in der Kreisstadt zur Schule gehst. Wie viel schuldet dir dieser Flegel?«

»Fünfzehn Taler!«

»Eine hübsche Summe, zumal sie in wenigen Monaten zusammengekommen ist.« Friedrich überlegte kurz und legte dann seinem Sohn die Hand auf die Schulter. »Wir werden uns etwas einfallen lassen müssen, um diesem geldgierigen Lehrerssohn seine Grenzen aufzuzeigen. Fordere morgen von ihm das Geld zurück. Sag ihm, du würdest es dringend brauchen, um Weihnachtsgeschenke zu kaufen. Ist noch ein Funken Anstand in ihm, wird er dir zumindest einen Teil der Summe geben. Wenn nicht, wirst du den Verlust der fünfzehn Taler unter Erfahrung verbuchen müssen.«

»Er wird weiterhin Geld verlangen und mich, wenn ich ihm nichts mehr gebe, bei den Lehrern verleumden«, wandte Theo ein.

»Dagegen gibt es ein probates Mittel. Wenn im Januar die Schule wieder beginnt, wirst du ihm sagen, dass ich wegen der fehlenden Weihnachtsgeschenke erzürnt gewesen sei und dir das Taschengeld fürs nächste Jahr gestrichen hätte.«

»Er wird mich trotzdem bei den Lehrern in ein schlechtes Licht setzen!«, rief Theo verzweifelt.

»Dann setze Lerneifer und gutes Betragen dagegen, mein Sohn. Umso leichter wird dann der Verleumder als solcher erkannt! Hier hast du fünfzehn Taler. Kaufe deine Weihnachtsgeschenke dafür. Lass aber diesen Schnorrer nicht merken, dass du wieder Geld hast.«

»Gewiss nicht, Papa!« Theo atmete tief durch und verbeugte sich dann. »Ich bedanke mich von ganzem Herzen für deine Großzügigkeit – und sei versichert, es wird mir eine Lehre sein!«

»Das hoffe ich doch«, antwortete Friedrich und widmete sich seiner in den letzten Minuten arg vernachlässigten Zigarre.

## 7.

Während Friedrich am nächsten Tag wieder in die Fabrik fuhr und Theo ins Gymnasium ging, setzten Resa, ihre Schwiegermutter und die beiden Mädchen sich zusammen, um die Vorbereitungen für das Weihnachtsfest zu besprechen. Auch Adele Klamt saß dabei, denn als Haushälterin im Hause Hartung war es ihre Aufgabe, den größten Teil dessen besorgen zu lassen, was für die Feiertage gebraucht wurde.

»Wir benötigen dringend einen Tannenbaum. Im letzten Jahr wollte ihn Friedrich selbst am Heiligen Abend kaufen, vergaß es aber, so dass ich einen Diener schicken musste«, sagte Resa zu Beginn.

Gunda nickte grinsend. »Es war auch kein besonderer Baum, weil die schönen bereits alle verkauft waren.«

»Darum sollten wir heute von einem Diener begleitet losgehen und einen beschaffen!« Resa lächelte, denn sie war sich sicher, dass Friedrich auch heuer nicht daran denken würde, einen Baum zu kaufen. Auch wenn es eigentlich die Aufgabe der Männer war, traute sie sich zu, eine ebenso schöne Tanne zu finden wie Friedrich.

»Wisst ihr was?«, fuhr Resa fort. »Nach dem Einkauf werden wir in ein Café gehen, eine Schokolade trinken und Kuchen essen, und anschließend holen wir Theo ab.«

Gunda hob abwehrend die Rechte. »Theo und die anderen sind heute Nachmittag doch in dem Lokal am Landwehrkanal. Es würde ihn zu Recht kränken, wenn wir ihn wie einen kleinen Jungen dort abholen würden.«

Resa überlegte kurz, fand aber, dass ihr Programm passend war, und versetzte Gunda einen leichten Klaps. »Das mag alles sein, aber wer hindert uns daran, die halbe Stunde, die dein Vater genannt hat, zu warten und dann zu schauen, ob Theo noch in dem Lokal ist?«

»Hindern kann uns niemand daran, aber ich fürchte, Theo wird uns hinterher zürnen, weil seine Schulkameraden ihn danach für eine Memme halten werden!«, wandte Gunda ein.

Resa blickte nachdenklich zum Fenster hinaus. Obwohl die Villa nicht wie die meisten anderen Häuser in der inneren Stadt direkt an die Nebengebäude gebaut war, wirkte der Himmel von hier aus düster.

»Wir werden eine Laterne brauchen«, meinte sie, »und eine Pistole! Zu so später Stunde treibt sich gewiss viel Gesindel herum!«

Gunda schüttelte insgeheim den Kopf, wagte aber keine Widerrede mehr. Auch Rieke wollte nicht gerne so lange ausbleiben. Da sie jedoch Gast im Haus war, schwieg sie.

Friedrich kam zu Mittag nach Hause, obwohl er nur wenig Zeit hatte. »Es gilt, vor Weihnachten alles zu erledigen«, sagte er entschuldigend. »Die Geschäfte und Kaufhäuser haben die meisten Tuche verkauft und müssen nachordern, da zum

Christfest viel Geld verschenkt wird, von dem sich so manche Hausfrau Vorhänge, Decken oder Bettwäsche besorgen will.«

»Ich könnte ein paar Stücke Seide brauchen, um während der Feiertage sticken zu können«, sagte Rieke leise.

Da sie kein Geld hatte, um selbst etwas kaufen zu können, wollte sie, wenn sie Tuch erhielt, dieses für die Familie von Hartung verzieren.

»Ich habe noch ein paar Dinge, die bestickt werden müssen«, antwortete Resa, die in Riekes Gesicht mittlerweile wie in einem Buch las. Ein wenig lächelte sie über das Mädchen, das sich vom eigenen Stolz gezwungen mit aller Kraft als dankbar erweisen wollte. Andererseits war sie zu bedauern. Wie sehr musste es sie schmerzen, zu Fremden abgeschoben zu werden.

»Ich habe tatsächlich noch ein paar Kissenbezüge, die verziert gehören«, erklärte sie und nahm sich vor, in Zukunft noch mehr für das Mädchen zu tun.

Immerhin hatte Rieke, wie sie inzwischen wusste, Gunda zu Beginn ihrer gemeinsamen Schulzeit das Leben gerettet. Friedrich kümmerte sich nicht um das Gespräch, sondern aß fertig und bat dann seine Frau, ihn zu entschuldigen.

»Besorgst du heuer den Christbaum?«, rief Resa ihm nach, doch da war er schon zur Tür hinaus.

»Also werden wir uns tatsächlich selbst umsehen müssen«, sagte sie zu den beiden Mädchen. »Hilde und Albert sollen uns begleiten. Albert wird den Baum nach Hause bringen und Hilde unsere restlichen Einkäufe tragen. Wir treffen uns in einer Stunde. Jetzt will ich erst einmal nach Charlottchen sehen!« Resa lächelte den beiden Mädchen kurz zu und verließ das Speisezimmer.

»Was du jetzt machst, errate ich leicht, nämlich die Nadel schwingen!«, sagte Gunda seufzend und nahm Farben und Pinsel in die Hand, um sich ebenfalls zu beschäftigen.

## 8.

Obwohl Rieke bis zum letzten Augenblick an dem Lätzchen für Charlotte arbeitete, wurden die beiden Mädchen rechtzeitig fertig. Beide trugen warme Kleider, hatten dicke Wollstrümpfe über die feinen gezogen, die sie im Haus trugen, und wappneten sich zuletzt noch mit Mänteln und Hüten gegen die Kälte. Zwar besaß Rieke keine richtigen Winterschuhe, aber da sie leicht kleinere Füße als Gunda besaß, konnte sie deren Schuhe vom letzten Jahr anziehen.

Resa hatte sich ähnlich wie die beiden Mädchen angezogen, während Hilde sich mit festen Schuhen und einem dicken Schultertuch begnügte. Albert trug Stiefel und eine Weste aus Wolle unter seiner Jacke. So gekleidet stapften die beiden Bediensteten hinter Resa und den Mädchen her. Zunächst hatte Resa überlegt, den Wagen zu nehmen. Sie freute sich jedoch auf einen Spaziergang in frischer Luft, und so nahmen sie den Weg zu Fuß in Angriff.

Der Platz, an dem frisch gefällte Tannenbäume verkauft wurden, war bald erreicht. Resa und die Mädchen sahen sich die Bäumchen an, merkten aber rasch, dass der Forstmann, der diese feilbot, ihnen einen minderwertigen Baum zu einem übertjeuerten Preis andrehen wollte.

Resa hob mahnend den Zeigefinger. »So geht es nicht, mein Herr. Entweder geben Sie mir den Baum, den ich will, zu einem vernünftigen Preis, oder ich werde eine Droschke nehmen und in ein anderes Stadtviertel fahren, in dem die Weihnachtsbaumhändler ehrlicher sind als Sie.«

»Das ist ein guter Vorschlag, Mama. Mir gefallen die Bäume hier nicht besonders«, rief Gunda.

»Das sind ausgezeichnete Bäume!«, widersprach der Verkäufer heftig. »Ich kann Ihnen den Baum aber nicht zu billig geben. Ich muss ja schließlich auch leben – und Steuern zahlen muss ich auch. Oder glauben Sie, die Beamten des Königs lassen mich hier umsonst verkaufen?«

»Dann nennen Sie mir Ihren Preis. Entweder kann ich ihn akzeptieren, oder ich gehe weiter«, erklärte Resa kühl.

Inzwischen waren weitere Interessenten für Weihnachtsbäume gekommen und murrten, weil sie warten mussten.

»Sitzt dein Mann in der Kneipe, weil er dir einkofen schickt?«, fragte einer bissig.

»Jetzt mach schon! Kassiere, damit wir weiterkommen. Ich habe noch mehr zu tun, als hier herumzustehen«, schimpfte ein Zweiter.

Der Baumverkäufer begriff, dass er potenzielle Kunden zu verlieren drohte. Daher nannte er Resa einen halbwegs vernünftigen Preis und reichte ihr, als sie bezahlt hatte, den Baum.

»Albert, den trägst du nach Hause«, befahl Resa dem Diener und ging in die Richtung, in der sie das erste Geschäft wusste, in dem sie noch ein paar Kleinigkeiten einkaufen wollte.

Der Baumverkäufer und dessen Kunden sahen ihr erstaunt nach. Bis jetzt hatten sie geglaubt, Albert hätte nichts mit Resa zu tun, denn ihm war der herrschaftliche Diener auf hundert Schritte anzusehen.

Einer der Männer zupfte ihn am Ärmel. »Det war wohl 'ne janz Vornehme, wa? Gar mit 'nem Von im Namen!«

»Selbstverständlich ist meine Herrin von Adel«, antwortete der Diener und stolzierte mit dem Baum davon.

Ohne zu ahnen, welches Aufsehen sie erregt hatte, kaufte Resa weiter ein und betrat, als es bereits dunkel wurde, mit den beiden Mädchen und ihrer Dienerin das kleine Café, in dem sie öfters Schokolade trank und einen Windbeutel aß.

Resa war hier so bekannt, dass die Frau des Besitzers sie persönlich begrüßte und sie zu einer kleinen Nische führte, in der drei bequeme Stühle mit Kissen um einen kleinen Tisch standen.

»Was darf ich den Damen bringen lassen?«, fragte die Frau geschäftstüchtig.

»Dreimal eine Tasse Trinkschokolade sowie drei Stück von dem guten Gugelhupf, den Sie immer backen«, antwortete Resa und deutete dann auf Hilde, die die Pakete mit den Einkäufen schleppte.

»Meine Dienerin erhält auch eine Tasse Schokolade! Wenn du getrunken hast, Hilde, bringst du die Einkäufe nach Hause.«

Hilde knickste verlegen. »Ich danke Ihnen, gnädige Frau!«

Schokolade hatte sie bislang nur selten zu kosten bekommen und freute sich auf das Getränk, aber auch darüber, daheim erzählen zu können, dass ihre Herrin es ihr gekauft hatte. Albert wird sich ärgern, weil er den Baum hat tragen müssen, ohne etwas zu bekommen, dachte sie. Bei dem Gedanken beschloss das Mädchen, lieber nichts zu sagen, um nicht den Neid der anderen zu erregen. Sie setzte sich in die Ecke, die die Besitzerin des Cafés ihr zuwies, und nippte kurz darauf mit verklärten Augen an ihrem Getränk.

Auch Rieke genoss ihre Schokolade. Zu Hause hatte es solche Delikatessen, wenn überhaupt, nur für den Vater gegeben. Im Nachhinein fand sie dessen Haltung sehr eigensüchtig. Er hätte wenigstens der Mutter etwas abgeben können, wenn schon nicht ihr. Da sie nicht wollte, dass ihr diese Gedanken den schönen Tag verdarben, nahm sie das Lätzchen für Klein Charlotte aus ihrem Beutel und stickte weiter.

»Du meinst wirklich, wir sollen dieses Kunstwerk verwenden, um unseren kleinen Sonnenschein zu füttern?«, fragte Resa belustigt.

»Dafür ist es gedacht«, sagte Rieke.

»Zum Benutzen ist das Lätzchen viel zu schade. Mein Mann drängt schon länger, uns mit diesem Fotografie genannten Verfahren abbilden zu lassen. Zu diesem Zweck werden wir es Charlottchen umhängen.«

»Es tut mir leid, dass Sie es nicht brauchen können.«

Rieke klang so geknickt, dass Resa sie in die Arme nahm.

»Wir können es sehr gut brauchen! Es wird für Charlottchen ein wundervolles Andenken an ihre Kinderzeit sein. Du hast begnadete Hände. Ich kenne niemanden, der so gut sticken kann wie du, und wünschte, Gunda besäße nur die Hälfte deines Talents.«

Ein leicht tadelnder Blick streifte Gunda, die sich den Genuss von Schokolade und Kuchen jedoch nicht verleiden ließ.

»Theo wird bald die Feier verlassen«, sagte sie nach einem Blick auf die Porzellanuhr, die unweit von ihnen auf einem Podest stand.

Resa nickte. »Tatsächlich! Es ist später geworden, als ich dachte. Dadurch sollten wir uns jedoch nicht aufscheuchen lassen. Theo kann genauso gut allein nach Hause gehen.«

Als Gunda das hörte, atmete sie auf. Für einen jungen Burschen wie Theo gab es wohl kaum Schlimmeres, als von der eigenen Mutter von einer Feier abgeholt zu werden. Beim Vater hätte man es noch verstanden, doch so hätte es ihrem Bruder den Ruf eines Muttersöhnchens eingebracht.

Rasch trank sie ihre Tasse leer und sah ihre Mutter an. »Bekomme ich noch eine Schokolade, Mama?«

»Meinetwegen, du Quälgeist! Aber dann muss Rieke auch noch eine trinken.«

»Das ist nicht nötig, Frau von Hartung.«

»Es ist nötig!«, flüsterte Gunda ihrer Freundin zu. »Sonst bricht Mama womöglich doch noch auf und blamiert Theo vor all seinen Schulkameraden.«

Diesem Argument konnte Rieke sich nicht entziehen und ließ daher zu, dass ihr eine zweite Tasse mit Trinkschokolade serviert wurde.

Resa bestellte auch noch drei weitere Stück Kuchen mit Sahne. Zwischenzeitlich sah sie, dass Hilde aufstand, in ihre Richtung knickste und danach mit den Paketen das Café verließ. Die junge Dienerin würde gewiss einen Umweg machen, da der Weg am Landwehrkanal entlang ein Stück durch die Dunkelheit führte und sie Angst hatte, jemand könnte ihr dort auflauern. Auch Resa überlegte, den Weg über die von Laternen erleuchteten Straßen zu wählen, doch dann mussten sie fast doppelt so weit laufen. Theo wird gewiss am Kanal entlanggehen, dachte sie. Außerdem war es nur ein kurzes Stück, und für alle Fälle hatte sie ihre zweiläufige Damenpistole eingesteckt.

## 9.

Ede Schweppke war nicht gerade wohl bei dem, was er gezwungenermaßen tun musste. Sogar für ihn war es eine üble Geschichte, spätabends einem Knaben aufzulauern, ihm eins über die Rübe zu geben und ihn dann in den Kanal zu werfen. Dafür konnte man auf dem Schafott landen. Andererseits lockten die einhundert Taler, die die Frau seines Arbeitgebers ihm dafür versprochen hatte. Damit konnte er nicht nur seiner Frau und seiner Tochter etwas Richtiges zu Weihnachten schenken, sondern ihnen auch eine neue Bleibe suchen, die nicht wie die jetzige nach Moder und Schimmel stank.

Mit dem Gedanken, dass der Bengel Friedrich von Hartungs Sohn war, kämpfte er seine Gewissensbisse nieder. Vor einigen Monaten hatte er in dessen Fabrik um Arbeit nachgesucht, war aber weggeschickt worden. Hätte Hartung mich genommen, würde ich jetzt nicht in dieser Scheiße sitzen, sagte er sich und richtete sein Augenmerk wieder auf den Nebenraum des Lokals, in dem die Abiturienten ihre Weihnachtsfeier abhielten.

Er selbst saß in der Schenke und trank inzwischen sein viertes Bier. Das Geld dafür stammte von Dobritz' Frau. Zwar hatte er es aufheben und für Weihnachten verwenden wollen, doch ein Mann wie er hatte auch seine Bedürfnisse, und das Bier schmeckte einfach zu gut.

Drüben wurde es jetzt etwas lauter. »Ihr wollt wirklich schon gehen?«, fragte jemand mit angeheiterter Stimme.

»Meine Eltern erwarten mich gewiss schon seit einer Stunde. Es wird wohl eine Standpauke geben, weil ich so lange geblieben bin«, hörte Schweppke jemanden antworten.

»Gehen wir zusammen, Theodor?«, fragte ein Dritter.

Als Schweppke den Namen Theodor hörte, spitzte er die Ohren und wartete gespannt auf dessen Antwort.

»Bedauere, Markolf, aber das wäre ein zu großer Umweg für mich. Ich gehe am Kanal entlang. Auf Wiedersehen und frohe Weihnachten!«

Ein junger Bursche kam aus dem Nebenraum. Da ihm keiner folgte, konnte es nur Theodor von Hartung sein. Schweppke hatte sein Bier jedes Mal sofort nach Erhalt bezahlt, so konnte er nun rasch austrinken und sogleich dem Jungen folgen. Unter seiner Jacke, die ihn nur ungenügend gegen die Kälte schützte, steckte ein unterarmlanger Stock aus Hartholz. Als Theo die dunkle Stelle am Kanal erreichte, zog Schweppke den Stock heraus. Mit ein paar langen Schritten holte er sein Opfer ein und schlug zu.

Bevor Theo zusammensinken konnte, packte er ihn unter den Armen, schleifte ihn zum Ufer und stieß ihn ins Wasser. Plötzlich hörte Schweppke hinter sich einen Schrei und begann zu rennen. Er wurde erst wieder langsamer, als er die Stelle weit hinter sich gelassen und bemerkt hatte, dass ihm niemand gefolgt war.

## 10.

Auf dem Heimweg fragte Resa sich, ob Theo noch bei der Feier weilte oder ob er diese bereits verlassen hatte. Letztlich hatten sie Gundas Argumente überzeugt, den Jungen nicht persönlich abzuholen. Als sie die unbeleuchtete Stelle am Kanal erreichte, überkam sie ein eigenartiges Gefühl. Wir hätten doch den anderen Weg nehmen sollen, dachte sie und griff in ihre Handtasche. Erst als sie den kühlen Griff ihrer Pistole in der Hand hielt, wurde sie ruhiger.

Auch Gunda fühlte sich nicht wohl. Es war etwas anderes, im Sommer bei Sonnenschein hier zu gehen, als jetzt, da die Sonne längst untergegangen war und die Lichter der Großstadt so fern zu sein schienen wie der Mond. Die Laterne, die sie bei sich hatten, beleuchtete gerade mal den Boden vor ihren Füßen.

»Wir sollten hier nicht langgehen, Mama«, sagte sie bedrückt.

Resa nickte, hörte dann hinter sich Schritte und blickte sich unwillkürlich um. Direkt auf dem Weg neben dem Kanal kamen zwei Schatten näher. Sie war schon dabei, ihre Pistole aus der Tasche zu ziehen, als sie sah, wie die größere Gestalt die kleinere niederschlug und Sekunden später ins Wasser warf.

Neben ihr stieß Gunda einen gellenden Schrei aus, während Rieke sofort auf den Kanal zulief. Sie glaubte, in dem dunklen Wasser einen etwas helleren Fleck treiben zu sehen. Ohne sich zu besinnen, riss sie sich den Mantel vom Leib und sprang in den Kanal.

Das Wasser war eisig kalt und lähmte sie im ersten Moment. Ihre Kleider sogen sich mit Wasser voll und wollten sie nach unten ziehen. Irgendwie gelang es ihr, die Schuhe abzustreifen, und sie schwamm auf den hellen Fleck zu. Ihr war, als würde sie von unsichtbaren Seilen festgehalten, und sie glaubte schon, mit untergehen zu müssen. Da traf ihre Hand auf nasses Tuch.

»Lieber Herrgott, lass es nicht irgendeinen Fetzen sein«, flehte sie und zog das Tuch näher an sich heran. Es war ein Mantel, und darin steckte ein Mensch. Ob er noch lebte, hätte sie nicht zu sagen vermocht. Da ihr nasses Kleid sie in die Tiefe ziehen wollte, riss sie die Knöpfe auf und streifte es ab. Nun versuche sie, sich in der Dunkelheit zu orientieren. Da sah sie vor sich ein Licht und hielt darauf zu.

Stimmen klangen auf. Ein Mann streckte ihr den Arm entgegen. Mit letzter Kraft griff sie nach ihm und ließ sich aufs Trockene ziehen. Auch die Person, die sie festgehalten hatte, wurde ans Ufer geholt. Nass und nur noch mit Leibchen und Hemd bekleidet, fror Rieke fürchterlich. Sie zitterte, und ihre Zähne klapperten. Eine Jacke, die nach billigen Zigarren stank, wurde ihr um die Schulter gelegt.

Im nächsten Moment hörte sie Theresa von Hartungs entsetzten Ruf. »Bei Gott, das ist ja Theo!«

Rieke setzte sich auf und sah selbst, dass sie tatsächlich Gundas Bruder aus dem Wasser geholt hatte. Er lag bleich am Ufer und bewegte sich nicht.

»Wir brauchen dringend einen Arzt«, erklärte Resa resolut.

Der Mann, der auf Gundas Ruf herbeigeeilt war, nickte. »Wird wohl dat Beste sein! Dat Mädchen muss aber ooch ins Warme. Nich, dat es sich noch wat holt. So mutig wie die Kleene wären nur wenige in dat Wasser jesprungen. Jetzt woll'n wir ihm aber dat Wasser aus dem Bauch pumpen!«

Er drehte Theo um und hielt ihn so, dass ein ganzer Schwall Wasser aus dem Mund schwappte. Im nächsten Moment schnappte der Junge begierig nach Luft.

»Jetzt rasch ins Warme, dann könnt er's überstehen«, meinte der Mann.

»Nehmen Sie meinen Sohn! Ich trage Rieke. Es ist nicht weit bis zu uns nach Hause«, antwortete Resa und zerrte Rieke hoch. Sie schaffte es aber nicht, das Mädchen auf die Arme zu nehmen. Da packte der Mann zu und wuchtete ihr Rieke auf die Schulter. Er selbst hob Theo hoch und lief mit ihm hinter Resa und ihrer Tochter her, die, so schnell sie konnten, nach Hause eilten.

## 11.

Friedrich war eben aus der Fabrik gekommen, als Resa mit den beiden pitschnassen Kindern ins Haus platzte. »Wir brauchen sofort einen Arzt! Schick Albert zu Doktor Hufnagel. Irgendjemand hat Theo niedergeschlagen und ins Wasser geworfen!«

»Und was ist mit Rieke?«, fragte Friedrich, der verdattert das Mädchen anstarrte, das nur mit Socken, Hemd und einer nicht gerade sauberen Jacke bekleidet vor ihm stand.

»Sie ist in den Kanal gesprungen und hat Theo gerettet! Ohne sie hätten wir unseren Jungen verloren.«

Für einen Augenblick kämpfte Resa gegen die Tränen an, die ihr aus den Augen quellen wollten, beherrschte sich aber und erteilte weitere Anweisungen.

Während Theo in sein Zimmer gebracht und mit drei Wärmflaschen ins Bett gesteckt würde, führte Adele Klampt Rieke ins Badezimmer, befahl Hilde und zwei Dienstmädchen, die Wanne mit heißem Wasser zu füllen, und wies dann das Mädchen an, hineinzusteigen.

Rieke fühlte sich unendlich müde und zudem seltsam benommen. Als sie das Wasser berührte, stieß sie einen leisen Schrei aus, denn es war sehr heiß.

»Ganz hinein mit dir!«, befahl Adele.

»Willst du Rieke etwa kochen?«, fragte Gunda erschrocken, nachdem sie mit der Hand das Wasser geprüft hatte.

»Wir müssen sie unbedingt warm bekommen, sonst holt sie sich noch was. Wo hat man so etwas gehört? Springt in voller Kleidung ins Wasser.« Dela schüttelte den Kopf, denn sie selbst wäre nicht einmal in einen Bach gestiegen, dessen Wasser ihr gerade mal bis zu den Waden gereicht hätte.

»Ohne Rieke wäre Theo ertrunken!«, rief Gunda empört.

»Es hat wohl sein müssen! Aber jetzt wollen wir zusehen, dass dieses verrückte Mädchen keinen Schaden nimmt. Gib mir diese Flasche dort. Darin ist dieses stechende Öl, das laut dem Doktor gegen Erkältung helfen soll. Eulüptus heißt es.«

»Eukalyptus«, korrigierte Gunda sie, reichte ihr aber die gewünschte Flasche und sah zu, wie Adele einen guten Schuss davon in die Wanne gab. Sofort stieg ein Geruch auf, der sich durch die Nase bis ins Gehirn zu bohren schien.

»Und das soll gut sein?«, fragte Gunda mit einer gewissen Abscheu.

»Der Doktor muss es wohl wissen! Das ist schließlich ein studierter Herr«, antwortete Dela und versetzte Rieke ein paar leichte Klapse gegen die Wangen.

»Nicht einschlafen, Fräulein! Jetzt wird gebadet, und dann wirst du mit einem Heuwickel ins Bett gelegt. Der hilft, wenn eine Erkältnis droht.«

»Erkältung!«, murmelte Gunda, doch Dela achtete nicht darauf.

»Wir brauchen noch Kampfer sowie Kamillentee, sehr viel Kamillentee!«, fuhr die Mamsell fort und prüfte mit der Hand

Riekes Körpertemperatur. Dieser wurde es mittlerweile arg warm, dennoch klapperten ihr immer noch die Zähne. Ganz begriff sie nicht, was eben geschehen war, doch ihr war bewusst, dass sie viel Glück gehabt hatte.

Nach einer Weile wies Adele Klamt sie an, aus dem Wasser zu steigen, und frottierte sie mit kräftigen Handbewegungen ab.

»Du bist so rot wie ein gekochter Krebs«, rief Gunda.

»Frau Klamt hat mich auch gesotten wie einen«, stöhnte Rieke, die sogleich wieder zu frieren begann.

Dela steckte sie in eines von Gundas dicken Nachthemden und brachte sie ins Bett. Zwei Wärmflaschen sorgten für eine angenehme Temperatur, und so freute Rieke sich darauf, schlafen zu können. Doch Adele ließ sie erst in Ruhe, nachdem sie ein entsetzlich schmeckendes Gebräu hinuntergewürgt hatte.

Als Dela sich überzeugt hatte, dass Rieke eingeschlafen war, verließ sie deren Zimmer und gesellte sich zu ihrer Herrin.

»Das war ja eine böse Überraschung!«, sagte sie. »Wie konnte das passieren? Hat der junge Herr etwa doch zu tief ins Glas geschaut und ist dadurch ins Wasser gestürzt?«

»Oh, nein! Ein Mann hat ihn niedergeschlagen und ins Wasser geworfen! Wäre Friederike ihm nicht so beherzt nachgesprungen, hätten wir ihn verloren.«

Nun konnte Resa ihre Tränen nicht mehr zurückhalten und umarmte weinend ihre Vertraute. »Der Arzt ist bei ihm. Er befürchtet, dass Theo eine schwere Erkältung davontragen wird, vielleicht sogar eine Pneumonia.«

»Eine Lungenentzündung? Das wäre schrecklich!« Dela schüttelte es bei dem Gedanken und fragte dann, ob sie noch etwas tun könnte.

»Du wirst den ganzen Haushalt überwachen müssen, denn ich will in den nächsten Tagen nicht von Theos Krankenbett weichen. Bei Gott, hätte ich ihm doch verboten, den Weg am Kanal entlang zu nehmen.«

Resa wusste, dass sie mehr Glück als Verstand gehabt hatte. Wären sie und die beiden Mädchen nicht denselben Weg wie Theo gegangen, hätten sie den Überfall auf ihren Sohn nicht mitbekommen und Rieke ihn nicht aus dem Wasser holen können.

Friedrich trat mit ernster Miene aus Theos Zimmer und schlang die Arme um sie. »Gott kann doch nicht wollen, dass unser Sohn stirbt«, sagte er leise.

»Steht es so schlimm?« Resa hatte noch weitaus hoffnungsvollere Worte des Arztes im Gedächtnis.

»Doktor Hufnagel tut, was er kann. Er will uns sogar heute noch Chinarinde schicken, die bei Fieber besonders gut helfen soll. Wir sollen das Mittel auch dem Mädchen geben, falls es Fieber bekommt.«

»Er soll auch nach Rieke schauen«, erklärte Resa. »Was für ein mutiges Mädchen! Sie hat schon Gunda aus dem Fluss geholt. Ohne sie hätten wir unsere Kinder nicht mehr.«

»Du vergisst Charlottchen!« Friedrich lächelte trotz seiner Anspannung, dann aber nickte er ernst. »Ich bete zu Gott, dass Rieke Theos Rettung ohne Schaden übersteht. Ich wüsste nicht, wie ich sonst ihren Eltern gegenübertreten sollte.«

»Ich bete zu Gott, dass beide gesund werden. Doch ab diesem Tag ist mir Rieke so lieb, als wäre sie mein eigenes Kind.«

Resa war froh, dass Friedrich sie in den Armen hielt, denn sie fühlte eine entsetzliche Schwäche in sich. Gleichzeitig fragte sie sich, welcher Mensch so verderbt sein konnte, einen halbwüchsigen Jungen zusammenzuschlagen und ins Wasser zu werfen, um ihn ertrinken zu lassen.

## 12.

Bereits am nächsten Tag war abzusehen, dass Rieke das Abenteuer ohne Komplikationen überstehen würde. Im Bett musste sie trotzdem bleiben, denn Resa wollte kein Risiko eingehen. Sie erhielt auch weiterhin die Medizin, die der Arzt für notwendig erachtete, und vor allem auch das, was Dela Klamt für sie bereitete. Dabei langweilte sie sich so sehr, dass sie Gunda bat, ihren Stickrahmen und den Korb mit den Seidenfäden und den Nadeln zu bringen.

»Wie ich dich kenne, stickst du auch noch auf dem Totenbett«, antwortete ihre Freundin, wurde dann aber rasch kleinlaut. »Es tut mir leid, das hätte ich nicht sagen dürfen. Es hätte leicht sein können, dass du darauf liegst – und mein Bruder dazu!«

»Wie geht es Theo?«, fragte Rieke, um ihre Freundin abzulenken, die ihre nassen Augen trocknete.

»Der Arzt fürchtet, dass die Lunge etwas abbekommen hat. Er wird die Feiertage im Bett verbringen müssen, während du wahrscheinlich aufstehen darfst. Aber wenn er am Leben bleibt, spielt das keine Rolle.«

»Da hast du recht«, fand auch Rieke. »Seien wir froh, dass wir rechtzeitig zur Stelle waren. Was ist eigentlich aus dem Mann geworden, der mich und Theo aus dem Kanal gezogen hat?«

»Dem hat Papa eine Zigarre geschenkt und ihn nach Hause geschickt, ihm aber gesagt, dass er wiederkommen soll. Soviel ich gehört habe, will er ihn als Werkmeister in der Fabrik einstellen. Er hat nämlich keine Arbeit, da er erst vor kurzem aus der Armee entlassen worden ist.«

Gunda holte nun das Stickzeug und für sich selbst Papier, Farben und Pinsel. Sie wollte ihre Freundin so malen, wie sie im Bett saß und stickte, um niemals zu vergessen, was Rieke für ihre Familie getan hatte.

Weder Resa noch ihr Mann schrieben den Überfall auf ihren Sohn der hasserfüllten Verwandtschaft zu, sondern nahmen an, dass der Täter Theo hatte ausrauben wollen und nur durch das Auftauchen von Resa und den beiden Mädchen daran gehindert worden war. Eins aber hatte Luise von Dobritz erreicht: Es wurde für die Familie von Hartung ein Weihnachtsfest voller Sorgen, denn Theo fieberte stark, und erst auf das neue Jahr zu war abzusehen, dass auch er sich wieder erholen würde.

Weihnachten wurde daher nur still gefeiert. Zwar schmückte Resa mithilfe der Mädchen den Baum, den sie erstanden hatte, und es gab auch Geschenke, doch große Freude hatte niemand daran. Rieke saß, in einen von Resas Morgenmänteln gehüllt, in einem Sessel und blickte auf die brennenden Wachslichter am Christbaum. In den Händen hielt sie einen neuen Stickrahmen und eine große Auswahl an farbigen Seidenfäden, die sie von Resa als Weihnachtsgeschenk erhalten hatte. Von ihren Eltern war nicht einmal ein Gruß gekommen. Obwohl sie sich deswegen eine Närrin schalt, bedrückte es sie. Es war immerhin das erste Weihnachtsfest nach Emils Tod. Dies schmerzte sehr, und sie sagte sich, sie hätte bei Vater und Mutter sein müssen, damit sie gemeinsam trauern und einander hätten trösten können.

Niedergeschlagen wandte sie sich an Resa. »Es tut mir sehr leid, dass ich im Kanal die Schuhe verloren habe, und auch das Kleid, das Sie mir geschenkt haben, Frau von Hartung.«

Resa spürte die Traurigkeit im Herzen des Mädchens und umarmte es. »Das darfst du nicht sagen! Ohne dich hätten wir Theo verloren. Da sind ein paar Schuhe und ein Kleid wahrlich ein geringer Preis!«

## FÜNFTER TEIL

*Das Verhängnis*

# 1.

Rieke und Gunda überstanden ihr zweites Jahr im Internat der Schwestern Schmelling ohne Probleme. Als schließlich die großen Ferien kamen, sahen die beiden mit Erleichterung zu, wie Bettina von Dobritz, Rodegard von Predow, Franziska von Hollenberg und deren Klassenkameradinnen von den Patroninnen feierlich aus der Schule entlassen wurden. Damit waren sie diese unangenehmen Mitschülerinnen für ihre restlichen Schuljahre los.

Die Sommerferien verbrachten sie wie im letzten Jahr zum größten Teil auf Schloss Steben. Theo sahen sie zu der Zeit fast nur zu den Mahlzeiten. Er wusste, dass er Rieke sein Leben verdankte, doch es verletzte seinen Stolz, dass ausgerechnet ein Mädchen ihn aus dem Kanal gezogen hatte. Er benahm sich daher recht ruppig gegen Rieke und verärgerte damit sowohl seine Mutter wie auch Gunda. Rieke selbst nahm seine Launen hin wie das Wetter, denn sie hatte an anderes zu denken. Seit über einem Jahr hatte sie nichts mehr von ihrer Familie gehört, es schien fast so, als hätten die Eltern ihre Existenz vergessen.

Dafür verlangte ihre Großtante Ophelia von Gentzsch alle Vierteljahre einen langen Brief von ihr sowie einen Bericht über ihre Fortschritte in der Schule. Eine Antwort erhielt sie nicht, da Frau von Gentzsch sich stets nur an die Patroninnen des Internats wandte.

An ihrem sechzehnten Geburtstag wurde Rieke in das Bureau der Schwestern Schmelling gerufen und erhielt ein Kuvert ausgehändigt.

»Er ist von deiner Gönnerin«, erklärte Jolanthe Schmelling. »Er enthält Glückwünsche zu deinem Geburtstag und ein Geldgeschenk im Wert von fünfzig Talern. Außerdem wünscht Frau von Gentzsch ein Bild von dir.«

Rieke knickste und sah etwas verwirrt auf den Umschlag. Es war eigenartig, dass sich nach so vielen Monaten wieder jemand an sie erinnerte. Gleichzeitig verspürte sie eine Enttäuschung, weil ihre Eltern auch diesmal ihren Geburtstag missachtet hatten.

»Ich danke Ihnen, gnädige Frau«, sagte sie, knickste erneut und verließ den Raum.

Als sie in den Schlafsaal zurückgekehrt war, übergab sie als Erstes Gunda das Geld, das diese ihr geliehen hatte, und sperrte die restlichen Taler in ihren Schrank.

Dann wandte sie sich erneut Gunda zu. »Du hast mich doch schon mehrfach gemalt. Dürfte ich die Bitte äußern, dass du es noch einmal tust? Meine Gönnerin will ein Bild von mir, und es soll schön sein!«

»Warum lässt du denn keine Fotografie von dir machen? Das ist doch jetzt modern«, fragte Gunda.

»Die Dame ist schon älter und hält gewiss viel auf Etikette. Da möchte ich sie nicht mit einer schnöden Fotografie beleidigen.«

»Das begreife ich. Ich male dich auch gerne! Damit kann ich dir wenigstens für einen Teil der Taschentücher danken, die du für mich bestickt hast«, antwortete ihre Freundin lachend.

»Das habe ich doch gerne getan. Es sollte ein Dank sein, weil deine Eltern immer so großzügig zu mir sind.«

Gunda betrachtete sie nun kritisch und ging mehrmals um sie herum. »Für deine Großtante muss es ein besonderes Bild sein. Du ziehst am besten das Kleid an, das Mama dir zu Weihnachten geschenkt hat. Es passt dir ausgezeichnet.«

»Wir dürfen nur die vorgeschriebene Kleidung im Institut tragen«, wandte Rieke ein.

»Das werden wir sehen!« Gunda lächelte spitzbübisch und sprach kurz darauf Fräulein Berends an, die auch in diesem Jahr die Klasse betreute.

»Verzeihen Sie bitte, doch ich habe eine wichtige Frage.«

»Was gibt es denn so Wichtiges?«

»Frau von Gentzsch hat Friederike um ein Bild gebeten. Ich würde es gerne malen, aber ich weiß nicht, ob der Dame an einem Bild in An… äh, Schulkleidung gelegen ist.«

Beinahe wäre Gunda das Wort Anstaltskleidung entschlüpft, das eine frühere Schülerin einmal kreiert hatte und seitdem unter den Mädchen die Runde machte.

Fräulein Berends wusste, dass die dunkelblauen Kleider mit ihren weiten Faltenröcken und den weiß gesäumten Krägen nur dann wirkten, wenn mehrere Mädchen zusammen gemalt oder fotografiert wurden. Ein Mädchen allein sah darin seltsamerweise jünger aus, als es war, und irgendwie gehemmt.

»Ich werde mit den Direktorinnen sprechen, damit sie eine Ausnahme erlauben«, versprach die Lehrerin und nickte Gunda freundlich zu.

Diese kehrte triumphierend zu Rieke zurück. »Wie es aussieht, kann ich dich in deinem neuen Kleid malen. Du musst mir nur versprechen, dass du während des Malens kein Stickzeug in den Händen hältst. Sonst siehst du wirklich wie ein treuliches Gretchen aus.«

»Du malst gerne, und ich sticke gerne. Was ist daran verwerflich?«, fragte Rieke.

»Nichts, außer, dass du genauso gut malen kannst wie ich, ich aber bei weitem nicht deine Fingerfertigkeit im Sticken besitze«, gab Gunda fröhlich zurück. Dann griff sie in Riekes Haar. »Das werden wir auch ändern müssen. Mit sechzehn sind wir doch schon fast erwachsen. Andere Mädchen heiraten in diesem Alter bereits.«

»Du willst mich anscheinend als Matrone porträtieren«, sagte Rieke spöttisch.

»Das nicht ganz, aber beinahe«, witzelte Gunda und tanzte im Raum herum. »Wer weiß, vielleicht wird dieses Bild im Salon deiner Großtante hängen. Ich muss es auf jeden Fall signieren. Berühmte Maler machen das so!«

Gundas Begeisterung war ansteckend, trotzdem fragte Rieke sich, ob sie nicht besser einen Spiegel nehmen und sich selbst porträtieren sollte. Sie verneinte es aber sofort, denn damit hätte sie ihre Freundin schwer gekränkt. Immerhin war Gunda im Zeichnen und Malen die Beste der Klasse.

»Ich weiß zwar nicht, worauf ich mich einlasse, doch dann lass ich dich mal machen.« Rieke lachte und umarmte die Freundin. »Was täte ich ohne dich!«

»Dir einen Spiegel leihen und selbst malen!« Gunda kannte Rieke gut genug, um das zu vermuten. Ein solches Bild würde gewiss nett werden. Sie aber wollte ein Bild ihrer Freundin hinzaubern, von dem deren Gönnerin begeistert sein würde.

## 2.

Riekes Bild gelang vortrefflich, und Gunda erhielt für ihr Werk viel Lob von Fräulein Berends und den Schwestern Schmelling. Allerdings wusste Rieke nicht, ob das Porträt ihrer Großtante gefallen würde. Sie sah darauf aus wie eine junge Dame und nicht wie eine Schülerin. Es mochte sein, dass Frau von Gentzsch dies missfiel.

Lange hatte sie jedoch nicht Zeit, darüber nachzusinnen. Hatte es vor knapp zwei Jahren nach dem Sieg gegen Dänemark so ausgesehen, als könnte eine lange Friedenszeit anbrechen, wurden erneut die Kriegstrommeln gerührt. Die Mädchen wussten wenig über Politik und wunderten sich, weil es hieß, Preußen und Österreich sollten auf einmal Feinde sein.

Die Schwestern Schmelling versuchten, in ihrem Institut Neutralität zu wahren, doch bald teilten sich die Schülerinnen in zwei Gruppen. Etwa ein Drittel von ihnen stammte aus Preußen und den damit verbündeten Ländern, der überwiegende Teil aber kam aus den südlichen Teilen des Deutschen Bundes. Die Handarbeiten für Verwandte, die in den einzelnen Armeen dienten, waren im Krieg gegen die Dänen noch in trauter Gemeinsamkeit gefertigt worden. Nun aber herrschte auch zwischen den Mädchen Krieg. Wer nicht achtgab, dem wurde die Stickerei aufgetrennt oder gar zerschnitten. Die Strafen, die die Lehrerinnen dafür androhten, halfen wenig, denn nur selten konnten die Schuldigen ausgemacht werden. Zuletzt blieb den Schwestern Schmelling nichts anderes übrig, als Schlösser an den Schränken aller Schülerinnen anzubringen.

Da Gunda keinen Verwandten beim Heer hatte, stickte sie für Wilhelm von Steben, einen engen Freund der Familie, der irgendwie mit ihrer Mutter verwandt war, wobei sie bis heute nicht wusste, auf welche Weise. Rieke wurde aufgetragen, einen patriotischen Gruß für ihren Vater anzufertigen. Sie tat es mit wenig Freude, denn es erinnerte sie an die Taschentücher, die sie einst für ihren Bruder Emil bestickt hatte. Glück hatten ihm diese nicht gebracht. Sie wusste auch nicht, wie ihr Vater zu ihren Handarbeiten stehen würde. Vielleicht warf er das, was sie mit viel Mühe anfertigte, gleich weg. Immerhin hatte er erklärt, sie in seinem Leben niemals mehr sehen zu wollen. Es stimmte sie noch immer traurig, denn wenn er jemand dafür verantwortlich machen konnte, dass sie nicht als Junge, sondern als Mädchen geboren war, so war dies Gott.

## 3.

Etwa zu der Zeit, in der seine Tochter sich zwingen musste, an einem Taschentuch für ihn zu arbeiten, saß Egolf von Gantzow nach längerer Zeit wieder im Kreis der anderen Offiziere des Regiments. Sie hatten Besuch, denn Dirk von Maruhn war aus Berlin gekommen. Er trug die Uniform eines Polizeimajors, benötigte aber einen Stock, um gehen zu können. Ihr früherer Oberst Gonzendorff war mittlerweile zum Generalmajor befördert worden. Seine Stelle nahm nun Wilhelm von Steben ein. Dessen Oberstleutnant war Ferdinand von Riedebusch, der nach Düppel ebenfalls avanciert worden war.

»Sie glauben also, dass es Krieg geben wird, Maruhn?«, fragte Gero von Dobritz, der hoffte, endlich den ersehnten Hauptmannsposten zu erhalten.

»Alle Anzeichen deuten darauf hin«, antwortete Maruhn. »In den Zeitungen ist immer mehr von der Anmaßung der Österreicher und ihren Schmähungen gegenüber Preußen die Rede, und die Polizei erhielt den Befehl, Ausländer zu überwachen, die sich als Spione betätigen könnten. Dieser Aufwand geschieht nicht ohne Grund.«

»Ein Krieg gegen Österreich? Unmöglich!«, rief Riekes Vater aus.

Ferdinand von Riedebusch lachte kurz auf. »Unter dem großen Friedrich haben wir die Österreicher schon einmal geschlagen.«

»Das waren andere Zeiten! Außerdem war Österreich damals bei weitem nicht so mächtig wie heute«, widersprach Gantzow. »Kaiser Franz Joseph kann weitaus mehr Soldaten ausheben lassen als wir, und ihm werden die meisten deutschen Staaten zur Seite stehen. Im Fall eines Krieges hätten wir nicht nur Österreich, sondern auch Bayern, Württemberg, Baden, Sachsen, Hannover und noch einige andere zum Feind. Auf unserer Seite stehen hingegen ein paar Hansestädte, das eine oder andere thüringische Fürstentum und sonst niemand! Es wäre vielleicht sogar das Ende Preußens, gegen Österreich in den Krieg zu ziehen. Zumindest wird es uns in Schlesien, am Rhein und in Schleswig und Holstein abzwacken, was nur geht.«

Gero von Dobritz verdrehte die Augen. »Major Gantzow, als es gegen die Dänen ging, waren Ihnen unsere Kommandeure nicht schneidig genug, und jetzt raten Sie uns davon ab, Österreich aufs Haupt zu schlagen. Ist Ihnen Ihr Mut abhandengekommen?«

»Das ist eine Beleidigung, die ich nicht auf mir sitzenlassen kann. Sie werden mir dafür geradestehen!« Gantzow war mehr als doppelt so alt wie Gero von Dobritz, aber aufgebracht genug, um es mit jedem Offizier aufzunehmen, der sich an ihm reiben wollte.

Da erhob sich Wilhelm von Steben und trat zwischen die beiden. »Meine Herren, zum jetzigen Zeitpunkt muss ich ein Duell verbieten. Wir wissen nicht, ob wir nicht bald ins Feld ziehen müssen. Das Regiment kann nicht auf zwei Offiziere verzichten, die dann eventuell verwundet oder gar tot wären. Haben Sie verstanden?«

Gero von Dobritz senkte den Kopf. »Jawohl, Herr Oberst!«

»Und Sie, Major Gantzow?«

In Riekes Vater kochte es. Er begriff jedoch selbst, dass er einen Befehl seines Vorgesetzten nicht ignorieren durfte. »Ich gebe mich mit Leutnant Dobritz' Entschuldigung zufrieden«, sagte er mühsam beherrscht.

»Hier bezweifelt niemand Ihren Mut. Wir alle haben gesehen, wie Sie bei den Schanzen von Düppel vorgerückt sind. Sie waren uns allen voran!«, antwortete Wilhelm von Steben.

Er hoffte, dass sich die Gemüter wieder abkühlen würden. In gewisser Weise tat ihm der Major leid, denn mit einem etwas verträglicheren Gemüt hätte dieser selbst Oberst des Regiments werden können. Seine Ausbrüche gegen seine Vorgesetzten hatten ihn jedoch jede weitere Beförderung gekostet. Er würde froh sein müssen, wenn er irgendwann einmal als Oberstleutnant oder charakterisierter Oberst in den Ruhestand entlassen wurde. Doch so weit war es noch nicht.

Er wollte noch etwas sagen, da erschien eine Ordonnanz vom Stab und salutierte.

»Oberst Steben!«

»Steht vor Ihnen, Hauptmann!«, antwortete Wilhelm von Steben und sah, wie der andere einen Brief aus seiner Tasche holte.

»Mit den besten Empfehlungen des Generalmajors von Gonzendorff«, erklärte der Mann. »Ihr Regiment soll sich abmarschbereit machen. Die genauen Befehle stehen in diesem Schreiben!«

»Ich danke Ihnen!« Wilhelm von Steben nahm den Brief entgegen und wollte ihn einstecken, als ihm Gero von Dobritz einen Brieföffner reichte.

»Verzeihen Sie, Herr Oberst, aber der lag einfach so herum!«

»Ich wollte die Befehle eigentlich in meinem Quartier lesen«, antwortete Steben mit einem unterdrückten Lächeln.

»Jetzt spannen Sie uns doch nicht auf die Folter, Herr Oberst! Wenn wir ausrücken müssen, sollten wir wissen, wohin es geht«, rief nun auch Riedebusch drängend.

Wilhelm von Steben schlitzte den Umschlag auf, zog mehrere dicht beschriebene Blätter heraus und stellte sich so, dass ihm niemand über die Schulter schauen konnte. Während er las, wurde seine Miene immer ernster.

»Meine Herren, Österreich hat Preußen den Krieg erklärt. Daher werden wir getreu unserem Eid ins Feld ziehen und für König und Vaterland streiten. Möge Gott mit uns sein!«

»Und nicht mit den Österreichern!«, setzte der Scherzbold Dobritz unverbesserlich hinzu.

»Es wird für uns alle ein schreckliches Ende nehmen!«, prophezeite Egolf von Gantzow, doch niemand achtete mehr auf ihn.

Die restlichen Offiziere ließen König Wilhelm hochleben. Krieg bedeutete für sie, sich auszeichnen und Ehre erringen zu können. Auch hatten sie die Verbindungsoffiziere der Österreicher während des Krieges kennengelernt und nicht gerade in guter Erinnerung behalten.

»Erinnert ihr euch noch an Oberst Czersky? Was war das für ein arroganter Mensch!«, rief Riedebusch, während Dobritz' Gedanken dessen Adjutanten galten.

»Der Hollenberg war auch nicht besser. Hat immer so getan, als wüssten nur seine Österreicher, wie man Krieg führt. Denkt nur, wie er uns verspottet hat, als wir bei Missunde abgewiesen worden sind. Jetzt können wir ihm beweisen, was wir Preußen sind und was wir können!«

»Wir werden es ihm und allen Österreichern zeigen. Auf unseren Siegesball in Schönbrunn!«, rief Riedebusch und schlug Gero von Dobritz lachend auf die Schulter. »Ein Gedicht, schnell!«

Gero von Dobritz holte tief Luft und überlegte kurz, während die meisten die Augen verdrehten. Seine Verse waren berüchtigt, halfen aber, so manche Spannung zwischen den Männern abzubauen. Nun trat er vor, zog seinen Säbel und schwang ihn so hoch, dass die anderen glaubten, er wollte eine Linie an der Decke ziehen.

*»Franz Joseph, der Kaiser,*
*Der wird schon bald leiser.*
*Denn Preußen spielt Österreich*
*Manch genialen Streich.«*

»Und seine Soldaten, von dannen waten«, platzte Riedebusch heraus, als Gero von Dobritz geendet hatte und sich Beifall heischend umsah.

»Mein lieber Riedebusch, Ihre Verse sind ja noch schlimmer als die von Dobritz«, rief Wilhelm von Steben lachend. »Auf jeden Fall bin ich für den bevorstehenden Feldzug guter Hoffnung …«

»Aber Herr Oberst, Sie sind doch keine Frau!«, rief Gero von Dobritz dazwischen und brachte alle zum Lachen.

Selbst Wilhelm von Steben musste sich die Tränen aus den Augen wischen, und es dauerte eine Weile, bis er weitersprechen konnte.

»Meine Herren, es freut mich, dass Sie so guter Dinge sind. Daher sollten Sie sich jetzt zu Ihren Kompanien begeben, damit wir befehlsgemäß ausrücken können.«

»Darf man erfahren, wer unser Oberkommandierender wird?«, fragte Riedebusch.

»Seine Hoheit, Kronprinz Friedrich!«

»Hoch soll er leben!«, rief Dobritz und hob sein Glas.

Wilhelm von Steben wandte sich unterdessen Dirk von Maruhn zu. »Wie es aussieht, bleibt uns nicht viel Zeit, um von vergangenen Zeiten und Schlachten zu sprechen.«

»Dafür haben Sie, wenn wir uns das nächste Mal treffen, umso mehr zu erzählen. Meine Herren, ich darf mich jetzt verabschieden. Ich wünsche Ihnen viel Glück und den Sieg!«

»Schön wäre es, doch ich glaube nicht daran.« Egolf von Gantzow ließ keinen Zweifel daran, dass er den Optimismus seiner Kameraden nicht teilte.

»So eine alte Unke«, raunte Dobritz Oberstleutnant von Riedebusch zu.

Dieser musterte Riekes Vater mit einem spöttischen Blick. »Der hat wohl diese trojanische Seherin Kassandra als Ahnin. Mag er reden, was er will. Wir lassen uns nicht verdrießen. Drauf und dran sage ich!«

»Ich auch!«, antwortete Dobritz grinsend und reichte Maruhn die Hand. »Auf Wiedersehen! Schade, dass Sie uns nicht mehr zur Seite stehen können. Unter Ihnen hätte ich gerne gedient.«

»Danke!« Maruhn drückte ihm die Hand und humpelte auf Riekes Vater zu. »Sie sollten nicht so schwarzsehen, Gantzow. Die Österreicher sind zu schlagen, auch wenn ihnen die Schwaben und die Bayern helfen.«

»Das ist ein Wort!« Riedebusch reichte Maruhn ebenfalls die Hand und verließ dann mit den anderen Offizieren den Raum.

Maruhn sah ihnen nach und dachte daran, wie gerne er mit ihnen ins Feld ausrücken würde. Ein einziges Schrapnellgeschoss auf den Düppeler Schanzen hatte jedoch dafür gesorgt, dass er sich mit randalierenden Arbeitern und Taschendieben beschäftigen musste, anstatt das Vaterland verteidigen zu können. Obwohl er seinen Dienst als Polizeimajor schon seit über einem Jahr ausübte, hatte er immer noch keinen Gefallen daran gefunden, am Schreibtisch zu sitzen, Akten zu lesen und Ganoven zu verhören.

# 4.

Es war ein anderer Krieg, als Egolf von Gantzow und auch Wilhelm von Steben es auf der Akademie gelernt hatten. Statt der Vorderlader gab es jetzt das Dreyse-Gewehr, mit dem ein gewöhnlicher Soldat dreimal so schnell schießen und dabei in Deckung bleiben konnte. Auch der Transport der Truppen ging ganz anders vonstatten. In früheren Zeiten waren die Offiziere zu Pferd und die Soldaten auf Schusters Rappen durchs Land gezogen. Nun marschierten sie zum Bahnhof, stiegen in Waggons, und erreichten ihr Ziel mit unerhörter Geschwindigkeit. Erst als es auf Böhmen zuging, wurden Verpflegung und Munition nach alter Sitte auf Fuhrwerke verladen, und sie mussten die eigenen Beine oder die ihrer Pferde benutzen.

Das Land war dicht bewaldet und die Straßen schlecht. Nach einer Weile tauchte ein Kurier auf und salutierte vor Wilhelm von Steben.

»Mit den besten Empfehlungen von General Gonzendorff. Die Österreicher haben auf unserem Marschweg Vorposten stationiert. Sollten Sie auf einen davon treffen, nehmen Sie das Gefecht an. Ihr Regiment bildet auf dieser Straße die Spitze der Armee. Wenn Sie zurückweichen, kommt es zu Verzögerungen, die dem Aufmarschplan des Oberkommandierenden widersprechen.«

»Melden Sie General Gonzendorff: Wir kommen durch!« Wilhelm von Steben salutierte ebenfalls und setzte sich wieder an die Spitze der Kolonne.

Hinter ihm verzog Egolf von Gantzow das Gesicht. »Wo bleibt die Aufklärung durch die Kavallerie? Sollen wir etwa blind durch unbekanntes und feindliches Land ziehen?«

»Es wurde aufgeklärt! Sonst hätte man uns nicht vor den

feindlichen Vorposten warnen können«, erklärte Riedebusch und blickte angestrengt nach vorne.

Eine Zeitlang tat sich nichts. Plötzlich knallte ein Schuss. Wilhelm von Steben hörte die Kugel unangenehm nah an seinem Ohr vorbeipfeifen und schwang sich aus dem Sattel.

»Deckung nehmen!«, rief er und reichte die Zügel seinem Burschen. Er zog Säbel und Revolver und eilte zu einem Baum am Wegesrand, dessen dicker Stamm Schutz versprach.

Nun entdeckte er den Feind. Die Österreicher waren nicht ganz fünfhundert Schritte von ihnen entfernt und feuerten auf seine Männer. Nicht alle hatten rasch genug Deckung gefunden. Er sah Soldaten fallen, hörte Verwundete schreien, und für einige Augenblicke herrschte Konfusion.

»Ausschwärmen und Feuer erwidern!«, befahl er, begriff jedoch rasch, dass sie auf diese Weise nicht weiterkamen. Die Vorderlader der Österreicher reichten weiter als die preußischen Gewehre, und sie nutzten diesen Vorteil geschickt aus. Obwohl sie aufstehen mussten, um nachzuladen, gingen die meisten preußischen Kugeln ins Leere.

»Auf die Weise brauchen wir hundert Schuss, um auch nur einen zu erwischen!«, rief Riedebusch erschrocken.

Wilhelm von Steben nickte. »Wir müssen schnell vorrücken. Sobald die Österreicher ihre nächste Salve abgeschossen haben, stürmen wir. Geben Sie es an die anderen Offiziere weiter!«

»Die Kerle halten uns unter Dauerfeuer. Während die einen nachladen, schießen die anderen«, wandte Riedebusch ein.

Steben wartete noch einen Augenblick und hob dann seinen Säbel. »So wird das nichts. Vorwärts!«

Der Hornist blies zum Avancieren, und die erste Kompanie stürmte los. Sofort feuerten die Österreicher und brachten etliche Männer zu Fall. Dann aber mussten sie nachladen. Dies gab Stebens Männern die Gelegenheit, bis an die Schussweite der eigenen Gewehre heranzukommen. Die ersten Hinterlader feuerten, und diesmal trafen sie.

Die Österreicher, die noch ihre Waffen luden, wurden förmlich hinweggefegt, und der Rest sah sich einer mehrfachen Übermacht anstürmender Preußen gegenüber. Die Ersten wandten sich zur Flucht, während andere noch nachluden. Sie kamen aber nicht mehr zum Schießen. Wer seine Waffe nicht schnell genug fallen ließ und die Hände hob, fiel den preußischen Kugeln zum Opfer.

Als es vorbei war, atmete Steben tief durch und winkte dann Gero von Dobritz zu sich. »Reiten Sie zurück und melden Sie dem Kommandanten der nächstfolgenden Einheit, dass wir dieses Hindernis aus der Welt geschafft haben!«

»Jawohl, Herr Oberst!« Dobritz zog sein Pferd herum und ritt los. An seiner Stelle kam Riedebusch auf Steben zu.

»Wie viele Verluste?«

»Vier Tote und sieben Verwundete, die wir zurücklassen müssen. Ein paar weitere Männer haben leichtere Blessuren, sind aber noch einsatzfähig«, meldete Riedebusch.

»Das ist weniger, als ich befürchtet habe. Wie sieht es beim Feind aus?«, fragte Steben weiter.

»Nicht so gut. Sechzehn Tote und Schwerverletzte, neun Gefangene.«

»Die vierte Kompanie soll einen Trupp abstellen, der bei den Verletzten bleibt und die Gefangenen bewacht. Wir ziehen in einer halben Stunde weiter!«

»Die Zeit wird unserem Chirurgen nicht reichen, um alle Verletzten zu verbinden«, wandte Riedebusch ein.

»Er hat zwei Medizinstudenten als Helfer erhalten. Das wird wohl genügen. Oder wollen Sie, dass das nächste Regiment aufholt und dessen Kommandeur melden muss, dass er nicht weiterkommt, weil wir die Straße blockieren?« Steben kannte seine Befehle, und darin stand explizit, dass jegliche Verzögerung unter allen Umständen zu vermeiden war.

Es dauerte auch nicht länger als eine halbe Stunde, dann war das Regiment abmarschbereit. Für die Verwundeten war ein Sonnendach aufgespannt worden, und einer der Medizinstudenten blieb bei ihnen zurück.

Wilhelm von Steben richtete seine Gedanken bereits wieder auf den Feind. Zwar hatten sie dessen Vorposten zurückgeschlagen, doch bald würden sie sich dem österreichischen Heer stellen müssen.

## 5.

Am nächsten Morgen kam der Befehl, schneller zu marschieren. Gero von Dobritz schüttelte in komischer Verzweiflung den Kopf. »Noch schneller? Dafür muss uns Seine Majestät aber Flügel an die Füße schnallen!«

»Bei Ihnen höchstens an die Hufe Ihres Pferdes«, spottete Riedebusch. Die Männer lachten und reihten sich in die lange Schlange ein, die nach Südwesten marschierte.

»Wo geht es eigentlich hin?«, fragte Gero von Dobritz.

»Wir nähern uns der böhmischen Festung Königgrätz. Generalfeldzeugmeister Benedek soll dort die österreichischen und sächsischen Truppen massiert haben«, antwortete der Kurier und verabschiedete sich dann.

Mit verkniffener Miene wandte Dobritz sich Steben zu. »Wissen Sie, was das heißt, Herr Oberst?«

»Dass Sie wahrscheinlich keine Flügel an den Pferdehufen mehr brauchen«, witzelte Wilhelm von Steben.

»Wenn die Österreicher ihre Truppen massiert haben, wird es bald heiß hergehen. Im Vergleich dazu wird uns der Sturm auf die Düppeler Schanzen wie ein Spaziergang vorkommen.«

»Sie sind ja noch schlimmer als Gantzow!«, rief Riedebusch lachend. »Der malt auch gerne den Teufel an die Wand!«

Steben ritt an und überholte seine marschierenden Männer. In der Ferne war bereits Gewehrfeuer zu vernehmen. Für ein Vorpostengeplänkel war es zu heftig, und es ertönten immer wieder die harten Schläge der Geschütze.

»Sieht aus, als hätte die Schlacht schon begonnen«, sagte Riedebusch, der zu Steben aufgeschlossen hatte.

»Es hört sich so an.« Wilhelm von Steben lauschte weiter und glaubte, nun auch von anderer Stelle Kampflärm zu vernehmen.

»Da läuft etwas Größeres, Riedebusch, nicht nur ein oder zwei Regimenter, die aufeinander losgehen. Es müssen Zehntausende sein, womöglich sogar noch mehr!« Stebens Miene wurde ernst. Er war Offizier und wusste, dass im Krieg Menschen starben. Doch wenn solche Massen aufeinandertrafen, würde es zu einem entsetzlichen Gemetzel kommen.

»Gebe Gott, dass wir unserem Land und unserer Armee Ehre machen«, sagte er leise und reichte Riedebusch vom Sattel aus die Hand. »Viel Glück!«

»Ihnen auch, Herr Oberst!« Riedebusch überlegte kurz und sah Steben dann bittend an. »Sollte mir etwas zustoßen, bitte ich Sie um einen Gefallen.«

»Ihnen wird schon nichts geschehen!«, antwortete Wilhelm von Steben mit einem aufmunternden Lächeln.

»Wenn doch, dann bitte ich Sie, meine Frau aufzusuchen und ihr zu sagen, dass ich mit dem Gedanken an sie gestorben bin! Und nehmen Sie sich ihrer bitte an, denn Sie wissen ja, wie meine Familie zu ihr steht.«

Steben schüttelte ärgerlich den Kopf. »Jetzt werden Sie rührselig, Riedebusch!«

»Sie sind nicht verheiratet, Herr Oberst, und wissen nicht, wie es ist, eine Frau daheim zu wissen. Vielleicht sollte ein Offizier auch nicht verheiratet sein.« Er wollte noch etwas hinzufügen, da kam ein weiterer Kurier herangesprengt und hielt vor Steben an.

»Generalmajor Gonzendorff fordert Sie auf, so rasch wie möglich vorzurücken und den Feind zu attackieren, sobald Sie auf ihn treffen.«

Steben wandte sich zu seinen Offizieren um. »Ihr habt es gehört! Wir werden vorrücken und den Feind in dem Augenblick unter Feuer nehmen, in dem er in Schussweite kommt. Und nun vorwärts marsch!«

Wilhelm von Steben hätte hinterher nicht zu sagen vermocht, ob sie nun eine halbe Meile marschiert waren, eine ganze oder noch weiter. Der Kampflärm schwoll an, und kurz darauf trafen sie auf die ersten eigenen Soldaten. Die Männer sahen abgekämpft aus, und nicht wenige von ihnen waren verwundet.

»Endlich! Ich wusste zuletzt nicht mehr, wie ich die Stellung halten sollte«, meldete der Major, der nach dem Tod der höheren Offiziere das Kommando über das Regiment übernommen hatte.

»Wie weit sind die Österreicher entfernt?«, fragte Steben.

»Etwa sechshundert Schritte. Sie haben sich nach ihrem letzten Angriff etwas zurückgezogen, um unserem Schnellfeuer zu entgehen. In solchen Augenblicken wünsche ich mir die guten alten Vorderlader zurück. Die treffen doch weiter als Dreyses Erfindung.«

»Dafür können unsere Soldaten beim Laden in Deckung bleiben, und wenn der Feind attackiert, rennt er in einen Hagel aus Blei«, antwortete Steben und erteilte seinen Männern den Befehl, die dünn gewordenen Stellungen zu verstärken.

»Sie sollten vom Pferd steigen, Herr Oberst! Es sind Scharfschützen drüben, die einer Fliege ein Auge ausschießen können. Nicht, dass Sie auch noch getroffen werden«, rief der Major.

Steben nickte und stieg ab. Viel Zeit, sich umzusehen, blieb ihm nicht, denn bei den Österreichern schrillten nun die Signalhörner, und schon setzten sich deren Soldaten in Bewegung. Sie hatten an dieser Stelle den Durchbruch fast geschafft und wollten sich auch von dem neu hinzugekommenen Regiment nicht davon abhalten lassen.

»Wenn wir sie nicht aufhalten, kann Benedek mit seiner halben Armee hier durchstoßen und unsere Truppen umfassen«, stieß Riedebusch hervor.

»Feuert, was die Läufe hergeben!«, befahl Steben und zog Säbel und Revolver. Noch befand sich der Feind außerhalb der Reichweite seiner Waffen, doch er rückte mit bewundernswerter Präzision heran – und es waren verdammt viele. Das eigene Gewehrfeuer wurde stärker, und die ersten Österreicher sanken nieder. Aufhalten ließen sie sich davon jedoch nicht.

»Schnellfeuer!«, rief Steben und sah erleichtert, wie seine Männer in fieberhafter Eile luden, zielten und schossen. Nun tat es dem Feind weh. Die ersten Soldaten wurden langsamer, als überlegten sie, ob es nicht besser wäre, sich zurückzuziehen.

»Vorwärts! Wir haben's gleich«, klang da die Stimme eines Majors in schmucker Uniform auf.

»Hollenberg!«, stieß Riedebusch hervor.

»Der hat ja rasch Karriere gemacht«, meinte Dobritz mit kaum verhohlenem Neid in der Stimme.

Die Österreicher fassten durch die anfeuernden Rufe des jungen Offiziers Mut und stürmten weiter, doch die Preußen bedienten ihre Dreyse-Gewehre mit eiserner Ruhe. Jetzt war der Feind nahe genug heran, um ihn treffen zu können. Einer der Soldaten nahm sogar Hollenberg aufs Korn, doch das kostete diesen nur den Hut und ein paar Haare. Er begriff jedoch, dass es an dieser Stelle kein Durchkommen gab, und war schließlich froh, als sein Kommandeur zum Rückzug blasen ließ. Die Preußen feuerten noch ein paar Schüsse auf die zurückströmenden Österreicher ab, dann jubelten sie.

»Ruhe!«, brüllte Steben. »Noch sind wir nicht fertig mit denen!«

»Wollen Sie etwa angreifen?«, fragte Riedebusch.

Steben war unsicher. Das Gelände ließ nicht zu, sich einen Überblick über die Lage zu verschaffen. Hinter dem Waldstück, in dem die Österreicher eben Deckung suchten, konnte ihre halbe Armee darauf lauern, sich auf die preußischen Regimenter zu stürzen, die sich zu weit vorwagten.

»Nicht ohne Befehl«, antwortete er daher und gab die Anweisung, die Ersatzmunition zu verteilen. Dann wartete er.

Egolf von Gantzow hatte den Feldzug bisher ohne Schramme überstanden. Er fühlte sich stark, und es drängte ihn danach, vorwärtszugehen und den Feind niederzukämpfen.

»Worauf warten wir noch, Steben?«, fragte er verärgert. »Wenn wir nicht sofort zustoßen, können die Österreicher sich in dem Wald häuslich einrichten.«

Steben zögerte. Um sie herum wurde heftig gekämpft, doch er hatte keine Übersicht. Daher wandte er sich zu Dobritz um. »Reiten Sie los und suchen einen der Kommandeure. Ich brauche einen Lagebericht.«

»Das ist unnötig! Ich bringe neue Befehle«, meldete sich da ein junger Offizier, der eben herangekommen war. »Ihr Regiment und das von Oberst Hardkes sollen sofort vorgehen und den Wald vom Feind säubern. Geben Sie acht! Es ist möglich, dass Sie unter Artilleriebeschuss geraten!«

»Da haben Sie Ihren Sturm!«, meinte Steben zu Riekes Vater und atmete tief durch. »Vorwärts! Mir nach!«

Im Aufbruch dachte er daran, dass auf der anderen Seite Männer kämpften, die er vor zwei Jahren noch Freunde genannt hatte.

»Verkehrte Welt!«, brummte er und machte einen tiefen Bückling, als die Österreicher eine volle Salve auf sie abfeuerten.

Egolf von Gantzow hatte während des harten Marsches und des ersten Gefechts mit den Österreichern mit den Jahren gehadert, die ihn die Kraft seiner Jugend gekostet hatten. Nun aber spürte er, dass das Blut wieder schneller durch seine Adern rauschte, und seine Erschöpfung verflog. Mit zufriedener Miene schritt er vor seinen Männern her. Nach dieser Schlacht, dachte er, würden selbst die hochnäsigen Kommandeure seine Fähigkeiten anerkennen und ihn befördern müssen. Das Gewehrfeuer der Österreicher ignorierend, führte er seine Männer nahe genug heran, dass diese die Vorteile ihrer Hinterlader ausnützen konnten.

An einigen Stellen hatte der Feind versucht, Brustwehren zu errichten, um in deren Deckung laden und feuern zu können. Diese Zeit aber ließen ihnen die Preußen nicht. Mit einem Mal hörte Riekes Vater, wie Hollenberg seine Männer anfeuerte.

»Das nützt euch auch nichts mehr!«, rief er, als er die vordersten Stellungen der Österreicher erreichte.

Sein Revolver knallte, und mit jedem Schuss sank einer der Verteidiger nieder. Einen Augenblick lang sah es so aus, als wolle Hollenberg den Kampf mit ihm suchen. Doch da setzten sich die Ersten seiner Österreicher ab und rissen ihn mit sich.

»Nachstoßen! Vorwärts!«, brüllte Gantzow und stürmte weiter.

Eine Kugel zupfte an seiner Uniform, ohne ihn zu verletzen. Er sah Dobritz in seiner Nähe auftauchen. Dessen linker Ärmel war blutverschmiert, und er verzog schmerzhaft das Gesicht.

»Was für ein Weichling!«, durchfuhr es Riekes Vater.

Wenig später hatte er den Wald hinter sich gebracht und sah die Österreicher über Getreidefelder fliehen. Weiter hinten versuchten einige Kanonen, ihren Rückzug zu decken. Gantzow blieb einen Augenblick stehen, um sich den Schweiß von der Stirn zu wischen. Da traf es ihn wie ein Hammerschlag. Er wirbelte um die eigene Achse und stürzte zu Boden. Das Letzte, was er sah, bevor er in tiefer Schwärze versank, war sein rechter Fuß, der samt dem halben Unterschenkel durch die Luft flog und irgendwo liegen blieb.

## 6.

Am Abend war die Schlacht geschlagen, und die Österreicher zogen sich in großer Hast zurück. Wilhelm von Stebens Regiment hatte bei seinem ungestümen Angriff schwere Verluste erlitten und wurde, nachdem sich die Verfolgung der Österreicher als zu schwierig herausstellte, ins Quartier geschickt.

Steben hatte einiges zu tun, um seine Kompanien wieder zu sammeln und die Verwundeten ins Lazarett zu schaffen. Erst nach geraumer Zeit gelang es ihm, sich einen Überblick zu verschaffen. Von den Offizieren waren neben Egolf von Gantzow auch Gero von Dobritz und Ferdinand von Riedebusch ins Lazarett gebracht worden. Obwohl Steben nach dem anstrengenden Tag todmüde war, sah er es als seine Pflicht an, sich um seine Verletzten zu kümmern. Daher schwang er sich in den Sattel und ritt im Schein einer Laterne, die einer seiner Leutnants trug, zu dem Schloss, das die preußische Armee als Unterkunft für ihre Verwundeten in Beschlag genommen hatte.

Als er eintrat, vernahm er das Stöhnen und Jammern jener, denen die feindlichen Kugeln und Schrapnells schwere Verletzungen beigebracht hatten. Die Ärzte und ihre Helfer, darunter auch sein eigener Regimentschirurg, hatten alle Hände voll zu tun, um Beine und Arme abzusägen und Wunden zu verbinden. Keiner von ihnen brachte die Zeit auf, ihn zu seinen Leuten zu führen. Steben ging daher suchend durch die Reihen, und wenn er einen seiner Männer fand, sprach er ein paar aufmunternde Worte mit ihm.

Schließlich traf er auf Dobritz. Dieser saß auf einer Pritsche, den linken Arm in einer Schlinge, und schien mit seinen Gedanken weit weg zu sein. Als Steben sich ihm näherte, blickte er auf, sah seinen Kommandeur und schoss hoch.

»Bleiben Sie sitzen, Dobritz! Ihre Verletzung entschuldigt Sie«, sagte Steben und stellte dann die Frage, wie schwer die Verletzung wäre.

Gero von Dobritz versuchte ein Grinsen, das jedoch zu einer Grimasse geriet. »Ist nur eine Schramme, Herr Oberst. Ein glatter Durchschuss, ohne den Knochen zu verletzen, und ein Streifschuss zwei Finger breit darunter, Herr Oberst. Morgen kann ich meinen Dienst wieder antreten.«

»Das werden Sie bleiben lassen! Sie müssen warten, bis Sie den Arm wieder richtig verwenden können. Ihre Verletzung, aber auch die Art, wie Sie sich geschlagen haben, wird Ihnen gewiss einen Orden einbringen, Dobritz!« Steben nickte dem

Leutnant freundlich zu und wollte weitergehen, als ihm etwas einfiel.

»Wissen Sie, wo Riedebusch und Gantzow zu finden sind? Hier sucht man sich zu Tode.«

Dobritz' Gesicht wurde so ernst, wie Steben es bei ihm noch nie gesehen hatte. »Ich bin vorhin ein wenig herumgegangen und habe die beiden gefunden. Für Oberstleutnant Riedebusch sieht es nicht gut aus. Er hat einen Bauchschuss erhalten, und der Arzt glaubt nicht, dass er die Nacht überstehen wird. Auch bei Gantzow ist er sich nicht sicher. Allerdings weiß ich nicht, ob es für diesen nicht gnädiger wäre, zu sterben. Aber sehen Sie selbst!«

»Führen Sie mich zu Riedebusch!« Dieser war für Steben nicht nur ein Kamerad, sondern ein Freund, und er hoffte Dobritz' Worten zum Trotz, dass er überleben würde.

Gero von Dobritz war bei den leichteren Fällen untergebracht. Sie mussten daher einige Korridore weitergehen, bis sie die Kammer erreichten, in der Ferdinand von Riedebusch auf einer einfachen Pritsche lag. Sein Oberkörper war nackt, eine breite, blutdurchtränkte Binde war ihm um den Bauch gewickelt. Als Riedebusch hörte, dass jemand neben seinem Lager stehen blieb, öffnete er die Augen. Er erkannte Wilhelm von Steben und streckte ihm mühsam die Hand hin.

»Mein Freund, ich freue mich, Sie zu sehen! Bitte vergessen Sie die Worte nicht, die ich zu Ihnen gesprochen habe. Es gefällt Gott, mich von dieser Welt zu nehmen. Aber wenigstens geschieht es nach einem Sieg unserer Waffen.«

»Sprechen Sie nicht! Es strengt Sie zu sehr an«, bat Steben ihn.

Riedebusch deutete ein Kopfschütteln an. »Der Arzt sagt, dass ich noch vor dem Morgen vor meinem himmlischen Richter stehen werde. Darum flehe ich Sie an, meiner Frau beizustehen. Cordelia steht nun ganz allein. Es gibt ein paar Verwandte von ihrer Seite, doch die würden sie nur aufnehmen, um sich ein Kindermädchen oder eine Gouvernante zu sparen. Ich besitze nicht viel Geld, aber ich bitte Sie, dafür zu sorgen, dass sie es erhält und es ihr nicht von meinem Bruder weggenommen wird. Kurt war gegen meine Heirat, weil Cordelia nicht die Mitgift besaß, die meine Familie für nötig erachtete. Dabei ist sie ein Engel! Ich möchte nicht, dass sie bei all dem Leid, das sie nun erdulden muss, auch noch gekränkt wird.«

»Ich verspreche Ihnen, alles zu tun, was in meiner Macht steht«, erklärte Steben.

Sein Freund hatte seine junge Frau gegen den Willen seiner Familie heimgeführt, und es stand daher zu befürchten, dass diese sie fühlen lassen würden, wie wenig sie ihnen willkommen war.

»Ich verspreche es!«, wiederholte er und sah, wie sich die Gesichtszüge seines Freundes glätteten.

»Cordelia, ich …«, flüsterte dieser, dann erstarb seine Stimme, und Steben begriff, dass er auf einen Toten hinunterblickte.

Erschüttert schloss er Riedebuschs Augen und kämpfte dabei mit den Tränen. »Er war ein guter Freund und Kamerad, und es schmerzt mich, dass er die Welt verlassen musste«, sagte er leise zu Dobritz.

Dieser nickte mit düsterer Miene. »Er war ein guter Vorgesetzter und dazu mutig und gerecht. Möge unser Herr im Himmel sich seiner annehmen.«

Steben sprach ein kurzes Gebet für seinen Freund und sah dann Dobritz auffordernd an. »Bringen Sie mich nun zu Major Gantzow!«

Sie gingen einen Raum weiter. Als Steben vor der Pritsche stand, auf die Riekes Vater gebettet worden war, verstand er, warum Dobritz erklärt hatte, der Tod wäre gnädiger für den Mann. Egolf von Gantzow hatte das rechte Bein knapp unterhalb des Knies verloren. Auch die rechte Hand war verbunden, doch er konnte erkennen, dass einige Finger fehlten. Er lebte jedoch, und der Blick, mit dem er Steben musterte, war klar.

»Fast dreißig Jahre habe ich gedient, ohne mehr als eine Schramme davonzutragen. Doch nun ist mein Glück aufgebraucht«, sagte er bitter.

»Sie werden mit einem Holzbein und Krücken gewiss gehen können«, meinte Steben, um ihm Mut zu machen.

Gantzow lachte bitter auf. »Ich habe noch zwei Finger an meiner rechten Hand. Mit denen werde ich niemals eine Krücke halten können. Ich wollte, ich wäre anstelle meines Sohnes gefallen, und er würde leben.«

»So verwundet, wie Sie nun sind?«, fragte Gero von Dobritz entsetzt.

»Selbst als Krüppel wäre Emil noch in der Lage, die Linie fortzusetzen. Ein Mädchen aus einer verarmten Adelsfamilie hätte sich gewiss gefunden. So aber habe ich nur eine nutzlose Tochter.«

Der Zorn auf Gott und das Schicksal, mit dem er geschlagen war, packte Riekes Vater, und er fluchte und schimpfte in einer Art und Weise, dass Steben und Dobritz ihn schleunigst verließen.

»Wenn Gantzow überleben sollte, wird er mehr auf seine Tochter angewiesen sein, als er es sich jetzt vorstellen kann«, sagte Steben leise.

Das Schicksal seines Freundes Riedebusch bewegte ihn jedoch weitaus mehr als das von Major Gantzow, und er beschloss, Cordelia von Riedebusch einen Brief zu schreiben, damit sie die Nachricht vom Tod ihres Mannes nicht von dessen Verwandtschaft erhielt. Auch nahm er sich vor, sobald wie möglich um Urlaub einzureichen, um sie aufsuchen zu können.

## 7.

Das dritte Schuljahr lag hinter Rieke. Noch ein Jahr, dachte sie, dann würden ihre Eltern entscheiden müssen, was mit ihr geschah. Bis dahin würde sie in den Ferien die Gastfreundschaft von Gundas Familie in Anspruch nehmen. Doch wenn sie die Schule abgeschlossen hatte, ging das nicht mehr. Sie hatte Angst vor dem, was dann kommen mochte. Würde der Vater bei seinem Entschluss bleiben, sie nie mehr sehen zu wollen? Dann würde sie heimatlos sein, eine Ausgestoßene, die kein Dach mehr über dem Kopf besaß!

Aufnahme bei Gundas Familie zu suchen war unmöglich. Vielleicht konnte sie die Schwestern Schmelling überreden, sie als Lehrerin zu behalten. Es war die einzige Hoffnung, die sie derzeit hatte. In trüben Stunden wünschte sie sich, mit Gunda darüber reden zu können. Dies war jedoch unmöglich, da diese sofort ihre Eltern bitten würde, sie bei sich aufzunehmen. Von der Mildtätigkeit anderer aber wollte sie nicht abhängig sein. Die Disziplin, die sie von Jugend an hatte üben müssen, half ihr, das, was sie bewegte, vor den anderen zu verbergen.

Gunda wurde klar, dass Rieke sich mit Sorgen herumschlug, und hoffte, diese würde irgendwann bereit sein, mit ihr darüber zu sprechen. Nun aber standen erst einmal die Sommerferien vor der Tür, und die wollte Gunda genießen.

»Wer wird uns heute abholen?«, fragte sie ihre Freundin am Morgen.

»Wer wohl sonst als deine Mutter oder Frau Klamt«, antwortete Rieke.

»Wenigstens haben wir heuer auf der Zugfahrt nach Berlin keine Bettina von Dobritz mehr am Hals!« Gunda grinste. Im nächsten Jahr würden Rieke und sie zum Abschlussjahrgang zählen und dem zweiten Jahrgang das Tanzen beibringen.

»Was meinst du? Ob Mama einen kleinen Tanzabend zulässt? Schließlich müssen wir in Übung bleiben«, fuhr Gunda fort.

»Das schlag dir aus dem Kopf«, antwortete Rieke. »Ein Tanzabend ist frühestens nach unserem Schulabschluss möglich, wenn wir in die Gesellschaft eingeführt werden.« Dabei war ihr bitter bewusst, dass sie anderes als ihre Freundin niemals eine solche Einführung erleben würde.

»Aber das geht doch nicht! Wenn wir nicht tanzen, verlernen wir es und blamieren uns, wenn es so weit ist.«

»Dann übe einfach mit Theo! Deine Mutter hat dir doch geschrieben, dass er mittlerweile ebenfalls Tanzunterricht erhält.«

Gunda verzog das Gesicht. »Bevor ich mit Theo tanze, mache ich es lieber mit dir. Du kannst es nämlich!«

»Wir sollten in den Ferien miteinander üben. Immerhin müssen wir nach den Ferien den Kleinen das Tanzen beibringen.«

Die »Kleinen« waren zwar fünfzehn Jahre alt, doch zwischen ihnen und den zwei Jahre älteren Mädchen wie Rieke und Gunda schienen Welten zu liegen.

»Da hast du recht.« Gunda blickte nach draußen, ob sich nicht endlich eine Droschke sehen ließ.

»Die Ersten sind bereits abgeholt worden. Es wird doch nichts passiert sein?«, meinte sie besorgt.

»Um die Zeit hat der Eisenbahnzug, mit dem deine Mutter oder Frau Klamt kommt, doch noch nicht einmal den Bahnhof erreicht.«

»Sie hätten auch schon gestern kommen und im *Schwan* übernachten können, so wie sie es immer tun, wenn sie uns hierherbegleiten«, antwortete Gunda unbelehrbar.

Wenig später wurde Erika von Ahlsfeld abgeholt. Sie verabschiedete sich fröhlich von den beiden und folgte ihrer Mutter zur Droschke.

»Sollen wir heuer etwa hierbleiben?«, maulte Gunda.

»Das geht nicht, da die Direktorinnen die Schule die Ferien über schließen. Außerdem wird sicher jemand kommen. Bis jetzt war es doch immer so.«

Gunda sah ihre Freundin kopfschüttelnd an. »Manchmal regt es mich auf, wenn du so kalt bist wie ein Fisch. Freust du dich nicht auch, in die Ferien zu kommen?«

»Das schon, aber ich weiß auch, dass wir keine Sekunde eher von hier wegkommen, wenn wir uns erregen.«

»Ich errege mich nicht!«, rief Gunda. »Ich mag nur nicht so lange warten. Wenn es noch länger dauert, holst du noch deinen Stickrahmen aus dem Gepäck.«

Rieke musste lachen. »Was ich weder jetzt noch auf der Fahrt tun werde. Ich habe die Stickarbeiten, die ich machen wollte, restlos fertiggestellt und werde in den Ferien nur ein paar Kleinigkeiten in Angriff nehmen.«

»Eine Kleinigkeit wie eine neue Tischdecke für Mamas Salon. Im letzten Jahr bist du ja kaum vom Stickrahmen weggekommen!«

Gunda zwinkerte Rieke zu, denn ganz so schlimm war es nicht gewesen. Sie wollte jedoch, dass die Freundin die meiste Zeit mit ihr verbrachte, mit ihr ausritt, Tanzen übte und die Nachbarn besuchte, anstatt im Nähzimmer ihrer Mutter zu sitzen und Fäden durch den Stoff zu ziehen.

»Es wäre ungehörig, nicht eine Kleinigkeit für deine Mutter zu besticken, da deine Eltern so großzügig sind, mir während der Ferien den Aufenthalt in ihrem Haus zu gestatten.« In Riekes Stimme klang eine Warnung mit, es nicht zu übertreiben.

Das hatte Gunda auch nicht vor. Sie sah, wie eine weitere Droschke vorfuhr. Erneut waren es fremde Leute, die ein anderes Mädchen abholten. Endlich wurde Gunda erlöst. Eine weitere Kutsche kam in flottem Trab heran, und als sie anhielt, stieg Resa aus. Sie trat ins Haus, winkte ihrer Tochter und Rieke kurz zu und gesellte sich dann zu den Schwestern Schmelling, die sie freundlich begrüßten.

»Seien Sie uns willkommen!«, rief Klothilde und deutete einen Knicks an, was sie sonst nur bei Damen des hohen Adels tat.

»Ich hoffe, meine Tochter hat sich gut aufgeführt?«, fragte Resa aufgeräumt.

»Fräulein Gunda ist zwar etwas lebhaft, aber mit die beste Schülerin ihrer Klasse«, erwiderte Jolanthe Schmelling.

»Hoffentlich nicht zu lebhaft!« Ein mahnender Blick traf Gunda, denn Resa kannte ihre Tochter und wusste, dass diese durchaus Unsinn anstellen konnte. Die Frösche, die sie während der Ferien unter Theos Bettdecke gesteckt hatte, waren Legion.

»Selbstverständlich nicht!«, versicherte die ältere Schmelling.

»Fräulein Gunda weiß, was sich geziemt«, stimmte ihr ihre Schwester zu.

»Dann ist es gut! Sie werden erlauben, dass ich Gunda und Rieke nun mit mir nehme.«

»Ich wünsche Ihnen eine gute Reise. Auf Wiedersehen!« Jolanthe Schmelling lächelte, denn Gundas Eltern zahlten ein gutes Schulgeld für ihre Tochter und nahmen ihnen zudem die Sorge um Rieke ab, die sie sonst während der großen Ferien bei der Familie einer ihrer Bediensteten hätten unterbringen müssen. Frau von Gentzsch zahlte zwar ihren Aufenthalt in der Schule, hatte aber bislang nicht verlauten lassen, ob sie das Mädchen zu sich holen würde. Von Friederikes Eltern hatten sie schon seit vielen Monaten nichts gehört.

Resa verabschiedete sich von den Direktorinnen und ging zu den beiden Mädchen hinüber. »Ihr werdet euer Gepäck selbst tragen müssen, denn ich habe Hilde im *Schwan* gelassen. Wir werden dort essen, bevor wir mit dem Zug nach Berlin aufbrechen.«

Rieke und Gunda wunderten sich zwar, weshalb Resa statt eines Dieners Hilde mitgenommen und diese auch noch im Gasthof gelassen hatte, nahmen aber ihre Reisetaschen, die nun um einiges schwerer waren als in den ersten beiden Jahren im Institut, und schleppten sie nach draußen. Zu ihrer Erleichterung stieg der Droschkenkutscher ab und hob ihr Gepäck in den Wagen.

Wenig später saßen alle drei in der Droschke, die den Platz vor der Schule verließ und den Weg zum *Schwan* einschlug. Dort führte der Wirt sie diensteifrig in das Extrazimmer, das Resa in weiser Voraussicht bestellt hatte. Nun erkannten die beiden Mädchen, weshalb Hilde hatte hierbleiben müssen. Sie passte auf Klein Charlotte auf, die Resa mit auf die Reise genommen hatte.

Das Kind war nun zwei Jahre alt und erkundete auf strammen Beinen die Welt. Mit einem Ruf des Entzückens war Gunda bei der Schwester und hob sie hoch. »Na, du Süße! Bist du Eisenbahn gefahren?«, fragte sie fröhlich.

»Das ist sie, und sie hat kein einziges Mal geweint, sondern staunend zum Fenster hinausgeschaut und sich gewundert, wie schnell die Welt an ihr vorbeifliegt.« Resa streichelte Charlotte über das blonde Haar und kniff dann Gunda leicht in die Wange.

»Ich musste hören, du wärst im Unterricht wieder sehr lebhaft gewesen! Du weißt, dass sich dies für eine junge Dame nicht geziemt.«

»Ich bin noch keine junge Dame! Laut Rieke sind wir das erst, wenn wir die Schule abgeschlossen haben und zum ersten Tanzabend eingeladen werden.« Gunda zwinkerte ihrer Freundin kurz zu, denn so ganz hatte sie die Hoffnung nicht aufgegeben, mit ein paar Nachbarskindern in ihrem Alter tanzen zu dürfen.

»Damit bist du noch ein Kind und musst früh ins Bett«, antwortete Resa mit nachsichtigem Spott.

Das gefiel Gunda auch wieder nicht, doch bevor sie etwas entgegnen konnte, deutete ihre Mutter auf den gedeckten Tisch. »Wir sollten jetzt essen, sonst fährt uns der Zug vor der Nase weg.«

»Viel Zeit haben wir nicht mehr, wenn wir den Zug nach Berlin erreichen wollen«, sagte Rieke nach einem Blick auf die Standuhr an der Stirnseite des Raumes.

»Diese Uhr geht zehn Minuten vor«, erklärte Resa. »Wir fahren zudem nicht nach Berlin, sondern brechen von hier aus gleich nach Steben auf. Friedrich will dort einige Herren empfangen, die für seine Geschäfte wichtig sind. Ich reise voraus, um alles vorzubereiten.«

»Und Theo?«, fragte Gunda.

»Er hat diese Woche noch Klausuren und kommt am Sonnabend nach«, antwortete Resa und setzte sich.

Die beiden Mädchen folgten ihr, während Hilde wieder Charlotte übernahm und diese an einem Tischchen in der Ecke fütterte. Das in mundgerechte Stücke geschnittene Brot mit Schmierwurst war nicht nach dem Sinn der kleinen Dame, denn sie spuckte jeden dritten Bissen wieder aus.

Resa hob mahnend den rechten Zeigefinger. »Schön aufessen, Charlotte!«

»Sonst darfst du nicht mit dem Zug fahren!«, platzte Gunda heraus.

Resa beschloss, nichts darauf zu antworten, sondern aß weiter und wurde als Erste fertig. Wenig später schob auch Rieke ihren Teller zurück, während sich Gunda ungerührt an ihr Pflaumenkompott machte und erst auf ein mahnendes Hüsteln ihrer Mutter hin schneller aß.

»Deinetwegen werden wir unseren Zug nicht versäumen. Eher fährst du hungrig mit«, drohte die Mutter ihr an.

»Hungrig bin ich nicht mehr, sondern im Gegenteil vollkommen satt«, antwortete Gunda lachend.

»Was wieder beweist, dass du noch keine Dame bist, denn eine solche hält Maß!« Resa lächelte, rief aber dann den Wirt und forderte ihn auf, das gesamte Gepäck zum Bahnhof schaffen zu lassen.

»Hilde wird sich darum kümmern, während ich Charlotte zu mir nehme«, setzte sie hinzu und erfreute den Wirt, indem sie ihm versicherte, dass es ausgezeichnet geschmeckt habe.

## 8.

Die Fahrt nach Steben ging ohne Zwischenfall vonstatten. Im Zug wetteiferten Rieke und Gunda damit, die kleine Charlotte zu unterhalten, und am Bahnhof der Kreisstadt standen der Stebener Wagen und ein Gefährt für das Gepäck bereit. Rieke kam jetzt das dritte Mal in den Sommerferien nach Steben und kannte mittlerweile die Bewohner. Diesmal folgten Gunda und ihr anerkennende Blicke, denn die beiden hatten sich im letzten Jahr herausgemacht. Gunda war mittlerweile genauso groß wie ihre Mutter, und mit ihren weizenblonden Locken, den großen blauen Augen und dem lieblichen Gesicht Resa wie aus dem Gesicht geschnitten. Rieke überragte sie noch um knapp anderthalb Zoll, wirkte etwas schlaksiger und war ebenfalls hübsch, aber auf eine ernstere Art als ihre Freundin.

Bankdirektor Hussmann, der die Szene durch ein Fenster beobachtete, wandte sich an seine Frau. »Wie alt sind die Mädchen?«

»Gunda ist siebzehn, glaube ich. Bei ihrer Freundin weiß ich es nicht, doch müsste sie gleichaltrig sein, da sie beide dieselbe Klasse in diesem vornehmen Institut besuchen.«

Es klang etwas spitz, denn Hussmanns Versuch, seine jüngste Tochter ebenfalls in der Schule der Schwestern Schmelling einschreiben zu lassen, war abschlägig beschieden worden.

»Damit ist Gunda fast heiratsreif. Wir sollten die Nähe ihrer Eltern suchen. Ihre Mitgift würde der Bank etliches an Eigenkapital bringen«, erklärte Hussmann und sprach damit seine geheimen Überlegungen aus.

Seine Frau schnaubte leise. »Ich glaube nicht, dass ich eine Tochter von Resa Frohnert als Schwiegertochter haben will.«

»Und warum nicht?«, fragte der Bankier scharf. »Etwa, weil Resa eine illegitime Tochter des Freiherrn auf Steben ist?«

»Sie ist die Tochter einer Magd!«

»Deren Vater wiederum ein Graf Trellnick war«, unterbrach Hussmann seine Frau. »Theresa von Hartung ist von weitaus feudalerer Herkunft als wir. Außerdem ist ihr Mann reich und kann seiner Tochter hunderttausend Taler und mehr in die Ehe mitgeben.«

Diese hunderttausend Taler hätte Hussmann gerne im Tresor seiner Bank gesehen. Er wusste jedoch, dass es allein hier im Landkreis genug Konkurrenz gab. Auch der Landrat schielte auf die Mitgift des Mädchens für seinen Ältesten, und von Graf Schleinitz hieß es, dass er jede Braut nähme, die genug Geld mitbrachte, um sein trübe gewordenes Wappenschild wieder aufzupolieren. Er war zwar über zwanzig Jahre älter als Gunda, doch das spielte sicher keine Rolle, wenn sie dafür Gräfin wurde.

Ohne etwas von den Überlegungen des Bankiers oder anderer Herren in der Gegend zu ahnen, legte Resa mit ihren Töchtern und Rieke das letzte Stück nach Steben zurück und schritt an den angetretenen Bediensteten vorbei. Sie nickte grüßend, als diese vor ihr knicksten, und lächelte sie freundlich an.

»Ich freue mich, die nächsten Wochen hierbleiben zu können«, erklärte sie dem Verwalter des Schlosses.

»Herr von Hartung hat geschrieben, dass er hier Gäste empfangen will«, antwortete dieser mit einer gewissen Anspannung, da diese Gäste sowohl Geschäftsleute als auch Personen von Adel sein konnten.

»Deswegen bin ich vorausgefahren«, antwortete Resa. »Wir werden später mit der Mamsell und der Köchin besprechen, was für die Gäste vorbereitet werden muss. Jetzt aber möchte ich die Reisekleidung ablegen und ein wenig ruhen. Ach ja, eine Magd soll Hilde helfen, Charlotte zu versorgen!«

Resa strich mit der Hand sanft über die Wange der Kleinen und betrat dann das Schloss.

Rieke und Gunda folgten ihr auf dem Fuß. Die beiden wussten, wo ihr Zimmer lag, und verschwanden kurz darauf darin. Während ihre Mutter sich für eine halbe Stunde hinlegen wollte, barst Gunda fast vor Tatendrang. »Was unternehmen wir als Erstes?«

»Uns erst einmal umziehen«, antwortete Rieke.

»Ich meine danach!«

»Vielleicht werde ich mich auf die Terrasse setzen und sticken.«

»Keinesfalls!«, rief Gunda und hob drohend den Zeigefinger. »Was hältst du davon, wenn wir ausreiten? Unsere Stuten haben gewiss Sehnsucht nach uns!«

Da Rieke ihre Freundin kannte, gab sie nach. Auch sie mochte es, im Trab oder leichten Galopp über die Felder zu reiten, und so sahen sie als Erstes nach, ob ihnen die Reitkleider vom letzten Jahr noch passten. Sie waren ein wenig gewachsen, doch Resa hatte die Kleider auf Zuwachs nähen lassen, so dass sie auch in diesem Jahr noch schicklich wirkten.

»Es hätte mich geärgert, wenn die Kleider zu klein gewesen wären«, rief Gunda aufatmend und nahm ihre Reitgerte zur Hand. »Komm, du Trödlerin, sonst wird es Abend, und die Glocke ruft zum Essen.«

»… das wir nicht versäumen dürfen! Deine Mutter wäre sonst sehr gekränkt.«

»Eine Dreiviertelstunde haben wir noch, und die sollten wir nutzen!« Gunda verließ entschlossen den Raum und eilte zu den Ställen.

»Sattelt rasch meine ›Mondlicht‹ und Fräulein Friederikes ›Apfeldiebin‹!«, bat sie die Reitknechte.

Rieke fühlte sich unbehaglich, weil Gunda so tat, als gehöre die Stute, die ihren Namen wegen ihrer unglaublichen Vorliebe für Äpfel erhalten hatte, ihr. Dabei befand sich Apfeldiebin wie alle anderen Pferde in Herrn von Hartungs Besitz.

Die Pferdeknechte kümmerten sich jedoch nicht um solche Spitzfindigkeiten, sondern brachten kurz darauf die gesattelten Stuten und halfen den beiden Mädchen auf den Rücken ihrer Tiere.

»Wohin sollen wir reiten?«, fragte Gunda, während sie ihre übermütig tänzelnde Mondlicht zügelte.

»Nicht zu weit, damit wir rechtzeitig zum Abendessen wieder hier sind«, wandte Rieke ein.

»Keine Sorge, das werden wir.« Mit einem Zungenschnalzen trieb Gunda ihre Stute an.

# 9.

Da Resa in den nächsten Tagen eine Menge zu tun hatte, um alles für den Besuch der Gäste ihres Mannes vorzubereiten, blieben Rieke und Gunda den größten Teil der Zeit sich selbst überlassen. Während Rieke sich damit zufriedengegeben hätte, sich mit ihrem Stickrahmen auf die Terrasse zu setzen, wollte Gunda nach dem erzwungenen Stillsitzen in der Schule an die frische Luft und zu Pferd über die Felder fegen.

»Heute reiten wir nach Trellnick«, erklärte sie an einem der nächsten Vormittage und schlug den Weg zum Nachbarschloss ein.

Einst war es Sitz des gräflichen Geschlechts derer von Trellnick gewesen, aber nun gehörte es seit fast zwanzig Jahren dem Stahlfabrikanten Arnold von Gerbrandt. Dieser hatte eine Komtesse Schleinitz als Gattin gewonnen und zählte dadurch zu den Spitzen der hiesigen Gesellschaft. Die beiden hatten zwei Söhne und eine Tochter, und der Erstgeborene war etwas älter als Gunda und Rieke. Dessen Bruder war um zwei und das Mädchen um vier Jahre jünger als die Freundinnen.

Gerbrandt, ein schwer gebauter Mann, schritt gerade über den Vorplatz, als Gunda wie eine Windsbraut heranpreschte. Rieke folgte ihr etwas langsamer und hielt sich zurück, während Gunda munter mit dem Schlossherrn plauderte.

»Schade, dass Achim noch in Berlin weilt. Er wollte mir doch beweisen, dass er die Grenzhecke zwischen unseren Besitztümern leichter nehmen kann als ich«, erklärte Gunda und fragte, ob August und Sidonie mit ihnen ausreiten dürften.

»Eigentlich müsste dies meine Gattin entscheiden, aber ich glaube, ich kann ebenfalls die Erlaubnis geben. Ich bedinge mir nur aus, dass ihr nicht über die Grenzhecke springt. Sie ist zu hoch für die beiden«, antwortete Gerbrandt.

»Sie müssen sich deswegen nicht sorgen. Das tun wir gewiss nicht«, versprach Gunda und ließ ihre Stute ein paar tänzelnde Schritte machen und dann sogar eine Pirouette drehen.

»Sie können aber ausgezeichnet reiten, Fräulein von Hartung!« Obwohl er erst fünfzehn Jahre zählte, versuchte August von Gerbrandt wie ein Erwachsener aufzutreten. Seine Schwester Sidonie hingegen hielt sich an Rieke, weil sie wusste, dass diese die vorsichtigere Reiterin war.

Doch auch Gunda war klar, dass sie die Jüngeren nicht in Gefahr bringen durfte, und begnügte sich damit, auf einer gemähten Wiese Figuren zu reiten, bei denen Mondlicht ihre Geschicklichkeit zeigen konnte. August und Sidonie versuchten es ihr nachzumachen, scheiterten aber am Widerstand ihrer Pferde, die darin geschult waren, sie in gemächlichem Tempo vorwärts zu tragen. Pirouetten zu drehen oder gar ein ganzes Stück rückwärts zu gehen, war nicht nach ihrem Sinn.

»Ich freue mich auf Theo«, bekannte Gunda, als sie die beiden Kinder wieder nach Trellnick zurückbrachten. »Mit ihm kann ich um die Wette reiten. Täte ich es mit August und Sidonie, würde deren Mutter in Ohnmacht fallen und Herr von Gerbrandt es mir übelnehmen.«

»Du solltest auch nicht so wild reiten«, tadelte Rieke sie.

»Du bist eine Memme!«, antwortete Gunda lachend. »Am liebsten würdest du im Schritt reiten und dabei sticken!«

Rieke musste lachen. Da sie gerade den Vorplatz von Schloss Trellnick erreichten, konnten sie sich nicht weiter unterhalten. Pferdeknechte eilten heran, um ihnen aus den Sätteln zu helfen und die Tiere beiseitezuführen. Gemeinsam mit August und Sidonie betraten Rieke und Gunda das Schloss und wurden von der Ehefrau des Schlossherrn in deren Salon empfangen.

Amalie von Gerbrandt war keine schöne Frau, besaß aber großes Geschick, sich gut zu kleiden, und wirkte daher ebenso liebenswürdig wie vornehm. »Ich habe euch beim Reiten beobachtet. Es war sehr erbaulich, die Pirouetten und Schrittfolgen von Fräulein Gundas Stute zu sehen. Sie sind auf jeden Fall ungefährlicher, als wild über die Felder zu galoppieren und über Hecken zu springen«, sagte sie lächelnd und forderte eine Dienerin auf, eine Erfrischung für die jungen Gäste zu bringen.

Wenig später nippten die beiden Mädchen an frisch gepresstem Kirschsaft und knabberten an einem Biskuit. Amalie von Gerbrandt fragte sie nach dem Institut der Schwestern Schmelling und bekannte dabei, dass es ihr Ehrgeiz sei, Sidonie ebenfalls als Schülerin dort zu sehen.

»Ich wünsche Ihnen viel Erfolg, Frau von Gerbrandt. Die Direktorinnen der Schule nehmen jedes Jahr nur acht neue Schülerinnen auf. Allerdings sind sie Schmeicheleien zugänglich«, berichtete Gunda.

»Ich sehe nicht ein, weshalb ich Frauen bürgerlichen Standes, und mögen es die Patroninnen dieses Instituts sein, schmeicheln soll«, antwortete die Hausherrin abweisend.

»Das sollen Sie auch nicht, denn das machen nur die Ehefrauen neu geadelter Herren ohne gute Erziehung«, wandte Rieke ein, erntete dafür aber einen Knuff von ihrer Freundin.

»Mein Vater ist neu geadelt, und meine Mama hat gewiss eine gute Erziehung!«

Amalie von Gerbrandt kannte Resa noch als blutjunge Magd, nickte aber trotzdem. »Das kann ich bestätigen! Übrigens bin auch ich die Ehefrau eines neu geadelten Mannes.«

»Ich wollte Sie nicht beleidigen«, antwortete Rieke und wurde rot.

»Friederike entstammt einem Geschlecht, das bereits bei Karl dem Großen adelig war«, spottete Gunda.

»Der erste nachweisliche Ahne war Lorenz von Rogendorf, der zur Zeit Kaiser Ottos III. lebte«, rückte Rieke die Tatsachen zurecht.

»Das ist ein Grund, stolz auf die Familie zu sein«, gab Amalie von Gerbrandt zu. »Die gräfliche Familie auf Schleinitz, der ich entstamme, kann ihre Ahnen nur bis ins zwölfte Jahrhundert zurückführen, und mein Bruder meint, mindestens die ersten drei Männer in der Ahnenliste wären erfunden.« Sie begleitete diese Worte mit einem leisen Lachen.

Es entspann sich ein kurzes Gespräch über Ahnenkunde, zu dem Gunda wenig beitragen konnte, da ihr Wissen über ihre Ahnen bei den Eltern ihrer Großeltern väterlicherseits endete.

Nach einer gewissen Zeit verabschiedeten sich die beiden Mädchen von ihrer Gastgeberin und stiegen wieder auf ihre Pferde. Sie hatten Trellnick kaum hinter sich gelassen, da vernahmen sie den Klang der Turmuhr und zuckten zusammen.

»Bei Gott, ist es schon so spät? Wir müssen uns beeilen, damit wir rechtzeitig zum Mittagstisch kommen!«, rief Gunda erschrocken und wollte ihre Stute anspornen. Im letzten Augenblick hielt sie Mondlicht zurück. »Ich reite querfeldein voraus, während du der Straße folgst. Ich werde dich bei meiner Mama entschuldigen und sagen, dass ich an der Verspätung schuld bin.«

Rieke schüttelte energisch den Kopf. »Das bist du nicht! Wir sind nur wegen des dummen Gesprächs über Ahnenkunde so lange geblieben, und daran war ich schuld.«

»Trotzdem musst du die Straße nehmen, denn du kannst nicht über die Hecke setzen«, wandte Gunda ein.

»Und ob ich kann!« Rieke trieb Apfeldiebin in den Galopp und gewann einen gewissen Vorsprung.

Besorgt setzte Gunda ihr nach. »Du sollst es nicht tun!«, rief sie hinter Rieke her.

Diese hörte jedoch nicht auf sie, sondern jagte weiter auf die dichte Hecke zu.

»Spring nicht, sondern lass die Stute hindurchgehen!«, schrie Gunda, doch da hatte ihre Freundin die Hecke erreicht.

Apfeldiebin sprang, streifte mit den Beinen die Hecke und geriet beim Aufkommen ins Straucheln. Rieke spürte, wie sie mit ungeheurer Wucht nach vorne gerissen wurde, und sah den Boden auf sich zukommen. Im letzten Augenblick rollte sie sich zusammen und schlug daher mit der Schulter und nicht mit dem Kopf voraus auf die Erde. Während sie benommen liegen blieb, lief die Stute weiter und blieb erst ein paar Dutzend Schritte entfernt stehen.

Sekunden später setzte Gunda über die Hecke, sah ihre Freundin am Boden liegen und zügelte Mondlicht so scharf, dass das Tier protestierend schnaubte. Da rutschte das Mädchen schon aus dem Sattel und eilte zu Rieke.

»Bei Gott, ist dir etwas geschehen?«, fragte sie entsetzt.

»Der Kopf ist noch dran!«, stöhnte Rieke.

»Hast du dir weh getan?«

»Nein, ich gl... aua!« Rieke hatte sich erhoben, spürte aber nun, dass Schultern und Rippen schmerzten.

»Hoffentlich hast du dir nichts gebrochen!«, rief Gunda besorgt.

Rieke versuchte den Arm zu bewegen und atmete auf, als es ihr gelang. »Sieht aus, als wäre alles heil.«

»Kannst du reiten, oder soll ich einen Wagen holen?«, wollte Gunda wissen.

»Wie sagst du immer? Nach einem Sturz muss man wieder aufs Pferd, sonst tut man das nicht mehr. Kannst du Apfeldiebin holen?«

Gunda hörte es kaum, da war sie auch schon unterwegs. Allerdings musste sie ihrer Freundin in den Sattel helfen und stellte dann besorgt fest, dass Rieke schief und verkrümmt auf dem Pferd saß.

»Ich werde Mama sagen, dass sie den Arzt rufen soll«, erklärte sie.

»Bitte nicht!«, antwortete Rieke mit zusammengebissenen Zähnen.

Gunda stieg ebenfalls wieder in den Sattel, und sie ritten weiter. Ein rascher Trab oder gar Galopp war jedoch unmöglich, denn Rieke machte es bereits Mühe, sich im Schritt auf der Stute zu halten.

## 10.

Durch diesen Zwischenfall kamen sie viel zu spät zum Essen. Resa hatte bereits Ausschau nach ihnen gehalten und sah ihnen besorgt entgegen.

»Was ist geschehen?«, fragte sie.

»Wir haben uns auf Trellnick verspätet und wollten über die Felder zurück. Doch beim Sprung über die Grenzhecke ist Rieke gestürzt. Ich fürchte, sie hat sich verletzt«, berichtete Gunda.

»So schlimm ist es nicht«, widersprach Rieke.

»Das lass mal ruhig den Arzt entscheiden. Jetzt gehst du in dein Zimmer und legst dich hin. Hilde soll dir beim Ausziehen helfen. Ich werde mich in der Zwischenzeit selbst um Charlotte kümmern«, sagte Resa und rief nach der jungen Magd.

Unglücklich wegen der Umstände, die sie ausgelöst hatte, folgte Rieke Hilde nach oben. Als diese ihr half, sich auszuziehen, stöhnte sie mehrmals vor Schmerz und war schließlich froh, als sie im Bett lag. Die Köchin brachte ihr einen Tee, der ihre Schmerzen lindern sollte, und dazu eine Tasse mit Suppe.

»Mehr traue ich mich nicht, Ihnen zu geben, Fräulein von Gantzow. Es könnte sonst sein, dass Ihnen übel wird«, sagte sie entschuldigend.

»Es geht schon«, sagte Rieke und stand vor dem nächsten Problem, denn sie musste den Löffel mit der linken Hand führen, da es zu weh tat, wenn sie die rechte verwendete. Zu ihrer Verwunderung hatte sie Hunger und war enttäuscht, weil sie nicht mehr erhielt als diese eine Tasse.

Wenig später kam Resa ins Zimmer, um nach ihr zu sehen. »Wir haben nach dem Arzt geschickt. Hoffentlich hast du dir keinen bleibenden Schaden zugezogen. Ich könnte es mir nie verzeihen.«

»Sie können doch nichts dafür, Frau von Hartung. Es war ganz allein meine Schuld. Gunda forderte mich auf, die Straße zu benützen, aber ich wollte ihr beweisen, dass ich diese Hecke bewältigen kann.«

»Du standst unter meiner Obhut! Ich weiß nicht, wie ich deinen Eltern erklären soll, dass du unter meinem Dach verletzt worden bist.«

»Es war zum einen nicht Ihr Dach, unter dem ich gestürzt bin, sondern unter freiem Himmel, und zum anderen habe ich von meinen Eltern schon seit vielen Monaten nichts mehr gehört«, antwortete Rieke, und in ihren Worten schwang Trauer.

Resa fragte sich, was das für Eltern sein mochten, die ihr Kind in der wichtigsten Phase seines Lebens im Stich ließen. Voller Mitleid ergriff sie Riekes Rechte und streichelte sie. Es tat weh, doch Rieke verbiss den Schmerz.

Wie schön, jemanden zu haben, der sich um einen sorgt, dachte sie. In der Hinsicht stand ihr Frau von Hartung weitaus näher als die eigene Mutter. Sie wollte diese jedoch nicht verdammen, denn es musste schwer für sie sein, die Launen des Vaters zu ertragen.

Der Gedanke erinnerte Resa an den Sieg, den die preußischen Waffen über ihre österreichischen Feinde davongetragen hatten. Vielleicht erfüllte sich jetzt der Herzenswunsch ihres Vaters, und er wurde endlich befördert.

Resa sah, dass Rieke in Gedanken war, und zog sich wieder zurück. Zum Glück schien dem Mädchen nicht allzu viel zu fehlen, doch wirklich beurteilen konnte dies nur der Arzt. Dieser musste jedoch aus der Kreisstadt geholt werden.

Trotz ihrer Schmerzen schlief Rieke ein und wachte erst am nächsten Tag auf, als sie jemand an der Schulter berührte. Es war der Arzt. Er trug einen dunkelbraunen Rock und einen gleichfarbigen Hut, den er eben Hilde überreichte. Dann wandte er sich seiner Patientin zu.

»Na, etwas zu mutig gewesen?«, fragte er.

»Ich bin aus dem Sattel gestürzt«, antwortete Rieke.

»Dann wollen wir sehen, ob noch alles heil ist!« Der Arzt tastete ihren Arm und ihre Schulter ab und nickte, als Rieke schmerzerfüllt stöhnte.

»Das Schlüsselbein und die Armknochen sind heil. Aber du hast eine starke Prellung davongetragen, und die wird noch einige Zeit weh tun. Ich werde eine Salbe schicken, die dir helfen wird.« Er drehte sich zu Resa um. »Wenn die junge Dame vor Schmerzen nicht schlafen kann, können Sie ihr ein paar Tropfen Laudanum geben. Aber nicht zu viel und nicht zu oft, sonst gewöhnt sie sich daran.«

Der Arzt lächelte zwar, doch es lag eine Warnung in seiner Stimme.

»Wie ist es mit den Rippen?«, fragte er Rieke.

»Die tun hinten auch ein bisschen weh!«

»Umdrehen, junge Dame. Dann prüfen wir mal, ob da was gebrochen ist.«

»Hoffentlich nicht«, entfuhr es Rieke.

»Ich glaube es auch nicht. Sonst hättest du eben nicht so ruhig auf dem Rücken liegen können. Aber Vorsicht ist nun einmal die Mutter der Porzellankiste, und die wollen wir nicht zerbrechen.«

Rieke spürte seine Finger auf ihrem Rücken, die bis zu den Achseln hochwanderten und sie kitzelten. »Nein, bitte nicht«, keuchte sie und wich zurück.

»Zum Glück ist nicht viel passiert. Zwei, drei Tage Bettruhe, dann kannst du dich auf die Terrasse unter ein Sonnendach setzen und sticken. Das tust du doch gerne, nicht wahr?«

Gunda war ebenfalls ins Zimmer gekommen und grinste. »Auf jeden Fall stickt sie lieber als ich!«

»Und auch besser!«, setzte ihre Mutter mit leisem Tadel hinzu.

»Dann lasse ich Sie wieder allein. Ich schicke meinen Knecht mit der Salbe los, sobald ich zu Hause bin. Ach ja, zum Essen darf es ein wenig mehr sein als ein Süppchen«, sagte der Arzt, der erleichtert war, dass er weder Wunden verbinden noch Knochen einrichten und schienen musste.

»Ich lasse Sie von einem meiner Diener begleiten, damit Sie den Ihren nicht bemühen müssen«, erklärte Resa.

»Auch gut! Was ich noch sagen wollte: Die Salbe muss sanft aufgetragen werden. Die junge Dame ist schließlich kein Pferd!« Der Arzt lachte wie über einen guten Witz und verabschiedete sich.

Resa sah ihm kopfschüttelnd nach. »Manchmal glaube ich, er wäre besser Tierarzt geworden. Dann könnte er seine Witze bei Kühen und Pferden anbringen.«

Darüber mussten sowohl Gunda als auch Rieke lachen. Diese bezahlte es jedoch mit Schmerzen in der Rippengegend und verzog das Gesicht. »Ich glaube, ich sollte jetzt eine Kleinigkeit essen und dann versuchen zu schlafen.«

»Tu das! Hilde wird dich bedienen«, erklärte Resa und verabschiedete sich mit einem Kuss auf die Wange von Rieke. »Wollen wir hoffen, dass es dir morgen wieder bessergeht!«

»Das hoffe ich auch. Schließlich haben wir Ferien, und die sind nicht dazu da, um krank im Bett zu liegen«, erklärte Gunda und brachte Rieke damit erneut zum Lachen.

## 11.

Rieke erholte sich rasch und durfte zwei Tage nach ihrem Sturz bereits wieder auf der Terrasse sitzen. Zum Sticken kam sie jedoch nicht, da Resa von ihr verlangte, den rechten Arm in einer Schlinge zu tragen, damit er ausheilen konnte. Gunda wollte ihr Gesellschaft leisten, doch da Rieke wusste, wie sehr ihre Freundin das Reiten liebte, bat sie Resa, ihr ein paar Bücher zu leihen, die sie lesen konnte.

»Dann kann Gunda ihre Mondlicht bewegen«, setzte sie lächelnd hinzu.

»Ihr würde es nicht schaden, sich einige Tage beherrschen zu müssen«, spottete Resa, suchte aber Bücher für ihren jungen Gast heraus. Dabei bedauerte sie, dass sie sich nicht selbst auf die Terrasse setzen konnte, doch Friedrich hatte sein Erscheinen und das seiner Gäste für den kommenden Tag angekündigt, und es waren noch längst nicht alle Vorbereitungen getroffen.

Da die Schulter und die Rippen kaum noch schmerzten, genoss Rieke die Stunden auf der Terrasse und versank in den Geschichten, die sie las. Resa hatte darauf verzichtet, ihr belehrende Werke vorzusetzen, sondern Romane und Zeitschriften ausgewählt, die der Genesenden Entspannung boten.

So hätte es für Rieke die nächsten Tage weitergehen können. Am Folgetag traf jedoch Friedrich von Hartung mit mehr als einem halben Dutzend Herren ein, die teilweise hohe Posten in der Armee bekleideten oder erfolgreiche Kaufleute und Industrielle waren. Nachdem seine Gäste einen Begrüßungsschluck getrunken hatten, wurden sie in ihre Zimmer geführt. Friedrich wandte sich an seine Frau. »Wo ist Friederike?«

Etwas in seiner Stimme ließ Resa aufmerksam werden. »Sie sitzt auf der Terrasse.«

»Und stickt wohl.« Zu anderen Zeiten hätte es ein Scherz sein können, doch heute klang Friedrichs Stimme zu ernst dafür.

»Nein, sie liest. Friederike ist vor ein paar Tagen vom Pferd gestürzt, hat sich aber zum Glück nur leicht verletzt«, berichtete Resa.

»Das ist fatal!«, entfuhr es Friedrich.

Resa sah ihn erstaunt an. »Dass sie nur leicht verletzt ist?«

»Ich meinte, dass jede Verletzung Friederikes fatal ist. Sieh her!« Friedrich zog einen Zettel aus seiner Jackentasche und reichte ihn Resa. Es war ein Telegrammformular, und darauf standen nur zwei Sätze.

»Friederike muss sofort nach Hause kommen. Stop. Es ist etwas Schreckliches geschehen. Stop.«

»Was soll das bedeuten?«, wunderte Resa sich.

»Ich habe in Berlin deinen Bruder getroffen«, berichtete Friedrich mit leiser Stimme. »Die Schlacht bei Königgrätz war hart und verlustreich. Dabei ist Major von Gantzow schwer verwundet worden.«

Resa dachte kurz an Wilhelm von Steben, mit dem sie den Vater teilte, und fragte nach ihm. Als sie hörte, dass er den Krieg mit Österreich gut überstanden hatte, war sie erleichtert. Um Friederike tat es ihr jedoch leid. Von Gunda wusste sie, dass Egolf von Gantzow kein Vermögen besaß und auf seinen Sold angewiesen war. Wenn er, wie Friedrich andeutete, aus dem Dienst ausscheiden musste, würde er nur noch eine Pension erhalten, die um ein erkleckliches Stück geringer ausfiel als sein Sold als Major.

»Wer hat dieses Telegramm geschickt?«, fragte sie.

»Friederikes Mutter.«

Resa rieb sich die Stirn und überlegte. »Was sollen wir tun? Friederike kann mit ihrer verletzten Schulter nicht reisen.«

»Wir können uns Frau von Gantzows Anweisung nicht verschließen«, antwortete Friedrich. »Friederike muss morgen aufbrechen. Zum Glück dauert die Bahnfahrt nicht lang.«

»Du kannst ein Mädchen in ihrem Alter unmöglich allein mit der Bahn fahren lassen.«

»Wäre es möglich, würde ich sie hinbringen oder dich bitten, es zu tun. Ich habe jedoch lange darauf hingearbeitet, diese Herren als Gäste zu gewinnen. Wenn sie auf meine Vorschläge eingehen, ist es ein weiterer Meilenstein für die Firma Hartung. Dafür müssen wir alles tun, sonst geht es uns wie meinem lieben Schwager.«

»Was ist mit Dobritz?«, fragte Resa.

»Wir können mittlerweile in besserer Qualität und billiger produzieren als er, und so hat er mehrere Armeeaufträge an uns verloren. Da er sich nicht rechtzeitig um zivile Kunden gekümmert hat, wird er einen Teil seiner Maschinen stilllegen müssen. Ich gönne es ihm! Er und Luise haben uns immer wieder Knüppel zwischen die Beine geworfen und uns bei den tonangebenden Familien schlechtgemacht.«

In Friedrichs Stimme schwang eine große Portion Groll mit. Er war im Grunde ein friedlicher Mensch und hasste den Ärger und den Streit, der ihm von dieser Verwandtschaft aufgezwungen wurde.

»Das löst aber nicht das Problem, wer mit Friederike fahren soll. Wir könnten ihr Hilde mitgeben, doch das sähe so aus, als würden wir uns nicht so um das Mädchen sorgen, wie es nötig wäre. Frau von Gantzow wird uns gewiss ihre Verletzung zum Vorwurf machen.«

»Hilde wird dabei sein«, erklärte Friedrich. »Als Reisemarschall werde ich ihr Theo mitgeben. Es ist an der Zeit, dass unser Sohn Verantwortung übernimmt.«

»Aber Theo ist noch nicht da«, wandte Resa ein.

»Er kommt heute mit dem Abendzug. Ich werde jemanden schicken, der ihn nicht nur abholt, sondern ihm auch sagt, dass er die Fahrscheine für morgen besorgen soll. Frau von Gantzow hat kein Geld geschickt.«

Friedrich lächelte, zog sich aber trotzdem Resas Kritik zu.

»Friederike ist unser Gast, und so ist es auch unsere Pflicht, dafür zu sorgen, dass sie dorthin kommt, wo ihre Mutter es wünscht.«

»Das ist auch für mich selbstverständlich, meine Liebe. Ich habe es nur erwähnt, weil weder Friederikes Vater noch ihre Mutter sie jemals mit Geld versorgt haben. Wäre nicht diese Verwandte, die ihr den Aufenthalt in der Höhere-Töchter-Schule der Schwestern Schmelling bezahlt, könnte sie sich nicht einmal Stickseide kaufen, von anderen, für junge Mädchen wichtigen Dingen ganz zu schweigen.«

»Allzu üppig hat die Dame Friederike nicht gerade ausgestattet. Gunda erzählte, dass sie ihr öfter aushelfen musste«, sagte Resa nachdenklich.

»Sofern sie es nicht in dem Rahmen tun muss, wie Theos Klassenkamerad Markolf es verlangt, kann sie ihr jederzeit Geld geben«, antwortete Friedrich, da sein Sohn sich immer noch mit den Begehrlichkeiten des Mitschülers herumschlagen musste.

»Laut Gunda hat Friederike Buch geführt und ihr das ausgelegte Geld zurückgezahlt, als ihre Gönnerin ihr zu ihrem sechzehnten Geburtstag einige Taler zukommen ließ.«

In Resas Stimme schwang ein Vorwurf mit, weil sie das Mädchen nicht in einen Topf mit jenem unverschämten Burschen werfen lassen wollte, der in seiner Klasse das Schnorrertum zu höchster Blüte gebracht hatte. Dann fasste sie den Arm ihres Mannes.

»Wir sollten jetzt zu Friederike gehen und ihr Bescheid geben, dass sie auf Wunsch ihrer Mutter nach Hause zurückkehren soll. Bald erscheinen deine Gäste, und wir müssen uns ihnen widmen.«

## 12.

Auf der Terrasse war Rieke zwar nicht entgangen, dass die erwarteten Gäste angereist waren. Da sie jedoch mit ihnen nichts zu tun hatte, blieb sie auf ihrem Stuhl sitzen und las in einem Roman. Mit einem Mal traten Friedrich und Resa auf sie zu.

»Guten Tag!«, grüßte Friedrich.

Rieke erhob sich und knickste. »Guten Tag, Herr von Hartung.« Sie wunderte sich über die ernsten Mienen der beiden.

»Ich hoffe, deine Verletzung macht dir nicht zu viele Umstände«, sprach Friedrich weiter.

»Danke der Nachfrage, Herr von Hartung, aber ich spüre sie kaum noch.«

»Es ist etwas geschehen, Friederike«, meldete sich nun Resa zu Wort.

Das Mädchen sah sie fragend an. »Geschehen? Was denn?«

»Deine Mutter wünscht, dass du umgehend nach Hause zurückkehrst. Wir haben von Oberst Steben erfahren, dass dein Vater in der Schlacht bei Königgrätz schwer verletzt worden ist.«

»Oh, Gott! Aber ...«

Rieke versagte die Stimme. Hoffentlich ist Vater nichts allzu Schlimmes zugestoßen, dachte sie. Gleichzeitig fragte sie sich, weshalb sie unbedingt nach Hause fahren musste. Ihr Vater hatte sie doch nicht mehr sehen wollen. War er etwa gefallen und die Mutter allein in ihrem Schmerz? Plötzlich kamen ihr die Tränen, und sie sank auf ihren Stuhl zurück.

»Es tut mir leid, ich …«, versuchte sie einen neuen Ansatz, brach aber erneut ab.

»Ich würde dich gerne selbst nach Hause bringen, doch ist dies leider unmöglich. Daher werden Theo und Hilde dich begleiten«, erklärte Friedrich. Ein Blick auf die Uhr zeigte ihm, dass es an der Zeit war, sich wieder seinen Gästen zu widmen.

»Ich bin überzeugt, dass alles gut wird«, sagte er mit einem aufmunternden Lächeln.

Rieke nickte, doch sie ahnte längst, dass mit dieser Nachricht ihre Kindheit unwiderruflich vorbei war.

## Sechster Teil

*Der Vater*

# 1.

Während Friedrich von Hartung auf Schloss Steben wichtige Gäste empfing und mit weiteren guten Geschäften rechnen konnte, sah es im Hause Dobritz düster aus. Der Verlust der dringend benötigten Heeresaufträge stellte Heinrich von Dobritz vor das Problem, mehrere in Kürze fällige Kredite nicht bedienen zu können. Die Stimmung der Familie war daher an dem Abend, an dem Rieke die Aufforderung ihrer Mutter erhielt, nach Hause zurückzukehren, denkbar schlecht.

Neben dem Hausherrn und seiner Frau saßen Heinrich junior, genannt Heini, und dessen Schwester Bettina am Tisch. Diese wandte sich beim Dessert auffordernd an ihre Mutter.

»Wolltest du Vater nicht etwas sagen?«

Luise von Dobritz kniff die Augenbrauen zusammen. Der Hinweis ihrer Tochter war mit Geld verbunden, und das war von ihrem Mann derzeit schwer zu erhalten. Dennoch sprach sie ihn an.

»Gräfin Auerbach hat mir unter dem Siegel der Verschwiegenheit berichtet, dass Bettinas Name auf der Liste der jungen Damen steht, die in diesem Jahr bei Hofe vorgestellt werden sollen. Sie benötigt für dieses Ereignis neue Kleider – und ich auch! Schließlich kann ich nicht in einem bereits getragenen Kleid bei Hof erscheinen.«

Kleider, die für eine Vorstellung bei Hofe nötig waren, bedeuteten eine immense Ausgabe, und die konnte Heinrich von

Dobritz sich nicht leisten. Die Einladung zu diesem Ereignis auszuschlagen war jedoch nicht denkbar.

»Ich werde sehen, was ich tun kann. Allerdings wäre es mir lieb, wenn die Rechnung deiner Schneiderin eine gewisse Zeit offenbleiben könnte«, sagte er daher.

Genau das war jedoch unmöglich. Luise von Dobritz hatte bereits mehr Schulden bei ihrer Schneiderin angehäuft, als diese sich leisten konnte. Nicht zuletzt deshalb war sie aufgefordert worden, sie müsse endlich zahlen, sonst könne sie keine neuen Kleider mehr für sich und ihre Töchter fertigen lassen. Ihre Jüngste musste zum Glück noch nicht zu Bällen und anderen Ereignissen in der Öffentlichkeit auftreten, so dass sie nicht teuer kam. Bei Bettina sah dies jedoch ganz anders aus. Mit ihren neunzehn Jahren stand sie bereits auf dem Heiratsmarkt und musste entsprechend präsentiert werden, damit ein möglichst erstrebenswerter Freier um sie anhielt.

»Ich benötigte das Geld sofort«, erklärte Luise.

Ihr Mann warf den Dessertlöffel wütend auf den Tisch. »Woher soll ich es nehmen? Die Bank gibt mir nichts mehr, und Einnahmen sind in diesem Monat nicht mehr zu erwarten. Ich bin im Gegenteil gezwungen, die Produktion zu drosseln und werde ein Viertel meiner Arbeiter entlassen müssen.«

»Ich habe erfahren, dass General Gonzendorff und einige weitere Herren nach Steben gefahren sind, um ein paar Tage dort als Gäste von Hartung zu verbringen«, warf Heini ein.

»Der kann es sich leisten! Mir hingegen steht das Wasser bis zum Hals!«

Es fiel Dobritz schwer, dies vor seiner Ehefrau und seinen Kindern zu bekennen. Aber nur, wenn diese wussten, wie schlimm die Lage wirklich war, würden sie sich mit weiteren Forderungen zurückhalten. Das beseitigte aber nicht sein Dilemma, innerhalb weniger Tage genug Geld aufzutreiben, damit seine Tochter und seine Frau standesgemäß gekleidet vor den König treten konnten.

Ich werde erneut Schrentzl um Geld angehen müssen, fuhr es ihm durch den Kopf.

Er hatte von diesem Mann schon zweimal einen dringend benötigten Kredit erhalten, ohne den seine Firma zusammengebrochen wäre. Doch das hatte seine Schwierigkeiten noch vergrößert, denn Schrentzl war einer von jenen, die Wucherzinsen verlangten. Daher war Dobritz unsicher, ob er diesen Schritt tun sollte. Schließlich aber sagte er sich, dass er die geliehene Summe mit dem Geld für seinen nächsten guten Auftrag rasch genug zurückzahlen konnte, bevor ihn die Zinsen erdrückten.

Luise von Dobritz dauerte das Schweigen ihres Mannes zu lange. »Heini sagte, Gonzendorff wäre zu Friedrichs Schloss gefahren.«

Ihr Mann schrak aus seinen Gedanken hoch und verzog missmutig das Gesicht. »Das heißt, er wird bald neue Heeresaufträge erhalten. Mit seinen neuen Webstühlen kann er weitaus mehr Tuch herstellen als ich.«

Und vor allem billiger, fügte er insgeheim hinzu. Um mithalten zu können, brauchte er ebenfalls moderne Webstühle. Die zu besorgen lag derzeit jedoch weit jenseits seiner Möglichkeiten.

»Du solltest dich ebenfalls um neue Aufträge bemühen. Heini sagt, ihr könntet weitaus mehr Tuch weben, als ihr es jetzt tut!«

Kritik an seinen Fähigkeiten als Geschäftsmann wollte Dobritz auch von seiner Frau und seinem Sohn nicht dulden. Ein strafender Blick traf Heinrich junior, der das, was er in der Fabrik erfuhr, sofort an seine Mutter weitertrug.

»Hat man etwas Neues von Gero gehört?«, fragte Bettina, da sie fürchtete, ihr Vater würde sich so über ihren Bruder aufregen, dass er ihr das Kleid für den Empfang im Königsschloss versagte.

»Hat er wieder einmal geschrieben?«, fragte ihr Vater.

Luise von Dobritz schüttelte den Kopf. »Nein! Ich weiß nur, dass er verwundet wurde und sich noch immer in Böhmen aufhält.«

»Er hätte trotz seiner Verletzung nach Hause kommen können!«, rief Bettina verärgert, denn mit einem Bruder in ordengeschmückter Uniform hätte sie beim Empfang am Königshof weitaus mehr Aufsehen erregt als mit Heini, der sie und ihre Mutter in Zivil begleiten würde.

»Ich bin ganz froh, dass er es nicht getan hat, denn wir sind nicht auf die Versorgung eines Invaliden eingerichtet.«

Luise von Dobritz verriet deutlich, dass sie wenig Interesse an diesem Sohn hatte, sondern den älteren Bruder vorzog. Auch ihre jüngere Tochter erhielt weniger Aufmerksamkeit als Bettina. So schickte sie diese nicht in ein teures Institut wie das der Schwestern Schmelling, sondern auf eine Schule, die auch die Töchter wohlhabender Bürgerlicher aufnahm.

Die Gedanken ihres Mannes kreisten noch immer um das Problem, wie er an dringend benötigtes Geld kommen konnte. Schließlich tupfte er sich den Mund mit der Serviette ab, legte diese auf den Tisch und stand auf.

»Guten Abend!« Mit diesem knappen Gruß verließ er das Esszimmer und kurz darauf auch das Haus. Er musste dringend mit Robert Schrentzl sprechen, und es gab einen Ort, an dem er ihn sonnabends zu dieser Stunde anzutreffen hoffte.

## 2.

Urte Mahlmanns Bordell hatte einmal zu den Spitzenetablissements des ältesten Gewerbes der Welt in Berlin gezählt. Zu jenen Zeiten waren Grafen und hohe Offiziere gekommen, um einen angenehmen Abend mit den Mädchen zu verleben. Mittlerweile bestand der Kundenstamm zum größten Teil aus bürgerlichen Geschäftsleuten, die ein wenig Abwechslung vom Ehealltag suchten, oder aus Witwern, die sich nicht noch einmal eine Ehefrau suchen wollten.

Auch Heinrich von Dobritz kam gelegentlich zu Madame Mahlmann und wählte eines der Mädchen aus. Daher wusste er, dass Robert Schrentzl jeden Sonnabend hierherkam, um seine Bedürfnisse zu befriedigen. Schrentzl war Witwer und hatte seine Bank aus kleinsten Verhältnissen zu einer Größe geführt, die es ihm erlaubte, mit Leichtigkeit fünfzig- oder hunderttausend Taler als Kredit zu vergeben.

Nun aber begrüßte Dobritz erst einmal die Bordellbesitzerin und warf danach einen raschen Blick auf die Mädchen, die auf einer kleinen Plattform auf Stühlen saßen und die eintretenden Gäste interessiert betrachteten.

»Ist Herr Schrentzl bereits erschienen?«, fragte er Urte Mahlmann.

»Bislang nicht!«

Was war, wenn der Bankier wider Erwarten nicht kam?, überlegte Dobritz. Dann konnte er nicht mehr tun, als eines der Mädchen auszusuchen, und sich bei ihr das holen, was ihn bei seiner Frau schon längst nicht mehr reizte. Aber dafür war er eigentlich nicht gekommen.

»Welche Gefährtin wünschen Sie für diesen Abend? Nadine, Isabelle oder vielleicht Natascha?«, fragte die Bordellbesitzerin.

Dobritz hatte sich in Gedanken bereits für Erstere entschieden, wollte aber noch nicht mit ihr ins Separee gehen, um Schrentzl nicht zu verpassen.

»Lassen Sie mir erst einmal ein Glas Wein bringen, das ich in Ruhe trinken kann«, antwortete er daher.

Urte Mahlmann war erfahren genug, um zu erkennen, dass Dobritz nicht nur in ihr Bordell gekommen war, um sich an einem ihrer Mädchen zu erfreuen. Das würde er erst tun, wenn er seine Angelegenheiten erledigt hatte. Sie winkte daher dem Mädchen hinter der Theke, ihm ein Glas Wein zu bringen, und ging dem nächsten Gast entgegen, der ihr Etablissement betrat.

Unterdessen saß Dobritz wie auf glühenden Kohlen. Als er schon fast die Hoffnung aufgegeben hatte, trat der Bankier ein. Robert Schrentzl war kein Mann, mit dem Staat zu machen war. Er wirkte vertrocknet und weitaus älter als seine sechzig Jahre, ging vornübergebeugt und kleidete sich nach einer Art, die seit mehr als einer Generation aus der Mode war.

Dobritz ließ sich von dem Äußeren des Mannes nicht täuschen, denn der Bankier besaß genug Geld, um ganz anders auftreten zu können. Freundlich begrüßte er ihn und forderte Urte Mahlmann auf, auch diesem Gast ein Glas Wein zu bringen.

Mit einem spöttischen Blick gesellte Schrentzl sich zu Dobritz, nahm den Wein entgegen und musterte sein Gegenüber über den Rand des Glases hinweg.

»Ihnen fehlt es wohl wieder an Geld?«, fragte er ansatzlos.

Dobritz schluckte kurz, sagte sich dann aber, dass es wenig sinnvoll war, dies abzustreiten. »So ist es – und leider nicht gerade wenig!«

»Und da kommen Sie zu mir, obwohl ich Ihnen bereits mehr Geld geliehen habe, als ich es mir Ihrer Sicherheiten wegen leisten kann?« Schrentzl lächelte, doch in seinen Augen lag ein kalter Glanz.

»Ich sitze buchstäblich zwischen Skylla und Charybdis!«, bekannte Dobritz. »Es sind mehrere Webstühle ausgefallen, und ohne die kann ich nicht produzieren. Ohne etwas zu produzieren, kann ich jedoch nichts verdienen, um meine Kredite zu bedienen.«

»Einen Teil meiner Kredite würde ich aus der Konkursmasse zurückerhalten. Warum soll ich daher gutem Geld schlechtes nachwerfen?«, fragte Schrentzl leise.

»Weil Sie, wenn Sie mir noch einmal helfen, alles bekommen werden.«

Dobritz' Versprechen entlockte Schrentzl nur ein kurzes Lachen.

»Sie kranken nicht nur an kaputten Maschinen, sondern auch an einem Mangel an Aufträgen. Wie wollen Sie da genug Geld verdienen, um wieder auf die Beine zu kommen?«

Das wusste Dobritz auch nicht. Ihm ging es darum, erst einmal die nächsten Monate zu überstehen. Dann, so hoffte er, würde es auch wieder besser werden. Doch um an Geld zu kommen, musste er das stärkste Geschütz auffahren, das er besaß.

»Bei einer Insolvenz würden Sie die meisten Ihrer Kredite verlieren. Es gibt nämlich noch zwei alte Kredite ersten Ranges, die mein Schwiegervater mir vor knapp zwanzig Jahren gewährt hat. Eigentlich handelt es sich um einen Teil der Mitgift meiner Frau, und die Hypothek hätte längst gelöscht werden sollen. Doch nach dem Tod meines Schwiegervaters war mein Schwager nicht dazu bereit. Ich werde ihn verklagen müssen, damit dies geschieht!«

Schrentzl lächelte erneut. »Sie besitzen nicht das Geld, um es auf einen Prozess ankommen zu lassen. Ebenso wenig ist es wahrscheinlich, dass Sie diesen Prozess gewinnen würden. Wenn es tatsächlich ein Teil der Mitgift Ihrer Gattin war, so waren Sie ein Narr, diesen Betrag wie einen Kredit aussehen zu lassen.«

»Ich brauche das Geld!«, stöhnte Dobritz verzweifelt. »In zwei Wochen soll meine Tochter bei Hofe vorgestellt werden. Im Augenblick kann ich mir das jedoch nicht leisten!«

Schrentzl musterte ihn noch einmal von Kopf bis Fuß und überlegte. Eine Idee glomm in ihm auf, die er gar nicht so schlecht fand.

»Ich habe mir sagen lassen, dass Ihr Sohn bereits in Ihrer Fabrik mitarbeitet. So etwas gefällt mir! Ich halte nichts davon, dass die jungen Männer sich nach ihrem Studium ein bis zwei Jahre um die Ohren schlagen und auf Kavalierstour gehen. Dies mag in früheren Zeiten üblich gewesen sein, doch heutzutage ist dies Zeitverschwendung. Was einen kurzfristigen Kredit betrifft, so kommen Sie morgen Nachmittag zu mir. Es wäre eine Schande, wenn Ihre Tochter nicht vor Ihren Majestäten erscheinen könnte.«

Dobritz wusste zwar nicht, warum Schrentzl seinen Sohn erwähnt hatte, war aber zutiefst erleichtert, als er hörte, der Bankier wolle ihm einen weiteren Kredit gewähren.

»Ich danke Ihnen, Herr Schrentzl«, sagte er daher und legte einen Arm um Nadine. Nach diesem Kampf, dachte er, hatte er eine Entspannung verdient.

Schrentzl suchte sich ebenfalls eines der Mädchen aus und begleitete es in dessen Separee. Auch wenn ihn die Sache Dobritz noch einiges Geld kosten würde, so hoffte er auf einen immateriellen Gegenwert, der sich später auch finanziell auszahlen sollte.

# 3.

Wieder einmal saß Rieke in der Eisenbahn. Sie fand es absurd, plötzlich doch nach Hause fahren zu dürfen. Drei Jahre lang hatte der Vater sie nicht mehr sehen wollen, und sie konnte sich kaum vorstellen, dass er anderen Sinnes geworden war. Vielmehr hielt sie es für wahrscheinlich, dass er in Böhmen gefallen war und die Mutter sie hatte rufen lassen, um nicht allein zu sein.

Friedrich von Hartung hatte ihr Hilde und Theo als Begleiter mitgegeben. Um die junge Frau war sie froh, auf den jungen Mann hingegen hätte sie verzichten können. Theo saß mit verbissener Miene ihr gegenüber und sprach kaum ein Wort.

Sie konnte nicht wissen, dass Theo sich über zwei Zensuren ärgerte, die in seinem Abschlusszeugnis schlechter als erwartet ausgefallen waren. Beide Lehrer waren mit Markolf von Tiederns Vater eng befreundet, und dieser stand als Rektor dem Gymnasium vor. Dazu hielt er sehr viel von seinem Sohn. Zum Bedauern der Schüler verwendeten er und andere Lehrer Markolf als Zuträger, und das nutzte dieser schamlos aus. Vom Vater kurzgehalten, schnorrte er auf erpresserische Weise bei seinen Schulkameraden. Wer ihm etwas gab, konnte auf bessere Zensuren hoffen, wer ihm etwas verweigerte, erhielt schlechtere.

Zwar befand Theo sich in der glücklichen Lage, dass die Noten in seinem Fall nachrangig waren. Es ging nur darum, genug zu lernen, so dass er seinem Vater einmal als Firmenoberhaupt nachfolgen konnte. Andere Schüler hingegen waren auf gute Noten angewiesen, um im Staatsdienst aufsteigen zu können, und es ärgerte ihn, dass eine Kreatur wie Markolf bei diesen Schicksal spielen konnte.

Seine schlechte Laune ließ Rieke annehmen, es wäre ihm lästig, sie begleiten zu müssen, und daher fühlte sie sich gekränkt.

Als der Zug in die kleine Garnisonsstadt einfuhr, in der das Regiment ihres Vaters in Friedenszeiten einquartiert war, atmete sie auf, spürte aber gleichzeitig ihre innere Unruhe wachsen.

Friedrich von Hartung hatte ein Telegramm vorausgeschickt, doch am Bahnhof wartete niemand, um sie abzuholen. Zwar war Rieke enttäuscht, fragte sich aber im nächsten Moment bitter, ob sie tatsächlich erwartet hatte, so freudig empfangen zu werden wie der verlorene Sohn aus der Bibel.

»Wie es aussieht, müssen wir uns eine Droschke besorgen«, erklärte Theo und ging auf den einzigen vor dem Bahnhof wartenden Wagen zu. Der Kutscher schien im Zweifel zu sein, ob er ihm trauen sollte. Seine Blicke wanderten von Theo zu Rieke und wieder zurück.

»Haben aber nichts Verbotenes vor?«, fragte er in einem Tonfall, als nehme er das Gegenteil an. Immerhin standen Rieke und Theo in einem Alter, in dem sich bereits Liebesdramen ereignen konnten.

Theo begriff ebenso wenig wie Rieke, was der Mann wollte.

»Kennen Sie Major Gantzows Quartier?«, fragte Rieke. »Dann bringen Sie uns hin!«, setzte sie hinzu, als der Kutscher unwillkürlich nickte.

Nun begriff der Mann, wen er vor sich hatte. »Sagen Sie bloß, Sie sind das magere Ding mit den langen Beinen? Sind Sie aber groß geworden! Kommen wohl, um der Frau Mama beizustehen, was?«

Ohne auf eine Antwort zu warten, lud der Mann das Gepäck auf den Wagen und wartete, bis Rieke, Hilde und Theo eingestiegen waren. Dann fuhr er los und erreichte wenige Minuten später die Straße, in der Riekes Eltern wohnten, und hielt vor dem Haus.

Während Theo den Droschkenkutscher bezahlte, trat Rieke auf die Tür zu. Als sie öffnete, begegnete sie als Erstes dem

Hausbesorger, der in seiner Nische saß. Bei Riekes Anblick erhob er sich.

»Sie wünschen, mein Fräulein?«

»Guten Tag, Herr Winter! Ist meine Mutter zu Hause?«

Der Mann brauchte einen Augenblick, bis er begriff, wer vor ihm stand, und schüttelte fassungslos den Kopf. »Fräulein von Gantzow! Oh, Gott, Sie sind je direkt erwachsen geworden.«

»Ich war drei Jahre fort.«

Theo kam eben herein und spürte die Bitterkeit in ihren Worten. Auch er grüßte und wandte sich dann an Rieke. »In welchem Stockwerk wohnt deine Mutter?«

»Im dritten. Ich hoffe, sie ist zu Hause?« Die Frage galt dem Hausbesorger, der eifrig nickte.

»Frau von Gantzow ist in ihrer Wohnung. Sie hat das Haus nicht mehr verlassen, seit die schlimme Nachricht über den Herrn Major eingetroffen ist.«

Rieke senkte betroffen den Kopf, denn das bestätigte ihre Befürchtungen. »Danke, Herr Winter! Ich gehe nach oben. Hilde, kannst du mir meine Reisetasche geben? Du trägst schwer genug an deinem Bündel und dem Koffer des jungen Herrn Hartung.«

»Ich schaffe das schon!«, antwortete die Magd, doch Rieke nahm ihr kurzerhand die Reisetasche ab und stieg damit belastet die Treppe hoch.

Theo folgte ihr und sah sich um. Das Treppenhaus war schlicht gehalten, und auf jeder Etage befanden sich zwei Türen, die zu je einer Wohnung führten. Dort war jeweils ein Messingschild angebracht, das den Namen des Bewohners anzeigte. Er las Hptm. Watzke, Major von Berneck und endlich im dritten Stock, über dem es nur noch den Dachboden gab, Major von Gantzow.

Rieke stellte ihre Reisetasche ab und klopfte. Es dauerte eine Weile, bis geöffnet wurde und das Dienstmädchen ihrer Mutter herausschaute. Die Frau war über siebzig und kniff die Augen zusammen, um in dem Dämmerlicht des Treppenhauses zu erkennen, wer Einlass forderte. Obwohl sie Rieke von Geburt an betreut hatte, erkannte sie diese nicht.

»Sie wünschen, Fräulein?«, fragte sie in ablehnendem Tonfall.

»Mulle, ich bin's doch!«, rief Rieke aus.

Die alte Frau wich einen Schritt zurück und schlug die Hände zusammen. Dann hallte ihr Ruf durch die Wohnung.

»Frau Major, unsere Rieke ist wieder da!«

Wenig später kam Ilsemarie von Gantzow auf den Flur und starrte ihre Tochter an. Drei Jahre hatten aus dem Kind ein Mädchen an der Schwelle zur Frau gemacht, und sie wunderte sich über Riekes ruhiges, zurückhaltendes Auftreten, das keine Anzeichen erkennen ließ, ob sie sich freute, die Mutter wiederzusehen.

Rieke musterte ihre Mutter angespannt. Diese trug ein schlichtes, lavendelblaues Kleid, das für ein Trauerhaus unpassend war. Also konnte ihr Vater nicht gefallen sein.

»Da bin ich wieder.«

Die Verletzungen etlicher Jahre lagen in Riekes Stimme und erinnerten Theo daran, dass sie ihre Eltern schon lange nicht mehr hatte besuchen dürfen. Wenn er Gunda richtig verstanden hatte, hatte Riekes Vater nach dem Tod seines Sohnes geschworen, er wolle die Tochter niemals in seinem Leben mehr wiedersehen. Plötzlich tat es ihm leid, sie so ruppig behandelt zu haben. Sie musste ihn für einen argen Stoffel halten.

»Darf ich vorstellen? Theodor von Hartung, der Sohn meiner Gastgeber! Sein Vater war so gütig, ihn mir als Reisemarschall mitzugeben, und das ist Hilde, ein Dienstmädchen aus dem Hause Hartung.«

Rieke deutete auf die beiden und sah dann Mulle an. »Ich hoffe, es gibt eine Möglichkeit, den beiden Gastfreundschaft zu erweisen. Ich würde ihnen ungern das *Krone und Schwert* zumuten. Dort verkehren mir zu viele Offiziere, und die Herren sind manchmal laut und ungehobelt.«

»Ich werde das Gästezimmer für Herrn Theodor vorbereiten. Das Mädchen kann in meinem Zimmer schlafen«, erklärte die Alte und schlurfte los.

Rieke fand, dass sie ihre Mutter nach so langer Zeit der Trennung umarmen sollte, und setzte es in die Tat um. Zu seiner Verwunderung merkte Theo, dass die hochgewachsene Ilsemarie von Gantzow ihre Tochter nur noch zwei Finger breit überragte. Rieke war groß geworden und, wie er jetzt fand, auch recht hübsch. Bislang hatten Mädchen ihn nicht interessiert, doch nun betrachtete er Rieke aufmerksamer. Deren Mutter erwiderte die Umarmung nicht nur, sondern klammerte sich regelrecht an ihre Tochter und begann zu schluchzen.

»Es ist so schrecklich!«

»Was ist nun wirklich geschehen?«, fragte Rieke mit ungewohnter Strenge in der Stimme.

»Dein Vater! Er wurde in der Schlacht schwer verwundet, und die Ärzte mussten ihm das rechte Bein abnehmen. Außerdem hat er mehrere Finger der rechten Hand verloren. Derzeit befindet er sich in einem Lazarett in Böhmen. Man schrieb mir von dort, dass ich seinen Heimtransport in die Wege leiten soll. Ich wusste mir keinen Rat und habe dich daher gebeten, zurückzukommen.«

Theo spürte die Angst der Frau und ihre Hilflosigkeit. Aber von einem Mädchen von siebzehn Jahren zu erwarten, dass dieses allein nach Böhmen fahren und den Vater heimbringen würde, hielt er für naiv. Bevor er jedoch etwas sagen konnte, drehte Rieke sich zu ihm um. »Theodor, ich will nicht ungastlich erscheinen, doch dürfte ich Sie bitten, morgen zusammen mit Hilde nach Steben zurückzufahren. Ich will so bald wie möglich mit Mulle aufbrechen, um meinen Vater zu holen.«

Sie sprach ihn höflich an, so wie er es von seinem Alter her erwarten durfte, doch hätte er sich gewünscht, sie würde wie noch in den letzten Ferien das persönlichere Du verwenden. Nun aber ging es um etwas anderes.

»Täte ich das, würden meine Eltern mich zu Recht schelten. In dieser Situation darf ich Sie nicht im Stich lassen. Sie müssen die Bahnstrecken erkunden, auf denen Sie fahren müssen, Fahrscheine erstehen und für den Transport Ihres Herrn Vaters sorgen. Nach den Verletzungen, die Ihre Frau Mama genannt hat, wird dies nicht einfach sein.«

Es wird auch so nicht einfach sein, Vater wiederzusehen und seine Launen zu ertragen, durchfuhr es Rieke. Gleichzeitig fiel ihr ein ganzer Felsbrocken vom Herzen. Sie hätte es sich zwar zugetraut, ihren Vater zu holen, doch gab es dabei mit Sicherheit Probleme, die Theo leichter lösen konnte als sie.

»Ich will Ihre Großzügigkeit nicht über Gebühr beanspruchen«, erwiderte sie trotzdem.

»Das werden Sie auch nicht! Es ist für mich eine Ehre, einem Helden wie Ihrem Herrn Vater behilflich sein zu dürfen. Das ist doch auch gewiss in Ihrem Sinne, gnädige Frau?«, fragte er Riekes Mutter.

Diese atmete auf. Da sie selbst vollkommen hilflos war, traute sie auch ihrer Tochter nicht allzu viel zu. »Ich danke Ihnen, Herr von Hartung! Es erleichtert mich, dass Sie sich bereit erklärt haben, meinen Ehemann aus dem Lazarett hierherzubringen. Friederike würde dies gewiss nur unter Mithilfe fremder Leute gelingen.«

Diese Aussage brachte Rieke fast dazu, Theos Angebot abzulehnen. Doch sie sagte sich, dass der Transport ihres Vaters wichtiger war als ihr Stolz. Im Gegensatz zu ihrer Mutter hatte sie gelernt, selbständig zu handeln, und sie war ihrer Großtante überaus dankbar für den Besuch der Schule. Auch wenn es das Ziel der Schwestern Schmelling war, ihre Schützlinge zu treusorgenden Gefährtinnen ihrer späteren Ehemänner zu erziehen, so legten sie doch Wert darauf, den Mädchen beizubringen, selbst Entscheidungen zu treffen. Als Ehefrauen sollten sie ihre Männer nicht mit jeder Kleinigkeit behelligen.

In der Hinsicht war auch Theos Mutter ein Vorbild. Theresa von Hartung würde ihren Mann auch ohne fremde Hilfe aus einem Lazarett holen.

»Da wir die Grenze überschreiten müssen, benötigen Sie einen Pass. Ich habe den meinen glücklicherweise bei mir!«

Theos Bemerkung machte Rieke klar, dass die Ausbildung im Institut doch nicht so umfangreich war, wie sie angenommen hatte, denn sie hatte keine Ahnung, wie sie an Reisepapiere gelangen sollte.

## 4.

Am nächsten Vormittag entwickelte Theo einen erstaunlichen Tatendrang. So besorgte er bei der Stadtverwaltung Papiere, mit denen Rieke reisen konnte, informierte sich, welche Züge sie nehmen mussten, um nach Böhmen zu gelangen, und erstand die entsprechenden Fahrscheine. Zwar würden sie einmal unterwegs übernachten müssen, aber er hatte den Namen eines Gasthofs herausgefunden, der Reisenden einen gewissen Komfort bieten sollte. Das war wichtig, denn aufgrund der

Umstände mussten sie darauf verzichten, eigene Bettwäsche mitzunehmen.

Hilde würde sie begleiten, denn die alte Mulle, die vor den schnaubenden Dampflokomotiven beinahe noch mehr Angst hatte als ihre Herrin, musste bei dieser zurückbleiben. An seine Eltern schickte Theo ein kurz gehaltenes Telegramm, um nicht zu viel Geld ausgeben zu müssen. Die Reise nach Böhmen kam teuer, und sein Portemonnaie war nicht so gut gefüllt, dass er die Sparsamkeit außer Acht lassen konnte.

Bei einem Teil der Wege hatte Rieke Theo begleitet und sich über die entschlossene Art gefreut, mit der er die Vorbereitungen für die Reise vorantrieb. Sie selbst wäre wohl mangels eines Passes an der Grenze zu Böhmen zurückgeschickt worden. Als sie nach Hause kam und mit ihrer Mutter sprach, begriff sie, dass in den drei Jahren, die sie sich nicht gesehen hatten, eine starke Entfremdung eingetreten war. Sie war der Gedankenwelt ihrer Mutter entwachsen und schien bereits mehr Wissen und Erfahrung zu haben als diese.

»Ich hoffe, Vater wird nicht zu sehr erzürnt sein, wenn ich ihn abhole«, sagte sie bissig, weil die Mutter ihr einen unsinnigen Ratschlag nach dem anderen gab. Sie war jedoch nicht bereit, mit einem Fuhrwerk bis nach Böhmen zu fahren, nur um dem Vater die Bahnreise zu ersparen. Auch störte es sie, dass Theos Bemerkungen für die Mutter das Evangelium darstellten, während diese an ihren Plänen alles Mögliche auszusetzen hatte.

»Er wird sicher froh sein, von dort wegzukommen«, griff Theo ein, da es für einen Augenblick nach einem Streit zwischen Mutter und Tochter aussah.

Während er eine Tasse Kaffee trank und etwas Gebäck dazu aß, verglich er die beiden miteinander. Ilsemarie von Gantzow war vielleicht fünf Jahre älter als seine Mutter und wies immer noch Spuren einstiger Schönheit auf. Allerdings schien sie anders als Rieke keinerlei eigenen Willen zu haben und ließ sich stets von anderen leiten. Hier im Haushalt war es die alte Mulle, die das Heft in der Hand hielt. Was die Rückholung ihres Mannes betraf, so richtete sie sich nach ihm, obwohl er erst achtzehn Jahre alt war und gerade das Gymnasium abgeschlossen hatte.

»Ich weiß nicht«, wandte Rieke schließlich ein. »Es wird ihm gar nicht gefallen, ein Krüppel zu sein, der tagaus, tagein in seiner Wohnung sitzen muss und das helle Licht der Sonne nur durch das Fenster sehen kann.«

Ihre Mutter verkrampfte bei diesen Worten die Hände. Der Vorgesetzte ihres Mannes, Oberst von Steben, hatte sie aufgesucht und dabei angedeutet, dass Major von Gantzow jeden Lebensmut verloren habe. Ob er ihn hier wiederfinden würde, bezweifelte sie. Ihm würde es auch nicht gefallen, auf Rieke angewiesen zu sein, doch sie selbst und Mulle waren nicht in der Lage, ihn so zu versorgen, wie es nötig war.

»Ich bin so froh um Ihre Hilfe, Herr von Hartung. Wenn ich daran denke, dass meine arme Friederike ohne Ihre Begleitung in ein fremdes Land reisen müsste! Ich hätte vor lauter Sorge keine Nacht mehr schlafen können.«

»Sie halten Ihre Tochter für hilfloser, als sie ist. Friederike ist im Gegenteil eine sehr energische junge Dame, die sich durchzusetzen weiß.«

Ilsemarie von Gantzow nickte mit unglücklicher Miene. »Sie war schon immer ein aufsässiges Kind, das seinem Vater und mir viele Sorgen bereitet hat. Selbst die Rute half oft wenig!«

Theo sah Rieke erschrocken an. Im Gegensatz zu seiner Mutter hatte er sich nie mit ihrer Herkunft beschäftigt und sich nur gewundert, weil sie sich in Situationen, in der seine

Schwester Freudensprünge gemachte hätte, stets zurückgehalten hatte. Nun begriff er, dass die Schläge sie vorsichtig gemacht hatten.

Ohne zu ahnen, wie stark sie in Theos Achtung stieg, verzehrte Rieke ihr Stück Kuchen und stand dann auf. »Ich werde noch einige Sachen für meinen Vater zusammenpacken. Er wird gewiss in einer sauberen, unversehrten Uniform reisen wollen.«

»Tu das, mein Kind! Ich werde mich noch ein wenig mit Herrn von Hartung unterhalten. Er ist ein wohlerzogener junger Herr und so wunderbar in der Lage, uns all die Steine aus dem Weg zu räumen, die mir so viele Sorgen bereitet haben.«

Ilsemarie von Gantzow lächelte ihre Tochter an, doch diese begriff, dass das Lächeln weniger ihr galt als dem jungen Mann.

## 5.

Am nächsten Morgen konnte die Reise losgehen. Sie fuhren zuerst nach Berlin, um von dort einen Zug nach Dresden zu nehmen. An der Grenze zu Sachsen musste Theo seinen Pass zücken, während Rieke und Hilde von den Kontrolleuren ignoriert wurden.

»Sie hätten nicht den Aufwand betreiben müssen, Ausweispapiere für mich zu besorgen«, erklärte Rieke verblüfft.

»Wären Sie allein gereist, hätte man Ihnen gewiss den Pass abgefordert«, warf Hilde ein und wies auf zwei junge Frauen, die eben aus einem Waggon der zweiten Klasse geführt wurden. Vier Gendarmen eskortieren sie, während ein Polizeioffizier mehrere Blätter in der Hand hielt.

»Was machen die mit denen?«, fragte Rieke verwundert.

»Ich nehme an, dass ihre Pässe nicht für Sachsen ausgestellt worden sind oder sie zu Leuten gehören, die man nicht im Land haben will«, antwortete Theo.

»Das verstehe ich nicht«, sagte Rieke.

Auch wenn Theo noch kein Bordell von innen gesehen hatte, wusste er, dass es Huren gab. Diese wurden an Grenzen ebenso ungern gesehen wie Tänzerinnen aus zwielichtigen Etablissements, Jahrmarktkünstlerinnen und anderes fahrendes Volk.

Was aus den beiden Frauen wurde, erfuhren sie nicht, denn sie wechselten nun den Zug und fuhren weiter. Die Nacht verbrachten sie in Dresden und mussten am nächsten Tag sogar mehrmals umsteigen, bis sie ihren Zielbahnhof erreichten. Von dort aus benötigten sie einen Wagen, um zum Lazarett zu gelangen. Es dauerte eine Weile, bis Theo jemanden fand, der bereit war, sie hinzubringen. Die Leute, die Deutsch sprachen, nahmen Preußen den Sieg über Österreich übel und reagierten unfreundlich.

Der Mann, der sie schließlich zum Lazarett fuhr, war ein Tscheche, dem Österreich und dessen Kaiser, wie er sagte, an einem gewissen Körperteil vorbeigingen.

Rieke interessierte sich wenig für die Stimmung in Böhmen, sondern fragte sich, wie ihr Vater ihre Ankunft aufnehmen würde

Theos Gedanken gingen derweil in eine andere Richtung. »Ich hoffe, es gibt beim Lazarett einen Gasthof zum Übernachten. Um heute noch aufbrechen zu können, ist es bereits zu spät.«

»Wir werden auch unterwegs noch einmal übernachten müssen«, antwortete Rieke.

Theo nickte. »Allerdings! Ich wollte, wir hätten zwei kräftige Männer mitgenommen, die deinen Vater tragen können. So werden Hilde und ich es tun müssen!«

»Warum Hilde? Ich bin doch auch noch da«, sagte Rieke.

»Hilde ist ein paar Jahre älter und kräftiger als du! Außerdem wirst du genug zu tun haben, um auf unser Gepäck zu achten und Dienstmänner zu rufen, die es dir tragen. Aber Vorsicht! Nicht, dass einer davon glaubt, im Koffer oder in einer der Reisetaschen wäre etwas von Wert, und sich damit aus dem Staub machen will!«

»Ich werde deinen Koffer selbst tragen, damit er nicht gestohlen wird.« Rieke fühlte sich durch Theos belehrenden Tonfall gekränkt. Dabei wusste sie, dass er recht hatte. Diebe gab es überall, und für einen armen Mann war sogar ein neues Hemd eine willkommene Beute.

»In meinem Koffer ist nichts von Wert«, antwortete Theo. »Oder, besser gesagt: Was von Wert sein kann, gebe ich dir, damit du es in deiner Reisetasche verstaust. Die ist so leicht, dass du sie tragen kannst.«

Da sie unter sich waren, sprachen sie einander wieder mit Du an. Doch sobald sie bei Riekes Vater waren, hieß es, erneut Sie zu sagen.

Rieke nickte erleichtert. »So machen wir es! Wir sollten aber zusehen, dass wir ein paar Männer finden, die meinen Vater tragen können. Es würde mir nicht gefallen, wenn Hilde und du euch mit ihm abmühen müsstet.«

»Du magst ihn nicht besonders?«, fragte Theo, erhielt aber keine Antwort. Doch der Schatten, der für einen Augenblick über Riekes Gesicht huschte, verriet ihm genug. Er konnte nichts mehr sagen, denn ihr Kutscher deutete auf ein schlossähnliches Gebäude am Fuße eines Hügels.

»Dort vorne ist das Lazarett!«

»Gibt es hier eine Möglichkeit, zu übernachten?«, wollte Theo wissen.

»Da die Verwundeten immer wieder Besuch erhalten, wurde ein Flügel für solche Gäste eingerichtet«, erwiderte der Mann.

»Dann ist es gut.« Theo lächelte Rieke aufmunternd zu und sprang ab, als der Wagen vor dem Gebäude anhielt, und half ihr beim Aussteigen. Obwohl er nur ihre Hände berührte, überkam ihn ein eigenartiges Gefühl. Wie würde es sein, wenn er sie in die Arme nahm und vielleicht sogar küsste?

Man hatte sie bereits bemerkt, denn ein Unteroffizier trat auf sie zu. Angesichts des jungen Zivilisten und der beiden jungen Frauen, von denen eine als Dienstbotin zu erkennen war, unterließ er es, zu salutieren, sondern sah Theo fragend an.

»Sie wünschen bitte?«

»Wir sind gekommen, um meinen Vater, Major von Gantzow, abzuholen«, erklärte Rieke, bevor Theo etwas antworten konnte.

»Sagten Sie Major von Gantzow, mein Fräulein?« Der Unteroffizier atmete tief durch, denn Riekes Vater war ihr schwierigster Patient und derjenige im Lazarett, den sie am ehesten loswerden wollten.

»Ich werde dem Oberarzt Bescheid geben. Wenn Sie so lange im Vorraum warten wollen?« Der Mann öffnete die Tür und ließ die drei ein. Eilig stiefelte er davon.

Rieke sah ihm nach und zuckte mit den Schultern. »Er scheint meinen Vater nicht zu mögen«, meinte sie und erinnerte sich an den letzten Brief ihres Bruders, in dem dieser geklagt hatte, wie sehr der Vater die anderen Offiziere gegen sich aufbringen würde.

Kurz darauf kehrte der Unteroffizier zurück. Ein Mann in der tadellosen Uniform eines Obersts begleitete ihn und sprach Theo an. »Sie sind Major Gantzows Sohn?«

»Mein Bruder starb beim Sturm auf die Düppeler Schanzen«, sagte Rieke mit leiser Stimme. »Dieser Herr hier war so freundlich, mich zu begleiten.«

Der Oberst zog die Augenbrauen hoch, denn es war nicht gerade üblich, dass Mädchen wie Rieke von jungen Männern begleitet wurden, die mit ihnen weder verheiratet noch verwandt waren. Andererseits waren die Verletzungen des Majors zu schwer, als dass die Tochter ihn nur mit Hilfe eines Dienstmädchens von hier hätte wegbringen können.

»Seien Sie mir willkommen«, sagte er und streckte Theo die Hand hin. Dieser ergriff sie kurz und deutete eine Verbeugung an.

»Erlauben Sie mir, dass ich mich vorstelle. Theodor von Hartung, zu Ihren Diensten!«

Der Oberst verzog das Gesicht zu einem Lächeln. »Eher zu Diensten der jungen Dame. Darf ich erfahren, in welchem Verhältnis Sie zu ihr stehen?«

»Fräulein Friederike ist eine Freundin und Schulkameradin meiner Schwester und hat ihre Ferien bei uns verbracht.«

»Die Familien sind also befreundet. Wenn Sie wollen, wird Bradl Sie zu Major von Gantzow bringen.« Der Oberst nickte den dreien kurz zu und verabschiedete sich.

## 6.

Der Unteroffizier führte sie durch einen düsteren Gang in einen Garten, in dem einige Verwundete unter Bäumen saßen. Den meisten fehlte ein Bein, einem sogar beide, und ein paar Männern war zusätzlich noch ein Arm amputiert worden. Trotz der milden Abendsonne war es ein deprimierendes Bild, das Theo die Schattenseiten des Krieges zu Bewusstsein brachte. Auch Rieke schlug die Augen nieder, um das Elend der Männer nicht mit ansehen zu müssen.

Mehr als fünfzig Schritte entfernt von den anderen saß ein Mann einsam unter einem Apfelbaum. Er war groß und hager und hatte ein scharf geschnittenes Gesicht, das einmal recht ansprechend gewesen sein musste. Unter buschigen Augenbrauen starrten graue Augen trotzig in die Ferne. Der Mann drehte nicht einmal den Kopf, als sich jemand näherte. Erst als der Unteroffizier vor ihm stehen blieb, sah er ihn an und bemerkte nun auch Rieke, Theo und Hilde.

Egolf von Gantzow erkannte seine Tochter nicht, sondern brummte nur, weil er sich in seinen Gedanken gestört fühlte. Einen Augenblick lang herrschte Schweigen, dann trat Rieke einen Schritt vor.

»Mama hat mich geschickt, dich abzuholen.«

Es klang herb, und für den Major fühlte es sich an wie ein Schlag. Er kniff die Augen zusammen und musterte das Mädchen, das er als Vierzehnjährige zuletzt gesehen hatte und das auf dem besten Weg war, eine äußerst hübsche junge Frau zu werden. Eine Ähnlichkeit mit ihrer Mutter war zwar vorhanden, aber die Unterschiede zwischen den beiden störten ihn schon lange. Ilsemarie war sanft und lieblich gewesen und hatte sich ihm stets untergeordnet. Das würde die Tochter niemals tun. Nun ärgerte er sich, weil er Frau von Gentzsch nachgegeben und das Mädchen in das Institut der Schwestern Schmelling geschickt hatte. Seine Miene verhärtete sich, und auch der Blick seiner Tochter wurde kalt.

So, dachte Theo, müssen sich Duellgegner anschauen, wenn sie zwanzig Schritte voneinander entfernt ihre Pistolen anlegten. Gleichzeitig wurde ihm klar, dass sich einige der Züge des Majors auf dem Gesicht des Mädchens widerspiegelten, wenn auch weiblich verfeinert. Noch mehr aber spürte er, wie ähnlich die Charaktere der beiden waren. Beide waren stolz bis zur Selbstaufgabe und bereit, bei dem, was sie sich vornahmen, niemals zurückzuweichen. Für eine Frau war dies kein erstrebenswerter Zug. Theo kannte jedoch seine Mutter, und in gewisser Weise glich Rieke ihr.

Da der Major schwieg, wandte Rieke sich an den Unteroffizier. »Ich wünsche, dass alles für die Abreise meines Vaters vorbereitet wird. Wir müssen morgen um neun Uhr am Bahnhof sein. Zudem hieß es, man könne hier übernachten.«

»Das ist möglich. Wenn die Herrschaften drei Zimmer haben wollen ...«

»Zwei reichen. Hilde kann bei mir schlafen«, unterbrach Rieke den Mann.

»Wenn ich Ihnen einen Rat geben darf, gnädiges Fräulein, so sollten Sie auf der Reise die Dienste zweier Krankenpfleger in Anspruch nehmen. Sie müssen nur für die Fahrkosten, Unterkunft und Verpflegung aufkommen.«

Der Gedanke, den Vater mit seinem verlorenen Bein und der verletzten Hand allein mit Theo und Hilde nach Hause zu schaffen, war nicht gerade angenehm. Da Rieke jedoch kein Geld besaß, blickte sie Theo hilfesuchend an. Dieser hatte für die Reise bereits alles zusammengekratzt, was er besaß, hatte aber die gleichen Bedenken wie sie und antwortete mit einem schiefen Grinsen. »Wir sollten dieses Angebot annehmen, auch wenn ich dafür meine Uhr werde versetzen müssen.«

»Wer ist dieser Herr?«, fragte Gantzow, der endlich die Sprache wiedergefunden hatte.

»Das ist Herr Theodor von Hartung, der Bruder meiner Freundin Gunda. Seine Eltern waren so liebenswürdig, mich während der letzten zwei Jahre in den Ferien einzuladen. Von ihnen habe ich auch das Kleid erhalten, das ich trage.«

Obwohl Rieke beherrscht und leise sprach, klangen ihre Worte wie eine einzige Anklage.

Gantzow erinnerte sich daran, dass er seiner Frau verboten hatte, Rieke einen Gruß zu Weihnachten zu schicken, geschweige denn Geld, um sich so kleiden zu können, wie es einem Mädchen ihres Standes zukam. Irgendwie hatte er vergessensen wollen, dass es sie überhaupt gab. Nun aber war er ein Krüppel und auf ihre Hilfe angewiesen. Es erboste ihn so, dass er zu fluchen begann.

Theo starrte ihn verdattert an, während ihr Führer nur abwinkte. »Solche Anfälle hat er öfters! Kommen Sie nun, ich bringe Sie zu Ihren Quartieren. Heute müssen Sie sich noch nicht um den Major kümmern, das übernehmen unsere Pfleger. Ein kleines Trinkgeld sollte es Ihnen aber wert sein. Er ist kein angenehmer Patient!«

Da Rieke ihren Vater kannte, glaubte sie dies unbesehen. »Herzlichen Dank«, sagte sie und kehrte ihrem Vater den Rücken zu.

## 7.

Rieke und Theo aßen gemeinsam zu Abend, doch keinem von ihnen war nach Reden zumute. Das Wiedersehen mit dem Vater hatte das Mädchen stärker mitgenommen, als es erwartet hatte, und Theo wollte nicht an Wunden rühren, die offenbar noch längst nicht verheilt waren. Daher sagte er nur, dass er zwei Pfleger engagiert habe, die sie bis nach Hause begleiten würden.

»Danke! Es wäre sonst sehr mühsam für uns geworden«, antwortete Rieke und schämte sich, weil sie sich noch tiefer in seiner Schuld fühlte.

»Wir sollten bald zu Bett gehen, denn morgen geht es früh raus aus den Federn.«

Theo lächelte mitfühlend, denn Rieke sah elend aus. Er wünschte sich, ihr helfen zu können, und sei es nur dadurch, dass sie das, was ihr auf der Seele lag, einmal aussprechen konnte. Das hatte sie jedoch nicht einmal bei seiner Schwester getan, und die beiden waren ein Herz und eine Seele.

»Das sollten wir!« Rieke zwang sich, die letzten Bissen zu essen, und schob den Teller zurück. »Du erlaubst, dass ich mich jetzt zurückziehe. Ich bin wirklich müde.«

»Gute Nacht.«

»Auch ich wünsche dir eine gute Nacht.« Mit einem unbewussten Seufzen stand Rieke auf und verließ die Ecke des Speisesaals, die man ihnen zur Verfügung gestellt hatte.

Unweit von ihnen speisten einige verletzte Veteranen. Einer sah ihr nach und schüttelte den Kopf. »Das ist also Gantzows Tochter. Das arme Mädchen! Es ahnt noch nicht, was ihm bevorsteht.«

Rieke hörte es zwar nicht, aber Theo bekam es mit. Daher trat er auf die Männer zu. »Ich bitte um Verzeihung, aber was sagten Sie über Herrn von Gantzow?«

»Er ist kein angenehmer Mensch, ganz und gar nicht!«, antwortete einer der Versehrten. »Jeder von uns hat seinen Packen zu tragen, einige sogar einen schwereren als er. Wir nehmen es als das uns von Gott auferlegte Schicksal hin. Major Gantzow führt sich jedoch in einer Art und Weise auf, dass keiner von uns etwas mit ihm zu tun haben will.«

»Er bekommt sogar die Mahlzeiten in seiner Kammer, damit wir in Ruhe essen können. Sein Fluchen und Schreien hat uns zu oft den Appetit verhagelt«, setzte der Mann neben ihm hinzu.

»Ich danke Ihnen, meine Herren!«

Das versprach nichts Gutes für Rieke, dachte Theo. Er stellte sich den Major in der Wohnung im dritten Stock vor und schüttelte sich. Rieke, ihre Mutter und die alte Mulle waren niemals in der Lage, den Mann nach unten zu schaffen, damit er wenigstens einmal frische Luft schöpfen konnte. Auch gab es keinen Garten, und so würde der Major, der für König und Vaterland immerhin seinen Sohn, ein Bein und drei Finger hatte opfern müssen, in einer kleinen Kammer vor sich hinvegetieren und seiner Familie das Leben zur Hölle machen.

Der Gedanke beschäftigte Theo noch, als er zu Bett ging. Auch am nächsten Morgen dachte er als Erstes daran, während er seine Taler zählte und hoffte, seine Uhr doch nicht versetzen zu müssen.

Um das Frühstück einnehmen zu können, wurde Rieke an den Tisch ihres Vaters gebracht. Ein Pfleger blieb neben ihr stehen und erklärte ihr, worauf sie achten müsse.

»Durch die Verstümmelung der rechten Hand ist der Herr Major nicht mehr in der Lage, das Besteck zu führen. Es ist daher unabdingbar, dass ihm die Mahlzeiten klein geschnitten vorgesetzt werden. Eine andere Sache betrifft unangenehmere Dinge, die ich ungern vor der jungen Dame erwähnen würde.« Der Pfleger sah Hilde an, die als Dienstbotin nicht davor zurückschrecken durfte.

Da griff Rieke ein. »Hilde gehört zum Haushalt der Familie von Hartung und ist nur mitgekommen, um mich bei der Reise zu unterstützen. Die Pflege meines Vaters wird meine Aufgabe sein.«

Ihr Vater verzog bei dieser Erklärung das Gesicht. Er kannte seine Frau jedoch gut genug, um zu wissen, dass diese mit seiner Pflege überfordert sein würde. So sehr ihn der Gedanke auch schmerzte: Er war auf Friederike angewiesen.

Der Pfleger überlegte kurz und beschloss dann, das, was ihm auf der Zunge lag, doch zu sagen. »Bisher mussten wir dem Herrn Major auf dem Abort immer die Hosenträger lösen und ihm die Hose über den – na, Sie wissen schon! – herabziehen. Alles andere kann er selbst. Nur müssen hinterher die Hosenträger wieder festgeknöpft werden.«

»Haben Sie besten Dank«, sagte Rieke und wandte sich ihrem Vater zu. Da der Pfannkuchen, der einen Teil seines Frühstücks darstellte, noch nicht zerteilt war, ergriff sie kurz entschlossen das Besteck und begann, ihn zu schneiden.

»Ist es gut so?«, fragte sie, als sie fertig war.

Ihr Vater bedachte sie mit einem giftigen Blick, sagte aber nichts. Stattdessen trank er einen Schluck Bier, das er am Morgen dem Kaffee vorzog, und missachtete den Pfannkuchen, obwohl er durchaus Hunger hatte.

»Auch gut!«, kommentierte Rieke und sah Theo auffordernd an. »Der Wagen, der uns zum Bahnhof bringen soll, wird gleich vorfahren. Hilde, kannst du nachsehen, ob die Sachen meines Vaters bereits gepackt sind? Wo ist eigentlich dein Bursche?« Das Letzte galt dem Vater.

Dieser zog eine wuterfüllte Grimasse. »Ist desertiert!«

»Der Mann ist zu seinem Regiment zurückgekehrt, da der Major ihn zu sehr schikaniert hat«, berichtigte der Pfleger die Aussage und sagte sich, dass er drei Kreuze schlagen würde, wenn er Gantzow zu Hause abgeliefert hatte.

Egolf von Gantzow spürte, dass er als Krüppel nichts mehr galt und von nun an andere über ihn entschieden. Dabei war er bis auf die verlorenen Gliedmaßen noch immer der gleiche Mensch wie vorher.

»Ich wünsche während der Reise eine Flasche Wein!«, sagte er.

Der Pfleger schüttelte den Kopf. »Das sollten Sie nicht tun, Fräulein! Ihr Herr Vater wird schnell betrunken und ist dann nicht gerade leise.«

»Verdammter Hund!«, schnauzte der Major ihn an.

Da ihr Vater schon nüchtern eklig war, würde er betrunken kaum mehr auszuhalten sein, dachte Rieke und beschloss, dafür zu sorgen, dass er Wein und Bier nur in geringem Maß erhielt. Wenn ihre Mutter und sie ihn schon versorgen mussten, dann sollten sie nicht auch noch unter den Launen eines Betrunkenen leiden müssen.

»Der Wagen steht bereit!« Der zweite Pfleger, der sie begleiten würde, war eingetreten und stellte sich neben den Major.

»Können Sie den Stuhl zurückziehen, wenn wir Herrn von Gantzow aufgehoben haben?«, bat sein Kollege Theo.

Dieser nickte. »Selbstverständlich.«

Rieke trat ein wenig beiseite, damit die Pfleger ihren Vater nach draußen tragen konnten, und holte ihre Reisetasche. Hilde kam mit Theos Koffer und ihrem Bündel nach.

»Das Gepäck des Herrn Major ist bereits zum Eingang geschafft worden«, meldete sie.

»Dann ist es gut.« Rieke verließ nun ebenfalls das Gebäude und sah zu, wie ihr Vater in den Wagen gehoben wurde. Aus Trotz hatte er seine alte Uniform angezogen und nicht die, die sie mitgebracht hatte. Die Mutter würde sich vielleicht darüber ärgern, dachte sie, doch sie berührte es nicht. Immerhin war die Uniform sauber, und die Löcher darin waren fein säuberlich genäht.

Theo wartete ab, bis Rieke eingestiegen war. Doch statt sich neben ihren Vater zu setzen, nahm sie auf der vorderen Bank mit dem Rücken zur Fahrtrichtung Platz, und zwar genau ihrem Vater gegenüber. Es war, als wolle sie ihn zwingen, sie anzuschauen, nachdem er sie drei Jahre lang missachtet hatte. Hilde setzte sich neben Rieke und überließ Theo den Platz neben dem Major.

»Sie freuen sich gewiss, wieder nach Hause zu kommen«, sagte der junge Mann, um ein Gespräch mit dem Major zu beginnen.

Gantzow dachte daran, dass der große Garten mit dem schönen Apfelbaum hinter ihnen zurückblieb und er sein weiteres Leben in der Wohnung in der dritten Etage würde fristen müssten, und schnaubte nur.

»Sie haben sowohl bei Düppel wie auch bei Königgrätz gekämpft. Es müssen gewaltige Schlachten gewesen sein«, fuhr Theo fort.

Der Major spürte die Bewunderung, die der junge Mann für ihn empfand, und zum ersten Mal, seit Rieke ihn wiedergesehen hatte, wies sein Gesicht einen weniger missmutigen Zug auf.

»Es waren harte Schlachten, junger Mann! Ich habe meinen Sohn dabei verloren und viele Freunde. Andere wurden wie ich zu Krüppeln.«

Gantzow dachte an Dirk von Maruhn, den er bei ihrem letzten Zusammentreffen wegen seines starken Hinkens belächelt hatte. Nun beneidete er ihn glühend um das zweite, wenn auch geschwächte Bein. Er selbst war nicht einmal in der Lage, mit Krücken zu gehen, da er mit seiner verstümmelten Rechten den Griff nicht halten konnte. Er taute während der Fahrt jedoch ein wenig auf und berichtete von ihren letzten Schlachten.

Am Bahnhof gab es nur eine kurze Unterbrechung, doch sobald sie in ihrem Abteil saßen, erzählte er weiter. Rieke war froh, dass er auf diese Weise beschäftigt war, denn dies ersparte es ihr, sich um ihn kümmern zu müssen. Gleichzeitig freute sie sich, dass Theo so gut mit ihm zurechtkam. Hätte sie den Vater nach seinen Erlebnissen gefragt, hätte er ihr wahrscheinlich nur Grobheiten an den Kopf geworfen.

## 8.

Egolf von Gantzows gute Stimmung hielt jedoch nicht lange an. Als es im Zug voller wurde, stiegen weitere Fahrgäste in ihr Abteil, und er sah ihre Blicke mit einem gewissen Mitleid, aber auch mit Abscheu auf sich ruhen.

»Des tät ich allen Preußen wünschen«, sagte ein Österreicher mürrisch und fing sich die drohenden Blicke mehrerer preußischer Offiziere ein, die auf dem Weg nach Hause waren.

»Nichts für ungut, Kamerad! Aber solange wir noch in diesem verdammten Böhmen sind, können wir dem Kerl nicht so die Reitpeitsche überziehen, wie er es verdient«, meinte einer zu Gantzow.

»Traut's eich bloß! I bin ned allein!«, antwortete der Österreicher.

Für einige Augenblicke sah es so aus, als würde es im Zug zu einer Prügelei kommen. Doch da erschien der Kondukteur, um die Fahrscheine zu kontrollieren. In seiner Gegenwart beruhigten sich die erhitzten Gemüter wieder.

Die Anwesenheit der Offiziere erwies sich als vorteilhaft, denn im Gespräch mit ihnen besserte sich Gantzows Laune erneut. Einer besorgte Wein, doch die Flasche reichte gerade mal für zwei Gläser für jeden. Man bot auch Theo welchen an, doch der lehnte lächelnd ab.

Am Abend verließen sie den Zug, um die Nacht im Gasthof zu verbringen. Da es zu Mittag nur ein wenig Huhn gegeben hatte, bestellte Theo nun eine volle Mahlzeit. Wieder schnitt Rieke dem Vater das Essen klein. Der Major sah ihr verärgert zu, griff aber zur Gabel und aß.

»Ich kann es noch kleiner schneiden«, bot Rieke an, erhielt jedoch nur ein Brummen zur Antwort.

Theo wunderte sich erneut über den Mann, der im Gespräch mit ihm und den Offizieren geistreich und sympathisch gewesen war, sich aber seiner Tochter gegenüber wie ein kleiner trotziger Junge benahm. Gleichzeitig bewunderte er die Geduld, die Rieke aufbrachte. Ein anderes Mädchen wäre je nach Veranlagung längst in Tränen aufgelöst oder zornig geworden.

Rieke hingegen beachtete die schlechte Laune ihres Vaters nicht und sprach ihn nur an, wenn es nötig war.

Aus Kostengründen konnte Theo diesmal nur ein einfaches Zimmer für die beiden Pfleger, ein etwas besseres für sich und den Major sowie ein ähnlich gutes für Rieke und Hilde in Anspruch nehmen. Die beiden Pfleger brachten Gantzow noch einmal zum Abtritt, überprüften, ob ein Nachttopf unter seinem Bett zu finden war, und wünschten Theo anschließend eine gute Nacht.

»Wenn Sie nicht mit ihm zurechtkommen: Wir sind drei Türen weiter. Sie müssen nur klopfen, dann kommt einer von uns, um zu helfen«, sagten sie noch, dann war Theo mit dem Versehrten allein.

Gantzow ließ sich von Theo ins Bett helfen und musterte dann den jungen Mann im Schein der Petroleumlampe. »Sie müssen mich für einen eigenartigen Vater halten«, fing er ansatzlos an.

»Weshalb?«, fragte Theo aus Höflichkeit, denn er hielt die Art, mit der Gantzow seine Tochter behandelt hatte, schlicht für grundfalsch.

»Sie hätte ein Junge sein sollen, doch sie ist nur ein lumpiges Mädchen geworden«, fuhr der Major fort.

»Das ist ein Schicksal, das sie sich nicht selbst aussuchen konnte.«

Der Major sah Theo entgeistert an, dann aber zuckte er mit den Schultern. »Ein Junge hätte die Familie weiterführen können. Uns Gantzows gibt es seit fast neunhundert Jahren. Nun werde ich der Letzte sein.«

»Auch das ist nicht Friederikes Schuld. Genauso, wie sie nichts dafür kann, als Mädchen geboren worden zu sein, so hat sie auch nichts damit zu tun, dass es keine weiteren Geschwister gab.«

Theo war klar, dass seine Worte Riekes Vater verärgern konnten. Doch jemand musste ihm einmal die Wahrheit ins Gesicht sagen. Immerhin würde der Major für den Rest seines Lebens auf Riekes Unterstützung und Pflege angewiesen sein. Der Gedanke, dass ein Mädchen von siebzehn Jahren eine solche Bürde tragen musste, bedrückte ihn zunehmend. Die Pension, die Gantzow nach seinem Abschied erhielt, würde gewiss nicht ausreichen, um sich eine Pflegekraft leisten zu können.

Der Major begriff den Vorwurf des jungen Mannes, war aber nicht bereit, einzulenken. »Sie hätte ein Knabe sein sollen!«, sagte er grollend und forderte Theo auf, die Petroleumlampe zu löschen.

Der Rest der Fahrt ging ohne besondere Vorkommnisse vonstatten. Als sie die Heimatstadt des Majors erreichten, quälte ihn die Erinnerung, wie er stets strammen Schrittes von seiner Wohnung zur Kaserne und zurück marschiert war. Sich den Einwohnern der Stadt nun als hilflosen Krüppel zeigen zu müssen, kränkte ihn zutiefst.

Die ersten Blicke trafen ihn bereits, als er von den Pflegern aus dem Waggon gehoben und zur Droschke getragen wurde. Kaum, dass er saß, griff er mit der linken Hand zu einer Decke und zog sie über die Knie, um den fehlenden Unterschenkel zu verbergen. Als sie vor dem Haus ankamen, blaffte er die Helfer an, ihn rasch in die Wohnung hochzutragen. Trotzdem schauten viele Nachbarn aus den Fenstern, und im Treppenhaus wurden sogar die Türen geöffnet, so dass die Bewohner neugierig verfolgen konnten, wie Major Gantzow zurückkehrte.

Die alte Mulle hielt ihnen die Tür auf, während Riekes Mutter ihren Ehemann entsetzt anstarrte.

»Guten Tag! Wie geht es dir?«, fragte sie mit schwankender Stimme.

Gantzow bedachte sie mit einem zornigen Blick. »Danke der Nachfrage, ich fühle mich ausgezeichnet! Es macht mir Freude, mein Bein und meine Finger verloren zu haben und nur noch ein elender Krüppel zu sein.«

Seine Frau erblasste und wich einen Schritt zurück. »Dein Lieblingssessel steht im Wohnzimmer für dich bereit, und Mulle hat für einen Imbiss gesorgt. Es ist auch eine Flasche von dem Wein da, den du besonders gerne trinkst.«

»Papa darf höchstens ein oder zwei Gläser Wein am Tag zu sich nehmen. Mehr wäre seiner Gesundheit abträglich«, erklärte Rieke mit beherrschter Stimme.

»Du gönnst mir rein gar nichts!«, brüllte der Vater sie an. »Wenn Emil an deiner Stelle wäre …«

»Was er nicht ist!«, unterbrach Rieke ihren Vater.

Ihr war klar, dass sie ihn auf Dauer nicht vom Wein fernhalten konnte. Sie würde jedoch alles tun, dass er sie und ihre Mutter mit seinen üblen Launen nicht allzu sehr schikanierte.

Theo und Hilde waren zurückgeblieben und sahen sich kopfschüttelnd an. Der kurze Ausbruch des Majors ließ erahnen, was auf Rieke zukommen würde. Während der Zugfahrt hatte Theo sich den Kopf zerbrochen, wie er helfen könnte, und ihm war eine Idee gekommen. Aber er würde sie erst von zu Hause aus umsetzen können. Er trat lächelnd auf Rieke zu.

»Wenn es Ihnen recht ist, mein Fräulein, würden Hilde und ich diese Nacht noch hierbleiben und morgen nach Steben fahren.«

Obwohl Rieke bewusst war, dass Theo dort erwartet wurde, verspürte sie eine gewisse Enttäuschung. Sie beherrschte sich aber und rang sich ein Lächeln ab.

»Ich danke Ihnen auch im Namen meines Vaters und meiner Mutter für Ihre selbstlose Hilfe, Herr von Hartung. Übermitteln Sie bitte Ihren Eltern und Gunda meine tief empfundenen Grüße und meinen Dank für all das, was sie in den letzten Jahren für mich getan haben.«

Riekes letzter Satz war ein gezielter Hieb gegen ihre Eltern, die sich in dieser langen Zeit nicht im Geringsten um sie gekümmert hatten. Während Mulle zustimmend nickte, senkte die Mutter den Kopf. Sie hätte nach dem Tod des Sohnes für ihre Tochter einstehen müssen, stattdessen aber hatte sie Rieke im Stich gelassen.

Die beiden Pfleger meldeten sich nun zu Wort, denn sie benötigten ebenfalls ein Quartier. Da es in der Wohnung eng wurde, reichte Theo ihnen von den Resten in seinem Portemonnaie noch ein Trinkgeld.

Rieke wies Mulle an, die Männer zum nächsten Gasthof zu bringen, und wandte sich an ihre Mutter. »Für die Übernachtung und die Zeche wirst du den Männern Geld geben müssen.«

Diese warf ihrem Mann einen hilfesuchenden Blick zu. Trotz seiner schlechten Laune wusste Gantzow, was sich gehörte. Er zog eine Banknote aus seinem Geldbeutel und hielt sie den Männern hin. Danach wandte er sich an Theo. »Sie werden mir sagen, wie viel Sie die Reise mit diesem unvernünftigen Mädchen und mein Transport gekostet haben, damit ich Ihnen das Geld zurückerstatten kann.«

»Dies werde ich erst nach meiner Rückkehr nach Steben tun können.« Es war eine Ausrede, doch Theo wollte sich die Unterstützung, die er Rieke gewährt hatte, nicht auf Heller und Pfennig bezahlen lassen.

Riekes Gedanken schlugen unterdessen andere Wege ein. »Ich werde meiner Großtante schreiben müssen, dass es mir wegen der Pflege meines Vaters nicht möglich sein wird, die Abschlussklasse im Institut der Schwestern Schmelling zu absolvieren.«

Das tat Theo ebenso leid wie die Tatsache, dass Rieke hierbleiben und nicht die Ferien mit ihm zusammen auf Steben verbringen würde.

# 9.

Nur ein paar Stunden früher desselben Tages stieg Wilhelm von Steben ein Treppenhaus in Potsdam hinauf, bis er vor einer Tür stehen blieb. In schöner Schrift stand »v. Riedebusch« auf dem Schild. Dieser Gang fiel ihm schwerer als irgendetwas zuvor in seinem Leben. Er hatte Ferdinand von Riedebusch im ersten Schleswigschen Krieg kennengelernt, als er Hauptmann und sein Kamerad Premierleutnant gewesen war.

Er klopfte erst leise, dann etwas lauter. Endlich wurde geöffnet, und ein Dienstmädchen mittleren Alters blickte heraus. »Sie wünschen?«, fragte sie mit ablehnender Stimme.

»Ich bin Oberst Wilhelm von Steben und stand meinem Freund und Kameraden Riedebusch in seiner letzten Stunde bei.«

»Sie sind Steben? Einen Augenblick, ich werde Frau von Riedebusch fragen, ob sie Sie empfangen will.« Damit schloss die Frau die Tür wieder, und Wilhelm stand wartend davor.

Diesmal dauerte es etwas länger, bis wieder aufgemacht wurde. Auch wenn das Dienstmädchen immer noch ein wenig mürrisch wirkte, so ließ es Wilhelm ein und führte ihn in die kleine Wohnung. Nachdem Ferdinand von Riedebusch eine von seiner Familie abgelehnte Braut geheiratet hatte, war es zum Streit mit seinem Bruder gekommen, und dieser hatte ihm jeglichen Zuschuss verweigert, obwohl er ein Anrecht darauf gehabt hätte. Daher waren Riedebusch und seine junge Frau allein auf seinen Offizierssold angewiesen gewesen.

Das Dienstmädchen führte ihn in einen winzigen Wohnraum, der der Hausfrau auch als Nähkabinett diente. Cordelia von Riedebusch war gerade dabei, sich ein Kleid aus schwarzer Baumwolle anzufertigen, welches als Ersatz für jenes dienen sollte, das sie gerade trug. Als Wilhelm näher trat und sich höflich verneigte, blickte sie auf.

»Seien Sie mir willkommen, Herr von Steben! Ferdinand nannte immer wieder Ihren Namen und freute sich auf eine Gelegenheit, Sie zu uns einzuladen. Leider wird es nie mehr dazu kommen.«

Sie kämpfte mit den Tränen, beherrschte sich aber und wies ihr Dienstmädchen an, Wilhelm ein Glas Wein und etwas Gebäck aufzutischen. Danach bot sie Wilhelm einen Stuhl an und bat ihn, ihr von den letzten Stunden ihres Mannes zu erzählen.

»Ich habe bislang nur einen von General Gonzendorff unterzeichneten Brief mit der Nachricht seines Todes erhalten«, setzte sie leise hinzu.

»Ich weiß, ich hätte Ihnen schreiben müssen«, bekannte Wilhelm. »Doch ich wollte Sie persönlich aufsuchen und Ihnen Ferdinands letzten Gruß überbringen. Er war in großer Sorge um Sie – nicht zuletzt wegen seiner Familie.«

»Was ich von der zu erwarten habe, hat mir der Bruder meines Gatten bereits mitgeteilt. Nach Ferdinands Tod, so schrieb er, sei jede verwandtschaftliche Verbindung zwischen seiner Familie und mir erloschen!« Cordelia von Riedebusch klang nicht einmal bitter, sondern so, als habe sie es nicht anders erwartet.

Wilhelm ärgerte sich über den Bruder seines Kameraden, der nicht einmal angesichts des Todes zur Versöhnung bereit war. »Ich bedaure Kurt von Riedebuschs Haltung außerordentlich, muss allerdings sagen, dass Ferdinand sie vorausgesehen und mich gebeten hat, Ihnen beizustehen, soweit es mir möglich ist.«

»Danke, doch ich benötige nichts.«

Wilhelm spürte den Stolz der jungen Frau, die weder bei der Familie ihres Mannes um Almosen betteln noch sich ihm als einem Kameraden Ferdinands verpflichten wollte. Während er von den letzten Stunden seines Freundes berichtete und ihr dessen letzte Worte mitteilte, musterte er Cordelia nachdenklich. Sie war relativ groß, ihr brünettes Haar lag in gefälligen Locken, und sie hatte eine gute Figur. Ihr Gesicht war nicht klassisch schön zu nennen, dafür zierten es zu viele Sommersprossen, und ihr Mund wirkte ein wenig herb. Allerdings war das nach der Nachricht vom Tod ihres Mannes verständlich, dachte er.

Wilhelm erklärte ihr noch einmal, dass ihr Mann sie ihm anvertraut hatte, ohne eine Reaktion von ihr zu erhalten. »Es ging ihm um eine gewisse Summe, die ihm ein Verwandter hinterlassen hat und die nun Ihnen zusteht«, erklärte er mit Nachdruck. »Ferdinand würde nicht wollen, dass seine Familie Sie wie einen Hund von der Schwelle jagt. Sie haben ein Anrecht auf dieses Geld und darauf, in angenehmen Verhältnissen zu leben.«

»Aber ich ...« Cordelia brach ab. Nach dem Tod ihres Mannes würde sie nur eine winzige Rente erhalten, die nicht reichen dürfte, ihr Dienstmädchen weiter zu beschäftigen. Wahrscheinlich konnte sie sich nicht einmal mehr die kleine Wohnung leisten, in der sie glückliche Jahre mit Ferdinand verlebt hatte.

»Es wäre vielleicht leichter, wenn es Kinder geben würde«, sagte sie mit versagender Stimme, da auch ihre letzte Hoffnung, schwanger zu sein, geschwunden war.

Wilhelm glaubte nicht, dass ihr Schwager sich in diesem Fall anders benehmen würde. Kurt von Riedebusch war ein selbstherrlicher Patron, der es seinem Bruder nie verziehen hatte, dass dieser statt der für ihn ausgewählten reichen Braut eine arme Frau geheiratet hatte.

Wilhelm hingegen begriff, was sein Kamerad an Cordelia gefunden hatte. »Ich werde Ihnen helfen, so gut ich kann. Kurt von Riedebusch wird klein beigeben müssen, wenn er nicht seinen Ruf verlieren will!«

Es klang wie ein Schwur. Ferdinand von Riedebusch war Wilhelms Freund gewesen, und er wollte unter allen Umständen verhindern, dass dessen Witwe wegen der Feindseligkeit des geizigen Schwagers darben musste.

Bisher hatte Cordelia sich nicht an ihren Schwager gewandt, da sie von dort nur Schmähungen zu erwarten hatte. Die Sache sah jedoch anders aus, wenn ein Offizier wie Wilhelm von Steben ihre Interessen vertrat. Ihm würde Kurt von Riedebusch nicht einfach die Tür vor der Nase zuschlagen können.

»Ich danke Ihnen, Herr von Steben, und wäre Ihnen sehr verbunden, wenn Sie die Verhandlungen mit der Familie meines Mannes übernehmen könnten. Ich will jedoch keinen Groschen mehr haben, als mir durch Ferdinand zustehen würde«, sagte sie mit der keimenden Hoffnung, dass ihr Leben vielleicht doch nicht so eingeschränkt verlaufen würde.

Über Wilhelms Gesicht huschte ein verächtlicher Zug, der ihrem Schwager galt. »Seien Sie versichert, Kurt von Riedebusch wird alles tun, um Ihnen so wenig Geld wie möglich auszahlen zu müssen. Ich werde jedoch verhindern, dass Sie hinterher die Betrogene sind.«

»Ich will Ihnen nicht zu viel Mühe machen«, rief Cordelia erschrocken.

»Es macht mir keine Mühe! Ich tue es gerne, schon um Ferdinands willen. Wir waren seit mehr als fünfzehn Jahren Freunde, und es ist mir eine Ehre und ein Bedürfnis, seinen Letzten Willen zu erfüllen. Darf ich wiederkommen, um Ihnen vom Erfolg meiner Bemühungen zu berichten?«

Cordelia von Riedebusch musterte Wilhelm und nickte schließlich. »Ich würde mich freuen.«

»Ich danke Ihnen! Lassen Sie mich Sie nochmals meiner tiefsten Anteilnahme versichern. Sie hören von mir, sobald ich Ihnen einen Erfolg melden kann. Auf Wiedersehen!«

»Auf Wiedersehen«, antwortete Cordelia. Während die Gedanken der Herrin sich wieder ihrem toten Ehemann zuwandten und ihr Tränen aus den Augen traten, führte ihr Dienstmädchen Wilhelm hinaus. Dabei musterte sie ihn durchdringend. Anders als Cordelia, die derzeit nur für ihre Trauer lebte, dachte sie weiter und sagte sich, dass ihre Herrin noch jung genug war, eine zweite Ehe eingehen zu können. Der Oberst mochte zehn oder zwölf Jahre älter sein als sie und war, wie sie von Ferdinand von Riedebusch gehört hatte, noch unverheiratet. Zwar biss ein Hagestolz nicht so leicht an, doch wenn er sich wie versprochen für ihre Herrin verwendete, war es möglich, dass sich zwischen den beiden Gefühle entwickelten. Sie würde auf jeden Fall dafür Sorge tragen, dass Cordelia von Riedebusch den Namen Wilhelm von Steben nicht vergaß.

## 10.

In Berlin machte sich Heinrich von Dobritz zu einem Gang bereit, den er ähnlich ungern antrat wie Wilhelm von Steben den seinen. Nur hatte er nicht der Ehefrau eines Kameraden vom Tod ihres Gatten zu berichten, sondern würde in wenigen Minuten Robert Schrentzl gegenüberstehen. Dieser hatte es ihm mit einer Rolle Banknoten ermöglicht, Frau und Tochter für den Empfang bei Hofe auszustatten, aber er fragte sich nun, welchen Zins der andere dafür fordern würde.

Schrentzls Haus lag in einem der weniger vornehmen Viertel von Berlin, und Dobritz hätte sich geschämt, in diesen Straßen wohnen zu müssen. Ihm blieb jedoch nichts übrig, als den Türklopfer anzuschlagen und zu warten, bis ihm geöffnet wurde. Ein alter Diener in einer noch älteren Livree öffnete ihm und bat ihn, ihm zu folgen. Ein jüngerer Lakai, der in einer ähnlich abgeschabten Livree steckte, nahm seinen Hut und seinen Stock entgegen.

»Wen darf ich Herrn Schrentzl melden?«, fragte der alte Diener.

»Heinrich von Dobritz, Fabrikant von hier«, antwortete Dobritz mit der Absicht, Eindruck zu schinden. Der Diener nickte jedoch nur knapp und schlurfte davon.

Dobritz sah sich um. Nicht nur die Livreen, sondern auch die Tapeten und die Teppiche waren alt und teilweise zerschlissen. Es ging über sein Verständnis, dass jemand, der so viel Geld wie Schrentzl besaß, so leben mochte. Wer heutzutage Geld hatte, zeigte es auch.

Es dauerte ein wenig, bis der Diener erschien und den Gast aufforderte, mit ihm zu kommen. Dobritz wurde in einen kleinen, nur von einer einzigen Kerze erhellten Raum geführt, der fast zur Hälfte von einem Tisch mit einer schweren, rechteckigen Platte beherrscht wurde. Dahinter saß Schrentzl auf einem einfachen Stuhl. Er hatte sich in einen altmodischen Morgenmantel gehüllt und eine Wollmütze auf dem Kopf. Der Blick, mit dem er seinen Gast betrachtete, erinnerte an den einer Katze, die mit einer gefangenen Maus spielt.

Dobritz sah jedoch nicht den Hausherrn an, sondern starrte auf die Tischplatte. Auf mehr als einem Drittel davon waren Goldmünzen gestapelt, jeder Stapel mindestens zwanzig Münzen hoch. Daneben lagen dicke Bündel Banknoten, alles in allem genug Geld, um seine Fabrik nicht nur wieder in

Gang zu bringen, sondern, um sie auch vergrößern und ausbauen zu können.

Dem Gastgeber blieb die hypnotische Wirkung des Geldes auf Dobritz nicht verborgen. Mit einem spöttischen Lächeln forderte er den Diener auf, den einzigen Stuhl, den es neben dem seinen im Raum gab, aus der Ecke zu holen.

»Setzen Sie sich doch, Herr von Dobritz. Was darf ich Ihnen anbieten? Wein? Cognac? Oder ziehen Sie einen Wacholderschnaps vor?«

Dobritz fand, dass er angesichts dieser Masse Geld einen Cognac vertragen konnte, und bat um einen solchen. Während der Diener davonschlurfte, ergriff Schrentzl eines der gerollten Banknotenbündel und zählte es durch.

Erst als Dobritz ein Glas Cognac in der Hand hielt, wandte er sich ihm wieder zu. »Ich freue mich, dass Sie meiner Bitte, mich aufzusuchen, gefolgt sind«, begann er das Gespräch.

»Es war selbstverständlich für mich, nachdem Sie sich letztens so großzügig gezeigt und mir einen weiteren Kredit eingeräumt haben«, antwortete Dobritz in dem Bemühen, seinen Gastgeber für sich einzunehmen.

»Die Gewährung eines Kredits hat nichts mit Großzügigkeit zu tun, sondern ist geschäftliches Kalkül«, antwortete Schrentzl lächelnd. »Sie brauchten das Geld, um Weib und Tochter standesgemäß bei Hofe vorstellen zu können. Wäre Ihnen dies nicht möglich gewesen, hätte es Ihrer Reputation großen Schaden zugefügt. Damit aber wäre die Hoffnung gestorben, Ihre Fabrik könnte sich irgendwann wieder als profitabel erweisen, und ich hätte bei einem Bankrott Ihrerseits die Ihnen bereits gewährten Kredite als Verlust verbuchen müssen.«

Obwohl Schrentzls Worte einem Vortrag glichen, atmete Dobritz auf. Wenn seinem Gastgeber daran gelegen war, seine

Kredite irgendwann einfordern zu können, würde er dafür sorgen müssen, dass die Fabrik wieder auf festen Beinen stand.

»Dann sollten wir einen Bankrott unter allen Umständen verhindern«, erklärte er.

»Ihre Fabrik ist derzeit mit mehr Hypotheken belastet, als sie tragen kann. Wo wollen Sie die Sicherheiten hernehmen, mit denen Sie neue Kredite beleihen können?«, antwortete Schrentzl mit eisiger Stimme.

»Ich ... ich denke ...«, stotterte Dobritz, um sofort unterbrochen zu werden.

»Überlassen Sie das Denken den Pferden, die haben die großen Köpfe! Vor allem sollten Sie nicht annehmen, dass ich ein Wohltäter bin. Ich bin es ebenso wenig, wie Sie einer sind. Wenn ich Ihnen weiterhin Geld leihe, muss es für mich einen Ertrag bringen. Doch selbst, wenn Ihre Fabrik wieder mit Gewinn arbeitete, würde es Jahre dauern, bis Sie mir auch nur einen Teil der Kredite zurückzahlen könnten. Glauben Sie, ich will so lange warten?«

»Aber was wollen Sie dann?«, rief Dobritz verzweifelt.

»Da Sie mich mit Geld nicht zufriedenstellen können, muss es etwas anderes sein.«

Dobritz sah ihn verdattert an. »Aber was kann ich Ihnen bieten außer Geld?«

»Einen Tochtermann.«

»Einen was?«, platzte Dobritz heraus.

»Einen Schwiegersohn, sprich, einen Mann für meine Tochter! Wenn Sie darauf eingehen, erhalten Sie genug Geld, um Ihre Fabrik wieder in Gang zu bringen.« Schrentzl lächelte freundlich, doch seine Augen blieben kalt.

»Niemals!« Dobritz schüttelte den Kopf, konnte aber seine Blicke nicht von dem Geld auf dem Tisch lösen.

»Mit einem ›niemals‹ lasse ich mich nicht abspeisen! Entweder Sie stimmen zu, oder ich werde die bisher gewährten Kredite zurückfordern. Da Sie die Summe keinesfalls bezahlen können, bleibt Ihnen als ehrenhafter Geschäftsmann nur ein Ausweg.«

Dobritz fröstelte. Wenn er bankrottging, bliebe ihm wirklich nur, seine Pistole zu laden und sich eine Kugel in den Kopf zu schießen. Tat er es nicht, war er für Geschäftswelt und Adel nicht mehr existent, und seine Kinder würden es mit gesellschaftlicher Ächtung ausbaden müssen. Er fragte sich, ob Heinrich junior, Gero, Bettina und das Nesthäkchen Luise es wert waren, für sie zu sterben. Seine Ehefrau war es gewiss nicht. Da war es weitaus besser, wenn er am Leben blieb und einer seiner Söhne Schrentzls Tochter heiratete.

»Ich könnte mit meinem Sohn Gero sprechen«, deutete er seine Zustimmung an.

Schrentzl schüttelte den Kopf. »Ein Offizier würde die Mitgift meiner Minka nur vergeuden. Außerdem will ich keinen Soldaten als Tochtermann, sondern einen, dem ich einmal meine Bank hinterlassen kann. Ich habe nur diese eine Tochter!«

Ein Mädchen mit einem Namen, wie man ihn sonst nur einer Katze gab, dachte Dobritz erbittert. Dann erst begriff er, was Schrentzl gesagt hatte, und blickte diesen fragend an.

»Sie haben nur diese eine Tochter?«

»So ist es! Sie wird einmal meine Erbin sein.«

Damit hatte Schrentzl einen gewaltigen Köder ausgelegt, und er beobachtete, wie Dobritz' Miene sich erhellte. Wie es aussah, dachte dieser bereits an Truhen voller Geld, in die er bedingungslos hineingreifen konnte. Aber da sollte er sich geirrt haben. Dobritz war kein Geschäftsmann und seine Frau eine Verschwenderin. Die beiden mussten an die Leine gelegt werden. Daher würde er selbst seinen zukünftigen Schwiegersohn lehren, wie man Geld machte.

»Ich bin einverstanden und werde meinen Sohn von seinem Verlöbnis mit Ihrer Tochter berichten. Dürfte ich die junge Dame vielleicht sehen?«

Eigentlich war dies nicht notwendig, denn Dobritz war bereit, selbst eine Hässlichkeit mit einem Buckel als Schwiegertochter zu akzeptieren, wenn sie ihm nur genug Geld mitbrachte, um seine Fabrik wieder ans Laufen zu bringen. Aber er würde seinem Sohn die Braut erst einmal schmackhaft machen müssen.

»Kommen Sie mit!« Schrentzl stand auf und verließ den Raum. Nach einem letzten Blick auf das Geld auf dem Tisch folgte ihm Dobritz.

Es ging in einen anderen Teil des Hauses. Dort öffnete Schrentzl eine Tür und trat beiseite, damit sein Gast einen Blick in den Raum werfen konnte. Minka Schrentzl saß an einem kleinen Tisch und nähte. Zwar hatte sie keinen Buckel und war auch nicht richtiggehend hässlich, dennoch begriff Dobritz, dass er seine gesamte väterliche Autorität benötigen würde, um seinen Sohn zu dieser Heirat zu bewegen.

Das positivste Urteil für das Mädchen hieß »unscheinbar«. Auf Dobritz wirkte sie wie eine graue Maus. Mit dem dünnen Haar, das tatsächlich an einen Mäusepelz erinnerte, dem spitzen Kinn und den leicht vorquellenden Augen war Minka Schrentzl keine Frau, die ein Mann sich für intime Stunden wünschte. Aber sein Sohn würde in Madame Mahlmanns Bordell jene Entspannung finden, auf die er zu Hause wahrscheinlich verzichten musste, dachte sich Dobritz und nickte Schrentzl zu.

»Sie hören von mir!«

»Hoffentlich in meinem Sinne«, antwortete der Bankier mit einer unverhohlenen Warnung in der Stimme. In ihm stieg ein

Gefühl des Triumphs auf. Er hatte es geschafft! Als Sohn eines Altwarenhändlers in Galizien geboren, hatte er durch Hehlerei ein Vermögen gemacht und beschlossen, das Kaiserreich Österreich zu verlassen und Preuße zu werden. Hier war er durch Wucher noch reicher geworden und hatte mittlerweile etlichen Leuten in höheren Positionen Geld geliehen. Doch selbst bei seinen größten Schuldnern hätte er nicht hoffen können, dass sie auf einen solchen Vorschlag eingehen würden. Dobritz war jedoch zu feige, um zu seinen Fehlern zu stehen. Daher würde seine Tochter schon in Bälde ihre Briefe mit Minka von Dobritz unterzeichnen können, und seine Enkel würden zu den Spitzen der Berliner Gesellschaft zählen. Für jemanden wie ihn, der in seiner Jugend noch Kupfer- und Messingabfälle gesammelt hatte, um diese mit einem kleinen Gewinn zu verkaufen, war es ein märchenhafter Aufstieg.

Dobritz unterließ es, Minka anzusprechen, sondern trat wieder auf den Flur. »Sie erlauben, dass ich Sie verlasse«, sagte er mit einer Mischung aus Erleichterung und Scham.

Wie sehr hatte er gehofft, für seinen Sohn eine Braut aus einer bedeutenden Familie zu gewinnen. Nun musste Heini eine Niemand heiraten, deren einziger Vorteil es war, einen Vater zu haben, der ihm Geld leihen konnte. Doch mit Schrentzl an der Seite würde er Friedrich von Hartung endlich Paroli bieten können.

Ein Blick in Schrentzls Gesicht ließ ihn jedoch daran zweifeln. Es drückte so viel Hohn und Spott aus, dass er den Handel am liebsten rückgängig gemacht hätte. Die Alternativen bestanden jedoch aus einer Kugel in den Kopf oder dem völligen Verlust seines Ansehens, und zu beidem war er nicht bereit.

Dobritz hatte seinen Wagen auf der Straße warten lassen und stieg gedankenverloren ein. Als er anfuhr, wurde der

Schlag aufgerissen, und ein Mann schwang sich herein. Bevor Dobritz die Pistole, die er in der Jackentasche stecken hatte, ergreifen konnte, hielt ihm der Angreifer ein Messer an die Kehle. Jetzt erkannte Dobritz ihn auch. Es war Schweppke, der diebische Arbeiter, der vor gut anderthalb Jahren Theo von Hartung niedergeschlagen und in den Landwehrkanal geworfen hatte. Damals hatte Dobritz seiner Frau deswegen Vorhaltungen gemacht, nun aber wünschte er, der Junge wäre tatsächlich ertrunken.

»Was soll das?«, fragte er.

Schweppke verzog das Gesicht zu einem bösen Grinsen. »Der Werkmeister hat mir rausjeschmiss'n. Wär zu wenig Arbeit da, hat er jesagt. Aber nich mit Ede, sage icke. Entweder stell'n Sie mir wieder ein, oder icke muss Hartung sag'n, wer mir jezwung'n hat, den Jungen in den Kanal zu werf'n!«

Dobritz brach der Schweiß aus, denn Schweppke sah ganz so aus, als wolle er von seinem Messer Gebrauch machen. Eigentlich kann ich ihn wieder einstellen, dachte er. Mit Schrentzls Geld kommt die Fabrik auf die Beine. Das würde er tun. Und nicht nur das!

Wenn er sich nur auf Schrentzl verließ, würde er diesem in Zukunft ausgeliefert sein. Was war, wenn er Schweppke dazu benützte, anderweitig an Geld zu kommen? Immerhin war dieser bereit gewesen, einen Mord zu begehen. So weit wollte er es diesmal nicht kommen lassen, aber er fragte sich, wie viel es Friedrich von Hartung wert sein würde, seinen Sohn wieder unversehrt zurückzubekommen. Nein, nicht den Jungen, korrigierte er sich. Der war ein junger Mann und in der Lage, sich zur Wehr zu setzen und zu fliehen. Die Tochter hingegen würde ein wehrloses Opfer sein.

»Ich habe einen Vorschlag«, sagte er. »Nimm aber vorher das alberne Messer weg.«

Verblüfft gehorchte Schweppke. »Wat für 'nen Vorschlag?«

»Einen, der dir und mir sehr viel Geld einbringt. Du wirst ein Mädchen entführen und verstecken, bis das Lösegeld bezahlt wird. Du bekommst zehn Prozent davon.«

Schweppke schüttelte den Kopf. »Zehn Prozent, det ist doch nur der zehnte Teil des Janzen.«

»Auch wenn es sich um zehntausend Taler handelt?«

Nun riss es Schweppke beinahe von der Bank. Für jemanden, der im Jahr mit weniger als zweihundert Talern Lohn auskommen musste, stellte dies eine unvorstellbare Summe dar. Zwar hatte er im Lauf des letzten Jahres mehrere krumme Dinger gedreht, um seine Familie halbwegs versorgen zu können, doch viel war dabei nicht herausgekommen. Die Summe, die Dobritz ihm anbot, war groß genug, um sich in der Provinz ansiedeln und einen kleinen Handel aufmachen zu können.

»Also jut! Icke bin janz Ohr«, sagte er und hörte aufmerksam zu, als Dobritz ihm seinen Plan erklärte.

## 11.

Als Theo von Hartung nach Hause kam, hatte sich die ganze Familie auf der Terrasse des Schlosses versammelt und sah ihm neugierig entgegen. Friedrich goss ihm ein Glas Wein ein und reichte es ihm.

»Nun, mein Sohn, es sieht so aus, als hättest du uns einiges zu berichten«, sagte er.

Auf dem Weg nach Hause hatte Theo sich die Argumente zurechtgelegt, mit denen er seine Eltern für seinen Vorschlag gewinnen wollte, wusste jetzt aber nicht recht, wie er beginnen sollte. Er trank einen Schluck Wein, stellte das Glas ab und atmete tief durch.

»Es betrifft Major von Gantzow. Friederikes Mutter hatte diese zu sich gerufen, damit sie ihn aus einem Lazarett in Böhmen abholen sollte. Ihr werdet verstehen, dass ich sie nicht allein dorthin reisen lassen konnte.«

»Hattest du überhaupt genug Geld bei dir?«, fragte Resa.

Theo senkte ein wenig den Kopf. »Wir mussten sparsam reisen!«

»Du hättest dich bei mir melden sollen, damit ich dich mit Geld versorge«, tadelte ihn sein Vater.

»Ich wollte notfalls meine Uhr verpfänden«, gab Theo zu.

»Obwohl du sie von deinem Großvater zu deiner Konfirmation erhalten hast?« Für Charlotte von Hartung war dies ein Sakrileg, und sie ließ sich ihren Ärger deutlich anmerken.

»Zum Glück ist es nicht dazu gekommen«, erklärte Theo und begriff, dass er die Sache wohl falsch angefangen hatte. »Jedenfalls konnten wir Major von Gantzow nach Hause bringen.«

»Du hast auf jeden Fall eine gute Tat vollbracht«, lobte ihn sein Vater.

Theo lächelte etwas unsicher. »Es war nicht leicht, Friederike davon zu überzeugen, dass sie meine Hilfe benötigt. Sie wollte partout nur mit dem Dienstmädchen ihrer Mutter fahren. Die Frau ist über siebzig und hat Angst vor der Eisenbahn.«

»Rieke kann manchmal ganz schön stur sein«, warf Gunda ein.

»Ich bin froh, dass du dich gegen dieses unvernünftige Mädchen durchsetzen konntest. Rieke ist mir etwas zu stolz. Jedes Geschenk, das sie erhält, versucht sie mit einem Gegengeschenk zu beantworten.« Resa klang ein wenig verärgert, denn sie hätte gerne mehr für Rieke getan, doch diese wollte das einfach nicht zulassen.

»Es zeigt, dass unser Sohn gelernt hat, seinen Willen zu vertreten«, erklärte Friedrich und klopfte Theo auf die Schulter. »Das hast du gut gemacht, mein Sohn.«

Theo senkte den Kopf. »Es ist noch nicht alles, was ich berichten will.«

»Und was noch?«, wollte sein Vater wissen.

»Es geht mir um Rieke. Sie wird es nicht leicht haben, als vom Vater ungeliebte Tochter diesen pflegen zu müssen. Dafür will sie sogar auf das letzte Jahr im Institut der Schwestern Schmelling verzichten.«

»Das darf sie nicht!«, rief Gunda empört.

»Ihre Mutter und die alte Mulle können es allein nicht schaffen. Major von Gantzow ist zugegebenermaßen ein schwieriger Mensch. Er tut mir trotzdem leid, denn er hat sein Bein und seine Gesundheit fürs Vaterland geopfert. Nun ist er dazu verurteilt, in einer Wohnung auf der dritten Etage vor sich hin zu vegetieren. Es gibt dort keinen grünen Fleck, und selbst wenn es ihn gäbe, wären Rieke und ihre Mutter nicht in der Lage, ihn die Treppen hinab- und wieder hinaufzutragen«, erklärte Theo und hoffte, dass seine Worte Eindruck machten.

»Ich weiß, dass Soldaten, die in der Schlacht Gliedmaßen verloren haben, nicht die Fürsorge und Unterstützung erhalten, die ihnen zustehen müsste. Major von Gantzow ist zudem nicht mit Reichtümern gesegnet«, sagte Friedrich nachdenklich.

Sein Sohn nickte eifrig. »So ist es! Deswegen habe ich mir gedacht, ob wir Major von Gantzow nicht anbieten könnten, eines der Gästehäuser zu beziehen, die bei der Fabrik errichtet worden sind, und seiner Gattin ein jüngeres Dienstmädchen zur Verfügung zu stellen, damit der Major eine ordentliche Pflege erhält und Friederike ihr letztes Jahr in der Schule absolvieren kann.«

»Das ist eine ausgezeichnete Idee!«, rief Gunda sogleich und fasste nach den Händen ihres Vaters. »Bitte, Papa! Für dich ist es doch kein Schaden. Wenn Rieke das letzte Schuljahr versäumen würde, wäre es für sie entsetzlich. Alle würden glauben, sie wäre von der Schule suspendiert worden, und das könnte ihre Aussichten, eine gute Ehe einzugehen, zerstören.«

Friedrich entzog ihr die Hand und machte eine abwehrende Geste. »Jetzt überfallt mich nicht beide, sondern lasst mich nachdenken. Auch will ich, bevor ich mich entscheide, mit eurer Mutter sprechen, und zwar unter vier Augen. Daher könnt ihr jetzt ins Haus gehen und euch zum Abendessen umziehen.«

»Aber dafür ist es noch ein wenig früh«, maulte Gunda, auch wenn sie verstand, dass die Eltern allein gelassen werden wollten.

Kaum waren Gunda und Theo im Haus verschwunden, sah Friedrich seine Frau an. »Was hältst du davon?«

»Ich habe unseren Sohn noch nie eine Sache mit solchem Nachdruck vertreten sehen«, antwortete Resa nachdenklich. »Könnte es möglich sein, dass er sich in das Mädchen verliebt hat?«

»Und wenn es so wäre?«

Resa zog die Schultern hoch und seufzte. »Friederike entstammt uraltem Adel und wäre daher ein Gewinn für eine frisch nobilitierte Familie wie die unsere. Allerdings hat sie keinerlei Mitgift zu erwarten …«

»Ich habe auch ein armes Mädchen gefreit und es nie bereut«, unterbrach Friedrich sie lächelnd. »Doch wir sollten unsere Gedanken wieder einfangen. Die beiden sind noch sehr jung, und wer weiß, wie es aussieht, wenn Rieke die Schule abgeschlossen hat. Vielleicht hegt ihr Vater auch andere Pläne für sie.«

Resa begriff, dass damit die Entscheidung für Theos Vorschlag gefallen war. Obwohl sie Rieke gernhatte, fragte sie sich mit einer gewissen Besorgnis, ob das Mädchen Liebe für ihren Sohn empfand oder womöglich nur die Sicherheit einer wohlhabenden Familie suchte.

# Siebter Teil

## *Die Entführung*

# 1.

Rieke blickte durch das Abteilfenster nach draußen, ohne die Landschaft, die an ihr vorbeizog, wahrzunehmen. Stattdessen galten ihre Gedanken den letzten sechs Wochen. Es war eine Strafe Gottes gewesen, den Vater pflegen zu müssen. Seine andauernde schlechte Laune und seine Wutausbrüche hatten der Mutter, Mulle und vor allem ihr das Leben zur Hölle gemacht. Teller, Becher und andere Dinge waren hinter ihr hergeflogen, und seine Beschimpfungen hatten sie trotz aller Abhärtung stärker geschmerzt als die blauen Flecken und kleinen Platzwunden. Für ein knappes Jahr war sie nun von dieser Fron befreit. Ihre Großtante, Frau von Gentzsch, hatte in einem Brief kategorisch gefordert, dass sie das letzte Schuljahr zu absolvieren habe. Um ihr dies zu ermöglichen, hatte sie versprochen, ihrem Vater eine Pflegerin zu schicken. Rieke hoffte, dass dies eine resolute Frau sein würde, die die Unarten ihres Vaters nicht so ohne weiteres hinnahm. Ihre Mutter und Mulle waren in dieser Hinsicht hilflos, dies war auch bei den Vorbereitungen für ihre Reise offenkundig gewesen. Es schickte sich für ein Mädchen wie sie nicht, allein zu reisen. Es hatte jedoch niemanden gegeben, der sie hätte begleiten können, und so hatte sie allein aufbrechen müssen.

Der Zug erreichte die letzte Station vor dem Ziel, und der schrille Ton der Dampfpfeife riss Rieke aus ihren Überlegungen. Sie sah mit einer gewissen Anspannung zu, wie die Fahrt langsamer wurde und der Zug im Bahnhof anhielt. Noch eine

Station, dann würde sie aussteigen und das Elend mit dem verkrüppelten Vater hinter sich lassen können.

Sie hatte ihre Ankunft brieflich angekündigt und hoffte, dass ein Wagen bereitstehen würde, um sie abzuholen. Friedrich von Hartungs Vorschlag, den Rest der Ferien in Steben zu verbringen, hatte sie abgelehnt. Auch wenn es ihr schwergefallen war, hatte sie es als ihre Pflicht angesehen, ihre Mutter bei der Pflege des Vaters bis zum Ende der Schulferien zu unterstützen.

»Dafür habe ich jetzt eine Beule am Kopf«, murmelte sie und war froh um ihren Hut, der ein wenig schief saß, um die Verletzung zu verbergen. Rieke hoffte, dass ihr Vater sich mit seinem Schicksal ausgesöhnt haben würde, wenn sie im nächsten Jahr von der Schule abging. Es würde womöglich noch schwerer werden, sich gegen ihn durchzusetzen. Doch das musste sie, wenn sie nicht wollte, dass Wein und Cognac seine Gesundheit vollständig ruinierten. Außerdem kosteten diese Getränke Geld, das im restlichen Haushalt an allen Ecken und Enden fehlte.

Bei diesen Überlegungen beschlich sie das Gefühl, vom Schicksal für ihre bloße Existenz bestraft zu werden. Jetzt rede dir das nicht ein, ermahnte sie sich. Immerhin bezahlt Großtante Ophelia das Schulgeld, und die Hartungs haben mir ihre Freundschaft geschenkt.

Laut Gundas letztem Brief würde deren Familie heute ebenfalls in Berlin eintreffen, allerdings wusste Rieke nicht, wann genau. Vielleicht warteten sie auf sie. Wenn nicht, würde gewiss ein Wagen am Bahnhof sein, um sie abzuholen.

Ein Fahrgast betrat das Abteil und setzte sich direkt neben sie, obwohl das Abteil bis auf Rieke und einen Mann mittleren Alters leer war.

»Reisen wohl auch nach Berlin, was?«, sprach er sie an.

Da der Zug nur noch den Lehrter Bahnhof in Berlin zum Ziel hatte, hielt Rieke eine Antwort für überflüssig.

»Sind wohl allein unterwegs, was?«, fragte der Mann ungeniert weiter.

Diesmal wandte Rieke ihm das Gesicht zu. »Meine Zofe fährt in einem Waggon der dritten Klasse!« Es war eine Lüge, aber ihr gefiel der Mann nicht.

Dem Mann war anzusehen, dass er ihr nicht glaubte. Hätte sie eine Zofe bei sich, würde sie mit in diesem Abteil der zweiten Klasse sitzen. Frauen, die alleine reisten, waren entweder Bäuerinnen auf dem Weg zum Markt, und das war dieses Mädchen gewiss nicht, oder Tänzerinnen im Theater, bei denen der Unterschied zu einer Hure oft nicht zu erkennen war. Er redete weiter auf Rieke ein und pries die Sehenswürdigkeiten Berlins.

»Würde ich Ihnen gerne zeigen«, bot er ihr an.

»Danke, darauf kann ich verzichten!«, antwortete Rieke abweisend.

»Jetzt seien Sie nicht so stachlig! Ich meine es doch nur gut mit Ihnen, ehrlich!« Noch während er es sagte, rückte er so nahe an Rieke heran, dass ihre Kleidung sich berührte.

»Mein Herr, ich bitte Sie, Abstand zu wahren«, fauchte Rieke empört. Als der Mann dies ignorierte, tippte ihn der andere Fahrgast, der so ausgesehen hatte, als schlafe er, mit seinem Stock an.

»Sie haben die junge Dame gehört! Sollten Sie sich nicht zu benehmen wissen, muss ich den Kondukteur rufen.«

»Ich danke Ihnen.« Rieke lächelte ihm zu und fand, dass er trotz seiner zivilen Kleidung etwas unübersehbar Militärisches an sich hatte.

Der aufdringliche Kerl brummte etwas in seinen Bart, rückte aber ein Stück ab. Seine Blicke wanderten durch das Abteil, und für einen Augenblick huschte ein Grinsen über sein Gesicht. Rieke bemerkte es nicht, doch der Herr mit dem Stock hob kurz die Augenbrauen.

Wenig später fuhr der Zug in den Bahnhof ein. In den Nebenabteilen machten sich die Reisenden zum Aussteigen bereit. Rieke hatte nur ihre Reisetasche bei sich und wollte diese zuletzt an sich nehmen. Da stand der Mann neben ihr auf, griff nach ihrer Reisetasche und wollte das Abteil damit verlassen. Im selben Moment streckte ihm der Herr seinen Stock zwischen die Beine. Der Dieb verlor den Halt und stürzte.

Bevor er sich wieder aufrappeln konnte, war Rieke bei ihm und entriss ihm ihre Tasche.

»Ich muss Ihnen ein weiteres Mal danken«, sagte sie zu ihrem Helfer.

Dieser nickte nur und drückte auf einen Knopf seines Stockgriffs. Augenblicke später hielt er einen Stockdegen in der Hand und richtete diesen auf den Dieb.

»An Ihrer Stelle würde ich brav am Boden liegen bleiben. Ich müsste Ihnen sonst eine Wunde an den Beinen beibringen, und das wollen Sie gewiss nicht.«

»Wer sind Sie, dass Sie das Maul so aufreißen?«, rief der Mann erbost, aber doch hörbar verängstigt.

Ohne darauf einzugehen, winkte der Herr den Schaffner zu sich. »Dieser Mensch hat die junge Dame belästigt und wollte danach mit ihrem Gepäck stiften gehen. Sorgen Sie dafür, dass er der Polizei übergeben wird!« Er zog mit der anderen Hand eine Metallmarke aus seiner Jackentasche und hielt sie dem Schaffner hin. Dieser warf einen kurzen Blick darauf und salutierte.

»Selbstverständlich, Herr Polizeimajor!«

Der Dieb heulte auf. »Elender Polizeispitzel! Kannst du nicht in Uniform gehen, wie es sich gehört?«

Dirk von Maruhn beachtete ihn nicht mehr, sondern wandte sich Rieke zu. »Ich bin erfreut, dass ich Ihnen beistehen konnte, mein Fräulein. Sollten Sie weiterhin Unterstützung brauchen, stehe ich Ihnen selbstverständlich zur Verfügung!«

»Ich danke Ihnen. Aber man wird gewiss einen Wagen geschickt haben, um mich abzuholen.«

Erleichtert verließ Rieke das Abteil, nachdem der Schaffner den Dieb mit Hilfe zweier handfester Bahnbediensteter hinausgeschafft hatte. Als Maruhn ihr folgte, sah sie, dass er stark hinkte, und bewunderte seinen Mut, sich trotzdem so für sie eingesetzt zu haben.

Maruhn bemerkte ihren Blick und lächelte schmerzlich. »Ein dänisches Souvenir von den Düppeler Schanzen.«

Über Riekes Gesicht huschte ein Schatten. »Mein Bruder fiel bei Düppel.«

»Das tut mir sehr leid. Es starben viele gute Männer dort – auf beiden Seiten! Erlauben Sie, dass ich mich Ihnen vorstelle. Dirk Maruhn, einst Hauptmann in der Armee, jetzt nur noch Polizeimajor. Aber nicht mehr lange, denn man plant, mich zu pensionieren.«

Es klang weniger bedauernd als erleichtert, dachte Rieke. Dabei konnte der Mann nicht viel älter als fünfunddreißig Jahre alt sein. Doch nun war es an ihr, ihren Namen zu nennen.

»Ich bin Friederike von Gantzow.«

»Emil von Gantzows Schwester? Sein Tod war ein großer Verlust für Preußen.« Maruhn musterte das Mädchen genauer. Eine gewisse Ähnlichkeit mit ihrem Bruder bestand, doch seltsamerweise entdeckte er in ihrem hübschen Gesicht mehr den Vater.

»Ich kannte auch Ihren Herrn Papa! Er war ebenfalls ein ausgezeichneter Offizier«, setzte er nachdenklich hinzu.

»Seine Vorgesetzten waren anderer Ansicht, denn es hat ihn sehr gekränkt, dass andere an ihm vorbeibefördert worden sind.« Rieke hatte sich in den letzten Wochen genug über die unfähige und korrupte Armeeführung anhören müssen, und so kamen ihr diese Worte fast gegen ihren Willen über die Lippen. »Als General würde mein Vater sein Schicksal wahrscheinlich leichter hinnehmen denn als Major«, setzte sie hinzu.

»Menschen, die die Wahrheit beim Namen nennen, sind bei denen, denen Fehler angekreidet werden könnten, nun einmal nicht beliebt. Es wäre mir eine Freude, wenn Sie Ihrem Herrn Vater meinen Gruß übermitteln könnten. Es hieß, er wäre bei Königgrätz schwer verwundet worden.«

Maruhn hatte Gantzow zwar als etwas eigenartig, aber nicht unsympathisch in Erinnerung und hoffte, ihn einmal wieder zu treffen und mit ihm reden zu können.

»Mein Vater hat ein Bein und mehrere Finger verloren«, berichtete Rieke traurig.

Sie hatten den Bahnhofsvorplatz erreicht, und sie sah sich suchend um. Mit einem Gefühl der Erleichterung entdeckte sie Hartungs Wagen. Wegen des wechselhaften Wetters hatte der Kutscher das Verdeck geschlossen. Jetzt sah er sie ebenfalls und stieg von seinem Bock.

»Guten Tag, gnädiges Fräulein. Ich hoffe, Sie sind mir nicht böse, wenn ich Sie um ein wenig Eile ersuchen muss. Ich soll in einer Stunde wieder am Bahnhof sein, um die Herrschaften abzuholen.«

Rieke verabschiedete sich von Dirk von Maruhn und stieg ein. Unterdessen verstaute der Kutscher ihre Reisetasche, stieg wieder auf den Bock und nahm die Zügel zur Hand. Als der Wagen anfuhr, drehte Maruhn sich um und wollte auf eine wartende Droschke zugehen. Da sah er aus den Augenwinkeln, wie ein Mann in einem weiten Kutschermantel auf den Wagen der Hartungs zulief und sich auf den Bock zog. Der Kutscher machte eine abwehrende Handbewegung, erstarrte dann aber förmlich und fuhr weiter.

»Da stimmt was nicht«, murmelte Maruhn und eilte, so schnell er es mit seinem versehrten Bein vermochte, zu der anvisierten Droschke.

»Folgen Sie diesem Wagen dort!«, forderte er den Droschkenkutscher auf und hielt ihm seine Polizeimarke unter die Nase.

## 2.

Über Bekannte hatte Dobritz erfahren, wann die Hartungs nach Berlin zurückkehren würden. Da Gunda bereits zwei Tage später in die Höhere-Töchter-Schule der Schwestern Schmelling fahren würde, fing er Schweppke ab und teilte ihm mit, dass es Zeit sei, zu handeln.

Schweppke war klar, dass die Familie Hartung mit Kind und Kegel unterwegs sein würde, und hoffte daher, die Tochter werde mit der Zofe ihrer Mutter in einem Wagen fahren. Sie aus dem Wagen der Eltern zu entführen, erschien ihm selbst dann, wenn Hartung keine Pistole bei sich hatte, als zu gefährlich.

Mit zwei Kumpanen legte er sich am Bahnhof auf die Lauer. Seine Anspannung stieg, als Hartungs Wagen vorfuhr. Wenig später führte ein Herr eine junge Dame heraus, die ganz selbstverständlich in dem Wagen Platz nahm.

»Det muss sie sein«, sagte einer seiner Kumpane und setzte sich in Bewegung, ohne dass Schweppke ihn dazu aufforderte.

Der Mann erreichte den Wagen, als dieser noch langsam fuhr, schwang sich auf den Bock und grinste den Kutscher an.

»Du tust jetzt jenau dette, wat icke dir saje! Verstanden?«, befahl er und unterstrich seine Worte mit einem Messer, das er mit seinem Kutschermantel vor fremden Blicken schützte.

Der Kutscher starrte auf die Klinge, die sich bereits schmerzhaft in seine Seite bohrte, und richtete seine Aufmerksamkeit auf das Gespann. Unterwegs befolgte er die Anweisungen des Kutschers und fuhr daher einen größeren Bogen.

Rieke bemerkte nicht gleich, dass der Kutscher nicht den Weg zur Villa der Hartungs einschlug. Erst als sie nach einer Weile nach draußen blickte, wunderte sie sich, weil der Wagen auf schlechten, ungepflasterten Straßen an schäbigen Häusern vorbeirollte. Kurz darauf blieb er vor einer Einfahrt stehen.

Da der Kutscher vorhin zur Eile gemahnt hatte, begriff Rieke gar nichts mehr. Sie öffnete den Schlag, um den Mann zur Rede zu stellen. In dem Moment wurde sie gepackt und aus dem Wagen gezerrt. Sie sah noch eine Hand mit einem Stock auf sich zukommen, spürte einen harten Schlag und versank in tiefster Schwärze.

»Det jing ja wie jeschmiert«, sagte Schweppke grinsend, der sie dort erwartet hatte, lud Rieke auf eine Schubkarre und verbarg sie unter einer schmierigen Decke. Unterdessen nahm der Kumpan auf dem Bock einen kleinen, mit Sand gefüllten Sack und versetzte dem Kutscher einen Hieb gegen den Kopf. Der Mann sank in sich zusammen und wurde so hingesetzt, dass es aussah, als halte er ein Nickerchen.

»Ihr bringt die Kleene ins Versteck, während icke 'nen jeschäftlichen Jang mache«, erklärte Schweppke und marschierte pfeifend los. Auch seine Komplizen setzten sich in Bewegung und schoben abwechselnd die Schubkarre durch einige enge Straßen zu einem Haus, das aussah, als könnte es jeden Augenblick in sich zusammenfallen.

## 3.

Maruhns Droschkenkutscher hatte den Wagen unterwegs aus den Augen verloren, und so atmete er erleichtert auf, als er ihn wiederentdeckte.

»Dort ist er, Herr Polizeimajor!«

»Halte neben ihm an!«, befahl Maruhn und stieg kurz darauf aus.

Das Innere des Wagenkastens war leer, während der Kutscher auf dem Bock saß und sich nicht rührte.

»He, was ist mit dir?«, rief Maruhn und rüttelte den Mann. Dieser stöhnte nur und kippte zur Seite.

Nun nahm Maruhn die Beule auf seinem Kopf wahr, die der Schlag hinterlassen hatte, und fluchte. »Verdammt, Mann, wach auf!«

»Geh in eines der Häuser und sieh zu, dass du Wasser bekommst. Wir müssen den Mann wach bekommen«, wies er den Droschkenkutscher an.

Dieser folgte brummend und kehrte nach einer Weile mit einem alten Bierkrug zurück. »Kostete mich drei Groschen«, sagte er und reichte Maruhn den Krug. Dieser schüttete dem Kutscher das Wasser ins Gesicht und sah erleichtert, wie dieser die Augen aufschlug und verwirrt um sich blickte.

»Wo ist das Fräulein, das am Bahnhof eingestiegen ist?«, fragte Maruhn scharf.

»Ich weiß nicht … ich … ein Mann hat mich mit dem Messer bedroht und gezwungen, hierherzufahren. Was dann geschehen ist, kann ich nicht sagen. Bei Gott, ich müsste längst die Herrschaften abholen!« Noch halb betäubt griff der Mann nach den Zügeln, doch Maruhn hinderte ihn daran, loszufahren.

»Wo ist das Fräulein?«, fragte er noch einmal.

Jetzt erst erinnerte sich der Kutscher an Rieke und blickte besorgt ins Wageninnere. »Da ist sie nicht!«, rief er.

»Das habe ich schon gesehen, sonst hätte ich nicht nach ihr gefragt! Hast du irgendetwas bemerkt?« Maruhn wurde grob, um den Mann zum Nachdenken zu zwingen.

Doch dieser schüttelte nur den Kopf und stieß im nächsten Moment einen Schmerzlaut aus. »Au, tut das weh!«

Maruhns Gedanken rasten. Hier auf einen Gendarmen zu warten, war ebenso sinnlos, wie jemanden aufzufordern, einen zu holen. Er hätte höchstens den Droschkenkutscher losschicken können. Um jedoch keine Zeit zu verlieren, fragte er Hartungs Kutscher, ob er fahren könne.

»Ich glaube schon«, antwortete dieser und nahm die Zügel zur Hand.

»Wir fahren zum Bahnhof. Dort werde ich dieses Schurkenstück melden.«

»Und was ist mit mir?«, fragte der Droschkenkutscher.

»Hier ist dein Fahrlohn mit ein wenig Trinkgeld. Sollte ich deine Aussage brauchen, lasse ich dich rufen!«

»Ja, ja!«, sagte der Mann mürrisch und fuhr los. Ihm passte diese Gegend gar nicht, und er schaute sich immer wieder aufmerksam um.

Hartungs Kutscher musste die Zähne zusammenbeißen, um nicht vor Schmerzen aufzuschreien, lenkte seinen Wagen aber unfallfrei bis zum Bahnhof. Dort standen Friedrich von Hartung und dessen Familie bereits bei dem Gefährt, welches das Gepäck und die mitgereisten Bediensteten zur Villa bringen sollte. Als sie den Wagen kommen sahen, kam Friedrich mit ärgerlicher Miene darauf zu.

»Du bist spät dran! Wenn auf den Straßen so viel Verkehr herrscht, hättest du auch auf unsere Ankunft warten können. Fräulein Friederike hätte sicher Verständnis dafür gehabt!«, tadelte er den Kutscher.

Dann entdeckte er Maruhn auf dem Bock und kniff verwundert die Lider zusammen.

Maruhn wies ihm die Polizeimarke vor, um überflüssige Erklärungen zu vermeiden. »Mein Herr, ich muss Ihnen leider mitteilen, dass dieser Wagen überfallen und Fräulein von Gantzow entführt worden ist.«

»Aber das ist doch ...« Friedrich brach mitten im Satz ab und starrte ihn entsetzt an.

»Das ist leider wahr! Mein Name ist Maruhn. Ich muss jetzt zur Polizeiwache, um dieses Verbrechen zu melden. Informieren Sie mich bitte sofort, wenn Sie etwas erfahren.«

»Das tue ich!«, versprach Friedrich.

Maruhn stieg schwerfällig vom Bock. Nach ein paar Schritten blieb er stehen, stützte sich schwer auf seinen Gehstock und drehte sich noch einmal um. »Sie sollten Ihren Kutscher von einem Arzt untersuchen lassen. Er hat einen harten Schlag auf den Kopf bekommen.«

»Ich kümmere mich darum!«, versprach Friedrich und kehrte zu den Seinen zurück.

»Was ist geschehen?«, fragte Resa besorgt.

»Wie es aussieht, ist Friederike entführt worden.«

»Nein!«, stieß Gunda hervor, während Theo kreidebleich wurde.

»Das darf nicht sein!«

»Polizeimajor Maruhn hat es mir eben mitgeteilt. Unser Wagen wurde überfallen und der Kutscher niedergeschlagen. Seitdem ist das Mädchen verschwunden.«

»Oh, Gott im Himmel, lass nicht zu, dass ihr etwas passiert!«, flehte Resa. Sie war selbst vor vielen Jahren das Opfer einer Entführung geworden und hatte danach die schlimmste Zeit ihres Lebens durchgemacht. Der Gedanke, dass es Rieke genauso ergehen könnte, brannte wie Feuer in ihr.

»Wir fahren nach Hause!«, erklärte Friedrich und trieb seine widerstrebende Familie in den Wagen.

Der Kutscher hatte so starke Kopfschmerzen, dass er kaum mehr aus den Augen sehen konnte. Daher schwang Theo sich auf den Bock und ergriff die Zügel. »Lassen Sie, ich schaffe das schon. Ich habe auf Steben nicht nur reiten, sondern auch kutschieren gelernt.«

Es war, als wolle er dies allen beweisen, denn er trieb das Gespann zu einem Tempo an, dass es Resa und Gunda im Wagenkasten angst und bange wurde. Schließlich klopfte sein Vater gegen den Vordersitz.

»Fahre gescheit oder übergib die Zügel wieder dem Kutscher. So stoßen wir noch mit einem anderen Fahrzeug zusammen oder überrollen einen Fußgänger.«

Obwohl es Theo drängte, nach Hause zu kommen, zügelte er die Pferde und fuhr mit gesitteter Geschwindigkeit weiter. Vor der Villa angekommen, reichte er die Zügel wieder dem Kutscher. Den Wagen durch die schmale Einfahrt zu lenken, traute er sich nicht zu.

Kaum stand das Gefährt, sprang Theo ab und öffnete den Schlag. Sein Blick galt jedoch dem Villenportal, das eben geöffnet wurde. Adele Klamt eilte heraus und blieb vor Friedrich stehen.

»Ich weiß nicht, was ich sagen soll!«, rief sie und wedelte mit einem Zettel. »Irgendein schmieriger Junge hat vorhin diesen Wisch abgegeben. Es muss wohl ein übler Scherz sein, denn ich sehe Fräulein Gunda unversehrt bei euch.«

Noch während sie es sagte, schnappte Theo sich den Zettel und begann zu lesen.

»An den Fabrikanden von Hartung. Wir habn deine Tochter in die Jewald jebrachd und jebn sie nur jegen 100000 Taler wida her. Weidere Anweisungn kriegn se morjen. Keene Polente, sonst schneidn ma dem Mädel die Gehle durch!«

»Was soll der Unsinn?«, fragte Resa und schlug sich dann mit der flachen Hand gegen die Stirn. »Sie haben Rieke mit Gunda verwechselt!«

Unterdessen nahm Friedrich Theo den Zettel ab, las ihn und reichte ihn seinem Sohn zurück. »Fahre sofort zur nächsten Polizeiwache, bitte, zu Polizeimajor Maruhn gebracht zu werden, und übergib ihm dieses Schreiben. Er muss uns raten, was zu tun ist.«

Theo nickte und verschwand so schnell, als wäre er weggezaubert worden. Unterdessen sah Resa ihren Mann verzweifelt an. »Was machen wir jetzt? Wir müssen doch irgendetwas tun!«

Friedrich wusste, dass der Verlust von hunderttausend Talern seine Fabrik in arge Schwierigkeiten bringen würde. Trotzdem gab es für ihn kein Zögern.

»Das Mädchen ist uns anvertraut worden, und so ist es unsere Pflicht, alles zu tun, um es zu retten!«

## 4.

Schweppkes Kumpane kamen bis zu ihrem Ziel, ohne aufzufallen. Ihr Opfer rührte sich nicht, lebte aber noch, wie einer von ihnen feststellte, als er Riekes Puls fühlte. Sie durchquerten mehrere Hinterhöfe und erreichten den letzten Hof, der so klein und eng war, dass kein Sonnenstrahl ihn je erreichte. Einer der beiden öffnete eine Tür, und der andere fuhr mit dem Schubkarren hinein. In dem düsteren Flur wickelten sie Rieke rasch in die Decke, unter der sie bis jetzt gelegen hatte. Einer zündete eine Laterne an und ging voraus, um zu leuchten. Dann führte ihr Weg die Kellertreppe hinab in die Tiefe.

In einem kleinen Kellerraum legten sie das noch immer bewusstlose Mädchen auf die Decke, die sie am Boden ausbreiteten.

»Det hätten wir jeschafft«, meinte der eine erleichtert. »Die Sackkarre muss weg! Machst du det?«

Sein Kumpan nickte und verließ den Kellerraum.

Während er auf dessen Rückkehr wartete, sah er graue Schatten an der feuchten Wand entlanglaufen und in einem Spalt verschwinden. »Elende Ratten«, schimpfte er und trat nach ein paar, ohne sie zu erwischen.

»Wat isn?« Ede Schweppke kam herein und sah grinsend auf die Entführte. »Hab den Jungen losjeschickt. Bald regnet's Talerchen!«

»Hier sind Ratten! Wat is, wenn se die Kleene anfressen?«

Während der Mann es sagte, huschte wieder eine Ratte an der Wand entlang. Schweppke bückte sich blitzschnell, packte sie beim Schwanz und hob sie hoch. Das Tier wollte sich zusammenrollen und ihn in die Hand beißen. Doch da schwang er sie durch die Luft und zerschlug ihren Schädel an der Wand.

»So macht man det!« Mit einem Lachen warf er das tote Tier so auf den Boden, dass es eine Handspanne vor Riekes Gesicht zu liegen kam.

»Hat sie was zu schaun, wenn se wacht wird! Icke jehe jetzt 'n Bier trinken! Kommste mit?«

»Wennste zahlst, jerne!«

Beide Männer verließen den Kellerraum. Schweppke verriegelte ihn von draußen und dachte sich dabei, dass er es sich schwerer vorgestellt hatte, die von Dobritz versprochenen zehntausend Taler zu verdienen. Morgen würde Hartung einen bei der Post aufgegebenen Brief erhalten, der die Anweisungen für die Geldübergabe enthielt, dazu noch einmal die Warnung, die Polizei nicht mit hineinzuziehen.

Ihr dritter Kumpan gesellte sich zu ihnen, und während die Männer die geglückte Entführung in ihrem Stammlokal mit ein paar Bierchen feierten, wurde Rieke wach.

Das Erste, was sie empfand, waren unerträgliche Kopfschmerzen. Dann gab ihr Gehirn erste Informationen preis. Sie war am Bahnhof abgeholt worden, doch der Kutscher hatte nicht die Straßen genommen, die sie kannte. Was war geschehen? Mühsam öffnete Rieke die Augen und sah direkt vor sich eine Ratte mit zerschmettertem Schädel liegen. Mit einem Aufschrei wich sie zurück und spürte, wie etwas über ihren Fuß lief. Es war eine weitere Ratte.

Angeekelt kämpfte Rieke sich auf die Beine und musterte ihre Umgebung. Eine Laterne mit einem Talglicht spendete gerade genug Licht, um die Nässe und die Fäulnis in diesem Raum erkennen zu lassen – und die Ratten. Es waren weniger, als sie zunächst befürchtet hatte, und sie mieden sie. Rieke wandte sich nun der Tür zu und stellte fest, dass sie von außen verriegelt sein musste, denn es gab kein Schloss.

»Ich bin entführt worden!« Es war die einzige mögliche Schlussfolgerung.

Sie fragte sich, wer so verrückt sein konnte, ein Mädchen aus einer mittellosen Familie zu rauben. Es ergab keinen Sinn. Zudem würde ihr Vater niemals Lösegeld für sie zahlen, selbst wenn er dazu in der Lage gewesen wäre. Was also hatte man mit ihr vor?

»Ich werde es abwarten müssen«, murmelte sie und hoffte, dass Polizeimajor Maruhn ihren Entführern hatte folgen können.

»Doch wie hätte er die Entführung erkennen sollen? Selbst ich habe es erst gemerkt, als ich niedergeschlagen worden bin«, erklärte sie sich selbst.

Also durfte sie nicht tatenlos auf Rettung warten, sondern musste sich Gedanken machen, wie sie ihre Entführer überlisten konnte. Nach einem Blick in die Kammer, in die sie gesperrt worden war, spottete sie über sich selbst. Sie steckte in diesem elenden Loch, und ihre einzige Waffe war eine tote Ratte.

## 5.

Während im Hause Hartung hellste Aufregung herrschte und Rieke gegen ihre wachsende Verzweiflung ankämpfte, trank Ede Schweppke voller Genuss sein Bier. Er hatte seine Aufgabe erledigt. Alles, was mit der Übergabe des Lösegelds zu tun hatte, war Dobritz' Sache. Der würde sicher einen Weg finden, um an die vielen glänzenden Talerchen zu kommen, ohne dass ihm die Staatsmacht dabei in die Quere kam. Danach musste er das Mädchen nur noch ein Stück von hier entfernt freilassen.

Nein, sagte er sich. Gunda von Hartung würde erst dann freigelassen werden, wenn Dobritz ihm die zehntausend Taler gegeben hatte. Er traute diesem zu, ihm die versprochene Summe zu verweigern und ihn nur mit einem kleinen Trinkgeld abspeisen zu wollen.

»Denk nich, dass de mit mir Schlitten fahr'n kannst«, murmelte er und trank seinen Krug leer. Da das Bier so gut mundete, ließ er sich noch einmal nachschenken. Seine beiden Kumpane verabschiedeten sich nun, während er selbst noch eine Weile sitzen blieb.

Bislang hatte Schweppke selten mehr als ein Bier trinken können. Daher stand er nicht mehr ganz sicher auf den Beinen, als er die Kneipe verließ, und sang ungeachtet der Protestrufe aus den Fenstern auf dem Nachhauseweg lautstark den neuesten Gassenhauer. Erst als er in die Straße einbog, in der seine Wohnung lag, verstummte er. Er wollte schon nach oben steigen zu Frau und Kind, als ihm einfiel, dass er noch einmal nach seiner Gefangenen schauen könne. Bei dem Gedanken grinste er. Dem feinen Fräulein würde ihre Umgebung wenig zusagen. Da waren nicht nur die Feuchtigkeit der Mauern und die Ratten. Da es außer der alten Decke nichts in dem Kellerraum gab, würde Gunda Hartung in eine Ecke machen und ihren eigenen Gestank ertragen müssen.

»Jeschieht dem Fabrikantenjesindel recht«, rief er und stieg die Treppe hinab.

Er hatte keine Sorge, dass jemand seine Gefangene finden und befreien könnte. In das Kellergeschoss kam so leicht niemand, da dort sogar die Kohlen zu schimmeln begannen, wie die Leute hier spotteten. Außerdem wussten die Hausbewohner, dass er dort gelegentlich etwas versteckte, was er nicht auf legalem Weg erstanden hatte. Die Liebe zur Obrigkeit und zu Wohlhabenden war hier sehr gering ausgeprägt, und so musste er nicht befürchten, angezeigt zu werden.

Lange, so sagte er sich, als er auf die Tür des Kellerraums zuging, würde er hier nicht mehr wohnen bleiben, sondern in eine gesündere Gegend umziehen. Mit diesem Gedanken schob er den Riegel zurück und öffnete die Tür.

Seine Gefangene stand am anderen Ende des Raumes und sah ihn ängstlich an. Die Hände hatte sie hinter den Rücken gesteckt. Sie sah aus, als würde sie gleich zusammenbrechen.

»Hastes bequem?«, fragte Schweppke spöttisch.

»Wer sind Sie? Warum bin ich hier?« Riekes Stimme zitterte, aber weniger vor Angst als vor Anspannung. Als der Riegel zurückgeschoben worden war, hatte sie blitzschnell die tote Ratte am Schwanz gepackt und verbarg sie jetzt hinter ihrem Rücken. Doch was sollte sie mit dem Vieh anfangen? Bewusstlos schlagen konnte sie den Kerl damit nicht.

»Was haben Sie mit mir vor?«, fragte sie weiter, um ihn in Sicherheit zu wiegen und vielleicht zu einem Fehler zu bewegen.

»Du bleibst 'n paar Tage hier, dann kannste wieder jehen. Aber nur, wenn dein Vater det Lösejeld löhnt!«

Rieke hätte am liebsten gelacht. Ihr Vater konnte nicht einmal einhundert Taler aufbringen, und das war gewiss nicht die Summe, die dieser Schurke sich erhoffte.

»Und wenn er es nicht löhnt?«, fragte Rieke bissig.

»Der reiche Herr Hartung wird sein Töchterchen doch nicht im Stich lassen«, spottete Schweppke.

Rieke begriff zweierlei: Zum einen hielt dieser Schwachkopf sie für Gunda, und zum anderen hatte deren Vater nicht den geringsten Grund, auch nur einen Taler Lösegeld für sie zu bezahlen. Wenn sie freikommen wollte, musste sie selbst dafür sorgen.

Tritt noch einen Schritt näher, flehte sie in Gedanken. Nur noch einen Schritt! Um sich nicht durch ihre Miene zu verraten, blickte sie zu Boden und tat so, als hätte sie sich vollkommen aufgegeben.

Schweppke genoss seine Macht über das Mädchen. In seinen Augen war es eine ausgleichende Gerechtigkeit, dass einer der reichen Fabrikbesitzer geschröpft werden sollte. Dieses Gesindel zwang Männern wie ihm härteste Arbeit unter übelsten Bedingungen auf und zahlte dafür einen Hungerlohn, der nicht einmal ausreichte, um mit seiner Familie halbwegs vernünftig wohnen und essen zu können.

In ihm flüsterte eine leise Stimme, dass Dobritz im Grunde noch schlechter war als Hartung und er besser dessen Tochter entführt hätte. Dann aber zuckte er mit den Schultern. Das war ohne Belang, denn Fabrikant blieb Fabrikant.

»Wenn dein Vater nich zahlt, wirst es ausbad'n müss'n«, drohte er und trat einen Schritt vor. Er wollte sie packen und durchschütteln, damit sie seine Kraft spürte und noch mehr Angst bekam.

In dem Augenblick schlug Rieke ihm die tote Ratte auf die Augen. Schweppke taumelte zur Seite und wischte sich mit der Rechten Rattenblut und -hirn ab. Mit der linken Hand wollte er Rieke packen. Sie schlüpfte jedoch an ihm vorbei, rannte aus dem Raum und schlug die Tür zu. Mit zitternden Fingern schob sie den Riegel vor.

Zunächst blieb sie mit den Händen gegen die Tür gelehnt stehen und versuchte, ihren jagenden Herzschlag zu beruhigen. Sie war frei, doch noch lange nicht in Sicherheit. Drinnen schrie Schweppke seine Wut hinaus. Sobald man ihn hörte, würde jemand kommen und ihn befreien. Sie musste rasch handeln.

Sie tastete sich den Kellerflur entlang, bis sie die Treppe entdeckte, die nach oben führte. Hastig stieg sie hinauf und fand sich in einem etwas trockneren Kellergewölbe wieder, das von einer einzigen Petroleumlampe beleuchtet wurde. Einen Augenblick lang geriet sie in Panik. Wie sollte sie aus diesem Labyrinth herausfinden?

Dann erkannte sie, dass es am anderen Ende des Kellers eine weitere Treppe gab, und eilte dorthin. Rieke betete, dass ihr niemand entgegenkam, und hatte Glück. Sie überwand auch die zweite Treppe und fand sich in einem finsteren Hausflur wieder. Irgendwo musste es eine Tür nach draußen geben, und sie nahm nicht an, dass sie weit von der Treppe entfernt war. Hinter der ersten Tür, die sie ertastete, vernahm sie Stimmen. Dann traf sie auf eine Tür mit einem Metallbeschlag und einem geschwungenen Griff, die wohl den Hauseingang darstellte.

Rieke öffnete sie und trat aufatmend ins Freie. Es war bereits Nacht, und sie hatte nicht die geringste Ahnung, wo sie sich befand. In diesem Teil der Stadt gab es keine Straßenlaternen, so dass sie den Weg mehr erahnen als erkennen konnte. Eines aber begriff sie: Wenn dieser Schurke freikam, durfte sie nicht mehr in der Nähe sein. Im Gegensatz zu ihr kannte er diese Gegend und würde sie rasch finden.

Kurz entschlossen wählte sie die Richtung, in der sie in der Ferne einen Lichtschein zu erkennen glaubte, und schritt so schnell aus, wie der zerfurchte Boden es erlaubte.

## 6.

Es hatte Theo nicht mehr in der Villa gehalten. Ausgerüstet mit dem neuen Revolver, den sein Vater ein paar Wochen zuvor gekauft hatte, machte er sich heimlich auf den Weg in das Stadtviertel, in das der Kutscher seiner Aussage nach hatte fahren müssen, und ging die Straßen ab.

Der Verstand sagte Theo, dass seine Bemühungen sinnlos waren. Die Entführer hatten Rieke vermutlich weiter weggeschafft. War dies mit einem anderen Wagen geschehen, konnte sie überall in Berlin und Umgebung versteckt sein. Ihm war daher schleierhaft, wie er sie finden sollte. Doch jedes Mal, wenn er daran dachte, aufzugeben und nach Hause zurückzukehren, ging er weiter.

Die Nacht war längst hereingebrochen, als er in einen Stadtteil geriet, in dem es nicht einmal mehr Straßenpflaster gab, geschweige denn Gaslaternen. Dazu stank es bestialisch, und er fragte sich, wie Menschen hier leben konnten. Das hier musste ein Paradies für Ratten sein.

Er hatte es kaum gedacht, da entdeckte er in dem schwachen Lichtschein, der aus einem Fenster drang, drei dieser geschwänzten Nager und griff zum Revolver, um sie aus Ekel zu erschießen. Gerade noch rechtzeitig erinnerte er sich daran, dass er nicht als Kammerjäger unterwegs war, sondern, um Rieke zu suchen.

Während er die Waffe wegsteckte, sagte er sich, dass eine Nadel im Heuhaufen leichter zu finden war als die Entführte, und beschloss, nun doch aufzugeben. Vielleicht hatte Polizeimajor Maruhn bereits eine Spur entdeckt, oder es gab zu Hause neuere Nachrichten über Rieke.

Er sah sich um und überlegte, in welche Richtung er gehen sollte, als er hinter sich hastige Schritte vernahm. Er drehte sich um und bemerkte eine schemenhafte Gestalt, die auf ihn zukam. Erst als diese nur noch ein paar Schritte entfernt war, erkannte er, dass es sich um eine Frau handelte. Gleich darauf zuckte er zusammen. Auch wenn der Lichtschein, der aus einem Fenster herausdrang, nur trüb war, erkannte er das Mädchen an seinem Gang.

»Rieke? Aber ja! Du bist es wirklich.«

Rieke zuckte erschrocken zusammen, begriff dann aber, wen sie vor sich hatte, und eilte auf ihn zu.

»Theo! Dem Herrgott sei Dank! Ich hatte solche Angst!« Einen Augenblick lang klammerte sie sich an ihn, ließ ihn dann wieder los und trat einen Schritt zurück. »Ich weiß nicht, wie es geschehen konnte, aber der Kutscher hat mich in eine unbekannte Gegend gefahren. Dort haben Männer mich aus dem Wagen geholt und bewusstlos geschlagen. Als ich wieder zu mir kam, lag ich in einem schimmeligen Keller voller Ratten.«

»Der Kutscher wurde von einem Mann mit der Waffe in der Hand gezwungen, dorthin zu fahren, und ist dann ebenfalls niedergeschlagen worden«, unterbrach Theo ihren Bericht. »Aber sag, wie bist du freigekommen?«

»Ich habe dem Entführer eine tote Ratte auf die Augen geschlagen und ihn in seinen eigenen Keller gesperrt!« Obwohl ihre Worte der Wahrheit entsprachen, kamen sie Rieke etwas angeberisch vor. Daher fasste sie nach Theos Arm. »Wir sollten diese Gegend verlassen! Nicht, dass der Entführer mich verfolgt. Er hat gewiss Komplizen.«

»Das ist ein guter Rat!«, antwortete Theo und führte sie in die Richtung, von der er glaubte, sie würde in einen belebteren Stadtteil führen.

Zunächst kamen sie gut voran und erreichten zu ihrer Erleichterung bald eine Straße, in der es etwas heller war. Nach ein paar Schritten aber tauchten vier Männer in abgerissener

Kleidung vor ihnen auf. Zwei von ihnen hielten Messer und die beiden anderen Knüppel in den Händen.

»Wenn det keen Glück is!«, meinte einer der Messerträger grinsend. »'n junges Liebespaar! Jeben Se uns die Uhr und det Portemonnä und die Kleene den Schmuck, wennse welch'n hat, und wir lass'n euch lof'n.«

Noch während er sprach, hatte Theo Rieke hinter sich geschoben und seinen Revolver in die Hand genommen. »Ihr könnt es versuchen, aber ob ihr es überlebt, bezweifle ich!«

Die Drohung war ernst, das war den Ganoven klar, und so zog der Anführer fluchend ab. Seine Kumpane folgten ihm mit Mienen, die es Theo geraten sein ließen, weiterhin auf der Hut zu sein.

Rieke hingegen sah ihn mit leuchtenden Augen an. »Das war eben sehr mutig von dir!«

»Mutig?« Theo lachte nervös. »Ich hatte im Gegenteil fürchterliche Angst und habe nur gehofft, dass die Kerle beim Anblick meines Revolvers noch mehr Angst bekommen als ich.«

»Was wohl auch der Fall war!« Auch Rieke lachte jetzt und hakte sich bei ihm unter.

Froh, diese Gefahr überstanden zu haben, blieben sie weiter vorsichtig, bis sie eine Straße erreichten, die Theo kannte. »Wir müssen nach links. Vielleicht finden wir dort eine Droschke. Ich will dir nicht zumuten, zu Fuß nach Hause zu gehen«, erklärte Theo und winkte kurz danach einem Droschkenkutscher, der ihnen entgegenkam.

Der Mann musterte sie misstrauisch. »Wollen sich wohl noch amüsier'n, wat?«, fragte er. »Sind Se bei mir an den Falsch'n jeraten. Icke will heim.«

»Auch wir wollen nach Hause, guter Mann. Ich zahle Ihnen den doppelten Preis, wenn Sie uns fahren!«

Als Theo die Adresse nannte, kniff der Kutscher kurz die

Augen zusammen und nickte dann. »Ist keen großer Umweg. Steigen Se ein!«

Theo half Rieke in den Wagen und folgte ihr schnell. Als die Droschke losfuhr, hielt er die Hand am Revolvergriff. Die Droschke fuhr jedoch wie gewünscht in die richtige Richtung, und so entspannte er sich langsam. Da er und Rieke nicht wollten, dass der Droschkenkutscher das Geschehene mitbekam, schwiegen sie, bis sie die Villa Hartung erreichten. Dort bezahlte Theo die Fahrt und gab dem Mann das versprochene Trinkgeld. Rieke eilte unterdessen zum Portal und schlug den Türklopfer mehrmals kräftig an.

Hartungs Pförtner musste bei der Tür gewartet haben, so rasch wurde geöffnet. Als er Rieke vor sich sah, fielen ihm beinahe die Augen aus dem Kopf.

»Gnädiges Fräulein! Welche Freude, Sie gesund und munter wiederzusehen«, platzte er heraus.

»Ich freue mich auch«, antwortete Rieke und trat ein.

Als Theo ihr folgte, schüttelte der Pförtner verwundert den Kopf. »Der junge Herr! Ihr habt Fräulein Friederike wohl gefunden?«

»Sie hat eher mich gefunden«, meinte Theo lachend und schob Rieke auf das Zimmer zu, aus dem die Stimme seines Vaters ertönte.

Der Pförtner öffnete ihnen die Tür, und Augenblicke später gellte Gundas Jubelruf durch das Haus.

»Rieke! Wie herrlich, du bist frei!« Sie stürzte auf die Freundin zu und umarmte sie, ohne darauf zu achten, wie schmutzig deren Kleid während der kurzen Gefangenschaft geworden war.

Friedrich musterte seinen Sohn mit einem fragenden Blick. »Hast du Friederike befreit?«, fragte er verwundert.

Theo schüttelte lächelnd den Kopf. »Befreit hat Rieke sich selbst. Wir sind uns begegnet, als sie auf der Flucht war.«

»Gott sei Dank, denn kurz darauf standen vier Schurken vor uns, die uns unser Geld und alles andere abnehmen wollten. Theo – ich meine, Herr Theodor – hat sie mit seinem Revolver vertrieben«, berichtete Rieke aufgeregt.

»Weißt du, wer dich entführt hat?«, fragte Friedrich sie.

Nun schüttelte auch Rieke den Kopf. »Nein! Ich kannte weder den Mann, der mich bewusstlos geschlagen hat, noch den anderen, der in den Kellerraum gekommen ist. Es handelte sich um zwei der ärmeren Einwohner von Berlin.«

Sie überlegte kurz und sah dann Friedrich an. »Ich würde den einen im Keller wiedererkennen, wenn ich ihn sehe.«

»Das wäre ein arger Zufall«, kommentierte Theo diese Erklärung.

»Ich werde eine Zeichnung von dem Mann anfertigen. Vielleicht kann die Polizei ihn damit fangen.« Da Rieke ganz so aussah, als wollte sie ihren Worten sofort Taten folgen lassen, griff Resa ein. »Du kannst diesen Verbrecher zeichnen, aber erst nachdem du dich gebadet und umgezogen hast. Du bist wirklich sehr schmutzig, und ich glaube sogar, Schimmel an deinem Saum zu sehen.«

»Mama hat recht«, meinte nun auch Gunda und fragte, wie Rieke entkommen wäre.

»Ich habe dem Entführer eine tote Ratte ins Gesicht geschlagen und bin dann an ihm vorbeigeschlüpft. Bevor er reagieren konnte, habe ich die Tür zugeschlagen und den Riegel vorgeschoben.«

»Sagtest du tote Ratte?«, rief Resa angewidert. »Marsch in die Wanne, und komme ja nicht eher wieder heraus, als bis du von oben bis unten abgeschrubbt bist!«

# 7.

Am nächsten Vormittag erschien Polizeimajor Maruhn im Hause Hartung und war sichtlich erleichtert, Rieke in Sicherheit zu wissen. Als er hörte, wie sie sich befreit hatte, musste er lachen.

»Da merkt man die Tochter aus einem Soldatenhaushalt. Dem Feind muss man immer mit kaltem Blut entgegentreten«, sagte er, als er sich wieder beruhigt hatte, und bat sie, ihm alles zu erzählen, was sie über ihre Entführer wusste.

Zu seinem Bedauern war es nicht viel. Auch der Kutscher, den er anschließend verhörte, konnte ihm nur sagen, dass es sich um mindestens zwei Schurken gehandelt hatte.

»Es können auch drei sein«, erklärte er. »Da war der eine, der mich mit seinem Messer bedroht hat, und dann der, der Fräulein Friederike aus dem Wagen gezerrt und bewusstlos geschlagen hat. Ich glaube, ich habe in der Einfahrt noch einen dritten Mann gesehen – mit einer Schubkarre!«

»Eine Schubkarre!« Maruhn runzelte nachdenklich die Stirn. Niemand fuhr mit einem bewusstlosen Mädchen auf einer Schubkarre weit durch die Stadt, schon aus Angst, es könnte ein Arm oder ein Bein herausrutschen und gesehen werden.

»Damit schränkt sich der Umkreis, in dem die Entführer zu finden sein müssen, auf kaum mehr als hundert Schritte ein«, rief er und zog einen Stadtplan aus der Innentasche seiner Jacke. Als er ihn ausgebreitet hatte, wies er auf die Stelle, an der er den Wagen mit dem niedergeschlagenen Kutscher entdeckt hatte, und zog mit dem Finger einen Kreis in der entsprechenden Entfernung.

»Wenn ich mich nicht sehr irre, sind Sie irgendwo in dieser Gegend gefangen gehalten worden«, sagte er zu Rieke.

Doch nicht sie, sondern Theo gab Antwort und deutete auf eine Straße. »Hier ist mir Rieke begegnet.«

Als Maruhn das Mädchen fragend ansah, zuckte sie mit den Schultern. »Ich weiß es nicht! Aber warten Sie, ich habe ein Bild von dem Mann angefertigt, dem ich entkommen bin.«

»Mit einer toten Ratte in der Faust«, rief Gunda und zuckte im nächsten Moment zusammen, da die Mutter ihr einen leichten Backenstreich versetzte.

»Ich bitte dich, dieses Detail in meiner Gegenwart nicht noch einmal zu erwähnen«, erklärte Resa.

»Aber es war doch so!«

Maruhn schmunzelte und sah im Geist den Ganoven vor sich, als diesem die Ratte ins Gesicht gefahren war. Dann stellte er die Frage, die ihn am meisten interessierte.

»Herr von Hartung, denken Sie jetzt scharf nach! Solche Gauner entführen selten eine junge Dame von Stand aus eigenem Antrieb. Meist gibt es einen Auftraggeber. Haben Sie Feinde?«

Friedrich schüttelte den Kopf. »Nicht, dass ich wüsste! Natürlich gibt es Fabrikanten, die in Konkurrenz zu mir stehen, aber von denen traue ich keinem eine solche Tat zu.«

»Was ist mit Dobritz?«, wandte Resa ein.

»Auch wenn ich mit meinem Schwager nicht gutstehe, kann ich mir nicht vorstellen, dass er dazu fähig wäre, die Nichte seiner Frau entführen zu lassen.«

»Wer ist Dobritz?«, wollte Maruhn wissen.

»Heinrich von Dobritz, ebenfalls Tuchfabrikant. Er ist der Ehemann meiner älteren Schwester Luise. Es gab mehrfach Streit mit den beiden wegen der Mitgift und des Erbes meines Vaters!« Friedrich war die Sache peinlich, doch Maruhn machte sich einige Notizen. Bevor er dieses Thema weiterverfolgen konnte, kam Adele Klamt in den Raum.

»Entschuldigen Sie, eben ist der Postbote gekommen. Dieser Brief war dabei. Er ist mit ›Wichtig‹ gekennzeichnet.«

»Geben Sie her!« Friedrich nahm den Umschlag entgegen. Die Adresse war in Druckschrift geschrieben, und als Absender wurde jemand aus Königsberg angegeben. Abgestempelt worden war er aber in Berlin. Verwundert schlitzte Friedrich den Umschlag auf. Der Brief war ebenfalls in Druckschrift verfasst und erteilte in einwandfreiem Deutsch Anweisungen, wie Friedrich zu verfahren habe, wenn er seine Tochter unversehrt wiedersehen wolle.

»Ich glaube, Sie haben recht, Herr Polizeimajor. Es muss ein Auftraggeber existieren. Dieses Schreiben unterscheidet sich sehr von dem Wisch, den wir gestern erhalten haben.«

»Darf ich?«, fragte Maruhn und erhielt den Brief. Er las ihn aufmerksam durch und schüttelte nachdenklich den Kopf. »Dieser Brief stammt tatsächlich von einem anderen Mann als der Zettel gestern. Jener Absender war kaum der deutschen Sprache mächtig. Dieser hier erklärt Ihnen auf recht genaue Weise, wie Sie einhunderttausend Taler als Lösegeld übergeben sollen. Es ist so geschickt aufgezogen, wie es nur jemand tun kann, der in Geldgeschäften erfahren ist und, wie ich vermute, einige Erfahrung darin hat, die Zollbehörden und die Finanzbeamten zu betrügen. Es ist bedauerlich, dass wir seine Spur nicht bis zur Lösegeldübergabe verfolgen können.«

»Nicht verfolgen können? Hätte Friederike etwa die Gefangene dieser Schurken bleiben sollen?«, fuhr Theo empört auf.

Maruhn hob beschwichtigend die Rechte. »Natürlich nicht! Doch nun werden wir die Täter nur durch Zufall fangen, und das ärgert mich.«

»Mich auch«, sagte Rieke, die die tote Ratte noch längst nicht vergessen hatte.

# 8.

Für Ede Schweppke bedeutete Riekes Flucht eine Katastrophe. Zwar hörte nach ein paar Stunden ein Hausbewohner seine Rufe und befreite ihn, doch die erhofften zehntausend Taler waren verloren. Schweppke überlegte, ob er nach der Geflohenen suchen sollte, schob den Gedanken aber weg. Für einen solchen Versuch hatte er zu lange in seinem eigenen Gefängnis gesteckt. Hartungs Tochter, für die er Rieke noch immer hielt, musste längst über alle Berge sein. Er stieg zu seiner Wohnung hoch und wusch sich das Gesicht zuerst mit kaltem Wasser. Da er immer noch das Gefühl hatte, seine Augen wären verdreckt, befahl er seiner Frau, Wasser zu erwärmen, und spülte erneut Augen und Gesicht.

»Wat haste, Ede?«, fragte seine Frau.

»Nüscht«, brummte er und versetzte ihr, als sie noch einmal fragte, eine Ohrfeige.

»Da haste es!«, schnauzte er sie an und beschloss, seine Wut mit ein paar weiteren Bieren zu ertränken.

Auf dem Weg zu seiner Stammkneipe fiel ihm ein, dass er sich besser nicht mehr bei Dobritz sehen ließ. Dies bedeutete auch den Verlust seiner Arbeitsstelle und eines zwar geringen, aber regelmäßigen Einkommens. Um es anderweitig zu ersetzen, würde er noch mehr krumme Dinger drehen müssen, und das erhöhte die Gefahr, von der Polizei erwischt zu werden.

Im Gegensatz zu seinem Helfershelfer glaubte Heinrich von Dobritz sich bereits im Besitz von hunderttausend Talern minus die paar, die er bereit war, Schweppke zu geben. Er hatte Friedrich von Hartung einen Brief mit genauen Anweisungen geschrieben und bereitete seine Reise nach München vor, um dort das Geld entgegenzunehmen. Bayern war nach dem verlorenen Krieg an der Seite Österreichs auf Preußen schlecht zu sprechen, und so konnte er damit rechnen, dass die dortigen Behörden Anfragen aus Berlin schlichtweg ignorieren würden.

Da ihm die Sache wichtig war, hatte er weder seine Frau noch seinen Sohn in seine Pläne eingeweiht. Daher dachte Luise sich auch nichts, als sie mit Bettina zusammen am Bahnhof vorbeifuhr und dort ihren Bruder samt Gunda und deren Freundin aus dem Wagen steigen sah. Bettina betrachtete neiderfüllt die hübschen Kleider der beiden Mädchen, die nun alt genug waren, um ihr Konkurrenz zu machen.

»Ich brauche unbedingt ein paar neue Kleider«, sagte sie zur Mutter. »Wie sollen Herren mich attraktiv finden, wenn ich so altmodisch gekleidet bin?«

Luise warf einen bitterbösen Blick auf ihre Verwandtschaft und befahl dem Kutscher, schneller zu fahren. Erst danach wandte sie sich ihrer Tochter zu. »Dein Vater hat erst letztens eine höhere Summe für das Kleid ausgegeben, mit dem du bei Hofe erschienen bist.«

»Dieses Kleid kann ich doch nicht auf einem normalen Fest tragen!«, rief Bettina verärgert. »Ich brauche dringend neue Kleider, sonst sähe es so aus, als besäße Vater nicht einmal das Geld, mich anständig zu kleiden.«

»Dein Vater schlägt sich derzeit mit geschäftlichen Problemen herum«, antwortete Luise voller Verachtung.

Ihrer Ansicht nach hatte ein Fabrikant genug Geld zu verdienen, damit Frau und Tochter standesgemäß auftreten konnten. Es störte sie dabei nicht, dass der Kutscher ihr Gespräch mithören konnte und es zu Hause an das übrige Personal weitertragen würde. Die Dienerschaft wusste bereits, dass Dobritz in eine geschäftliche Schieflage geraten war. Je nach Veranlagung hofften die einen, dass er diese bald überwinden würde, während andere überlegten, Freunde und Bekannte zu fragen, ob in deren Haushalten nicht in absehbarer Zeit ein Posten für sie frei würde.

Dobritz selbst hegte die größten Hoffnungen, bald wieder flüssig zu sein, und nahm daher die Forderungen seiner Tochter nach neuen Kleidern gnädig auf.

»Wartet nur eine Woche, dann habe ich genug Geld, und ihr könnt einiges bei der Schneiderin ausgeben«, sagte er, als Luise und Bettina ihn beim Abendessen darauf ansprachen, und löffelte weiter seine Suppe.

»Ich will ein ähnliches Kleid, wie Gunda es heute getragen hat, als sie zum Bahnhof kam, um zu den Schwestern Schmelling zu fahren. Mir steht es gewiss besser«, erklärte Bettina und zuckte dann genauso wie die anderen zusammen.

Ihrem Vater rutschte nämlich der Löffel aus der Hand und schlug mit einem klirrenden Ton gegen den Tellerrand. Suppe spritzte und befleckte Dobritz' Serviette und sogar sein Hemd, doch er achtete nicht darauf.

»Was sagst du? Du hast Friedrichs Tochter Gunda heute am Bahnhof gesehen?«, fragte er, kreidebleich geworden.

»Wir haben sie beide gesehen, auch diese Majorstochter, die sich bei der Familie meines Bruders eingeschleimt hat«, erklärte seine Frau.

»Wie kann das sein?«, murmelte Dobritz und merkte anhand der fragenden Mienen um ihn herum, dass er kurz davor war, sich zu verraten. Wie war Gunda wieder freigekommen?, fragte er sich. Hatte Schweppke auf eigene Faust ein Lösegeld ausgehandelt? Wenn ja, würde der Kerl es bereuen, schwor er sich. Auf jeden Fall konnte er die hunderttausend Taler, die er von seinem Schwager gefordert hatte, vergessen.

Dobritz' Blick traf seinen Sohn. Nun blieb ihm tatsächlich nichts anderes übrig, als auf Schrentzls Forderungen einzugehen und seinen Sohn mit dessen Tochter zu verheiraten. Mit einer ärgerlichen Bewegung schob er den Teller zurück und stand auf.

»Heini, ich habe mit dir zu reden!«

»Was sind das für neue Moden? Ihr werdet doch vorher noch aufessen können!«, rief Luise verärgert.

Dobritz begriff, dass er sich beherrschen musste, wenn er keinen Verdacht erregen wollte, und setzte sich wieder. Hunger hatte er keinen mehr, zwang sich aber ein paar Bissen hinunter. Kaum wurde der Tisch abgeräumt, erhob er sich und winkte seinem Sohn, ihm zu folgen.

Nicht weniger verdutzt als seine Mutter folgte Heinrich junior ihm in den Rauchsalon. Dort nahm Dobritz eine Zigarre aus einer der Schachteln, ohne darauf zu achten, welche Marke es war, und kappte die Spitzen in einer Art, als wolle er jemanden köpfen.

»Setz dich!«, befahl er seinem Sohn.

Dieser gehorchte und wählte nun selbst eine Zigarre. »Was hast du mir zu sagen, Vater?«, fragte er besorgt, da er die geschäftlichen Probleme seines Vaters kannte.

»Ich habe beschlossen, dich zu verheiraten.«

Heinrich junior sah seinen Vater erstaunt an, denn bislang hatte dieser nicht einmal Andeutungen gemacht. Ihm war bewusst, dass er irgendwann vor den Traualtar treten musste. Dabei war auch ihm das Aussehen seiner Braut weniger wichtig als die Zahl der Taler, die sie als Mitgift erhalten würde.

»Hast du bereits eine Braut ausgewählt? Kenne ich sie?«

Dobritz schüttelte den Kopf. »Ich glaube nicht. Es handelt sich um …« Er merkte, dass er den Vornamen des Mädchens vergessen hatte, und setzte den Satz anders fort. »Es handelt sich um die Tochter des Bankiers Schrentzl, der dir vielleicht bekannt ist.«

»Und ob er mir bekannt ist!«, rief Heinrich junior entsetzt. »Der Mann hat einen grottenschlechten Ruf als Wucherer. Nur wer bei seriösen Bankhäusern keinen Kredit erhält, geht zu ihm.«

Ein Verdacht befiel ihn, und er funkelte seinen Vater zornig an. »Hast du Geld bei Schrentzl aufgenommen?«

»Und das nicht zu knapp! Was hätte ich tun sollen, da mir andere Bankiers wegen dieser elenden Kredite meines Schwiegervaters, die eigentlich ein Teil der Mitgift deiner Mutter hätten sein sollen, keine weiteren Gelder mehr gewähren wollten? Nachdem mehrere Dampfwebstühle defekt sind, brauchte ich das Geld, um neue kaufen zu können.«

In Dobritz' Worten schwang die Warnung mit, seine Beweggründe nicht zu hinterfragen.

Heinrich junior starrte entgeistert auf die Tischplatte, als könne er auf ihr sein weiteres Schicksal ablesen. Er hatte fest damit gerechnet, ein Mädchen von Adel heiraten und gesellschaftlich aufsteigen zu können. Eine Heirat mit Schrentzls Tochter hingegen würde ihm etliche Türen verschließen, die ihm jetzt noch offenstanden. Seine Tochter würde er, anders als es mit Bettina geschehen war, niemals bei Hofe vorstellen können. Oder vielleicht doch, dachte er. Mittlerweile galt Geld fast mehr als der alte Adel. Wer genug davon hatte, konnte sich alles kaufen. Außerdem konnte er es sich ohnehin nicht leisten, nein zu sagen. Wenn er Schrentzl vor den Kopf stieß, würde dieser seine Kredite zurückfordern.

Heinrich junior wusste jedoch auch, dass ihm nichts anderes übrigbleiben würde, als seinem Vater zu gehorchen. Er musste Schrentzls Tochter heiraten. Sonst würde dieser die Kredite zurückfordern und seinen Vater in den Konkurs zwingen. Diesem blieb dann nichts anderes übrig, als mit einer Pistolenkugel seine Ehre zu retten. Die Fabrik würde ebenso in die Konkursmasse wandern wie diese Villa und der Schmuck der Mutter. Als Sohn eines Bankrotteurs blieb ihm dann nur noch, in irgendeiner Fabrik oder einem Handelshaus einen Posten als Schreiber zu suchen. Damit war er für die feine Gesellschaft noch weniger existent denn als Schwiegersohn eines reichen, wenn auch anrüchigen Mannes.

»Es sei!«, erklärte er daher und beschloss, sich mit Schrentzl zu verbünden, um die Fabrik vor weiteren Fehlentscheidungen seines Vaters zu bewahren.

Dobritz hatte es sich schwerer vorgestellt, seinen Sohn zum Gehorsam zu zwingen, und nahm dessen Einwilligung mit Erleichterung hin. »Wir werden morgen Herrn Schrentzl unsere Aufwartung machen. Außerdem könntest du es gar nicht besser treffen. Das Mädchen ist Schrentzls einziges Kind und wird einmal sein gesamtes Vermögen erben. Dann bist du Millionär«, erklärte er und legte die Zigarre, die während des Gesprächs ausgegangen war, beiseite, um sich eine neue mit weitaus mehr Bedacht auszusuchen.

## 9.

Heinrich Dobritz junior betrachtete das Wohnhaus seines zukünftigen Schwiegervaters mit Abscheu. Auch die Gegend, in der es stand, war übel. Wer in Berlin halbwegs Geld verdiente, zog andere Stadtviertel vor. Nun fragte er sich, ob Schrentzl wirklich so reich war, wie sein Vater behauptet hatte.

Wenige Minuten später führte ein Diener in einer lächerlichen Livree ihn und seinen Vater in das Kontor des Hausherrn. Es war klein und eng und wurde von einem großen Tisch beherrscht. Diesmal hatte Schrentzl zwei Stühle für die Gäste bereitstellen lassen. Zuerst starrte Heinrich junior ungläubig auf die aufgestapelten Goldmünzen und Banknoten, die den Wert der Mitgift, die er bei einer Ehe mit einem vornehmeren Mädchen hätte erwarten können, weit übertrafen.

Sein Gruß klang daher deutlich höflicher, als er es sich auf dem Herweg vorgenommen hatte.

Schrentzl musterte den jungen Mann und nickte ein paarmal, als wolle er seine Entscheidung bestätigen. »Seien Sie mir willkommen!«, begrüßte er seine Gäste und bat sie, sich zu setzen.

»Das ist mein Sohn«, erklärte Dobritz mit Stolz. »Ich erlaube mir, im Namen meines Sohnes um die Hand Ihrer Tochter anzuhalten!«

Schrentzl nickte erneut. »Wir haben über diese Sache bereits gesprochen, und es freut mich, dass Sie meinen Vorstellungen gefolgt sind.«

Erst jetzt begriff Heinrich junior, dass der Plan von dieser Heirat von Schrentzl ausgegangen war, und er verachtete seinen Vater noch mehr, weil dieser sich einem solchen Menschen ausgeliefert hatte. Gleichzeitig fühlte er ein gewisses Maß an Bewunderung für den Bankier, der selbst nicht gesellschaftsfähig war, aber seiner Tochter den Eintritt in die höheren Kreise eröffnete.

»Ich gestatte mir, die Werbung, die mein Vater bereits ausgesprochen hat, selbst zu wiederholen, und würde mich glücklich schätzen, wenn Sie mir Ihr Fräulein Tochter zur Gattin geben würden.« Heinrich junior beschloss, diese Sache zu einem für ihn positiven Ende zu führen, und verbeugte sich vor Schrentzl, als wäre dieser ein angesehener Herr und kein schlecht beleumundeter Wucherer.

»Minka wartet im Salon auf uns. Ich habe eine Kleinigkeit als Imbiss vorbereiten lassen. Die eigentliche Verlobungsfeier wird auf meine Kosten in einem von mir bestimmten Rahmen stattfinden«, erklärte Schrentzl und stand auf. Fast gleichzeitig öffnete ein Diener die Tür.

Wenig später traten sie in den Salon. Minka Schrentzl saß

auf einem Stuhl und nähte. Auf einen Wink ihres Vaters legte sie das Nähzeug aus der Hand und stand auf.

Heinrich junior hatte von den Aussagen des Vaters her keine Schönheit erwartet, aber auch kein so unscheinbares Frauenzimmer. Sie sieht aus wie eine Maus, dachte er und konnte sich nicht vorstellen, sie berühren zu können. Dann aber erinnerte er sich an die gestapelten Goldmünzen und die dicken Bündel Talerscheine auf dem Tisch ihres Vaters und verbeugte sich formvollendet vor ihr.

»Gnädiges Fräulein, Ihr Herr Vater hat mir die Ehre gewährt, um Ihre Hand anhalten zu dürfen.«

»Danke, ich …« Minkas Blick wanderte hilflos zum Vater.

Dieser lächelte ihr freundlich zu. »Heinrich von Dobritz junior wird dir ein guter Gatte sein, mein Kind. Er wird uns morgen besuchen.«

»Mit dem größten Vergnügen!«, erklärte Heinrich junior und verbeugte sich erneut vor Minka.

»Wir können dann die weiteren Umstände der ehelichen Verbindung besprechen«, warf Dorbritz ein. Es war klar, dass es ihm hier um die Mitgift des Mädchens ging.

Schrentzl hob abwehrend die Hand. »Dies wird zu einer anderen Zeit geschehen. Morgen hätte ich Ihren Sohn gerne allein zu Gast!«

Diese unverhohlene Ausladung ärgerte Dobritz, doch er konnte sich nicht dagegen wehren. Sein Sohn hingegen rieb sich insgeheim die Hände, bedeutete dies doch, dass er mit seinem zukünftigen Schwiegervater über alles reden konnte, was ihn bewegte und das sein Vater um Gottes willen nicht erfahren durfte.

## 10.

Nach Riekes zum Glück glimpflich verlaufener Entführung hatte Friedrich von Hartung sich entschlossen, die beiden Mädchen persönlich zum Institut der Schmelling-Schwestern zu bringen. Noch dämpfte die frische Erinnerung an das Verbrechen die Laune der drei Reisenden, und so schwiegen sie die meiste Zeit. Einige ihrer Mitschülerinnen winkten ihnen zu und zwangen sie, fröhlichere Mienen aufzusetzen, als es ihrer Stimmung entsprach.

Als es Friedrich am Bahnhof gelungen war, die erste Droschke für sie zu ergattern, konnte Gunda bereits wieder grinsen. »Wenn die Dame dort hinten Tante Luise gewesen wäre, würde diese sich jetzt totärgern!«

Rieke hingegen schüttelte den Kopf. »Ich frage mich, weshalb hier immer zu wenige Droschken stehen. Die Leute wissen doch, an welchem Tag die Schülerinnen aus den Ferien zurückkommen.«

Friedrich lächelte, weil die Mädchen sich so ereiferten. »Es lohnt nicht, zu viele Droschken hier warten zu lassen. Auch wenn die Schülerinnen mit zwei oder drei verschiedenen Zügen ankommen, wären es für die meisten Kutscher nur eine oder zwei Fahrten. Also wird die Zahl knapp gehalten, damit die Droschken, die hier sind, auch etwas verdienen können.«

Er war Geschäftsmann genug, um das zu verstehen, doch die beiden Mädchen erinnerten sich daran, wie lange manche Mitschülerinnen am Bahnhof hatten warten müssen. Dabei bot sich hier nicht einmal die Annehmlichkeit eines Cafés, und der *Schwan,* der als einziger Gasthof akzeptabel war, lag ein Stück Fußmarsch entfernt.

Die Fahrt im offenen Wagen durch die grüne Landschaft

beruhigte jedoch die Gemüter, und die Mädchen waren bei der Ankunft in der Schule äußerst munter.

»Erika ist schon da!«, rief Gunda. »Und dort sind einige Neue. Unser Zug muss heute wirklich spät gekommen sein.«

»Wir hatten wegen des Militärzugs, dem wir den Vortritt lassen mussten, über eine Stunde Verspätung«, erklärte ihr Vater.

»Die hätten auch warten können«, erwiderte Gunda.

Rieke schüttelte lachend den Kopf. »Wo denkst du hin! In dem Zug war gewiss ein General, und der würde die Aufforderung, wegen ein paar Schulmädchen stehen bleiben zu müssen, mit der Reitpeitsche beantworten. Ein General ist sehr wichtig, musst du wissen, denn er kommt gleich nach dem König. Manche glauben auch, er käme noch vor diesem!«

»So etwas würde ich nur im engsten Kreise verlauten lassen«, mahnte Friedrich das Mädchen. »Es gibt nicht wenige, die das als Majestätsbeleidigung ansehen würden, und dafür wird man in diesem Land leicht eingesperrt.«

»Dann hoffe ich, dass Sie mich nicht den Behörden melden«, antwortete Rieke und brachte damit Gunda wie auch deren Vater zum Lachen.

Kurz darauf standen sie vor den Schwestern Schmelling. Während Adele Klamt vor zwei Jahren mit Herablassung und Resa sehr höflich begrüßt worden war, überschlugen sich die beiden Damen nun vor Freundlichkeit.

»Welche Ehre, dass Sie Ihre Tochter und die liebe Friederike persönlich begleiten, Herr von Hartung!«, rief Klothilde Schmelling, und ihre Schwester fügte hinzu, wie sehr sie sich freuten, Friedrich kennenzulernen.

»Ihre Tochter ist leider das letzte Jahr bei uns. Sie ist eine ausgezeichnete Schülerin, die wir nur ungern verlieren. Und was Friederike betrifft, so ist sie ein Vorbild, dem die jüngeren Mädchen mit Begeisterung nacheifern.«

Friedrich wechselte ein paar artige Worte mit den Direktorinnen der Schule und war froh, als die nächsten Schülerinnen mit ihren Begleitpersonen erschienen.

»Auf Wiedersehen, meine Damen«, sagte er noch und kehrte dann zu Rieke und Gunda zurück. »Ich werde euch jetzt allein lassen. Gebt auf euch acht! Nicht, dass diese Schurken euch auch hier auflauern wollen.«

Für Augenblicke kehrte der Schrecken, den Rieke erlebt hatte, wieder zurück. Doch dann öffnete sie mit einer entschlossenen Geste ihre Jackentasche und brachte eine winzige Pistole zum Vorschein.

»Die hat mir Theo mitgegeben! Sie wird wohl genügen, uns zu schützen.«

»Du hast eine Pistole bei dir? Oh, Gott!« Gunda keuchte und sah sich um, ob jemand die Waffe bemerkt hatte. Doch die Aufmerksamkeit der anderen war auf die Schwestern Schmelling gerichtet, und so atmete sie auf. »Tu sie weg!«, bat sie.

Diese steckte die kleine Waffe wieder in ihre Tasche und zwinkerte ihrer Freundin zu. »Keine Sorge! Theo hat mir beigebracht, sie zu bedienen«, antwortete Rieke und knickste dann vor Friedrich.

»Ich wollte Sie nicht aufhalten, Herr von Hartung.«

»Du hältst mich nicht auf. Ich werde jetzt gehen und im *Schwan* mein Abendessen zu mir nehmen. Lernt gut und seid brav!« Er tätschelte Gunda leicht die Wange, nickte Rieke zu und ging nach draußen, um in die wartende Droschke zu steigen.

Rieke und Gunda sahen ihm nach, bis der Wagen verschwunden war, und gesellten sich dann zu ihren Klassenkameradinnen. Mit einigen davon hatten sie Freundschaft geschlossen, und auch mit dem Rest kamen sie ohne Probleme aus. Unangenehme Mädchen wie Bettina von Dobritz und Rodegard von Predow waren nicht mehr darunter. Sie sahen daher dem Schuljahr mit Zuversicht entgegen und freuten sich über die kleinen Privilegien, die sie als Mitglieder der Abschlussklasse genossen.

Rieke musterte die acht Neulinge. Diese wirkten so kindlich, dass sie kaum glauben konnte, vor drei Jahren noch genauso ausgesehen zu haben. Eines der neuen Mädchen hielt sich scheu an eine ältere Schülerin. Den Worten nach, die Rieke verstehen konnte, handelte es sich um Schwestern. Die Ältere schob die Kleine dann recht energisch zu deren Jahrgangskameradinnen.

»Du musst dich hier einreihen, Elvira! Die Lehrerinnen sehen es nicht gerne, wenn die Klassen gemischt stehen«, sagte sie und kehrte zu ihren Mitschülerinnen zurück.

»Was wird uns heuer erwarten?«, fragte Erika von Ahlsfeld, die zwar mit Rieke zu den besten Schülerinnen ihrer Klasse zählte, aber auch zu Beginn des vierten Schuljahrs noch ein wenig ängstlich wirkte.

Gunda zuckte mit den Achseln. »Die älteren Schülerinnen sind damit nicht herausgerückt. Also werden wir uns überraschen lassen müssen.«

»Soviel ich gehört habe, geht es vor allem um gesellschaftliche Formen. Wir müssen uns im Tanz verbessern und dem zweiten Jahrgang das Tanzen beibringen. Außerdem wird man uns lehren, die treusorgende Gefährtin eines Ehemanns zu werden.« In Riekes Stimme schwang unüberhörbar Spott mit, denn ihr wäre mehr an Geografie und ähnlichen Fächern gelegen, als zu lernen, nymphenhaft durch einen Ballsaal zu schweben und das nichtssagende Geschwätz eines Herrn mit noch größerem Unsinn zu beantworten. Die feine Welt wollte jedoch, dass die Mädchen so erzogen wurden, und dagegen konnte sie nichts tun.

## 11.

Während seine Tochter und Rieke wieder in den Schulalltag eintauchten, setzte Friedrich von Hartung seine Reise fort. Er fuhr aber nicht, wie die beiden Mädchen es angenommen hatten, nach Hause, sondern schlug den Weg in die Garnisonsstadt ein, in der Riekes Eltern lebten. Im Grunde war es eine große Kaserne mit einer kleinen, daran angeschlossenen Zivilsiedlung, die ebenfalls vom Militär geprägt war.

So ganz wohl war es Friedrich nicht dabei, ihm völlig fremde Leute aufzusuchen und ihnen seinen Vorschlag zu unterbreiten. Er verstand jedoch seinen Sohn, der die Wohnverhältnisse der Gantzows als völlig ungeeignet für einen Invaliden bezeichnet hatte. Außerdem war er neugierig auf Riekes Eltern. Diese hatten ihre Tochter drei Jahre lang ignoriert und sie nicht einmal mit dem Nötigsten an Kleidung und Schuhwerk ausgestattet. Da er Rieke längst ins Herz geschlossen hatte, bereitete er sich instinktiv darauf vor, auf ein äußerst unangenehmes Paar zu treffen.

Der Aufstieg ins dritte Stockwerk bereitete ihm keine Schwierigkeiten, aber er begriff, dass die Treppen für einen Beinamputierten fast unüberwindlich waren, und seine Abneigung gegenüber dem Major und seiner Frau schwand ein wenig. Auf sein Klopfen hin öffnete eine verhutzelte, alte Frau und sah ihn aus trüben Augen an.

»Wen darf ich melden?«, fragte sie, da Friedrichs Kleidung auf einen Herrn von Stand hinwies.

»Friedrich von Hartung. Ich hätte gerne den Herrn Major und seine Gattin gesprochen«, stellte Friedrich sich vor.

»Hartung? Doch nicht etwa der Herr, bei dem unsere kleine Rieke Schutz gefunden hat?« Mulle strahlte Friedrich so freudig an, dass er nicht anders konnte, als die alte Frau ins Herz zu schließen.

»Fräulein Friederike ist die engste Freundin meiner ältesten Tochter und hat in den letzten Jahren die Ferien bei uns verbracht.«

»Sie wissen gar nicht, wie froh ich darüber bin! Mit dem Herrn Major war ja nicht zu reden, besonders nicht, seit Herr Emil bei Düppel gefallen ist. Es hat ihm das Herz gebrochen, und er macht es Fräulein Friederike zum Vorwurf, nur ein Mädchen zu sein. Er hätte so gerne noch einen zweiten Sohn gehabt.«

Anderen Fremden gegenüber hätte Mulle geschwiegen, doch vor dem Mann, der sich ihrer Rieke angenommen hatte, nahm sie kein Blatt vor den Mund.

Als Friedrich das Wohnzimmer betrat, saß Egolf von Gantzow in einem abgeschabten Sessel und starrte missmutig auf die Straße hinab, in der eben eine Kompanie Grenadiere im Gleichschritt marschierte. Direkt neben dem Fenster hatte seine Frau auf einem Stuhl Platz genommen und stopfte Socken. Dies bewies Friedrich, wie sehr in diesem Haushalt gespart wurde. Trotzdem, so sagte er sich, hätten sie Friederike mit Kleidung versorgen müssen.

»Herr von Hartung aus Berlin«, stellte Mulle ihn vor.

Riekes Mutter war immer noch eine schöne Frau, aber sie wirkte ganz anders als ihre Tochter. Als er auf sie zukam, erhob sie sich rasch und trat Friedrich entgegen.

»Seien Sie mir willkommen! Endlich kann ich Ihnen für alles danken, was Sie und Ihre Frau Gemahlin für unsere Tochter getan haben.«

Friedrichs Zorn auf die Eltern schwand immer weiter.

»Sie müssen mir nicht danken, gnädige Frau«, antwortete er. »Wir sind Friederike sehr zu Dank verpflichtet, denn sie hat unserer Tochter das Leben gerettet, als sich die Leine eines Kahns, auf dem beide saßen, gelöst hatte und dieser auf die Stromschnellen zutrieb. Im Gegensatz zu unserer Gunda ist Rieke des Schwimmens mächtig und konnte sie daher ans Ufer ziehen.«

»Es war Unsinn von Emil, dem Mädchen das Schwimmen beizubringen«, knurrte der Major.

Friedrichs Miene verhärtete sich. »Hätte Friederike es nicht vermocht, so wären meine Tochter und die Ihre heute tot!«

Dieser Pfeil drang selbst durch das dicke Fell des Majors. »So habe ich es nicht gemeint! Es freut mich, dass Friederike für uns Gantzows Ehre eingelegt hat.«

»Das hat sie gewiss«, antwortete Friedrich und dachte daran, dass das Mädchen nicht nur Gunda, sondern auch Theo das Leben gerettet hatte. Diese Tat verschwieg er jedoch, um die Gefühle seines Sohnes nicht zu verletzen. Theo hatte lange damit kämpfen müssen, von einem Mädchen aus dem eisigen Wasser des Landwehrkanals gezogen worden zu sein.

»Mulle, bringe ein Glas Wein und einen kleinen Imbiss für Herrn von Hartung. Sie werden uns doch hoffentlich die Ehre geben, eine Kleinigkeit bei uns zu sich zu nehmen?«

Da Friedrich sein Anliegen vorbringen wollte, nickte er. »Es wäre mir eine Ehre.«

»Ich will auch ein Glas Wein«, bellte der Major.

»Egolf, du weißt doch, dass dir der Wein wegen deiner Verletzungen nicht guttut!«, wandte seine Frau schwächlich ein.

»Papperlapapp! Ein Glas Wein wirft mich nicht um. Außerdem will ich mit Herrn von Hartung anstoßen.«

Friedrichs Meinung von Riekes Vater besserte sich nicht, doch hielt er ihm den Verlust des Beines und mehrerer Finger zugute. Außerdem wollte er nicht, dass Rieke nach dem Abschluss der Schule in diese Wohnung zurückkehren und wie eine Dienstmagd arbeiten musste.

Ilsemarie von Gantzow rückte ihm einen Stuhl zurecht und bat ihn, sich zu setzen.

Wenig später hielt Friedrich ein Glas mit einem durchaus trinkbaren Wein in der Hand und aß zwischendurch kleine Schnittchen mit Schinken und Käse. Dabei unterhielt er sich mit dem Major und fand, dass dieser angenehm zu erzählen wusste. Zwar goss Gantzow ätzenden Spott über die Armeeführung im Allgemeinen und einige Herren im Besonderen aus, doch dies war verständlich. Immerhin hatte er für König und Vaterland einen Sohn und seine Gesundheit geopfert und war dafür recht schäbig in den Ruhestand versetzt worden. Man hatte ihm sogar die letzte Beförderung versagt, die eigentlich üblich war.

Obwohl Egolf von Gantzow nicht klagte, spürte Friedrich, wie sehr diese Ungerechtigkeit ihn kränkte. Doch gerade dieser Bericht gab ihm die Möglichkeit, auf sein Ziel zuzusteuern.

»Ich komme mit einem Vorschlag zu Ihnen, der Sie zunächst vielleicht seltsam anmuten mag. Ihre Tochter ist die engste Freundin der meinen, und die beiden hängen sehr aneinander. Ich würde sie daher nach dem Abschluss der Schule ungern trennen. Aus diesem Grund frage ich Sie, ob Sie bereit wären, in eines meiner Gästehäuser in Berlin umzuziehen, damit die Mädchen sich besuchen können. Schlaf- und Wohnzimmer könnten zu ebener Erde eingerichtet werden, und es gibt einen kleinen Garten, der bei gutem Wetter einen angenehmen Aufenthalt verspricht.«

Während Ilsemarie von Gantzow voller Hoffnung die Hände rang, erschien auf der Miene ihres Mannes ein abweisender Zug. »Wir Gantzows haben bislang immer für uns selbst gesorgt und nehmen keine Geschenke an!«

»Es wäre kein Geschenk«, antwortete Friedrich lächelnd. »Sie müssten den gleichen Mietzins zahlen wie für diese Wohnung und selbst für Ihren Lebensunterhalt sorgen.«

Ilsemarie von Gantzow fasste nach der verkrüppelten Hand des Majors. »Bedenke es gut!«, flehte sie. »Wir hätten dort ein leichteres Leben und müssten nicht immer drei Treppen hochsteigen. Du könntest im Garten sitzen und die Sonne genießen. Auch könnten deine Freunde und Kameraden dich dort besuchen. Dirk von Maruhn würde sich gewiss freuen, dich zu sehen und ein Glas Wein mit dir zu trinken.«

Auch wenn Riekes Mutter nicht wollte, dass ihr Mann trank, um sein Elend zu vergessen, wusste sie, dass die Vorstellung, ein Glas Wein mit einem alten Kameraden zu trinken, eine Verlockung für ihn darstellte.

»Müssen Sie die Antwort sofort haben?«, fragte der Major mit einer gewissen Schärfe.

Friedrich schüttelte den Kopf. »Selbstverständlich bleibt Ihnen Zeit, meinen Vorschlag zu überdenken. Ich muss nur morgen wieder nach Berlin zurückkehren. Sie können mir Ihre Entscheidung brieflich oder mit einem Telegramm mitteilen. Jetzt wäre ich Ihnen sehr verbunden, wenn Sie mir einen sauberen Gasthof nennen könnten, in dem ich die Nacht verbringen kann.«

»Sie sind selbstverständlich unser Gast«, sagte Ilsemarie von Gantzow, bevor ihr Mann sich äußern konnte. Seit langer Zeit sah sie erstmals wieder einen Hoffnungsschimmer. Für sie und die alte Mulle war es beschwerlich, in dieser Wohnung zu leben, zumal ihre Tante Ophelia von Gentzsch ihr Versprechen, eine Pflegerin für ihren Mann zu schicken, nicht gehalten hatte.

Friedrich lächelte zufrieden. Wie es aussah, hatte er die Frau des Majors bereits für seinen Plan gewonnen. Wenn er jetzt blieb und mit Gantzow ein Glas Wein trank, würde auch dieser die Vorteile erkennen, die ihm das Leben in Berlin bot. Natürlich war das Leben dort teurer als hier auf dem Land, doch er vertraute auf Resas Takt, das Paar so zu unterstützen, dass es nicht wie Mildtätigkeit aussah.

## 12.

Etwa zu der Zeit, in der Friedrich bei Gantzows eintrat, hielt eine Droschke vor der Hartung-Villa in Berlin, und Wilhelm von Steben stieg aus. Er atmete tief durch, dann schritt er die Freitreppe hoch und schlug den Türklopfer an.

Als Albert die Tür öffnete, salutierte er instinktiv. »Guten Abend, Herr Oberst«, grüßte er, denn Wilhelm von Steben war zwar kein häufiger, aber ein gerne gesehener Gast im Hause Hartung.

»Guten Abend, Albert. Ist Frau von Hartung zu sprechen?«, fragte Wilhelm.

»Die gnädige Frau ist zu Hause. Herr von Hartung hingegen hält sich nicht in Berlin auf.«

Albert führte Wilhelm zu dem Salon, in dem Resa mit ihrer Schwiegermutter und der kleinen Charlotte saß. Als der Diener den Gast meldete, blickten alle drei auf.

Wilhelm verbeugte sich vor den beiden Damen und lächelte dem gut zwei Jahre alten Mädchen zu. Beinahe hätte er gesagt, die Kleine erinnere ihn an ein Bild, das von seiner Großmutter etwa in diesem Alter gemalt worden war, doch er schluckte diese Bemerkung hinunter, weil er keine Gerüchte befeuern wollte. Hier in Berlin galt Resa als Mitglied der polnischen Adelsfamilie derer von Dombrowski. Zwar ahnten einige, dass sie eine uneheliche Tochter seines Vaters und damit seine Halbschwester war, aber dieses Gerücht musste nicht noch mehr Nahrung erhalten.

»Seien Sie uns willkommen, Herr von Steben«, grüßte Resa freundlich.

»Ich freue mich auch, Sie zu sehen. Sie kommen einfach zu selten«, meldete sich Friedrichs Mutter zu Wort.

»Der Dienst eines Offiziers lässt wenig Zeit, seinen Neigungen nachzugehen«, antwortete Wilhelm mit einem Lächeln. »Immerhin haben wir in zwei Jahren zweimal Krieg geführt, und Seine Majestät will, dass die Armee kampfbereit bleibt.«

»Gegen welchen Gegner soll sie denn noch kämpfen?«, fragte Resa kopfschüttelnd. »Dänemark sowie Österreich und dessen Verbündete wurden besiegt. Russland ist zu groß, und England und Frankreich sind zu mächtig.«

Wilhelm lächelte erneut. »Die Armee muss bereit sein, sich notfalls gegen die Truppen von Kaiser Napoleon III. zu behaupten. Es heißt, er äuge begierig auf das preußische Land links des Rheins.«

»Ein Krieg mit Frankreich? Gott behüte! Mir klingen noch die Ohren von den Erzählungen der alten Veteranen, die gegen den ersten Napoleon gekämpft haben. Es muss eine harte Zeit gewesen sein, und es bedurfte ganz Europas, um mit Frankreich fertigzuwerden.«

Charlotte von Hartung ließ keinen Zweifel daran, dass sie einen möglichen Krieg mit dem westlichen Nachbarn von vornehercin als verloren ansah.

Da Wilhelm nicht gekommen war, um über mögliche Kriege zu sprechen, wechselte er das Thema. »Gunda ist wohl wieder in ihr Internat zurückgekehrt?«

»Das ist sie«, antwortete Resa. »Aber vorher ist etwas ganz Eigenartiges geschehen. Gundas Freundin Rieke, die zu uns nach Berlin kommen wollte, um mit Gunda zusammen zur Schule zu reisen, wurde nach ihrer Ankunft am Bahnhof entführt, und wir erhielten einen Erpresserbrief, in dem für die Freilassung von Gunda ein Lösegeld verlangt wurde.«

»Bei Gott!«, entfuhr es Wilhelm.

Jetzt war es an Resa, zu lachen. »Die Banditen hatten das falsche Mädchen gefangen, und das im doppelten Sinne. Rieke hat nämlich einen der Entführer überlistet und konnte fliehen.

Nur wissen wir nicht, wer hinter diesem Überfall steht, und sind entsprechend besorgt.«

Sie berichtete Wilhelm, was sie von Rieke erfahren hatte, und verzog angewidert das Gesicht, als sie auf die tote Ratte zu sprechen kam.

»Bei Gott, das Mädchen ist mutiger als jeder Grenadier!«, rief Wilhelm bewundernd. »Dann komme ich mit meinem Anliegen wohl arg ungelegen.«

»Solange wir nicht wissen, was Ihr Anliegen ist, können wir es nicht bewerten«, sagte Resa lächelnd.

Wilhelm nahm nun seinen ganzen Mut zusammen. »Es geht um die Witwe eines meiner Kameraden. Dieser hatte sie gegen den Widerstand seiner Familie geheiratet. Nun verweigert ihr die Familie nicht nur das ihr zustehende Erbe, sondern verlangt auch das wenige Geld, das ihr Mann hatte sparen können, als der Familie gehörend zurück. Zudem hat der Bruder ihres Mannes als Oberhaupt der Familie die Wohnung gekündigt, in der sie und ihr Mann gelebt haben, und verlangt, dass sie auf einen abgelegenen Besitz der Familie ziehen soll. Dort würde man sie wahrscheinlich nicht besser behandeln als im Gefängnis.«

»Was für eine elende Bande!«, rief Resa empört.

»Kann sie denn das, was ihr zusteht, nicht vor Gericht erstreiten?«, wunderte sich Charlotte.

»Um vor Gericht zu gehen, fehlt ihr das Geld«, antwortete Wilhelm. »Ich habe angeboten, sie zu unterstützen, doch das lehnt sie strikt ab. Lieber will sie irgendwo als Gouvernante oder notfalls als Näherin ihr Leben fristen.«

»Ersteres geht wohl kaum, wenn die Familie ihres Mannes sie verleumdet, und für andere zu nähen, ist ein hartes Brot«, erklärte Resa. »Doch sagen Sie, wie können wir Ihnen helfen?«

»Ich wäre Ihnen sehr dankbar, wenn Sie Cordelia von Riedebusch vorerst Obdach gewähren würden. Da sie zu stolz ist, um Almosen anzunehmen, könnten Sie sie vielleicht als Gesellschafterin anstellen – oder Ihre Frau Schwiegermutter nimmt sie als Sekretärin auf.«

»Was meinst du, Charlotte? Sollen wir der jungen Dame zur Seite stehen?«, fragte Resa ihre Schwiegermutter.

Diese war gegen Wilhelms Charme nicht gefeit, außerdem ärgerte sie die Hartherzigkeit jener Leute, die die junge Frau noch nach dem Tod ihres Mannes verfolgten, und so nickte sie.

»Ich finde, wir könnten eine Gesellschafterin sehr gut brauchen. Du solltest etwas mehr zur Ruhe kommen, und mir wäre jemand recht, der mir am Nachmittag vorliest.«

»Dann machen wir das so. Wie gedenken Sie es in die Wege zu leiten, Herr von Steben?« Resa sah ihren Halbbruder mit fröhlich blitzenden Augen an.

Dieser begriff, dass Resa die junge Frau nicht nur anstellen, sondern sie auch gegen die Verwandtschaft unterstützen würde. Dies versprach für die Riedebuschs nichts Gutes, denn wenn Resa etwas in die Hand nahm, führte sie es gegen alle Widerstände durch. Sie war genau die Frau, die Cordelia lehren würde, sich nicht nur zu ducken und die Schläge hinzunehmen, sondern auch selbst zu zielen – und zu treffen.

# Achter Teil

## *Missverständnisse*

# 1.

Rieke trug die feierliche Tracht, die für die Absolventinnen der Höhere-Töchter-Schule der Schwestern Schmelling für den Tag ihrer Verabschiedung gedacht war. Vier Jahre lang hatten Gunda und sie hier gelernt, gelacht und geweint, aber am nächsten Tag würde dies alles zu Ende sein. Sie konnte es immer noch nicht glauben, obwohl in dieser Zeit so vieles geschehen war.

Die preußischen Armeen hatten glänzende Siege über die Dänen und Österreicher errungen, und sie selbst hatte in Gunda eine Freundin fürs Leben gefunden. Zudem träumte sie in den Nächten mehr von deren Bruder Theo, als ihrem Seelenfrieden guttat. Aber das war etwas, was niemanden etwas anging, auch Gunda nicht. Um ihre Gedanken auf etwas anderes zu lenken, dachte sie an das vergangene Jahr. Wie hatte sie sich zu Weihnachten gewundert, ihre Eltern in einem von Hartungs Gästehäusern wiederzufinden. Theresa von Hartung hatte sogar ein Dienstmädchen angestellt, um der Mutter und Mulle bei der Pflege des Vaters zu helfen. Rieke tat sich mit der Neuerung schwer, denn nun würde sie in Zukunft nahe bei den Hartungs wohnen und Theo öfter sehen.

Er durfte niemals erfahren, dass allein der Gedanke an ihn ihr Herz schneller schlagen ließ. Da die Hartungs sehr reich waren, würde Theo einmal eine Braut mit entsprechender Mitgift heimführen und Gunda einen Fabrikanten oder Gutsbesitzer heiraten. Aus dem Grund war sie froh, dass sie am nächsten Tag nicht zusammen mit Gunda nach Berlin fahren würde.

Rieke hatte eine Einladung ihrer Großtante erhalten und sollte auf deren Gesellschafterin warten, die sie zu ihrer Herrin bringen würde. Zwar kannte sie Frau von Gentzsch nicht persönlich, aber sie war ihr zutiefst dankbar, dass sie ihr den Besuch der Schule ermöglicht hatte. Daher freute sie sich, einige Wochen bei ihr bleiben zu können und erst im Anschluss daran zu ihren Eltern zurückzukehren.

Theresa und Friedrich von Hartungs Ankunft beendete Riekes Gedankengang, und sie grüßte die beiden höflich, während Gunda ungeachtet von Klothilde Schmellings tadelndem Räuspern ihre Eltern umarmte.

»Ich freue mich so, dass ihr gekommen seid!«, rief sie.

»Wie schnell die vier Jahre vergangen sind«, sagte Resa kopfschüttelnd. »Als ich dich hierherschickte, warst du noch ein Kind, und jetzt steht eine junge Dame vor mir.«

»So ist es!«, stimmte Friedrich ihr aus Stolz über seine schöne Tochter zu, während Resa Gunda lächelnd musterte.

Das Mädchen war weder zu groß noch zu klein und hatte das helle Blondhaar ihrer Kindheit bewahrt. Mit dem zarten Gesicht, dem hübschen Näschen und den großen blauen Augen, die von langen Wimpern beschattet wurden, sah sie allerliebst aus.

Resas Blick wanderte weiter zu Rieke. Auch diese versprach, eine Schönheit zu werden, doch wirkte sie für ihr Alter viel zu beherrscht. Obwohl sie lächelte, spürte Resa die Mauer, die Rieke um sich herum errichtet hatte. Gunda würde man einmal ansehen, wenn sie sich in einen Mann verliebte, doch bei Rieke bezweifelte sie es. Dabei zeigte Theo ein gewisses Interesse an ihr und hielt auch gute Freundschaft zu ihren Eltern. In dem Augenblick wünschte Resa sich, Riekes

Gedanken lesen zu können, um zu wissen, woran sie mit dem Mädchen war.

»Wie es aussieht, sind alle Eltern oder Verwandten der Abschlussschülerinnen erschienen. Daher werden die beiden Direktorinnen jetzt eine Ansprache halten und die Abschlusszeugnisse verteilen, dann können wir in die Stadt fahren und essen gehen. Ihr habt doch hoffentlich im *Schwan* einen Tisch für uns bestellt?«, fragte Gunda besorgt.

Friedrich lächelte sanft. »Natürlich, meine Kleine! Rieke und du, ihr dürft zur Feier des Tages heute sogar ein Glas Champagner trinken.«

»Schade, dass wir hinterher noch einmal hierher zurückkehren müssen!«, seufzte Gunda. »Ich würde am liebsten heute noch nach Berlin fahren.«

»Heute fährt kein Zug mehr dorthin«, erklärte ihr Vater mit einem nachsichtigen Lächeln.

Rieke hingegen freute sich, noch eine Nacht mit Gunda zusammen hier verbringen zu können.

Einige Schülerinnen der Abschlussklasse hätten das Institut am liebsten noch am selben Tag mit ihren Verwandten verlassen, doch in dieser Hinsicht waren die Schwestern Schmelling streng. Ihre Schülerinnen wurden erst am nächsten Tag in die Ferien geschickt, und daran ließen sie nicht rühren.

Da die Eltern oder engen Verwandten der Schülerinnen der Abschlussklasse sich erwartungsvoll um sie versammelt hatten, hielt Jolanthe Schmelling einen langen Vortrag darüber, wie wertvoll der Aufenthalt in dieser Schule für die Zukunft ihrer Schützlinge sei. Dann rief sie Rieke als beste Schülerin des Jahrgangs auf und bat sie, vorzutreten und ihr Diplom entgegenzunehmen.

Mit einem Lächeln, das zu aufgesetzt wirkte, um echt zu sein, gehorchte Rieke und ließ sich die Urkunde überreichen.

Diese war zwar aufwendig gestaltet, aber im Grunde nicht mehr wert, als in einen Schrank gelegt und vergessen zu werden. Im Gegensatz zu den Zeugnissen von Jungen konnte man damit weder an einer Universität studieren noch eine weiterführende Schule besuchen. Eigentlich besagte das Papier nicht mehr, als dass sie darauf dressiert worden war, dem Ehemann zu gehorchen, den ihre Eltern für sie bestimmen würden.

Jolanthe Schmelling und deren Schwester hatten der Abschlussklasse in vorsichtigen Worten erklärt, was im Ehebett geschah, und die Mädchen davor gewarnt, Empörung oder gar Eifersucht zu zeigen, wenn ihre Ehemänner gelegentlich gewisse Etablissements aufsuchten. Was es mit diesen Häusern genau auf sich hatte, war jedoch nicht erwähnt worden.

Als Nächste wurden Gunda und Erika von Ahlsfeld nach vorne gerufen. Während der vier Jahre in der Schule war meistens Erika die Bessere gewesen, doch Gunda hatte diese in den letzten Monaten übertroffen. Um Erika und deren Eltern jedoch nicht vor den Kopf zu stoßen, zeichnete man sie gemeinsam aus.

Als die letzte Schülerin ihre Urkunde erhalten hatte, gab es für die acht Mädchen der Abschlussklasse sogar ein Gläschen Wein. Herr und Frau von Ahlsfeld gesellten sich nun zu ihrer Tochter. Erika freute sich zwar, spürte aber wie die anderen das bittere Gefühl das nahen Abschieds.

»Wir sehen uns doch gewiss in Berlin?«, sagte sie zu Gunda und Rieke.

»Ich würde mich freuen! Und du?«, antwortete Gunda zuletzt an Rieke gewandt.

»Ich würde mich auch freuen«, antwortete diese, obwohl sie nicht glaubte, dass Erikas Eltern als reiche Gutsbesitzer deren Bekanntschaft mit der Tochter eines in den Ruhestand versetzten invaliden Majors fördern würden. Auch bei den anderen fünf Mädchen ihrer Klasse erwartete sie dies nicht. Drei von deren Vätern besaßen entweder Landgüter oder Fabriken. Eine weitere war die Tochter eines bekannten Bankiers, und der Vater der Letzten zählte zu den herausragenden Handelsherren in Hamburg.

Gunda war zu aufgeregt, um das Mienenspiel ihrer Freundin richtig deuten zu können. Genau wie Erika und einige ihrer Mitschülerinnen hoffte sie, noch in diesem Jahr bei Hofe vorgestellt und ein Mitglied der feinen Gesellschaft zu werden. Für Rieke war dies jenseits aller Vorstellungen. Sie würde, wenn sie von ihrer Großtante zurückkam, ihrer Mutter dabei helfen, den Vater zu pflegen. Der Gedanke an Festlichkeiten und Empfänge verbot sich da von selbst.

Bin ich eine neidische Natur?, fragte Rieke sich. Verlangte es sie ebenso wie die anderen Mädchen danach, auf Bällen zu tanzen und dabei eine Robe zu tragen, deren Wert den Jahressold eines Majors weit übertraf? Nein, dachte sie, jeder muss das Los tragen, das ihm zufällt. Auch wenn es Menschen gab, die sich fast alles leisten konnten, so musste sie nur Trine anschauen, um zu erkennen, dass sie es im Leben besser getroffen hatte als viele andere. Obwohl das Dienstmädchen freundlich und hilfsbereit war, nahm es den niedrigsten Rang in der Schule ein. Trine konnte von jeder Lehrerin, den meisten anderen Dienstboten und sogar von den Schülerinnen der oberen beiden Klassen in einen grässlichen Regen oder in die Winterkälte hinausgeschickt werden, um ein wenig Stickseide oder ein paar Notenblätter aus der nahen Stadt zu besorgen. Das war wahrlich kein Schicksal, das Rieke sich wünschte.

## 2.

Auch wenn es nur ein Abschied für wenige Wochen war, weinte Gunda herzzerreißend, als ihr Vater sie mahnte, in die wartende Droschke zu steigen.

»Du kommst aber gewiss nach?«, fragte sie, als befürchte sie, Frau von Gentzsch könne Rieke bei sich behalten und wie eine Sklavin einsperren.

»Ich komme auf jeden Fall nach Berlin. Schließlich leben meine Eltern dort.« … und Theo, setzte Rieke in Gedanken hinzu. Es erschien ihr jedoch besser, wenn sie diesem so selten wie möglich begegnete.

»Wie hat Herr Theodor sich entschieden? Tritt er nun doch dem Militär bei, oder wartet er noch ein paar Semester?«, fragte sie vorsichtig.

»Theo hat sich entschieden, zuerst sein Studium zu beenden und danach seinen Freiwilligendienst im Heer anzutreten. Er sagt nämlich, er hätte nicht deswegen so viel im Gymnasium gelernt, um es vor dem Studium bei den Soldaten wieder zu vergessen.«

»Das ist wohl tatsächlich klüger, denn er müsste sich das entsprechende Wissen wieder aneignen, und das würde sein Studium verlängern.«

Ihren Worten zum Trotz bedauerte Rieke, dass Theo nicht zum Heer ging. Dort hätte er die meiste Zeit in der Kaserne verbracht und wäre nur selten nach Hause gekommen. Wenn er studierte, musste sie damit rechnen, ihm immer wieder zu begegnen. Und es würde noch schwerer für sie sein, ihre Gefühle zu verdrängen.

Rieke umarmte Gunda, und beide kämpften mit den Tränen. Um die Sache abzukürzen, nahm Friedrich die Hand seiner Tochter und führte sie zur Droschke.

Resa ahnte, dass Rieke etwas bedrückte, und schloss sie

kurz in die Arme. »Wir freuen uns, wenn du zu deinen Eltern nach Berlin kommst«, sagte sie, bevor sie ging.

Auch die anderen Schülerinnen verließen mit ihren Verwandten das Institut, bis zuletzt nur noch Rieke zurückblieb. Diese stellte sich ans Fenster und starrte auf den Vorplatz. Doch die Droschke mit der Gesellschafterin ihrer Großtante kam und kam nicht.

Die Schwestern Schmelling hatten sich längst in ihre eigenen Räume zurückgezogen, ebenso die Lehrerinnen, die sich für die Reise zu ihren Verwandten zurechtmachten, bei denen sie die Ferien verbringen wollten. Nach einer Weile kam Trine zu Rieke und schüttelte den Kopf.

»Du hättest vielleicht doch mit Herrn und Frau von Hartung fahren sollen.«

Rieke zuckte mit den Achseln. »Laut der Anweisung meiner Großtante habe ich hier zu warten, bis ihre Gesellschafterin mich abholt.«

»Dann hoffe ich, dass sie das auch tut. Sonst müsstest du Fräulein Berends bitten, dich mit nach Berlin zu nehmen«, schlug Trine vor.

»Was mangels eines Fahrscheins bereits am Kondukteur scheitern würde«, antwortete Rieke mit einem halb amüsierten, halb ärgerlichen Lächeln.

Da stieß Trine einen überraschten Ruf aus. »Dort kommt jemand! Könnte sie das sein?«

Rieke blickte nach draußen und entdeckte eine Frau in einem dunkelgrauen Kleid, die mit einer Tasche und einem Regenschirm die Straße herankam. Konnte das tatsächlich die Frau sein, die sie abholen sollte? Frau von Gentzschs Beauftragte würde doch gewiss mit der Droschke kommen!

Doch als die Fremde eintrat, musterte sie sie mit einem zweifelnden Blick. »Sind Sie Fräulein von Gantzow?«

»Die bin ich«, antwortete Rieke.

»Dann nehmen Sie Ihr Gepäck und folgen Sie mir. Wir müssen uns beeilen, wenn wir noch rechtzeitig am Bahnhof sein wollen.«

Aber doch nicht zu Fuß!, wollte Rieke noch sagen, verkniff es sich aber, sondern umarmte kurz Trine. »Lebe wohl! Wenn ich mich an das Institut zurückerinnern werde, dann zuallererst an deine Freundlichkeit und Fürsorge.«

»Das hast du lieb gesagt!« Trine kamen die Tränen, und sie schneuzte sich ausgiebig. Unterdessen nahm Rieke ihren Koffer und blickte ihre Reisebegleiterin an.

»Ich bin bereit!« Von den Lehrerinnen und den Schwestern Schmelling hatte sie sich bereits verabschiedet. Daher hielt sie nichts mehr an diesem Ort, und sie ging mit festen Schritten ihrer Zukunft entgegen.

Sie mussten den Weg zum Bahnhof tatsächlich zu Fuß zurücklegen. Für einen Spaziergang wäre die Strecke erträglich gewesen. Nun aber hieß es, sich zu sputen, um den Zug noch zu erreichen. Dabei hatte Rieke ihren nicht gerade leichten Koffer bei sich. Schon bald begann sie zu schwitzen und bekam Durst. Ihre Begleiterin hingegen schien keine Ermattung zu kennen, sondern forderte sie immer wieder auf, schneller zu werden.

»Ich will nicht Ihretwegen auf einer harten Bank im Bahnhof übernachten müssen«, schalt sie, als Rieke wieder etwas hinter ihr zurückblieb. Das Mädchen biss die Zähne zusammen und holte mit Mühe auf. Gerne hätte sie die Frau gebeten, ob sie ihr Gepäck nicht für ein Stück des Weges tauschen könnten. Deren Tasche sah nämlich nicht so aus, als würde sie viel wiegen. Die Disziplin, die sie sich anerzogen hatte, und ihr Stolz hielten sie jedoch davon ab.

Am Bahnhof stellte Rieke fest, dass sie noch eine Viertelstunde Zeit hatten, und nützte diese, um sich an einem Wasserbecken ein wenig frisch zu machen. Auch ihre Begleiterin wusch sich die Hände und wies dann auf den einfahrenden Zug.

»Wir reisen dritte Kategorie!«

Rieke wunderte sich noch mehr. Die Hartungs fuhren immer erster Klasse, und als ihr Bruder sie vor fast vier Jahren zur Schule gebracht hatte, war es wenigstens in der zweiten Klasse geschehen. Jetzt die dritte zu benützen war neu für sie.

Es begann schon, als der Zug anhielt. Anders als in den höheren Klassen drängten sich die Passagiere, und nicht wenige setzten die Ellbogen ein, um rascher in den Zug zu kommen und sich die besten Plätze zu sichern. Riekes Begleiterin erwies sich als gute Kämpferin und belegte zwei Sitze am Fenster. Anders als in den besseren Waggons gab es hier nur unbequeme Holzbänke, und der Korb mit Hühnern, den Riekes Sitznachbarin neben ihre Füße stellte, roch nicht gerade gut. Da die Hühner sich immer wieder lautstark über ihr enges Gefängnis beschwerten, war nicht an ein Gespräch zu denken. Dabei hätte Rieke gerne von ihrer Reisegefährtin erfahren, wie sie sich deren Herrin gegenüber verhalten sollte.

Die Bäuerin neben Rieke holte ein Stück Brot aus dem Beutel, das mit einem stark riechenden Käse belegt war. Als ihre Begleiterin dies sah, wandte sie sich Rieke zu.

»Es ist Zeit für unsere Vesper!« Nach diesen Worten öffnete sie ihre Tasche und brachte zwei trocken aussehende Brotscheiben zum Vorschein, die dünn mit Leberwurst bestrichen waren. Bei den anderen Bahnreisen hatten Gunda und sie vor der Bahnfahrt entweder mit den Hartungs oder Adele Klamt im *Schwan* gespeist und waren damit bis Berlin durchgekommen. Hier gab es nur dieses eine Brot. Rieke nahm es entgegen und kaute mangels etwas zu trinken lustlos darauf herum. Dabei überlegte sie, ob sie sich nicht von dem bisschen Geld, das sie bei sich trug, eine Limonade oder ein kleines Bier kaufen sollte. Da aber ihre Begleiterin keine Anstalten machte, selbst etwas zu besorgen, ließ auch sie es sein.

## 3.

Rieke und ihre Begleiterin, die noch immer nicht ihren Namen genannt hatte, erreichten ihr Ziel erst am späten Abend. Es dämmerte bereits, doch die Gesellschafterin dachte nicht daran, für die letzte Strecke eine Droschke zu nehmen, sondern ging an den wartenden Gespannen vorbei in eine Straße hinein, die nur unzureichend von Gaslaternen erleuchtet wurde. Schicksalsergeben folgte Rieke ihr.

Irgendwann steuerte die Frau auf ein düsteres Haus zu, bei dem nur hinter einem Fenster Licht brannte. Auf das Klopfen der Frau öffnete ein ältliches Dienstmädchen und wies sie mit vor den Mund gehaltenem Zeigefinger an, leise zu sein.

»Die gnädige Frau hat sich bereits zurückgezogen, Fräulein Olga. Sie und Fräulein Friederike sollten daher auf Ihre Zimmer gehen. Ich bringe Ihnen einen kleinen Imbiss.«

»Danke schön«, antwortete Rieke. »Wenn Sie mir vielleicht etwas Tee oder Wasser bringen könnten, wäre ich Ihnen sehr dankbar.«

Das Dienstmädchen nickte. »Ich besorge Ihnen alles. Wasser zum Waschen ist bereits in Ihrem Zimmer. Kommen Sie, ich führe Sie hin!«

Rieke sah sich kurz zu ihrer Reisegefährtin um, doch die ging schon den spärlich erhellten Flur entlang und verschwand hinter einer Tür. Verwundert über diese Unhöflichkeit folgte Rieke dem Dienstmädchen und wurde in ein Zimmer geführt, das gerade groß genug war für ein schmales Bett und einen kleinen Schrank. Die Frau stellte eine Kerze auf einen Ständer, zündete sie an und zog die schweren Vorhänge zu.

»Ich würde gerne das Fenster öffnen«, sagte Rieke, da die Luft in dem Raum stickig war.

»Wie Sie wünschen!« Die Hausangestellte schob einen Vorhang wieder beiseite und öffnete das Fenster einen Spalt.

»Sie sollten sich jetzt nicht ausziehen, weil man von der anderen Straßenseite hineinsehen kann«, mahnte sie und verließ das Zimmer wieder.

Rieke sah sich um und fragte sich, wie sie hier essen sollte, denn es gab weder einen Tisch noch einen Stuhl. Um nicht nutzlos herumzustehen, leerte sie ihre Reisetasche auf dem Bett aus und verstaute ihre Habseligkeiten im Schrank. Dieser war gerade groß genug, dass sie ihre zusammengelegte Reisetasche mit hineinstopfen konnte. Kaum war sie damit fertig, kehrte das Dienstmädchen mit einem Tablett zurück, auf dem sich zwei Scheiben Brot befanden, die mit der gleichen Leberwurst bestrichen waren, die sie bereits im Zug gegessen hatte, und dazu ein Glas Wasser.

»Sie werden sich auf das Bett setzen und das Tablett auf den Schoß nehmen müssen«, erklärte die Frau. »Die gnädige Frau wünscht nämlich, dass niemand mehr das Speisezimmer betritt, wenn sie sich zu Bett begeben hat. Sie hat einen leichten Schlaf und würde davon geweckt werden.«

Rieke fand dies zwar seltsam, war aber erst einmal froh, etwas trinken zu können, und leerte das Glas in einem Zug.

»Ich bringe Ihnen noch eines«, versprach das Dienstmädchen, stellte das Tablett auf dem Bett ab und verschwand erneut.

Rieke schloss das Fenster ebenso wie die Vorhänge. Um ihr Kleid nicht zu beschmutzen, zog sie es aus und legte es vorsichtig zusammen. Nachdem sie es ebenfalls im Schrank verstaut hatte, setzte sie sich und begann zu essen. Die Brote waren großzügiger belegt als die, die sie unterwegs bekommen hatte. Sie hatte gerade das zweite aufgegessen, als das Dienstmädchen mit einem weiteren Glas Wasser erschien.

»Da kann ich ja das Tablett wieder mitnehmen«, meinte die Frau und stellte das Glas neben das Bett. »Das Waschwasser ist dort!« Das Dienstmädchen wies sie auf einen kleinen Krug in einer nicht viel größeren Schüssel, die hinter dem Bett standen.

»Könnte ich ein Handtuch bekommen?«, bat Rieke.

Die Frau zeigte auf ein kleines Tüchlein, das an einem Haken neben dem Schrank hing. »Sie werden sich damit begnügen müssen. Die gnädige Frau ist, um es offen zu sagen, etwas sparsam. Das behalten Sie aber besser für sich. Frau von Gentzsch kann sehr zornig werden, wenn man ihr Geiz vorwirft.«

»Herzlichen Dank für die Warnung! Ich werde sie berücksichtigen.« Rieke lächelte freundlich, obwohl sie die Situation als äußerst skurril empfand. Sofort schämte sie sich dieses Gedankens. Immerhin hatte die Großtante es ihr ermöglicht, die Höhere-Töchter-Schule zu besuchen. Sie dachte mit Schrecken daran, was alles hätte geschehen können, wäre sie nach Emils Tod noch bei ihren Eltern gewesen.

Das Dienstmädchen wünschte ihr noch eine gute Nacht und verließ das Zimmer, so dass sie sich zum Schlafengehen zurechtmachen konnte. Das Wasser im Krug war kalt, doch das war sie aus der Schule gewohnt. Das Handtuch war größer, als sie erwartet hatte, und so konnte sie schon bald ihr Hemd mit dem Nachthemd vertauschen und sich ins Bett legen. Als sie die Kerze ausblasen wollte, dachte sie daran, dass sie nicht nach dem Abort gefragt hatte, und stand noch einmal auf. Zu ihrer Erleichterung fand sie einen Nachttopf unter dem Bett und benutzte ihn. Danach legte sie sich wieder hin und schlief trotz der Aufregungen des Tages rasch ein.

## 4.

Als Rieke am nächsten Morgen aufwachte, musste sie sich erst daran erinnern, dass sie sich in einer ihr völlig fremden Stadt und im Haus einer ihr ebenfalls fremden Verwandten befand. Sie hoffte, die Großtante bald kennenzulernen und sich bei ihr bedanken zu können. Auch wenn sie öfter über die Schwestern Schmelling und deren Unterricht gespottet hatte, so hatte sie bei ihnen doch gelernt, sich in der besseren Gesellschaft zu bewegen.

Das Waschwasser war noch nicht ersetzt worden, und so fragte sie sich, ob sie das Zimmer verlassen und sich welches holen sollte. Dafür aber kannte sie das Haus zu wenig, zudem genierte sie sich, im Nachthemd durch die Flure zu gehen.

Noch während sie überlegte, klopfte es an der Tür, und das Dienstmädchen kam herein. »Ich bringe Ihnen gleich frisches Wasser zum Waschen«, sagte sie, während sie die Schüssel und die kleine Kanne, die Rieke ganz nach hinten an die Wand gestellt hatte, an sich nahm.

»Danke! Wenn Sie mir noch sagen können, wo ich den Nachttopf ausleeren kann«, fragte Rieke.

Die Frau winkte ab. »Das mache ich später selbst. Aber Sie müssen mich nicht mit Sie ansprechen, mein Fräulein. Du und Britta reicht vollkommen.«

Mit den Worten verließ sie das Zimmer und kehrte einige Minuten später mit der Schüssel und dem frisch gefüllten Krug zurück.

»Wann gibt es Frühstück?«, fragte Rieke, da sie nach den wenigen Leberwurstbroten vom Vortag Hunger hatte.

»Wenn es Ihnen recht ist, bringe ich es Ihnen in einer halben Stunde. Die gnädige Frau ist noch nicht aufgestanden. Daher darf noch niemand den Frühstücksraum betreten.« Britta lächelte freundlich und verabschiedete sich dann wieder.

Rieke putzte sich die Zähne und wusch sich mit dem kalten Wasser. Danach zog sie sich bis auf das Kleid an und kämmte ihre Haare. Sie war gerade fertig, als Britta mit dem Frühstückstablett erschien. Es gab ein Butterbrot und eine Tasse mit einem Getränk, das nach Kaffee aussah, dem Geruch nach aber aus Gerste oder Rüben hergestellt worden sein musste. Rieke hatte Durst und trank die Tasse mit dem bitteren Gebräu leer. Auch das Stück Brot verschwand rasch hinter ihren Zähnen. Anschließend zog sie sich an und wartete erneut.

Es dauerte ein wenig, dann tauchte Britta wieder auf. »Die gnädige Frau ist jetzt aufgestanden. Im Augenblick kümmert sich Fräulein Olga um sie. Sie sollen in genau einer halben Stunde in ihren Salon kommen.«

»Ich besitze keine Uhr«, gab Rieke zu bedenken.

»Keine Sorge! Ich hole Sie früh genug ab«, antwortete Britta lachend und ging wieder.

Um nicht einfach nur herumzusitzen und zum Fenster hinauszustarren, nahm Rieke ein Buch, das sie mitgenommen hatte, und vertiefte sich so sehr darin, dass sie zusammenzuckte, als Britta kam, um zu melden, Frau von Gentzsch werde sie jetzt empfangen.

Rieke legte das Buch beiseite und atmete tief durch. Mit klopfendem Herzen folgte sie Britta, trat in den Salon und knickste. In dem Raum herrschte ein seltsames Zwielicht. Die Fenster waren verhüllt, und die einzelne Kerze auf einem Kerzenhalter aus Silber spendete so wenig Licht, dass sie zuerst nur die Gesellschafterin Olga erkennen konnte. Als sie näher kam, stellte sie fest, dass diese neben einem Ohrensessel stand, in dem eine alte Frau mit bleichem Gesicht und kreideweißen Händen saß. Das Kleid der Dame war schwarz und zuletzt vor mehreren Jahrzehnten modern gewesen war, ein schwarzer Hut bedeckte den Kopf. Den daran befestigten Schleier hatte sie hochgeschlagen, um Rieke mustern zu können.

»Wie schon auf dem Bild zu sehen war, das du mir geschickt hast, kommst du mehr nach der Familie deines Vaters«, sagte Frau von Gentzsch mit kaum verhohlener Enttäuschung. »Ich hatte gehofft, du würdest deiner Mutter ähnlich sehen. Sie war ein sehr hübsches, liebliches Mädchen.«

Also bin ich weder hübsch noch lieblich, schloss Rieke aus diesen Worten und kämpfte erneut mit dem Gefühl, in einem skurrilen Traum gefangen zu sein.

»Ich bedaure, dass es mir nicht vergönnt ist, Ihren Vorstellungen zu entsprechen, gnädige Frau«, antwortete sie, als hätte sie sich um eine Stelle bei der Dame bemüht und wäre abgewiesen worden.

»Unsinn! So übel siehst du nicht aus. Gustav kann mit dir zufrieden sein«, erklärte die alte Frau.

Da Rieke keinen Gustav kannte, hob sie erstaunt die Augenbrauen. Bevor sie jedoch etwas sagen konnte, sprach ihre Großtante weiter.

»Gustav ist der Großneffe meines Mannes. Da Gott, der Herr, uns eigene Kinder versagt hat, haben wir beschlossen, zwei unserer Verwandten zu versorgen, indem wir ihnen die nötige Ausbildung ermöglichen und sie anschließend miteinander verheiraten, auf dass beide Familien gleichermaßen bedacht werden.«

Rieke hatte das Gefühl, als wankte der Boden unter ihren Füßen. Bislang hatte sie nie an eine Heirat gedacht, sondern erwartet, bei ihren Eltern zu bleiben und ihren Vater bis zu dessen Tod zu betreuen.

»Ich sehe, du bist überrascht«, fuhr die alte Dame fort. »Dies ist verständlich. Ich hatte mir überlegt, ob ich deine Eltern in meinen Plan einweihen sollte, es aber unterlassen. Dein Vater hätte gewiss opponiert, denn Gustav ist kein Offizier. Er hat zwar seinen einjährigen Freiwilligendienst abgeleistet und wurde als Sekondeleutnant entlassen. Mir aber war es wichtiger, ihm ein Studium zu ermöglichen, das ihm einen hohen Posten in der Verwaltung des Königreichs einbringen wird. Wenn er in zwei Jahren sein Studium beendet und seine erste Stellung erhalten hat, werdet ihr heiraten.«

Also habe ich noch zwei Jahre Galgenfrist, dachte Rieke mit einer gewissen Erleichterung.

Doch schon sprach ihre Großtante weiter. »Es ist an der Zeit, dass ihr euch kennenlernt. Aus diesem Grund habe ich Gustav eingeladen, eine Woche hier zu verbringen. Da es jedoch unschicklich ist, wenn ein junger Herr und ein Fräulein allein in meinem Haus zu Gast sind, ist es dir erlaubt, eine deiner Schulkameradinnen hierher einzuladen. Gustav wird einen seiner Verwandten mitbringen.«

Rieke stellte sich vor, was ihre Mitschülerinnen von den winzigen Zimmern halten würden, in denen dann das Frühstück auf dem Bett sitzend einzunehmen war, und hätte am liebsten gelacht. Das konnte sie keiner von ihnen zumuten. Wenn sie sich jedoch weigerte, die geforderte Einladung auszusprechen, würde sie ihre Gönnerin verärgern. Vielleicht war Gunda bereit, ihr zu helfen?

»Ich könnte Fräulein Gunda von Hartung bitten, mich hier zu besuchen«, begann sie vorsichtig. »Allerdings werden ihre Eltern sie gewiss nicht allein reisen lassen.«

»Das Mädchen darf seine Zofe mitbringen«, erklärte Frau von Gentzsch. »Auch kann ein von ihren Eltern bestimmter Reisemarschall die Zeit über hier wohnen. Ich werde dafür die Räume im Erdgeschoss öffnen. In diesem Stockwerk wünsche ich meine Ruhe. Ich schlafe schlecht, wenn in meiner Nähe geredet wird oder Stühle gerückt werden. Olga, wären Sie so gut, Friederike Tinte, Feder und Briefpapier zu reichen, damit sie den Eltern ihrer Schulfreundin meine Einladung mitteilen kann?«

»Selbstverständlich, gnädige Frau!« Die Gesellschafterin brachte die geforderten Sachen zu einem kleinen Tisch. Der Kerzenständer wurde etwas verrückt, damit Rieke genug Licht erhielt, um schreiben zu können. Das, was sie zu Papier bringen sollte, wurde ihr von ihrer Großtante diktiert.

## 5.

Frau von Gentzsch schien zu glauben, die ganze Welt habe sich nach ihren Wünschen zu richten, denn noch am selben Tag mussten Rieke und Britta nach unten steigen, um drei Zimmer im Erdgeschoss für männliche Gäste vorzubereiten. Auch war es ihre Aufgabe, in einem ebenfalls im Erdgeschoss befindlichen Speisezimmer die Schonbezüge von den Möbeln abzuziehen und alles auf Hochglanz zu polieren.

»Es ist eine Schande, Sie arbeiten zu lassen wie einen Dienstboten«, schimpfte Britta, obwohl sie die Arbeit niemals alleine hätte bewältigen können.

Rieke zuckte nur mit den Schultern. Es war für ihre Nerven besser, wenn sie etwas zu tun hatte. Noch immer schüttelte sie insgeheim den Kopf über ihre Verwandte, die über sie und den noch unbekannten Gustav so selbstherrlich bestimmte, als wären sie ihre Untertanen.

Da Frau von Gentzschs Gefühl für Sittsamkeit verlangte, dass die männlichen Gäste ihre Schlafzimmer nicht im selben Stockwerk erhielten wie Rieke und mögliche weibliche Gäste, mussten auch im oberen Stockwerk zwei Zimmer hergerichtet werden. Einen Vorteil brachte die Öffnung des Untergeschosses für Rieke mit sich, denn Britta servierte ihr die Mahlzeiten im dortigen Speisesaal, so dass sie nicht mehr in ihrer Kammer essen musste.

Wenn sie zwischendurch einen Augenblick verschnaufen konnte, überlegte Rieke, ob die Großtante Gustav und seinen Begleiter wieder wegschicken würde, wenn Gunda ihre Einladung ausschlug. Diese Hoffnung hielt allerdings nur zwei Tage, dann erreichte sie Friedrich von Hartungs Telegramm, in dem dieser die Ankunft seiner Tochter mitteilte.

Als Frau von Gentzsch ihr das Blatt zeigte, beschloss Rieke, ein offenes Wort zu wagen. »Herr von Hartung wird gewiss annehmen, dass wir seine Tochter mit einer Droschke abholen.«

Ihre Großtante verzog das Gesicht, nickte dann aber. »Das befürchte ich auch. Dabei wäre es der heutigen Jugend durchaus zuträglich, ein paar Schritte zu Fuß zurückzulegen. Doch das gilt in diesen Zeiten als bäuerisch. Du wirst mit Britta deine Freundin abholen und mit der Droschke hierherbringen!«

»Gerne, gnädige Frau!« Rieke atmete auf. Auf diese Weise würde sie sich vor Gunda und den Hartungs wenigstens nicht blamieren.

»Gustav kommt einen Tag später an. Ihn wird sein Großonkel Leopold von Stavenhagen begleiten. Wenn dieser mit dir als Gustavs Ehefrau einverstanden sein sollte, setzt er den Jungen vielleicht sogar als Erben ein.« Es klang wie eine Warnung, den alten Herrn ja nicht zu enttäuschen.

Rieke kam sich vor wie in einer Falle, der sie nicht mehr entrinnen konnte. Immer bestimmten andere Menschen über ihr Leben. Was sie dachte und fühlte, galt nichts. Die Tante hatte beschlossen, sie mit dem Großneffen ihres Mannes zu verheiraten, und so musste es geschehen. Mit einem Mal durchströmte sie heißer Zorn, und sie hätte am liebsten irgendetwas gepackt und gegen die Wand geschmettert. Ihre Selbstbeherrschung hinderte sie jedoch daran. Vielleicht wäre es ja auch gar nicht so schlimm, mit diesem Gustav verheiratet zu sein. Den Mann, dem ihre Sehnsüchte galten, konnte sie ohnehin nicht ehelichen, und besser als ein schneidiger Offizier, der die meiste Zeit im Kasino zubrachte, war ein Verwaltungsbeamter allemal. Außerdem musste sie bei einem solchen nicht damit rechnen, dass er in irgendeinem dummen Krieg erschossen wurde, wie es ihrem Bruder Emil ergangen war.

An dem Tag, an dem Gunda eintreffen sollte, ging sie mit Britta zusammen zum Bahnhof, um ihre Freundin abzuholen. Frau von Gentzsch hatte ihr durch Olga ein paar Groschen überreichen lassen, mit denen sie den Droschkenkutscher bezahlen sollte. In Berlin, dachte Rieke mit einem gewissen Spott, würde keiner für dieses Geld seine Pferde auch nur einen einzigen Hufschlag tun lassen. Wahrscheinlich würde sie selbst etwas dazugeben müssen, um sich vor Gunda nicht zu blamieren.

Sie blickte Britta bedauernd an. »Ich hoffe nicht, dass zu viele Personen kommen und kein Platz mehr für dich in der Droschke ist. Sonst müsstest du den Heimweg zu Fuß antreten.«

»Machen Sie sich meinetwegen keinen Kopf, Fräulein. Ich bin schon ganz andere Strecken marschiert«, antwortete Britta fröhlich. »Sehen Sie, es ist ein schöner Sommertag, die Sonne scheint und ...«

«... die Bremsen fliegen«, unterbrach Rieke die Frau und schlug mit ihrem Taschentuch nach einem solchen Biest, das auf Brittas Nacken saß und diese gleich gebissen hätte.

»Das tun sie auch«, meinte Britta grinsend und fegte eine andere Bremse von Riekes Arm. »Es ist halt so von Gott eingerichtet, damit es dem Menschen nicht zu wohl wird. Es heißt ja auch ›das irdische Jammertal‹, und die Belohnung für ein braves Leben soll es erst im Himmelreich geben. Aber es ist noch niemand zurückgekehrt, um zu erzählen, wie es dort aussieht.«

»Das ist wahr!« Rieke fand, dass dieses Leben bereits schwer genug war, um sich noch Gedanken über ein Leben nach dem Tod machen zu können. Jetzt ging es erst einmal darum, rechtzeitig am Bahnhof zu sein, bevor der Zug aus Berlin einfuhr und Gunda argwöhnen musste, nicht abgeholt zu werden.

## 6.

Rieke und Britta kamen so zeitig am Bahnhof an, dass Rieke noch die Zeit fand, sich am Brunnen zu erfrischen, und am Bahnsteig bereitstand, als der Zug dort lärmend und Dampf ausstoßend bremste. Die meisten Fenster waren geöffnet, und aus einem winkte Gunda ihr fröhlich zu. Wenig später stürmte sie sehr undamenhaft aus dem Waggon und umarmte Rieke.

»Ich bin so froh, dich wiederzusehen!«, rief sie.

»Dabei sind es erst knapp zwei Wochen, in denen wir getrennt waren«, antwortete Rieke lachend.

»Wir waren seit vier Jahren fast jeden Tag zusammen. Da kommen einem zwei Wochen wie eine Ewigkeit vor«, meinte Gunda.

Rieke sah sich unterdessen nach den Begleitern ihrer Freundin um. Zu ihrer Erleichterung und ein wenig kaum zugestandener Erleichterung war nicht Theo mitgekommen, sondern Oberst Wilhelm von Steben. Er war der letzte Regimentskommandeur ihres Vaters gewesen und auf eine ihr unbekannte Weise mit den

Hartungs verwandt. Er half einer Frau von etwa dreißig Jahren aus dem Zug, in der Rieke Cordelia von Riedebusch erkannte, die seit einigen Monaten als Resas Gesellschafterin bei den Hartungs lebte. Wie es aussah, war sie als Gundas Anstandsdame mitgeschickt worden. Hilde und der junge Diener Albert vervollständigten die Reisegruppe. Beide schleppten die Koffer aus dem Zug und stapelten sie auf dem Bahnsteig auf.

Ein Dienstmann kam mit seinem Wagen und blieb erwartungsvoll stehen. Da Rieke kein Geld für ihn hatte, ignorierte sie ihn.

Wilhelm von Steben winkte ihn heran. »Bringe die Koffer zu den Droschken. Hilde und Albert sollen mit dem Gepäck fahren, während wir eine zweite Droschke nehmen.«

Rieke rauschte es in den Ohren. Weder konnte sie zwei Droschken bezahlen noch eine Droschke und den Dienstmann. Andererseits war es unmöglich, mit so vielen Leuten in einem Wagen zu fahren. Noch während sie überschlug, ob ihr eigenes Geld für die Differenz ausreichen würde, steckte Wilhelm dem Dienstmann bereits eine Münze hin. Er bezahlte wenig später auch die Droschkenkutscher, so dass sie das von der Großtante erhaltene Geld sparen konnte.

Britta fuhr mit Hilde und Albert und half diesen, die Koffer ins Haus zu bringen. Unteressen führte Rieke die frisch eingetroffenen Gäste nach oben.

Olga öffnete ihnen die Tür, bevor sie klopfen konnten. Ihre Miene wirkte düster, und sie hob mahnend die Hand.

»Ich muss die Damen und den Herrn bitten, leise zu sein! Die gnädige Frau leidet unter Migräne und kann keinen lauten Ton vertragen.«

»Wir werden selbstverständlich auf Ihre Herrin Rücksicht nehmen«, erklärte Wilhelm, während Cordelia von Riedebusch zögerte.

»Vielleicht sollte ich nicht mitkommen. Ich bin doch nur als Begleiterin dabei.«

»Nichts da! Mitgegangen, mitgefangen heißt es«, erklärte Gunda für Olgas Gefühl viel zu laut.

Rieke sah die verzogenen Lippen der Gesellschafterin und lächelte amüsiert. Wäre es nach Olga gegangen, hätte es diese Einladungen nie gegeben, denn die Frau liebte es noch mehr als ihre Herrin, völlig zurückgezogen zu leben. Zwei junge Mädchen, die ihre Ruhe störten, und mehrere Herren im Erdgeschoss waren sicher nicht nach ihrem Geschmack.

Nun führte sie Rieke und die Berliner Gäste in den Salon ihrer Herrin. Diese saß in ihrem Sessel und hatte den Hutschleier nach unten geschlagen, so dass ihr Gesicht kaum zu erkennen war. Rieke knickste und wies auf ihre Begleiter.

»Gnädige Frau, darf ich Ihnen Gunda von Hartung vorstellen, die vier Jahre lang mit mir eine enge Kameradschaft in der Schule gepflegt hat, ihre Duenna Cordelia von Riedebusch und Herrn Oberst Wilhelm von Steben.«

»Steben! Ich kannte einmal einen Gundolf von Steben. Beinahe hätte ich ihn geheiratet«, antwortete die alte Frau und betrachtete Wilhelm mit erwachendem Interesse.

»Gundolf von Steben war mein Vater«, erklärte Wilhelm.

»Er soll später sein Schloss und sein Gut verloren haben. Sie leben wahrscheinlich von Ihrem Sold?«

Rieke empfand die Fragen ihrer Großtante als peinlich, doch Wilhelm lächelte nur.

»Auch wenn der Besitz meiner Familie verloren ist, so nage ich nicht am Hungertuch.«

»Da Sie gerade von Hunger reden: Ich habe Britta aufgetragen, einen kleinen Imbiss für die Gäste vorzubereiten. Rieke, führe unsere Gäste nach unten. Ich will jetzt allein sein!«

»Sehr wohl, gnädige Frau!« Rieke knickste noch einmal und bat die kleine Gruppe, ihr zu folgen.

Gunda hielt sich im Zaum, bis sie auf der Treppe waren, dann sah sie Rieke kopfschüttelnd an. »Ich hoffe, du verzeihst mir, aber ich finde deine Verwandte arg sonderlich!«

»So etwas sagt man nicht«, wies Cordelia sie leise zurecht.

»Es ist doch wahr! Dieser Aufzug, die einzelne Kerze, die in ihrem Zimmer brennt, und diese Gesellschafterin, die aussieht, als fürchte sie, wir könnten ihrer Herrin die Haare vom Kopf fressen.«

»Gunda!« Diesmal klang Cordelia etwas strenger, doch das Mädchen ließ sich auch davon nicht beeindrucken.

»Sie ist wirklich eigenartig. Sag, wie lange musst du hierbleiben? Hoffentlich kannst du mit uns zurückfahren. Oberst von Steben war so freundlich, uns zu begleiten, da Theo mit ein paar Studienkameraden eine Exkursion zu den Externsteinen unternimmt. Wie sich das anhört: ›Exkursion zu den Externsteinen‹!«

Gunda hakte sich bei Rieke unter und lachte. Doch das Lachen blieb ihr im Halse stecken, als sie das frugale Mahl sah, das Britta in Frau von Gentzschs Auftrag hatte auftischen müssen. Es bestand aus den Rieke bereits sattsam bekannten Leberwurstbroten sowie jenem leichten Bier, das sonst die Schnitter auf dem Feld bekamen.

»Es tut mir leid«, sagte Rieke unglücklich.

»Sie können doch nichts dafür, Fräulein. Frau von Gentzsch ist nun einmal niemand, der unnötig Geld ausgibt, und in ihren Augen ist fast alles unnötig«, erklärte Britta, die eben noch einen Steinguttopf mit eingemachten Gurken hinstellte.

»Das ist die Krone des Luxus, die die gnädige Frau sich gelegentlich leistet«, setzte sie hinzu und zog sich zurück.

Gunda beäugte alles und wandte sich dann Rieke zu. »Kann man das wirklich essen?«

»Auf unseren Feldzügen wären wir manchmal um ein solches Mahl froh gewesen«, erwiderte Wilhelm mit einer gewissen Heiterkeit.

Rieke sah sich genötigt, die Speisen zu verteidigen. »Die Leberwurstbrote schmecken, wenn sie nicht zu trocken sind, ganz gut.«

Zu ihrer Erleichterung setzten sich die anderen und begannen zu essen. Während Cordelia und Wilhelm herzhaft zugriffen, zierte Gunda sich. Als sie jedoch sah, wie Rieke ihr Leberwurstbrot verspeiste, tat sie es auch.

»Es fehlt eigentlich nur ein wenig Mostrich!«, sagte sie nach einer Weile und griff zum Bierkrug. Das Bier war leicht säuerlich, aber es erfrischte. Kaum war alles gegessen und der Tisch abgeräumt worden, sah sie Rieke an.

»Du hast geschrieben, dass deine Verwandte weitere Gäste erwartet. Wenn diese ebenso bewirtet werden wie wir, dürften sie sehr erfreut sein.«

Rieke zuckte mit den Achseln. »Ich weiß nichts über die anderen Gäste, nur, dass es Verwandte des Mannes meiner Gönnerin sind.«

»Warum nennst du deine Großtante andauernd deine Gönnerin? Uns hat sie doch nur ein paar Leberwurstbrote und dieses seltsame Bier gegönnt!«, fragte Gunda spöttisch.

»Sie hat es mir ermöglicht, das Institut der Schwestern Schmelling zu besuchen.« Rieke klang bitter, denn auch das hatte Frau von Gentzsch offenbar nicht aus verwandtschaftlicher Zuneigung getan, sondern, um sie zu einer passenden Ehefrau für irgendeinen Gustav erziehen zu lassen.

## 7.

Die Unterbringung der Gäste war akzeptabel, doch das Frühstück stellte für Gunda, der verwöhntesten unter ihnen, eine noch größere Zumutung dar als das Abendessen. Es gab Rübenkaffee sowie ein Butterbrot mit ein wenig Schnittlauch, den Britta aus dem Garten geholt hatte.

»Ich hoffe, es gibt in diesem Ort ein Café, das wir aufsuchen können, um richtigen Kaffee trinken und ein Stück Gebäck essen zu können«, sagte Gunda, während sie ihre Tasse nach dem ersten Schluck mit einer Geste des Abscheus zurückschob.

Britta, die eben Cordelia von Riedebusch nachschenkte, schüttelte den Kopf. »Es gibt nur ein paar Gasthäuser im Ort, aber bis auf eines sind die nicht auf vornehme Gäste eingerichtet.«

»Wo ist dieser Gasthof?«, wollte Gunda wissen.

»Er liegt am Ende dieser Straße, und das Essen dort soll gut sein. Ich habe aber dort noch nichts probiert!« Britta kannte das sparsame Leben in diesem Haus, begriff aber, dass ihre Gäste anderes gewohnt waren.

Wilhelm schob ihr eine Banknote zu. »Besorge dafür richtigen Kaffee und brühe ihn uns auf. Du darfst natürlich ebenfalls davon trinken.«

»Wir brauchen auch Milch«, wandte Cordelia ein.

»Ich besorge schon alles«, versprach Britta, während Rieke sich vor Scham am liebsten in das nächste Mauseloch verkrochen hätte.

Die Zeit bis zum Mittagessen verging in quälender Langsamkeit, die Gunda dafür nutzte, mit spöttischer Miene ihre Überlegungen bezüglich des Mahls, das Frau von Gentzsch ihnen vorsetzen lassen würde, vorzutragen. Rieke bedauerte mittlerweile, sie eingeladen zu haben. Dabei konnte sie es ihr nicht übelnehmen, denn die Gastfreundschaft, die hier geboten wurde, war alles andere als großzügig. Befand sich Frau von Gentzsch vielleicht in Geldnöten, weil sie das Studium dieses Gustav und für sie selbst das Institut der Schwestern Schmelling bezahlt hatte?, fragte Rieke sich und schämte sich, weil sie schlecht von ihrer Gönnerin dachte.

Das Mittagessen war nicht geeignet, Gundas Meinung über diesen Haushalt zu verbessern. Es gab Kohlrabisuppe mit Teigspatzen, dazu ein kleines Stück gekochtes Rindfleisch mit Kartoffeln und als Nachtisch ein Schälchen eines arg flüssigen Puddings mit wenigen Kirschen.

Als Gunda wieder darüber herzog, sah Cordelia sie missbilligend an. »Fräulein Gunda, wissen Sie, wie sehr Sie Ihre Freundin Friederike mit Ihren spitzen Bemerkungen verletzen? Sie kann nichts für das Essen, das hier auf den Tisch kommt. Außerdem essen die meisten Menschen in diesem Land schlechter als wir.«

»Ich hätte dich nicht einladen dürfen«, sagte Rieke, während ihr eine einzelne Träne über die Wange lief.

Als Gunda dies sah, fasste sie erschrocken nach Riekes Händen. »Es tut mir leid! Ich wollte dich nicht kränken. Außerdem freue ich mich doch darüber, dass du mich eingeladen hast.«

»Das haben Sie bisher aber gut verborgen!« Cordelia hatte wegen der Hartherzigkeit der Verwandten ihres Gatten oft nicht besser gegessen, und ihrer Meinung nach musste Gunda noch viel über das Leben anderer Menschen lernen. Vor allem musste das Mädchen begreifen, dass sie als Tochter des Tuchfabrikanten Friedrich von Hartung überaus privilegiert war.

»Wir sollten fertig essen, denn ich muss bald zum Bahnhof, um Gustav abzuholen«, bat Rieke.

Cordelia und Wilhelm von Steben ergriffen sofort ihre Dessertlöffel, während Gunda ihre Freundin fragend ansah. »Ist dieser Gustav einer der erwarteten Gäste?«

»Er ist ein Großneffe meiner Großtante und wird für eine Woche hierbleiben.«

»Dann wird er sich über Rübenkaffee und Leberwurstbrote freuen«, entfuhr es Gunda. »Es tut mir leid, ich hätte es nicht sagen sollen«, entschuldigte sie sich sofort.

»Das mit dem Rübenkaffee stimmt auf jeden Fall nicht mehr. Immerhin habe ich dem Dienstmädchen Geld gegeben, richtigen Kaffee zu kaufen.«

In Wilhelm von Stebens Worten schwang eine gewisse Nachsicht mit, wie ein Onkel sie seinen noch nicht völlig flüggen Nichten gegenüber zeigte, fand Rieke und kniff erstaunt die Augen zusammen. Eine gewisse Ähnlichkeit zwischen den beiden war nicht zu übersehen. Als sie der Verdacht beschleichen wollte, Gundas Mutter könnte ihren Mann mit dem Offizier betrogen haben, erinnerte sie sich daran, dass Theresa von Hartung und Wilhelm von Steben ebenfalls eine gewisse Familienähnlichkeit aufwiesen.

Es war ein Rätsel, das Rieke jedoch als im Moment nicht von Belang beiseiteschob. Sie blickte auf die Uhr und fand, dass sie sich sputen musste, wenn sie rechtzeitig zu Fuß am Bahnhof sein wollte. Bevor sie jedoch aufstehen und den Speisesaal verlassen konnte, ging die Tür auf, und Olga kam herein.

»Die gnädige Frau ist heute leidend und wünscht daher, nicht gestört zu werden. Sie lässt Ihnen ausrichten, dass Sie sich Herrn Gustavs annehmen sollen, und hofft, ihn morgen begrüßen zu können«, erklärte sie und wollte wieder gehen.

»Verzeihen Sie, aber ich brauche noch Geld für die Droschke!« Nun ärgerte Rieke sich, da sie die gesparte Summe am

Vortag zurückgegeben hatte. Schließlich war es ein Unding, einen Gast zu bitten, den Kutscher zu bezahlen. Wilhelm von Steben hatte es am Vortag zwar getan, aber ein Student, der von seiner Gönnerin mit Geld kurzgehalten wurde, war dazu gewiss nicht in der Lage.

»Ich werde die gnädige Frau darauf ansprechen«, erklärte Olga.

»Ich benötige auch eine Droschke von hier bis zum Bahnhof, da die Zeit sonst zu knapp wird, um zu Fuß zu gehen«, setzte Rieke mit einer gewissen Schärfe hinzu.

Die Gesellschafterin antwortete ihr nicht, sondern verließ den Raum.

Dafür starrte Gunda Rieke aus großen Augen an. »Sag bloß, du musstest gestern zu Fuß gehen?«

»Ein Spaziergang tut ganz gut«, antwortete Rieke.

»Ein Spaziergang ja, aber nicht, wenn man pünktlich am Bahnhof sein muss.«

»Ich bin auch vom Institut zum Bahnhof gegangen und würde es heute ebenfalls schaffen. Nur wird die Zeit zu knapp.« Rieke sah auf die Uhr und fühlte, wie ihr die Minuten zwischen den Fingern verrannen.

»Wissen Sie, wie viele Gäste kommen werden?«, fragte Cordelia.

»Meine Großtante sprach von zwei Herren, die beide mit ihr verwandt sind!« Rieke blickte zur Tür, doch Olga ließ sich nicht sehen. Verzweifelt nahm sie die kleine Börse zur Hand und zählte ihre wenigen Münzen. Für die Fahrt zum Bahnhof würde das Geld vielleicht reichen, aber niemals für eine Droschke zum Haus zurück.

Wilhelm nickte Rieke lächelnd zu. »Wissen Sie was? Wir fahren alle vier zum Bahnhof. Sie empfangen die beiden Herren und bringen sie mit Gunda zusammen her. Frau von Riedebusch und ich folgen Ihnen mit einem zweiten Wagen.«

»Ich kann Ihre Großzügigkeit unmöglich annehmen«, antwortete Rieke, auch wenn sie begriff, dass ihr kaum etwas anderes übrigbleiben würde.

Betrübt senkte sie den Kopf. »Sie müssen mir aber erlauben, Ihnen die ausgelegte Summe zurückzuerstatten, sobald meine Großtante mir das Geld dazu gegeben hat.«

»Selbstverständlich«, antwortete Wilhelm, obwohl er nicht glaubte, dass die alte Dame dies tun würde.

## 8.

Rieke wurde rasch vor Augen geführt, dass in diesem Land nur der Offizier wirklich etwas galt. Als sie einem Droschkenkutscher winkte, fuhr dieser einfach an ihr vorbei, hielt aber auf Wilhelm von Stebens Ruf an und deutete einen militärischen Gruß an.

»Einen schönen guten Tag, Herr Oberst. Wünschen Sie an einen anderen Ort gebracht zu werden?«

»Das wünsche ich, und zwar zum Bahnhof, mein Guter. Dort benötigen wir noch eine zweite Droschke.«

»Der Herr Oberst holt wohl jemanden vom Zug ab!« Der Droschkenkutscher öffnete dienstfertig den Schlag des Wagens und schloss ihn wieder, nachdem alle eingestiegen waren. Danach stieg er auf den Bock und fuhr in gemütlichem Trab los. Als er auf eine andere Droschke traf, winkte er deren Kutscher, ihm zu folgen.

»Frau von Riedebusch und ich bleiben in dieser Droschke sitzen, während ihr die andere nehmen könnt«, sagte Wilhelm, als sie am Bahnhof angekommen waren, und wandte sich dann etwas verlegen an Cordelia. »Das geschieht selbstverständlich nur, wenn Sie damit einverstanden sind. Verzeihen Sie, dass ich über Sie bestimmen wollte, ohne Sie zu fragen.«

»Das macht der Offizier in Ihnen, Herr von Steben«, spottete Gunda und folgte Rieke, die bereits dem Bahnsteig zustrebte.

Cordelia blickte lächelnd hinter den beiden her. »Manchmal sind sie noch wie Kinder.«

»Spricht die Greisin! Meine Liebe, Sie sind doch kaum älter als die zwei«, sagte Wilhelm lächelnd.

Um Cordelias Lippen zuckte ein Lächeln. »Oh, doch! Was würden Sie sagen, wenn ich Ihnen erkläre, dass ich kurz vor Ende des Jahres das dreißigste Jahr überschreiten werde?«

»Ich würde mir überlegen, welches Geschenk ich Ihnen machen könnte! Wenn Sie mir es erlauben würden, heißt das.«

Wilhelms Blick ruhte mit einem Ausdruck auf Cordelia, der sie verlegen machte. Nachdenklich musterte sie ihn. Er hatte sich in dem einen Jahr, das sie sich nun kannten, sehr für sie eingesetzt und ihr eine angenehme Stellung im Hause Hartung verschafft. Dabei war er nie auf- oder gar zudringlich geworden. Einem Mann wie ihm konnte sie vertrauen. Doch reichte dies aus für mehr?, fragte sie sich.

Sie erinnerte sich an ihren toten Ehemann und die vielen glücklichen Augenblicke, die sie miteinander geteilt hatten. In dem Moment wünschte sie sich, dies könnte mit Wilhelm ebenso sein. Zudem würde eine Ehe mit ihm sie vor den Verwandten ihres gefallenen Gatten beschützen. Mit einem sanften Lächeln nickte sie.

»Ich würde mich über ein Geschenk von Ihnen sehr freuen, Herr Oberst.«

»Sie werden nicht nur eines erhalten«, antwortete Wilhelm, ergriff ihre Hand und hauchte einen Kuss darauf.

Unterdessen fuhr der Zug ein, und Rieke überlegte, welche Reisenden die Gäste ihrer Großtante sein könnten. Zwei Männer, einer alt und einer jung, kamen ihr entgegen. Ihrer Kleidung nach waren es eher Handwerker. Sie gingen an ihr vorbei und bogen neben dem Bahnhof in eine Seitengasse ein.

»Sieht aus, als wäre dieser Gustav vor Muckefuck und Leberwurstbroten gewarnt worden und ist daher zu Hause geblieben«, spottete Gunda, als noch zwei Reisende den Zug verließen. Beide waren groß gewachsen, doch damit hörte die Ähnlichkeit bereits auf. Der Jüngere war akkurat mit langen, dunkelblauen Hosen, einem weißen Hemd mit Stehkragen und einer dunkelblauen Weste bekleidet. Auf dem Kopf trug er einen kuppelförmigen Filzhut und über dem Arm einen dunkelblauen Rock.

»Der hat beim Tucheinkauf zugeschlagen«, spottete Gunda, nahm ihn dann richtig wahr und verstummte jäh. Gustav von Gentzsch war ein männlich wirkender, aber dennoch schöner Mann mit einem ausdrucksstarken Gesicht. Seine blauen Augen leuchteten bei Gundas Anblick auf, und er trat eilig auf sie zu.

»Sie sind gewiss meine Cousine Friederike!«

»Ich bedaure, aber das bin ich«, erklärte Rieke leicht gekränkt.

Gustav achtete nicht auf sie, sondern verbeugte sich formvollendet vor Gunda. »Wenn ich mich vorstellen darf, Gustav von Gentzsch.«

»Gunda von Hartung«, antwortete diese lächelnd. »Eigentlich hätte Rieke uns einander vorstellen müssen, aber sie wird uns diesen kleinen Mangel an Etikette gewiss verzeihen.«

Rieke sah sich unterdessen dem anderen Herrn gegenüber. Er wirkte hager, hatte ein schmales Gesicht mit verträumt blickenden Augen und hielt ein Buch in der Hand. Seine Kleidung bestand aus langen, karierten Hosen, einem weißen Hemd und trotz des warmen Sommertags aus einem knielangen, dunkelbraunen Rock.

»Du bist Friederike! Ich habe dich sofort erkannt«, sagte er lächelnd. »Weißt du, dass ich mit dir noch enger verwandt bin als mit Gustav? Eine der Urgroßmütter deiner Mutter war meine Großmutter!« Der alte Herr hielt sich nicht an die Konventionen, eine ihm noch unbekannte junge Dame höflich anzusprechen, sondern begrüßte sie wie ein lange vermisstes Familienmitglied. Da eben Gustav Gunda seinen Arm reichte, hakte er sich bei Rieke unter.

»Hat Cousine Ophelia uns in ihrer bekannten Großzügigkeit ein Fuhrwerk besorgt, oder ist sie der Meinung, es täte uns besser, zu Fuß zu gehen? Das würde mich wegen der Bücher in meiner Reisetasche allerdings schwer ankommen.«

Obwohl sie sich eben über Gustav geärgert hatte, musste Rieke jetzt lachen. »Wir haben eine Droschke für uns, und sogar noch eine zweite, falls die eine für das Gepäck nicht reichen sollte.«

Der alte Herr hob erstaunt die Augenbrauen. »Das wundert mich zu hören. Die liebe Ophelia muss sich, seit ich sie das letzte Mal sah, sehr verändert haben.«

»Das weniger«, erwiderte Rieke mit leichtem Spott. »Wir verdanken die Droschken der Großzügigkeit des Herrn Oberst von Steben. Er weilt ebenfalls als Gast im Haus, genau wie Frau Cordelia von Riedebusch.«

»Riedebusch sagst du? Eine unmögliche Familie! Der jetzige Majoratsherr ist ein völliger Ignorant, dem jeder Sinn für Kunst und Kultur abhandengekommen ist. Das heißt, wenn er jemals einen hatte.«

Der alte Herr machte aus seiner Ablehnung gegen Cordelias Schwager keinen Hehl und bekannte, dass er diesen letztens zum Duell gefordert hätte, wenn seine Freunde nicht dazwischengetreten wären.

»Wagte er es doch, einen entzückenden Pavillon, den einer seiner Vorfahren errichten ließ, einfach abzureißen und an der Stelle einen Schweinestall errichten zu lassen. Dabei hätte ich in jungen Jahren beinahe eine Riedebusch geheiratet, war aber deren Vater nicht gut genug. Heute sehe ich dies als Glück an, dieser Ehe entgangen zu sein. Sie hat einen Herrn von Donnerschlag geheiratet und sieht nun auch aus wie einer.«

Der alte Herr liebte es, zu reden. Da er Rieke sympathisch war, hörte sie ihm gerne zu, während sie ihn zur Droschke führte. Ein Dienstmann hatte bereits das Gepäck der beiden Herren gebracht. Jetzt stand er neben dem Wagen und wartete auf seine Bezahlung. Um zu verhindern, dass Oberst von Steben oder der alte Herr ihm Geld gaben, zog Rieke rasch ein paar Münzen hervor und reichte sie dem Mann. Danach stieg sie in den Wagen, wählte aber einen Platz gegen die Fahrtrichtung, damit die beiden Neuankömmlinge sich ihr gegenüber hinsetzen konnten. Der alte Herr nahm jedoch neben ihr Platz.

»So ist es doch bequemer, als wenn wir zu Fuß gehen müssten«, sagte er und sah zu, wie Gunda und Gustav in die Droschke stiegen und auf der anderen Bank Platz nahmen. Die beiden kümmerten sich nicht um ihn und Rieke, sondern waren in ein intensives Gespräch vertieft. Er nützte daher die Gelegenheit, mit Rieke zu reden, und fand es auch an der Zeit, sich ihr vorzustellen.

»Verzeih, dass ich meinen Namen noch nicht genannt habe. Ich bin Leopold von Stavenhagen, wohne in Berlin und lasse die Welt im Allgemeinen einen guten Mann sein. Das heißt, ich lebe meine Vorlieben und lasse den anderen Menschen die ihren. Nun ja, ganz stimmt das nicht, sonst hätte ich mich nicht von Gustav überreden lassen mitzukommen. Das letzte Mal habe ich Ophelia vor über zwanzig Jahren besucht, und schon damals hat sie sehr sparsam auftischen lassen.«

»Sie werden die Tafel nicht üppiger vorfinden«, antwortete Rieke schlagfertig.

Stavenhagen lachte leise auf. »Ich hoffe, Sie müssen nicht lange bei ihr bleiben. Sie würden sonst sehr schmal werden, und das wäre schade.«

Rieke wusste nicht so recht, was sie darauf antworten sollte, und beschloss daher, die Bemerkung zu überhören. »Sie scheinen ein interessantes Leben zu führen«, sagte sie stattdessen.

»Ob andere es interessant finden, kümmert mich wenig, Hauptsache, ich bin damit zufrieden. Ich habe meine Bücher, mit denen ich mich beschäftigen kann, verkehre mit einigen Bekannten, um mit ihnen Streitgespräche zu führen, und mir sind genug Muße und Geld vergönnt, um nach Lappland, zu den Persern oder nach Amerika reisen zu können und mir Dinge anzusehen, die den meisten anderen Menschen verborgen bleiben.«

Stavenhagen klang Riekes Ansicht nach ein wenig zu selbstbezogen. Allerdings konnte ein Herr ohne Ehefrau und Familie sich dies erlauben. Gegen ihren Willen beneidete sie ihn um seine Freiheit. Sie hingegen würde diesen Gustav heiraten müssen.

Bei dem Gedanken blickte sie auf und stellte fest, dass Gustav Gunda eben etwas erzählte. Dabei lächelte ihre Freundin ihn so verzückt an, dass Rieke nur den Kopf schüttelte. Sie hatte jedoch keine Zeit, sich Gedanken über Gunda zu machen, denn Stavenhagen nahm sie erneut in Beschlag.

# 9.

Da Frau von Gentzsch nicht gestört werden durfte, blieben die Gäste sich selbst überlassen. Am leichtesten tat sich Stavenhagen, denn er holte mehrere Bücher aus seiner Reisetasche und setzte sich in einen Salon, um zu lesen. Rieke besorgte ihm einen Krug Leichtbier und setzte sich zu ihm.

»Willst du auch lesen?«, fragte der alte Herr freundlich.

»Sehr gerne!«

Stavenhagen griff in seine Reisetasche und brachte ein Buch mit einem exotischen Bild auf der Titelseite zum Vorschein.

»Es handelt sich um einen Bericht über meine Reise zum Orinoko, die ich vor zwanzig Jahren unternommen habe. Nimm aber nicht alles ernst, was darin steht. Ich habe manchmal ein wenig geflunkert.«

Rieke schlug das Buch auf und sah als Erstes einen Kupferstich, der eine eingeborene Frau zeigte. Ihr Oberkörper war bloß, und sie trug nur ein Tuch um die Hüften. Unwillkürlich wurde sie rot, blätterte aber weiter. Der nächste Stich zeigte einen seltsamen Affen und ein weiterer eine Art Krokodil.

»Das ist ein Kaiman«, erklärte ihr Stavenhagen. »Übrigens bist du ein bemerkenswertes Mädchen. Die meisten, die ich kennengelernt habe, hätten das Buch beim Anblick der halbnackten Frau angeekelt beiseitegelegt.«

Rieke blätterte noch einmal zurück. »Die ist eher dreiviertel nackt«, erklärte sie.

Stavenhagen ließ ein leises Lachen hören. »Dich kann wirklich nichts erschüttern. Aber zu deiner Beruhigung sei gesagt, es ist das einzige anstößige Bild in diesem Buch.«

»Ich lasse mir davon sicher nicht die Laune verderben«, antwortete Rieke und begann zu lesen.

Unterdessen blätterte Wilhelm von Steben in einem Journal,

das bereits ein ehrwürdiges Alter aufwies, und legte es dann gelangweilt beiseite. »Was meinen Sie?«, fragte er Cordelia, »Wir sind gestern und heute auf der Herfahrt an einem kleinen Park vorbeigekommen. Wäre es Ihnen angenehm, dort mit mir spazieren zu gehen?«

»Liebend gerne«, antwortete Cordelia lächelnd. »In meinem Alter benötige ich gewiss keine Anstandsdame mehr.«

Als Gunda das hörte, sah sie Gustav fragend an. »Wollen wir die beiden nicht begleiten? Es ist gewiss anregender, als hier zu sitzen und in Journalen zu lesen, die älter sind als ich.«

»Ich stehe Ihnen jederzeit zur Verfügung«, erklärte Gustav und legte die Zeitschrift, in der er geblättert hatte, beiseite.

»Ist es gestattet, mit euch zu kommen?«, fragte Gunda Cordelia und Wilhelm.

Erstere überlegte kurz und nickte. »Solange ihr immer in unserer Nähe bleibt, gerne.«

»Selbstverständlich, gnädige Frau«, versprach Gustav und reichte Gunda den Arm. Diese wollte sich einhaken, doch da schüttelte Cordelia den Kopf.

»Das ist nur engen Verwandten und Verlobten erlaubt. Du darfst höchstens deine Hand auf Herrn Gustavs Arm legen.«

Gunda gehorchte, sagte sich aber, dass sie weitaus lieber Arm in Arm mit dem jungen Mann losgezogen wäre.

Der Weg zum Park war nicht weit, und dort führten gepflegte Spazierwege zwischen Rabatten mit bunten Sommerblumen hindurch. Hohe Bäume boten mit ihren weiten Kronen einen angenehmen Schatten, und an vier Stellen standen fast menschengroße Statuen als Allegorien von Frühling, Sommer, Herbst und Winter.

Da sich nur wenige Spaziergänger im Park befanden, ließen Gunda und Gustav sich unwillkürlich ein wenig zurückfallen. Zunächst sah Cordelia sich noch nach ihnen um, dann aber fesselte sie das Gespräch mit Wilhelm von Steben zu sehr, um weiter auf das junge Paar zu achten. Nach einer Weile deutete Wilhelm auf die vier Statuen mit ihren weit wallenden Gewändern, die nur durch ihre Attribute zu unterscheiden waren.

»Der Künstler hätte die Kleidung den Jahreszeiten entsprechend gestalten sollen. Die Figur des Sommers ist auf jeden Fall zu dick angezogen, dafür dürfte das Wintermädchen in der kalten Jahreszeit arg frieren.«

Cordelia lachte. »Mein Herr, wir befinden uns hier in der Provinz. Wogende Busen und ein dünnes Hemd am Po mögen in Berlin angehen. Hier hingegen lebt man züchtig.«

»Dagegen habe ich nichts! Nur muss man vier Frauenstatuen, die die vier Jahreszeiten darstellen sollen, wirklich in die gleiche Tracht kleiden?«, antwortete Wilhelm und wurde mit einem Mal sehr ernst. »Meine Liebe, Sie wissen, wie sehr ich Sie verehre, und würde mir daher wünschen, Ihnen mehr sein zu dürfen als nur ein Freund.«

Überrascht blickte Cordelia zu ihm auf. Ein warmer Ausdruck lag in seinen Augen und erzeugte ein eigenartiges Gefühl in ihr. Nimm dich zusammen!, befahl sie sich. Du bist bald dreißig und damit eine alte Jungfer.

Doch da erinnerte sie sich, dass Riekes Großtante weit über siebzig Jahre zählen musste. Wenn sie es so betrachtete, hatte sie noch mehr als die Hälfte ihres Lebens vor sich. Der Gedanke, sie allein und in dienender Stellung als Gesellschafterin oder Gouvernante zu verbringen, erschien ihr auf einmal erschreckend. Eine Ehe mit Wilhelm von Steben hingegen würde ihr Sicherheit und Schutz bieten. Doch konnte sie ihm die Liebe geben, die er sich wünschte? Ihr Mann war seit einem guten Jahr tot und die Trauerzeit vorbei. Niemand, von Ferdinands Verwandten abgesehen, würde etwas daran auszusetzen haben, wenn sie sich mit Wilhelm vermählte. Sie atmete tief durch und wählte ihre Worte sorgfältig. »Ihr Antrag ehrt mich, Herr von Steben. Ich habe meinen gefallenen Gatten sehr geliebt, und es fällt mir schwer, an eine zweite Ehe zu denken. Zu Ihnen habe ich jedoch größtes Vertrauen und fühle eine unendliche Dankbarkeit. Wenn Sie sich eine treue Kameradin an Ihrer Seite wünschen, so bin ich gerne dazu bereit.«

»Es wäre mir eine große Ehre«, antwortete Wilhelm erfreut. Cordelia war schön genug, um ihm zu gefallen, und von sanftem Charakter. Auch würde er mit dieser Heirat das Vermächtnis seines Freundes Ferdinand erfüllen, für dessen Witwe zu sorgen.

In Gedanken schritten die beiden weiter und merkten erst nach geraumer Zeit, dass Gunda und Gustav den Park verlassen hatten.

## 10.

Eine Zeitlang waren Gunda und Gustav dem anderen Paar in immer größer werdendem Abstand gefolgt. Nach einer Weile spürte Gunda, wie ihr Magen knurrte. Erschrocken sah sie zu Gustav hin, doch dieser hatte nichts bemerkt. Das Grummeln in ihrem Magen und das Hungergefühl nach dem kargen Frühstück und dem nicht gerade üppigen Mittagessen blieben jedoch und verstärkten sich. Da sah sie durch die Bäume hindurch einen großen Gasthof und blieb unwillkürlich stehen.

»Mein Fräulein, was ist mit Ihnen?«, fragte Gustav besorgt.

»Ich muss zu meiner Schande gestehen, dass die Mahlzeiten im Hause Ihrer Großtante sehr knapp bemessen sind und ich plötzlich großen Appetit verspüre«, antwortete Gunda und äugte erneut zu dem Gasthof hinüber.

Jetzt entdeckte auch Gustav das langgezogene Haus mit den vielen kleinen, kaum hüfthoch über dem Boden angebrachten

Fenstern. Von seinem Reisebegleiter Stavenhagen hatte er bereits erfahren, dass seine Verwandte äußerst geizig sein sollte und das, was aufgetischt wurde, in der Regel nicht dem Geschmack der Gäste entsprach. Da er unterwegs nicht zu Mittag gegessen hatte, packte ihn bei Gundas Worten ebenfalls der Hunger. Er schwankte einen Augenblick, ob er ihr wirklich vorschlagen sollte, mit ihm zu dem Gasthof zu gehen. In Berlin wäre dies unmöglich gewesen, doch hier befanden sie sich in der Provinz, und da mochte ein solches Verhalten weniger ins Gewicht fallen.

Ehe sie es sich versahen, befanden sie sich auf dem Weg zu der Gaststätte. Gunda dachte kurz daran, wie ungehörig es für ein junges Mädchen wie sie war, allein mit einem fremden Mann ein Gasthaus zu besuchen. Der Hunger und der Gedanke daran, dass Frau von Gentzsch auch in den nächsten Tagen nicht besser auftischen lassen würde, vertrieben jedoch ihre Bedenken. Sie betrat mit Gustav zusammen die Gastwirtschaft und ließ sich von ihm zu einem Tisch an einem der Fenster führen, die aus gelblichen Butzenscheiben bestanden.

Der Wirt eilte sofort zu ihnen hin. »Wünschen die Herrschaften nur zu trinken, oder darf es auch ein Stück von dem Schweinebraten sein, der in der Bratröhre darauf wartet, gegessen zu werden?«

»Bringen Sie mir ein Bier und …« In der ungewohnten Rolle als Begleiter einer junge Dame hatte Gustav so bestellen wollen, wie er es von Berlin gewohnt war. Jetzt aber wandte er sich Gunda zu.

»Was wünschen Sie, mein Fräulein?«

»Eine Limonade und ein großes Stück Braten!« Gunda lief bereits bei dem Gedanken daran das Wasser im Mund zusammen.

»Sie haben es gehört«, sagte Gustav zum Wirt. »Meine Begleiterin wünschte Limonade und ein Stück Braten. Ich will ein Bier und ebenfalls von dem Braten.«

»Aber selbstverständlich, der Herr!« Der Wirt hatte zu Mittag etwas zu viel von dem Braten machen lassen und war daher froh, noch zwei große Portionen loszuwerden. Nachdem er die Bestellung seiner in der Küche tätigen Frau weitergegeben hatte, zapfte er einen Krug Bier, füllte einen zweiten mit Limonade und brachte beides in die Gaststube.

Als Gunda den Krug ansetzte, merkte sie erst, wie durstig sie war. »Die Limonade schmeckt gut!«, lobte sie und lächelte Gustav zu. »Sie haben mich gerettet! Ich wäre sonst im Haus Ihrer Verwandten noch verschmachtet.«

»Ich bin überglücklich, mein Fräulein, Sie kennengelernt zu haben«, sagte Gustav. »Leider bin ich derzeit nur ein Studiosus und von Frau von Gentzschs Großherzigkeit abhängig, um mehr wagen zu können.«

»Was würden Sie denn gerne mehr wagen?«, fragte Gunda kokett.

»Ich wäre überglücklich, Sie zu Hause besuchen zu dürfen.«

Es war die Bitte, ihr den Hof machen zu dürfen. Gunda wusste, dass sie eigentlich ihre Eltern hätte fragen müssen, dennoch nickte sie. »Es wäre mir eine große Freude!«

»Sie sehen in mir den glücklichsten Menschen der Welt!« Gustav wusste nicht mehr als ihren Namen und weder, woher sie stammte, noch, zu welcher Familie sie gehörte. Hätte ihm jemand vor der Reise gesagt, es gäbe so etwas wie Liebe auf den ersten Blick, so hätte er über ihn gespottet. Nun aber spürte er, wie es ihn mit jeder Faser zu Gunda hinzog. Er musste sich zwingen, sie nicht zu berühren, wünschte sich aber, sie irgendwann in die Arme nehmen und küssen zu dürfen. Doch um ihr richtig den Hof machen zu können, musste er sein eigener Herr sein. Der Gedanke, bis dahin nur über das spärliche Taschengeld zu verfügen, das seine Großtante ihm zumaß, rief ihn wieder auf den Boden der Tatsachen zurück.

»Verzeihen Sie, mein Fräulein, dass ich Sie so überfallen habe. Meine persönlichen Verhältnisse dürften den Ansprüchen Ihres Herrn Vaters nicht genügen. Ich muss noch mindestens vier Semester studieren, bevor ich mich um einen Posten bewerben kann, der es mir ermöglicht, eine Familie zu ernähren. Es wäre vermessen von mir, Sie zu bitten, sich so lange zu gedulden.«

Bisher war Gunda bereit gewesen, zu warten, bis ihr Vater ihr einen geeigneten Bewerber vorstellte. Seit sie jedoch Gustav begegnet war, schlug ihr Herz schneller. Sie hätte nicht zu sagen vermocht, was ihn vor allen anderen jungen Männern auszeichnete, dennoch sah sie bewundernd zu ihm auf.

»Sie sind ein Herr von Ehre, lieber Gustav. Zwar kenne ich Sie erst wenige Stunden, doch wünschte ich, es könnte für immer sein!«

»Wirklich, mein Fräulein?« Gustav ergriff aufatmend ihre Hand und führte sie an seine Lippen.

Zwar wusste Gunda nicht, wie groß ihre Mitgift sein würde, nahm aber an, dass es genug war, um etliche Jahre davon leben zu können. Bis dahin hatte Gustav gewiss einen hohen Posten und konnte sie und mögliche Kinder gut versorgen. Ihr Verstand sagte ihr allerdings, dass ihr Vater sie nicht heiraten lassen würde, bevor ihr Bewerber sein Studium abgeschlossen hatte. Doch sie würde diese zwei Jahre und notfalls auch ein drittes warten können.

»Mein lieber Gustav, Sie werden, sobald wir wieder in Berlin sind, uns aufsuchen. Die Freundschaft, die wir hier geschlossen haben, ist Grund genug dafür. Haben Sie keine Angst, denn weder mein Vater noch meine Mutter werden Sie von der Tür weisen. Trachten Sie auch danach, Bekanntschaft mit meinem Bruder zu schließen. Sobald Sie ein Freund der Familie geworden sind, können Sie Ihre Gefühle für mich offenbaren.«

Es war der einzige Weg, der ihr und Gustav offenstand, dachte Gunda. Ihre Liebe würde dabei reifen, und irgendwann würde sie die Seine sein. Sie lächelte ihm aufmunternd zu, musste dann aber das Gespräch unterbrechen, da der Wirt mit zwei Riesenportionen Schweinebraten erschien.

## 11.

Während Gunda und Gustav genussvoll ihren Schweinebraten verzehrten, verging Cordelia von Riedebusch beinahe vor Sorge um das Mädchen.

»Wo kann dieses unbesonnene Ding nur hingegangen sein? Herr und Frau von Hartung werden mich zu Recht schelten, nicht auf Gunda achtgegeben zu haben. Oh, Gott, was soll ich nur tun?«, rief sie verzweifelt.

In dem Augenblick bedauerte Wilhelm, nicht offiziell als Theresas Bruder zu gelten. Als Onkel hätte er Gunda nicht nur Vorhaltungen machen, sondern ihr auch ein paar kräftige Ohrfeigen verpassen können. Jetzt aber galt sein Bestreben erst einmal, die völlig aufgelöste Cordelia zu beruhigen.

»Wir werden die beiden finden, und sie werden bei Gott ein Donnerwetter erleben, das sie niemals vergessen werden!«

»Hoffentlich finden wir sie! Nicht, dass sie durchgebrannt sind.«

Trotz der ernsten Situation musste Wilhelm lachen. »Meine Liebe, die beiden kennen sich erst wenige Stunden. Wie sollten sie da bereits auf einen solchen Gedanken kommen?«

»Gunda kann manchmal sehr impulsiv sein, doch mein Verdacht zielt mehr auf diesen Gustav. Als armen und von einer geizigen Großtante abhängigen Studenten hat Gundas Mitgift gewiss eine große Anziehungskraft für ihn. Was ist, wenn er das Mädchen überredet oder gezwungen hat, ihm zu folgen? Bei Gott, ich wage mir nicht auszudenken, was geschehen wird, wenn wir sie vor der Nacht nicht finden.«

Nun machte sich auch Wilhelm Sorgen. Wenn ein junges Paar über Nacht verschwunden blieb, gab es nur den Ausweg, es schnellstens zu verheiraten. Darauf wurde lediglich verzichtet, wenn der Standesunterschied zu groß war. Das Mädchen stand dann allerdings im Ruf der Leichtfertigkeit und musste froh sein, wenn sich ein Bewerber fand, den die Mitgift über gewisse Dinge hinwegsehen ließ.

»Sollte Gustav Gunda dazu überredet haben, wird er mir auf zwanzig Schritte mit Pistolen gegenüberstehen!«, drohte Wilhelm und führte Cordelia zur Straße. Mehr aus Zufall sah er zu der Gaststätte hinüber. Da entdeckte er hinter einem Fenster zwei Schattenrisse, die ihm bekannt vorkamen, und blieb stehen.

»Kommen Sie, meine Liebe! Ich glaube, ich habe sie gefunden.« Mit diesen Worten führte er Cordelia über die Straße und trat in die Gastwirtschaft ein.

Er hatte sich nicht geirrt. Am Fenster saßen tatsächlich Gunda und Gustav und verspeisten ihren Schweinebraten. Als Gunda Cordelia und Wilhelm eintreten sah, lächelte sie zunächst fröhlich. Dann bemerkte sie das steinerne Gesicht des Oberst und Cordelias vor Zorn blitzende Augen und schob sich halb hinter Gustav.

Cordelia krallte die Finger ihrer Rechten in Wilhelms Arm. »Wir dürfen um Himmels willen kein Aufsehen erregen!«

»Sollen wir uns vielleicht zu ihnen setzen und ebenfalls trinken und essen?«, fragte Wilhelm grollend.

»Genau das werden wir tun«, antwortete Cordelia. »Alles andere würde einen Skandal nach sich ziehen.«

Gegen seinen Willen nickte Wilhelm. »Sie haben recht, meine Liebe. Setzen wir uns.« Er rückte ihr einen Stuhl zurecht, nahm selbst Platz und wandte sich dann an den eilig herabkommenden Wirt.

»Ein Bier! Und was trinken Sie, meine Liebe?«

»Eine Limonade«, sagte Cordelia und schaute hungrig die Reste auf Gundas Teller.

»Ein Bier, eine Limonade und zweimal Braten«, befahl Wilhelm, der nicht nur ihren Blick bemerkt, sondern auch selbst Hunger hatte. Danach musterte er Gustav wie einen Wurm, der vor ihm über die Straße kroch.

»Mein Herr, wir werden uns später sprechen, und bei Ihnen, mein Fräulein, wird Frau von Riedebusch auch ein paar Worte über gutes Benehmen verlieren müssen.«

»Aber …«, begann Gunda, wurde jedoch sofort unterbrochen.

»Kein Aber! Vor allem nicht hier, wo noch andere zuhören können.« Cordelias Warnung brachte Gunda zum Verstummen. Während sie und Gustav eine der unangenehmsten Stunden ihres bisherigen Lebens durchstanden, aßen Cordelia und Wilhelm ihren Braten und tranken zuletzt ihre Gläser leer.

»Bringen Sie mir die Rechnung«, forderte Wilhelm den Wirt auf und bezahlte die Zeche.

»Nun können wir gehen«, sagte er und reichte Cordelia den Arm. Diese musterte Gunda mit einem ärgerlichen Blick.

»Sie werden jetzt vor mir gehen, damit Sie mir nicht noch einmal abhandenkommen.«

Gundas Unbehagen wuchs, aber auch ihre Wut darüber, für eine Kleinigkeit, wie sich satt essen zu wollen, so harsch behandelt zu werden.

»Weshalb dürfen Sie mit Herrn von Steben allein spazieren gehen, während ich dafür getadelt werde?«

In dem Augenblick zwickte es Cordelia in dem Fingern, dem Mädchen eine Ohrfeige zu geben. Sie beherrschte sich jedoch und antwortete erst, als sie Frau von Gentzschs Haus erreicht hatten.

»Im Gegensatz zu Ihnen bin ich alt genug, um auf mich selbst achtgeben zu können, und zudem Witwe. Ein junges Mädchen hingegen muss auf seinen Ruf achten. Geht dieser verloren, ist dies eine Last für die Zukunft, die kaum jemand zu tragen vermag.«

»Wir haben in dieser Gastwirtschaft nur gegessen und getrunken«, antwortete Gunda rebellisch.

»Genau das war falsch! Ein junges Mädchen deines Standes darf nicht mit einem ihr fremden Mann in ein öffentliches Lokal gehen, zumal in dieser Gastwirtschaft auch Zimmer zu bekommen waren.«

Bei Wilhelms Worten wurde Gustav blass, während Gundas Wangen sich vor Verlegenheit röteten.

»Herr Oberst, das war gewiss nicht unsere Absicht«, brachte Gustav mit letzter Selbstbeherrschung hervor.

»Das soll ich Ihnen glauben?«, fragte Wilhelm barsch. »Mein Herr, ich habe Grund, Sie für einen Mitgiftjäger zu halten.«

»Ich muss doch bitten!«, fuhr Gustav auf.

Wilhelm musterte ihn kalt. »Wollen Sie mir etwa weismachen, Sie wüssten nicht, dass Fräulein Gunda die Tochter des Tuchfabrikanten Friedrich von Hartung ist und eine hohe Mitgift zu erwarten hat?«

»Aber das ... Ich schwöre Ihnen, es war mir unbekannt! Ich ...«

Wilhelm hatte in seiner Zeit als Offizier genug junge Männer vor sich gesehen, um seines Urteils sicher zu sein. Entweder war Gustav ein begnadeter Schauspieler, oder er hatte es tatsächlich nicht gewusst. Es stimmte ihn etwas milder, dennoch wies er die beiden an, sich in Zukunft so zu verhalten, wie man es von ihnen erwarten konnte.

Unterdessen fasste Gunda nach Cordelias Händen. »Bitte, sagen Sie nichts davon meinen Eltern. Sie würden dadurch zu einer schlechten Meinung über Gustav gelangen.«

»Ich muss es aber tun«, erklärte Cordelia, doch da hob Wilhelm die Hand.

»Friedrich von Hartung und seine Gemahlin sollen sich ihr eigenes Bild von diesem Unglückswurm machen. Eines aber schwöre ich: Sollte er sich Gunda gegenüber auch nur ein einziges Mal ungebührlich benehmen, schieße ich ihn nieder wie eine Ratte!«

Gustav krümmte sich unter diesen verächtlichen Worten, schwor sich aber, sich Gundas unter allen Umständen als würdig zu erweisen. Unterdessen gingen Wilhelms Gedanken in eine andere Richtung.

»Wir werden morgen abreisen und es Gundas Eltern gegenüber mit einem starken Unwohlsein des kecken Fräuleins begründen.«

»Bitte nicht!«, flehte Gunda, erkannte aber an Wilhelms Miene, dass dieser sich nicht davon abbringen lassen würde.

## 12.

Da Frau von Gentzsch sich auch am nächsten Tag noch nicht in der Lage fühlte, Besuch zu empfangen, reisten Cordelia, Gunda und Wilhelm ab, ohne von ihr Abschied zu nehmen. Rieke wunderte sich über den überraschenden Aufbruch, zumal Gunda, der angeblich unwohl sein sollte, vorher keinerlei Anzeichen einer Krankheit gezeigt hatte. Daher schrieb sie es der kargen Tafel zu, die hier aufgetischt wurde, und schämte sich für ihre Großtante.

Gleichzeitig ärgerte sie sich über sich selbst. Während ihrer

Zeit in Frau Schmellings Internat hatten Gunda und sie all ihre Gedanken geteilt. Doch seit ihr bewusst geworden war, wie sehr sie Theo liebte, hatte sie sich immer mehr von ihrer Freundin zurückgezogen, damit Gunda dies nicht merkte.

Nachdem die Freundin fort war, mied sie aus einer gewissen Scheu heraus Gustav und schloss sich Leopold von Stavenhagen an. Dieser versorgte sie mit interessanten Büchern und berichtete auf gemeinsamen Spaziergängen, bei denen Britta aus Anstandsgründen hinter ihnen herging, von seinen Reisen. In diesen Stunden wünschte Rieke sich, der Wunsch ihres Vaters wäre in Erfüllung gegangen und sie als Knabe geboren worden. Dann würde auch sie so fremde Länder wie das Osmanische Reich, Mexiko oder Indien aufsuchen können. Doch kaum hatte sie das gedacht, lachte sie über sich selbst. Wäre sie ein Junge gewesen, hätte ihr Vater sie wie Emil in eine Kadettenanstalt gesteckt, und sie wäre jetzt Fähnrich in irgendeinem Regiment. Die Wunder der unbekannten Länder würde sie auch in diesem Fall niemals sehen.

Mit diesem Gedanken setzte sie sich nach ihrer Rückkehr in Tante Ophelias Haus in den Salon und griff nach einem Buch, ohne jedoch darin zu lesen.

»Bedrückt Sie etwas?«, fragte Stavenhagen, dem der Wechsel ihres Mienenspiels nicht entgangen war.

»Nein! Oder besser gesagt, ich hatte eben einen ganz dummen Gedanken.«

»Gedanken sind niemals dumm, wenn man sich welche macht, heißt das. Sie können ihn mir ruhig anvertrauen. Bei mir sind sie so sicher wie in Abrahams Schoß.«

Rieke schwankte ein wenig, sagte sich dann aber, dass Leopold von Stavenhagen sich ihr gegenüber sehr freundlich verhielt, und teilte ihm ihre Gedanken mit. Mit Takt und Geschick gelang es dem alten Herrn, sie dazu zu bringen, von ihrem Leben zu berichten. Er schüttelte dabei mehrfach den Kopf über die Borniertheit ihres Vaters und wunderte sich noch mehr, als er erfuhr, dass Rieke dem Willen der Großtante zufolge Gustav heiraten sollte.

»Das wäre keine glückliche Lösung. Ihr würdet nämlich nicht zusammenpassen«, sagte er. »Weißt du, ich mag Gustav und habe ihm während seines Studiums den einen oder anderen Taler zugesteckt. Keine Sorge, er pumpt mich nicht an! Ich musste ihm das Geld förmlich aufdrängen. Ich befürchte sogar, er führt darüber Buch, um mir die Summe, sobald er eine entsprechende Stellung einnimmt, zurückzahlen zu können. Er ist ein sehr korrekter junger Mann, mein Kind, und damit nichts für dich.«

»Warum?«, fragte Rieke, da er dies jetzt zum zweiten Mal gesagt hatte.

»Du hast Phantasie und bist begeisterungsfähig. Daher würdest du dich in einer Ehe mit ihm innerhalb weniger Monate schrecklich langweilen.«

»Welche Wahl habe ich denn? Es ist der Wille meiner Gönnerin«, sagte Rieke unglücklich.

»Ophelia sähe es gewiss gerne. Aber du bist ein zu freier Geist, um dich dem Willen anderer zu beugen.«

Stavenhagen wollte noch mehr sagen, doch da trat Olga mit missmutiger Miene ein. »Die gnädige Frau hat gehört, dass ein Teil der Berliner Gäste bereits abgereist ist«, sagte sie in schneidendem Tonfall.

»Das ist wahr!«, erwiderte Rieke. »Fräulein von Hartung war unwohl, und da hat Oberst von Steben beschlossen, sie nach Hause zurückzubringen, damit ihr Hausarzt sie untersuchen kann.«

Es war das, was Wilhelm ihr und dem Hausmädchen gegenüber geäußert hatte. Ganz wohl war ihr trotzdem nicht, denn sie ahnte, dass es nur eine Ausrede gewesen war, um diesem ungastlichen Haus zu entkommen.

»Wenn dies so ist, müssen Herr von Stavenhagen und Herr Gustav morgen ebenfalls abreisen. Es geht nicht an, dass sie bleiben, wenn Fräulein Friederike als einziger weiblicher Gast hier wohnt.« Olga war deutlich anzumerken, wie sehr sie den Abschied der beiden Herren herbeisehnte, um ihr gewohnt ruhiges Leben wiederaufnehmen zu können.

»Das werde ich mit dem größten Vergnügen tun«, rief Stavenhagen, sah dann Riekes enttäuschtes Gesicht und berührte kurz ihren Arm. »Ich werde Ihnen ein paar Bücher hierlassen, mein Kind. Außerdem bitte ich Sie, niemals zu vergessen, dass ich mit Ihnen verwandt bin.«

»Ich danke Ihnen!«, antwortete Rieke, ohne über diese Bemerkung weiter nachzudenken.

Unterdessen blickte Olga sich um. »Da Herr Gustav morgen abreist, wird die gnädige Frau ihn trotz ihrer Schwäche empfangen!«

»Herr Gustav ist draußen im Garten«, erklärte Rieke, die ihn kurz vorher durch das Fenster auf einer Bank hatte sitzen sehen.

Der Garten war klein, und es gab weder Blumen noch Bäume darin, sondern nur Gemüse und Küchenkräuter. Trotzdem hatte der junge Mann sich dorthin zurückgezogen, um mit seinen Gedanken allein zu sein. Als Olga auf ihn zutrat und ihn ansprach, schreckte er hoch.

»Ja, was ist?«

»Die gnädige Frau ist trotz ihrer Beschwerden bereit, Sie jetzt zu empfangen, da Sie morgen zusammen mit Herrn von Stavenhagen nach Berlin zurückkehren werden«, erklärte die Gesellschafterin.

»Nach Berlin?« Gustav atmete auf, hieß dies doch, dass er Gunda schneller wiedersehen konnte als gedacht. Lächelnd folgte er Olga ins Haus und stand kurz darauf vor seiner Großtante, die erneut auf ihrem riesigen Ohrensessel in dem nur unzureichend erhellten Zimmer saß.

Frau vom Gentzsch musterte den jungen Mann zufrieden. Er war groß gewachsen, sah gut aus und – was ihr noch wichtiger war – hatte sich als strebsam erwiesen. Da ihr eigene Kinder versagt geblieben waren, hatte sie dem Großneffen ihres Mannes ihre Zuneigung geschenkt. Auch aus diesem Grund hatte sie für ein möbliertes Zimmer in Berlin gesorgt und es ihm ermöglicht, dort zu studieren. Überdies ließ sie ihm eine monatliche Summe zukommen, mit der er meistens auskam. Insgesamt hatte sie für Gustav weitaus mehr Geld ausgegeben als für Rieke, doch bei dieser handelte es sich nur um ein Mädchen. Zu ihrer Zufriedenheit war Gustav ein attraktiver Jüngling, der sie ein wenig an ihren verstorbenen Gatten erinnerte, als dieser noch jung gewesen war.

»Ich freue mich, dich zu sehen, Gustav, und bedaure, dass du morgen wieder abreisen musst. Die Ungefälligkeit der Gäste, die Rieke eingeladen hat, lässt mir leider keine andere Wahl«, sagte sie.

Wohl wissend, dass er der Grund für die rasche Abreise Gundas und ihrer Begleiter war, senkte Gustav den Kopf, wagte aber nichts zu sagen.

»Es ist auch nicht nötig, dass du länger bleibst. Olga, gib meinem Großneffen das Portemonnaie, das ich für ihn vorbereitet habe.«

Die Gesellschafterin gehorchte, und so hielt Gustav kurz darauf eine Börse in der Hand, die ihrer Schwere nach Goldmünzen im Wert von mehreren hundert Talern enthielt.

»Ich danke Ihnen von Herzen, gnädige Frau«, rief Gustav, der sich nun in der Lage sah, Gunda kleine Geschenke machen zu können.

»Dafür erwarte ich, dass du nach Kräften studierst und einen hervorragenden Abschluss erreichst. Vielleicht solltest du auch den Doktortitel anstreben«, fuhr Frau von Gentzsch fort und kam dann auf den Grund zu sprechen, aus dem sie Rieke und Gustav überhaupt eingeladen hatte.

»Es war der Wunsch meines Gatten, nach unserem Vorbild eine weitere Ehe zwischen unseren Familien zu stiften. Daher wirst du dich nach Abschluss deines Studiums mit meiner Großnichte Friederike von Gantzow verloben und diese heiraten!«

»Was soll ich?«, stieß Gustav entsetzt hervor.

»Die Ehe mit Friederike eingehen. Ich habe sie in einem vornehmen Institut erziehen lassen, damit sie eine passende Gefährtin für dich wird.«

Frau von Gentzsch klang so bestimmend, dass Gustav nichts zu antworten wagte. Eines aber schwor er sich: Er würde sich nicht wie ein Kalb zur Schlachtbank oder, besser gesagt, vor den Traualtar schleppen lassen. Für ihn gab es nur ein Mädchen auf der Welt, und das hieß Gunda. Was Rieke betraf, so konnte er sich kaum an ihr Gesicht erinnern.

»Du kannst dich nun bei mir bedanken und gehen«, erklärte seine Großtante.

»Verzeihen Sie, wenn ich etwas einwerfe, gnädige Frau«, mischte sich nun Olga ein. »Aber wäre es nicht besser, wenn Fräulein von Gantzow mit den beiden Herren nach Berlin zurückkehren würde? Wenn sie länger bliebe, müsste ich sie nach Berlin begleiten und könnte mich erneut mehrere Tage nicht um Sie kümmern.«

Frau von Gentzsch fand den Vorschlag gut. »Leiten Sie alles in die Wege, Olga«, sagte sie und reichte ihrem Großneffen die Hand zum Kuss. Dieser begriff, dass sie seinen Dank erwartete, und würgte mit Mühe ein paar passende Worte hervor.

# Neunter Teil

## *Der eigene Wille*

# 1.

Heinrich von Dobritz starrte auf die Einladungsliste, die seine Frau ihm gereicht hatte, und verzog das Gesicht. »Von Trautendorf – abgesagt! Von Oldenhof – abgesagt! Von Ahlsfeld – abgesagt! Abgesagt, abgesagt, abgesagt! Was glauben die denn, was sie sind und wer wir sind?«

»Was wir für die sind, kann ich dir sagen. Nach Heinis unsäglicher Heirat mit dieser Minka Schrentzl sind wir für diese Herrschaften nicht mehr gesellschaftsfähig. Ich habe dich damals gewarnt, aber du musstest unseren Sohn ja zu dieser entsetzlichen Mesalliance zwingen. Das haben wir jetzt davon! Mehr als die Hälfte der Einladungen, die ich verschickt habe, kam mit einer Absage zurück! Darunter auch solche von Familien, von denen ich hoffte, einer der jungen Herren könnte um Bettinas Hand anhalten. Sie geht auf das zweiundzwanzigste Jahr zu, und es gibt noch immer keinen annehmbaren Bewerber für sie.«

Dobritz zog bei Luises erregten Worten den Kopf ein. Es hatte keinen Sinn, seiner Frau zu erklären, dass er Heinrich juniors Ehe mit Minka Schrentzl ebenso wenig gewollt hatte wie sie. Er war jedoch bei deren Vater so entsetzlich verschuldet, dass ihm im Grunde kein einziger Ziegelstein seiner Fabrik mehr gehörte. Das Schlimmste war jedoch für ihn, dass Robert Schrentzl seinen Sohn dazu gebracht hatte, in dessen unmöglichem Haus zu wohnen. Außerdem hatte Schrentzl Heinrich junior zum Geschäftsführer der Fabrik ernannt und ihn eiskalt beiseitegeschoben. Jetzt lebten er und seine Frau von dem Geld, das Schrentzl und Heini ihnen zukommen ließen, und das war das Schlimmste von allem. Für dieses Fest, von dem sie gehofft hatten, wenigstens einen der Herren als Bräutigam für Bettina gewinnen zu können, hatten sie mehr als ein Jahr gespart. Doch wie es aussah, würde es in einem Fiasko enden.

»Friedrich passiert so etwas natürlich nicht! Wenn er einlädt, erscheint die Crème de la Crème. Letztens soll sogar ein Mitglied des Hauses Hohenzollern bei ihm zu Gast gewesen sein«, stieß Luise giftig hervor.

Der Vergleich mit ihrem Bruder ärgerte Dobritz seit Jahren. Doch was er auch immer versucht hatte, um Friedrich zu übertreffen, war schiefgegangen.

»Wer ist dieser Baruschke, der hier steht? Ich habe ihn gewiss nicht eingeladen!«, fragte Luise streng.

Dobritz blickte auf die Liste. »Ich vermute, er gehört zu den Leuten, von denen Schrentzl wollte, dass sie eingeladen werden.«

»Schrentzl und Baruschke! Da könntest du auch gleich den Schweppke einladen, diesen unfähigen Kerl, der nicht einmal in der Lage ist, ein junges Mädchen gefangen zu halten!«, schimpfte Luise weiter.

»Sei still! Wenn dich einer der Domestiken hört …«, flehte Dobritz Luise an.

Er bereute es längst, seiner Frau in einer schwachen Stunde davon berichtet zu haben, wie er seine finanziellen Verhältnisse durch ein Lösegeld seines Schwagers für dessen Tochter hatte verbessern wollen. Wie so vieles andere war auch das missglückt. Der Schuldige, nämlich Eduard Schweppke, war noch immer in der Fabrik beschäftigt. Am liebsten hätte Dobritz ihn zum Teufel gejagt, doch der Kerl hatte gedroht, in dem Fall die Polizeibehörden über den Auftraggeber der Entführung zu informieren. Auch wenn der Gauner nur ein lumpiger Arbeiter war und er ein angesehener Mann, würde es ihn gesellschaftlich vollkommen ruinieren.

»Das wird ein jämmerliches Fest werden«, klagte Luise.

Dobritz fragte sich nicht zum ersten Mal, weshalb er einmal so dumm gewesen war, diese Frau zu heiraten. Immerhin trug sie die Schuld an seinem Zerwürfnis mit ihrem Vater und ihrem Bruder. Hätte sie nicht so vehement gegen Friedrichs Ehefrau Theresa gehetzt und intrigiert, könnte heute Dobritz & Hartung als gemeinsamer Firmenname über beiden Fabriken stehen.

»Es wird vor allem ein teures Fest. Hoffentlich lohnt es sich, und es beißt ein Mann an, der Bettina heiraten will«, grollte er, da Frau und Tochter keine Ausgaben für ihre Garderobe gescheut hatten.

»Auf jeden Fall wird der Saal voll sein«, fügte er versöhnlich hinzu, als er die Miene seiner Frau wahrnahm. Dabei war ihm klar, dass er mehr als die Hälfte der Gäste vor seiner Erpressung durch Schrentzl niemals eingeladen hätte.

Seine Frau maß ihn mit einem bitterbösen Blick und las einige dieser Namen vor. Bei den meisten handelte es sich um Händler und ähnliche Kreaturen, für die nicht mehr sprach als das Geld, das sie durch nicht immer saubere Geschäfte verdient hatten.

»Hast du etwas von Gero gehört? Vielleicht gibt es unter seinen Offizierskameraden jemanden, der als Ehemann für Bettina in Frage kommen könnte«, fragte Luise.

Sonst kümmerte sie sich nicht um ihren jüngeren Sohn, doch nun hoffte sie, dass er ihnen nützlich sein könnte.

Ihr Mann schüttelte den Kopf. »Gero hat sich seit mehr als einem Jahr nicht mehr gemeldet.«

Obwohl Luise und er Gero stets zu Gunsten von Heinrich junior zurückgesetzt und ihm sogar jeglichen Zuschuss gestrichen hatten, ärgerte es beide, dass dieser Missachtung mit Missachtung beantwortete.

»Du solltest ihm schreiben und bitten, mit ein paar seiner Kameraden zu Bettinas Fest zu erscheinen.«

Luises Worte verrieten ihre Verzweiflung. Gleichzeitig war Dobritz klar, dass sie ihm, wenn Gero nicht mit mehreren Kameraden erschien, die übelsten Vorwürfe machen würde. Er hatte die Launen seiner Frau satt bis zum Überdruss und stellte sich nicht zum ersten Mal vor, wie es wäre, ihr langsam die Kehle zuzudrücken.

## 2.

Das Fest wurde zur größten Demütigung in Dobritz' Leben. Mehr als die Hälfte derer, die zur besseren Gesellschaft gehörten und zugesagt hatten, erschien dann doch nicht. Selbst die notorischen Schnorrer und Mitgiftjäger zogen es vor, fernzubleiben. Auch befand sich unter den Gästen kein einziger Herr in Uniform. Dafür tummelten sich Schrentzls Freunde im Ballsaal der großen Villa. Etliche davon hatten mehr Geld als ein Dutzend adliger Familien zusammen, doch das war nicht immer auf geradem Weg erworben worden, und die Besitzer hatten weder die Manieren noch den Takt der Oberschicht.

Während Dobritz mit seinem Schicksal haderte, gesellte sich Robert Schrentzl zu ihm und wies auf Heinrich junior und Minka. »Sind unsere Kinder nicht ein schönes Paar?«

»Doch, ja«, würgte Dobritz heraus.

»Es ist auch ein schönes Fest«, fuhr Schrentzl fort.

Dobritz verzog das Gesicht. »Um wirklich schön zu sein, haben zu viele hohe Herrschaften abgesagt.«

Diesen Einwand tat Schrentzl mit einer verächtlichen Geste ab. »Die kommen schon wieder!«

Er sonnte sich in dem Gefühl, dass sein erster Enkel ein »von« im Namen tragen würde, und er nahm auch die Ablehnung durch die bessere Gesellschaft nicht ernst. Mochten die Junker auf ihren Gütern ruhig auf ihren alten Privilegien beharren: Die neue Macht war das Geld. Wer genug davon besaß, fand Leute, die für ihn arbeiteten, ihn förderten oder seinen Namen bei entsprechend wichtigen Leuten nannten.

»Ich gedenke eine Villa am Grunewald errichten zu lassen«, sagte er wie nebenbei und lächelte zufrieden, als er sah, wie Dobritz' Miene erneut einen gequälten Ausdruck annahm. Am Grunewald lebten diejenigen, die in Berlin etwas zu sagen hatten. Er selbst hätte sich dort längst angesiedelt, wenn er dazu in der Lage gewesen wäre. Für ihn war jedoch bereits eine Villa am Tiergarten, wie Friedrich eine besaß, unerschwinglich geworden.

»Heinrich junior und meine Minka freuen sich darauf. Wir werden dort gewiss oft Gäste empfangen.« Das war ein weiterer Stich gegen Dobritz, der auf diesen Abend ein ganzes Jahr hatte sparen müssen.

»Übrigens sollten Sie Bettina bald an den Mann bringen, sonst haben Sie bald zwei Töchter auf dem Heiratsmarkt«, riet er Dobritz noch und ging weiter, um mit Baruschke zu sprechen.

Dieser war ein großer, schwerfälliger Mann um die vierzig, der mehr wie ein Preisboxer wirkte als wie ein Geschäftsmann. Aber er besaß genug Geld, um sich ebenfalls eine Villa am Grunewald leisten zu können.

»Wir werden bald Nachbarn sein«, begann Schrentzl das Gespräch.

»Hab schon jehört, det Sie det Jrundstück jekoft hab'n. Wat ist mit die Tochter vom Haus? Ist se noch zu hab'n? Sieht famos aus!« Baruschke sah zu Bettina hinüber, die in ihrem teuren Kleid eine ausgezeichnete Figur machte.

»Das ist sie! Wird sich aber schwertun, einen Mann aus höheren Kreisen einzufangen, denn auf eine Mitgift würde der vergebens warten. Dobritz ist blank! Hätte ich nicht Geld zugeschossen, wäre seine Fabrik längst pleite. Er ist im Gegensatz zu uns beiden kein guter Geschäftsmann. Deshalb habe ich ihn auch aus der Firma gekegelt und seinen Sohn zum Direktor gemacht.«

Schrentzl freute sich über Baruschkes Interesse an Bettina, denn weder er noch sein Schwiegersohn waren bereit, der jungen Frau zu einer Mitgift zu verhelfen, die einen Adeligen dazu brachte, um ihre Hand anzuhalten. Außerdem wollte er nicht, dass die Cousins und Cousinen seiner Enkel einmal einen höheren Rang einnahmen als diese. Bei Baruschke bestand diese Gefahr nicht. Dafür aber war dieser reich genug, sich eine Bettina von Dobritz leisten zu können.

»Kommen Sie! Ich mache Sie mit der jungen Dame bekannt. Dann können Sie sie auch gleich um den nächsten Tanz bitten.« Schrentzl fasste den anderen freundschaftlich am Arm und ging auf Bettina zu, die anders als früher nicht von Verehrern belagert war. Auch sie ärgerte sich über den Misserfolg dieses Festes und gab ihrem Vater die Schuld, weil er ihrem ältesten Bruder befohlen hatte, Minka Schrentzl zu heiraten.

Wie sie dieses Biest hasste! Neiderfüllt blickte Bettina zu ihrer Schwägerin hinüber. Obwohl sie selbst ein Kleid aus einem der angesehensten Modesalon Berlins trug, stand sie doch im Schatten der Robe, die Schrentzl seiner Tochter übergestülpt hatte. Diese machte ihr nicht einmal die Freude, über den langen Saum oder die Schleppe zu stolpern, sondern bewegte sich mit einer Eleganz, die sie ihr niemals zugetraut hätte. Auch sah Minkas Mausgesicht unter dem Diamantcollier, das sie auf dem sorgfältig frisierten Haar trug, ansehnlich genug aus, um die Blicke einiger Herren auf sich zu lenken.

Robert Schrentzl wusste, dass Bettina seine Tochter und ihn verachtete, und nahm sich vor, sie auf einen Platz zu verweisen, von dem aus sie zu seiner Minka aufsehen musste. Für diesen Plan war Baruschke wie geschaffen. Zwar war er als lediger Sohn einer Kuhmagd aus der Neumark geboren worden, doch er besaß weitaus mehr Geld als die wenigen Verehrer zusammen, die Bettina von Dobritz verblieben waren.

Seit sie vor vier Jahren das Institut der Schwestern Schmelling verlassen hatte, wartete Bettina auf den Freier, der all ihre Vorstellungen erfüllte. Er sollte von hohem Adel sein, unermesslich reich und vor allem sie auf Händen tragen. Zu ihrem Leidwesen war keiner erschienen, und ihre Aussichten waren im Lauf der Jahre immer schlechter geworden. Jetzt wartete auch noch ihre jüngere Schwester darauf, in die Gesellschaft eingeführt zu werden. Diese hatte sich mit einem weitaus schlichteren Internat zufriedengeben müssen. Auch zeigte die Jüngere deutlich ihren Ärger darüber, dass sie den Eltern weniger galt als die Schwester. Rücksichtnahme im Wettstreit um einen Ehemann hatte Bettina von ihr deshalb nicht zu erwarten.

Als Schrentzl Baruschke zu ihr hinführte, rümpfte sie die Nase. Der Mann war ein Plebejer, wie er im Buche stand. Trotzdem stimmte sie zu, als er sie um den nächsten Tanz bat. Der Mangel an interessierten Herren hatte nämlich bedenkliche Lücken auf ihrer Tanzkarte hinterlassen, die sie irgendwie stopfen musste.

»Jnädiges Fräulein seh'n schnieke aus«, begann Baruschke. Auch wenn der Ausdruck nicht gerade den Komplimenten entsprach, die bessere Herren von sich gaben, fühlte Bettina sich geschmeichelt. Baruschke hatte ehrlich geklungen, und als er sie jetzt ansah, wirkte er geradezu anbetend. Nie zuvor hatte er mit einer Frau ihres Standes getanzt und kämpfte plötzlich mit der Angst, er könnte ihr auf die Füße treten und sich damit unsterblich blamieren.

Um sein Selbstvertrauen zurückzugewinnen, dachte er an das Geld, das er besaß und das ihn weit über alle hob, die ein Interesse haben mochten, sich um Bettina zu bewerben.

»Wenn jnädiges Fräulein mir erhör'n möcht'n, würd icke Ihnen mit Jold überschütt'n«, brach es aus ihm heraus.

Bettina schauderte es bei dem Gedanken, eventuell gezwungen zu sein, einen Mann wie Baruschke zu heiraten. Dann aber rief sie sich zur Ordnung. Sie war kurz davor, ein spätes Mädchen zu werden. Wenn sie nicht bald einen Mann fand, bestand die Gefahr, unverheiratet zu bleiben und irgendwann einmal als abhängiges Familienmitglied auf die Kinder ihres Bruders oder ihrer Schwester aufpassen zu müssen. Bevor sie das tat, schwor sie sich, würde sie eher den Teufel zum Mann nehmen, und so schlimm wie der konnte auch ein Baruschke nicht sein, vor allem nicht, wenn er sie mit Gold überschüttete.

## 3.

Rieke blickte auf den Kalender. Es war der 24. Oktober des Jahres 1869. Seit über zwei Jahren lebte sie jetzt mit ihren Eltern in dem Gästehaus, das Friedrich von Hartung ihnen zur Verfügung stellte. Ebenso lange hatte sie nichts mehr von ihrer

Großtante gehört und fragte sich, ob diese ihren Vorsatz, sie mit Gustav zu verheiraten, mittlerweile aufgegeben hatte. Bei dem Gedanken an Gustav musste sie beinahe lachen.

Seit sie von ihrer gemeinsamen Großtante zurückgekehrt waren, tauchte er immer wieder im Hause Hartung auf, und jeder konnte sehen, dass es ihm nur um Gunda ging. Doch deren Eltern achteten streng darauf, dass beide die gesellschaftlichen Konventionen wahrten und niemals allein blieben. Leider war sie das Opfer dieser Politik, denn Friedrich und Theresa von Hartung hatten sie dazu ausersehen, Gundas Anstandswauwau zu spielen.

Daher bedauerte Rieke es sehr, dass Cordelia von Riedebusch vor gut einem Jahr Oberst von Steben geheiratet hatte und diesem zu seinem Standort gefolgt war. Sie musste nun weitaus öfter die Villa der Hartungs aufsuchen, als sie eigentlich wollte, und traf dabei immer wieder auf Theo. Angesichts der Liebe, die sie für ihn empfand, war dies eine Qual, und sie wünschte sich beinahe, Gustav würde, wie von der Großtante geplant, um sie werben.

Nein, das wünsche ich mir nicht, verbesserte sie sich.

Gustav war ein netter Mensch, besaß aber, wie Leopold von Stavenhagen zu sagen pflegte, einen etwas eingeschränkten Horizont. Für seine Karriere als Beamter mochte dies von Vorteil sein, da in deren Wirkungskreis Nüchternheit der Phantasie vorzuziehen war. Gerade deswegen war er kein Mann, mit dem sie auf Dauer hätte leben wollen.

»Friederike, der Wagen ist da! Fragst du den Kutscher, ob er ein paar Flaschen von dem Wein mitgebracht hat, den dein Vater so gerne trinkt?«

Die Stimme der Mutter riss Rieke aus ihren Gedanken. Beinahe hätte sie vergessen, dass sie an diesem Nachmittag Gunda und Gustav bei einer Ausfahrt durch den Tiergarten begleiten sollte. Nur die Tatsache, dass sie anschließend Leopold Stavenhagen besuchen durfte, söhnte sie mit diesem Gedanken aus.

»Ich kümmere mich darum, Mama«, antwortete sie und verließ das Haus.

Der Kutscher – es war derselbe wie bei ihrer Entführung vor ein paar Jahren – kam ihr bereits mit einem Korb voller Weinflaschen entgegen. Ein Blick auf das Etikett verriet Rieke, dass es sich um eine Sorte handelte, deren Preis weit über dem lag, was ihr Vater sich eigentlich leisten konnte. Auch die Vorratskammer war besser gefüllt, als es ihren finanziellen Verhältnissen entsprach. Dazu hatte sie herausgefunden, dass der Mietzins, den Friedrich Hartung von ihrem Vater verlangte, selbst in einer schlechteren Gegend in Berlin nicht ausreichen würde, um eine halbwegs brauchbare Wohnung zu erhalten.

Wenn sie es genau betrachtete, lebten sie mittlerweile mehr von den Wohltaten, die Friedrich von Hartung ihnen zukommen ließ, als von der Pension ihres Vaters. Es kam ihr falsch vor, doch ihre Eltern hatten sich an das angenehme Leben gewöhnt und wiegelten jedes Mal ab, wenn sie ihnen Vorhaltungen machte.

Unterdessen hatte der Kutscher die Weinflaschen Jule übergeben, dem Dienstmädchen, das Theresa Hartung ihnen als Unterstützung für die alte Mulle geschickt hatte, und kam auf Rieke zu.

»Kommen Sie, Fräulein! Unsere Julia und ihr Romeo warten bereits auf Sie.«

Rieke folgte ihm zum Wagen, stieg ein und wünschte sich, ähnlich unbeschwert sein zu können wie Gunda. Diese himmelte Gustav an und schob dabei alles, was störend sein könnte, beiseite. Dabei hatte Großtante Ophelia ihren Plan, Gustav mit Rieke zu verheiraten, gewiss noch nicht aufgegeben. Und wenn doch, so hatte Gustav das leichtere Los gezogen. Als

Mann konnte er sein eigenes Geld verdienen. Sie hingegen ... Rieke brach den Gedankengang ab, weil er sie trübsinnig werden ließ, und sagte sich, dass sie ihr Brot notfalls als Putzmacherin verdienen würde.

Da sie Gustav nicht heiraten wollte, hoffte sie, dass Friedrich von Hartung ihm bald die Erlaubnis geben würde, Gunda offiziell den Hof zu machen. Nach der Heirat würde ihre Freundin mit ihm wegziehen, und sie würden sich nur noch selten sehen können.

»Das ist auch besser so«, murmelte sie, denn in dem Fall würde sie das Haus der Hartungs endlich meiden und Theo vergessen können. Trotzdem bedauerte sie es, Gunda anders als früher nicht mehr sagen zu können, was sie wirklich bewegte. Ihre Freundin hingegen sprudelte das, was sie fühlte, aus sich heraus. Rieke beneidete sie darum, zog sich selbst aber immer mehr in ihr Schneckenhaus zurück.

Als sie die Villa erreichten, war nichts von dem verliebten Paar zu sehen. Rieke überlegte, ob sie im Wagen warten sollte. Da öffnete Hilde die Haustür und winkte ihr zu.

»Es dauert noch einen Augenblick, da Fräulein Gunda ein anderes Kleid anziehen will. Kommen Sie inzwischen herein! Ich bringe Ihnen eine Limonade.«

Seufzend stieg Rieke aus und trat in die Villa. Wenige Augenblicke später hielt sie ein Glas mit Limonade in der Hand und nippte daran. Durch eine halb offen stehende Tür sah sie Gustav im vollen Glanz seiner Beamtenuniform, die er nach dem Abschluss seines Studiums und seiner Übernahme in den Staatsdienst tragen durfte. Sie hatte keine Lust, sich zu ihm zu gesellen, und ging daher weiter. Plötzlich hörte sie hinter einer Tür Friedrich von Hartungs Stimme, und gleich darauf Theo, der ihm antwortete.

»Es freut mich, dass es Major von Gantzow wohlergeht. Ich

sah ihn letztens mit seinem Holzbein Unter den Linden flanieren. Er benutzte nur einen Gehstock, keine Krücke.«

»Seine Prothese ist ein Meisterwerk. Ich habe den Arzt, der sie anfertigen ließ, gebeten, die Rechnung zu drei Vierteln an mich zu übergeben und dem Major eine zu schicken, die nur ein Viertel des eigentlichen Wertes ausmacht.«

Friedrich von Hartung klang zufrieden, doch Rieke wich beschämt zurück. Zu hören, dass sie noch stärker von den Wohltaten des Fabrikbesitzers abhängig waren, als sie es bereits befürchtet hatte, schockierte sie ebenso wie die Tatsache, dass die Eltern sich so leicht – oder sollte sie besser sagen: so gerne? – täuschen ließen.

In ihre Überlegungen verstrickt, achtete sie nicht auf das weitere Gespräch zwischen Friedrich und seinem Sohn, sondern kehrte in den Vorraum zurück, um dort auf Gunda zu warten.

Theo freute sich, dass eine im Vergleich geringe Summe – auch wenn Major Gantzow sie selbst nicht hatte aufbringen können – diesem eine gewisse Beweglichkeit und auch ein gewisses Maß an Zufriedenheit hatte geben können. Dann aber dachte er an Rieke und schüttelte den Kopf.

»Der Major und seine Gattin sind angenehme Menschen, doch die Tochter …«

»Gab es etwas zwischen euch?«, fragte Friedrich besorgt.

Theo schüttelte erneut den Kopf. »Bedauerlicherweise nicht. Sie kommt nur hierher, wenn sie gerufen wird, um mit Gunda auszufahren. Wenn ich ihre Eltern aufsuche, ist sie entweder nicht da oder lässt sich entschuldigen.«

»Sie scheint dich nicht besonders zu mögen«, schloss Friedrich daraus.

»Diesen Eindruck habe ich auch. Dabei bemühe ich mich nach Kräften, höflich zu ihr zu sein.« Theo lachte kurz und schüttelte ein weiteres Mal den Kopf.

»Manchmal komme ich mir schon vor wie dieser Tropf Gustav. Weiß der Himmel, was Gunda an dem findet!«

»Gustav ist ein sehr höflicher, strebsamer junger Mann und wird seinen Weg machen«, antwortete Friedrich mit einem gewissen Tadel.

»Das bestreite ich nicht! Ich finde ihn nur sehr steif und korrekt. Ich glaube, die einzige Verrücktheit in seinem Leben war, sich in Gunda zu verlieben.«

»Es wäre keine Mesalliance für sie. Die Gentzschs zählen wie die Gantzows zum alten Adel. Außerdem hat er seinen Abschluss mit Auszeichnung gemacht und wird bald den Doktortitel erwerben. Zwar benötigt er diesen nicht unbedingt für seine Karriere, aber diese Auszeichnung beweist, dass er durchaus intelligent ist.«

»Das mag sein. Im Gespräch mit ihm überkommt mich jedoch spätestens nach einer Viertelstunde eine ziemliche Müdigkeit.« Theo grinste, doch eigentlich hatte auch er nichts gegen Gustav einzuwenden.

»Er wird aufgrund seiner Korrektheit ein ausgezeichneter Schwager sein«, fuhr er fort. »Weder wird er uns Prügel zwischen die Füße werfen wollen noch Geld über Mitgift und Erbe hinaus verlangen, so wie Tante Luise und ihr Dobritz es taten. Was weiß man eigentlich über die beiden? Ich höre zwar das eine oder andere, kann aber nicht herausfinden, was Wahrheit ist und was die Leute hinzuerfinden.«

»Ich glaube, dass die Wirklichkeit für Dobritz schlimmer ist als die erfundenen Märchen. So soll sein Sohn ihn mit Hilfe des Schwiegervaters aus der Fabrik gedrängt haben«, berichtete Friedrich, wurde aber von Theo unterbrochen.

»Ich habe Heinrich junior schon immer für einen Widerling gehalten!«

»Wenn ich das richtig interpretiere, hältst du dich für keinen

Widerling, und ich muss nicht erwarten, von dir aus der Fabrik gedrängt zu werden«, spottete Friedrich, doch sein Sohn hatte dafür kein Ohr.

»Vater, ich ... Das ist eine üble Unterstellung. Ich ...«

Friedrich legte ihm die rechte Hand auf die Schulter. »Verzeih mir, ich wollte dich nicht kränken! Ich weiß, dass du so etwas niemals tun würdest. In gewisser Weise tut mir mein Schwager sogar leid. An vielem, was er erdulden muss, trägt meine Schwester die Schuld. Wäre sie nicht so sehr von ihrem Dünkel und Hass erfüllt, gäbe es vielleicht sogar ein gewisses verwandtschaftliches Verhältnis zwischen uns.«

Da Theo seine Tante Luise und deren Mann, seit er denken konnte, immer als Widersacher angesehen hatte, wunderte er sich über den Ausspruch seines Vaters. Dann aber begriff er, dass ein gedeihliches Miteinander auf jeden Fall besser war als Bosheit und Feindschaft.

»Oberst von Steben zufolge soll Gero von Dobritz arg aus der Art geschlagen sein, denn er hält ihn für einen aufrechten Offizier«, sagte er, um zu zeigen, dass er nicht alle Verwandten dieses Zweiges über einen Kamm scherte.

»Da du gerade von Soldaten sprichst: Wann gedenkst du deinen Freiwilligendienst beim Heer anzutreten?«, fragte Friedrich.

»Nach dem nächsten Semester. In der Zeit kann ich mir auch überlegen, ob ich weiterstudieren und wie Gustav meinen Doktor machen oder mich mit dem einfachen Abschluss zufriedengeben will.«

»Damit würdest du im Frühjahr 1870 zum Heer einrücken und im Frühjahr 1871 wieder ausscheiden! Ich glaube, das ist gut.« Friedrich klopfte seinem Sohn mehrfach auf die Schulter und entschuldigte sich dann, weil er noch für eine Stunde in die Fabrik fahren wollte, um mit seinen Werkmeistern einige technische Neuerungen zu besprechen.

# 4.

Als dritte Person mit einem Liebespaar im Wagen zu sitzen, empfand Rieke als eine äußerst undankbare Aufgabe. Gunda und Gustav hatten nur Augen füreinander und schmiedeten Pläne für ihre Hochzeit, die nach Gustavs erster Beförderung erfolgen sollte. Großtante Ophelia und das mögliche Erbe, das er von dieser erhalten konnte, spielte bei diesen Plänen keine Rolle. Es schien fast, als hätte Gustav die alte Verwandte über seiner Liebe zu Gunda völlig vergessen.

Bei diesen Ausfahrten langweilte Rieke sich entsetzlich. Hätte man ihr vor zwei Jahren gesagt, Gunda könnte sich einmal in einen solchen Mann verlieben, hätte sie schallend gelacht.

Trotz der von Gustav mit peinlicher Genauigkeit erstellten Zukunftsvisionen versuchte Rieke, der Fahrt durch den Tiergarten einiges abzugewinnen. Sie beobachtete die Insassen anderer Wagen, bewunderte die Figurengruppen, die einige Straßen flankierten, oder genoss den Anblick des Brandenburger Tors, das eben hinter ihnen zurückblieb. Noch mehr jedoch beschäftigte sie sich mit dem, was sie von Friedrich und Theo erlauscht hatte. Obwohl sie ihren Eltern ein gutes Leben wünschte, ärgerte es sie, dass dies auf Herrn von Hartungs Kosten geschah. Gewiss ließ er auch den Wein und die Delikatessen zu einem niedrigen Preis oder gar umsonst liefern, sonst könnte Jule kein so gutes Essen auf den Tisch bringen, dachte sie.

Gunda bemerkte Riekes Geistesabwesenheit und nützte sie schamlos aus. »Ich sehe zu, dass dir die Eilenbecks und die Giebelhorsts Einladungskarten schicken. Dann können wir wieder miteinander tanzen«, flüsterte sie Gustav zu.

»Nichts würde mich glücklicher machen, als dich in meinen Armen halten zu dürfen.«

Gustav sah aus, als würde er es am liebsten gleich tun, doch er beherrschte sich. Es waren zu viele Menschen unterwegs, und nicht alle von ihnen würden ihm lautere Beweggründe unterstellen. Einige derer, die mit ihm das Studium abgeschlossen hatten, beneideten ihn um die Freundschaft zu den Hartungs und vor allem um Gunda, die ebenso schön war wie ihre Mitgift üppig. Er bezog bereits ein recht gutes Gehalt vom Staat und hätte sich auch um Gunda beworben, wenn diese keine Mitgift zu erwarten hätte. Wäre es nur ums Geld gegangen, hätte er auch Rieke heiraten können. Frau von Gentzsch tat zwar vor der Welt so, als befürchte sie jeden Augenblick ihren bevorstehenden Ruin. Von Leopold von Stavenhagen wusste er jedoch, dass ihr Vermögen die Vorstellungskraft vieler sprengte. Zwar maß er sich ein gewisses Recht auf dieses Erbe zu, aber er würde es ohne mit der Wimper zu zucken hinnehmen, wenn seine Großtante es ihm entzog und Rieke zuschrieb. Er war lieber mit Gunda glücklich und schuf sich seinen eigenen Besitz, als mit Rieke zusammenzuleben, diesem Ausbund an Langweiligkeit.

Gustav ahnte nicht, dass Riekes Meinung über ihn der seinen über sie entsprach. In ihren Augen war er ein Pedant erster Ordnung, der seine Akten wohl noch mit ins Ehebett nehmen würde. Zwar fragte sie sich, was Gunda an ihm fand, doch sie musste zugeben, dass die beiden einander gut ergänzten. Gundas freundliche und liebenswürdige Art wirkte ausgleichend auf seine korrekte Steifheit, während er ihren Übermut zügelte. Hatte er einmal die Stufe eines Landrats oder eine vergleichbare Stellung errungen, würden sie zusammen sowohl den Respekt wie auch die Achtung ihrer Mitmenschen erringen. Gundas Glück schien damit gemacht.

Doch was wird aus mir?, fragte Rieke sich, winkte dann aber ab. Eine Heirat war das Letzte, das sie sich wünschte.

Der Kutscher ließ nun dem Gespann die Zügel und trabte in die Straße hinein, in der Gustav lebte. Als er vor der Haustür anhielt, erhob Gustav sich mit einem gewissen Bedauern und küsste Gunda die Hand. Zweimal hatte er bereits ihren Mund küssen dürfen, aber nur heimlich und sehr kurz. Mit dem Willen, noch eine bis zwei Stunden an seiner Doktorarbeit weiterzuschreiben, verabschiedete er sich und ging ins Haus.

Der Wagen fuhr weiter, und Rieke erlebte nun den zweiten Akt. Gunda berichtete nämlich mit leuchtenden Augen von Gustavs vielen Vorzügen und wollte keinerlei Kritik hören, selbst wenn diese humorvoll vorgetragen wurde. Zum Glück erwartete sie nur ein gelegentliches »Ja, ja!«, und so konnte Rieke ihre Ohren auf Durchzug schalten.

Nach einer Weile hatte die Kutsche Dr. Stavenhagens Domizil erreicht und hielt an. Als Rieke ausstieg, verzog Gunda das Gesicht.

»Ich frage mich, weshalb ich nicht allein mit Gustav ausfahren darf, obwohl uns im offenen Wagen jeder sehen kann, während du Herrn Stavenhagen ohne jede Begleitung aufsuchen kannst!«

»Leopold von Stavenhagen ist ein alter Herr, der gewiss nicht Gefahr läuft, vom Hafer gestochen zu werden, was bei Gustav nicht auszuschließen ist«, antwortete Rieke lachend.

»Ich hole Sie in zwei Stunden ab, Fräulein!«, rief der Kutscher und trieb seine Pferde an.

Rieke trat auf das Haus zu und zog die Klingelschnur. Einige Zeit tat sich nichts, und sie befürchtete schon, zu Fuß zu Hartungs Villa gehen zu müssen, damit der Kutscher nicht umsonst gefahren kam. Da hörte sie hinter der Tür Schritte, und Stavenhagen öffnete ihr selbst.

»Verzeih! Beinahe hätte ich über einem interessanten Buch dein Kommen vergessen. Tritt ein! Meine Köchin hat eine sehr gute Waldmeisterlimonade gemacht, und die wird uns beiden munden«, begrüßte er sie und ließ sie ein.

Wenig später saßen sie in Stavenhagens Arbeitszimmer, das vor Büchern und gesammelten Gegenständen überquoll, und probierten die Limonade.

»Wirklich nicht schlecht«, fand Stavenhagen, obwohl er Bier oder Wein vorgezogen hätte. Dabei musterte er Rieke und runzelte die Stirn. »Dich bedrückt etwas, Kind, das spüre ich.«

Rieke wollte es zunächst abstreiten, sagte sich dann aber, dass sie einen Menschen brauchte, mit dem sie ihre Sorgen teilen konnte. »Es geht um meine Eltern und das Leben, das sie führen.«

»Ich habe deinen Vater letztens gesehen. Er wirkt weitaus zufriedener als während seiner Zeit in der Armee«, antwortete Stavenhagen verwundert.

»Wir führen ein Leben, das uns nicht zusteht«, brach es aus Rieke heraus.

»Das verstehe ich nicht.«

»Sie werden gleich verstehen«, sagte Rieke und berichtete, was sie von Friedrich und Theo gehört hatte. Sie setzte hinzu, dass ihr Vater auch viel zu teuren Wein erhielt und er die Delikatessen in ihrem Vorratsraum niemals hätte bezahlen können.

»Dazu kommt der geringe Mietzins«, setzte sie hinzu. »Er reicht für eine halbwegs brauchbare Wohnung in der Provinz, aber niemals für dieses Haus in Berlin.«

»Vielleicht ist Herr von Hartung ein Philanthrop, der deinem invaliden Vater ein angenehmes Leben ermöglichen will«, wandte Stavenhagen ein.

»Ich habe Angst, dass alles einmal zusammenbrechen wird«, bekannte Rieke. »Herr von Hartung mag freundlich sein, doch irgendwann wird er zu der Überzeugung gelangen, dass er zu viel gibt, ohne etwas dafür zu erhalten.«

Stavenhagen schüttelte lächelnd den Kopf. »Verirrst du dich dabei nicht zu sehr in deinen Befürchtungen?«

Da er jedoch ihre Erregung spürte, legte er ihr die Hand auf den Arm. »Liebes Kind, sollte irgendetwas geschehen, so findest du und so findet auch deine Familie eine Zuflucht in meinem Haus. Es ist zwar nicht so groß wie das meiner Cousine Ophelia, aber zu dieser zu gehen, würde ich dir nicht raten.«

»Ich mir auch nicht«, antwortete Rieke und musste trotz ihrer trüben Stimmung lachen.

»So gefällst du mir schon viel besser«, lobte Stavenhagen sie und griff nach einer Schachtel mit einem präparierten Käfer, den ihm ein Freund geschickt hatte.

»Hast du schon jemals einen solchen Prachtburschen gesehen? Der größte Hirschkäfer, den es in diesen Landen gibt, ist dagegen ein Zwerg.«

Rieke betrachtete das Tier mit seinem harten Panzer und schüttelte den Kopf. »Bei Gott, der ist wirklich riesig. Kann es einen so großen Käfer überhaupt geben?«

»Du meinst, es wäre ein Streich, den mein Freund sich mit mir erlaubt hat? Ich habe den Käfer untersucht. Er ist echt!« Stavenhagen lächelte und zeigte Rieke die weiteren Schätze, die er seit ihrem letzten Besuch erhalten hatte. Es waren nicht nur präparierte Tiere und Pflanzen, sondern auch mehrere Scherben, die auf den ersten Blick nach nichts aussahen. Eine davon reichte er Rieke. »Kannst du darauf etwas erkennen?«

Rieke drehte die Scherbe in der Hand und musterte sie. »Da sind seltsame Einritzungen, die entfernt an kleine Keile erinnern«, sagte sie nach einer Weile.

»Die Wissenschaft nennt so etwas Keilschrift. Die alten Mesopotamier in Babylon, Assur und Ninive haben sie verwendet«, erklärte Stavenhagen mit leuchtenden Augen.

»Mir kommen diese Einritzungen sehr verwirrend vor!«, meinte Rieke zweifelnd.

»Auf den ersten Blick mag das so erscheinen. Doch wenn man diese Zeichen durch eine Lupe betrachtet, sind sie regelmäßig. Ich habe sie etwas größer aufs Papier abgezeichnet. Da kannst du es besser sehen!« Er reichte Rieke das Blatt und berichtete dann, einer seiner Freunde habe dieses Tontäfelchen während eines Aufenthalts in Basra gekauft. »Der Beduine, von dem er es erhalten hat, sagte ihm, es gäbe an einigen Stellen des Zweistromlandes noch viel mehr davon. Ich wünschte, ich wäre dreißig Jahre jünger und könnte noch hinreisen.«

Im letzten Jahr war Stavenhagen ein wenig hinfällig geworden, und so stellte bereits eine Bahnreise von mehreren Stunden eine Anstrengung für ihn dar. An eine Expedition in das Osmanische Reich und bis an den Euphrat und den Tigris war unter diesen Umständen nicht mehr zu denken.

»Es ist wirklich schade, dass Sie nicht hinfahren können. Ich wäre gerne mitgekommen«, bekannte Rieke.

Stavenhagen seufzte. »Ja, dich hätte ich mitgenommen! Hätte doch Gustav ein Studienfach gewählt, das dafür geeignet wäre! Aber er musste unbedingt Beamter werden. Als Entdecker hätte er berühmt werden können, so aber wird er später einmal nur ein Eintrag in einer Akte sein, die in irgendeinem Archiv vermodert.«

Rieke lächelte über den Eifer des alten Herrn. Für Stavenhagen stellten Beamte und Soldaten ein notwendiges Übel dar, das für den dumpfen Teil der Menschheit geschaffen worden war. Wahre Intelligenz hingegen sollte sich mit wissenschaftlichen Dingen beschäftigen. In dieser Hinsicht hatte ihn Gustav enttäuscht.

Dabei hatten dessen Leistungen im Studium selbst die von Theo übertroffen, und Rieke vermutete, dass es nicht zuletzt dieses Streben war, überall der Beste sein zu wollen, das Gunda an Gustav so anzog. Zudem war er ein schmucker junger Mann und konnte bereits mit seinem Aussehen ein Mädchenherz entflammen.

»Allerdings nicht das meine«, murmelte Rieke und merkte, dass sie wieder einmal ihren eigenen Gedanken gefolgt war. Nun richtete sie ihre Aufmerksamkeit auf die Keilschrift und hörte zu, wie Stavenhagen diese mit früher gefundenen und bereits übersetzten Texten verglich und mit deren Hilfe zu übersetzen versuchte. Schließlich schüttelte er enttäuscht den Kopf.

»Es ergibt alles keinen Sinn!«

»Vielleicht handelt es sich um eine noch unbekannte Sprache.«

Stavenhagen blickte Rieke mit leuchtenden Augen an. »Wenn das so wäre, und ich würde herausfinden, welche Sprache es ist, wäre mein Name in allen Almanachen der Welt zu finden.«

»Dann wünsche ich, dass es so ist«, antwortete Rieke und nahm das Blatt mit den Schriftzeichen erneut zur Hand. Ein Blick auf die Uhr verriet ihr jedoch zu ihrem Bedauern, dass sie bereits in weniger als einer Viertelstunde abgeholt werden würde.

## 5.

Nach dem Gespräch mit seinem Vater fand Theo, dass er einen Krug Bier vertragen konnte, und machte sich auf den Weg in die Stadt. Sein Ziel war eine Kneipe, die vor allem von Studenten frequentiert wurde. Als er eintrat, bedauerte er es jedoch, denn auf den meisten Plätzen lümmelten sich die Mitglieder einer schlagenden Verbindung. Theo war kein Feigling, aber er sah wenig Sinn darin, wenn Männer sich auf dem Fechtboden gegenseitig Schmisse im Gesicht beibrachten.

Er ging an den Studenten vorbei und setzte sich an einen Tisch in der Ecke. Wenig später stand ein gut gefüllter Krug vor Theo, und er trank einen Schluck. Unterdessen führten die Corpsstudenten das große Wort und überschütteten drei fremde Studenten, die es gewagt hatten, in ihrer Nähe Platz zu nehmen, mit Hohn und Spott.

»Ein richtiger Studiosus sieht so aus«, rief einer und wies auf die daumenlange Narbe auf seiner Wange.

»Es mag nicht jeder so herumlaufen«, antwortete einer der drei.

Da versetzte ihm der Corpsstudent einen heftigen Stoß.

»Was soll das?«, rief der andere empört und fing sich einen weiteren Stoß ein.

Bevor die Situation außer Kontrolle geraten konnte, packten ihn seine beiden Kameraden und zerrten ihn zur Kneipentür hinaus.

Theo fand das Verhalten der schlagenden Studenten ungehörig und beschloss, ebenfalls zu gehen, sobald er sein Bier ausgetrunken hatte. Da fiel ein Schatten auf ihn. Er blickte auf und erkannte Markolf von Tiedern, seinen einstigen Schulkameraden im Gymnasium und jetzigen Kommilitonen, den er für sich nur den Schnorrer nannte.

»Na, Theo? Lässt dir wohl auch ein Bier schmecken!«, sagte Markolf lachend und setzte sich ungefragt zu ihm. »Du lädst mich gewiss auf einen Krug ein.«

Es war Markolf, so wie Theo ihn kannte. Da er nicht in der Stimmung war, zu streiten, winkte er dem Wirt, einen weiteren Krug zu bringen. Markolf nahm ihn entgegen und setzte zu einem kräftigen Schluck an.

»So lässt es sich leben!«, meinte er lachend, nachdem er den Krug wieder auf den Tisch gestellt hatte.

Seine Augen blickten jedoch kalt. Er und sein Gegenüber waren etwa gleich groß, schlank und gutaussehend. Markolfs Haare waren noch etwas heller als Theos Schopf, und seine Augen von einem strahlenden Blau. Er war ein Meister darin, andere dazu zu bringen, ihm einen Gefallen zu erweisen. Obwohl die Männer seiner Familie seit Generationen Lehrberufe an Gymnasien und Universitäten ergriffen, fehlte ihnen jenes Vermögen, das es ihm erlaubt hätte, sein Leben so zu führen, wie er es sich wünschte. Da er auf einen seiner Meinung nach viel zu geringen Zuschuss seines Vaters angewiesen war, hatte er sich schon als Schüler angewöhnt, seine Schulkameraden anzupumpen und, wenn sie auf Rückgabe drängten, sie bei ihren Lehrern anzuschwärzen.

Da er bei den Professoren und Dozenten der Universität als Zuträger ebenso beliebt war wie zuvor auf dem Gymnasium, konnte ein Wort von ihm von einem sehr guten zu einem weniger guten Abschluss führen. Nicht wenige seiner Kommilitonen hassten ihn, doch Klagen waren sinnlos, weil es genug Studenten gab, die ihn aus Angst um ihre eigene Karriere verteidigten.

Theo schüttelte diese Gedanken mühsam ab und sah Markolf an, als dieser weitersprach. »Mit deinem reichen Vater im Rücken kannst du dir ja einiges leisten.«

»Mein Vater hält mich im Gegenteil recht kurz«, behauptete Theo, um jeden Versuch zu schnorren von vornherein zu vereiteln.

Markolf lachte leise. »Wer's glaubt! Letztens hast du dir ausgezeichnete Stiefel machen lassen. Für mich wäre dieser Schuster zu teuer. Dann gibt es ja auch noch deine Frau Mama. Die lässt ihren Liebling gewiss nicht darben.«

»Satt essen kann ich mich«, antwortete Theo mit einem gewissen Spott.

Da krallte Markolf ihm die Finger in den Arm. »Ich bin in einer momentanen Verlegenheit und benötige dringend hundert Taler. Du bekommst sie wieder zurück!«

»Wenn Weihnachten und Ostern am gleichen Tag gefeiert werden?«, spottete Theo erneut. »Ich habe dir schon zu viel Geld gegeben, um darauf hereinzufallen. Von mir bekommst du nichts! Meinem Vater ist es gleichgültig, ob ich mit summa cum laude oder gerade noch so eben abschließe.«

»Und wenn du überhaupt nicht abschließen kannst?«, fuhr Markolf ihn an.

»Das, mein Guter, schaffst selbst du nicht. Meine Leistungen auf der Universität waren bis jetzt zu gut, als dass einer der Professoren darauf eingehen würde.«

Zu Markolfs Ärger hatte Theo recht. Dieser war einer der wenigen Studenten, die es sich leisten konnten, sich seinen Forderungen zu entziehen. Allerdings war er auch der Einzige, der genug Geld besaß, um einhundert Taler lockermachen zu können.

»Ich brauche das Geld dringend. Du musst es mir geben!«, rief er und packte Theo noch fester.

Dieser befreite sich mit einer einzigen Bewegung. »Es mag sein, dass du es dringend brauchst, doch von mir erhältst du es nicht.«

Markolf begriff, dass es Theo vollkommen ernst damit war. Voller Wut packte er seinen Krug, und es sah für einen Augenblick so aus, als wolle er Theo das restliche Bier ins Gesicht schütten. Dann aber streifte sein Blick die Corpsstudenten, und er stand auf.

Theo sah, wie er sich zu den rüpelhaften Kerlen gesellte, und fand, dass es nun wirklich an der Zeit war, zu gehen. Anders als die Gruppe vorhin, die einfach die Wirtschaft verlassen hatte und ihre Zeche irgendwann im Lauf der nächsten Tage begleichen würde, ging er zum Wirt, um zu zahlen. Da fiel eine Hand schwer auf seine Schulter. Als er sich umdrehte, sah er sich dem Studenten mit dem Schmiss gegenüber, dessen aggressive Art die drei Kommilitonen vorhin vertrieben hatte.

»Habe gehört, du wärst ein entsetzlicher Feigling«, höhnte der Kerl mit schwerer Zunge.

Theo wischte die Hand von seiner Schulter, nahm vom Wirt das Wechselgeld entgegen und wollte die Kneipe verlassen. Da stellten sich ihm drei weitere Corpsstudenten in den Weg.

»Wir haben gehört, dass du unsere Zeche übernehmen wirst«, sagte einer von ihnen grinsend.

Theo begriff, dass er am Scheideweg angekommen war. Wenn er jetzt kniff, würde er auf der Universität kein Bein mehr auf die Erde bekommen und der Ruf der Feigheit ihm auch noch danach folgen. Immerhin musste er demnächst seinen Dienst beim Militär ableisten, und er stellte sich einen Moment lang vor, in der gleichen Kompanie dienen zu müssen wie Markolf. Da war es besser, den Schrecken zu beenden, als sich ihm auf ewig auszuliefern. Mit einer scheinbar gelassenen Bewegung wandte er sich an den Studenten, der ihn feige genannt hatte.

»Sie können sich aussuchen, ob Sie Pistole oder Säbel wählen. Ich erwarte Ihre Sekundanten noch heute Abend!«

Seine Worte schlugen ein wie eine Bombe. Die anderen hatten sich auf seine Kosten einen derben Scherz erlauben wollen, doch der war auf einmal bitterer Ernst geworden.

»Weshalb gleich ein Duell?«, rief einer, der sich als Erster gefasst hatte. »Wir sind Studiosi und sollten es auf dem Paukboden ausmachen.«

»Wozu warten?«, rief der Angetrunkene unbeherrscht. »Wir haben zwei Pauksäbel dabei. Daher machen wir es hier und jetzt!«

»Wir haben zwar die Säbel, aber keinen Brustschutz«, wandte einer seiner Kameraden ein.

»Den brauche ich nicht, um diesem Burschen die Wangen aufzuschlitzen! Oder wagst du es nicht, dich mir hier und jetzt zu stellen?«

Es war eine erneute Beleidigung, und die konnte Theo ebenso wenig auf sich sitzenlassen wie die erste. »Wenn der Wirt und Ihre Kameraden damit einverstanden sind, soll es direkt hier stattfinden.«

Dem Wirt gefiel die Entwicklung nicht, doch wollte er seine studentischen Gäste nicht durch eine Weigerung verärgern und nickte daher.

»Ich bitte die Herren aber, vorsichtig zu sein und nichts zu zerstören!«, rief er, da bei der übermütigen Bande immer wieder der eine oder andere Stuhl zu Bruch ging. Er sandte zudem ein Stoßgebet gen Himmel, dass die beiden Kontrahenten sich nicht allzu schwer verletzten.

Die Studenten räumten Stühle und Tische beiseite und bildeten dann ein Viereck um Theo und seinen Gegner. Zwei von ihnen reichten ihnen die Säbel. Auch wenn er gelegentlich Fechtunterricht nahm, war die Waffe für Theo ungewohnt. Der andere hingegen hielt sie so in der Hand, als hätte er sein Leben lang nichts anderes getan.

Auf ein Zeichen des zum Schiedsrichter bestimmten Studenten nahmen beide ihre Ausgangsstellung ein. Aus den Augenwinkeln sah Theo, wie Markolf höhnisch grinsend im Hintergrund stand, und wünschte sich, diesen vor der Klinge zu haben und nicht einen ihm unbekannten Studenten.

»En garde!«, rief der Schiedsrichter, und dann ging es los.

Theos Gegner griff mit voller Wucht an, wurde aber pariert. Zunächst focht Theo abwartend, um mit der Waffe vertrauter zu werden. Gleichzeitig lotete er die Stärken und Schwächen seines Gegners aus. Nüchtern wäre dieser ihm aufgrund seiner Übung mit dem Pauksäbel überlegen gewesen, hatte aber diesen Vorteil durch zu viel Bier aus der Hand gegeben. Gefährlich war er trotzdem, da er in seiner Wut nicht nur auf Theos Gesicht, sondern auch auf dessen Körper zielte.

Einige seiner Kameraden murrten darüber, und einer forderte, den Kampf sofort einzustellen. Da lenkte Theo den Säbel seines Gegners ab und ließ seine eigene Waffe nach vorne schnellen. Der Student stieß einen kurzen Schrei aus und wich zurück. Sofort stellten sich einige seiner Kameraden mit Stühlen statt wie üblich mit Säbeln bewaffnet zwischen die beiden Kontrahenten.

»Lass sehen!«, sagte einer, da Theos Gegner sich die Hand aufs Gesicht presste und Blut zwischen den Fingern hervorquoll.

»Nicht das Auge«, wimmerte der Getroffene. »Nur nicht das Auge!«

Seine Kameraden schleiften ihn zu einem Stuhl, setzten ihn darauf und zogen seine Hand vom Gesicht.

»Du hast Glück!«, meinte einer. »Es ist nur Blut ins Auge geraten. Verletzt ist es nicht. Allerdings hast du jetzt ein christliches Kreuz auf deinem Gesicht. Dieser Schmiss sitzt wie ein Querbalken auf deiner alten Narbe.«

»Du solltest dein Studienfach wechseln und Theologe werden. Du hättest das Kreuz immer dabei«, spottete ein anderer.

»Ist es schlimm?«, fragte der Verletzte.

»Es ging nicht bis in den Knochen hinein. Aber man wird es sehen.«

»Das ist gleichgültig, solange nur den Augen nichts passiert ist!« Da das eine Auge noch immer verklebt war, hatte der Mann Angst. Da tränkte einer seiner Freunde ein sauberes Taschentuch mit Bier und wusch ihm das Auge aus.

»Besser so?«, fragte er grinsend.

»Das ist es. Komm her!« Der Ruf galt Theo.

Dieser trat zögernd auf seinen Gegner zu und sah, wie dieser ihm die Hand entgegenstreckte. »Wollen wir es gut sein lassen. Feige bist du wahrlich nicht! Wo ist eigentlich der Kerl, der so dumm dahergeschwatzt hat?«

Auch Theo sah sich nach Markolf um, doch der hatte sich in weiser Voraussicht aus dem Staub gemacht.

## 6.

Theo gab den Corpsstudenten noch eine Runde Bier aus. Obwohl sie sich vorhin rüpelhaft benommen hatten, kam er nun gut mit ihnen aus. Auf dem Nachhauseweg kehrte seine Wut auf Markolf zurück, und er wünschte sich einen Grund, diesen zum Duell oder wenigstens auf den Paukboden fordern zu können. Solchen Herausforderungen war der Kerl bisher jedoch listenreich aus dem Weg gegangen.

»Wer ist also der Feigling?«, murmelte er, als er das Haus betrat.

Sein Vater war bereits aus der Fabrik heimgekehrt und erwartete ihn in der Bibliothek. »Du warst wohl noch unterwegs?«, grüßte er Theo. »Ich habe Frau Klamt gebeten, ein Gedeck mehr auftragen zu lassen, denn ich dachte, du würdest dich freuen, wenn wir Friederike zum Abendessen einladen.«

»Die macht sich doch nichts aus mir!«

Theos kaum verhohlene Erregung verriet seinem Vater, dass es etwas gegeben haben musste. »Was ist vorgefallen?«, fragte Friedrich.

Theo überlegte, ob er die Begebenheit in der Kneipe verschweigen sollte, begann aber dann doch zu erzählen. Dem

Streit mit den Corpsstudenten und dem Säbelkampf widmete er nur wenige Worte, sondern ließ sich in erster Linie über Markolf von Tiedern aus.

»Markolf ist ein elender Schnorrer und Schmarotzer. Ich hasse Menschen wie ihn! Ich würde mich schämen, so wie er auf Kosten anderer zu leben. Wenn ich könnte, wie ich wollte, würde ich diesen Kerl ungesäumt zum Teufel jagen!«

Unbemerkt von Vater und Sohn Hartung hatte Rieke die Villa erreicht und von Hilde erfahren, dass sie zum Abendessen bleiben sollte. Obwohl in dem Haus eine feine Tafel geführt wurde, wäre sie lieber gleich nach Hause gefahren. Jetzt würde sie wieder neben Theo sitzen und mit ihren Gefühlen für ihn kämpfen müssen.

Plötzlich hörte sie seine Stimme aus der Bibliothek herausdringen und lauschte unwillkürlich.

«…olf ist ein elender Schnorrer und Schmarotzer. Ich hasse Menschen wie ihn! Ich würde mich schämen, so wie er auf Kosten anderer zu leben. Wenn ich könnte, wie ich wollte, würde ich diesen Kerl ungesäumt zum Teufel jagen!«

Rieke erstarrte zur Salzsäule. …olf? Damit konnte nur ihr Vater Egolf gemeint sein! Auch wenn er etwas zu bereitwillig die kleinen Gefälligkeiten in Anspruch nahm, die Friedrich von Hartung ihm zukommen ließ, so war er mit Sicherheit nicht der Schmarotzer, als den Theo ihn hinstellte. Zudem hatte ihr Vater sich den Hartungs nicht aufgedrängt, sondern war von Theos Vater eingeladen worden, in dem Haus bei der Fabrik zu leben.

Für sie waren Theos Worte wie ein Stich ins Herz. Niemals hätte sie gedacht, dass er so berechnend und gemein sein könnte. Was tun?, fragte sie sich panikerfüllt. Hier in diesem Haus bleiben und sich mit an den Abendbrottisch setzen, als wäre nichts geschehen? Das konnte sie nicht. Auch wollte sie diesen Widerling Theo niemals mehr wiedersehen. Mit Tränen in den Augen drehte sie sich um und stürmte an der entgeisterten Hilde vorbei nach draußen.

Blind vor Tränen prallte sie gegen jemanden und wurde rüde zurechtgewiesen. »Kannste nicht aufpassen?«

Mühsam rief sie sich zur Ordnung und rieb sich die Augen trocken. Ihre Beine zitterten, als sie weiterging. Waren die Beschimpfungen schon schlimm, tat es doppelt weh, weil ausgerechnet Theo sie ausgesprochen hatte.

»Du bist ein dummes Ding! Wie konntest du dich nur in einen solch üblen Menschen verlieben?«, schalt sie sich auf ihrem weiteren Weg.

Rieke hätte nicht zu sagen vermocht, wie sie nach Hause gekommen war. Sie starrte auf die nahe Fabrik und fragte sich, warum zu viel Geld die Menschen hartherzig werden ließ. Nein, nicht alle, schränkte sie ein. Friedrich von Hartung und dessen Ehefrau waren es gewiss nicht, deren Sohn aber dafür umso mehr. Wie würde es ihrer Familie später ergehen, wenn Theo die Fabrik übernommen hatte? Rieke sah sich bereits mit ihren Eltern auf der Straße stehen und auf Mildtätigkeit angewiesen sein.

Nein, das durfte nicht passieren, schwor sie sich, als sie das Haus erreichte, in dem ihre Eltern seit gut drei Jahren lebten. Hier hatte ihr Vater wieder ein wenig Lebensmut gefasst und war zuletzt mit seinem gut angepassten Holzbein recht mobil geworden. Da er mit der verkrüppelten rechten Hand keine Krücke halten konnte, hatte er gelernt, mit einem kräftigen Gehstock in der linken Hand zu gehen. Beschämt dachte sie daran, dass Hartung drei Viertel der Kosten für das Kunstbein übernommen hatte. Wahrscheinlich hatte Theo ihn deswegen gerügt, dachte sie bitter. Ihm waren wohl auch die Weinflaschen und die Delikatessen zu viel geworden, die ihnen bisher so bereitwillig ins Haus gebracht worden waren.

Er ist es nicht wert, dass ich auch nur einen Gedanken an ihn verschwende, sagte sie sich, als sie das Haus betrat. Ihr Herz dachte jedoch nicht im Geringsten daran, auf ihren Verstand zu hören. Am schlimmsten war es für sie, dass sie dieser Abhängigkeit von den Hartungs nicht entfliehen konnten. Es war unmöglich, in Berlin eine passende Wohnung zu einem erträglichen Preis zu finden, und auch ein Umzug in die Provinz, wo das Leben billiger war, würde zu teuer kommen.

Verzweifelt, weil sie sich mit goldenen Ketten gefesselt sah, huschte Rieke in ihr Zimmer. Es war das schlichteste im Haus. Sie hatte sich nicht viel Garderobe gekauft und Einladungen zu Festlichkeiten in Hartungs Villa mit dem Missstand fehlender Kleidung und dem Hinweis abgelehnt, sich nichts Neues leisten zu können. Ebenso hatte sie sich gegen Gundas Vorschlag ausgesprochen, eines von deren Kleidern für sich abzuändern. Sie dankte dem Herrgott dafür, dass sie so gehandelt hatte. Was hätte Theo wohl gesagt, sie in einem Kleid seiner Schwester zu sehen? Elende Schnorrerin wäre wohl noch das Freundlichste gewesen.

Plötzlich zuckte Rieke zusammen. Es gab einen Weg, sich und ihre Familie zu befreien. Immerhin hatte ihr Leopold von Stavenhagen angeboten, dass sie samt ihrer Familie bei ihm wohnen könne. Auch wenn sein Haus kein Palast war, so besaß es doch genügend Zimmer.

Sie müsste nun in Erfahrung bringen, ob der alte Herr es mit seinem Angebot ernst gemeint hatte. Deshalb würde sie ihn am nächsten Tag aufsuchen – und sie würde zu Fuß gehen, um das Geld für die Droschke zu sparen.

# 7.

Luise von Dobritz wies auf den Wagen, der vor dem Haus angehalten hatte, und drehte sich mit zornig funkelnden Augen zu ihrer Tochter um. »Du willst doch nicht etwa mit diesem Subjekt ausfahren und dich dabei von unsresgleichen sehen lassen?«

»Da sich kein Herr aus unseren Kreisen bemüßigt sieht, mich zu einer Ausfahrt einzuladen, bleibt mir wohl nichts anderes übrig, als dies mit Herrn Baruschke zu tun!« Bettinas Stimme klang bitter, aber fest entschlossen.

Da sie durch die Misswirtschaft ihres Vaters keine Mitgift erhalten würde, hatten die meisten Herren von Rang rasch das Interesse an ihr verloren. Auch die Kontakte, die sie im Institut der Schwestern Schmelling geschlossen hatte, halfen ihr wenig. Der österreichische Graf Franz Josef von Hollenberg, den sie liebend gerne geheiratet hätte, um zur Gräfin aufzusteigen, hatte offen erklärt, sie nur mit einer entsprechenden Mitgift zu nehmen.

Wenn sie nicht unverheiratet bleiben und später von ihrem Bruder abhängig sein wollte, blieb ihr nichts anders übrig, als die Werbung eines Geschäftsmanns wie Baruschke anzunehmen.

Bettina wollte an der Mutter vorbei zur Tür, da packte Luise sie und schüttelte sie. »Du wirst dich nicht an diesen Plebejer wegwerfen!«

Mit einer entschlossenen Bewegung befreite Bettina sich und sah ihre Mutter höhnisch an. »Dieser Plebejer, wie du ihn nennst, besitzt mehr Geld, als Vater je hatte. Mit dem Nadelgeld, das ich von ihm erhalten würde, könnte ich wie eine Fürstin leben.«

»Und wirst nicht einmal von einer einfachen von Sonstwas empfangen«, giftete ihre Mutter.

»Mit genug Geld stehen mir noch ganz andere Türen offen«, antwortete Bettina und verließ den Raum.

Luise sah durch das Fenster, wie sie aus dem Haus trat, in den Wagen stieg und sich neben Baruschke setzte. Das, was sie von diesem Mann gehört hatte, erschien ihr so übel, dass sie die Tochter lieber tot gesehen hätte als an seiner Seite. Da sie ihre Wut jedoch nicht an Bettina auslassen konnte, suchte sie ihren Mann auf. Sie fand Dobritz in seinem Rauchzimmer mit einer dicken Zigarre in der Rechten, während er mit der Linken in Papieren blätterte.

»Bettina ist mit diesem Baruschke ausgefahren!«, rief sie schneidend.

»Hoffentlich heiratet er sie. Dann sind wir sie los.«

Luise kreischte empört auf. »Was bist du nur für ein Vater! Den Sohn verkaufst du an einen ehemaligen Altwarenhändler, und die Tochter willst du an einen windigen Geschäftemacher abschieben. Bei Gott, was ist aus dem Hause von Dobritz geworden?«

Dobritz wurde rot und begann zu brüllen. »Ich kann dir sagen, was daraus geworden ist. Ich bin pleite, bankrott, ruiniert – und das nur, weil du das gute Verhältnis mit deinem Vater und deinem Bruder durch deine Eigensucht und deinen Hass auf deine Schwägerin zerstört und bittere Feindschaft gesät hast. Hätten wir gute Verwandtschaft gehalten, stünde ich heute anders da! Du bist mein Verhängnis! Hätte ich dich nicht geheiratet, wäre ich heute ein reicher, allseits geachteter Geschäftsmann, und Seine Majestät würde mir, wenn er Unter den Linden an mir vorbeifährt, zunicken!«.

Dabei vergaß Dobritz ganz, dass auch er alles getan hatte, um seinen Schwiegervater und später seinen Schwager zu verleumden und ihnen Steine in den Weg zu legen. Sogar den Mordversuch an Theo redete er vor sich selbst klein, und die geplante Entführung von Gunda hatte er nur deshalb gewollt, um die seiner Ansicht nach nicht voll ausbezahlte Mitgift für Luise zu erhalten.

Seine Frau sah ihn kopfschüttelnd an. »Bei Gott, was bist du für ein Schwächling! Jeder andere – zuallererst mein Bruder! – hätte deine Fabrik zu Höhen geführt, die du dir nicht einmal vorstellen kannst. Hätten nicht Heini und dessen Schwiegervater eingegriffen und dir das Heft aus der Hand genommen, hättest du auch noch den letzten Rest verloren. So ist die Fabrik zum Glück gesichert und damit auch die Apanage, die wir von Schrentzl und Heini erhalten.«

Ihren Freundinnen gegenüber nannte Luise diese Apanage einen Bettel. Es war jedoch das einzige Einkommen, das sie erhielten, und dies rieb sie ihrem Mann unter die Nase.

Sie maß ihn mit einem Blick tiefster Verachtung. »Du bist ein Versager, einer, dem nichts gelingt! Ich verfluche den Tag, an dem ich mich habe überreden lassen, deinen Heiratsantrag anzunehmen.«

Das war zu viel für Dobritz. Dunkelrot im Gesicht sprang er auf. »Ich hätte dich Giftnatter vom ersten Tag an mit der Rute züchtigen müssen! Vielleicht wärst du dann ein gehorsames Eheweib geworden. Doch so habe ich mir eine Xanthippe ins Haus geholt und meinen Frieden und mein Glück zerstört!«

Luise wollte etwas darauf antworten, doch da stürzte er sich auf sie, umklammerte ihren Hals und drückte mit unbändiger Wut zu. Verzweifelt versuchte sie, seine Hände von ihrer Kehle zu lösen. Doch es war vergebens. Bevor sie das Bewusstsein verlor, sah sie sein Gesicht direkt vor dem ihren. Seine Miene war zu einer Grimasse verzerrt, die Stirnadern angeschwollen, und von seinen Lippen troff Schaum. Dann war es vorbei.

Erst nach einer geraumen Weile ließ Dobritz seine Frau los. Noch länger dauerte es, bis er begriff, was er getan hatte. Entsetzt starrte er auf die Würgemale an Luises Hals. Wenn ihr Arzt diese sah, würde er ihr niemals einen natürlichen Tod bescheinigen, es sei denn, für sehr viel Geld. Aber gerade das hatte er nicht.

»Was soll ich tun?«, stöhnte er verzweifelt.

Gattenmord wurde mit dem Tod auf dem Schafott bestraft. Der einzige Milderungsgrund, den das Gericht anerkennen würde, wäre Untreue gewesen. Luise hatte sich jedoch in der Hinsicht nie etwas zuschulden kommen lassen, und es ohne Beweise zu behaupten, würde ihn auch noch den letzten Funken Verständnis bei den Richtern kosten.

Aber Dobritz wollte nicht sterben. Erregt rieb er sich die Stirn. Man durfte seine Frau auf keinen Fall in seinem Rauchzimmer finden. Daher ging er zur Tür und lauschte. Als er nichts hörte, öffnete er sie einen Spalt und spähte hinaus. Auf dieser Etage rührte sich nichts. Nur von unten hallten Stimmen herauf. Dobritz war zum ersten Mal froh darüber, dass sie auf Heinrich juniors Geheiß einen Teil ihrer Domestiken hatten entlassen müssen.

Um ganz sicher zu sein, ging er zu den Zimmern seiner Frau und fand diese leer. Er eilte zurück, lud sich die Tote auf und schleppte sie in ihr Ankleidezimmer. Doch damit war es nicht getan. Er musste den Verdacht von sich ablenken, und er wusste auch schon, wie. Er nahm den Schmuckbehälter seiner Frau, öffnete ihn und legte die Broschen, Ketten und Diademe, auf die Luise so viel Wert gelegt hatte, auf ein Tuch, knotete es zu einem Beutel zusammen und wollte schon wieder gehen, als sein Blick das Fenster streifte. Mit einem verzerrten Grinsen öffnete er es, so dass es aussah, als wäre ein Dieb hier eingestiegen und von seiner Frau überrascht worden.

Wenn er jetzt nicht die Nerven verlor, würde alles gut werden, sagte er sich, als er ins Rauchzimmer zurückgekehrt war.

Er musste nur noch den Schmuck verstecken. Er erinnerte sich daran, wie sehr Luise sich gewehrt hatte, wenigstens einen Teil davon beleihen zu lassen. Damals hätte das Geld ihm geholfen, aber nun war es zu spät und der Schmuck trotz der Rubine, Smaragde, Saphire und Brillanten für ihn weniger wert als ein Batzen Lehm.

Dobritz zog sich zum Ausgehen an, verstaute den Schmuck so in seinem Rock, dass es nicht auffiel, und zog die Klingelschnur. Für sein Gefühl dauerte es endlos lange, bis einer der Diener erschien.

»Sag dem Kutscher, er soll den Wagen anspannen und vorfahren. Ach ja, meine Gemahlin hat sich zur Ruhe begeben und will nicht gestört werden.«

Da Luise sich öfter mit dem Hinweis auf Unpässlichkeit zurückzog, war diese Auskunft nicht verfänglich.

»Sehr wohl, gnädiger Herr. Der Kutscher soll anspannen, und die gnädige Frau wünscht zu ruhen«, antwortete der Diener und verschwand wieder.

Luise wird ewig ruhen, dachte Dobritz mit unpassender Heiterkeit. Dann begab er sich nach unten, stieg in den Wagen, als dieser vorgefahren wurde, und nannte dem Kutscher ein Ziel, das ihm gerade in den Sinn kam.

Zunächst hatte Dobritz vorgehabt, unterwegs den Wagen zu verlassen und den Schmuck während eines Spaziergangs an der Spree oder dem Landwehrkanal entlang ins Wasser zu werfen. Doch wenn er dabei beobachtet wurde, würden die Behörden den Fluss oder Kanal an dieser Stelle absuchen lassen, und er würde als Mörder seiner Frau überführt werden.

Auch wenn ihm die Herrschaft über seine Fabrik entglitten und er Privatier geworden war, hatte er noch Ansprüche ans Leben. Immerhin war er im besten Alter und sah daher nicht ein, weshalb er nicht noch ein zweites Mal heiraten sollte. Dafür aber brauchte er Geld, und von seinem ältesten Sohn hatte er nichts zu erwarten. Warum also sollte er den Schmuck nicht nach einer gewissen Zeit in Geld umsetzen? Dies ging natürlich nicht hier in Berlin, doch wenn er ein Stück in München verkaufte, ein weiteres in Kassel und den Rest in Wien oder Prag, würde er von dem Erlös gut leben können. Er brauchte nur jemanden, bei dem er das Zeug vorerst unterbringen konnte.

Wie wäre es mit Schweppke?, dachte er. Der war zwar ein Gauner, wusste aber genau, dass er den Schmuck niemals selbst verkaufen konnte. Kein Hehler würde es wagen, Luises stadtbekannte Juwelen anzunehmen. Außerdem würde Schweppke dann unweigerlich als ihr Mörder gelten. Selbst wenn der Kerl behaupten würde, er habe den Schmuck von ihm erhalten, stand Wort gegen Wort, und ihm würde man eher Glauben schenken als einem Arbeiter, der bereits durch kleine Delikte aufgefallen war.

Um die Zeit zu überbrücken, bis in der Fabrik Feierabend gemacht wurde, ließ Dobritz sich durch Berlin fahren. Da er dem Kutscher nur vage Anweisungen gab, kamen sie auch an Friedrichs Werken vorbei. Bei dem Anblick verging Dobritz vor Neid.

»Dir sollte man den ganzen Klumpatsch abbrennen«, murmelte er und fragte sich im nächsten Augenblick, warum er nicht dafür sorgen sollte. Immerhin war die Familie Hartung schuld an seinem Niedergang, und er hatte jedes Recht, sich dafür zu rächen.

Mit dem Gefühl, dass es im Leben von nun an wieder aufwärtsgehen würde, befahl er dem Kutscher, ihn zu einem Bierlokal in der Nähe seiner eigenen Fabrik zu bringen und dort abzusetzen.

»Danach kannst du nach Hause fahren. Ich werde für die Heimfahrt eine Droschke nehmen«, erklärte er, nachdem er ausgestiegen war, und betrat das Lokal. In der Gaststube setzte er sich an einen Platz, von dem aus er den Ausgang der Fabrik im Auge behalten konnte, und bestellte sich ein Bier.

## 8.

Als die ersten Arbeiter aus dem Werkstor hasteten, bezahlte Dobritz seine Zeche und verließ das Lokal. Schon bald hatte er Schweppke ausgemacht und folgte ihm. Wenig später hatten die anderen Arbeiter sich verlaufen, und Schweppke stapfte mit missmutiger Miene auf die Straße zu, in der er wohnte.

Dobritz schritt nun schneller aus, und an einer Stelle, die im Schatten größerer Häuser lag, schloss er zu dem Arbeiter auf.

»Sieh da, der Schweppke! Was für ein Zufall aber auch«, sagte er mit einem missratenen Grinsen.

Ohne stehen zu bleiben, drehte Schweppke sich zu ihm um. »Sieh da, der Herr Fabrikbesitzer Dobritz, wat fürn Zufall aber ooch.«

Dobritz gefiel es gar nicht, nachgeäfft zu werden, aber da er von dem anderen etwas wollte, hielt er sich im Zaum. »Du wirst jetzt eine Tasche kaufen und das, was ich hineintue, gut für mich aufbewahren. Wage ja nicht, das Zeug jemandem zu zeigen oder ein Stück davon zu verkaufen!«, sagte er.

Schweppke blieb stehen und setzte eine spöttische Miene auf. »Umsonst ist der Tod, Herr Fabrikbesitzer Dobritz, und der kostet dat Leb'n.«

Das »Herr Fabrikbesitzer« kratzte an Dobritz' Nerven, denn Schweppke wusste ganz genau, dass er in der Fabrik nichts mehr zu melden hatte.

»Versuche nicht, mich zu verspotten, Bursche! Das hat schon anderen nicht gutgetan.«

Statt einer Antwort zog Schweppke sein Klappmesser aus der Hosentasche und grinste breit. »Mir zu ärjern, tut ooch niemandem jut!«

Dobritz begriff, dass er es anders anfangen musste. Daher zog er seinen Geldbeutel aus der Tasche, entnahm ihm eine Banknote und reichte sie dem Gauner.

»Besorge dafür die Tasche. Der Rest ist für dich! Ich werde bei dieser Kneipe dort vorne auf dich warten. Komme aber nicht hinein, sondern geh langsam daran vorbei. Ich folge dir dann.«

»So sieht det Janze schon anders aus«, meinte Schweppke grinsend und steckte den Geldschein ein.

Dobritz blickte sich um, ob ihn jemand im Gespräch mit dem Mann beobachtet hatte, sah aber niemanden und atmete auf. Während der Arbeiter leise pfeifend seines Weges zog, ging er in die Kneipe und bestellte sich zur Beruhigung seiner Nerven ein Bier.

Es dauerte nicht lange, da vernahm er Schweppkes Pfeifen erneut und verließ die Gaststätte. Der Gauner ging fröhlich mit einer viel zu großen Tasche an ihm vorbei, ohne ihn zu beachten. Mit einem gewissen Abstand folgte ihm Dobritz und sprach ihn an einem dunklen Tordurchgang an.

»Musstest du so ein Riesending kaufen? Das ist doch viel zu auffällig!«

»Der jnädje Herr hab'n mir nich jesagt, wie jroß det Ding sein soll«, antwortete Schweppke gelassen.

»Komm hier herein!«, befahl Dobritz und zog ihn in die Einfahrt.

Dort forderte er Schweppke auf, die Tasche zu öffnen, und fand darin zu seiner Erleichterung einen Leinenbeutel.

»Der passt besser«, meinte er und füllte die Schmuckstücke in den Beutel.

Schweppke hörte das goldene Klingeln und grinste breit. »Der Herr Fabrikbesitzer hab'n wohl wat beiseitejeschafft, wat nich jeder seh'n soll?«

»Was es ist und wo ich es herhabe, geht dich nichts an. Du bewahrst es nur auf, verstanden?«

»Umsonst ist der Tod«, antwortete Schweppke und rieb Daumen und Zeigefinger aneinander.

Dobritz zog eine Rolle Banknoten hervor und steckte sie dem Mann zu. Es war mehr Geld, als Schweppke in einem Jahr in der Fabrik verdiente.

Als der Arbeiter dies begriff, stieß er einen anerkennenden Pfiff aus. »So mag ich det!«

»Dafür tust du mir aber noch einen Gefallen«, sagte Dobritz und zog den Halunken noch enger zu sich heran.

## 9.

Rieke trat auf die Tür zu Stavenhagens Haus zu und betätigte mit zitternder Hand den Türklopfer. Es dauerte ein wenig, dann öffnete Stavenhagens Hausdiener die Tür und ließ sie ein.

»Guten Tag, Günter. Ist Ihr Herr zu Hause?«

»Herr von Stavenhagen befindet sich in seinem Arbeitszimmer«, erklärte der Mann und führte sie hin. Dort angekommen, klopfte er, öffnete nach dem mürrischen »Herein!« seines Herrn und gab den Weg für Rieke frei.

Auch wenn Stavenhagen sich bei seiner Beschäftigung gestört fühlte, lächelte er doch, als er Rieke erkannte. »Friederike! Es ist eine Freude, Sie wiederzusehen.«

»Guten Tag, Herr von Stavenhagen. Ich hätte gerne mit Ihnen gesprochen.«

Der schmerzliche Tonfall in Riekes Stimme ließ den alten Herrn erstaunt aufschauen. »Ist etwas geschehen?«

Rieke wartete, bis der Diener die Tür geschlossen hatte, und eilte dann zu Stavenhagen. »Es ist einfach entsetzlich!«, flüsterte sie. »Wir können nicht länger in einem Haus bleiben, das Herrn von Hartung gehört. Wenn Sie uns die Hilfe versagen, muss ich mich an Frau von Gentzsch wenden.«

»Das solltest du nicht tun, mein Kind, denn Cousine Ophelia hat in ihrem ganzen Leben noch nie einem Menschen aus uneigennützigen Gründen geholfen.«

Eigentlich hatte Rieke ihn nur bitten wollen, ihren Eltern und ihr Obdach zu gewähren. Doch als sie jetzt zu sprechen begann, brach alles aus ihr heraus, was sie im Hause Hartung erlauscht hatte.

»Es heißt, der Lauscher an der Wand erfährt die eigene Schand. Ich habe mich jedenfalls noch nie so geschämt wie in diesem Augenblick«, schloss sie und versuchte, ihre Tränen zu trocknen.

Stavenhagen schwieg eine Weile, dann fasste er ihre Hände und streichelte sie. »Ich habe Hartung bislang nur von weitem gesehen und kenne seinen Sohn gar nicht. Doch wenn dieser so etwas gesagt hat, ist er ein ganz armer Tropf.«

»Er ist einfach nur widerlich!«, brach es mit einem weiteren Tränenstrom aus Rieke heraus.

Jetzt wurde Stavenhagen hellhörig. Während ihrer Besuche hatte er sich mit Rieke öfter über ihre Eltern und auch über Friedrich von Hartung und dessen Familie unterhalten und dabei den Eindruck gewonnen, der junge Mann wäre ihr nicht gleichgültig. Sollte dies stimmen, war diese Entwicklung fatal.

Stavenhagen ließ für Rieke ein Glas Limonade bringen und reichte ihr ein sauberes Taschentuch. »Dir war wohl viel an Theo gelegen?«, fragte er dann.

Verzweifelt schüttelte Rieke den Kopf. »Nicht das Geringste! Ich ...«

Ein weiterer Tränenstrom schwemmte den Rest ihrer Worte hinweg.

»Das ist schlimm!«, fand Stavenhagen. »Wenn Götter und Helden stürzen, bleiben oft nur Asche und Abscheu zurück. Du solltest dich deswegen nicht grämen, sondern nach vorne schauen. Deine Eltern und du, ihr seid mir herzlich willkommen, auch wenn dein Vater als alter Militär ein Haus verabscheuen dürfte, in dem es vor Büchern und Artefakten nur so wimmelt.«

»Ich muss ihnen erst noch sagen, dass wir nicht bei den Hartungs bleiben können. Sie werden nicht weniger empört sein als ich«, wandte Rieke ein.

Stavenhagen war hier anderer Ansicht. Riekes Vater würde zu Recht sagen, dass allein Friedrich von Hartungs Wort zählte und nicht das seines Sohnes. Er spürte jedoch, wie tief Rieke verletzt war, und wollte nicht, dass sie weiterhin die Gesellschaft dieses jungen Mannes ertragen musste, der so vollkommen ohne Mitgefühl zu sein schien.

»Es wird alles gut, mein Kind!«, tröstete er sie und nötigte sie, ihre Limonade zu trinken und an ein paar Keksen zu knabbern. »Wenn du hier wohnst, kannst du mir bei der Katalogisierung meiner Sammlung helfen. Darüber würde ich mich freuen.«

Stavenhagen grauste ein wenig davor, einen lauten, polternden Militär im Haus zu haben, doch Riekes Anwesenheit würde dies aufwiegen.

»Haben Sie herzlichen Dank!«, antwortete das Mädchen, nachdem es den letzten Schluck getrunken hatte. »Ich werde jetzt gehen und mit meinen Eltern sprechen.«

Rieke seufzte ein wenig, doch Stavenhagen lauschte auf die Zwischentöne.

»Sag bloß, du willst zu Fuß nach Hause gehen? Bist du vielleicht auch so gekommen?«

Sie nickte. »Ich wollte Geld sparen, denn wir werden einiges für den Umzug brauchen.«

»Mach dir deswegen keine Sorgen! Ich bin ja auch noch da. Jetzt werde ich eine Droschke rufen lassen und bringe dich heim.«

»Aber das ist doch nicht nötig«, wandte Rieke ein, doch Stavenhagen betätigte lächelnd den Klingelzug und erteilte, als sein Diener eintrat, diesem den Auftrag, eine Droschke zu holen.

## 10.

Ilsemarie von Gantzow stand am Fenster, als Rieke aus der Droschke stieg. Sie trat ihr verwundert entgegen. »Ich wusste gar nicht, dass du heute erneut Herrn von Stavenhagen besuchen würdest.«

»Mama, ich habe dir und Papa etwas Wichtiges mitzuteilen. Es geht um das Leben, das wir zum großen Teil auf Kosten Herrn von Hartungs führen.«

Der Ernst in Riekes Worten erschreckte ihre Mutter. »Ist etwas geschehen?«

Rieke nickte. »So ist es, und es macht es uns unmöglich, weiterhin die Wohltaten Herrn von Hartungs anzunehmen.«

»Was heißt hier Wohltaten? Wir zahlen Friedrich von Hartung einen guten Mietzins und rechnen die Lebensmittel, die wir von ihm erhalten, mit Frau Klamt ab«, erwiderte Egolf von Gantzow schnaubend.

Er hatte sich an das angenehme Leben in diesem Haus gewöhnt und wollte es nicht missen. Außerdem wussten weder er noch seine Frau, was die meisten Annehmlichkeiten kosteten, die Adele Klamt ihnen im Auftrag von Friedrich und Resa zukommen ließen.

Rieke hingegen hatte in etlichen Läden die Preise erfahren und erklärte ihren Eltern mit ruhiger Stimme, dass Friedrich von Hartung den größten Teil ihres Lebensunterhalts bestritt.

»Das wusste ich nicht!«, rief Riekes Mutter entsetzt aus, als sie erfuhr, was der gute Bohnenkaffee kostete, den sie hier tranken. Genauso war es mit dem ausgezeichneten Schinken und vor allem dem Wein, für den Adele Klamt zwei Taler die Flasche berechnete, selbst aber fast das Fünffache an den Weinhändler bezahlen musste.

»Das ist wirklich eigenartig«, fand Egolf von Gantzow, ohne zu wissen, was er tun sollte.

Da sprach Rieke bereits weiter. »Das ist nicht alles, was ich berichten muss. Herr von Hartung mag es gut mit uns meinen, doch wir Gantzows haben noch nie von Almosen gelebt. Schlimmer ist jedoch das, was ich durch Zufall von Herrn von Hartungs Sohn erlauscht habe.«

»Rede!«, forderte ihr Vater sie scharf auf.

»Theodor von Hartung hat uns im Gespräch mit seinem Vater üble Schnorrer und Schmarotzer geheißen, die er am liebsten zum Teufel jagen würde.«

Nach Riekes Worten wurde es still im Raum. Schließlich schüttelte ihr Vater den Kopf. »Das glaube ich nicht.«

»Ich habe es mit eigenen Ohren gehört! Ich weiß, es ist unhöflich, zu lauschen, wenn andere reden, aber ich musste im Flur warten, und da sind diese Worte gefallen.«

»Ich begreife es nicht! Herr Theodor war uns gegenüber doch stets von ausgesuchter Höflichkeit«, rief Ilsemarie von Gantzow erschüttert.

»Nach außen hin gibt er sich als der höfliche und wohlerzogene Sohn der Familie aus und verbirgt seinen wahren Charakter«, erklärte Rieke.

»Aber was sollen wir tun? Wir können doch nicht von hier fort!«, jammerte die Mutter. Ihr gefiel das Leben in diesem Haus, und sie wäre gerne geblieben, auch wenn dann der Speiseplan eingeschränkt und der Konsum teurer Weine beendet werden musste. Früher hatten sie weitaus schlechter gewohnt, und sie befürchtete, dass ihr Mann, wenn es wieder so kam, erneut so unleidlich werden würde wie damals. Hier fühlte er sich wohl und war weitaus milder geworden.

Theos Kommentar, den Rieke durch die Namensähnlichkeit Markolf und Egolf auf ihren Vater bezogen hatte, ärgerte allerdings auch sie – und ebenso Riekes Vater.

»Wir werden wohl wieder in die Provinz ziehen müssen«, sagte der Major ohne große Freude.

Doch da schüttelte Rieke den Kopf. »Das müssen wir nicht! Herr von Stavenhagen hat angeboten, uns bei sich aufzunehmen. Er ist über seine Großmutter mit uns verwandt, und die Herzlosigkeit des jungen Hartung empört ihn ebenso wie uns.«

»Ich werde mit Herrn von Stavenhagen sprechen, ob es ihm recht ist, mit uns belastet zu sein. Immerhin bin ich ein Krüppel, der zu nichts mehr nütze ist!«, erklärte Gantzow, der sich nicht vorstellen konnte, bei Stavenhagen willkommen zu sein.

Riekes Mutter hingegen schöpfte frische Hoffnung und fasste nach den Händen ihrer Tochter. »Du meinst, dass wir bei Herrn von Stavenhagen ein Domizil auf Dauer finden?«

»Das glaube ich«, antwortete Rieke, hob dann aber die Hand. »Ich bitte euch, nichts von dem, was ihr eben gehört habt, an andere weiterzugeben. Vor allem das Dienstmädchen, das Frau von Hartung uns zur Verfügung gestellt hat, darf nichts davon erfahren. Ich halte Jule für fähig, alles ihrer Herrschaft zu berichten. Herr und Frau von Hartung, ihr Sohn und besonders auch Gunda sollen von unserem Entschluss erst erfahren, wenn wir dieses Haus verlassen haben.«

»Den Feind täuschen und den Rückzug so vorbereiten, dass er davon völlig überrascht wird. Das ist Strategie!«, erklärte Major Gantzow.

Seine Frau schüttelte niedergeschlagen den Kopf. »Wir können doch nicht mit Mulle zusammen alles vorbereiten, ohne dass Jule es merkt.«

»Wir erledigen das an ihrem freien Tag, und am nächsten Morgen sind wir fort. Herr von Stavenhagen hat uns versprochen, uns beim Umzug zu unterstützen«, erklärte Rieke mit Nachdruck.

Eine innere Stimme mahnte sie, dass sie übereilt handelte. Immerhin hatten Theresa von Hartung und deren Ehemann sich ihrer in der schlimmsten Zeit ihres Lebens angenommen, und Gunda liebte sie wie eine Schwester. Wenn sie sich jetzt heimlich davonstahlen, war dies undankbar und äußerst unhöflich.

Rieke überlegte, ob sie Theos Mutter aufsuchen und ihr erklären sollte, dass ihr Schritt nicht gegen sie und die anderen Familienmitglieder gerichtet war, sondern nur Theos wegen erfolgte. Der Gedanke, den Sohn bei der Mutter anklagen zu müssen, ließ sie jedoch von diesem Schritt Abstand halten. Außerdem liebte Theresa von Hartung ihren Sohn und würde ihren Worten kaum Glauben schenken. Unsicher, was sie tun sollte, suchte sie ihr Zimmer auf.

Nach einer Weile ertappte sie sich dabei, dass sie ihre Kommode und den Schrank ausräumte und alles auf dem Bett stapelte. Da sie einmal angefangen hatte, sortierte sie weiter die Sachen aus, die sie mitnehmen wollte. Zuerst überlegte sie, auch Theresa von Hartungs Geschenke zurückzulassen, doch damit würde sie diese kränken.

»Irgendwann muss ich mit ihr sprechen, werde dann aber behaupten, es sei Herrn von Stavenhagens Wunsch gewesen, uns bei sich aufzunehmen, da er sich im Alter doch einsam fühlt«, sagte sie und wollte die Dinge wieder verstauen. Da entdeckte sie ganz hinten im Schrank ein kleines Bündel, das sie beim Ausräumen übersehen hatte. Es war in mehrere Taschentücher eingewickelt und fühlte sich hart an. Als Rieke es auspackte, war es die kleine Taschenpistole, die Theo ihr vor Jahren geschenkt hatte, damit sie sich und Gunda vor möglichen weiteren Entführern schützen konnte. Seit damals war nichts mehr geschehen und die Pistole irgendwann im Schrank verschwunden.

Nachdenklich kippte Rieke den Lauf der Waffe und sah, dass die Patronen noch wie neu glänzten. Die Pistole war verwendungsfähig, und für einen Augenblick stellte sie sich vor, damit auf Theo zu schießen.

»An so etwas darfst du nicht einmal denken!«, rief sie sich zur Ordnung.

Sie musste Theo aus ihren Gedanken verbannen, und das ging am leichtesten, wenn sie in Herrn von Stavenhagens Haus lebte und ihm half, seine immense Sammlung zu ordnen. Die Pistole, sagte sie sich, würde sie hierlassen, weil das Ding sie zu sehr an Theo erinnerte.

## 11.

Im Hause Hartung hatte Riekes plötzliches Verschwinden noch vor dem Essen eine gewisse Verwunderung hervorgerufen. Friedrich und Resa nahmen jedoch an, dass sie dringend nach Hause hatte gehen müssen. Wohingegen Theo sich fragte, was Rieke an ihm so unangenehm fand, dass sie ihm aus dem Weg ging. Seine Schwester hingegen ärgerte sich über ihre Freundin. Da Gunda in Gustav einen Verehrer gefunden hatte, der voll und ganz ihren Vorstellungen entsprach, hätte sie gerne auch ihren Bruder und Rieke glücklich gesehen.

Hatte die Familie beim Abendessen noch über Rieke geschwiegen, so war sie beim Frühstück zunächst das Hauptthema. Gunda bestrich ein Brötchen mit Marmelade und biss herzhaft hinein. Plötzlich hielt sie inne und sah ihre Eltern bittend an.

»Gustav – ich meine, Herr von Gentzsch – würde gerne mit dir sprechen, Papa, und auch mit dir, Mama. Er weiß, dass Papa in einer solch wichtigen Frage nicht ohne deinen Rat entscheiden würde. Wenn ihr einverstanden seid, brauchen wir danach keine Anstandsdame mehr.«

»Das lass mich entscheiden!«, antwortete Resa lächelnd. »Dabei dachte ich, es macht dir Freude, mit Rieke auszufahren.«

»Das macht es mir auch«, antwortete Gunda zögernd. »Es ist nur so: Wenn Gustav und ich ausfahren, stört sie uns zwar nicht, muss sich aber wie das fünfte Rad am Wagen fühlen. Ich würde lieber mit Gustav zusammen ausfahren und ein andermal mit Rieke zusammen. Dann hätten wir alle mehr davon.«

»Wir werden Herrn von Gentzsch empfangen und ihm zuhören. Versprechen kann ich dir aber nichts.«

Friedrich erschien Gundas Verehrer ein wenig steif und pedantisch, doch Resa begriff, dass der junge Mann am besten in der Lage war, den Übermut ihrer Tochter zu dämpfen. Auch war er in den zwei Jahren, die er in ihrem Haus nun aus und ein ging, um einiges unbefangener geworden. Von dieser Warte aus brachte eine Ehe beiden einen Vorteil. Auch wenn Gustav kein Vermögen besaß, so hatte er beste Aussichten, im Staatsdienst aufzusteigen.

»Wir werden ihn examinieren, und wenn sich dabei nichts ergibt, das dagegenspricht, könnt ihr mit unserer Zustimmung rechnen«, sagte sie lächelnd.

»Du gibst dem Kind zu viel nach«, wandte Friedrich mit gespielter Strenge ein.

»Aber Papa, ich liebe ihn doch!«, rief Gunda aus.

Theo wurde das Thema unangenehm, und so tippte er seiner Schwester auf die Schulter. »Du könntest heute Nachmittag bei den Gantzows vorbeifahren und nachsehen, wie es ihnen geht. Vielleicht ist jemand krank, und Rieke musste deshalb gestern rasch nach Hause.«

»Dann wäre sie nicht zu Stavenhagen gefahren. Das ist ein seltsamer Mensch, der nur für seine Bücher, Käfer und Steine lebt. Ich weiß nicht, was Rieke daran findet, ihn immer wieder aufzusuchen«, erwiderte Gunda.

Sie las zwar gerne einmal einen Roman und kam mit den Journalen für die gehobene Dame gut zurecht, wäre aber nie darauf gekommen, sich für wissenschaftliche Bücher und Sammlungen zu interessieren.

»Auf jeden Fall solltest du sie aufsuchen. Vielleicht hat sie sich gestern nicht wohl gefühlt. Das kommt bei uns Frauen öfters vor«, sagte Resa.

Da trat der Diener Albert ein und verbeugte sich mit verkniffener Miene. »Herr Heinrich von Dobritz bittet, den Herrschaften seine Aufwartung machen zu dürfen!«

Alle sahen einander verblüfft an. Friedrichs Schwager hatte diesen zwar ein paarmal in seinem Bureau in der Fabrik aufgesucht, die Villa jedoch hatte kein Mitglied der Familie von Dobritz seit mehr als zwanzig Jahren betreten.

»Sage Herrn von Dobritz, ich werde gleich im Bibliothekszimmer sein!« Friedrich schob seinen Teller zurück und wollte aufstehen, doch da schüttelte sein Diener den Kopf.

»Herr von Dobritz bittet, vor allen Mitgliedern der Familie sprechen zu dürfen.«

»Das wird etwas Gescheites sein«, murmelte Gunda, die ebenso wie Theo die Verwandten nur als Feinde erlebt hatte.

»Wir lassen bitten!« Friedrich war nicht weniger gespannt als der Rest der Familie.

Die erste Überraschung für sie war, dass nicht sein Schwager, sondern sein Neffe eintrat. Heinrich von Dobritz junior trug schwarze Hosen, einen schwarzen Rock und hatte ein schwarzes Einstecktuch in die Brusttasche gesteckt. Selbst seine Handschuhe waren schwarz. Jetzt verbeugte er sich vor Friedrich und Resa und begann mit betrübter Stimme zu sprechen.

»Herr von Hartung, ich muss Ihnen zu meinem größten Leidwesen mitteilen, dass meine Mutter, Ihre Schwester Luise, einem entsetzlichen Gewaltverbrechen zum Opfer gefallen ist.«

Für schier endlose Augenblicke herrschte absolute Stille. Dann zuckte es auf Friedrichs Gesicht. »Was sagen Sie? Aber das kann doch nicht sein!«

»Zu meinem Bedauern ist es so. Meine Mutter hatte sich zurückgezogen und dabei möglicherweise selbst das Fenster ihres Ankleidezimmers offen stehen lassen. Vielleicht war es auch eines der Mädchen gewesen, auch wenn diese es abstreiten. Es muss ein Dieb eingestiegen und von meiner Mutter überrascht worden sein. Sie wurde erwürgt und ihr Schmuck geraubt. Dieser war von nicht unbeträchtlichem Wert.«

Für einen Moment fragte sich Resa, wem Heinrich juniors größeres Bedauern galt, dem Tod der Mutter oder dem Verlust des Schmucks. Dann aber schämte sie sich für diesen Gedanken. Auch wenn Luise von Dobritz ihr immer feindselig gegenübergestanden hatte, so war sie doch Friedrichs Schwester gewesen – und die von Gertrud, die ebenfalls von ihrem Tod erfahren musste.

Auch für Friedrich war es ein Schlag. Zwar hatten Luise und er sich nie verstanden und sich im Lauf der Zeit völlig entzweit, doch so hätte es nicht enden dürfen. Er atmete tief durch.

»Ist unsere Anwesenheit bei der Trauerfeier erwünscht?«

Heinrich junior nickte. »Es wäre mir eine Ehre!«

Zwar hätte seine Mutter es niemals geduldet, dass ihr Bruder oder gar dessen Ehefrau an ihrem Grab ständen. Aber er war Geschäftsmann genug, um zu wissen, dass diese Geste von seinen Handelspartnern bemerkt und seinen Kredit ein ganzes Stück heben würde.

»Dann soll es so sein! Ich danke Ihnen, dass Sie sich persönlich zu uns bemüht haben, Herr von Dobritz, und es nicht bei einer Trauerkarte oder einer Anzeige in der Zeitung belassen haben.« Friedrich reichte seinem Neffen die Hand, die dieser sofort ergriff.

»Werden Sie Gertrud vom Ableben unserer Schwester informieren, oder sollen wir es tun?«, fragte Friedrich.

»Ich werde Herrn und Frau von Reckwitz Botschaft schicken«, versprach Heinrich junior und bat, sich verabschieden zu dürfen.

»Auf Wiedersehen! Und seien Sie unserer tiefen Anteilnahme versichert!« Für Resa war es der Schlussstrich unter eine jahrelange Feindschaft, die nun ein schreckliches Ende genommen hatte.

Heinrich junior verbeugte sich noch einmal und verließ das Haus.

Bisher hatte Charlotte von Hartung erschüttert geschwiegen, doch nun brach sie in Tränen aus. »Sie war doch auch meine Tochter! So hätte sie nicht sterben dürfen.«

»Das hätte sie nicht …«, antwortete Friedrich düster und bat Resa, dafür zu sorgen, dass im Haus Trauerflor angebracht wurde. Danach fiel sein Blick auf Gunda.

»Kümmere dich um deine Großmutter! Sie hat wahrhaft Trost nötig.«

»Das mache ich«, versprach Gunda und wunderte sich, weshalb ihr ob des Todes der doch so verhassten Tante ebenfalls die Tränen kamen. »Komm, Oma, wir gehen auf dein Zimmer, und dann nimmst du dein Riechsalz, damit dir nicht vor Schmerz der Atem flieht«, sagte sie und führte die alte Dame hinaus.

»Blut ist doch dicker als Wasser«, murmelte Friedrich, als seine Mutter und Gunda gegangen waren. »Trotz allem, was zwischen uns und Luise geschehen ist, verspüre ich Trauer um sie.«

Resa nickte. »Sie tut mir leid! Einen solchen Tod würde ich niemandem wünschen.«

Bevor sie noch mehr sagen konnte, trat Albert erneut ein und verbeugte sich.

»Herr Dirk von Maruhn bittet, Herrn von Hartung sprechen zu dürfen.«

»Führe ihn in die Bibliothek! Ich komme gleich. Und schicke einen Boten in die Fabrik, der mitteilen soll, dass ich heute später komme. Ganz kann ich nicht fernbleiben, denn es stehen wichtige Gespräche an.«

Das Letzte galt Resa, die verständnisvoll nickte. Danach verließ Friedrich das Frühstückszimmer und ging mit raschen Schritten in das Bibliothekszimmer.

Maruhn massierte gerade sein verkrüppeltes Bein, hörte aber damit auf, als Friedrich auf ihn zutrat. »Sie haben es wohl schon gehört«, sagte er, da er Friedrichs betroffene Miene wahrnahm.

»Das habe ich! Bei Gott, wie konnte das geschehen?«

»Das frage ich mich ebenfalls«, antwortete Maruhn. »Deshalb bin ich zu Ihnen gekommen. Nicht, dass Sie mich falsch verstehen. Es geht nicht um Sie, sondern um Ihren Schwager. Ich bin mit der Aufklärung dieses Falles betraut worden und habe Ihren Schwager wie auch dessen Personal befragt. Von einem Dienstmädchen und einem Diener habe ich erfahren, dass es vor diesem Mord zu einem heftigen Streit zwischen Ihrer Schwester und Ihrem Schwager gekommen ist. Kurz darauf hat Dobritz den Wagen vorfahren lassen und das Haus verlassen. Von dem Dienstmädchen erfuhr ich, dass Ihre Schwester sich aus Angst vor Zugluft niemals in einem Raum mit offenem Fenster aufgehalten hätte. Auch schwört das Mädchen, sie hätte kurz zuvor das Ankleidezimmer ihrer Herrin aufgesucht und das Fenster verschlossen vorgefunden. Wer hat es also geöffnet? Ihre Schwester wohl kaum!«

»Wahrscheinlich hat der Dieb es aufgebrochen«, mutmaßte Friedrich.

Maruhn schüttelte den Kopf. »Das Fenster ist fest, und man hätte im Haus hören müssen, wenn es aufgebrochen worden wäre. Zudem gibt es keine Spuren einer gewaltsamen Öffnung. Das Fenster kann nur von innen geöffnet worden sein. Ich weiß nicht, ob Sie das Haus Ihres Schwagers kennen?«

»Ich bin seit mehr als zwanzig Jahren nicht mehr dort gewesen«, antwortete Friedrich.

»Das Fenster des Ankleidezimmers Ihrer Schwester geht zwar auf den Garten hinaus, doch die Mauer ist glatt, und es wächst kein Baum und kein Efeu in der Nähe, an denen ein Dieb hätte hochklettern können. Darüber hinaus hätte er noch das Fenster wie durch einen Zauber öffnen müssen. Ein ›Sesam öffne dich‹ gibt es jedoch nur im Märchen.« Maruhns Stimme klang immer erregter, und zuletzt fasste er nach Friedrichs Arm.

»Ihr Schwager hat den lautstarken Streit mit seiner Frau, den zwei Bedienstete bezeugen, als kleine Meinungsverschiedenheit abgetan. Nach diesem Streit war es etwa zehn Minuten still, danach hat er das Haus verlassen. Und eine Stunde später hat eines der Hausmädchen die tote Herrin gefunden.«

»Wollen Sie damit sagen, meine Schwester wäre von ihrem eigenen Mann ermordet worden?«, fragte Friedrich entsetzt.

»Ich verbinde nur Fakten. Doch ohne einen Beweis wird die Staatsanwaltschaft den Mord an Ihrer Schwester irgendeinem armen Teufel anhängen und dieser dafür aufs Schafott kommen. Genau das aber will ich verhindern.«

»Gebe Gott, dass Sie nicht recht haben«, flüsterte Friedrich mit bleichen Lippen.

Auch wenn er sich mit seiner Schwester zerstritten hatte, so war es doch ein entsetzlicher Gedanke, dass sie von ihrem eigenen Ehemann umgebracht worden sein könnte.

# ZEHNTER TEIL

*Feuer und Rauch*

# 1.

Rieke blickte sorgenvoll zum Himmel. Es begann zu regnen, und wenn sie nicht bald einen Unterschlupf fand, würde sie tropfnass werden. Als die Tropfen stärker fielen, bedauerte sie ihren Entschluss, das Geld für die Droschke gespart zu haben und zu Fuß zu Hartungs Gästehaus unterwegs zu sein, um den Mantel zu holen, den ihre Mutter dort vergessen hatte.

Die Straßen, durch die sie ging, gehörten nicht zu einem vornehmen Viertel, auch wenn sie nicht ganz so heruntergekommen waren wie jener Straßenzug, in den ihre Entführer sie damals verschleppt hatten. Trotzdem zögerte Rieke, irgendwo zu klopfen und jemanden zu bitten, sich während des Regens unterstellen zu dürfen. Da entdeckte sie das Schild einer Gastwirtschaft und eilte darauf zu.

Sie trat hastig ein und prallte beinahe gegen den Kellner.

»Wat willste denn?«, fragte er nicht gerade freundlich.

»Ich will mich nur unterstellen, bis der Regen aufgehört hat. Ach ja, eine Limonade bitte!« Rieke war gerade noch eingefallen, dass sie sich in einer Gastwirtschaft befand und man es hier nicht gerne sähe, wenn sie nichts bestellte.

Ihr Gegenüber überlegte kurz. »In die Jaststube lass ich keen Frauenzimmer nich. Komm da rinne!«

Er wies auf eine Tür und verschwand durch eine andere, die sich direkt daneben befand. Aus diesem Raum drangen laute, rauhe Männerstimmen, die in breitestem Dialekt einen edlen

Spender lobten. Nach dem zu urteilen, was Rieke mitbekam, stammten die Männer aus einem der Arbeiterquartiere der Stadt.

Sie kümmerte sich nicht weiter darum, sondern betrat den Raum, den der Kellner ihr gewiesen hatte. Wegen des trüben Wetters war es darin so düster, dass sie kaum die Hand vor Augen sah, und sie überlegte schon, ob sie nicht doch dem Regen trotzen und weitergehen sollte.

Da erschien der Kellner und brachte ihr die Limonade. Rieke zog ihren Geldbeutel hervor und suchte in dem Dämmerlicht nach einer passenden Münze. Nachdem sie gezahlt hatte, stellte sie sich mit dem Glas in der Hand ans Fenster und starrte in den Regen hinaus. Es sah so aus, als würde er allmählich schwächer, und so hoffte sie, bald weitergehen zu können.

»Icke kann mir also oof euch verlass'n!«, sagte da jemand hinter der dünnen Bretterwand, die die beiden Räume voneinander trennte.

Rieke riss es herum, als sie diese Stimme vernahm. Dort drüben hielten sich jene Männer auf, denen der Kellner das Bier gebracht hatte! Sie schlich vorsichtig zu der Wand und legte das Ohr gegen das Holz.

»Wir mach'n et heute Nacht! Wenn Hartung morjen früh oofwacht, muss die Chose abjebrannt sein!«

Rieke stellte ihr Limonadenglas ab und rieb sich die Stirn. Die Stimme gehörte dem Kerl, der sie vor einigen Jahren entführt hatte. Obwohl er damals nur wenige Sätze von sich gegeben hatte, war sie sich sicher. Der Mann schien schon wieder etwas gegen Friedrich von Hartung unternehmen zu wollen! Auch wenn sie sich fürchterlich über Theo geärgert hatte, achtete sie den Fabrikbesitzer und seine Frau zu sehr, um das ignorieren zu können.

Ihr Entführer erklärte seinen Kumpanen mit gedämpfter Stimme, wie sie vorgehen sollten. »Dem Nachtwächter jeben wir eins über die Rübe, schütten det Petroleum über die Webstühle und stecken det Janze an! Habt ihr dette kapiert?«

»Det ham wa!«, meinten die drei anderen nacheinander.

Rieke fragte sich, was sie tun sollte. Am einfachsten wäre es gewesen, Friedrich von Hartung aufzusuchen und ihm mitzuteilen, dass in dieser Nacht ein Anschlag gegen seine Fabrik geplant war. Dann aber hätte dieser sie mit Sicherheit gefragt, weshalb sie und ihre Eltern sein Gästehaus ebenso überraschend wie heimlich verlassen hatten, und dies wollte sie ganz gewiss nicht beantworten. Auch ihren Vater konnte sie nicht zu Hilfe holen, da er wegen seines Holzbeins kein Gegner für vier zu allem entschlossene Schurken war.

»Maruhn!« In ihrer Erregung glaubte Rieke, den Namen zu laut ausgesprochen zu haben. Doch jenseits der Wand redeten die Männer ebenso gedämpft weiter.

Sie musste Dirk von Maruhn, dem ehemaligen Kameraden ihres Vaters und jetzigem Polizeimajor, von dem Plan dieser Schurken berichten. Mit diesem Gedanken verließ sie das Zimmer ungeachtet der Tatsache, dass ihr Limonadenglas noch halb voll war, und trat auf die feuchte Straße hinaus. Zwar wusste sie nicht, wo Maruhns Dienststelle lag, sagte sich aber, dass jeder Gendarm ihr die Adresse würde nennen können. Der Mantel ihrer Mutter, den sie hatte holen wollen, war vergessen.

## 2.

Es war für Rieke überraschend einfach gewesen, zu Maruhn zu gelangen. Der erste Gendarm, den sie ansprach, konnte ihr nicht nur die Adresse nennen, sondern besorgte ihr auch eine Droschke, die sie dort hinbrachte. Er hatte selbst beim Heer gedient und an ihrer Haltung und ihrer Sprechweise erkannt, dass sie aus einem Offiziershaushalt stammen musste. In Maruhns Dienststelle hieß es jedoch warten, bis der Polizeimajor die Räume wieder betrat. Als der Abend heraufdämmerte, brannte ihr die Zeit unter den Fingernägeln, und sie war kurz davor, doch zu Friedrich von Hartung zu gehen, um ihn zu warnen.

Da hinkte Maruhn herein, sah sie und seufzte. Er hatte genug mit dem Mordfall Dobritz zu tun, um sich noch um irgendwelche Belanglosigkeiten kümmern zu können. »Guten Abend, Fräulein von Gantzow. Hat Ihr Herr Vater Sie geschickt?«

Rieke schüttelte den Kopf. »Nein, ich bin aus eigenem Antrieb gekommen. Ich war heute Nachmittag in der Stadt unterwegs und habe in einem Gasthaus Schutz vor dem Regen gesucht. Da hörte ich, wie mehrere Männer darüber sprachen, heute Nacht Herrn von Hartungs Fabrik niederbrennen zu wollen.«

Zunächst hatte Maruhn nur mit halbem Ohr zugehört, doch nun fuhr er mit einer so heftigen Bewegung herum, dass sein invalides Bein unter ihm nachgab und er beinahe gestürzt wäre.

»Was sagen Sie?«

Rieke erklärte ihm, was sie belauscht hatte, und schloss mit der Bemerkung, dass der Anführer der Mann war, der sie vor einiger Zeit entführt hatte. Noch während ihres Berichts nahm Maruhn Papier und Bleistift zur Hand und machte sich Notizen. Plötzlich blickte er auf. Sollte sich etwa alles auflösen?

»Herr von Maruhn, wir haben nicht mehr viel Zeit, wenn wir diese Schurken daran hindern wollen, Herrn von Hartungs Fabrik anzuzünden«, drängte Rieke.

»Mein Fräulein, vor Mitternacht werden die Schurken gewiss nichts unternehmen, und bis dahin steht alles bereit, um sie zu fangen. Sie können beruhigt nach Hause fahren.«

Rieke schüttelte wild den Kopf. »Das werde ich nicht! Wenn Sie die Angelegenheit zögerlich behandeln – ich tue es nicht.«

»Sie wollen doch nicht etwa in der Nacht auf eigene Faust dorthin gehen?«, rief Maruhn erstaunt, entnahm aber ihrem Gesichtsausdruck, dass es ihr damit vollkommen ernst war.

Er überlegte, ob er einem seiner Untergebenen befehlen sollte, Rieke nach Hause zu bringen. Doch wie er dieses verrückte Mädchen kannte, würde sie sich trotzdem auf den Weg zur Fabrik machen. Ihm erschien es daher klüger, sie im Auge zu behalten.

»Also gut, Sie können mitkommen!«, erklärte er. »Allerdings werden Sie genau das tun, was ich Ihnen sage. Wissen Ihre Eltern Bescheid?«

Als er Rieke den Kopf schütteln sah, seufzte er erneut. »Ich werde einen meiner Beamten mit einem Billett hinschicken, dass ich Sie für eine Zeugenaussage wegen dieser Entführungsgeschichte benötige.«

Rieke nickte erleichtert, sah sich dann aber gezwungen, ihm zu beichten, dass sich ihre Adresse geändert hatte. Maruhn notierte sie sich, war aber in Gedanken zu sehr mit Riekes Angaben beschäftigt, um dem Grund dafür nachzugehen.

Stattdessen rief er mehrere Beamte zu sich und erklärte ihnen, was sie zu tun hätten. »Es muss alles so heimlich und rasch geschehen, dass die Brandstifter nicht gewarnt werden«, setzte er mahnend hinzu.

Sein Stellvertreter Dietz sah ihn mit verkniffener Miene an. »Sie wollen das alles wegen der paar Worte tun, die eine junge Frau angeblich gehört haben will?«

Maruhn musterte den Mann mit einem strengen Blick. »Zufällig kenne ich die junge Dame! Sie entstammt einer alten Soldatenfamilie, und wäre sie als Junge geboren worden, wäre sie gewiss ein besserer Offizier, als Sie es je werden könnten.«

Einer der anderen Polizisten gluckste, während der Gescholtene mit säuerlicher Miene schwieg. Unterdessen befahl Maruhn seinen Leuten, notfalls von der Schusswaffe Gebrauch zu machen.

»Männer, die junge Mädchen entführen, verdienen keine Gnade«, erklärte er und sah seine Männer nicken.

## 3.

Um zu verhindern, dass die Schurken auf ihn und seine Männer aufmerksam wurden, beschloss Maruhn, sich mit den meisten von ihnen in der Fabrik zu verstecken. Da sie kein Licht machen durften, mussten sie zwar in der Dunkelheit ausharren, konnten aber von draußen nicht entdeckt werden.

Da das Gästehaus der Hartungs nahe bei der Fabrik lag, nahm Rieke die Gelegenheit wahr, den Mantel ihrer Mutter zu holen. Bei der Gelegenheit schaute sie auch noch einmal in ihr eigenes Zimmer, um sicher zu sein, dass sie dort nichts vergessen hatte. Als sie die Schubladen der Kommode öffnete, fand sie in einer von ihnen Theos Pistole. Eigentlich hatte sie beschlossen, sie zurückzulassen, nun aber nahm sie die Waffe zur Hand und fühlte das kühle Metall zwischen den Fingern. Sie verlieh ihr in dieser nächtlichen Stadt ein Gefühl von Sicherheit, und so steckte sie die Pistole in eine Tasche ihres Mantels.

Ein Polizist hatte sie begleitet und draußen gewartet. Nun klopfte er ungeduldig gegen eine Tür. »Wir müssen zurück, Fräulein, sonst merken die Ganoven, dass etwas nicht stimmt!«

»Ich bin so weit«, antwortete Rieke und verließ mit dem Polizisten zusammen das Haus.

Als sie wenig später das Werk betraten, wies Maruhn auf einen Stuhl, den er hinter einem der großen mechanischen Webstühle hatte aufstellen lassen.

»Sie bleiben hier in Deckung, gleichgültig, was draußen auch geschieht. Haben Sie verstanden?«

Rieke nickte und tastete nach ihrer Pistole. Doch nun galt es erst einmal, zu warten. Es gab keine Uhr, auf die Rieke hätte schauen können, und so zog sich ihr Magen immer mehr zu einem Klumpen zusammen. Was war, wenn sich die Banditen entschieden hatten, es in einer anderen Nacht zu versuchen? Maruhn würde die Fabrik sicher nicht auf Dauer bewachen lassen können. Vor allem aber würde sie sich vor ihm und seinen Untergebenen fürchterlich blamiert haben, und es war fraglich, ob Hartung ihr, wenn sie dann doch mit ihm sprach, auch glauben würde.

Kommt endlich!, flehte sie in Gedanken. Da klatschte ein kleines Steinchen gegen eines der Fenster. Es war anscheinend das Signal, denn Maruhn sagte im nächsten Moment: »Sie kommen!«

»Ich sehe einen von den Kerlen! Nein, es sind drei«, meldete einer der Beamten, der vorsichtig durch ein Fenster geblickt hatte.

»Es müssten vier sein«, antwortete Rieke, die die Zahl der Schurken anhand der Bierkrüge geschätzt hatte.

»Einen vierten sehe ich nicht«, klang es zurück.

»Still jetzt!«, klang Maruhns Stimme leise, aber schneidend auf.

Sofort erstarb jedes Geräusch. Rieke wagte kaum noch zu atmen. Gleichzeitig packte sie die Angst. Was war, wenn die Schurken die Halle von außen anzündeten? Würden Maruhn, dessen Untergebene und sie überhaupt noch ins Freie gelangen?

Unzufrieden damit, sich hinter dem Webstuhl verstecken zu müssen, stand sie auf und schlich zu einem der Fenster.

Nun sah sie die drei Kerle ebenfalls, konnte sie aber nur einen Augenblick beobachten, denn sie verschwanden wieder in der Dunkelheit. Wenig später war der Nachtwächter zu sehen. Es handelte sich um einen von Maruhns kräftigsten Polizisten. Der eigentliche Nachtwächter saß in einem der Bureaus und sollte warten, bis alles vorbei war.

Eben erreichte der angebliche Nachtwächter die Stelle, an der die drei Schurken verschwunden waren. Da klang von der vorbeiführenden Straße die Stimme eines Mannes auf, der einen der neuesten Gassenhauer zum Besten gab. Er schien betrunken zu sein, denn er sang ebenso laut wie falsch und lachte immer wieder über einen anzüglichen Vers.

Unwillkürlich blickte der verkleidete Polizist in seine Richtung. Da tauchten zwei der Kerle in seinem Rücken auf, eine Messerklinge blitzte im trüben Mondlicht, schon sank der Beamte zu Boden.

»Verflucht! Los, auf sie!«, brüllte Maruhn und humpelte zur Tür.

Seine Männer waren schneller als er. Bevor die beiden Schurken sichs versahen, waren sie eingekreist und Pistolen auf sie gerichtet. Einer der Beamten entzündete eine Laterne, um den Fang in Augenschein nehmen zu können.

»Es fehlen noch zwei!« Rieke hörte, wie draußen jemand davonrannte, und rief: »Der betrunkene Sänger muss zur Bande gehören!«

Sofort stürmten drei Polizisten los, um ihn zu verfolgen. Rieke vermisste noch immer einen der Kerle. Sie blickte sich um, entdeckte an der Mauer einen Schatten und stieß einen Warnlaut aus.

»Dort ist er!«, rief Maruhn und zielte mit seinem Revolver in die Richtung.

Der Schurke schlug einen Haken, um an Maruhn vorbei das

Fabriktor zu erreichen, das die Polizisten bei der Verfolgung des Sängers offen gelassen hatten. Um den Kerl aufzuhalten, musste der Polizeioffizier sich um die eigene Achse drehen. Im gleichen Moment gab sein verkrüppeltes Bein unter ihm nach. Er konnte gerade noch einen Sturz vermeiden, fand aber keine Gelegenheit zum Schuss.

Da blitzte die Klinge des Kerls auf. Bevor er zustechen konnte, hielt Rieke ihre Damenpistole in der Hand und drückte ab. Der Ganove blieb so abrupt stehen, als wäre er gegen eine Wand geprallt, und sank dann stöhnend in sich zusammen.

»Habe ich ihn erschossen?«, fragte Rieke mit bebenden Lippen.

Maruhn humpelte zu dem Mann hin, hob das Messer auf, das dieser fallen gelassen hatte, und schüttelte den Kopf. »Es ist noch Leben in ihm. Er wird allerdings einen Arzt brauchen. Aber den sollen meine Leute holen. Ich bringe Sie jetzt nach Hause.«

Etwas leiser setzte er ein »Danke!« hinzu und ärgerte sich, dass er sich von dem Schurken hatte überlisten lassen und nur durch Riekes beherztes Handeln nicht neben dem Polizisten lag, den diese Banditen auf dem Gewissen hatten.

## 4.

Eine gute Stunde nach Mitternacht erreichten Rieke und Maruhn Stavenhagens Haus. Riekes Eltern hatten bis jetzt auf ihre Tochter gewartet. Während der Vater sie zornig musterte, schloss die Mutter sie erleichtert in die Arme.

»Wo haben Sie das unbesonnene Ding aufgegriffen?«, fragte Gantzow.

»Sie sollten Friederike nicht schelten, sondern loben«, antwortete Maruhn. »Doch nun sollte sie zu Bett gehen. Ich werde Ihnen danach berichten, was geschehen ist.«

Während die Mutter das Mädchen umgehend ins Bett schickte, lauschte Egolf von Gantzow dem Bericht seines ehemaligen Kameraden. Nachdem Maruhn das Haus wieder verlassen hatte, wandte er sich mit nachdenklicher Miene an seine Frau. »Wie alt ist Rieke mittlerweile?«

»Sie geht auf die einundzwanzig zu«, antwortete Ilsemarie von Gantzow und verkniff sich im letzten Moment das »und müsste längst verheiratet sein«.

Bislang hatte ihr Mann sich nie mit einer möglichen Ehe seiner Tochter beschäftigt, doch nun sah er angespannt auf die Wand, an der die Bilder vergangener von Gantzows hingen. Sollte es nach Emil keinen weiteren Offizier mit seinem Blut in den Adern mehr geben?, fragte er sich. Auch wenn diese einen anderen Namen tragen würden, so konnten sie die Tradition der Familie fortsetzen.

»Unsere Tochter ist alt genug, um heiraten zu können«, erklärte er zur Überraschung seiner Ehefrau. »Mein alter Kamerad Magnus von Coldnitz ist vor mehreren Monaten Witwer geworden. Ich werde ihm schreiben und anfragen, ob er an einer Ehe mit Friederike Gefallen finden könnte.«

»Rieke muss Gefallen an ihm finden. Du weißt, sie hat einen eigenen Willen«, wandte seine Frau ein.

»Das hat sie – und ist damit eine richtige Gantzow«, sagte ihr Mann so zufrieden, als hätte er nicht jahrelang versucht, seiner Tochter diesen Willen auszutreiben.

Während der Vater Pläne für Rieke schmiedete, lag sie im Bett und durchlebte die Geschehnisse der Nacht im Traum noch einmal. Diesmal aber traf sie den Banditen tödlich und wachte am nächsten Morgen zitternd auf. Sie brauchte einige

Zeit, bis sie in der Lage war, ihr Bett zu verlassen und sich zu ihren Eltern zu gesellen.

Etwa zur selben Zeit stand Dirk von Maruhn an Ede Schweppkes Krankenbett und musterte diesen mit strengem Blick. »Du wirst morgen in die Criminal-Justizanstalt gebracht und diese erst nach deiner Hinrichtung im Sarg wieder verlassen!«

Schweppke verzog schmerzhaft das Gesicht. »Wenn mir die Kugel besser jetroffen hätte, wär's jut jewes'n.« Dann aber dachte er an seine Frau und die Kinder, die ohne einen Ernährer einem ungewissen Schicksal entgegensahen, und fasste mit der Rechten nach dem Arm des Polizeimajors.

»Wat isses Ihnen wert, wenn icke Ihnen zum Schmuck der Dobritz verhelf'n tu?«

»Du hast sie also umgebracht!«, rief Maruhn aufgebracht.

Der Verletzte schüttelte verzweifelt den Kopf. »Hab icke nich! Ihr Mann war's, der Herr Fabrikbesitzer. Der hat sie kaltjemacht. Icke sollte den Schmuck für ihn uffbewahrn. Hab ihn jut versteckt. Wat zahlen Se mir, wenn icke's Ihnen saje?«

»Du willst auch noch Geld dafür?«, rief Maruhn zornig.

»Meine Alte und die Kinders!«, stöhnte Schweppke. »Soll'n nich vahungern, wenn icke weg bin.«

Maruhn erkannte die Gelegenheit, mehr von dem Mann zu erfahren, und nickte. »Ich werde mich dafür einsetzen, dass deine Familie etwas Geld bekommt. Luise Dobritz wurde also von ihrem Ehemann ermordet?«

»Icke war nich dabei, aber da sie tot ist und er mir den Schmuck jejeben hat, muss er's wohl jewesen sein.«

Es war der Beginn eines längeren Verhörs, das Schweppke bis an die Grenzen seiner Kraft beanspruchte. Maruhn machte sich seine Notizen und fand zuletzt, dass die Familie Dobritz Schweppkes Angehörigen eine Entschädigung schuldig war.

Ohne die Lohnkürzungen und den Zwang, den Heinrich und Luise Dobritz auf Schweppke ausgeübt hatten, wäre dieser vielleicht auf der richtigen Seite des Gesetzes geblieben. Ihn schüttelte es bei dem Gedanken, dass Luise den Tod ihres Neffen Theodor gewollt hatte, da Schweppke diesen in ihrem Auftrag niederschlagen und in den Landwehrkanal hatte werfen müssen. Auch Gundas geplante Entführung war ein Verbrechen, das nur mit vielen Jahren Zuchthaus geahndet werden konnte.

Nachdem Maruhn den Verletzten verlassen hatte, legte er sich seine nächsten Schritte zurecht. Als Erstes besorgte er sich einen Durchsuchungsbefehl für Dobritz' Haus und machte sich von drei Beamten begleitet auf den Weg dorthin. Maruhn wusste, dass Schweppkes Geständnis vor Gericht ohne stichhaltigen Beweis nicht anerkannt werden würde. Schweppkes Aussage würde gegen Heinrich von Dobritz' Wort stehen, und der Mann galt als adeliger Fabrikbesitzer weitaus mehr.

Dobritz hatte gerade sein Frühstück beendet und gönnte sich eine gute Zigarre, als ihm Maruhn gemeldet wurde. Auch wenn ihm der Besuch des Polizeimajors nicht passte, befahl er dem Lakaien, diesen zu ihm zu führen. Er begrüßte Maruhn freundlich und bot ihm eine Zigarre an.

»Herzlichen Dank, doch ich rauche nicht im Dienst«, wehrte Maruhn ab.

»Nun, was führt Sie zu mir? Haben Sie etwa den Schurken gefangen, der meine liebe Frau ermordet hat?«, fragte Dobritz mit einer gewissen Anspannung.

»Es könnte sein«, antwortete Maruhn und beobachtete Dobritz genau.

Dessen Augenlider flatterten einen Moment, dann hatte er sich wieder in der Gewalt. »Wirklich? Dann hoffe ich, dass Sie auch den gestohlenen Schmuck bald finden. Halten Sie mich bitte nicht für herzlos, weil ich ihn erwähne. Er ist immerhin von hohem Wert und war von meiner Frau für unsere beiden Töchter gedacht gewesen.«

»Auch das scheint möglich zu sein«, setzte Maruhn seinen nächsten Stich und sah zufrieden, wie Dobritz erblasste.

»Aber wie …« Er brach ab und schüttelte den Kopf. »Ich wäre überglücklich, denn dieser Schmuck ist das Vermächtnis meiner über alles geliebten Ehefrau.«

»Dann hoffe ich, ihn bald zurückbringen zu können. Doch nun würde ich mich gerne in Ihrem Haus umsehen. Sie haben nichts dagegen?«

»Sie haben doch den Raum bereits gesehen, in dem meine Gattin ermordet worden ist. Warum sind Sie überhaupt hier? Ich will in Ruhe trauern!« Dobritz gab sich verärgert, um die aufsteigende Unsicherheit zu verbergen.

»Es ist nun einmal meine Pflicht. Der zuständige Richter hat eine Hausdurchsuchung angeordnet«, erklärte Maruhn und wies seinen Untergebenen an, damit zu beginnen. Er selbst forderte Dobritz auf, ihm die Ereignisse am Mordtag noch einmal zu berichten.

Dieser tat es, ohne sich in Widersprüche zu verwickeln, und schickte, als Maruhn ihn darum bat, die einzelnen Mitglieder seines Haushalts herein.

Die meisten konnten nichts zur Klärung des Falles beitragen. Nur das Zimmermädchen, das die Tote gefunden hatte, wirkte so nervös, dass Maruhn aufmerksam wurde.

»Sie verschweigen mir etwas!«, sagte er der Frau auf den Kopf zu.

Diese schüttelte zuerst den Kopf, senkte ihn dann aber schuldbewusst. »Ich, ich glaube nicht, dass es von Bedeutung ist«, erwiderte sie leise.

»Was?«

»Ich weiß auch nicht, ob ich es sagen soll!«

Maruhn sah die junge Frau durchdringend an. »Wenn Sie etwas verschweigen, machen Sie sich der Mittäterschaft an diesem Verbrechen schuldig und können bestraft werden«, drohte er.

Die Frau griff sich erschrocken an den Hals. »Mittäterin! Mein Gott, doch das nicht!«

»Dann reden Sie!«

»Ich weiß nicht, ob es wichtig ist ...«, begann die Frau zögerlich. »Als ich am Tag nach dem Mord das Rauchzimmer des gnädigen Herrn sauber gemacht habe, habe ich dort unter einem Stuhl eines der Taschentücher der gnädigen Frau gefunden. Dabei hat sie das Zimmer meistens gemieden, da sie sagte, der Geruch nach Tabakrauch bereite ihr Kopfschmerzen. Nur, wenn sie sehr wütend war und mit dem gnädigen Herrn ein ernstes Wörtchen reden wollte, hat sie es betreten.«

»Das kann sie auch an jenem Tag getan haben«, schloss Maruhn aus ihren Worten.

Die Frau nickte. »Ich habe gehört, wie sie einander angeschrien haben. Es kam aus dem Flügel, in dem der gnädige Herr seine Zimmer hat, und höchstwahrscheinlich aus dessen Rauchzimmer.«

»Damals war es nach dem Streit auf einmal ganz still, und kurz darauf hat Herr von Dobritz das Haus verlassen«, sagte Maruhn, um die Frau zum Sprechen zu bringen.

Das Dienstmädchen nickte erneut. »So war es! Eine Stunde später habe ich dann die gnädige Frau tot aufgefunden.«

»Führen Sie mich in Herrn von Dobritz' Rauchzimmer!«, forderte Maruhn sie auf.

Die Frau tat es und zeigte wenig später auf einen Stuhl. »Darunter habe ich das Taschentuch gefunden!«

Maruhn betrachtete den Sessel mit dem bis zum Boden reichenden Überzug, zog dann sein Taschentuch und versuchte, es unter den Sessel zu werfen. Es blieb jedoch stets an dem Überzug hängen. Erst, als er sich auf den Sessel setzte und das Taschentuch mit der Hand darunterschob, gelang es ihm. Wenn er sich nicht irrte, hatte Dobritz seine Frau an dieser Stelle erwürgt und sie im Todeskampf ihr Taschentuch unter den Sessel geschoben. Es war ein Indiz, aber noch kein Beweis.

»Führen Sie mich in das Ankleidezimmer des Herrn von Dobritz«, forderte er die Frau auf. Diese gehorchte, und als sie eintraten, stürmte von der anderen Seite Dobritz heran.

»Wollen Sie etwa auch meine Zimmer durchsuchen?«, fragte er empört.

»Schön, dass Sie kommen! Dann können Sie mir auch sagen, welchen Rock Sie getragen haben, als Sie nach Ihrem Streit mit Ihrer Ehefrau das Haus verlassen haben«, antwortete Maruhn, ohne auf seine Bemerkung einzugehen.

Dobritz zeigte wahllos auf eines der Kleidungsstücke im Schrank, doch da schüttelte das Zimmermädchen den Kopf.

»Es war nicht der blaue Rock, gnädiger Herr, sondern der braune. Das weiß ich ganz genau, weil ich ihn hinterher in den Schrank gehängt habe.«

»Du musst dich irren! Es kann nur der gewesen sein«, beharrte Dobritz.

»Sie können Ihren Diener fragen und auch den Kutscher, sie werden das Gleiche sagen wie ich«, antwortete die Frau und holte den Rock aus dem Schrank.

»Darf ich?« Maruhn nahm ihn ihr ab und legte ihn auf den Tisch. Es war ein Rock aus gutem Tuch und ausgezeichnet genäht. Als Maruhn über eine der Taschen strich, spürte er etwas Hartes unter den Fingern. Er griff hinein und brachte eine mit

Edelsteinen besetzte Brosche von der Größe eines Talers zum Vorschein.

»Das ist doch die Saphirbrosche der gnädigen Frau!«, rief das Zimmermädchen verblüfft aus, während Dobritz zusammenzuckte. Als er Schweppke den Schmuck in der düsteren Einfahrt übergeben hatte, musste ihm dieses Schmuckstück aus dem Tuch gerutscht sein, in das er die Preziosen gewickelt hatte.

Maruhn zog auch noch einen einzelnen Ohrring aus der Tasche und zeigte ihn Dobritz. »Das ist ein Teil des Schmuckes, der angeblich geraubt wurde. Weshalb finde ich diese Brosche und den Ohrring in der Tasche des Rockes, den Sie an jenem Tag getragen haben?«

Dobritz suchte verzweifelt nach einer Antwort. Ich hätte den Rock samt dem Schmuck in die Spree werfen sollten, anstatt ihn Schweppke zu übergeben, hämmerte es in seinem Kopf.

»Ich weiß es nicht! Der Mörder muss die Stücke in meinen Rock gesteckt haben«, brachte er mühsam hervor.

»Er müsste es getan haben, als Sie mit diesem Rock bekleidet unterwegs waren«, erklärte Maruhn mit unverhohlener Schärfe. »Um Ihnen zu zeigen, wie nahe Sie am Abgrund stehen, teile ich Ihnen mit, dass Ihr Arbeiter Eduard Schweppke mit drei weiteren Kumpanen bei dem Versuch, Friedrich von Hartungs Fabrik anzuzünden, gefasst worden ist. Einer meiner Beamten wurde von einem der Verbrecher getötet. Schuld daran ist jedoch weniger der Mann, der es getan hat, als jener, der Schweppke den Auftrag gab, die Fabrik in Brand zu setzen.«

Maruhn schwieg einen Augenblick und musterte Dobritz mit einem eisigen Blick, bevor er fortfuhr: »Schweppke hat alles gestanden, vom Mordversuch an Theodor von Hartung angefangen über die geplante Entführung von dessen Schwester, bei der Schweppke jedoch an deren Freundin Friederike von Gantzow geriet, bis hin zu der Tatsache, dass er den

Schmuck von Ihnen erhielt und für Sie verwahren sollte. Auch der Auftrag, die Fabrik Ihres Schwagers in Schutt und Asche zu legen, kam von Ihnen!«

Eine Stunde zuvor hatte Dobritz sich noch sicher gefühlt, doch nun begriff er, dass sein Weg in die Criminal-Justizanstalt unumkehrbar war, es sei denn, ihm wurde erlaubt, sich mit einer Pistole zurückzuziehen.

»Geh jetzt!«, herrschte er das Zimmermädchen an und wandte sich anschließend mit zitternder Stimme an Maruhn. »Sie verstehen, dass ich es vorziehen würde, nicht ins Gefängnis zu kommen.«

Der Polizeimajor dachte kurz nach. An einem Skandal war seinen Vorgesetzten gewiss nicht gelegen – und ein Strafprozess gegen einen Mann wie Heinrich von Dobritz würde einen Skandal entfachen.

»Kommen Sie!«, sagte er und führte den Mann in das Zimmer, in dem in einem Schrank neben anderen Schusswaffen auch zwei Duellpistolen aufbewahrt wurden. Dobritz hatte sie nie benutzt, aber damit angegeben, welche zu besitzen. Jetzt nahm Maruhn eine davon heraus, lud sie sorgfältig und winkte Dobritz anschließend, ihm in das Rauchzimmer zu folgen. Dort legte er die Pistole auf den Tisch.

»Sie haben fünf Minuten Zeit, Herr von Dobritz. Danach schicke ich meine Untergebenen, um Sie abzuführen!«

Nach diesen Worten verließ er das Zimmer, nahm dabei den Schlüssel mit und sperrte von außen zu, damit Dobritz nicht auf den Gedanken kam, die Galgenfrist zur Flucht zu nutzen. Anschließend zog er seine Taschenuhr heraus und lehnte sich gegen die Wand des Flures.

Vier Minuten vergingen, ohne dass sich etwas tat. Als der Zeiger die volle fünfte Minute anzeigte, klappte Maruhn seine Uhr wieder zu und steckte sie weg. Er wollte gerade nach seinen Männern rufen, als ein Schuss erklang. Im Rauchzimmer polterte etwas, dann war es still.

Maruhn sperrte die Tür wieder auf und sah auf einen Toten hinab. Der Mordfall Luise Dobritz war gelöst, doch er hinterließ ein bitteres Gefühl in ihm. Als ein Diener erschrocken herankam, winkte er diesen zu sich.

»Sorgen Sie dafür, Herrn Heinrich von Dobritz junior davon zu unterrichten, dass sein Vater vor seinen himmlischen Richter getreten ist.«

## 5.

Die dramatischen Ereignisse im Herbst des Jahres 1869 änderten viele Pläne. So musste Gunda ihre Verlobung mit Gustav wegen der Trauerzeit um ihre Tante verschieben. Auch Bettina war betroffen, denn es war ihr unmöglich, vor Ablauf eines Jahres die Ehe mit Otto Baruschke einzugehen. Da sie nicht allein in ihrem Elternhaus bleiben konnte, musste sie ebenso wie ihre jüngere Schwester zu ihrem Bruder ziehen und dessen verachtete Ehefrau als Hausherrin anerkennen.

Durch den Mord an Friedrichs Schwester und den Selbstmord ihres Mannes trat der überraschende Auszug der Gantzows aus dem Gästehaus im Hause Hartung in den Hintergrund. Es war für alle kaum zu begreifen, wie dieses Verbrechen hatte geschehen können. Friedrichs Mutter machte sich Vorwürfe, dass sie zu wenig versucht hatte, zwischen ihrem Sohn und ihrer ältesten Tochter zu vermitteln. Daher bat sie Friedrich, den Kontakt mit Luises Kindern zu suchen und ihnen in dieser schweren Zeit beizustehen.

Friedrich suchte Heinrich Dobritz junior auf und kondolierte ihm. Wie der junge Mann sich auf Dauer zu ihm stellen würde, konnte er nicht sagen. Bettina hingegen zeigte ihm klar die kalte Schulter.

»Lass erst einmal ein wenig Zeit vergehen«, riet Resa ihrem Mann. »Dann werden dein Neffe und deine Nichten gewiss einsehen, dass Blut doch dicker als Wasser ist.«

»Ich hoffe es für Mama. Für sie war es ein fürchterlicher Schlag.« Friedrich atmete tief durch und legte einen Arm um die Schulter seiner Frau. »Selbst Theo und Gunda trauern, obwohl sie ihre Tante kaum kannten.«

»Es sind gute Kinder«, antwortete Resa mit einem warmen Lächeln.

»Es sind ja auch unsere«, sagte Friedrich und lächelte nun ebenfalls ein wenig. An Rieke und deren Familie dachte in diesen Tagen im Hause Hartung niemand. Erst nach einer Weile fragte Gunda ihre Eltern, wo die Freundin sich aufhalten könnte.

Da Rieke darauf verzichtet hatte, Theresa von Hartung ihre neue Adresse mitzuteilen, schienen sie und ihre Eltern zunächst wie vom Erdboden verschluckt zu sein. Friedrich und seine Frau waren enttäuscht und Gunda tief gekränkt. Am meisten ärgerte sich jedoch Theo. Seiner Meinung nach hatten seine Eltern sehr viel für Rieke und ihre Eltern getan und doch nur Undank geerntet. Er beschloss, Rieke aus seinen Gedanken zu verbannen, und meldete sich daher ein Semester früher als geplant zum Militär.

Resa und Friedrich begriffen, warum er es tat, und gaben Rieke die Schuld daran. Zum Glück herrschte seit dem Krieg gegen Österreich Frieden, und es zeichnete sich kein neuer Konflikt ab. Daher waren alle der Meinung, dass Theo spätestens Ende 1870 die Armee wieder verlassen und sein Studium vollenden würde.

Im Winter fand schließlich die Gerichtsverhandlung gegen Ede Schweppke und seine Komplizen statt. Durch die Ermordung des Polizeibeamten stand das Urteil für die vier von Anfang an fest, und der Richter vermied alles, was Heinrich von Dobritz in die Sache hätte mit hineinziehen können. Für Maruhn bedeutete dies viel Arbeit und wenig Freude. Wenigstens konnte er sein Versprechen an Schweppke erfüllen und dessen Frau die Summe überbringen, die Heinrich von Dobritz junior als Belohnung für das Auffinden des verschwundenen Schmucks zu zahlen bereit war. So war wenigstens Schweppkes Familie fürs Erste versorgt.

Als Maruhn an diesem Abend Friedrich von Hartung aufsuchte, wirkte er ernst und sogar ein wenig bedrückt. »Ich komme von Eduard Schweppkes Hinrichtung und der seiner Kumpane«, berichtete er, als sie im Rauchzimmer zusammensaßen. »Es war meine letzte Handlung als Polizeimajor. Ab morgen befinde ich mich im vorläufigen Ruhestand, und Ende des Jahres werde ich endgültig pensioniert.«

»Das bedauere ich sehr«, antwortete Friedrich. »Dabei dachte ich, Sie würden gerne Verbrechern nachspüren und diese überführen!«

»Meine Vorgesetzten sind der Meinung, dass ich wegen meines lahmen Beins eine Gefahr für meine Untergebenen darstelle, und ihrer Ansicht nach hätte ich nur noch am Schreibtisch sitzen dürfen. Ich eigne mich aber nicht zum Aktenhengst. Auch wenn es bitter ist, trotz meiner Erfolge einfach abgeschoben zu werden, bin ich doch froh, mein eigener Herr sein zu können. Ich überlege mir, Detektiv zu werden und Verbrechern auf eigene Faust nachzuspüren. Damit könnte ich meine nicht gerade üppige Pension ein wenig aufbessern«, erwiderte Maruhn nachdenklich.

»Sie werden dann eher untreuen Ehefrauen nachspüren als echten Verbrechern!« Friedrich lachte leise, wurde aber sofort wieder ernst. »Verzeihen Sie! Immerhin ist bei dem versuchten

Anschlag auf meine Fabrik einer Ihrer Männer umgebracht worden.«

»Das war der letzte Grund für meine Vorgesetzten, mich abzusägen«, erklärte Maruhn bitter. »Aber wenigstens habe ich diesen Fall noch abschließen können. Die Schurken, die bereits mehrfach Verbrechen gegen Ihre Familie begangen oder versucht haben, sind ihrer gerechten Strafe zugeführt worden. Ich muss jedoch zugeben, dass mir der Zufall in die Hände gespielt hat. Hätte Fräulein von Gantzow nicht wegen eines Regenschauers Unterschlupf in einer Gaststätte gesucht und dabei die Stimme ihres Entführers erkannt, wäre der Anschlag auf Ihr Werk wahrscheinlich gelungen.«

»Meinen Sie Friederike von Gantzow?«, fragte Friedrich verdattert. »Aber deren Name ist während des ganzen Prozesses nicht gefallen.«

»Es wurden etliche Namen verschwiegen, so auch der Ihrer Schwester und Ihres Schwagers, obwohl beide die Anschläge gegen Sie und Ihre Familie in die Wege geleitet haben.«

»Wir haben es also Friederike zu verdanken, dass unser Werk noch steht!« Friedrich begriff überhaupt nichts mehr. Weshalb war das Mädchen samt seinen Angehörigen verschwunden, obwohl es doch noch weitaus mehr Dankbarkeit von ihm zu erwarten hatte?

»Wissen Sie, wo Friederike von Gantzow sich derzeit aufhält? Sie und ihre Eltern haben uns verlassen, ohne uns ihre neue Adresse zu nennen«, fragte er angespannt.

»Major von Gantzow wohnt derzeit bei Leopold von Stavenhagen, einem seiner Verwandten«, berichtete Maruhn und bat dann, sich verabschieden zu dürfen.

Friedrich reichte ihm die Hand. »Ich danke Ihnen, dass Sie zu mir gekommen sind, und wünsche Ihnen einen angenehmen Heimweg.«

Kaum hatte Maruhn das Haus verlassen, hielt es Friedrich nicht mehr im Rauchzimmer. Er eilte zu seiner Frau und bat sie, auch Gunda und seine Mutter zu rufen. Kaum war dies geschehen, atmete er tief durch und begann zu sprechen.

»Ich habe von Herrn von Maruhn erfahren, dass Friederike von Gantzow durch einen Zufall von dem geplanten Anschlag auf unsere Fabrik erfahren und ihn informiert hat. Es ist daher ihr Verdienst, dass unser Werk nicht bis auf die Grundmauern niedergebrannt wurde.«

»Nein, wirklich? Aber warum ist sie dann einfach fortgezogen?« Gunda schüttelte den Kopf.

»Das wundert mich auch«, sagte seine Mutter.

»Laut Herrn von Maruhn leben die Gantzows nun bei einem Verwandten namens Stavenhagen«, berichtete Friedrich weiter.

»Den alten Bücherwurm habe ich bei Riekes Großtante kennengelernt. Der quillt förmlich über von Gelehrsamkeit«, platzte Gunda heraus.

»Was sollen wir tun?«, fragte Resa. »Schließlich sind wir Friederike zu noch mehr Dank verpflichtet!«

Ihr Mann nickte mit verkniffener Miene. »Wenn ich nur wüsste, weshalb die Gantzows das Gästehaus verlassen haben! Ich war der Ansicht, sie würden sich darin wohl fühlen.«

»Bitte Herrn von Maruhn um Stavenhagens Adresse. Ich werde Rieke schreiben und sie fragen, warum sie das getan hat«, schlug Gunda vor.

Ihre Mutter senkte betrübt den Kopf. »Tu es nicht, denn du würdest keine Antwort erhalten. Friederike kann so verschlossen sein wie eine Auster.«

»Schreiben aber solltest du ihr und ihr in meinem Namen danken!« Friedrich lächelte seiner Tochter zu und fragte sich, wie er die Schuld, in der er sich Rieke gegenüber fühlte, jemals würde abtragen können.

## 6.

Das Leben ging weiter. Der Winter wich dem Frühling, und selbst dieser machte sich bereit, dem Sommer Platz zu machen. Ihrem Vorsatz getreu hatte Rieke die Villa Hartung seit ihrem Umzug zu Stavenhagen nicht mehr betreten, traf sich aber gelegentlich mit Gunda in einem Café. Auf deren Fragen, weshalb ihre Familie umgezogen sei, antwortete sie nur, dass ihr Vater das Angebot eines Verwandten, bei ihm zu wohnen, nicht habe ausschlagen können.

»Weißt du, er fühlt sich dort wohl, denn er hat mit Herrn von Stavenhagen jemanden, mit dem er stundenlang diskutieren kann, und er hilft ihm auch bei der Einordnung und Katalogisierung seiner Sammlung«, setzte Rieke hinzu und wunderte sich dabei noch immer, wie rasch ihr Vater, der in früheren Zeiten Männer wie Stavenhagen als Schmetterlingsfänger verspottet hatte, selbst Gefallen an alten und exotischen Dingen gefunden hatte.

»Ihr hättet es uns sagen können«, beschwerte sich Gunda.

»Wir wollten euch nicht kränken«, redete Rieke sich heraus und lenkte das Gespräch auf Gustav. Damit brachte sie die Freundin dazu, unangenehme Fragen schnell zu vergessen. So war es auch diesmal. Gunda berichtete mit leuchtenden Augen, wie hoch angesehen ihr Verlobter bei seinen Vorgesetzten wäre.

»Seine Majestät soll bereits erwägen, ihn zum Stellvertreter eines Landrats in der Provinz zu ernennen. Er würde dann ganz gewiss dessen Nachfolger.«

Rieke blickte sie erstaunt an. »Aber dann müsstest du nach eurer Heirat mit ihm in den entsprechenden Landkreis ziehen und könntest nur noch ein- oder zweimal im Jahr nach Berlin kommen.«

»Ein bisschen öfter vielleicht schon«, antwortete Gunda schelmisch, wurde dann aber ernst. »Gustav sagte letztens, dass er unter Umständen aufgefordert werden könnte, als Premierleutnant in sein altes Regiment zurückzukehren. Anders als Theo hat er seinen Freiwilligendienst gleich nach dem Gymnasium abgeleistet.«

Die Erwähnung von Theo versetzte Rieke einen Stich. Sie beherrschte sich jedoch und sah ihre Freundin nachdenklich an.

»Daheim munkelt man bereits von einem möglichen Krieg. Der Kaiser der Franzosen soll Preußen gegenüber sehr unverschämt auftreten. Es heißt, er wolle unsere Provinzen an der Mosel seinem Reich zuschlagen, ebenso die bayrische Pfalz, obwohl es die Heimat der jetzt in München herrschenden Wittelsbacher ist.«

»Hoffentlich kommt es nicht zum Krieg«, sagte Gunda seufzend. »Ich denke an deinen Bruder, der in Schleswig gefallen ist, an deinen Vater, der sein Bein verloren hat, und an Polizeimajor Maruhn mit seinem verkrüppelten Bein. Sich vorzustellen, dass Gustav das Gleiche zustoßen könnte – oder Theo – entsetzt mich.«

»Theo wollte sich doch erst später melden. Wieso hat er es schon jetzt getan?« Einen Augenblick lang empfand Rieke Sorge um den jungen Mann, verdrängte ihn dann aber unerbittlich aus ihren Gedanken und stand auf.

»Es ist schon spät! Ich muss nach Hause.«

»Unser Wagen wartet draußen. Ich setze dich unterwegs bei deinen Eltern ab«, bot Gunda an.

Rieke wollte schon den Kopf schütteln, sagte sich dann aber, dass es zu viel des Zierens wäre, und sagte: »Das würde mich freuen!«

# 7.

Der Militärdienst gefiel Theo wenig. Es mochte daran liegen, dass seine Kameraden einige Jahre jünger waren als er und nicht so recht wussten, wie sie zu ihm stehen sollten. In seinem Alter hätte er bereits Offizier sein müssen, trug aber die gleiche Uniform wie sie. Anders als er nahmen sie auch jene Teile ihrer Ausbildung mit der Begeisterung der Jugend hin, die ihm überflüssig oder gar sinnlos erschienen. Gewohnt, dass sein Vater und die Werkmeister in der Fabrik die Arbeiter gut behandelten, fragte er sich, was das Geschrei der Unteroffiziere und Leutnants bewirken sollte. Sie verunsicherten die einfachen Soldaten nur und verhinderten, dass diese sich Gedanken über das machten, was über den täglichen Drill hinausging.

Die Spannungen mit Frankreich konnten jedoch mit dem ödesten Strammstehen und Präsentieren des Gewehrs nicht ferngehalten werden. An diesem Juliabend des Jahres 1870 beherrschte dieses Thema das Gespräch in ihrem Quartier.

»Könnte sein, dass es Krieg gibt!«, meinte der Feldwebel.

»Mit den Franzosen? Hoffentlich nicht!« Ein junger Soldat schlug das Kreuz und schüttelte heftig den Kopf. »Frankreich ist eine Großmacht und hat um so viel mehr Menschen als Preußen. Auch soll ihr Chassepot-Gewehr weitaus besser sein als unser Dreyse-Hinterlader. Sie haben eine Berufsarmee mit ausgebildeten Soldaten, während wir auf pommersche und märkische Bauernknechte angewiesen sind, denen man erst beibringen muss, wo bei einem Gewehr vorne und hinten ist.«

»Mann, halt's Maul! Das ist ja Defätismus! Im Krieg wird man für so was erschossen!«, brüllte der Feldwebel los.

»Dann kann man nur froh sein, dass noch kein Krieg ist«, warf Theo ein, um die Situation zu entschärfen.

Der Feldwebel erinnerte sich daran, dass die jungen Burschen, die er unter sich hatte, irgendwann in den Leutnantsrang aufsteigen und ihm dann übergeordnet sein könnten. Daher beließ er es bei einem ärgerlichen Brummen und erklärte danach lang und breit, dass Preußen dieses anmaßende Frankreich nicht fürchten müsse. Laut seinen Worten waren die Franzosen ein feiges Pack, das laufen würde, wenn ihnen die preußischen Kugeln um die Ohren flögen.

Während die anderen dem Mann mit wachsendem Mut zuhörten, dachte Theo sich seinen Teil. Was er über die Feldzüge des ersten Napoleon gelesen hatte, verriet ihm, dass die französischen Soldaten immer wieder besonderen Schneid bewiesen hatten. Zu glauben, sie würden rennen, wenn sie nur von weitem eine preußische Regimentsfahne sahen, hielt er für ein Märchen.

Da stürmte der Premierleutnant der Kompanie herein und schwenkte eine Zeitung. »Habt ihr das schon gelesen?«, fragte er atemlos.

»Nein! Was denn, Herr Leutnant?« Der Feldwebel wurde mit einem Mal höflich und salutierte vor dem weitaus jüngeren Mann.

»Der Napoleon ist verrückt geworden! Er verlangt, dass König Wilhelm sich bedingungslos seinen Forderungen unterordnet.«

»Ist das wahr?«, riefen mehrere der jungen Männer empört.

Der Leutnant legte die Zeitung auf den Tisch und wies mit dem rechten Zeigefinger auf eine Schlagzeile. »Hier steht es! Der französische Botschafter Vincent Benedetti hat Seiner Majestät, König Wilhelm, in Bad Ems aufgelauert und diesem die Forderungen seines Napoleons überbracht. Seine Majestät hat ihm aber heimgeleuchtet! Da, lest!«

Die Männer drängten sich nach vorne, um den Artikel mit als Erste lesen zu können, so dass sie sich gegenseitig behinderten. Theo beteiligte sich nicht an dem Gerangel, sondern machte sich seine eigenen Gedanken. Wenn es zum Krieg kam, würde er dabei sein müssen. Ihm war bewusst, dass seine Eltern, die Großmutter und die beiden Schwestern sich Sorgen machen würden. Nun fragte er sich, ob er noch ein paar Tage Urlaub und damit die Möglichkeit erhielt, seine Familie zu besuchen, bevor es ins Feld ging.

Seine Kameraden machten ihrem Zorn über Frankreich und dessen Kaiser mit drastischen Worten Luft. Wenn es nach ihnen ginge, hätten sie den Krieg bereits gewonnen, dachte Theo. Allerdings nahm er an, dass in französischen Kasernen ähnlich martialische Reden geschwungen wurden.

»Von wann ist die Zeitung?«, fragte er.

»Vom vierzehnten Juli, Sonderausgabe am Abend«, erklärte der Leutnant.

Theo blickte auf den Kalender an der Wand, der für ihn bisher nur wichtig gewesen war, um abschätzen zu können, wie lange er noch in der Armee dienen musste. »Das war vorgestern. Ich schätze, es wird noch einige Tage dauern, bis die Herren Diplomaten ihr Pulver verschossen haben. Vielleicht kommt es gar nicht zu einem Krieg, weil die Regierungen sich vorher einigen.«

»Aber nicht auf Preußens Kosten!«, rief der Feldwebel, der Theo weniger Höflichkeit zu schulden glaubte als dem Leutnant.

In Paris werden sie wahrscheinlich genauso laut schreien: Nicht auf Kosten Frankreichs! Dann ist der Krieg da, fuhr es Theo durch den Kopf. Bevor er einen weiteren Gedanken fassen konnte, erschien ein Soldat, dem sein Rang als Offiziersbursche förmlich aus den Knopflöchern sprang.

»Fähnrich Theodor von Hartung wird zum Kompaniechef befohlen!«

Alle Augen richteten sich auf Theo. Ihr alter Hauptmann war vor wenigen Tagen zum Major befördert und der neue Kompanieführer bislang noch nicht bestellt worden. Nun aber schien er eingetroffen zu sein, und es wunderte alle, dass er ausgerechnet Theo als Ersten zu sich rief. Das Gesicht des Premierleutnants verriet sogar Ärger, weil er sich übergangen fühlte.

Theo stand seufzend auf und folgte dem Boten zum Hauptmannsquartier. Als er dort eintrat, saß ein großer, breit gebauter, aber noch recht junger Mann hinter dem Schreibtisch und sah ihm mit nachdenklicher Miene entgegen.

»Fähnrich Hartung meldet sich wie befohlen zur Stelle«, sagte Theo und salutierte.

»Sehr gut! Ich habe Sie übrigens befördern lassen, denn wir brauchen einen neuen Sekondeleutnant. Das werden Sie sein«, antwortete der Hauptmann grinsend und streckte Theo dann die Hand hin. »Ich freue mich, Sie zu sehen, Vetter!«

Theo kniff die Augen zusammen. »Vetter? Dann müssen Sie Gero von Dobritz sein, der jüngere Sohn meiner Tante Luise.«

»In eigener Person!«, antwortete Gero. »Wir sind uns bisher noch nie begegnet. Zuerst stand meine Mutter wie ein Engel mit dem Flammenschwert davor, und zu ihrer Bestattung und der meines Vaters konnte ich nicht kommen, weil ich im hintersten Ostpreußen auf Manöver war und die entsprechenden Briefe in der Kaserne liegen geblieben sind. Keine gute Sache, aber das soll uns nicht daran hindern, unseren Dienst zu tun.«

»Sehr wohl, Herr Hauptmann!« Theo hatte zu wenig über Gero von Dobritz gehört, um ihn einschätzen zu können.

Nun holte dieser zwei Gläser und eine Flasche Cognac und schenkte ein.

»Ich habe es Napoleon III. zu verdanken, dass ich befördert worden bin, sonst hätte es noch ein paar Jahre gedauert«, erklärte er, während er Theo ein Glas hinschob. »Auf Ihr Wohl, Vetter!«

»Auf das Ihre!«, antwortete Theo.

Unterdessen wies Gero auf den zweiten Stuhl im Zimmer »Setzen Sie sich! Sonst muss ich mir den Hals ausrenken, um zu Ihnen aufzuschauen. Sie verdanken dem Kaiser der Franzosen ebenfalls Ihren Rang als Sekondeleutnant. Als ich die Kompanieliste erhielt und Ihren Namen darauf las, wusste ich, dass ich Sie auf diesem Posten haben will. Es kostete mich nur ein kurzes Gespräch mit dem General, dann hielt ich das Patent in der Hand.«

Gero grinste fröhlich und schaffte es in den kleinen Pausen, die er beim Sprechen einlegte, sein Glas zu leeren.

»Es gibt also Krieg!«, schloss Theo aus diesen Worten, da in Friedenszeiten Beförderungen weitaus zögerlicher ausgesprochen wurden.

»Den wird es geben! Laut General Gonzendorff hat unser Bismarck dem Franzosenkaiser etwas zu sehr auf die Zehen getreten, als dass Napoleon III. es auf sich beruhen lassen kann. Unser Regiment muss abmarschbereit sein, wenn der Befehl zum Abrücken kommt, und dann soll alles zack, zack gehen. Erster Pfiff, antreten, zweiter Pfiff, zum Bahnhof marschieren, dritter Pfiff, einsteigen und losfahren, vierter Pfiff, aussteigen und drauf auf die Franzosen.«

Gero von Dobritz grinste, als hätte er einen guten Witz erzählt. Aber Theos Gedanken galten einem anderen Problem.

»Es wird nicht jeder damit einverstanden sein, wenn Sie mich zum Sekondeleutnant machen.«

»So etwas nennt man eben Vetternwirtschaft!«, antwortete Gero fröhlich. »Sie sind der älteste Fähnrich in der Kompanie, und das verleiht Ihnen Autorität. Und jetzt trinken wir noch einen, bevor es gegen die Franzosen geht.«

Nach allem, was Theo eben erfahren hatte, schrieb er einen möglichen Urlaub ab. Wenn Napoleon III. tatsächlich so gereizt worden war, wie Hauptmann Dobritz es andeutete, konnte sich in wenigen Tagen sehr viel ereignen. Theo wusste nicht einmal, ob er noch die Zeit haben würde, sich eine Leutnantsuniform zu besorgen. Doch im Grunde war dies ein eher nachrangiges Problem.

## 8.

Ein paar Tage später machte die Nachricht die Runde, dass Frankreich Preußen den Krieg erklärt hatte. Nun wurde es einigen doch mulmig. Zwar hatte die preußische Armee innerhalb der letzten sieben Jahren die Heere Dänemarks und Österreichs geschlagen, doch Frankreich war ein anderes Kaliber. Es war groß, hatte viele Einwohner und besaß Kolonien in allen möglichen Teilen der Welt. Außerdem galt seine Armee als das am besten ausgebildete und ausgerüstete Heer in Europa. Vor allem von dem französischen Chassepot-Gewehr wurden wahre Wunderdinge erzählt. Es sollte fast doppelt so weit schießen und weitaus durchschlagskräftiger sein als das preußische Infanteriegewehr der Firma Dreyse.

Theo leistete als Sekondeleutnant seinen Dienst, hatte aber keine Zeit gefunden, seiner Familie einen ausführlichen Brief zu schreiben. Als der Tag anbrach, an dem sie ausrücken mussten, kritzelte er rasch ein paar Zeilen auf ein Blatt Papier und steckte es in einen Umschlag. Er konnte den Brief gerade noch aufgeben, dann ging es zum Bahnhof.

General Eilert von Gonzendorff hatte gefordert, dass alles zack, zack gehen sollte, und seine Untergebenen gaben sich alle Mühe, ihn nicht zu enttäuschen. Dabei half es, dass der Aufmarsch ausgezeichnet organisiert war. Die Züge standen für die Truppen bereit und brachten sie rasch und ohne störende Pausen in ihre Bereitstellungsräume.

Auf einem der Bahnhöfe musste Gonzendorffs Brigade den Zug wechseln. Auf dem Weg zu diesem kamen sie an flachen Waggons mit aufgebockten Feldgeschützen vorbei. Die Artilleristen saßen auf den Protzen und winkten ihnen zu.

»Die haben es gut, denn sie dürfen hinten bei ihren Kanonen bleiben, während wir zum Sturm antreten müssen«, meinte ein Korporal aus Theos Kompanie mit kaum verhohlenem Neid.

»Hast du etwa Angst vor den Gewehren der Franzosen?«, spottete einer der Kanoniere und klopfte auf den Lauf eines Geschützes. »Das hier ist beste Ware aus den Stahlwerken des Herrn Krupp! Solche Kanonen haben die Franzosen nicht.«

»Ich hoffe nicht, dass du dich irrst. Was wir tun müssen, tun wir. Tut ihr das eure!«, antwortete der Korporal.

»Und ob wir das tun!«, erwiderte der Kanonier lachend.

Als die Waggons mit den Artilleristen hinter ihnen zurückblieben, fragte sich Theo, ob ein möglicher Vorteil bei den Kanonen in der Lage sein würde, den Nachteil der Infanteriegewehre auszugleichen. Zeit, darüber nachzudenken, hatte er jedoch kaum, denn er musste die Männer zu ihrem Waggon führen und danach die Essensausgabe überwachen.

Weiter ging es. Beim nächsten Halt trafen sie auf Soldaten in ganz anderen Uniformen. Das Blau ihrer Waffenröcke und Hosen war heller, und auf den Köpfen trugen sie Lederhelme mit einer Zier, die sich wie eine schwarze Raupe von der Stirn bis zum Nacken spannte.

»Das sind Bayern!«, rief der Feldwebel, der Männer in diesen Uniformen vier Jahre zuvor noch als Feinde erlebt hatte.

Noch während die meisten Preußen die so unverhofft aufgetauchten Verbündeten bestaunten, kam Gero von Dobritz flotten Schrittes näher.

»Bayern, Württemberg und Baden haben uns ihren Beistand erklärt! Damit sieht die Sache schon ganz anders aus, als wenn wir Preußen allein gegen die Franzosen ziehen würden.«

Ein schütteres »Hurra!« erscholl, und auf den Gesichtern der meisten Soldaten wichen die Zweifel langsam einer gewissen Erleichterung. So ganz geheuer aber war es vielen nicht, an der Seite derer zu kämpfen, die vor kurzem noch auf der gegnerischen Seite gestanden hatten.

Theo hielt die Entscheidung der süddeutschen Staaten für richtig. Immerhin bedrohten die Forderungen Napoleons III. die Bayerische Pfalz und badische Gebiete ebenso wie die preußischen Westprovinzen. In der Hinsicht war der Kaiser der Franzosen noch schlimmer als Ludwig XIV., der auch jedes Fitzelchen Land an sich gerafft hatte, das nicht rasch und entschieden genug verteidigt worden war.

Etliche Soldaten stimmten »Die Wacht am Rhein« an, und zu ihrer Freude fielen etliche Bayern darin ein. Deren Offiziere und Unteroffiziere zogen allerdings saure Gesichter, schließlich hatten sie die Preußen im letzten Krieg als Feinde erlebt. Auch wenn sie für den Bestand ihres eigenen Landes gegen die Franzosen zogen, so sahen sie den mächtigen Verbündeten im Norden nicht als Freund an, im Gegensatz zu einigen ihrer Soldaten, die jetzt ihre Helme schwenkten, aber bei der Strophe, die Bayern betraf, merkwürdig still blieben.

»Das sind keine richtigen Bayern, sondern Franken und Schwaben, die Kurfürst Maximilian, der spätere König Max I., von Napoleon als Geschenk erhalten hat«, erklärte ein Fähnrich, dessen Ziel es war, nach seinem Dienst in der Armee Historiker zu werden.

»Aber warum kämpfen sie dann gegen Napoleon, wenn dieser ihnen Franken und Schwaben geschenkt hat?«, fragte ein Grenadier, der in der Geschichte nicht so beschlagen war.

»Das war der andere Napoleon, der Erste, nicht der Dritte, dem wir jetzt ebenso den Arsch versohlen wollen, wie es unser alter Blücher bei seinem Onkel getan hat«, erklärte ihm Theo.

Viel Zeit, mit ihren Verbündeten zu reden, blieb nicht, da sie in verschiedene Züge verladen wurden. Die meisten Orte, durch die sie kamen, waren Theo unbekannt, und nur selten trafen sie auf ein Bahnhofsschild, das er zuordnen konnte. Eines aber war klar: Sie fuhren immer weiter nach Westen. Als sie den Rhein überschritten, erklärte der alte Feldwebel, dass er den Pulverdampf förmlich riechen könne.

Irgendwann endete die Reise mit dem Zug, und die Brigade erhielt den Befehl, sich marschbereit zu halten. Während Theo seine Kompanie an den zugewiesenen Platz führte, staunte er über die vielen Pferde und Wagen, die überall bereitstanden. Kisten mit Proviant und Munition sowie allen möglichen Ausrüstungsgegenständen wurden in fliegender Hast verladen, und weiter vorne wurden die Pferde direkt vor die Geschütze und die Protzen gespannt.

»Wenn die Franzosen das sehen könnten, müsste ihnen angst und bange werden«, rief einer der Fähnriche begeistert.

»Ich schätze, dass es bei denen ähnlich aussieht. Jetzt kommt es darauf an, welche Armee besser geführt wird«, antwortete Theo und übersah dabei einen groß gewachsenen Mann mit einem mächtigen Schnauzbart. Obwohl er eine dunkelblaue Uniform trug, wirkte er nicht wie ein Offizier.

»Und welche Führung ist Ihrer Meinung nach die bessere, Leutnant?«, fragte er.

Es dauerte einen Augenblick, bis Theo in ihm den preußischen Ministerpräsidenten Otto von Bismarck erkannte.

Er salutierte und gab Antwort. »Die unsere, Eure Exzellenz! Zumindest habe ich nicht gehört, dass Feldmarschall Moltke auf die Schnelle ein Franzose geworden wäre.«

Bismarck lachte, wurde aber schnell wieder ernst. »Zumindest ging unser Aufmarsch schneller vonstatten als der der Franzosen. Deren Regimenter suchen teilweise noch ihre Ausrüstung. Trotzdem dürfen wir sie nicht unterschätzen. Die Dänen waren 1864 zu schwach, um uns ernsthaft Widerstand entgegensetzen zu können, und Österreich stand zwei Jahre später nicht nur gegen uns, sondern wurde zudem in Italien von Savoyen angegriffen. Frankreich wird von niemandem bedroht! Daher kann es seine gesamte Macht gegen uns einsetzen.«

»Was ist mit Österreich? Nicht, dass Kaiser Franz Joseph uns in den Rücken fällt, um die Scharte von 1866 auszubügeln.«

Bismarck diese Frage zu stellen, war für einen einfachen Leutnant wie Theo eigentlich eine Frechheit. Doch wie die meisten anderen Soldaten trieb ihn die Frage um, was passieren würde, wenn Österreich die Gelegenheit ergreifen und über Böhmen und Sachsen gegen Berlin vorrücken würde. Die wenigen preußischen Regimenter, die sich noch in der Heimat befanden, würden einer angreifenden Armee kaum etwas entgegensetzen können.

Bismarck klopfte Theo vom Pferd aus auf die Schulter. »Machen Sie sich keine Sorgen, junger Mann. Österreich hat seine Neutralität erklärt. Es würde sein letztes Ansehen in Deutschland verlieren, falls es uns angreift, während wir uns der Aggression Frankreichs erwehren müssen.« Er winkte noch einmal, dann ritt er weiter.

»Wenn die Österreicher stillhalten, können wir es schaffen«, meinte Gero von Dobritz, der sich zu Theo gesellt hatte. »Übrigens haben die Franzosen die Grenze überschritten und Saarbrücken besetzt. Viel weiter werden sie aber nicht kommen, weil genügend Truppen auf unserer Seite darauf warten, ihnen eins aufs Käppi zu geben.« Er lachte, schlug Theo ebenfalls auf die Schulter und wies dann nach Südwesten. »Morgen um die Zeit sind wir in Frankreich, mein Freund. Dann heißt es, hart zuzuschlagen! Seid ihr dazu bereit, Männer?« Das Letzte galt der marschbereiten Kompanie.

»Das sind wir!«, riefen die Männer und ließen Dobritz hochleben.

Anders als die meisten anderen Offiziere verstand er einen Scherz und drückte auch einmal ein Auge zu, wenn er es für vertretbar hielt. Dem Einzigen, dem dies nicht passte, war der Feldwebel, doch der stammte, wie einige Soldaten hinter seinem Rücken spotteten, noch aus der Zeit Friedrichs des Großen.

## 9.

Die Straßen, auf denen die Kompanie vorrückte, waren längst zu unbefestigten Feldwegen geworden, die zwischen bewaldeten Hügeln und Feldern hindurchführten, auf denen das Korn reifte. Die Männer hörten jedoch keine Vögel singen oder Heimchen zirpen, sondern nahmen Kanonendonner und Gewehrfeuer vor sich wahr. Die Schlacht war bereits in vollem Gange, und sie hatten den Befehl, gegen ein Dorf vorzugehen, in dem sich die Franzosen verschanzt hatten. Wenn sie dieses Dorf einnahmen, war die Verteidigungslinie des Feindes durchbrochen, und das eigene Heer konnte die gegnerischen Truppen umfassen.

Der Plan war kühn, und seine Ausführung würde Opfer fordern. Doch nur die ängstlichsten Soldaten bekreuzigten sich oder suchten Trost im Gebet. Die meisten Männer brannten darauf, es den Franzosen zu zeigen. Selbst Theo fühlte sein Blut rascher durch die Adern rauschen, und er strich immer wieder über den Säbelgriff. Dabei war sein Revolver mit den sechs Patronen die bessere Waffe. Während er weitermarschierte, rief er sich ins Gedächtnis, den Revolver in die rechte Hand zu nehmen und den Säbel in die linke.

»Ausschwärmen!«, befahl Gero von Dobritz.

Theo wandte sich nach links und sah zwischen Bäumen die nächste Kompanie vorrücken. Doch auch gemeinsam waren sie nur ein winziger Teil des riesigen Heeres, das auf die Franzosen zumarschierte.

»Wir haben gleich das Ende des Waldes erreicht. Aufschließen und Feuer erst auf mein Kommando eröffnen!« Gero von Dobritz war schon 1864 gegen die Dänen dabei gewesen, ebenso zwei Jahre später gegen die Österreicher, daher brachte ihn so leicht nichts aus der Ruhe.

»Ihr habt es gehört! Aufschließen und erst auf Kommando das Feuer eröffnen!«, rief Theo den Männern zu, die seinem direkten Kommando unterstanden.

Danach ging es blitzschnell. Die Bäume blieben hinter ihnen zurück, und vor ihnen lag ein mehr als zweihundert Klafter breites Feld. Dahinter tauchte das Dorf auf, über das ein Kirchturm wie ein mahnender Finger hinausragte. Kaum einen Atemzug später eröffneten die Franzosen das Feuer.

Theo sah Männer neben sich fallen und wunderte sich, warum er sich nicht umdrehte und davonlief. Stattdessen zog er den Säbel und ließ den Revolver, der auf diese Entfernung noch nutzlos war, in seiner Tasche.

»Vorwärts marsch!«, brüllte Gero von Dobritz.

»Vorwärts marsch!«, wiederholte Theo und reckte seinen Säbel in die Luft.

»Im Laufschritt marsch!«, hallte Gero von Dobritz' nächster Befehl über das Feld.

Die Männer rannten gebückt auf das Dorf zu, um möglichst wenig Zielfläche zu bieten. Theo hielt sich an der Spitze seiner

Soldaten, um ihnen ein Beispiel zu geben. Die Kugeln der Franzosen flogen ihm um die Ohren, doch keine traf. Schon bald sah er die primitive Verschanzung der Franzosen direkt vor sich. Ein Offizier im roten Käppi zielte mit einem Revolver auf ihn. Theo hob die Rechte, doch in der hielt er immer noch den Säbel. Als der Schuss krachte, hechtete er zur Seite und prallte gegen einen der eigenen Männer. Die Kugel des Franzosen ging an ihm vorbei. Bevor dieser erneut schießen konnte, feuerte einer der Preußen sein Gewehr ab, und der Franzose sank mit erstaunter Miene hinter die Schanze.

Theo wechselte nun den Säbel in die Linke und zog mit der rechten Hand die Pistole. Seine erste Kugel traf einen französischen Soldaten, der mit dem Bajonett auf Gero von Dobritz losgehen wollte. Ein weiterer Franzose tauchte vor ihm auf, doch Theo schoss schneller als der Gegner. Wenig später war die Verschanzung genommen, und die Truppe stürmte weiter, hinter den fliehenden Franzosen her.

Erneut hielt sich Theo an der Spitze und sah, wie mehrere französische Soldaten sich in einem Haus verschanzten. Sofort befahl er, es zu stürmen. Zwei seiner Männer stießen die Tür mit den Schultern auf und drangen ein. Theo folgte ihnen auf dem Fuß und feuerte auf Franzosen, die mit ihren Bajonetten zustoßen wollten. Er traf die beiden Ersten, übersah aber einen Dritten und hörte im letzten Moment den Warnschrei eines seiner Männer.

»Vorsicht, Herr Leutnant, hinter Ihnen!«

Theo prallte herum. Das Bajonett, das seinen Rücken durchstoßen sollte, verfehlte sein Ziel und traf nur seinen Oberarm. Bevor der Franzose es ein zweites Mal probieren konnte, schoss Theo ihn nieder, und damit war das Haus erobert.

»Weiter!«, befahl er.

Da zeigte einer seiner Männer auf seinen linken Arm. »Sie bluten, Herr Leutnant.«

»Nur eine Schramme«, knurrte Theo, bemerkte aber, dass ihm der Säbel in der Hand zu schwer wurde. Kurz entschlossen steckte er ihn in die Scheide zurück und presste den Arm gegen die Brust.

»Nicht nachlassen, Leute! General Gonzendorff will, dass wir die Franzmänner zum Teufel jagen, und das haben wir bis jetzt noch nicht getan!«, rief er seinen Männern zu.

Sie verfolgten die Franzosen ein ganzes Stück über das Dorf hinaus und waren schließlich froh, als frische Truppen nachrückten, die sie ablösten. Endlich konnte Theo sich einen Überblick über seine Männer verschaffen. Ein paar waren tot, mehrere verwundet und der Rest durch den raschen Vormarsch und dem Angriff zutiefst erschöpft. Bei der gesamten Kompanie sah es nicht besser aus. Gero von Dobritz wanderte zwischen seinen Männern umher, um die Verletzten in Augenschein zu nehmen, und schickte mehrere von ihnen nach hinten, wo das Lazarett errichtet worden war. Drei Männer mussten von Kameraden getragen werden, und bei mindestens einem war es Geros Miene zufolge unsicher, ob er überleben würde. Zuletzt kam er auf Theo zu.

»Das war eine Attacke! Schätze, wir werden alle einen Orden dafür bekommen. Aber was sehe ich? Ihr Waffenrock ist voller Blut. Es ist hoffentlich nichts Ernstes?«

»Ein Bajonettstich in den Oberarm. Ich werde ihn gleich verbinden lassen. Es ist nicht der Rede wert!«

»Nicht der Rede wert?«, rief Gero. »Das lassen Sie besser den Regimentsarzt entscheiden. Sie gehen jetzt zu ihm. Vorher aber lassen Sie sich verbinden. Nicht, dass Sie uns unterwegs verbluten!« Er brachte es wie einen Witz, und einige Männer lachten darüber. Der Sanitäter der Kompanie aber kam auf

Theo zu und half ihm, den Waffenrock abzulegen. Der ganze Hemdsärmel troff vor Blut. Um Theo nicht das Hemd ausziehen zu müssen, schnitt der Sanitäter den Ärmel ab und wickelte den gesamten Inhalt eines Verbandspäckchens um den Oberarm.

»Den Rest müssen die im Lazarett machen, Herr Leutnant«, meinte der Mann, als er zurücktrat.

Gero von Dobritz reichte Theo den Waffenrock und wies einen Mann an, ihn dorthin zu begleiten. »Sie sehen mir verdammt blass aus, Hartung«, erklärte er, als Theo meinte, es auch allein schaffen zu können.

Es war ein mühsamer Marsch an Fuhrwerken vorbei, auf die Tote und Verletzte beider Armeen geladen wurden. Der Schmerz, den Theo durch seine Anspannung im Kampf nicht empfunden hatte, wurde immer stärker, und als er hustete, wurde ihm so schwindlig, dass sein Begleiter ihn festhalten musste. Schließlich winkte dieser einem Fuhrmann zu.

»Der Leutnant ist verletzt und muss ins Lazarett. Nimmst du uns mit?«

»Wenn ihr nicht zwischen Leichen sitzen wollt, müsst ihr auf den Bock kommen«, antwortete der Fuhrmann.

»Es wird das Beste sein, Herr Leutnant«, drängte Theos Begleiter.

Theo nickte, brauchte aber Hilfe, um auf den Bock des Wagens zu gelangen. Danach richtete er seinen Blick starr nach vorne, um nicht die Toten sehen zu müssen, die sich auf dem Wagen stapelten.

## 10.

Der Regimentschirurg sah sich die Verletzung an und wirkte schließlich erleichtert.

»Sie haben Glück, denn es ist ein glatter Schnitt durch den Muskel. Allerdings wird einige Zeit vergehen, bis Sie den Arm wieder gebrauchen können. Ich werde jetzt die Wunde säubern und die Ein- und Ausstichstelle nähen. Dann melden Sie sich beim Hauptquartier. Die haben bereits ein Gebäude als Hospital eingerichtet. Wo es sich befindet, wurde uns natürlich nicht mitgeteilt. Ist wohl streng geheim!« Es klang verärgert, denn dadurch hatten die Ärzte und ihre Helfer mehr Arbeit, als wenn sie die Verletzten gleich hätten weiterschicken können.

Theo erhielt ein großes Glas Cognac und die Anweisung, es bis zum Grund zu leeren.

»Es ist wegen der Schmerzen. Das Chloroform benötigen wir für die wirklich schlimmen Fälle. Noch ist der Krieg nicht zu Ende«, meinte der Arzt.

Theo gehorchte, doch der Schmerz ließ kaum nach. Stattdessen tat ihm nun auch der Kopf weh, und ihm wurde so schwindlig, dass er nicht mehr aufrecht sitzen konnte. Ein Sanitäter musste ihn stützen, während der Arzt die Wunde nähte. Als dieser zum nächsten Verletzten weiterging, ließ der Sanitäter Theo auf das Bett sinken.

»Strecken Sie jetzt den Arm aus, damit ich Sie verbinden kann«, forderte er.

Theo gehorchte, der Arm tat ihm dabei so weh, dass er die Zähne zusammenbeißen musste. Kurz darauf war sein Arm versorgt und mit einer Schlinge vor der Brust fixiert. Der Sanitäter reichte ihm ein weiteres Glas Cognac.

»Trinken Sie das und versuchen Sie zu schlafen. Wenn Sie

aufwachen, wissen wir vielleicht schon, wo Sie hingebracht werden sollen.«

»Danke!« Theo trank das Glas leer und legte sich hin. Obwohl sein Arm höllisch schmerzte, dämmerte er weg und erlebte im Traum den Angriff wieder und wieder. Doch diesmal scheiterten sie, und er wurde jedes Mal von einem Dutzend Kugeln getroffen.

Als er am nächsten Morgen erwachte, fühlte er sich so wirr im Kopf, dass er eine Zeitlang brauchte, um Traum und Wirklichkeit zu unterscheiden. Ein Sanitäter half ihm, den Abtritt zu finden. Anschließend brachte ihm eine der Helferinnen ein leichtes Frühstück. Die Frau wirkte müde und überanstrengt, denn es gab viel zu tun, und etliche Verletzungen waren so entsetzlich, dass sie immer wieder gegen ihre Übelkeit ankämpfen musste.

»Danke schön!«, sagte Theo und trank den bitteren Kräutertee, den sie ihm serviert hatte, mit Todesverachtung. Das Brot war bereits mit Butter bestrichen, und so konnte er es mit einer Hand essen.

Kaum war er mit dem Frühstück fertig, erschien der Regimentsarzt und sah sich mit einer brennenden Zigarre im Mund die Wunde an.

»Sieht ganz gut aus«, meinte er wegen seiner Zigarre etwas gequetscht. »Sie werden aber ein paar Wochen im Hospital bleiben müssen, bevor Sie wieder Dienst tun können. Am liebsten würde ich Sie ja nach Hause schicken, da Sie dort eine liebevollere Pflege erhalten würden als hier, aber das erlaubt die Armeeführung nicht. Außerdem sind Sie zu schwach, um reisen zu können.«

»Mir geht es gut!«, behauptete Theo, musste sich aber mit der rechten Hand am Bettrand festhalten, da ihm wieder schwindlig wurde.

»Das sagt ihr Helden alle! Doch kaum kehrt man euch den Rücken zu, sinkt ihr zusammen wie nasse Säcke«, antwortete der Arzt. »Ach ja, ehe ich es vergesse: Sie werden mit anderen verwundeten Offizieren zu einem in der Nähe gelegenen Schloss gebracht, das von der Armee als Hospital requiriert worden ist. Sehen Sie zu, dass Sie in einer Stunde zum Aufbruch bereit sind. Einen Burschen haben Sie nicht?«

Theo schüttelte den Kopf. »Meine Beförderung erfolgte so knapp vor dem Ausrücken, dass mir keine Zeit geblieben ist, mir einen zu suchen.«

»Es wird sich dort schon jemand um Sie kümmern!« Der Arzt war in Gedanken schon bei seinem nächsten Patienten und verabschiedete sich.

Theo sah ihm nach und quälte sich dann hoch. Mit nur einem verwendungsfähigen Arm war es fast unmöglich für ihn, sich anzuziehen, und so war er froh, als Gero von Dobritz erschien und ihm half.

»Ich habe Ihre Sachen dabei, Hartung. Sie werden sie in dem Château brauchen. Soll einem Marquis gehören, habe ich mir sagen lassen, oder mindestens einem Comte«, berichtete er dabei.

»Wie ist es gestern ausgegangen?« Dies interessierte Theo weitaus mehr.

»Die Messieurs haben die Hucke vollbekommen, und wir haben ein ganzes Heer eingeschlossen. Dem kommandierenden General wird nichts anderes übrigbleiben, als zu kapitulieren, wenn er nicht will, dass unsere Artillerie seine Leute zu Mus zerstampft!«

Wie so oft war Gero von Dobritz nicht anzumerken, ob seine Worte ernst gemeint waren oder ob er die Schrecken, den der Krieg mit sich brachte, mit einigen scheinbar scherzhaft gemeinten Worten abmildern wollte.

»Es ärgert mich, dass ich nicht mehr dabei sein kann«, erwiderte Theo enttäuscht.

»Wenn die Chose länger dauert, kommen Sie schon wieder zurück, Vetter. Jetzt lassen Sie sich erst einmal von den Mesdemoiselles verwöhnen, damit Sie wieder auf die Beine kommen! Ah, da werden Sie schon abgeholt!« Gero deutete auf zwei Pfleger, die in respektvollem Abstand stehen geblieben waren und zu ihnen herschauten.

»Bis bald!«, verabschiedete sich Theo und folgte den Sanitätern zu einem Fuhrwerk, das mit Heu ausgelegt worden war. Darauf lagen bereits mehrere Verwundete. Zu Theos Verwunderung waren auch Franzosen darunter. Diese sahen allerdings übler aus als die meisten Preußen. Waren diese fast ausnahmslos von Gewehrkugeln getroffen und verletzt worden, hatten ihre Gegner zumeist Gliedmaßnahmen durch den schweren Artilleriebeschuss verloren.

Unwillkürlich dachte Theo an Major von Gantzow. Diesem war es bei Königgrätz ähnlich ergangen. Er konnte froh sein, nur am Arm verwundet worden zu sein. Diese Wunde würde heilen, aber ein verlorener Arm oder ein verlorenes Bein waren unwiederbringlich fort.

Die Pfleger brachten noch drei Verwundete, dann ging es los. Am frühen Vormittag war die Fahrt noch erträglich, und jene preußischen Offiziere, die von ihren Blessuren nicht zu sehr gebeutelt wurden, unterhielten sich laut und angeregt über den bisherigen Verlauf des Krieges. Ihre Feinde kamen dabei nicht besonders gut weg. Zumindest einer der Franzosen musste Deutsch verstehen, denn er flüsterte seinen Kameraden immer wieder etwas zu.

Theo beteiligte sich nicht an dem Gespräch, sondern ließ seine Gedanken wandern. Im Lauf des Tages stiegen die Temperaturen stark an. Zwar hatte man einen Sonnenschutz aus

Leinwand über den Wagen gespannt, doch da der Wind eingeschlafen war, wurde die Luft unter dem Stoffdach immer stickiger. Irgendwann gab es eine Rast, in der Quellwasser, Wein und Brot verteilt wurden. Theo hatte keinen Hunger, trank aber den Becher, den man ihn reichte, durstig leer.

Kurz darauf ging es weiter, und nach einer Weile fiel Theo in einen von Alpträumen geplagten Schlaf. Er erwachte durch eine leichte Berührung an der Schulter, öffnete die Augen und sah einen Engel über sich, mit langem, brünettem Haar, braunen Augen und dem lieblichsten Gesicht, das er je gesehen hatte.

»So fällt mir das Sterben leicht«, flüsterte er leise.

»Monsieur sollten nicht ans Sterben denken, sondern daran, wieder gesund zu werden«, antwortete die junge Frau in einem Deutsch, das von einem entzückenden Akzent unterlegt wurde. »Sie sind in unserem Château angekommen. Auch wenn die preußische Armee den größten Teil davon requiriert hat und uns nur ein Seitenflügel geblieben ist, so werden wir doch allen Verletzten helfen, seien es unsere Soldaten oder die Ihren.«

Als er das hörte, verabschiedete Theo sich von dem Gedanken, einem Engel begegnet zu sein. Die junge Dame besaß jedoch auch als irdisches Wesen einen besonderen Reiz, und als sie ihm kurz über die Stirn strich, fragte Theo sich, ob ihn die Vorsehung in dieses Schloss geführt hatte.

## 11.

In der Heimat war der Krieg gegen Frankreich das alles beherrschende Thema. War man zuerst besorgt gewesen, die Konfrontation mit dem mächtigen Frankreich könnte übel enden, so änderte sich dies nach den ersten Siegesmeldungen.

Eine Woge der Begeisterung rollte übers Land und erfasste sogar Leopold von Stavenhagen, der dem Militär sonst wenig abgewinnen konnte. Nun aber saß er zusammen mit Riekes Vater über Landkarten gebeugt und verfolgte auf dem Papier den Vorstoß der preußischen Armeen und ihrer Verbündeten.

»Niemand wird Preußen je wieder so in den Staub treten, wie es der Onkel dieses Herrn getan hat!«, rief Egolf von Gantzow begeistert, als ein weiterer Sieg gemeldet wurde.

Rieke wusste, dass mit diesem Herrn Napoleon III. gemeint war und mit dessen Onkel Napoleon Bonaparte, der Anfang des Jahrhunderts Preußen nach seinen Siegen bei Jena und Auerstedt beinahe vernichtet hätte. Sie beschäftigte sich jedoch nicht mit den Hintergründen dieses Krieges, sondern dachte mehr an Theo, der auch ins Feld hatte ziehen müssen, als es ihrem Gemütszustand guttat. Auch wenn er sich als hartherziger Schuft entpuppt hatte, so empfand sie doch große Angst um ihn.

Ihr Vater hingegen hegte seine eigenen Pläne. Als Rieke ihm und Stavenhagen wieder einmal Wein brachte, wedelte Egolf von Gantzow mit einem Blatt Papier.

»Mein alter Kamerad Magnus von Coldnitz hat geschrieben, dass er mich nach seiner Rückkehr aus dem Frankreich-Feldzug besuchen wird. Das ist auch für dich von großer Bedeutung. Coldnitz' Ehefrau ist Anfang des Jahres verstorben, und er denkt über eine Wiederverheiratung nach. Da sein einziger Sohn vor ein paar Jahren an Pneumonie gestorben ist, braucht er einen Erben. Daher sind wir übereingekommen, dass du ihn heiraten wirst.«

Rieke ließ vor Schreck beinahe die Weinflasche fallen. »Was soll ich?«, fragte sie entsetzt.

»Magnus von Coldnitz heiraten«, erklärte ihr Vater stolz. »Er hofft, nach diesem Feldzug zum Generalmajor befördert zu werden oder wenigstens im Charakterrang eines solchen seinen Abschied nehmen zu können.«

»Seinen Abschied nehmen ...«, flüsterte Rieke mit bleichen Lippen. Dies klang nicht so, als wäre Coldnitz ein noch halbwegs junger Mann.

Ihr Vater nickte zufrieden. »Will sich jetzt um sein Gut kümmern! Dort sollen bald ein paar Rangen herumtoben, auf die er und ich stolz sein können. Das Soldatenblut der Gantzows muss weitergegeben werden! Es wird zwar nicht mehr so sein wie bei Emil, aber Preußen braucht Offiziere für sein Heer. Da ich keinen Sohn mehr habe, wirst du sie ihm verschaffen.«

»Ich will nicht heiraten, und schon gar keinen Mann, den ich noch nie in meinem Leben gesehen habe«, rief Rieke empört.

»Wirst dich an ihn gewöhnen. Wie ein Soldatenhaushalt aussieht, weißt du ja selbst.«

Mit keiner anderen Bemerkung hätte Egolf von Gantzow die Abscheu seiner Tochter gegen diese Ehe mehr entfachen können als mit dieser. Rieke erinnerte sich zu gut daran, wie ihr Vater die Mutter und sie zu seinen Sklavinnen hatte machen wollen. Bei der Mutter war es ihm gelungen. Diese hatte keinen eigenen Willen mehr, sondern tat immer nur das, was ihr Mann von ihr verlangte. Von ihr konnte sie keine Hilfe erwarten. Was sollte sie tun? Ihr blieben nur zwei Möglichkeiten. Entweder unterwarf sie sich dem Willen des Vaters und heiratete Magnus von Coldnitz, oder sie lief weg und sah einer ungewissen, wahrscheinlich auch sehr düsteren Zukunft entgegen. Da wäre ihr selbst eine von Großtante Ophelia arrangierte Ehe lieber gewesen. Doch seit Gustav und sie sich geweigert hatten, zu heiraten, hatten sie von dieser nichts mehr gehört.

Während Riekes Vater nicht auf ihre empörten Blicke achtete, bemerkte Leopold von Stavenhagen sie durchaus. Insgeheim schüttelte er ohnehin den Kopf über den sturen Kommisskopf, der nur sich selbst und seine Überlegungen gelten ließ und seine Tochter damit geistig noch ebenso ersticken würde, wie es ihm bei seiner Ehefrau gelungen war. Er empfand Mitleid mit Rieke und überlegte, wie er ihr helfen konnte. Mit ihrem Vater zu reden erschien ihm sinnlos. Egolf von Gantzow sah in einer Ehe seiner Tochter mit einem hohen Militär deren Glück begründet und würde keinem Gegenargument zugänglich sein.

Daher überlegte er, ob er seine Cousine Ophelia von Gentzsch bitten sollte, Rieke bei sich aufzunehmen. Doch auch dort war das Mädchen nicht vor dem väterlichen Willen sicher. Außerdem gab seine Cousine Rieke die Schuld, dass ihr Großneffe Gustav nicht um diese, sondern um Gunda von Hartung angehalten hatte. Dabei konnte Rieke am wenigsten dafür, denn dieses Mondkalb Gustav hatte sich auf den ersten Blick in Riekes Freundin verliebt. Da Frau von Gentzsch ihren Großneffen einer solchen Gefühlsentscheidung nicht für fähig hielt, behauptete sie, Rieke habe sich Gustav gegenüber so abweisend benommen, dass dieser bei Gunda Trost gesucht hätte.

Unterdessen begriff auch Rieke, dass ihr Vater keines ihrer ablehnenden Worte gelten lassen, sondern alles tun würde, damit die von ihm gewünschte Heirat stattfand. Sie wollte jedoch nicht gegen ihren Willen eine Ehe eingehen müssen und verließ vor Wut kochend den Raum. Kaum war dies geschehen, erhob Stavenhagen sich mit einer entschuldigenden Geste.

»Ich komme gleich wieder«, sagte er zu Major Gantzow, der eben auf der Karte den Vormarsch seines ehemaligen Regiments nachvollzog und nur ein Brummen als Antwort gab.

Wenig später fand Stavenhagen Rieke in dem Raum, in dem die Weißwäsche aufbewahrt wurde. Sie faltete die Leintücher, obwohl das eine Arbeit war, die das Dienstmädchen zu verrichten hatte. Dabei sah sie so aus, als wolle sie das Leinen am liebsten in tausend Stücke zerfetzen.

Bei Stavenhagens Eintreten blickte sie nur kurz auf.

»Ich habe den Eindruck, dass dir die Ehe, die dein Vater für dich arrangiert hat, nicht gefällt«, begann Stavenhagen vorsichtig.

»Bevor ich einen Offizier heirate, reiße ich aus und schlage mich als Gesellschafterin oder Lehrerin durch«, antwortete Rieke fauchend.

»Du bräuchtest die entsprechenden Papiere, um eine solche Stellung zu erhalten«, wandte Stavenhagen ein.

»Denn bettle ich eben!«

»Ich halte das Leben als Bettlerin nicht gerade für erstrebenswert. Jeder Lümmel in einer Polizeiuniform hätte das Recht, dich als Landstreicherin einzusperren.« Stavenhagen atmete tief durch. »Ich wüsste eine Möglichkeit, dir zu helfen. Ich weiß nur nicht, ob du damit einverstanden wärst.«

»Ich bin mit allem einverstanden, was mich vor einer Ehe mit Magnus von Coldnitz bewahrt«, brach es aus Rieke heraus.

»Sie würde bedingen, dass wir beide ins Ausland fahren und dort eine Zivilehe eingehen. Du musst nicht glauben, dass ich dadurch Rechte bei dir einfordern würde. Es soll eine Josefsehe sein, wenn du das verstehst?«

Rieke schwirrte der Kopf. Was hatte Stavenhagen eben gesagt? Sie sollte ihn heiraten? Aber was hatte es mit einer Josefsehe auf sich?

Als sie nachfragte, lächelte Stavenhagen. »So nennen gewisse Kirchenkreise die Ehe zwischen Josef von Nazareth und der Jungfrau Maria. Sie behaupten, er hätte seiner Frau niemals beigewohnt, sondern beide hätten keusch nebeneinander gelebt. Wärst du bereit, so mit mir zu leben? Es wäre für dich von Vorteil, denn ich bin nicht unvermögend. Du würdest meine Erbin sein, und als Witwe wärst du deine eigene Herrin und damit frei vom Willen deines Vaters oder anderer Verwandter.«

Das Angebot kam für Rieke so überraschend, dass sie Zeit brauchte, um es richtig zu begreifen. Sie mochte Stavenhagen gerne, aber ihn heiraten? Verwirrt musterte sie ihn und sah Güte und Verständnis auf seinem Gesicht. Er würde gewiss nichts von ihr fordern. Doch konnte sie ein solches Geschenk überhaupt annehmen, ohne es auf irgendeine Weise zu beantworten?

»Bevor du einen Entschluss fasst, solltest du wissen, dass ich ebenso dein Großonkel bin wie Ophelia deine Großtante. Nähere Verwandte als dich, sie und Gustav besitze ich nicht. Da Ophelia, wie ich sie kenne, Gustav verzeihen und ihn doch als Erben einsetzen wird, habe ich in meinem Testament bereits dich als Erbin benannt. Doch um es selbst verwalten zu können und die Verfügungsgewalt nicht deinem Vater überlassen zu müssen, solltest du verheiratet gewesen sein!«

Stavenhagen sprach mit eindringlicher Stimme, der Rieke sich nicht entziehen konnte. Sie war müde, müde vom Kampf mit ihrem Vater und müde von ihrer Liebe zu Theo. Nun bot ihr der alte Herr selbstlos seine Unterstützung an. Anders als bei dem Gedanken an eine Ehe mit Coldnitz empfand Rieke keinerlei Abscheu davor, mit ihm verheiratet zu sein. Auch wenn diese Ehe nur aus Respekt und einer gewissen gegenseitigen Zuneigung geschlossen würde, so war sie bereit, sie mit ehrlichem Herzen einzugehen, und sie nahm sich vor, alle Pflichten, die eine Ehefrau ihrem Gatten gegenüber besaß, zu erfüllen. Das war sie Leopold von Stavenhagen schuldig. Mit dem Anflug eines Lächelns reichte sie ihm die Hand.

»Ich werde Ihr großzügiges Angebot annehmen und danke Ihnen dafür!«

# Elfter Teil

*Liebe und Tod*

# I.

Theo beobachtete, wie die junge Frau einem Verwundeten mit unendlicher Geduld Suppe einflößte. Dabei erschien sie ihm so schön wie das Licht der aufsteigenden Sonne und so zart wie eine Daunenfeder. Die meisten preußischen Offiziere sprachen ungeniert von ihren Vorzügen, und so mancher hätte nichts dagegen gehabt, mit ihr in einem Zimmer alleine zu sein.

Cécile de Lourvaine ignorierte jedoch alle Anspielungen und überließ jene Männer, die aufdringlich wurden, der Obhut der französischen Krankenpflegerinnen. Da diese kein Deutsch sprachen, hatten die Herren es schwer, ihre Wünsche zu äußern, auch wenn es sich dabei nur um ein Glas Wein oder eine Zigarre handelte. Selbst ihre Französischkenntnisse halfen ihnen wenig, denn für diese Frauen waren Männer, die Cécile beleidigten, es nicht wert, ihnen einen Gefallen zu erweisen.

Theo hingegen konnte sich nicht über mangelnde Pflege beschweren. Als seine Armwunde sich entzündet hatte, war Cécile mit ihrem eigenen Hausarzt erschienen, und dieser hatte die Wunde behandelt. Die Entzündung war inzwischen abgeklungen, und der Arm begann zu heilen. Theo bedauerte es ein wenig, da die schöne Samariterin sich nicht mehr so oft um ihn kümmern musste.

Mittlerweile war der Krieg so gut wie entschieden. Die französischen Heere waren an allen Orten geschlagen worden und Tausende Soldaten in Gefangenschaft geraten, darunter auch

Kaiser Napoleon III. selbst. Die Stimmung unter den preußischen Soldaten und deren aus Preußen stammenden Betreuern war daher ausgezeichnet, während die Franzosen ihre Trauer nicht verbargen.

Eben hatte Céciles Patient den letzten Löffel gegessen, und sie kam auf Theo zu. »Guten Morgen, Lieutenant! Haben Sie gut geruht?«

»Danke der Nachfrage! Ich habe sehr gut geschlafen.«

»Der Docteur sagt, ich muss heute Ihren Verband wechseln. Oder soll Babette es tun?«, fragte die junge Frau.

Theo schüttelte heftig den Kopf, denn Babette war ein kräftig zupackendes Wesen, das einen Mann für ein Pferd zu halten schien. Nur die Tatsache, dass sie die verwundeten Franzosen nicht zärtlicher behandelte als die Preußen, verhinderte, dass Letztere sich über sie beschwerten. Außerdem hatten alle Angst, danach noch rauher von ihr angefasst zu werden.

»Non! Sie sind mir tausendmal lieber als Babette«, antwortete Theo und zog seine Weste aus. Cécile musste ihm dabei helfen, ebenso beim Hemd. Als sie mit ihren kühlen Fingern seine Haut berührte, durchzuckte es ihn wie ein elektrischer Schlag.

»Sie sind wundervoll!«, entfuhr es ihm.

Cécile musterte ihn nachdenklich. Der Lieutenant war anders als seine Kameraden, die in ihrer Gegenwart anzügliche Witze rissen und die Pflege, die ihnen zuteilwurde, als das Recht des Siegers betrachteten. Der Meinung dieser Männer nach mussten ihre Eltern und sie froh sein, dass man ihnen überhaupt noch ein paar Zimmer in ihrem eigenen Schloss überlassen hatte. Dieser junge Mann hingegen war freundlich und bedankte sich jedes Mal, wenn er zu trinken oder zu essen erhielt.

Er sah auch gut aus, fand sie. Sein Lächeln gefiel ihr und auch die Art, wie er sie anschaute. All das unterschied ihn von den anderen Preußen. Für ihn war sie bestimmt kein Mädchen, das man heimlich benützen und danach rasch wieder vergessen wollte, sondern etwas Kostbares. Dieser Gedanke brachte ihre Augen zum Strahlen, und sie gab sich Mühe, ihm beim Verbandswechsel nicht wehzutun.

»Ihre Wunde sieht weitaus besser aus als noch vor drei Tagen«, berichtete sie. »Nun aber muss ich die brennende Salbe auftragen, die Ihnen der Arzt verschrieben hat. Sie bekämpft die Entzündung. Der Docteur sagt, er hätte Ihnen beinahe den Arm abnehmen müssen, und das ist so dicht an der Schulter sehr gefährlich.«

»Dann wollen wir hoffen, dass der Arm dranbleibt«, antwortete Theo und hielt still, obwohl die Salbe brannte.

»Sie sind sehr tapfer«, sagte Cécile bewundernd. Sie hatte Verwundete erlebt, die gestöhnt und gekeucht und sogar nach ihr geschlagen hatten.

»Für Sie würde ich selbst das Feuer der Hölle ertragen«, antwortete Theo mit einem missratenen Lächeln.

Cécile fand, dass dies ein schönes Kompliment sei, und blieb länger bei ihm, als für den Verbandswechsel nötig gewesen wäre. Erst als Babette erschien, stand sie bedauernd auf.

»Ich muss Sie jetzt wieder allein lassen, Lieutenant.«

»Aber Sie kommen doch wieder?«, sagte Theo flehend.

Babette entging dies nicht, und sie tippte Cécile vor der Tür mahnend an. »Sie sollten Ihr Herz besser festhalten, Komtesse. Der junge Mann mag hübsch und freundlich sein, dennoch bleibt er ein Feind. Ihr Bruder würde es niemals hinnehmen, wenn der Preuße sich um Sie bewerben sollte.«

»Etienne ist noch bei der Armee«, wandte Cécile ein, spürte aber, dass es eine schlechte Ausrede war. »Warum kann es nicht auch einen guten Preußen geben?«, fuhr sie daher fort, erntete bei der kompakt gebauten Frau aber nur ein Kopfschütteln.

Babette kannte Céciles Bruder zu gut, um die wachsende Vertrautheit zwischen ihrer jungen Herrin und dem preußischen Leutnant gutheißen zu können. Daher warnte sie Cécile noch einmal davor, zu freundlich zu Theo zu sein, und bot ihr an, dessen Versorgung zu übernehmen.

Gerade das wollte Cécile nicht, denn Babette ging mit ihren Patienten viel zu rauh um. Den großmäuligen preußischen Offizieren gebührte nichts anderes, doch Theodor von Hartung hatte Besseres verdient.

»Ich kümmere mich weiterhin selbst um ihn. Und sei ohne Sorge! Ich weiß, was ich meinem Geschlecht und meinem Stand schuldig bin«, sagt sie und eilte zum nächsten Patienten, um zu verhindern, dass Babette dieses Thema weiterverfolgen konnte.

## 2.

Die Zeit verging, und während Theos Verletzung heilte, wuchs seine Zuneigung zu Cécile. Er wünschte sich sehnlich, sie würde mehr in ihm sehen als einen feindlichen Offizier, den sie – vom preußischen Militär gezwungen – ins Schloss ihrer Eltern hatte aufnehmen müssen.

Auch Céciles Gedanken beschäftigten sich immer häufiger mit Theo. Babette warnte sie, zu viel Zeit mit ihm zu verbringen, doch war es allzu schön, mit ihm im Park spazieren zu gehen. Auch an diesem Tag nahm sie wieder ihren entzückenden weißen Sonnenschirm und strebte dem Parkportal zu. Theo wartete dort bereits auf sie und bot ihr den rechten Arm. Ein wenig ärgerte er sich, weil er den linken immer noch in einer Schlinge tragen musste, doch es bestand die Aussicht, dass er in den nächsten Tagen darauf verzichten konnte. Noch zwei Wochen, dachte er, dann würde er zu seinem Regiment zurückkehren. Dieser Gedanke hatte etwas Erschreckendes an sich, denn es würde ihn von Cécile trennen.

Diese spürte, dass ihn etwas bedrückte, und sah ihn forschend an. »Haben Sie Schmerzen, Monsieur?«

»Nein, ich spüre die Wunde kaum noch. Ihr Arzt hat wahre Wunder vollbracht. Er meint, ich würde den Arm wieder wie früher gebrauchen können.«

»Was fehlt Ihnen dann?« Céciles Neugier war stärker als alle Belehrungen, ein Mädchen müsse scheu und zurückhaltend sein.

»Ich dachte daran, dass ich bald wieder als verwendungsfähig eingestuft und zu meinem Regiment zurückgeschickt werde.«

»Oh, Gott!«, flüsterte sie und blieb stehen. »Würde es Ihnen leidtun?«, fragte sie mit einem Hauch von Koketterie.

»Meinetwegen hätte Preußen diesen Krieg verlieren können, wenn ich Sie dadurch gewinne, mein Fräulein.«

Cécile spürte, dass es dem jungen Mann ernst damit war, und schenkte ihm ein bezauberndes Lächeln. »Ich würde auch sehr traurig sein, wenn ich Sie nicht wiedersehen könnte.«

»Ich werde heute bei Ihrem Vater vorstellig werden und ihn um Ihre Hand bitten!« Theo dachte dabei weder an seine Eltern, die sich sehr wundern würden, wenn sie von seiner Verlobung oder gar Heirat erfuhren, noch an Rieke, die er geliebt hatte und die nun von der schönen Französin völlig verdrängt worden war.

»Ich weiß nicht, ob Papa einverstanden sein wird«, antwortete Cécile etwas kleinlaut. »Für ihn sind Sie ein Feind, der ihn aus seinem eigenen Zimmer vertrieben hat.«

»Dabei schlafe gar nicht ich darin, sondern Oberst Malchenstein«, versuchte Theo zu witzeln, wurde dann aber wieder ernst. »Bevor ich dieses Schloss verlasse, werde ich mit Ihrem Vater sprechen. Ich will als Ihr Verlobter von Ihnen scheiden.«

»Dies wäre wunderschön!« Cécile verlor sich ein wenig in diesem Gedanken, musterte Theo dann aber erneut. »Ich weiß so wenig von Ihnen. Sind Sie gerne Soldat?«

Theo schüttelte den Kopf. »Gott bewahre! Ich leiste nur meinen einjährigen Freiwilligendienst ab. Die meisten tun dies gleich nach dem Gymnasium, doch ich wollte vorher ein paar Semester studieren und bin daher später zur Armee gegangen.«

»Das ist schon besser, denn einem preußischen Berufsoffizier würde Vater mich gewiss verweigern. Aber wenn Sie wieder Zivilist sind, hege ich Hoffnung.« Cécile atmete auf und setzte den unterbrochenen Spaziergang fort.

Theo berichtete ihr von seiner Familie. »Vater besitzt eine große Tuchfabrik, die ich später einmal übernehmen werde, und meine älteste Schwester ist mit einem höheren Beamten verlobt. Wir verfügen auch über ein stattliches Schloss. Mit der Eisenbahn ist man von Berlin aus in wenigen Stunden dort. Sie werden sich bei uns wie zu Hause fühlen.«

Cécile wollte es so gerne glauben. Da sie streng erzogen worden war, hatte sie bislang nur wenige junge Männer kennengelernt und keinem von ihnen größeres Interesse geschenkt. Der Krieg hatte jedoch alles verändert, und das Schloss ihrer Eltern war mit mehr als zwei Dutzend verwundeter Offiziere gefüllt. Die meisten waren Preußen, die dem Ruf, laut und tölpelhaft zu sein, alle Ehre machten. Die französischen Offiziere hingegen leckten ihre Wunden und ihren verletzten Stolz, gegen die verachteten Preußen verloren zu haben. Der Einzige, der weder dem einen noch dem anderen Bild entsprach, war Theo. Jung, wie sie war, und auch ein wenig naiv, hoffte sie, es werde sich alles zum Guten wenden.

Sie ahnte nicht, dass ihre Eltern hinter einem Fenster standen und sie und Theo im Park beobachteten.

»Du solltest mit Cécile sprechen, damit sie mit diesem Preußen nicht weiterhin in dieser Weise fraternisiert«, mahnte ihre Mutter den Vater.

»Der junge Preuße wird, soviel ich gehört habe, nicht mehr lange hier im Schloss bleiben«, antwortete der Comte de Lourvaine.

»Was ist, wenn vorher noch Unbeschreibliches geschieht und aus unserer Tochter ein gefallenes Mädchen wird?«, fragte die Gräfin scharf.

»Dann muss er sie heiraten!«

»Einen Preußen als Schwiegersohn? Oh, nein! Das würde Etienne niemals dulden.«

Bei dem Hinweis auf den Sohn, der um einiges durchsetzungsfähiger war als er selbst, huschte ein Schatten über das Gesicht des Grafen. Zwar galt er als Herr der Familie, doch das vergaßen Frau und Sohn im Gegensatz zu Cécile immer wieder.

»Ich vertraue Lieutenant von Hartung, dass er unsere Tochter zu nichts Unziemlichem verführt. Auch hätte er kaum die Gelegenheit dazu, da Babette unser Täubchen nicht aus den Augen lässt«, erklärte er und wies auf die Vertraute seiner Frau, die sich inzwischen weniger als die Pflegerin der Verletzten denn als Céciles Beschützerin fühlte.

Die Gräfin aber wollte sich weder auf Theos Rücksichtnahme noch auf Babette verlassen, die doch irgendwann abgelenkt sein konnte. Daher beschloss sie, ihrem Sohn zu schreiben, der sich mit den Resten des französischen Heeres weit ins Binnenland zurückgezogen hatte.

## 3.

Um die gleiche Zeit sah im fernen Berlin Gunda ihre Freundin kopfschüttelnd an. »Du gefällst mir gar nicht, Rieke. Ich will zwar nicht behaupten, dass du sonst vor Lebhaftigkeit nur so sprühst, aber heute bist du mir wirklich zu still.«

»Verzeih, ich war in Gedanken.« Rieke nahm sich zusammen und brachte sogar ein Lächeln zustande. »Du freust dich gewiss, dass Gustav nicht ins Feld ziehen muss.«

»Und ob ich das tue!«, antwortete Gunda mit einem erleichterten Seufzer. »Ich muss nur an den Schrecken denken, der uns alle erfasst hat, als wir die Nachricht von Theos Verwundung erhielten. Zum Glück kam bald darauf ein Brief von ihm, in dem er seine Verletzung als Schramme abtat, die in wenigen Tagen abgeheilt sein würde.«

»Theo ist verletzt? Das wusste ich nicht.« Obwohl der Verstand Rieke anwies, den jungen Mann zu verachten, fühlte sie tief im Innern einen schneidenden Schmerz.

»Mama ist ganz froh darum, dass er ein paar Wochen in einem französischen Schloss verbringen muss. So ist er dem Krieg entzogen und kann nicht noch schwerer verwundet oder gar getötet werden«, erklärte Gunda, um sogleich wieder auf ihren Verlobten zu sprechen zu kommen.

»Gustav ist zum Hauptmann befördert worden und kommandiert eine Kompanie, die in Westfalen als Reserve steht. Seinem letzten Brief zufolge sieht es nicht so aus, als müsse er noch nach Frankreich ziehen, und falls es doch notwendig sein sollte, so würde er nur in bereits besetztem Gebiet stationiert. Den Franzosen, so schreibt er, sei das Rückgrat gebrochen. Sie haben ihren Kaiser abgesetzt, und es gibt dort eine neue Regierung. Diese ruft zwar zu weiterem Widerstand auf, aber ihre Armeen und Generäle sind zum großen Teil in Gefangenschaft geraten, und gegen die Kanonen des Herrn Krupp und unsere Zündnadelgewehre kann ein mit Vogelflinten und Mistgabeln ausgerüsteter Landsturm wenig ausrichten.«

»Du sprichst wie ein altgedienter Offizier«, meinte Rieke mit leichtem Spott, der jedoch an Gunda abprallte.

»Das hat mir Gustav geschrieben, und er muss es wissen«, erklärte diese. »Übrigens hat seine Großtante Ophelia von Gentzsch nach langem Zögern seiner Heirat mit mir zugestimmt und will ihn zu ihrem Universalerben ernennen.« Gunda verstummte einen Augenblick und sah ihre Freundin mit einem um Entschuldigung bittenden Blick an. »Auch wenn es mich für Gustav freut, finde ich es sehr ungerecht. Immerhin bist du ebenfalls eine Großnichte von Frau von Gentzsch und hast damit das gleiche Anrecht auf das Erbe. Sie hätte es wenigstens zwischen euch beiden teilen können!«

»Ich habe die Dame zu sehr enttäuscht«, sagte Rieke achselzuckend.

»Du meinst, weil Gustav nicht bereit war, die Ehe mit dir einzugehen? Du hättest mir sagen müssen, dass er gekommen ist, weil er um dich hätte anhalten sollen. Als Gustav mir dies berichtet hat, war ich direkt böse auf dich. Es gab mir das Gefühl, dir den Bräutigam weggenommen und dich um ein angenehmes Erbe gebracht zu haben, das dich und deine Eltern aller Sorgen entledigt hätte!« Gunda brach in Tränen aus und klammerte sich regelrecht an Rieke. »Kannst du dir nicht vorstellen, wie schlecht ich mir vorgekommen bin?«

»Du bist ein Schaf!«, schalt Rieke sie. »Meine Abneigung gegen eine Ehe mit Gustav war nicht geringer als die seine gegen eine mit mir. Du hast mir daher nichts weggenommen, sondern mich sogar gerettet, denn wie hätte ich mich wehren sollen, wenn er tatsächlich um meine Hand angehalten hätte?«

»Aber er ist doch ein lieber, guter Mann. Wie kannst du ihn da nicht mögen?«, fragte Gunda fassungslos.

»Ich achte ihn, aber zu meiner Schande kann ich ihn nicht lieben!« Rieke versuchte zu lächeln, doch misslang ihr dies so, dass Gunda erneut aufmerkte.

»Irgendetwas bedrückt dich doch! Du kannst mir nicht weismachen, dass es nicht stimmt. Dafür kenne ich dich zu gut!«

»Es ist nichts Schlimmes«, versuchte Rieke sich herauszureden. Die Tränen, die ihr in die Augen traten, verkündeten jedoch das Gegenteil.

Da nun eine Bresche in den Panzer geschlagen war, den Rieke um sich errichtet hatte, drängte Gunda weiter. »Willst du es mir nicht sagen? Dabei dachte ich, ich wäre deine beste Freundin!«

Rieke senkte den Kopf und berichtete mit stockender Stimme von den Plänen ihres Vaters. Auch wenn es Sitte war, dass die Väter die Männer bestimmten, die ihre Töchter heiraten sollten, schüttelte es Gunda bei dem Gedanken, dass ihre Freundin mit einem ihr völlig fremden Offizier vor den Traualtar treten sollte.

»Du sagst, der Mann ist bereits über sechzig?«, rief sie entsetzt.

»Fünfundfünfzig«, korrigierte Rieke sie.

»Aber damit ist er immer noch fünfunddreißig Jahre älter als du! Er könnte dein Großvater sein!« Gunda nahm es mit den Jahren nicht so genau, doch spielte dies im Augenblick keine Rolle.

»Mir geht es weniger um sein Alter als darum, dass er wie mein Vater Offizier ist!«, rief Rieke aufgebracht.

Ihre Freundin sah sie nachdenklich an. »Bist du gegen den Ehestand und willst keinem Mann angehören?«

»Es gibt genug Frauen, die nicht heiraten und trotzdem glücklich sind«, antwortete Rieke. »Trotzdem habe ich nichts dagegen zu heiraten. Ich will aber keinen Mann, der meinem Vater gleicht. Mein Hintern tut mir heute noch von den Schlägen weh, die ich als Kind von ihm erhalten habe. Nicht nur ein Vater, sondern auch ein Ehemann hat das Recht, seine Frau zu züchtigen. Da beim Heer selbst Männer geschlagen werden, wird Coldnitz vor mir nicht haltmachen, wenn ich ihm nicht wie ein Hund aufs Wort gehorche.«

»Sollte Gustav mich je schlagen, würde er es bereuen!« Gunda sah so entschlossen aus, dass Rieke ihrem Vetter nur raten konnte, sich zu beherrschen. Gustav hatte Gundas Liebe im Flug errungen, konnte sie aber bei einer falschen Entscheidung ebenso rasch wieder verlieren.

»Aber was willst du tun?«, fragte Gunda weiter. »Wenn dein Vater diese Ehe will, kannst du dich kaum weigern.«

»Ich würde in dem Fall wochenlang nicht mehr sitzen können«, erklärte Rieke bissig und fasste nach den Händen ihrer Freundin.

»Das, was ich dir jetzt sagte, darfst du niemandem weitererzählen!«

»Ich schweige wie ein Gr… äh, Stein!« Grab wollte Gunda dann doch nicht sagen und wartete gespannt auf Riekes Antwort.

»Ich werde durchbrennen!«

»Was?«, keuchte Gunda auf. »Aber das kannst du nicht! Wovon willst du leben?«

»Ich brenne nicht allein durch, sondern mit dem Mann, der mich heiraten wird.«

»Was?«, quiekte Gunda. »Aber ich habe dich nie von einem solchen Verehrer reden hören. Kenne ich ihn?«

»Es ist Herr von Stavenhagen.«

Gunda schüttelte verwirrt den Kopf. »Stavenhagen? Der könnte wirklich dein Großvater sein!«

»Er hat angeboten, mich zu heiraten, um mich vor der Ehe mit Coldnitz zu retten.«

»Das wird dein Vater niemals akzeptieren. Stavenhagen ist wirklich zu alt für dich und dazu kein Offizier«, wandte Gunda ein.

»Eben deswegen werden wir durchbrennen. Herr von Stavenhagen hat alles vorbereitet. Da er unser Hausherr ist, konnte er meine Papiere von den Behörden erlangen, und er hat auch einen Ort gefunden, in dem wir heiraten werden, nämlich Rudolstadt im Fürstentum Schwarzburg-Rudolstadt.«

Rieke erzählte es in einem Tonfall, als ging es darum, die Speisefolge für den nächsten Tag zu bestimmen. Da Gunda bereits bei dem Gedanken an Gustav das Herz schneller schlug, fragte sie sich entsetzt, was das für eine Ehe werden mochte.

Als sie Rieke das fragte, lächelte diese schmerzhaft. »Herr von Stavenhagen wird mir ein weitaus besserer Ehemann sein als Oberst Coldnitz. Wir haben viele gemeinsame Interessen, und ich werde ihm helfen, seine Sammlung zu ordnen, und ihm als Sekretärin dienen, da seine Finger allmählich zu steif zum Schreiben werden. Es wird gewiss behaglich werden.«

»Behaglich!«, rief Gunda aus. »Was ist das für eine Ehe, wenn die Liebe fehlt?«

»Ich werde Herrn von Stavenhagen gewiss lieben lernen, denn ich hege hohe Achtung vor ihm. Auch gibt es niemanden, mit dem ich lieber verheiratet wäre als mit ihm«, antwortete Rieke und wusste selbst, dass es eine Lüge war. Ein Teil ihrer selbst hielt immer noch an der Liebe zu Theo fest. Doch auch das würde sich im Lauf der Zeit legen, sagte sie sich und fragte sich dennoch etwas ängstlich, was ihr die Zukunft bringen würde.

Gunda schüttelte zunächst den Kopf über ihre Freundin, sah sie dann aber traurig an. »Du opferst dich, um deinen Eltern die Wohnung in Herrn Stavenhagens Haus zu erhalten. Ich gebe zu, es ist angenehm dort, aber ...«

»Es ist kein Opfer, sondern eine Ehe, wie sie sein soll, ohne große Leidenschaft, aber voller Zuneigung und Vertrauen«, antwortete Rieke und nahm sich fest vor, Stavenhagen die Ehefrau zu sein, die er verdiente.

## 4.

Im Gegensatz zu Rieke schwelgte Theo im höchsten Glück. Er liebte Cécile, und diese liebte ihn. Mehr interessierte ihn im Augenblick nicht. Selbst an den weiteren Verlauf des Krieges, den Frankreich nun auch ohne seinen Kaiser weiterführen wollte, verschwendete er kaum einen Gedanken. Dabei würden die preußischen Armeen, wenn es so weiterging, womöglich noch Paris erobern. Die anderen Offiziere träumten bereits von der Siegesparade auf den Champs-Élysées, er hingegen von einer Heirat mit Cécile vor dem Maire der benachbarten Stadt.

Als er Cécile an diesem Tag traf, wirkte sie traurig und hatte offensichtlich geweint. Er fasste nach ihren Händen und war dabei froh, die dumme Schlinge endlich los zu sein und den linken Arm wieder bewegen zu können. »Meine Liebe, was ist mit Ihnen?«

Cécile schniefte kurz und brach erneut in Tränen aus. »Mama hat mir verboten, noch einmal mit Ihnen in den Garten zu gehen!«

»Aber wir tun doch nichts Ungebührliches!«, rief Theo aus, fand aber dann eine Lösung, die ihm schlüssig erschien. »Ihre Frau Mama denkt wohl, ich würde mir nur ein Spiel mit Ihnen erlauben. Ich werde sie und auch Ihren Vater davon überzeugen, dass ich ehrenhafte Absichten hege und Sie zu meinem ehelich angetrauten Weibe nehmen will.«

Seine Worte klangen in Céciles Ohren süß, doch sie wusste, dass ihre Mutter Theo nicht deshalb ablehnte, weil sie ihm unlautere Motive unterstellte. Sie wollte keinen Preußen als Schwiegersohn. *Vielleicht kann Papa sie davon überzeugen, dass es um mein Glück geht*, flehte sie in Gedanken und entzog Theo die Hände, um ein paar Schritte in den Garten hineinzugehen.

»Weiter als bis zu dieser Rabatte wage ich nicht, Sie zu begleiten«, sagte sie leise.

»Das bedauere ich. Ich würde Sie so gerne einmal in den Arm nehmen.«

Als Cécile dies hörte, blickte sie sich kurz um, sah niemanden und zog Theo zu einem Busch, der die Sicht vom Schloss her verdeckte. Verwundert über den Mut, den sie auf einmal aufbrachte, stellte sie sich auf die Zehenspitzen und berührte Theos Mund kurz mit den Lippen.

Theo versuchte, sie festzuhalten, doch sie entzog sich ihm mit einem Lächeln. Bevor sie jedoch etwas sagen konnte, gellte ein scharfer Ruf zu ihnen her. Von ihnen unbemerkt hatte sich ein junger Mann in französischer Uniform genähert und durchbohrte Theo nun mit mörderischen Blicken.

»Monsieur, ich stelle fest, dass Sie sich meiner Schwester gegenüber ungebührlich benehmen. Das werde ich nicht hinnehmen!«

»Etienne, es ist nicht so, wie du denkst!«, rief Cécile verzweifelt.

Theo deutete einen militärischen Gruß an. »Mein Herr, ich glaube in Ihnen Premierleutnant Etienne de Lourvaine zu sehen. Ich versichere Ihnen, dass ich eine große Hochachtung vor Ihrem Fräulein Schwester empfinde und nichts sehnlicher wünsche, als dass Ihr Vater, der Graf, mir erlaubt, sie vor den Traualtar zu führen.«

Sein Appell verfehlte jedoch die Wirkung, der junge Franzose verzog nur höhnisch das Gesicht. »Sind die preußischen Offiziere so feige, dass sie lieber jedes Mädchen heiraten würden, mit dem sie tändeln, um einer Herausforderung durch deren besorgten Vater oder Bruder zu entgehen?«

»Etienne, bitte!«, flehte Cécile.

»Du gehst jetzt auf dein Zimmer und verlässt es nicht mehr, bis diese Sache bereinigt ist!«, herrschte ihr Bruder sie an und wandte sich wieder Theo zu. »Ich warte auf Ihre Antwort! Sind Sie bereit, sich mir zu stellen, oder muss ich Sie mit der Peitsche von meinem Grund und Boden vertreiben?«

Da Etienne de Lourvaine seiner Stimme keine Zügel anlegte, kamen etliche Neugierige heran. Mehrere Franzosen, denen die wachsende Vertrautheit Theos mit der Tochter des Schlossherrn ein Dorn im Auge gewesen war, sammelten sich um ihren Landsmann und boten an, ihm als Sekundanten beizustehen.

Die Preußen hingegen, die immer noch in der Mehrzahl waren, blieben bei Theo stehen.

»Werden vor diesem Froschschenkelfresser doch wohl nicht kneifen, Hartung?«, fragte Oberst Malchenstein, der das Schlafzimmer des Grafen Lourvaine okkupiert hatte, mit schneidender Stimme.

Theo stand wie mit Eiswasser übergossen da. Eben war er noch der glücklichste Mensch auf Erden gewesen, und nun forderte ihn Céciles Bruder zum Duell. Ich kann doch nicht auf ihren Bruder schießen!, hämmerte es in seinem Kopf.

Die Beleidigungen, die Etienne de Lourvaine ihm immer noch an den Kopf warf, ließen ihm jedoch keine andere Wahl, als die Herausforderung anzunehmen. Wenn er jetzt kniff, musste er die Armee verlassen, und der Ruf der Feigheit würde ihm bis nach Berlin folgen. Seinen Vater würde ein solches Verhalten mit Sicherheit die Heeresaufträge kosten, die dieser sich mühsam erkämpft hatte.

Ich will ihn doch nicht töten, dachte er und beschloss, als Herausgeforderter Pistolen zu wählen und, wenn sie sich gegenüberstanden, danebenzuzielen. Bei der Überlegung spürte er ein Ziehen im Leib. Sein Gegner würde alles daransetzen, ihn zu töten. Wenn er sich nicht wie ein Lamm abschlachten lassen wollte, musste ihm etwas einfallen, und das möglichst bald.

»Ihre Antwort, Hartung?«, forderte der Oberst ihn auf.

»Es kann nur eine geben! Schicken Sie mir Ihre Freunde, Comte de Lourvaine. Ich werde Ihnen zur Verfügung stehen.« Theo bemühte sich, ruhig zu erscheinen.

Die Preußen um ihn herum nickten. Einer aber brachte einen Einwand. »Dieser Zweikampf ist nicht ausgewogen, da Leutnant von Hartung verwundet ist.«

»Er war in der Lage, meine Schwester zu belästigen. Also wird er auch in der Lage sein, mir Genugtuung zu geben«, erklärte de Lourvaine heftig.

»Keine Sorge, Monsieur, daran wird es nicht fehlen. Und nun sollten Sie sich wie ein zivilisierter Mensch benehmen und aufhören zu keifen. Sie befinden sich hier unter preußischen Offizieren und machen sich wenig Freunde, wenn Sie nicht umgehend den Mund halten.«

Theo war außer sich vor Zorn, weil der andere ihn zum Duell gefordert hatte, und antwortete daher schärfer als eigentlich gewollt.

De Lourvaines Gesicht färbte sich tiefrot, und für einen Augenblick sah es so aus, als wolle er mit Fäusten auf ihn losgehen. Mühsam beherrschte er sich und winkte die Franzosen zu sich, die sich ihm als Sekundanten angeboten hatten.

Unterdessen schlug der Oberst Theo begeistert auf die Schulter. »Dem Froschschenkelfresser haben Sie es auf Ehre aber gegeben! Hätte nicht an Ihrem Mut zweifeln dürfen. Habe gehört, dass Sie beim Sturm der Erste waren und trotz Ihrer schweren Armverletzung noch etliche Franzosen niedergeschossen haben.«

Theo hörte nicht auf ihn, sondern haderte mit seinem Schicksal, das ihn aus hellem Licht in finsterste Dunkelheit geschleudert hatte.

## 5.

Fünfzehn Schritte können sehr nahe sein, wenn man einem Gegner mit einer geladenen Pistole in der Hand gegenübersteht, durchfuhr es Theo, nachdem sein Duellgegner und er ihre Positionen eingenommen hatten. Er sah Etienne de Lourvaines Gesicht so deutlich vor sich, dass er glaubte, es mit der Hand berühren zu können. Die Miene des Franzosen war wie aus Stein gemeißelt. Aber seine Augen zeigten einen Hass, der ihn schier zu verbrennen schien.

In gewisser Weise verstand Theo ihn. Etiennes Armee war geschlagen, das Schloss seiner Ahnen vom Feind besetzt, und dann hatte er auch noch seine Schwester in den Armen eines Feindes vorgefunden. Wahrscheinlich wäre auch er aufgebracht gewesen, wenn ihm dasselbe mit Gunda passiert wäre.

Während die Zeugen und der Schiedsrichter ihre Plätze einnahmen, beschloss Theo noch einmal, vorbeizuschießen.

Schließlich war Etienne Céciles Bruder, und er wollte ihn weder töten noch verletzen.

»Sind die Herren bereit?«, fragte der französische Major, der das Zeichen zum Schuss geben sollte, in seiner Muttersprache.

»Ich bin es!« Etienne de Lourvaines Stimme klirrte bei diesen Worten.

Auch Theo nickte. »Ich bin bereit!«

»Ich zähle bis drei. In dem Augenblick, in dem ich das Wort drei beendet habe, können die Herren schießen. Haben Sie das verstanden?« Die Frage des Schiedsrichters galt vor allem Theo, da er annahm, dieser beherrsche die französische Sprache nur unvollständig.

»Ich habe verstanden«, antwortete Theo, ohne seinen Gegner aus den Augen zu lassen.

Als er die kreisrunde Mündung von Etiennes Pistole genau auf seine Stirn gerichtet sah, wanderte der Lauf seiner eigenen Waffe unwillkürlich auf den jungen Franzosen zu. Wenn er nicht sterben wollte, musste er einen Hauch schneller sein als dieser, ihn in der Schulter treffen und dadurch zu einem Fehlschuss zwingen. Zu schnell durfte er allerdings nicht sein, da er ansonsten mit der Schande herumlaufen musste, bei einem Duell die Nerven verloren zu haben.

Etienne de Lourvaine hingegen schien keine Nerven zu haben. Der Lauf seiner Pistole rührte sich um kein Haarbreit, und Theo spürte, wie er angesichts des kleinen, runden Lochs zu schwitzen begann. Bin ich wirklich so feige?, fragte er sich und wunderte sich, dass seine rechte Hand nicht zitterte.

Unterdessen fing der Schiedsrichter an zu zählen.

»Un!«

Jetzt kommt es darauf an, welchen Rhythmus er wählt, dachte Theo. So mancher Duellant hatte sich hier schon geirrt und zu früh geschossen, weil er geglaubt hatte, die letzte Zahl werde ebenso schnell kommen wie die anderen.

»Deux!«

Theo zwang seine wirbelnden Gedanken nieder und sah angestrengt nach vorne. Auf einmal wirkte Etienne de Lourvaine so weit weg, dass er nicht glaubte, ihn überhaupt treffen zu können.

»Trois!«

Der Schiedsrichter hatte es noch nicht ganz ausgesprochen, da krachte Etiennes Schuss. Theo spürte einen Schlag gegen den Kopf und drückte unwillkürlich ab. Zu seiner Verwunderung blieb er jedoch stehen, während sein Gegner mit einem vernehmbaren Seufzer zu Boden sank.

Der Hausarzt der Grafenfamilie eilte sofort zu Etienne de Lourvaine, beugte sich über ihn und legte die Finger seiner Rechten auf dessen Halsschlagader. Bereits nach wenigen Augenblicken schüttelte er bedauernd den Kopf.

»Comte Etienne ist tot!«

»Meinen Glückwunsch, Hartung! Sie haben den Franzosen genau ins Herz getroffen. Hätte es nicht besser machen können«, lobte Oberst Malchenstein Theo.

Es war nur gut, dass sein Vorgesetzter diesmal auf den Ausdruck Froschschenkelfresser verzichtete, sonst hätte Theo ihm den Lauf der Pistole über den Schädel gezogen. Nun ließ er die Waffe fallen und griff nach seinem Kopf.

»Ist nur eine Schramme!«, erklärte der Oberst. »Der Franzose hat zu schnell geschossen und dadurch den Lauf leicht verrissen. Sie hingegen haben es genau richtig gemacht: Abwarten und dann genau ins Ziel treffen!«

Auch wenn das Lob ehrlich gemeint war, kratzte es wie eine Raspel über Theos Nerven. Das habe ich nicht gewollt, dachte er verzweifelt. Es war doch Céciles Bruder! Er war sich sicher, dass er nur auf dessen rechte Schulter gezielt hatte. Bei dem Schlag gegen seinen Kopf hatte er wohl seine Waffe bewegt, und so war es zur Katastrophe gekommen.

Der Arzt kam auf ihn zu, um die Verletzung zu untersuchen. Er wirkte bedrückt, und Theo begriff, dass auch er annehmen musste, er habe Etienne da Lourvaine mit Vorbedacht getötet.

Wenig später war er verbunden. Die preußischen Offiziere scharten sich um ihn, um ihn zu beglückwünschen. Dabei wäre Theo lieber selbst tot gewesen, als Cécile diesen Schmerz zuzufügen.

»Werden hier nicht bleiben können! Ist immerhin das Schloss der Lourvaines«, erklärte Malchenstein. »Nach diesem Duell ist es auch besser, wenn Sie Frankreich verlassen. Werde dem General schreiben, dass er Sie in die Heimat schickt. Immerhin sind Sie zum zweiten Mal verwundet worden und haben zudem einen Franzosen im Duell erschossen. Sollten sich heute noch auf den Weg machen!«

Ich muss Cécile sagen, dass ich es so nicht wollte, sagte sich Theo, wusste aber selbst, dass er ein Treffen mit ihr nicht erzwingen konnte. Mit einem Gefühl, aus einem wunderschönen Traum in eine grauenvolle Welt zurückgekehrt zu sein, ging er zum Schloss zurück und packte.

Eine halbe Stunde später meldete ihm der Bursche des Obersts, dass ein Fahrzeug für ihn bereitstände.

»Danke!« Theo wies auf seine Reisetasche, die der Mann sofort an sich nahm, und folgte ihm mit schweren Schritten nach draußen. Wenn er mit Cécile nicht mehr sprechen konnte, so würde er ihr schreiben, wie leid ihm das alles tat, beschloss er und befürchtete im gleichen Augenblick, dass sie seinen Brief ungeöffnet in den Kamin werfen würde.

In seinen Gedanken versunken übersah er fast, dass Cécile aus einer Tür trat und vor ihm stehen blieb. Auf ihren Wangen glitzerten Tränen, und als sie zu sprechen begann, gehorchte ihr die Stimme kaum.

»Bitte schwören Sie mir, dass Sie es nicht wollten! Ich könnte nicht weiterleben mit dem Wissen, dass der Mann, den ich geliebt habe, meinen Bruder kalten Herzens erschossen hat.«

Theo senkte bedrückt den Kopf. »Das schwöre ich bei meinem Leben und meiner ewigen Seligkeit! Ich wollte Ihren Bruder nur verletzen, doch sein Schuss fiel eher, und bei dem Schlag gegen meinen Kopf habe ich unbewusst die Schussrichtung meiner Waffe verändert.«

»Ich glaube Ihnen, auch wenn Mama sagt, dass Sie nur ein kalter, hartherziger Preuße sind. Warum konnte ich nicht als Tochter eines Edelmanns in Ihrer Heimat geboren werden? So aber war das Schicksal so grausam zu uns. Leben Sie wohl!«

Theo wollte sie festhalten und ihr sagen, dass sie trotz allem mit ihm kommen solle, doch sie entzog sich seinem Griff und verschwand wieder in dem Zimmer.

»Herr Leutnant, der Wagen wartet!«, meldete der Bursche des Obersts.

»Ich komme.« Mit einem entsagungsvollen Seufzer ging Theo weiter und fand sich wenig später auf einem leichten Wagen wieder, der von zwei Pferden gezogen wurde. Ein Kutscher der preußischen Armee trieb die Tiere an, und schon bald blieb das Château des Grafen de Lourvaine hinter ihnen zurück.

## 6.

Theo hätte später nicht zu sagen vermocht, wie er nach Berlin gelangt war. Irgendwann stand er am Bahnhof, starrte auf die bekannten Straßen und Plätze und wünschte sich, am anderen

Ende der Welt zu sein, um in Ruhe seine verlorene Liebe betrauern zu können. Da er seine Ankunft nicht telegrafiert hatte, wartete kein Wagen auf ihn, und er war auf eine Droschke angewiesen.

»Der Herr Leutnant kommen wohl aus Frankreich?«, fragte der Droschkenkutscher wegen Theos Uniform, erhielt aber nur ein leises Brummen zur Antwort.

»Muss ein lustiges Treiben jewesen sein! Hab jehört, die Rothosen wären jeloofen wie die Hasen.«

Die »Rothosen« waren die französischen Soldaten. Napoleon III. hatte ihnen Hosen in dieser Farbe verpasst, die auf dem Paradeplatz gut aussahen, im Feld aber den Nachteil besaßen, dass der Feind nur auf die deutlich erkennbaren Hosen zielen musste, um zu treffen. Theo hatte allerdings kein Verlangen, darüber zu reden, und so hörte der Kutscher auf, ihn mit Fragen zu traktieren.

Nach einer Weile bogen sie in die Straße ein, in der die Villa der Hartungs stand. Kurz darauf hielt die Droschke an.

»Da wären wir!«, erklärte der Kutscher.

Theo reichte ihm den Fahrpreis und ein kleines Trinkgeld, nahm seine Reisetasche vom Wagen und ging auf die Haustür zu. Als er klopfte, öffnete Hilde. Sie starrte ihn mit großen Augen an, drehte sich dann um und begann zu rufen: »Herr Theodor ist aus Frankreich zurückgekommen!«

Sofort sammelten sich andere Bedienstete um Theo und begrüßten ihn freudig. Seine Mutter eilte die Treppe herab und schloss ihn in die Arme. Als sie jedoch in sein Gesicht blickte, las sie in seinen Augen eine unendliche Traurigkeit und einen tiefen Schmerz.

»Was ist geschehen?«, fragte sie besorgt.

»Nichts, Mama! Ich bin wieder zurück.« Um nichts in der Welt hätte Theo seine Mutter betrüben wollen, doch er merkte ihr an, dass sie ihm nicht glaubte. Zu seinem Glück stürmte Gunda sehr undamenhaft auf ihn zu und umarmte ihn.

»Ich bin so froh, dass du heil zurückgekommen bist!«, rief sie fröhlich.

»Nun, so ganz heil nicht«, wandte Resa ein und wies auf seinen Kopfverband, der jetzt, nachdem er die Pickelhaube abgenommen hatte, deutlich zu erkennen war.

»Es ist nur eine Schramme«, versicherte Theo. »Der Arzt soll sie sich morgen ansehen. Dann wird wohl ein Pflaster reichen.«

»War es ein Säbelhieb oder ein Schuss?«, fragte Gunda neugierig.

»Eine Kugel«, antwortete Theo und wünschte sich, seine Zimmertür hinter sich schließen zu können.

Doch so leicht entkam er der Familie nicht. Großmutter Charlotte hing vor Freude schluchzend an seinem Hals, und die kleine Charlotte sah mit bettelnden Augen zu ihm auf.

»Hast du mir etwas mitgebracht?«

Theo schüttelte bedauernd den Kopf. »Leider nein! Ich musste Frankreich überraschend verlassen und bin nicht mehr dazu gekommen, etwas zu besorgen.«

»Schade, aber ich mag dich trotzdem«, erklärte die kleine Dame und deutete an, dass sie hochgehoben werden wollte, damit auch sie Theo umarmen konnte. Theo beachtete sie jedoch nicht, sondern erklärte, müde zu sein, und verschwand in seinem Zimmer.

Die Frauen sahen ihm verwundert nach. »Irgendwas muss geschehen sein, was ihn so verändert hat«, sagte Resa leise.

»Umsonst hat man ihn gewiss nicht vor der Zeit nach Hause geschickt«, meinte ihre Schwiegermutter besorgt.

»Aber der Feldzug ist doch erfolgreich verlaufen! Was sollte Theo da zugestoßen sein?« Ihren Worten zum Trotz wusste auch Gunda nicht, was sie von dem ungewohnten Benehmen ihres Bruders halten sollte.

»Vielleicht ist er beim Abendessen ansprechbarer«, setzte sie mit einer gewissen Hoffnung hinzu und nahm Charlotte auf den Arm. Die Kleine zog immer noch eine Schnute, weil ihr Bruder sie nicht hochgehoben hatte.

## 7.

Gundas Erwartungen wurden enttäuscht, denn ihr Bruder saß beim Abendessen teilnahmslos am Tisch und ließ sich jedes Wort einzeln aus der Nase ziehen. Was den Krieg betraf, so erklärte er, bald verwundet worden zu sein und weniger zu wissen als die Daheimgebliebenen, die durch Zeitungen und Extrablätter bestens informiert worden waren.

Nun machte sich auch sein Vater Sorgen, der noch vorhin, als Resa ihm von dem veränderten Wesen des Sohnes berichtet hatte, dies nicht ernst genommen hatte. Kaum war das Dessert aufgetragen und gegessen worden, winkte er seinem Sohn.

»Wir sollten uns zusammensetzen und besprechen, wie es weitergehen soll.«

Wie soll es denn weitergehen?, hämmerte es hinter Theos Stirn. Er hatte den Bruder des Mädchens umgebracht, das er heiraten wollte, und es dadurch für immer verloren. Um seinen Vater nicht zu kränken, folgte er diesem ins Rauchzimmer.

Friedrich suchte sich mit Bedacht eine Zigarre aus, kappte die Enden und steckte sie an. Während er die ersten Rauchringe gegen die Decke blies, wandte er sich seinem Sohn zu. »Bist du aus dem Militärdienst entlassen oder nur beurlaubt und kehrst zum Heer zurück?«

»Ich glaube nicht, dass ich noch einmal nach Frankreich muss«, antwortete Theo.

»Das ist nicht ganz die Antwort auf die Frage, die ich gestellt habe!« Friedrich klang etwas schärfer, um seinen Sohn zum Reden zu bringen.

»Meine einjährige Dienstzeit ist fast abgelaufen. Länger will ich die Uniform nicht tragen.«

Friedrich musterte seinen Sohn mit einem zufriedenen Blick und wies mit der Hand auf die Zigarrenkiste. »Such dir eine aus! Alt genug dafür bist du ja mittlerweile.«

»Besten Dank, aber ich habe vor dem Eintritt in die Armee nicht geraucht und es mir bei dieser auch nicht angewöhnt«, wehrte Theo das Angebot ab.

»Auch gut!«, sagte Friedrich und blies weitere Rauchringe gen Himmel.

»Was wirst du jetzt tun?«, fragte er. »Setzt du dein Studium fort, oder willst du erst einmal etwas von der Welt sehen?«

»Ich weiß es nicht«, bekannte Theo.

Im Augenblick war ihm nach gar nichts, außer sich zu verkriechen und seine verlorene Liebe zu beweinen. Er wusste jedoch, dass sein Vater dies nicht zulassen würde, und zuckte mit den Achseln. »Ich warte erst einmal ab, bis ich den Abschied aus der Armee erhalte. Danach werde ich weiterstudieren und meinen Abschluss machen.«

»Ein guter Vorsatz!«, lobte sein Vater. »Bis dahin kannst du mir im Bureau helfen. Mein Sekretär ist ebenfalls zur Armee eingezogen worden, und ich brauche dringend jemanden, der die Korrespondenz für mich erledigt.«

Theo nickte freudlos. Die Fabrik, die schöne Villa und selbst seine Familie besaßen für ihn nicht den Wert einer Cécile de Lourvaine, die er geliebt hatte und die doch niemals die Seine werden konnte.

»Wir frühstücken um sieben und fahren um acht Uhr gemeinsam zur Fabrik«, erklärte Friedrich. »Es wird an der Zeit, dass du dich mehr mit dem täglichen Ablauf befasst, denn eines Tages wirst du das Werk führen.«

Auch das übte auf Theo keinen Reiz mehr aus. Trotzdem nickte er und versprach seinem Vater, ihn nach Kräften zu unterstützen.

»Das will ich auch hoffen! In diesem Krieg wurden viele Uniformen zerfetzt, und es müssen neue angefertigt werden. Dafür braucht es viel Tuch, und das werden die Hartung-Werke liefern. Anders als mein Schwiegerneffe verdienen wir bei den Heereslieferungen gut, denn wir besitzen die modernsten Maschinen. Ich habe mir weitere von Elektromotoren angetriebene Webstühle besorgt. Sie sind schneller und zuverlässiger als die alten Dampfwebstühle, und man braucht keine eigene Halle mehr für die Dampfkessel. Sobald wir alle alten Webstühle ersetzt haben, werden wir auch in diesen Raum mehrere Elektrowebstühle stellen und damit unsere Produktion erhöhen. Vielleicht lasse ich auch eine neue Fertigungshalle errichten. Wir könnten an der Stelle der alten Lagerräume für die Garnrollen und die fertigen Tuche hinstellen.«

Friedrich hoffte, seinen Sohn mit diesen Plänen aus seiner Erstarrung reißen zu können. Theo nickte zwar, trug aber keinen einzigen Gedanken zu dieser Zukunftsvision bei.

Als sie sich eine halbe Stunde später wieder zu Resa und den anderen gesellten, war Friedrich so klug wie zuvor. Er bedachte seinen Sohn mehrfach mit einem ärgerlichen Blick und ließ sich sogar einen zweiten Cognac einschenken, während er sonst am Abend nur einen trank. Dies fiel auch Resa auf, und sie musterte ihn mit einem fragenden Blick.

Friedrich kam jedoch nicht auf Theo zu sprechen, sondern wandte sich an Gunda. »Weißt du schon, was du morgen machst?«

Seine Tochter nickte eifrig. »Ich werde am Vormittag Rieke besuchen und später mit ihr in der Leipziger Straße einkaufen gehen. Mama hat versprochen, dass Hilde uns begleiten wird.«

»Trage aber auch etwas und lass nicht alles die arme Hilde schleppen«, mahnte Resa sie.

»Keine Sorge! So viel kaufen Rieke und ich schon nicht.« Gunda musterte ihren Bruder verwundert. Jetzt hatte sie Rieke zum zweiten Mal erwähnt, und er reagierte nicht darauf.

»Was machst du?«, fragte sie ihn.

»Theo fährt mit mir ins Werk und hilft mir bei der geschäftlichen Korrespondenz«, antwortete ihr Vater an Theos statt.

»Ich werde Friederike auf jeden Fall berichten, dass du wieder zu Hause bist. Ihr war doch ein wenig bange um dich!«

Diesmal sprach Gunda Theo direkt auf Rieke an, doch seine Gedanken weilten noch immer in Frankreich bei der einen, die ihm wie ein Engel erschienen war, den ihm ein zürnender Gott entzogen hatte.

## 8.

Am nächsten Morgen stand Gunda extra früher auf, um mit Vater und Bruder zu frühstücken. Theo blieb jedoch stumm wie ein Fisch. Schließlich wurde es ihr zu bunt. »Soll ich Friederike Grüße von dir ausrichten?«

»Welcher Friederike?«, fragte Theo und erinnerte sich erst danach daran, dass es dieses Mädchen auch noch gab. »Habt ihr herausgefunden, wohin sie und ihre Eltern verschwunden sind?«, fragte er ohne echtes Interesse.

Gunda antwortete mit einem leichten Zischen. »Sie sind zu Herrn von Stavenhagen gezogen. Er ist ihr Verwandter.«

»Auch gut!«, brummte Theo und trank seine Tasse leer.

Seine Schwester fand, dass er ein arger Stiesel war. Als Friederike damals das Gästehaus verlassen hatte, war er aus Sorge um sie fast vergangen, und jetzt tat er so, als wäre sie eine Fremde für ihn. Gunda war nicht dumm und konnte eins und eins zusammenzählen. Für sie gab es nur eine Möglichkeit: Ihr Bruder hatte sich in der Fremde verliebt, doch diese Liebe war anscheinend nicht erwidert worden.

Da sie aber im Augenblick nichts tun konnte, betonte sie erneut, zu Rieke fahren zu wollen und ihr zu berichten, dass ihr Bruder heil nach Hause gekommen war.

»Tu das!«, erklärte ihr Vater, während Theo stumm blieb.

Kurz danach beendeten die beiden Männer ihr Frühstück und verabschiedeten sich. Gunda sah ihnen durchs Fenster zu, wie sie in den Wagen stiegen und losfuhren. Sie kehrte für eine halbe Stunde in ihr Zimmer zurück, schrieb einen Brief an Wilhelm von Stebens Frau Cordelia und beglückwünschte beide zur Geburt ihres ersten Kindes. Danach kehrte sie ins Frühstückszimmer zurück und gesellte sich zu Mutter, Großmutter und Schwester. Sie trank noch eine Tasse Kaffee und kümmerte sich um die kleine Charlotte, die mit dem großen Besteck noch ihre Probleme hatte. Nach einer Weile wandte sie sich an Hilde, die ihnen beim Frühstück aufwartete.

»Sobald der Wagen vom Werk zurück ist, fahren wir zu Rieke!«

»Das heißt Friederike«, tadelte die Großmutter sie.

»Nicht, wenn wir unter uns sind. Da ist sie Rieke«, antwortete Gunda stur.

»Aber nicht vor dem Personal!«, mischte sich Resa ein. »Warum isst du gar nichts! Du wirst uns hoffentlich nicht krank?«

»Ich habe schon vorhin mit Papa und Theo gefrühstückt.«

»Dann bist du aber früh aufgestanden«, erwiderte ihre Großmutter und ließ sich ihre Tasse von Hilde noch einmal füllen.

»Es schien mir nötig zu sein«, sagte Gunda.

Resa musterte ihre Tochter aufmerksam und fand, dass diese überaus unternehmungslustig aussah. Allerdings verriet Gundas Miene auch, dass sie wenigstens im Augenblick nichts sagen würde. Resa vertraute ihr genug, um befürchten zu müssen, sie könnte etwas Unüberlegtes anstellen.

»Grüße Rieke von mir und auch deren Eltern! Es freut mich, dass alle gut in Stavenhagens Haus angewachsen sind.«

»Aber sie laufen doch alle noch herum! Wie können sie da angewachsen sein?«, fragte die kleine Charlotte verwundert.

»Man sagt so, wenn jemand irgendwo heimisch geworden ist«, klärte Gunda ihre Schwester auf und sah durch das Fenster, wie der Wagen zurückkehrte.

»Wenn ihr erlaubt, würde ich mich jetzt gerne zur Ausfahrt bereitmachen. Sagst du dem Kutscher, dass ich in zwanzig Minuten fertig bin?« Das Letzte galt Albert, der nach einer Verbeugung loseilte, um den Auftrag zu erfüllen.

Gunda wappnete sich gegen die herbstliche Kühle mit einem leichten Mantel und einem Muff und saß kurz darauf in dem Wagen, der sie zu Stavenhagens Haus fuhr.

Die alte Mulle öffnete ihr und lächelte bei ihrem Anblick erfreut. Auch wenn man hier behaglich lebte, so hatte sie die schöne Zeit in Hartungs Gästehaus nicht vergessen.

»Einen schönen guten Morgen, Fräulein Gunda! Unsere Rieke ist im ersten Stock und sortiert dort die Seltsamkeiten des Herrn von Stavenhagen. Dass man so etwas überhaupt sammelt?« Die alte Frau wackelte zweifelnd mit dem Kopf und wollte Gunda noch oben führen.

»Lass das, Mulle! Für dich ist das Treppensteigen zu anstrengend. Ich finde Rieke auch allein. Wo ist übrigens Herr von Stavenhagen?«

»Der ist mit dem Herrn Major in die Stadt gefahren, um dem Auszug eines Reserveregiments zuzusehen«, berichtete Mulle.

Damit sind Rieke und ich allein, dachte Gunda zufrieden und machte sich auf den Weg nach oben. Sie fand ihre Freundin in einem der Zimmer, in denen Leopold von Stavenhagen seine Schätze gestapelt hatte.

Als Rieke Gunda sah, stand sie seufzend auf. »Kannst du mir sagen, weshalb Männer immer Äpfel und Birnen durcheinandermischen, wenn sie etwas aufbewahren wollen?«

»Ich sehe hier weder Äpfel noch Birnen«, witzelte Gunda und schloss die Freundin in die Arme. »Oh, der Saum deines Kleides ist ja ganz voller Staub. So kannst du nicht mit mir in die Stadt fahren«, sagte sie lachend.

Über Riekes Gesicht huschte der Anschein eines Lächelns. »Wir sind in der Stadt, meine Liebe, wenn du das vergessen haben solltest.«

»Das war die Retourkutsche für die Äpfel und Birnen, was?« Gunda nahm einen seltsam aussehenden schwarzen Stein in die Hand. »Muss man so etwas sammeln?«

»Vorsicht, das ist ein Stück Obsidian-Gestein aus Mexiko.«

»Ich lasse es schon nicht fallen«, antwortete Gunda.

»Darum geht es nicht. Die Kanten dieses Steines sind so scharf, dass du dich daran schneiden könntest!«

Als Gunda das hörte, legte sie den Obsidian vorsichtig zurück. Danach betrachtete sie ihre Freundin und fand, dass Rieke nicht glücklich aussah. Bei den Aussichten, entweder einen alten Militär oder einen noch älteren Gesteinssammler heiraten zu müssen, war dies nicht verwunderlich.

»Übrigens ist Theo gestern nach Hause zurückgekehrt«, warf sie wie beiläufig ein.

Obwohl Riekes Wangen sich leicht röteten, wirkte ihre Miene seltsam abweisend.

»Das war gewiss schön für euch!«, sagte sie.

»Mama und Papa haben sich sehr gefreut, und die Oma erst recht. Immerhin ist er zweimal verwundet worden.«

»Zweimal? Du hast doch nur von einer Verletzung gesprochen!«

»Es ist nur eine leichte Schramme am Kopf. Man wird sie später nicht mehr sehen, da die Haare darüberwachsen werden. Auf jeden Fall ist der Krieg für ihn vorbei.«

»Das ist schön für ihn!« Erneut lag eine gewisse Ablehnung im Riekes Worten.

Gunda fasste sie bei den Schultern und zog sie zu sich heran. »Was hast du eigentlich gegen Theo? Ich weiß, er war in früheren Jahren ein wenig patzig, und das nicht nur dir, sondern auch mir gegenüber. Das hat sich aber doch schon vor einiger Zeit gelegt. Ich hätte nicht gedacht, dass du so nachtragend bist!«

»Bin ich auch nicht! Ich …« Rieke wand sich, wollte aber die Wahrheit nicht bekennen.

Der Quälteufel Gunda beachtete ihre Abwehr jedoch nicht, sondern packte sie fester. »Du wirst mir jetzt den Grund nennen, aus dem du Theo nicht magst, sonst sind wir die längste Zeit Freundinnen gewesen! Dabei bist du für mich der liebste Mensch nach meinen Eltern und Gustav, und zwar noch vor Theo, der Oma und der kleinen Charlotte. Wir haben uns auf der Schule der Schwestern Schmelling doch jeden Gedanken anvertraut.«

Einige Sekunden lang saß Rieke wie erstarrt, während in ihrem Kopf die Gedanken wirbelten. Mit einem Mal sah sie Gunda zornig an. »Also gut, wenn du es unbedingt wissen willst! Theo ist der Grund, weshalb wir aus eurem Gästehaus

aus- und hier bei Herrn von Stavenhagen eingezogen sind. Ich bin übrigens sehr froh darum, denn sonst hätte dieser mir nicht die Ehre antragen können, seine Ehefrau zu werden.«

Rieke verstummte für einige Augenblicke und versuchte, die Tränen zurückzudrängen, die mit aller Gewalt aus ihren Augen strömen wollten. Dies gelang ihr jedoch nicht. Schließlich hing sie schluchzend in Gundas Armen und berichtete ihr mit tränenreichen Pausen, was sie damals im Hause Hartung erlauscht hatte.

»Verstehst du, dass wir nicht bleiben konnten, nachdem dein Bruder uns Schnorrer und Schmarotzer genannt hat?«, schloss sie zuletzt mit weher Stimme.

»Das kann ich nicht glauben! Theo würde so etwas nicht einmal denken, geschweige denn sagen«, rief Gunda kopfschüttelnd.

»Ich habe es mit eigenen Ohren gehört, und er nannte dabei den Namen meines Vaters, nämlich Egolf!« Rieke war jetzt wütend genug, um selbst die Freundschaft mit Gunda aufs Spiel zu setzen, wenn diese ihr nicht glauben wollte.

Für ihre Freundin war es unvorstellbar, dass Theo diese schlimmen Dinge gesagt haben sollte. Sie kannte Rieke jedoch gut genug, um zu wissen, dass diese sie niemals anlügen würde. Als sie spürte, wie nahe Rieke diese Angelegenheit ging, gab es für sie nur einen einzigen Schluss. Ihre Freundin hegte in Wirklichkeit ganz andere Gefühle für Theo und war zutiefst betroffen, von diesem auf eine so üble Weise verletzt worden zu sein.

»Ist ja schon gut! Wir reden nicht mehr drüber«, sagte sie und streichelte Rieke tröstend die nassen Wangen. Dennoch dauerte es noch eine ganze Weile, bis ihre Freundin sich wieder beruhigt hatte und sie ihren gemeinsamen Einkaufsbummel beginnen konnten.

# 9.

Theo hatte seine Arbeit im Werk ohne Freude, aber zur Zufriedenheit seines Vaters erledigt und sich beim Abendessen erneut Schweigsamkeit auferlegt. Diesmal sprach ihn niemand deswegen an. Doch kaum hatte er sich in sein Zimmer zurückgezogen, platzte Gunda hinein und schloss die Tür hinter sich zu. Sie baute sich mit in die Hüften gestemmten Händen vor ihm auf und funkelte ihn zornig an.

»Ich will von dir wissen, weshalb du Major von Gantzow und die arme Rieke als Schnorrer und Schmarotzer bezeichnet hast, die du am liebsten zum Teufel jagen würdest!«

Diese Anklage durchbrach selbst den Panzer, den Theo um sich errichtet hatte.

»Was soll ich getan haben? Das ist doch verrückt!«, rief er empört.

»Rieke hat mir gesagt, sie hätte es mit eigenen Ohren gehört, und ich glaube ihr«, antwortete Gunda mit nicht geringerer Lautstärke als er.

»Dann ist Rieke verrückt! Oder sie hat es geträumt und für die Wahrheit gehalten.«

»Sie hat es hier gehört, in diesem Haus, und du hast sogar den Namen ihres Vaters genannt, Egolf!«

»Das ist doch Unsinn!« Theo wollte noch mehr sagen, als sich eine ferne Erinnerung meldete. »Ich habe jemanden als Schnorrer und Schmarotzer bezeichnet, nämlich meinen ehemaligen Schulkameraden Markolf von Tiedern. Sollte Friederike das gehört und auf ihren Vater bezogen haben? Die Namen Markolf und Egolf klingen ja in gewisser Weise ähnlich!«

Bei den Worten packte er seine Schwester und zog sie näher zu sich heran.

»Erzähle mir alles, was du darüber weißt!«, forderte er sie auf und vergaß im Augenblick sogar seine verlorene Liebe zu Cécile.

»Ich werde es dir sagen«, antwortete Gunda. »Aber nur, wenn du mir erzählst, was in Frankreich vorgefallen ist.«

Theo wollte schon den Kopf schütteln, fand dann aber, dass es vielleicht besser war, wenn er mit jemandem darüber reden konnte. »Also gut, ich erzähle es dir. Aber du fängst an!«

»Mit dem größten Vergnügen«, antwortete Gunda und berichtete alles, was sie von Rieke erfahren hatte. Dabei beobachtete sie ihren Bruder genau und sah, wie es in seinem Gesicht arbeitete.

»Weißt du, dass Rieke auch den Brandanschlag auf Papas Werk vereitelt hat?«, sagte sie zuletzt.

Theo schüttelte den Kopf. »Nein, ich habe von dieser versuchten Brandstiftung nur durch einen Brief unseres Vaters erfahren. Er beschrieb aber keine Einzelheiten.«

»Die erfährst du jetzt von mir. Rieke hatte in einem Gasthaus Schutz vor dem Regen gesucht und konnte die Gauner belauschen. Einer davon war übrigens der Schurke, der sie entführt hatte und dafür die tote Ratte übergezogen bekam.« Gunda grinste bei dem Gedanken daran und setzte dann ihre Rede fort. »Du kennst doch Herrn von Maruhn, der zu dem Zeitpunkt noch Polizeimajor war und nun pensioniert worden ist. Einer der Schurken wollte ihn erstechen, doch Rieke hat den Kerl mit jener Pistole niederschossen, die du ihr vor Jahren geschenkt hast. Damit bin ich mit meinem Bericht am Ende, und jetzt bist du dran«, erklärte Gunda kategorisch.

Es fiel Theo nicht leicht, zu beginnen. Mit leiser Stimme erzählte er von dem Château des Comte de Lourvaine sowie von Cécile, in die er sich vom ersten Augenblick an verliebt hatte.

»Sie war wie ein Engel«, sagte er mit einem schmerzhaften Lächeln, »und ich habe ihr so viel Leid bereitet!«

Gunda umarmte ihn und spürte, wie ihr die Tränen über die Wangen liefen. »Du Ärmster! Bei Gott, wie schrecklich muss das für die junge Französin und für dich gewesen sein. Die Schuld daran trägt jedoch nicht du, sondern ihr Bruder, der dich aus Hass auf uns Preußen zum Duell gefordert hat, obwohl du verwundet warst. Trotzdem kann ich Cécile verstehen. Ich könnte Gustav auch nicht heiraten, wenn er dich getötet hätte.«

Der Gedanke, der überkorrekte Bräutigam seiner Schwester könnte sich dazu hinreißen lassen, ihn zu fordern, entlockte Theo ein Lächeln. Er wurde jedoch rasch wieder ernst.

»Ich werde diese Sache niemals überwinden. Mit Céciles Verlust ist mein Leben sinnlos geworden.«

»Das darfst du nicht sagen!«, fuhr seine Schwester ihn an. »Du gehörst nicht nur dir selbst, sondern bist auch der Familie verpflichtet. Papa vertraut darauf, dass du als einziger Sohn sein Werk weiterführst. Außerdem musst du heiraten und für einen Sohn sorgen, der dir nachfolgen kann.«

Gundas Appell traf Theo ins Mark, doch er begriff, dass sie im Recht war. Auch wenn es ihm schwerfiel, sich eine andere Frau als Cécile an seiner Seite vorzustellen, würde er in den sauren Apfel beißen und vor den Traualtar treten müssen.

»Vater wird schon eine Braut für mich finden. Mir ist gleichgültig, wer es sein wird.«

Seine Schwester musterte ihn mit einem seltsamen Blick und nickte dann, als müsse sie sich selbst bestätigen. »Wenn es so ist, kannst du auch die Dankesschuld abtragen, die du, ich und unsere ganze Familie Rieke gegenüber haben und sie vor einer unmöglichen Ehe bewahren.«

»Was ist mit Rieke?«, fragte Theo, dessen Gedanken sich nun doch wieder mit ihr beschäftigten.

»Ihr Vater will sie mit einem ehemaligen Regimentskameraden verheiraten, der alt genug ist, um ihr Vater zu sein. Um dieser Ehe zu entgehen, will sie sich mit Herrn von Stavenhagen vermählen, der noch älter ist und ihr Großvater sein könnte.«

Theo starrte sie verdattert an. »Aber das sind doch Hirngespinste!«

»Rieke ist es todernst damit. Sie fürchtet sich vor einer Ehe mit einem Offizier und zieht es daher vor, mit Stavenhagen nach Rudolstadt zu reisen und ihn dort zu heiraten!«

»Das kann Rieke nicht tun! Stavenhagen muss doch schon an die siebzig sein!«, brach es aus Theo heraus. Er überlegte fieberhaft. Bevor er Cécile begegnet war, hatte er Rieke geliebt. Auch jetzt schien sie ihm von allen Mädchen außer der jungen Französin die Einzige zu sein, die er als Braut in Erwägung ziehen würde. Außerdem musste die Sache mit den Schnorrern und Schmarotzern aus der Welt geschafft werden.

»Warum warten, bis Vater irgendeinen Trampel für mich aussucht?«, sagte er und verließ sein Zimmer.

Seine Eltern und seine Großmutter saßen noch in einem Salon zusammen. Kurz überlegte er, mit ihnen zu sprechen, schüttelte dann aber den Kopf. Er würde es erst tun, wenn er von Rieke eine Antwort erhalten hatte. Wie hatte sie ihn nur für so herzlos halten können, sie und ihre Familie zu verdammen?, dachte er und stieg die Treppe hinab. Unterwegs begegnete er Hilde.

»Sage dem Kutscher, dass ich den Wagen benötige!«, sagte er.

»Der Wagen kommt gleich«, versprach die Dienerin eifrig und eilte davon.

Kurz darauf forderte Theo den Kutscher auf, ihn zu Stavenhagens Haus zu bringen.

Nachdem er die letzten Tage ohne jedes Zeitgefühl hinter sich gebracht hatte, ging es ihm nun zu langsam. Der Kutscher musste nicht nur auf andere Wagen und Fuhrwerke achten, sondern auch auf Fußgänger, die oft ohne zu schauen auf die Straße traten. Unberechenbarer als diese waren die Zecher, die entweder nach Hause torkelten oder die nächste Kneipe aufsuchten.

## 10.

Da Theo noch nie in Stavenhagens Haus gewesen war, benötigte er die Hilfe seines Kutschers, um zu erfahren, an welche Tür er klopfen musste.

»Wird es länger dauern, gnädiger Herr?«, fragte der Mann in der Hoffnung, sich in der Zwischenzeit einen Krug Bier genehmigen zu können.

»Ich weiß es nicht. Warte erst einmal hier!« Heftig schlug Theo den Türklopfer an.

Es dauerte eine Weile, bis sich schlurfende Schritte näherten. Mulle öffnete und sah blinzelnd zu ihm auf.

»Der junge Herr Hartung! Das ist aber eine Überraschung. Kommen Sie doch herein!«

Die alte Frau sprach so freundlich, als würde zumindest sie keine Abneigung gegen ihn empfinden, dachte Theo. Er war froh darum, denn er mochte Mulle, die zwar weit über siebzig Jahre zählte und langsam geworden war, aber ihrer Herrschaft noch immer mit unverbrüchlicher Treue diente.

»Ich würde gerne mit Fräulein Friederike sprechen. Meine Schwester hat mich gebeten, ihr etwas auszurichten.« Es war eine Notlüge, denn Theo wusste, dass er Rieke niemals allein sehen würde, wenn er der alten Frau nicht einen schlüssigen Grund nannte.

»Friederike ist noch oben in den Räumen des Herrn von Stavenhagen. Ich führe Sie hinauf.«

Sie schleppte sich so mühsam die Treppe hoch, dass Theo sie am Arm fasste und ihr half.

»Sie sind ein feiner junger Mann, Herr von Hartung!«, sagte Mulle dankbar.

Hoffentlich denkt Rieke ähnlich, dachte Theo mit einem gewissen Galgenhumor, während seine Begleiterin die Tür aufsperrte und nach Rieke rief. »Fräulein Friederike, Sie haben Besuch.«

»Er soll ins Antikenzimmer kommen. Ich kann jetzt hier nicht weg«, klang es ein wenig verärgert über die Störung zurück.

»Wo befindet sich Herr von Stavenhagen?«, wollte Theo noch wissen.

»Der sitzt unten beim Herrn Major und trinkt mit ihm Wein«, berichtete Mulle.

»Danke!« Das ist sehr gut, setzte Theo erleichtert für sich hinzu. Nun kam es nur noch darauf an, dass Mulle nicht darauf bestand, bei ihm und Rieke zu bleiben. Notfalls aber würde er das, was er Rieke mitteilen wollte, eben vor den Ohren der alten Frau sagen.

Rieke hatte herausgefunden, dass mehrere der Tonscherben, die Leopold von Stavenhagen besaß, zusammenpassten, und war gerade dabei, die Texte abzuschreiben, damit sie übersetzt werden konnten. Als es an der Tür klopfte, fühlte sie sich gestört und hoffte, den Besucher rasch wieder loswerden zu können. Da sah sie Theo eintreten und spürte, wie sich ihr Herz zusammenzog. Am liebsten wäre sie auf ihn zugeeilt und hätte ihm gesagt, wie froh sie war, ihn unversehrt wiederzusehen.

Sie beherrschte sich jedoch und beschränkte sich auf ein knappes: »Guten Abend, Herr von Hartung!«

»Es gab eine Zeit, da hast du mich Theo genannt«, antwortete dieser lächelnd.

Auf Riekes Gesicht erschien ein unwirscher Ausdruck. »Damals waren wir Kinder!« … und ich habe noch nicht gewusst, was du von meinen Eltern und mir hältst, setzte sie für sich hinzu.

»Gunda hat mir erzählt, weshalb du mich ablehnst«, fuhr Theo fort, ohne auf ihren Einwand einzugehen.

»So, hat sie das? Ich werde ihr wohl kein Geheimnis mehr anvertrauen können.«

»Du solltest ihr nicht böse sein. Es war das Beste, was sie tun konnte. Rieke, ich weiß, der Augenschein spricht gegen mich, doch ich schwöre dir bei allem, was mir heilig ist, dass diese bösen Worte, die du damals gehört hast, nicht dir und deinem Vater gegolten haben!«

»Ach nein? Ich habe sie doch selbst gehört«, fuhr Rieke auf.

»Und doch hast du dich verhört. Ich sagte nämlich nicht Egolf, so wie dein Vater heißt, sondern Markolf und meinte damit meinen Schul- und Studienkameraden Markolf von Tiedern. Dieser hat in all den Jahren im Gymnasium und später auf der Universität bei allen Schulkameraden geschnorrt. Da die Lehrer ihn mochten, verleumdete er jene, die ihm nichts gaben oder das Geliehene zurückforderten, so dass sie schlechtere Noten erhielten. Mein Gymnasialabschluss hätte von meiner Leistung her ausgezeichnet sein müssen, wurde aber durch die Gemeinheit dieses Burschen nur als mittelmäßig bewertet.«

»Das soll ich Ihnen glauben?«, fragte Rieke mit spröder Stimme, aber schon halb bereit, es zu tun.

»Du kannst meinen Vater fragen. Ich habe mich bei ihm mehrfach über Markolf von Tiedern beklagt. Einmal musst du es gehört und bedauerlicherweise falsche Schlüsse gezogen haben.«

Theo überlegte, ob er sagen sollte, wie sehr es ihn kränkte, weil sie so schlecht von ihm gedacht hatte. Dann aber erinnerte er sich daran, dass er sie früher recht ruppig behandelt hatte und daher selbst schuld daran war, wenn sie etwas Schlechtes von ihm angenommen hatte.

»Es mag so sein, wie Sie es sagen, Herr von Hartung. Doch es ändert nichts«, antwortete Rieke noch immer ein wenig kratzbürstig.

Theo lächelte erneut. »Es tut sehr viel zur Sache, Rieke. Der Berg, der uns beide getrennt hat, ist damit abgetragen. Wir beide können wieder Freunde sein – und vielleicht auch mehr.«

Erneut zuckte Riekes Herz, und sie stemmte sich gegen die Gefühle, die in ihr aufkommen wollten. Nein, es kann nicht sein!, rief sie sich zur Ordnung.

Theo fand unterdessen, dass er ihr die Wahrheit nicht verschweigen durfte.

»Weißt du«, sagte er, »kurz bevor du und deine Eltern unser Gästehaus verlassen haben, stellte ich mir vor, wie es wäre, mit dir verheiratet zu sein. Als ich dann erfahren habe, dass du weg warst, habe ich aus Enttäuschung nicht weiterstudiert, sondern bin zur Armee gegangen.«

Er atmete tief durch und berichtete dann von seiner Verletzung, dem Aufenthalt auf dem Château de Lourvaine und von Cécile.

Zuletzt stand er mit gesenktem Kopf vor ihr. »Es war ein Traum, der vom Sturm der Wirklichkeit verweht wurde. Ich habe sie geliebt und glaubte, ihren Verlust niemals verwinden zu können. Heute weiß ich, dass es nur eine Frau gibt, die mir dabei helfen kann, und das bist du.«

Rieke hatte ihm schweigend zugehört und verspürte trotz einer gewissen Enttäuschung Mitleid mit ihm. »Es muss schwer für dich gewesen sein, ihrem Bruder gegenüberzustehen und ihn dann auch noch zu töten, obwohl du es nicht wolltest«, sagte sie leise.

»Das war es – und ich werde diese Szene niemals vergessen! Doch das Leben geht weiter …«

»… und da du die nicht bekommen kannst, die du liebst, bin ich gut genug!«, unterbrach Rieke ihn.

»Du bist mehr als gut genug! Ich achte dich wie keinen anderen Menschen vor dir.«

»Achtung ist keine Liebe!« Rieke kamen die Tränen, und sie wollte noch mehr sagen.

Da traten ihre Mutter und Stavenhagen in den Raum. Beide hatten Theos Ankunft bemerkt und waren neugierig nach oben gekommen. Wie viel sie durch die nur angelehnte Tür mitbekommen hatten, wussten Rieke und Theo nicht.

Rieke wäre am liebsten davongelaufen, doch da nahm die Mutter sie in die Arme und streichelte sie. »Du solltest Herrn Theodor vertrauen, mein Kind. Er ist aus ehrlichem Herzen zu dir gekommen. Nun darfst du ihn nicht einfach von dir stoßen.«

»Aber ich will, dass ein Mann mich liebt und nicht nur achtet!«, stieß Rieke hervor.

»Dann hilf ihm, diese Liebe zu finden. Bevor er die junge Französin kennengelernt hat, war er doch auf dem besten Weg. Es braucht nicht viel von deiner Seite, damit ihm klarwird, dass seine Liebe zu dir nur verdeckt, aber niemals erloschen war.«

»Deine Mutter hat recht, mein Kind«, mischte sich nun auch Leopold von Stavenhagen ein. »Dieser junge Mann braucht dich, damit sein Herz gesunden kann. Daher darfst du ihm deine Hilfe nicht verweigern. Denke daran, dass du sogar mich heiraten wolltest, um einer Ehe mit Oberst Coldnitz zu entgehen. Ich finde, Herr von Hartung passt weitaus besser zu dir als ich.«

»Aber Vater würde es nicht erlauben! Er will Coldnitz als Schwiegersohn«, wandte Rieke ein.

»Deshalb wollten wir beide durchbrennen. Ich muss gestehen, dass ich um meiner Behaglichkeit willen gerne zu Herrn von Hartungs Gunsten zurücktrete. Sie haben hoffentlich nichts dagegen, wenn Sie beide morgen früh abreisen?« Stavenhagens letzter Satz galt Theo.

Dieser sah ihn verwirrt an. »Ich verstehe nicht so recht.«

»Major von Gantzow wünscht einen Militär als Schwiegersohn und würde einer Ehe Riekes mit einem Zivilisten niemals zustimmen. Daher habe ich mir über einen guten Freund Papiere besorgt, mit denen Rieke und ich im Fürstentum Schwarzburg-Rudolstadt hätten heiraten können. Ich werde Ihnen ein Schreiben mitgeben, dass Sie meine Stelle einnehmen werden.«

»Ich werde bis morgen früh eine Reisetasche für dich packen«, sagte die Mutter mit einem überraschend munteren Lächeln zu Rieke.

»Du meinst auch, ich soll Herrn Theodor heiraten?«, fragte Rieke verwundert.

Ilsemarie von Gantzow nickte. »Ich habe viele Jahre darunter gelitten, die Frau eines Offiziers zu sein, der keinen Unterschied zwischen mir und seinen Rekruten gemacht hat. Ständig musste ich auf Order parieren. Erst jetzt, da dein Vater bei Herrn von Stavenhagen andere Interessen gewonnen hat, ist das Leben für mich erträglich geworden. Ich will nicht, dass es dir so ergeht wie mir.«

»Nun? Wie entscheidest du dich?«, fragte Theo Rieke.

Diese schwankte noch ein wenig, sagte sich dann aber, dass das Leben an seiner Seite vielleicht doch glücklich werden konnte, und reichte ihm die Hand.

»Also gut! Ich bin dazu bereit und werde morgen zur entsprechenden Zeit am Bahnhof sein.«

»Sehr gut! Ich bin es auch.« Theo wusste, dass es nicht einfach sein würde, unter den Augen seiner Eltern eine Reisetasche zu packen und zu verschwinden. Vielleicht war es besser, wenn er auf eine Reisetasche verzichtete und das Haus morgen früh so verließ, als wolle er nur rasch eine Besorgung machen. Was er unterwegs brauchte, konnte er sich auf dem Weg zum Bahnhof kaufen.

Einen Moment lang überlegte er, ob er sich nicht dem Vater anvertrauen sollte. Doch was war, wenn dieser seine Heirat mit Rieke ablehnte, weil sie gegen den Willen ihres Vaters stattfinden sollte? Da war es besser, heimlich zu heiraten und sowohl seine wie auch ihre Eltern vor vollendete Tatsachen zu stellen.

»Gunda werden wir es sagen müssen«, sagte er leise und mehr für sich.

Rieke nickte sofort. »Sie würde es uns nie verzeihen, wenn wir es nicht täten. Doch es ist zu spät, als dass ich ihr noch einen Besuch abstatten könnte.«

»Ich werde es ihr mitteilen und deine liebsten Grüße ausrichten«, antwortete Theo. »Doch nun muss ich mich auf den Weg machen. Also bis morgen!« Er küsste Rieke die Hand.

Unwillkürlich wünschte Rieke, er würde ihren Mund küssen. Doch dies, sagte sie sich, würde noch kommen, und sie begann allmählich, sich zu freuen, weil ihre Liebe zu Theo doch Erfüllung finden würde.

## 11.

Rieke und Theo trafen rechtzeitig am Bahnhof ein, doch niemand hätte sie für ein Brautpaar gehalten, das seiner Hochzeit entgegenfuhr. So hatte Theo das, was er für die Reise brauchte, erst im letzten Augenblick besorgen können und wirkte daher abgehetzt. Rieke hingegen hatte die ganze Nacht nicht geschlafen und während langer Stunden ihren Entschluss, mit ihm zu fahren, mehrfach erwogen, verworfen und dann doch wieder in Erwägung gezogen. Obwohl sich alles in ihr sträubte, solch einen in gehobenen Kreisen äußerst ungehörigen Schritt zu tun, der auch Theos Eltern kränken musste, hatte sie sich dann doch in die Droschke gesetzt, die Stavenhagen ihr besorgt hatte. Der alte Herr war bis zum Bahnhofsvorplatz mit ihr gekommen, aber im Wagen sitzen geblieben. Als er die beiden jungen Leute aufeinander zugehen sah, gab er dem Kutscher die Anweisung, ihn wieder nach Hause zu bringen.

»Guten Morgen!«, grüßte Theo.

»Guten Morgen. Ist es so weit?« Rieke atmete tief durch und folgte ihm zu einem Wagen der zweiten Klasse, für den Stavenhagen Fahrkarten besorgt hatte.

Als sie Platz genommen hatten, herrschte erst einmal Schweigen zwischen ihnen. Weder Rieke noch Theo war zum Reden zumute. Sie zweifelte stärker denn je, ob es wirklich der richtige Weg war, den sie einschlug, während er an seine Eltern dachte, die es gewiss nicht gutheißen würden, wenn er zusammen mit einer jungen Frau nach Rudolstadt fuhr, um dort ohne ihre Kenntnis und vor allem ohne ihre Einwilligung zu heiraten.

Als sie den Zug wechseln mussten, entdeckte er unweit von sich einen Würstchenverkäufer und bemerkte plötzlich, dass er Hunger hatte.

»Kannst du für einen Augenblick auf unsere Reisetaschen achtgeben?«, fragte er Rieke, und als sie nickte, ging er los, um Würstchen zu kaufen.

Rieke sah ihm nach und kämpfte mit der Angst, er könnte es sich anders überlegt haben und die nächste Gelegenheit nützen, um nach Berlin zurückzukehren. Da sah sie, wie er an den Stand trat, mit dem Verkäufer sprach und kurz darauf mit zwei Bratwürsten im Brötchen zurückkam.

»Es ist zwar ein frugales Mahl, aber gewiss besser, als zu hungern«, meinte er.

Rieke nickte, nahm ihre Wurst entgegen und begann ohne großen Appetit darauf herumzukauen.

»Wann werden wir Rudolstadt erreichen?«, fragte sie nach einer Weile.

»Heute Abend. Unsere Zimmer sind telegrafisch bestellt, so dass wir uns keine Sorgen machen müssen, wo wir unterkommen. Morgen begeben wir uns zu dem Herrn, den Stavenhagen uns genannt hat. Wenn alles mit rechten Dingen zugeht, sind wir spätestens Mittag Mann und Frau. Für die nächste Nacht benötigen wir dann nur noch ein Zimmer im Gasthof.« Theo fand, dass der letzte Satz ein wenig anzüglich klang, doch plötzlich freute er sich darauf, mit Rieke allein zu sein und sie ganz für sich zu haben.

Rieke hingegen verspürte auf einmal eine gewisse Abscheu davor, eine verheiratete Frau zu sein. Als Kind war sie des Nachts einmal in das Schlafzimmer der Eltern gekommen und hatte im Halbdunkel die Mutter auf dem Rücken liegen sehen, die Finger ins Laken gekrallt, und auf ihr den Vater, der sich keuchend hin und her bewegt hatte. Sie war ungesehen wieder in ihrer kleinen Kammer verschwunden und hatte nie etwas gesagt. Seitdem aber hatte sie Angst davor, ebenso hilflos daliegen zu müssen wie die Mutter und dem Ehemann ganz und gar ausgeliefert zu sein.

Da er keine Antwort erhielt, schwieg auch Theo und war schließlich froh, als sie Rudolstadt erreichten. Die Stadt war klein genug, um den Gasthof vom Bahnhof aus zu Fuß erreichen zu können. Stavenhagen hatte von Berlin aus auch ein Extrazimmer bestellt, so dass sie beim Abendessen nicht in der Gaststube sitzen und essen mussten. Die eine Bratwurst unterwegs war nicht genug für den Tag gewesen, und so speisten sie mit gutem Appetit. Nach dem Essen fühlte Rieke sich so müde, dass sie sich von Theo verabschiedete und auf ihr Zimmer ging, um sich für die Nacht zurechtzumachen.

Er trank noch einen Cognac und dachte über die Irrwege des Schicksals nach. Seit er sich entschlossen hatte, Rieke zu heiraten, hatte er kaum mehr an Cécile gedacht. In gewisser Weise schämte er sich dafür, gleichzeitig aber spürte er, wie sein Entsetzen über Etienne de Lourvaines Tod und die Trauer um seine unerfüllte Liebe langsam wichen. Für das, was er tun wollte, war es gut so, dachte er und freute sich auf die nächste Nacht, in der er seine Sehnsucht nach Nähe endlich stillen durfte.

## 12.

Der nächste Tag war von Leopold von Stavenhagen Schritt für Schritt penibel vorbereitet worden. Nach dem Frühstück betraten Rieke und Theo das Rathaus und ließen sich bei dem ihnen genannten Beamten melden. Auch wenn dieser sich wundern mochte, statt Stavenhagen einen jungen Mann an Riekes Seite zu sehen, so zeigte er es nicht. Stattdessen fragte er Theo, ob er alle nötigen Papiere bei sich habe.

»Das habe ich«, erklärte Theo.

»Dann kann die Trauung vollzogen werden!«

Es war der letzte Augenblick, an dem sich einer der beiden noch gegen die Heirat entscheiden konnte. Beide bejahten jedoch die Frage des Beamten und unterschrieben die Trauurkunde. Ein in Rudolstadt lebender Freund Stavenhagens und dessen Bruder waren als Trauzeugen aufgetreten und anschließend Gäste bei einem kleinen Festmahl, das ebenfalls bereits von Berlin aus bestellt worden war.

Das Essen war gut und die Laune der beiden Trauzeugen ausgezeichnet. Natürlich interessierten sie sich für den Feldzug nach Frankreich, und so blieb Theo nichts anderes übrig, als von dem Angriff zu berichten, bei dem er verwundet worden war.

Anders als er sagte Rieke kein Wort, sondern hörte nur aufmerksam zu. Sie hatte von ihrem Vater und dessen Kameraden schon viel über Krieg und Schlachten gehört, und da war von Trompetenklang und siegreichen Attacken die Rede gewesen, aber nicht so wie bei Theo von Rauch, Blut und Schmerz. Unwillkürlich betrachtete sie seinen linken Oberarm, den ein Bajonett durchstoßen hatte. Da er so schwer verletzt worden war, wurde ihr klar, dass er in seinem damaligen Zustand Cécile de Lourvaine für einen Engel gehalten haben musste und sich in diese verliebt hatte.

Würde die junge Frau auf Dauer zwischen ihnen stehen?, fragte sie sich beklommen. Dann aber sagte sie sich, dass eine Ehe mit Theo immer noch besser war, als mit einem alten Kommisskopf verheiratet zu werden, und nahm sich vor, ihm die Frau zu sein, die er verdiente.

Unterdessen sah Theo die Papiere durch, die er nach der Trauung erhalten hatte. »Hoffentlich gilt diese Ehe auch nach preußischem Recht. Wir sind schließlich keine Bürger des Fürstentums Schwarzburg-Rudolstadt«, sagte er nachdenklich.

Rieke sah ihn erschrocken an. »Oh, Gott, was machen wir dann?«

»Erst einmal darauf vertrauen, dass die Trauung nach Recht und Gesetz vonstattengegangen ist. Immerhin hat Herr von Stavenhagen sie vorbereitet, und dies, wie ich sagen muss, sehr gut!« Theo zeigte ihr die kunstvolle Urkunde, die besagte, dass sie beide die Ehe miteinander eingegangen waren.

»Sie ist so gestempelt und unterschrieben, wie es sich gehört«, fand Rieke.

»Das sage ich auch!« Nach diesen Worten verstaute Theo die Papiere in einer Dokumentenmappe und lächelte. »Ich bringe die Urkunden in unser Zimmer. Kommst du mit?«

Mit ängstlicher Miene erhob Rieke sich und verabschiedete sich freundlich von den Trauzeugen. Sie begriff, dass nun das folgen würde, was zu einer Ehe gehörte. Dabei dachte sie an Stavenhagen. Bei ihm hätte sie sich nicht gefürchtet, Frau sein zu müssen, denn er war alt und hätte gewiss nicht zu viel von ihr verlangt. Theo hingegen war ein gesunder junger Mann und würde sein Recht so fordern, wie es ihm gefiel.

Im Augenblick dachte Theo jedoch nicht daran, die Ehe vollziehen zu können, sondern wollte nur die Heiratsurkunde in Sicherheit bringen. Als sie jedoch ihr erstes gemeinsames Schlafzimmer betraten, fanden sie dort die Betten fein säuberlich aufgeschlagen, und ein riesiger Blumenstrauß stand als Gruß des Hauses für das Brautpaar auf dem kleinen Tisch.

Bei diesem Anblick verspürte er den Wunsch, sich als Mann zu beweisen. Nennenswerte Erfahrungen mit Frauen hatte er kaum. Einmal war er als Student mit Kommilitonen in ein Bordell gegangen und konnte nicht sagen, dass es ihm gefallen hätte, eine der Huren zu besteigen. Auch sein zweiter Versuch war nicht gerade glorreich ausgegangen. Da war er während seiner Grundausbildung beim Militär mit ein paar Kameraden in eine Kaschemme geraten, in der es lose Weiber gegeben hatte. Er hatte sich nicht ausschließen können, weil ihn die anderen sonst für alle Zeiten verspottet hätten.

Während er sich an diese Situationen erinnerte, fiel ihm ein, dass er eine Ehefrau niemals so behandeln durfte wie eine käufliche Dirne. Aber wie sollte er es sonst machen?, fragte er sich, während er die Vorhänge zuzog.

»Ich glaube, wir sollten die Gelegenheit nützen, uns als Eheleute zu erweisen«, schlug er vor.

»Wenn du es wünschst?« Mit einem leisen Seufzer begann Rieke, sich auszuziehen.

Theo sah ihr zu, bis sie im Hemd vor ihm stand.

»Könntest du das auch ablegen?«, bat er.

Rieke wunderte sich darüber, denn ihre Mutter hatte damals nur ihr Nachthemd gerafft, doch sie gehorchte. Als Theo sie nackt vor sich sah, streckte er die Hand nach ihr aus und berührte eine ihre Brüste.

»Du bist vollkommen!«, flüsterte er mit vor Erregung heiserer Stimme.

Er zog sich nun selbst aus, zögerte dann aber, sie aufzufordern, sich für ihn hinzulegen. Stattdessen legte er seine Arme um sie und zog sie an sich. Ihr Leib war warm, und er spürte, wie ihm das Blut in die Lenden schoss.

Nimm dich zusammen, mahnte er sich und begann, Rieke zu streicheln. Diese hatte zunächst starr seine Berührung hingenommen, doch nun schien ihr Körper einen eigenen Willen zu entwickeln und sich direkt danach zu sehnen, Theo zu spüren.

Was bist du für ein loses Weib, dachte sie in komischer Selbstverachtung und ließ es zu, dass Theo sie hochhob und auf das Bett legte. Als er zwischen ihre Beine stieg, spreizte sie diese unwillkürlich. Gleich darauf berührte etwas ihre empfindlichste Stelle und schob sich unwiderstehlich in sie hinein. Bislang hatte sie ihre Mutter und auch andere Ehefrauen bedauert, weil sie dies hinnehmen mussten. Nun aber biss sie die Zähne zusammen, um nicht vor Wonne zu schreien, und als Theo sich zuerst langsam und dann immer schneller vor und zurück bewegte, krallte auch sie die Finger in das Laken und stemmte sich ihm entgegen.

Als sie einige Zeit später still nebeneinanderlagen, dachte Rieke, dass das eheliche Zusammensein im Bett nicht nur

Pflicht, sondern auch Lust sein konnte, und schlief mit dem Gedanken ein, dass die Ehe vollzogen war und sie nun niemand mehr von Theo trennen konnte.

## 13.

Friedrich von Hartung schritt erregt auf dem Bahnsteig hin und her und starrte immer wieder in die Richtung, aus der der Zug kommen musste. Schließlich blieb er bei Resa stehen, die auf einer der Bänke Platz genommen hatte.

»Wenn dieser Lümmel kommt, werde ich ihm einige deutliche Worte sagen. Wie kann er es wagen, sich ohne mein Wissen und meine Einwilligung ein Weib zu nehmen?«

»Vielleicht hat er sich ein Beispiel an dir genommen!«, spöttelte Resa. »Immerhin hast du mich auch ohne Wissen deiner Eltern geheiratet.«

»Darf ich dich daran erinnern, dass nicht ich es war, der diese Heirat so vehement gefordert hat, sondern du?«, antwortete Friedrich bereits halb versöhnt.

Resa hob kurz die Augenbrauen. »Du hättest dich ja scheiden lassen können!«

»Um dann Luises Schwägerin zu heiraten? Bei Gott, da hat es mir so schon besser gefallen!«

Friedrich strich ihr kurz über die Wange und blickte dann zu Major von Gantzow hin, der wenige Schritte von ihnen entfernt stand und seiner Miene nach an einer besonders sauren Zitrone lutschte.

»Dem gefällt die Heirat noch weniger als uns. Er wollte einen Offizier als Schwiegersohn und keinen Tuchmacher.«

Nun musste Friedrich grinsen, vor allem, als er das zufriedene Gesicht von Riekes Mutter sah, die gerade mit Leopold von Stavenhagen sprach. Auch der alte Herr sah nicht unglücklich aus.

»Es würde mich nicht wundern, wenn die beiden unserem Paar geholfen haben«, meinte Resa, die seinem Blick gefolgt war. »Übrigens will Herr von Stavenhagen Rieke zu seiner Erbin einsetzen. Sie ist damit kein armes Mädchen, sondern wird eine stattliche Mitgift erhalten.«

»Geht es dir ums Geld?«, fragte Friedrich.

Resa schüttelte den Kopf. »Mir geht es um das Glück unserer Kinder! Wenn Theo der Meinung ist, dass Rieke die Richtige für ihn ist, dann ist sie es auch für mich.«

Ihr Blick ging zu Gunda, die ebenfalls gekommen war, um das frischverheiratete Paar zu begrüßen. Von ihr hatte sie die Tragödie erfahren, die sich beim Château de Lourvaine ereignet hatte, und sie hätte jedes Mädchen in die Arme geschlossen, das ihrem Sohn die Freude am Leben zurückbrachte.

»Der Zug fährt ein!«, rief Gunda und winkte schon von weitem, obwohl noch niemand an den Fenstern zu erkennen war.

Kurz darauf blieben die Lokomotive und die Waggons stehen, und die ersten Reisenden quollen aus den Türen. Es dauerte ein wenig, bis auch Rieke und Theo ausstiegen. Ihre Mienen wirkten ängstlich, und als Rieke ihren Vater entdeckte, verbarg sie sich hinter Theo.

»Wir sollten ihnen die Angst nehmen, wir könnten böse auf sie sein«, erklärte Resa und eilte den beiden entgegen.

»Ich bin böse auf sie!«, knurrte Friedrich, folgte ihr aber und sah dann das junge Paar kopfschüttelnd an.

»Was habt ihr euch nur gedacht? Ihr hättet doch genauso gut zu mir kommen können. Oder bin ich so ein Ungeheuer, dass mein Sohn es nicht wagt, ein offenes Wort zu mir zu sprechen?«

»Ich hatte es mir überlegt, aber da ich nicht wusste, ob du mir verbieten würdest, Rieke zu heiraten, beschlossen, mein Glück in die eigenen Hände zu nehmen«, antwortete Theo mit fester Stimme.

Sein Vater sah ihn strafend an. »Und ob ich es verboten hätte!«

»Jetzt grolle nicht, sondern sei froh, dass Theo eine Braut gefunden hat, die uns allen zusagt«, rief Resa. »Und Sie sollten ebenfalls ein freundlicheres Gesicht machen, Herr Major. Auch wenn Sie keinen Offizier als Schwiegersohn bekommen, so wird einer Ihrer Enkel gewiss einmal einer werden!« Sie wandte sie Rieke zu und umarmte sie. »Willkommen zu Hause, mein Kind!«

»Danke, gnädige Frau!«, sagte Rieke und wechselte einen kurzen Blick mit Theo. Es ist gar nicht so schlimm, besagte er.

Auch Theo war froh, obwohl er sich plötzlich mit seinem Schwiegervater konfrontiert sah.

»Eines ist klar!«, erklärte dieser kategorisch. »Der zweite Sohn kommt in die Kadettenanstalt und wird einmal Offizier im Heer Seiner Majestät, des Königs von Preußen!«

»Kaum sind sie verheiratet, werden auch schon die Kinder aufgeteilt!«, rief Gunda mit komischem Entsetzen und flog dann Rieke mit ausgebreiteten Armen entgegen. »Endlich gehörst du richtig zu uns!«

»Ja, das gehört sie!« Theo nahm Riekes Rechte in seine Hände und lächelte ihr zu. »Hättest du dir vor Jahren an jenem kalten Dezemberabend, als du ohne Zögern in den Landwehrkanal gesprungen bist, um mich zu retten, träumen lassen, dass du damit dein Schicksal besiegelt hast? Verzeih, wenn ich dich hier vor allen Leuten nicht küsse, doch wir werden bald zu Hause sein!«

»Ja, das werden wir!«, antwortete Rieke und wusste, dass es am Abend nicht beim Küssen allein bleiben würde.

# Historischer Überblick

Zu den Verlierern der nachnapoleonischen Neuordnung auf dem Wiener Kongress zählte unzweifelhaft Dänemark. Es löste sich zu spät aus dem Bündnis mit Napoleon Bonaparte und erfuhr daher von den Siegermächten keine Nachsicht. Norwegen, das seit Jahrhunderten mit Dänemark vereint gewesen war, wurde Schweden zugesprochen, und die territoriale Kompensation, die England als einzige den Dänen wohlgesinnte Großmacht versprochen hatte, fiel wegen der Einwände Preußens und einiger anderer Länder äußerst bescheiden aus, denn es bekam nur das kleine Herzogtum Lauenburg.

Nun war das Königreich Dänemark ein eigenartiges Konstrukt. Es bestand aus dem eigentlichen Dänemark mit den Ostseeinseln und dem nördlichen Teil Jütlands. Den größten Teil Jütlands nahmen die beiden Herzogtümer Schleswig und Holstein ein, denen sich im Südosten Lauenburg anschloss. Alle drei Herzogtümer zählten nicht zum eigentlichen Dänemark, sondern waren mit diesem nur in Personalunion verbunden. Holstein und Lauenburg gehörten zudem noch zum Deutschen Bund.

Aus Besorgnis wegen möglicher Expansionsbestrebungen Preußens war die dänische Regierung bestrebt, die deutschsprachigen Herzogtümer enger an Dänemark zu binden. Lauenburg und Holstein sollten eine auf Dänemark zugeschnittene Verfassung erhalten und Schleswig mit dem dänischen Gesamtstaat vereinigt werden. Radikale Kräfte in Kopenhagen forderten darüber hinaus, die dänische Sprache als Amts- und Kirchensprache auch in den überwiegend deutschsprachigen Teilen im südlichen Schleswig einzuführen.

Der Widerstand gegen diese Pläne war heftig und mündete 1848 in einen offenen Aufstand in Schleswig und Holstein, der schließlich zu einem Unabhängigkeitskrieg wurde. Preußen griff auf Seiten der aufständischen Schleswiger und Holsteiner ein, musste sich aber nach Drohungen Russlands und Englands wieder zurückziehen. England vermittelte einen Frieden, der die Herrschaft des Königs von Dänemark über die drei Herzogtümer festschrieb, diesen aber ihre Eigenständigkeit beließ.

Der von beiden Seiten nur widerwillig unterschriebene Friedensvertrag hielt kaum länger als ein Jahrzehnt. In völliger Verkennung der politischen Verhältnisse und ebenso großer Selbstüberschätzung versuchte die dänische Regierung erneut, Schleswig in das Königreich Dänemark einzugliedern. Um zu verhindern, dass die zum Deutschen Bund gehörenden Lauenburg und Holstein ebenfalls annektiert werden konnten, rückten Preußen und Österreich dort ein und besetzten die beiden Herzogtümer. Ein Vorstoß nach Schleswig wurde von der Mehrheit der Fürsten des Deutschen Bundes abgelehnt, da dieses Herzogtum nicht zum Bund gehörte.

Um Krieg zu verhindern, suchten die europäischen Mächte nach einer diplomatischen Lösung. Doch in der Hoffnung auf Unterstützung aus England und Russland lehnte die dänische Regierung mehrere Kompromissvorschläge ab. Daraufhin überschritten Preußen und Österreich die Grenze Schleswigs und rückten nach Norden vor. Dänemark vertraute auf die Befestigungen des Danewerks, doch als sowohl Preußen wie auch Österreich dieses umgingen, blieb dem dänischen Oberbefehlshaber nichts anderes übrig, als seine Truppen zu den Schanzen von Düppel zurückzuziehen. Die Erstürmung der Schanzen durch die preußischen Truppen entschied den Krieg. Dänemark verlor neben Holstein und Lauenburg das gesamte

Schleswig einschließlich des dänischsprachigen Nordteils, der nach den früheren Kompromissvorschlägen bei Dänemark geblieben wäre.

Mit den drei Herzogtümern ergab sich für den Deutschen Bund allerdings ein Problem. Der überwiegende Teil der Fürsten wollte Schleswig und Holstein unter einem eigenen Herrscher als neuen Staat im Deutschen Bund sehen, um den Expansionsbestrebungen Preußens einen Riegel vorschieben zu können. Der preußische Ministerpräsident Bismarck hielt Preußen in seiner jetzigen Form jedoch für zu klein, um auf Dauer im Konzert der Großmächte mitspielen zu können. Außerdem galt es die Frage zu klären, wer in den deutschen Gebieten in Zukunft den Ton angeben würde, Preußen oder das Kaisertum Österreich, das zum überwiegenden Teil aus nicht deutschsprachigen Gebieten bestand.

Das Verhältnis zwischen Österreich und Preußen war trotz des gemeinsamen Sieges über Napoleon von tiefem Misstrauen gezeichnet. Auf der einen Seite stand Österreich, das seit Jahrhunderten die Kaiser des Heiligen Römischen Reiches gestellt hatte, auf der anderen der Emporkömmling Preußen, dessen Herrschergeschlecht den Königstitel mehr erschlichen als erworben hatte. Bismarck provozierte Österreich durch einen Einmarsch in Holstein und erhielt wie gewünscht die Kriegserklärung. Der sogenannte Deutsche Krieg änderte die Verhältnisse in Deutschland radikal. Zwar kämpften die meisten deutschen Staaten auf Seiten Österreichs, doch dieses schied nach der Niederlage bei Königgrätz aus der weiteren Entwicklung im restlichen Deutschland aus. Preußen annektierte große Gebiete in Nord- und Mitteldeutschland und zwang die restlichen Staaten wie Bayern, Württemberg, Baden und Sachsen mit der Drohung, ansonsten Teile ihres Territoriums abzutrennen, zu einem Verteidigungsbündnis.

Der preußische Sieg wurde durch den gleichzeitigen Angriff des Königreichs Sardinien-Piemont auf die italienischen Besitzungen der Habsburger Monarchie erleichtert. Der französische Kaiser Napoleon III. hielt sich aus dem Krieg heraus, deutete aber an, dass er für diese Haltung mit Gebieten im Westen Deutschlands entschädigt werden wolle. Wie viele andere ging auch er von einem länger andauernden Krieg zwischen Preußen und Österreich aus und erwartete, dass Preußen hinterher geschwächt genug sein würde, um seine Forderungen erfüllen zu müssen. Ein rascher Sieg Preußens beendete diese Hoffnung und legte den Grundstein für den nächsten Krieg.

Man wird nie erfahren, ob es nun Kalkül war oder nur verletzter Stolz, der Napoleon III. dazu bewog, die im Grunde nebensächliche Frage der spanischen Thronfolge aufzubauschen. Auf jeden Fall sah er die Emser Depesche, die seine in diplomatischer Form vorgebrachten Forderungen auf deren Kern reduzierte, als Grund für die Kriegserklärung an. Am Ende dieses Krieges gab es keinen Kaiser von Frankreich mehr, dafür aber einen Kaiser der Deutschen. Bayern, Baden und die anderen deutschen Staaten hatten sich an die Seite Preußens gestellt und gemeinsam den Sieg errungen.

Das neunzehnte Jahrhundert brachte einen rasanten Fortschritt, aber auch großes Elend für die Unterschicht, die in rasch hochgezogenen Mietshäusern unter schlechten Bedingungen leben und in den Fabriken für einen Hungerlohn arbeiten mussten. Nur das soziale Gewissen einzelner Arbeitgeber und wohltätige Vereinigungen vermochten die Not der Menschen zu lindern. Die Oberschicht hingegen verdiente prächtig und ließ sich stattliche Villen errichten.

Während den Kindern der Armen meist nichts anderes übrigblieb, als schon in jungen Jahren schlecht bezahlte Arbeit anzunehmen, war für die Söhne der gehobenen Schicht das Gymnasium und nach Möglichkeit auch ein Studium unverzichtbar, um Karriere zu machen. Die expandierende Wirtschaft benötigte Ingenieure und Kaufleute und das Militär in immer größerem Maß Offiziere. Für die Mädchen der besseren Kreise galten trotz gelegentlicher Ausnahmen Ehe, Mutterschaft und die Aufsicht über den Haushalt als einzig wahrer Lebenszweck. Die entsprechende Ausbildung fand in Internaten statt, wie wir sie in diesem Roman mit dem Institut der Schwestern Schmelling aufgezeigt haben.

*Iny und Elmar Lorentz*

# Glossar

*Almanach* – Nachlagewerk, Lexikon
*Apanage* – finanzielle Zuwendung
*Avancieren* – 1. Vorrücken zum Angriff
  2. im Rang aufsteigen
*Billett* – 1. Fahrschein
  2. Nachricht
*Bureau* – damalige Schreibweise für Büro
*Charakterrang* – Beförderung ehrenhalber beim Ausscheiden aus dem Militärdienst
*Chose* – Sache
*Claqueurinnen* – in diesem Fall Nachplapperinnen
*Domestik* – Diener
*Droschke* – Pferdetaxi
*Duenna* – Anstandsdame
*Exkursion* – Ausflug
*Kattun* – Baumwollstoff
*Klafter* – ca. 1,88 Meter
*Kondukteur* – Schaffner
*Konfekt* – Pralinen
*Lakai* – Diener in Livree
*Livree* – uniformartige Bekleidung von Dienern
*Maire* – franz. Bürgermeister
*Mesalliance* – Missheirat unter dem eigenen Stand
*Nobilitieren* – in den Adelsstand erheben
*Premierleutnant* – Oberleutnant
*Privatier* – Mann, der sich aus dem Geschäftsleben zurückgezogen hat und von seinem Vermögen lebt
*Protzen* – zweirädriger Karren, an den das Geschütz für den Transport angehängt wird

*Sekondeleutnant* – Unterleutnant
*Solvenz* – Zahlungsfähigkeit
*Viertelmeile* – ca. 1,8 Kilometer
*Zug* – kleinste militärische Einheit

# Personen

## *Das Institut der Schwestern Schmelling*

*Jolanthe Schmelling* – ältere Internatsleiterin
*Klothilde Schmelling* – jüngere Internatsleiterin
*Fräulein Paschke* – Lehrerin im Institut
*Fräulein Berends* – Lehrerin im Institut
*Trine* – Dienstmädchen im Institut
*Erika von Ahlsfeld* – Schülerin
*Franziska von Hollenberg* – Schülerin, Komtesse aus Österreich
*Rodegard von Predow* – Schülerin


## *Die Gantzows und ihre Verwandten*

*Egolf von Gantzow* – Friederikes und Emils Vater
*Emil von Gantzow* – Friederikes Bruder
*Ilsemarie von Gantzow* – Friederikes und Emils Mutter
*Friederike von Gantzow* – Tochter Ilsemaries und Egolfs von Gantzow
*Mulle* – Dienstmädchen der Gantzows
*Ophelia von Gentzsch* – Riekes Großtante
*Olga* – Frau von Gentzschs Gesellschafterin
*Britta* – Frau von Gentzschs Dienstmädchen
*Gustav von Gentzsch* – Großneffe Frau von Gentzschs
*Leopold von Stavenhagen* – Ophelia von Gentzschs angeheirateter Cousin
*Günter* – Stavenhagens Hausdiener

## *Die Hartungs*

*Friedrich von Hartung* – Berliner Tuchfabrikant
*Theresa (Resa) von Hartung* – Friedrich von Hartungs Ehefrau
*Gunda von Hartung* – Friedrichs und Resas Tochter
*Theo von Hartung* – Friedrichs und Resas Sohn
*Charlottchen* – Friedrichs und Resas jüngste Tochter
*Charlotte von Hartung* – Friedrich von Hartungs Mutter
*Gertrud von Reckwitz* – Friedrichs jüngere Schwester
*Adele Klamt (Dele)* – Mamsell bei Hartungs
*Hilde* – Dienstmädchen der Hartungs
*Albert* – Diener der Hartungs
*Jule* – Dienstmädchen der Hartungs


## *Die Familie Dobritz und ihre Bekannten*

*Luise von Dobritz* – Friedrich von Hartungs Schwester
*Heinrich von Dobritz* – Luises Ehemann, Tuchfabrikant
*Heinrich von Dobritz jun.* – Luises und Heinrichs ältester Sohn
*Bettina von Dobritz* – Luises und Heinrichs Tochter
*Gero von Dobritz* – Luises und Heinrichs Sohn, Offizier
*Otto Baruschke* – Geschäftsmann
*Minka Schrentzl* – Robert Schrentzls Tochter
*Robert Schrentzl* – Dobritz' Bankier
*Schweppke, Eduard (Ede)* – Arbeiter bei Dobritz


## *Weitere Personen*

*Franz Josef von Hollenberg* – Franziskas Bruder
*Markolf von Tiedern* – Mitschüler Theos

*Cordelia von Riedebusch* – Ferdinand von Riedebuschs Ehefrau
*Ferdinand von Riedebusch* – preußischer Offizier
*Wilhelm von Steben* – preußischer Offizier
*Dirk von Maruhn* – preußischer Offizier
*Eilert von Gonzendorff* – preußischer Offizier
*Magnus von Coldnitz* – preußischer Offizier
*Cecile de Lourvaine* – französische Komtesse
*Etienne de Lourvaine* – französischer Offizier
*Babette* – französische Krankenpflegerin

*Der dramatische Auftakt der neuen Serie
von Bestsellerautorin Iny Lorentz*

# INY LORENTZ
# Tage des Sturms

ROMAN

Als uneheliche Tochter des Schlossherrn hat die junge Magd Resa von ihrer Herrin Rodegard nicht viel Gutes zu erwarten. Da diese auch noch der Heiratsaussicht ihrer Tochter im Weg ist, lässt sie das Mädchen in ein Berliner Bordell verschleppen. Als Prostituierte gebrandmarkt, gehört Resa zum Abschaum der Gesellschaft. Doch während der blutigen Barrikadenkämpfe der Märzrevolution steht plötzlich ein verletzter junger Mann vor den verriegelten Toren des Bordells und bittet Resa um Hilfe. Ist Friedrich für Resa die Chance, sich ihr Leben zurückzuholen und Rache an Rodegard zu nehmen?